LA FUITE EN AVANT

Né à New York, Robert Daley a été correspondant du *New York Times* en France de 1959 à 1964. Ses articles et ses nouvelles ont paru dans les principaux magazines américains : *Vogue, Life, Esquire...* Il est l'auteur de nombreux romans (*La nuit tombe sur Manhattan, L'Homme au revolver, Trafic d'influence, Le Piège de Bogota, En plein cœur*), dont plusieurs films ont été tirés, en particulier *Le Prince de New York* par Sidney Lumet et *L'Année du Dragon* par Michael Cimino. Il a été commissaire délégué de la ville de New York, spécialisé dans la lutte contre la corruption, d'où ses analyses très justes des rouages du système policier américain.

Paru dans Le Livre de Poche :

L'Homme au revolver
Le Prince de New York
Le Piège de Bogota
Trafic d'influence
En plein cœur

ROBERT DALEY

La Fuite en avant

TRADUIT DE L'AMÉRICAIN PAR JEAN ROSENTHAL

BELFOND

Titre original :

NOWHERE TO RUN
publié par Warner Books, Inc., New York.

Ce livre est une œuvre de fiction. Les noms, les personnages, les lieux et les événements sont tous fictifs ou utilisés fictivement. Toute ressemblance avec des personnes réelles, vivantes ou mortes, des événements ou des lieux serait pure coïncidence.

LIVRE UN

1

Il était planté là, à l'écart des invités de sa femme : un grand gaillard d'un mètre quatre-vingt-cinq, pas loin des cent kilos. Il avait un sourire un peu forcé et un nez que des bagarres adolescentes avaient pas mal amoché. Contrairement aux autres, qui avaient fait des efforts de toilette, il portait des jeans et un chandail bleu sur une chemise à carreaux à col ouvert.

L'appartement était au quinzième étage et donnait sur Central Park : belle adresse, ce qui se fait de plus chic, et il y avait des moments — ce soir, par exemple — où il ne s'y sentait pas à l'aise. Il tenait à la main un de ces verres design qu'affectionnait l'entourage de sa femme et il regardait tous ces gens qui s'agitaient autour d'elle — ou par petits groupes. Flora et ses associés étaient propriétaires d'une boutique de décoration intérieure sur Madison Avenue, de l'autre côté du Park, et c'étaient tous des gens avec qui elle était en affaire : antiquaires, galeristes et autres confrères.

Un homme qu'il ne connaissait pas l'aborda :

— Vous êtes bien M. Simpson, c'est ça, le mari de Flora ? Le flic ?

Dilger avait tendance à regarder les gens comme s'il devait par la suite les identifier devant un tribunal. Il répondit :

— Simpson, c'est le nom de Flora. Moi, c'est Dilger.

— Ah bon. Désolé... (L'homme était grand, mince,

avec un bouc grisonnant et pas de moustache.) Je suis de Chicago, ajouta-t-il.

La plupart des femmes de l'assistance, y compris les deux associées de Flora, avaient des coupes de cheveux à la garçonne. La plupart des hommes étaient du genre à avoir la main papillonnante ou bien posée, paume ouverte, sur la hanche.

— Dites-moi, quelle est la race de chiens qui flaire les bombes ? demanda l'homme de Chicago. Je m'intéresse aux chiens...

Sur ces entrefaites, Bulfinch entra dans la pièce et l'inspecteur Dilger ne répondit pas. Son regard se durcit et se fixa sur lui.

— Des gens qui s'occupent de chiens d'aveugles m'ont prêté un berger allemand, reprit l'homme de Chicago. Ça fait partie de leur programme : j'ai commencé à l'élever quand c'était encore un chiot...

Une domestique débarrassa Bulfinch de son manteau. Il cueillit au passage une coupe de champagne sur un plateau que faisait circuler un serveur et se dirigea vers Flora.

— Eh bien, il y a environ six mois, il a fallu que je rende le chien pour qu'on commence son dressage...

Bulfinch étreignit Flora et l'embrassa sur les deux joues.

— J'étais consterné. Absolument consterné...

Herbert Bulfinch. L'inspecteur Dilger trouva qu'il avait l'air d'un marchand de tableaux pédé entre deux âges — ce qui était le cas —, avec de vagues allures d'escroc — ce qui était tout aussi vrai.

— Demain, Gus — il s'appelle Gus — passe son diplôme de chien d'aveugle. C'est pour ça que je suis ici, à New York. J'ai pris l'avion pour assister à la cérémonie...

Cette déclaration attira l'attention de Dilger.

— Vous êtes venu en avion de Chicago pour la remise de diplôme d'un chien ?

— Me voir, ça représentera beaucoup pour Gus.

Dilger avait une bouche assez grande, aux lèvres

charnues, et quand quelque chose l'amusait, comme c'était le cas maintenant, son sourire découvrait ses dents.

— Ça mérite un cadeau, dit-il. Qu'est-ce que vous avez acheté pour le chien ?

— Un cadeau ?

— Vous ne pouvez pas passer à l'as une remise de diplôme !

Bulfinch arborait un pantalon de cuir et un gilet assorti par-dessus une chemise blanche aux manches très amples. Flora le tenait par le bras et le présentait à quelqu'un.

— Alors ? reprit l'homme de Chicago. Quelle est la race qui flaire les bombes ?

— Pardonnez-moi, répondit Dilger en commençant à se frayer un passage jusqu'à Flora.

Deux ou trois voix l'interpellèrent au passage : il sourit, fit un geste de la main, mais sans s'arrêter.

Quand il fut arrivé près de sa femme, il salua Bulfinch de la tête en disant :

— Bonsoir, Herb.

Le marchand de tableaux marmonna quelque chose.

Dilger arborait son grand sourire et le braquait sur sa femme. Il s'apprêtait à plaquer sa soirée, et ce sourire était une sorte d'offre de paix.

— Il faut que j'y aille maintenant, Bébé, dit-il.

— Attends une minute, fit-elle, rien qu'une minute.

Avec un nouveau signe de tête à l'intention de Bulfinch, l'inspecteur Dilger repartit dans la direction d'où il était venu. Le visage de sa femme s'était très vite assombri. Il l'avait remarqué et il savait qu'elle le suivait dans la foule.

Ils arrivèrent dans le vestibule et Flora lui dit, d'une voix cinglante :

— Tu es le maître de maison. J'ai besoin de toi ici.

— Bébé, il faut que j'aille travailler.

— Tu avais promis de rester.

Elle avait dû parler plus fort qu'elle n'en avait l'intention car elle eut un grand sourire destiné à tous ceux qui étaient susceptibles de l'observer.

— J'ai dit que je resterais aussi longtemps que je pourrais et je l'ai fait.

Flora avait exactement le même âge que Dilger : trente-trois ans. Selon lui, c'était le meilleur âge pour une femme. Elle avait un corps long et ferme, une abondante chevelure blonde et un visage totalement lisse.

Il posa son verre sur un buffet.

— Il y a un travail qu'il faut que je fasse, dit-il en allant décrocher son blouson de cuir dans la penderie.

Dehors, c'était l'hiver. La journée avait été froide, et la nuit le serait plus encore.

— Tu as toujours un travail à faire.

— Je t'avais dis que je ne pourrais pas rester longtemps.

Maintenant qu'il avait repéré le marchand de tableaux, l'inspecteur pouvait sans risque passer à l'étape suivante et il avait hâte de s'y mettre.

— Chaque fois que j'ai besoin de toi, tu n'es pas là.

— Écoute, mon chou... (De nouveau, le sourire de Dilger découvrit ses dents ; il se pencha pour embrasser sa femme, mais elle détourna la tête.) Allons, peut-être que, si je me dépêche, je pourrais revenir avant que la soirée soit finie.

Il n'en avait aucunement l'intention, et sa femme le savait parfaitement.

La porte se referma derrière lui. Flora se retourna et se trouva nez à nez avec l'amateur de chiens de Chicago, à qui elle adressa un petit sourire crispé.

— Je viens d'avoir une longue conversation avec votre mari, annonça l'homme.

Le sourire de Flora s'élargit.

— Je peux vous proposer encore un peu de champagne ?

— Il a des manières plutôt brusques, n'est-ce pas ?

— Il peut en donner l'impression, reconnut Flora.

— En fait, il peut même paraître tout à fait...

— Laissez-moi aller vous chercher une autre coupe, dit Flora en replongeant dans la cohue.

Il lui fallut quelques minutes pour repérer un nommé Gartner : l'avocat qui s'occupait de ses contrats. Souriant toujours et faisant de petits signes de tête à ceux de ses invités qui croisaient son regard, elle demanda :

— Comment obtient-on le divorce dans cet État ?

— Tiens, tiens, répondit-il. On devient raisonnable, on dirait...

Elle se contenta de le regarder.

Il eut un petit rire et but une gorgée.

— J'attends ma réponse, dit-elle.

L'avocat prit aussitôt son air grave et professionnel :

— Alors, ce n'est pas une question purement théorique ?

Elle fit signe que non de la tête.

— Vous comptez divorcer ?

Regardant dans la pièce, Flora constata que de nouveaux invités étaient arrivés.

— Voici ma carte, dit Gartner, qui prenait encore l'affaire à la légère. Je m'occupe de divorces aussi. Mais laissez-moi vous donner un conseil. Ne jouez pas avec le feu.

— Qu'est-ce que c'est censé vouloir dire ?

— Vous pourriez vous brûler.

Exhibant de nouveau son sourire rayonnant d'hôtesse, Flora se dirigea vers l'entrée pour accueillir les arrivants.

Au cours des deux heures suivantes, elle sourit si souvent et avec un tel acharnement que, lorsqu'elle alla se coucher, elle avait les joues endolories.

L'inspecteur Dilger ôta la plaque de police placée sous le pare-brise, la fourra sous son siège puis lança son véhicule dans le flot des voitures qui roulaient vers le nord. Cette manœuvre provoqua pas mal de crissements de freins et de poings brandis dont il ne tint aucun compte.

La nuit était froide. Il y avait du givre sur le toit des voitures en stationnement, et de la vapeur montait des bouches d'égout. Il remonta à vive allure Central Park West jusqu'à la 81e Rue et s'engagea transversalement dans le parc.

Il en sortit à la 79e Rue, attendit derrière les autres véhicules que le feu passe au vert, puis descendit la Cinquième Avenue jusqu'à la 68e Rue ; là, il prit à gauche, longeant les élégants hôtels particuliers qui la bordaient. Au coin de Madison, il reprit à gauche et remonta lentement, passant devant le magasin de sa femme : les volets étaient fermés et tout était sombre. Quelques portes plus loin se trouvait la galerie de Bulfinch : quand il arriva à cette hauteur, il ralentit presque jusqu'à s'arrêter.

De part et d'autre de l'entrée, il y avait des vitrines dont on avait baissé les grilles de sécurité. Derrière cette protection étaient disposées des toiles illuminées, un seul grand tableau dans chaque vitrine. L'un était un portrait très sombre, et l'autre un paysage qui ne l'était pas moins. On tenait Bulfinch pour le meilleur expert de New York en matière de peinture ancienne : l'inspecteur Dilger, qui n'y connaissait pas grand-chose en art, supposa donc que les deux toiles étaient anciennes. L'intérieur de la galerie était plongé dans l'obscurité et manifestement désert. Il hocha la tête et, quand il eut dépassé l'immeuble, il accéléra jusqu'au carrefour où il s'engagea dans la rue perpendiculaire. Arrivé sur Lexington, il repartit vers le centre. Le commissariat du 19e district était dans la 67e Rue et il s'arrêta devant.

Il salua l'agent en uniforme qui était de faction. A cette heure-là, toutes les voitures radio étaient en patrouille. Il y avait une femme agent au standard, un sergent derrière le comptoir, et la porte du bureau du capitaine était fermée. Le commissariat faisait partie des plus vieux bâtiments de la ville : construit en 1887, c'était un édifice étroit et tout en hauteur, avec du parquet à tous les étages et un escalier en bois juste devant l'entrée. Dilger s'y engagea et gravit les quatre étages jusqu'aux vestiaires.

Il y avait de nombreux casiers, plus de deux cent cinquante, bien alignés. Celui de Dilger était dans la seconde rangée sur la gauche. La pièce était vide. Il composa la combinaison et ouvrit toute grande la porte métallique. A l'intérieur, dans une housse en plastique, était pendu son uniforme — un uniforme qu'il ne portait plus. Il ne le considérait plus que comme la tenue dans laquelle on exposerait son cadavre. Si, bien sûr, on estimait qu'il était mort en service commandé... Il n'avait aucune intention de se faire tuer. Ni en servicc commandé ni autrement. A l'autre patère était accroché le baudrier avec l'étui contenant son arme, un revolver avec un canon de dix centimètres. Il était en sa possession depuis l'école de police, mais il ne portait aujourd'hui que son arme personnelle. Un calibre plus petit, avec un canon de cinq centimètres et seulement cinq balles, mais c'était plus que suffisant. Il ne lui arriverait rien, ni ce soir ni aucun autre. Les fusillades, on en voyait surtout à la télé. Un inspecteur de son âge devait être bien malchanceux, idiot ou dingue pour se trouver pris dans quelque chose de ce genre. Et Dilger estimait n'être ni malchanceux ni idiot — et encore moins dingue.

Au fond de son casier se trouvait la sacoche qu'il était venu chercher : il la prit, claqua la porte et fit tourner le cylindre du cadenas.

Il descendit les marches de l'escalier deux par deux mais, au premier étage, il tomba sur son supérieur, le lieutenant Connor, chef des inspecteurs du 19e district, qui sortait sans doute des toilettes car il était planté sur le palier, en train de fermer sa braguette.

— Le cambrioleur de Park Avenue a encore frappé, annonça Connor. (Il y avait eu une série de cambriolages dans les luxueux appartements de l'East Side.) Je manque d'hommes, ajouta-t-il.

— Jetez un coup d'œil au tableau de service, dit

l'inspecteur Dilger. Vous constaterez que je n'y figure pas.

Connor était un nouveau. On disait qu'il allait bientôt passer capitaine. Il était arrivé en hurlant à propos de la façon dont la comptabilité était tenue et en jurant de secouer la brigade.

— Alors, inscrivez-vous pour me donner un coup de main sur cette affaire et je vous revaudrai ça plus tard en jours de congé...

— Impossible, répondit Dilger.

— Je peux peut-être faire passer ça en heures supplémentaires...

Depuis quelque temps, on était très strict sur les sommes versées au titre des heures supplémentaires : cette proposition, venant d'un homme qui cherchait à tout prix de l'avancement, était une concession de taille.

— J'aimerais bien vous aider, dit Dilger. Mais...

— Alors, faites-le !

— Je ne peux pas.

— Vous êtes inspecteur ou non ?

— Je suis un inspecteur qui se trouve être de repos, fit Dilger en le gratifiant de son grand sourire chaleureux.

— Une telle attitude, ça pourrait vous amener à régler la circulation...

L'inspecteur Dilger n'avait aucune envie de se retrouver en uniforme. Il n'avait pas l'intention non plus de ramper. Il resta donc là, debout, à sourire de ce doux sourire inflexible. Le maximum qu'il pouvait faire...

— Qu'est-ce qu'il y a, dans ce sac ? finit par demander Connor.

— Rien que des affaires personnelles, répondit Dilger en s'éloignant. (Comme il abordait l'escalier, il lança par-dessus son épaule :) Je suis vraiment navré de ne pas pouvoir vous donner un coup de main, lieutenant...

La dernière partie de cette scène eut pour témoin l'inspecteur O'Malley qui, lui aussi, sortait tout juste des toilettes. Il suivit Dilger dans l'escalier et sur le perron, où les deux hommes respirèrent l'air froid de la nuit.

— Fais gaffe à ce type, dit O'Malley. S'il commence à te prendre en griffe, tu auras des problèmes.

— Mais non. Il n'y a pas de quoi s'inquiéter.

Une voiture passa dans la rue, et les deux hommes la suivirent du regard.

O'Malley, un grand gaillard flegmatique, était le plus âgé des deux. Même si Dilger opérait en général seul, il avait travaillé avec O'Malley plus fréquemment qu'avec aucun autre inspecteur du commissariat. Ils avaient passé des tas d'heures ensemble, partagé des centaines de repas, et, en tant qu'équipiers, ils en savaient plus l'un sur l'autre que ce n'était en général le cas.

— Alors, demanda O'Malley, tu travailles sur quoi ?

— Qui sait ? Selon toute probabilité, sur rien.

— Tu as dégotté quelque chose.

C'était une affirmation, pas une question.

— Je ne sais pas. Sans doute que non. (Dilger gratifia O'Malley de son sourire.) Si c'est quelque chose, je te le dirai demain.

— Jack, la tête qui parle, observa O'Malley. Tu parles beaucoup, mais tu ne dis rien.

Dilger lui fit un geste d'adieu par-dessus son épaule et s'engouffra dans sa voiture.

Il reprit Madison, remontant vers la galerie de Bulfinch. En passant devant, il remarqua que les vitrines étaient toujours éclairées, et qu'il faisait toujours sombre à l'intérieur. Il tourna au coin suivant et se gara devant une bouche d'incendie au milieu du pâté de maisons. La rue était sombre : la lumière chiche du lampadaire filtrait à travers les branches des arbres dénudés. Aucun passant en vue. Dilger ouvrit son sac, en tira un uniforme de la Compagnie du Téléphone et un casque. De toute évidence, il n'aurait pas pu se changer au commissariat. Il ne pouvait pas non plus rentrer chez lui pour ce faire. Il chaussa des lunettes à monture d'écaille et enfonça le casque sur sa tête. La plupart des témoins d'un crime évoquaient les coiffures, les lunettes, les moustaches et les barbes. Dilger le savait. Ils ne voyaient jamais le visage.

Il s'examina dans le rétroviseur, puis inspecta les deux trottoirs : toujours pas de passant. Il se dirigea vers le coffre. Il y fourra le sac où il avait entassé ses vêtements et prit une boîte à outils de la Compagnie du Téléphone.

Il claqua le hayon et jeta un ultime regard à la ronde.

Toujours personne.

Transformé en technicien, l'inspecteur Dilger s'avança sur le trottoir d'un pas tranquille.

La galerie de Bulfinch donnait sur Madison, mais l'entrée du reste de l'immeuble, vingt ou trente étages de somptueux appartements, était sur la 74e Rue Est. Une marquise en protégeait l'accès jusqu'au bord du trottoir. Immaculée. Avec tous les pigeons qu'on a dans cette ville, se dit Dilger, ils doivent la laver une fois par semaine. Les piliers de soutien en cuivre étincelaient. Tout comme les énormes lanternes, en cuivre elles aussi, disposées de chaque côté de la porte.

Un portier en livrée, avec des épaulettes et un galon d'or sur son chapeau, attendait sur le seuil.

L'inspecteur Dilger, qui n'avait encore jamais vu ce portier-là, exhiba ce qui pourrait passer pour une carte d'employé du téléphone.

— Il y a des problèmes aux étages supérieurs, annonça-t-il.

A New York, la plupart des portiers parlent à peine anglais.

— J'appelle le concierge, fit celui-ci en se dirigeant vers son standard.

Dilger l'arrêta :

— Il paraît que tu fais vraiment du bon boulot ici.

Il parlait lentement, ne voulant pas que l'homme manque ce compliment.

— Qui c'est qui vous a dit ça ?

— Cette vieille dame avec laquelle tu es toujours si gentil. (Le portier eut un sourire ravi.) Personne de chez nous n'est passé ici aujourd'hui ? demanda prudemment Dilger.

Si on avait découvert ses petits aménagements au sous-sol — et ça arriverait tôt ou tard —, il risquait de tomber dans une embuscade. Le FBI pourrait bien l'attendre, ou bien des gens de l'Inspection générale des services, ou même des inspecteurs d'une autre brigade.

— J'ai vu personne.

— Peut-être que quelqu'un est passé en demandant à voir le concierge ?

— Non, j'ai vu personne.

— Je vais aller parler au concierge, déclara Dilger qui avait l'intention d'éviter celui-ci à tout prix. Je vais lui dire que j'ai à faire dans l'immeuble...

— Il est dans son appartement. Je vous montre où il habite.

— Tu ferais mieux de rester à ton poste. Je connais le chemin.

La porte du sous-sol était près de l'ascenseur. Dilger l'ouvrit avec précaution, tendit l'oreille, mais n'entendit rien. Le plus silencieusement possible, il descendit les marches.

Arrivé dans le couloir, en bas, il s'arrêta de nouveau pour écouter. Devant lui, il y avait la buanderie : il ouvrit la porte pour jeter un coup d'œil à l'intérieur. Une des machines à laver était en marche : à part ça, la pièce était déserte ; il laissa la porte se refermer. L'appartement du concierge était au fond, ses fenêtres donnant sur la cour arrière. Se dirigeant vers le devant de l'immeuble, Dilger poussa la porte de la resserre. C'était là que logiquement, devait se cacher quiconque l'attendait. Il guetta le bruit d'une respiration. La respiration d'un type planqué là.

Il finit par tendre la main, abaissa le commutateur et inspecta les lieux. Personne.

La boîte où arrivaient les lignes téléphoniques était à l'autre bout de la pièce. Il l'examina de loin, comme si, en évitant de s'en approcher, il ne se compromettait pas.

Son fil avait toujours le même air. Il sortait du boîtier.

Il était gris, comme un vrai fil téléphonique, mais on le voyait distinctement et il n'était pas censé être là. Si un authentique employé du téléphone venait réparer quelque chose ou installer une ligne supplémentaire, il le repérerait tout de suite. On posait beaucoup de lignes nouvelles ces temps-ci, en général pour des fax. Imaginez que Mme Dugland là-haut, pense que sa femme de chambre devrait avoir une ligne, ou bien ses gosses, afin de faxer leurs devoirs à l'école : le type du téléphone descend ici pour faire l'installation, il voit le fil illégal... Cinq minutes plus tard, ça grouille de fédéraux. Ils suivent le fil là-haut, et puis le long de la poutre jusqu'à l'endroit où ces vieilles portes sont entassées contre le mur. Le fil descend par-derrière, et c'est là qu'ils trouvent le magnétophone de Dilger. Et après ? Ils organisent une planque, vingt-quatre heures sur vingt-quatre. Et ils coffrent le premier qui revient surveiller le branchement.

La bretelle d'écoute était en place depuis deux semaines et, apparemment, rien de tout ça ne s'était passé. Il y avait une cinquantaine d'appartements audessus de la tête de Dilger, et trois locaux commerciaux sur le devant. Et pendant tout ce temps, personne n'avait demandé une nouvelle ligne, ni eu le moindre dérangement ? Jusqu'où pouvait-il forcer sa chance ?

Revêtu de son uniforme bidon, Dilger était revenu tous les deux jours changer les cassettes, tombant tantôt sur un portier qu'il connaissait, tantôt sur un nouveau, comme ce soir. Jusqu'à maintenant, il avait évité le concierge. Le danger s'était accru suivant une courbe exponentielle, il le savait. Cela valait-il la peine de risquer la prison ? Chaque fois, il avait l'impression que les poils du dos de ses mains se hérissaient davantage, et qu'ils restaient dressés plus longtemps : des réactions physiques qu'il n'arrivait pas à contrôler. C'est bien gentil de décider d'ignorer le danger : le corps, lui, n'est pas toujours d'accord.

Cela faisait plus de cinq minutes maintenant qu'il était dans la resserre, à regarder autour de lui, à écouter, à humer l'air comme pourrait le faire un animal, les épaules crispées, le poil hérissé. Ces sensations-là, la plupart des hommes les évitent. Mais quelques-uns — et l'inspecteur Dilger en faisait partie — y prennent plaisir. Il y avait même des fois où il adorait ça. Ce semblait être le cas ce soir, peut-être parce que ça le changeait du stupide cocktail de sa femme.

Le portier, cependant, avait appelé l'appartement du concierge pour lui annoncer en espagnol qu'un réparateur de la Compagnie du Téléphone était dans l'immeuble.

L'inspecteur Dilger s'approcha des portes entassées contre le mur et retira le magnétophone caché derrière. C'était un Panitel 121 à commande vocale : il remarqua qu'une portion considérable de la cassette avait été utilisée. Revenant à la bretelle de raccordement, il ouvrit la petite porte d'acier du boîtier. Personne apparemment n'avait touché à l'installation. Bulfinch avait deux lignes, et le fil posé par Dilger était fixé aux deux.

Ce fut alors qu'il entendit les pas : il eut juste le temps de prendre un tournevis dans sa boîte à outils et de débrancher plusieurs fils, n'importe lesquels, avant que la porte s'ouvre pour livrer passage au concierge.

Un homme de type hispanique, estima Dilger. Brun de peau. Pantalon sombre, chemise blanche boutonnée bien serrée au col, cravate rouge plutôt voyante. Il avait dû commencer comme portier mais il avait eu de la promotion : porter une cravate à cette heure de la nuit était sa façon de se le prouver, ainsi qu'à son personnel.

— Bonsoir, dit Dilger. Vous avez des problèmes de téléphone au dernier étage.

— Vous avez oune bon de travail ? demanda le concierge.

— Dans ma poche, répondit Dilger, toujours occupé à déployer les fils. Je vous le montre dans une minute. Mais il vaut mieux que je débrouille d'abord ce fatras, vous ne croyez pas ?

Il tenait en main six ou sept fils téléphoniques, sept téléphones inutilisables là-haut. Le concierge, planté près de la porte, le regardait d'un air méfiant. Dilger plongea la main dans sa boîte à outils et en retira le combiné portable : il en enfonça les pinces à l'intérieur du boîtier, branchant l'une sur une vis, l'autre sur un isolant, puis il composa un numéro au hasard.

— Ici 2-1-2, dit-il dans l'appareil muet. C'est toi, Charlie ? Ici Pete. Bon, je vais faire un essai. Je te rappelle tout de suite... (Se tournant vers le concierge, il ajouta :) Je suis à vous dans une seconde.

Et il se mit à agiter les fils déployés tout en sifflotant gaiement.

Le concierge restait planté sur le seuil. Le magnétophone de Dilger était bien en vue par terre, à côté des portes, là où il l'avait laissé. La seule façon d'empêcher le concierge de jeter un coup d'œil de ce côté, c'était de l'obliger à garder son attention fixée sur lui et sur la bretelle de branchement.

Pendant cinq minutes, peut-être plus, il sifflota, fredonna, posa des questions stupides sans jamais interrompre le ballet des outils, des fils et des mains qui s'agitaient à l'intérieur du boîtier. Finalement, comme le concierge ne bougeait pas, il fit semblant de rebrancher le combiné portable et de composer le même numéro qu'un peu plus tôt. Il s'ensuivit une seconde « conversation », bourrée de numéros de téléphone inventés et d'un pseudo-jargon technique sans doute incompréhensible pour quiconque, supposait Dilger, à plus forte raison pour un homme dont la langue maternelle était sans doute l'espagnol.

Après avoir débranché une seconde fois son appareil, Dilger assura ses lunettes sur son nez et contempla tous les fils d'un air songeur.

— C'est plus compliqué qu'on ne pensait, annonça-t-il au concierge. Si vous remontiez dîner ? Je frapperai à votre porte en sortant, et on pourra bavarder.

Il entreprit de remettre lentement, méticuleusement, les fils en place.

Mais le concierge attendait toujours sur le pas de la porte.

— J'ai bien peur d'en avoir pour une vingtaine de minutes, déclara Dilger.

Encore un long silence durant lequel le concierge demeura figé sur le seuil. Puis :

— Je vous attends dans mon appartement, fit-il.

— Bon, répondit Dilger, toute son attention concentrée sur le boîtier.

Il ne leva les yeux que lorsque la lourde porte se fut refermée. Alors, il aspira une grande bouffée d'air, sans arriver immédiatement à reprendre son souffle, et se rendit compte à quel point il avait transpiré.

Et pourtant les palpitations, et ces frissons qui lui couraient le long du dos, c'était délicieux. Même si son premier réflexe fut de se précipiter pour dissimuler le magnétophone, il n'en fit rien.

Avec calme, presque avec nonchalance, il termina de rebrancher les fils arrachés.

Mais la décharge d'adrénaline fut suivie d'une dépression profonde quand il dut s'avouer que la mise sur écoute se terminait ce soir-là : il était grillé. Pas question d'une nouvelle visite au sous-sol.

Lorsqu'il eut raccordé tous les fils, il alla ramasser son magnétophone. Il remarqua une fois de plus la quantité de bande qui avait défilé et il hésita presque à interrompre l'opération. Il rangea le magnétophone dans sa boîte à outils puis se mit à enrouler son fil.

Il sortit dans le couloir, referma avec précaution la lourde porte derrière lui et, sur la pointe des pieds, gagna l'escalier et grimpa les marches. En haut, il y avait une autre porte. Celle-là aussi, il la referma sans bruit ; ensuite il traversa le vestibule et franchit la porte qui donnait sur la rue. Là, il rencontra pour la seconde fois le portier.

— Vous avez vu le concierge ?

— Oui, je l'ai croisé, répondit l'inspecteur Dilger. Je viens de recevoir un appel pour un autre dépannage, alors il faut que je file. Dis-lui que tout est impec maintenant et que je le verrai la prochaine fois.

Pendant tout le trajet jusqu'à sa voiture, il sentit le

regard du portier fixé sur lui ; mais il ne hâta pas le pas. Le véhicule était garé trop loin pour que l'homme puisse identifier sa marque, et encore moins lire son numéro.

Dilger retraversa le parc pour regagner le West Side. Il entra dans la cour de l'école de la 77e Rue, déserte à cette heure. Là, il descendit de voiture et remit ses jeans, son chandail et son manteau, debout cette fois sous un poteau de basket-ball, au lieu de se tortiller sur la banquette. Tout en se changeant, il voyait la buée de sa respiration. Son uniforme de la Compagnie du Téléphone, ses fausses lunettes et son casque, tout retourna dans son sac.

Il avait hâte maintenant d'écouter sa cassette, mais pas ici. Cette cour d'école était suffisamment éclairée pour que sa voiture soit visible de la rue. Si les flics qui patrouillaient dans ce secteur avaient l'œil, ça attirerait leur attention. A tout instant, une voiture pouvait rappliquer et se garer auprès de lui. Un des policiers viendrait lui demander qui il était et pourquoi il était stationné là, tandis que le collègue transmettrait à tout hasard le numéro de sa plaque minéralogique au fichier central. Bien entendu, Dilger pourrait exhiber son insigne et ils repartiraient, mais il y aurait quand même trace de l'incident, et ça, il ne le voulait à aucun prix.

Le cocktail de Flora ne devait pas encore être terminé : il ne pouvait donc pas rentrer chez lui non plus.

Il sortit de la cour d'école et remonta Amsterdam Avenue jusqu'au moment où il aperçut une place le long du trottoir. Il s'arrêta, éteignit ses phares, installa le magnétophone sur ses genoux. Il rembobina la bande puis commença enfin à écouter ce pour quoi il avait pris tant de risques ce soir — et tant d'autres depuis ces deux dernières semaines.

2

La mère de Jack Dilger était originaire de la banlieue de New York et avait fait des études universitaires. Son père, né dans l'Oklahoma, jouait dans l'équipe de base-ball des Yankees. A la naissance de Jack, ils avaient loué dans le West Side un appartement non loin de l'endroit où Flora et lui habitaient aujourd'hui. Ses plus anciens souvenirs étaient ceux de cet appartement et des rues du quartier. Ses parents, apparemment, aimaient sortir : chaque fois que les Yankees étaient à New York, ils passaient des nuits dehors après les rencontres. Ils avaient trouvé la mort dans un accident de voiture en Floride durant un stage d'entraînement au printemps. Ils avaient tous les deux vingt-huit ans. Leur fils Jackie en avait six.

Il avait été recueilli par ses grands-parents maternels. Ceux-ci avaient toujours désapprouvé le mariage de leur fille, et encore plus maintenant. Selon eux, elle avait gâché sa vie pour quelques brèves années avec un plouc sans éducation dont le seul talent consistait à manier une batte. A soixante ans passés, ils n'appréciaient guère l'intrusion de leur petit-fils dans une retraite qu'ils avaient souhaitée paisible. Ils en voulaient au jeune garçon : à l'âge de dix ans, ils l'inscrivirent dans un collège militaire de Pennsylvanie. L'été, on l'envoyait camper dans le New Hampshire.

L'établissement où Jackie faisait ses études était dirigé par des Frères chrétiens irlandais qui lui enseignèrent le catholicisme, la discipline et différents sports, le tout plus ou moins dans cet ordre. A six heures et demie chaque matin, messe obligatoire, et exercices militaires plus tard dans la journée. Les bons Frères étaient convaincus que seuls les châtiments corporels pouvaient mater les garçons difficiles. Le règlement était sévère et toute infraction entraînait une punition infligée devant la salle de classe, sous l'œil des autres élèves. Il y avait un Frère qui aimait donner des coups sur les fesses avec un bout de tuyau de caoutchouc. La douleur était considérable, l'humiliation aussi. La plupart préféraient les coups de règle sur les paumes tendues. C'était également très douloureux, mais le jeune Jack Dilger se donnait beaucoup de mal pour dissimuler sa souffrance, n'éclatant jamais en sanglots, au contraire des autres enfants. Lui arborait sous les coups son sourire déjà rayonnant, comme si le bon Frère n'arrivait pas à lui faire mal. Cela valut à l'orphelin l'admiration de ses camarades : il en était ravi car ce fut pratiquement le seul témoignage d'admiration qu'il obtint jamais. En classe, il était attentif si le cours l'intéressait et plutôt intelligent quand il choisissait de l'être, mais il trouvait la plupart des matières assommantes.

Chaque jour après l'école, il y avait les jeux et les sports, et ça, il aimait bien. Cela se pratiquait sous la direction des Frères : le plus souvent, ils participaient à ces activités, remontant leurs soutanes jusqu'à la ceinture et courant en tous sens aussi vite que leurs élèves. Jackie pratiquait tous les sports, mais il ne fut jamais l'athlète que son père avait été. Ce qu'il préférait, c'était le football. Il jouait arrière dans l'équipe de l'école et il adorait cogner les élèves des autres établissements. Il se battait souvent avec d'autres gosses et, même s'il n'avait pas toujours le dessus, jamais il ne montrait que les coups lui faisaient mal, jamais il ne fondait en larmes, jamais il n'abandonnait.

Telle fut la vie de Jackie pendant sept ans, un monde exclusivement masculin, sans surveillante, sans infirmière, sans même une religieuse, sans fille ni femme pour en adoucir la brutalité.

Le camp de vacances, c'était un monde totalement masculin aussi, mais il y avait un camp de filles à moins de deux kilomètres de là à travers les bois et, à partir d'un certain âge, les garçons se glissaient dans les futaies comme des Indiens, bien décidés à aller leur faire peur. Vers quinze ans, il se coulait toujours dans les bois, mais avec d'autres intentions. Au lieu d'effrayer les filles, il préférait les épier : les autres garçons et lui découvrirent sur quels arbres on pouvait monter pour avoir une vue plongeante sur leurs fenêtres éclairées. Il eut ainsi de temps en temps des aperçus de leur intimité qui enflammèrent son imagination, en une sorte d'initiation au sexe sur le vif.

Quand il obtint son diplôme, il avait près de dix-huit ans. Il était censé passer quelques semaines à la maison avant de commencer son travail de moniteur de camp de vacances et il devait aller à l'université à l'automne : ses grands-parents étaient tout à fait disposés à financer ses études. Mais ils n'éprouvaient aucun plaisir à l'avoir chez eux. Il en avait conscience : il venait troubler leur train-train. Alors il traînait dans les environs. Il ne connaissait personne dans la ville où habitaient ses grands-parents. La perspective d'un autre été dans les forêts du Nord l'ennuyait, tout comme l'idée de poursuivre ses études. Il se sentait esseulé. Peut-être la discipline de l'école lui manquait-elle déjà. Un jour, il vida son compte-épargne, fourra dans sa poche les quelques centaines de dollars qui s'y trouvaient, laissa un mot d'explication, prit le train pour New York — qui, avait-il décidé, était sa véritable patrie — et s'engagea pour quatre ans dans la marine des États-Unis. La première nuit qu'il passa au camp des nouvelles recrues, on lui vola tout son argent pendant son sommeil. Ce fut une grande leçon : si on ne protège pas ce qui vous appartient, on le perd.

Il prit la mer à bord d'un croiseur, l'*USS Salem*, qui avait été affecté en Méditerranée comme navire amiral de la Sixième Flotte. Bien sûr, le navire amiral participait aux manœuvres en mer. Il faisait aussi escale dans les ports, de Gibraltar jusqu'à la Turquie — comme toute la flotte, pour faire acte de présence. Jackie descendit à terre en Espagne, en Sicile, en Grèce — partout où le navire jetait l'ancre — et, même s'il jouait les touristes comme tout le monde, il passait le plus clair de son temps à draguer dans les rues. Il ne tarda pas à se considérer comme un paria. Les filles prétendues bien ne voulaient rien avoir à faire avec des marins en uniforme, surtout quand ils circulaient en bande. Les officiers avaient dans leur cabine des vêtements civils qu'ils mettaient pour descendre à terre. Mais les matelots n'étaient pas autorisés à en posséder : d'abord parce qu'il n'y avait pas de place dans les casiers qui leur étaient affectés dans l'entrepont, mais surtout parce que des jeunes en uniforme sont plus faciles à surveiller que des jeunes en civil.

A Athènes, Jackie acheta des jeans, une chemise à fleurs et des espadrilles et il fit faire du tout un paquet cadeau. Cela faisait un colis peu encombrant et à l'aspect innocent : à chaque escale, il le descendait clandestinement à terre et le rapportait ensuite à bord. Cela dura jusqu'à la venue de l'hiver. Ainsi, au lieu de déambuler sans but, un matelot parmi les autres matelots, il allait se changer dans les toilettes du premier bistrot qu'il trouvait, laissait son uniforme enveloppé dans le papier cadeau à un barman compréhensif — une barmaid, c'était encore mieux —, puis s'en allait traîner dans les rues en quête d'établissements fréquentés par les jeunes. C'étaient en général des caves pleines de bruit, de fumée et de filles toutes prêtes à tester les rudiments d'anglais qu'elles avaient appris à l'école.

A Nice, il rencontra une fille de son âge et se lança dans une histoire d'amour passionnée, bien qu'un peu chaotique : le navire ne mouilla dans ce port que trois fois en six mois. Elle s'appelait Claudia et, pour la première fois de sa vie, Jackie était amoureux, vraiment amoureux. Une grande partie de ce qui se passa entre eux avait lieu sur une couverture la nuit sur une plage. Rien de bien original.

— Laisse-moi.

— Non.

— Pourquoi ?

— Je n'ai pas envie.

Ils entendaient la mer qui se brisait sur les galets.

— Tu ne m'aimes pas ?

— Mais si, je t'aime.

— Eh bien alors ?

Le dialogue classique. Avec le temps, on passa aux gémissements et aux souffles rauques. Quand ils en arrivèrent enfin à l'inévitable conclusion, ce fut à peu près les mêmes mots qu'ils répétèrent, mais avec une intonation différente :

— Oh, je t'aime, Claudia, je t'aime, je t'aime.

Le navire repartit pour l'Amérique. Quand il franchit le détroit de Gibraltar, Jack était debout sur le pont, les larmes ruisselant sur son visage : il pleurait son amour perdu. Il n'avait pas encore vingt ans.

Il n'eut désormais qu'une seule idée : être muté sur le navire qui allait remplacer le *Salem*. Il devait retourner en Méditerranée et retrouver Claudia, mais comment ?

Ce fut à cette époque qu'il apprit une autre précieuse leçon, qui devait lui être fort utile quand il serait devenu policier. Plus qu'une leçon, c'était une des règles élémentaires de l'existence et, comme il le découvrirait plus tard, la police new-yorkaise a même un mot pour ça. Jackie avait besoin de ce que les flics appellent un parrain ou un rabbin : c'est-à-dire un copain haut placé dans la hiérarchie. Sans rabbin, disent les flics, on ne peut rien faire. Si on en a un, tout baigne. Et un rabbin, c'était précisément ce que Jackie avait, même si au début il était trop jeune pour s'en rendre compte.

Le navire amiral transportait un certain nombre de petites embarcations, l'une qu'on appelait « Vedette des officiers », une autre « Canot du commandant », et une troisième, « Péniche de l'amiral ». Toutes des Chris-Craft ayant la même apparence, la même puissance et les mêmes fonctions. Jackie appartenait à l'équipage de la Péniche de l'amiral. Il était debout à la proue lors des manœuvres d'accostage et c'était lui qui lançait les câbles d'amarrage. En fait, l'amiral utilisait généralement l'hélicoptère pour se rendre à terre et Jackie le voyait rarement. La Péniche servait à son épouse et aux invités qui venaient à bord. L'amiral, qui s'appelait MacMahon, n'allait pas risquer de compromettre sa carrière en transportant des civils dans son hélicoptère, ce que Jackie ne comprit que beaucoup plus tard.

Un jour, par gros temps, l'épouse de MacMahon tomba à la mer en passant de la Péniche à l'échelle de coupée. Le tout tanguait violemment. La plate-forme d'appontage était tantôt sous l'eau, tantôt deux mètres au-dessus. La femme de l'amiral était bien partie pour se noyer. Elle avait même de très bonnes chances d'être écrasée entre le canot et la coque du navire. Jackie se précipita le long du plat-bord et plongea sur elle. Il l'entraîna sous l'eau, de plus en plus profondément, tandis qu'elle ne cessait de se débattre. Il la fit passer sous l'embarcation et ressortir de l'autre côté, d'où on les hissa tous deux à bord. L'amiral MacMahon le convoqua dans sa cabine pour le remercier. Mme MacMahon était assise là, enveloppée dans une couverture, ses cheveux encore trempés, l'air hébété. Elle le remercia elle aussi. Ensuite, l'amiral le bombarda quartier-maître aussi vite que le permettait le règlement et lui confia le commandement de la Péniche. Jackie était sûr que l'amiral l'aurait nommé commandant du navire s'il l'avait pu : MacMahon aimait vraiment sa femme. Elle suivit son mari à travers toute la Méditerranée, comme le faisaient un certain nombre d'épouses. Jackie l'eut à bord de la Péniche bien des fois. Il la débarqua ainsi que d'autres épouses et de nombreux militaires sur bien des côtes différentes. Il adorait ce travail. Il aimait manœuvrer ce canot. Puis les ordres de rotation arrivèrent : on arrima les canots et ils retraversèrent l'Atlantique, laissant derrière eux la Méditerranée et Claudia.

Avant de quitter le navire à Norfolk, l'amiral fit venir Jackie dans sa cabine, lui serra la main, lui souhaita bonne chance dans la vie, lui proposa son aide si jamais le jeune homme en avait un jour besoin. Il pouvait aider Jackie à entrer à l'Académie navale, s'il le souhaitait, ou dans une école d'officiers. Jack n'avait qu'une envie, lui parler de Claudia et le supplier de le faire réaffecter au nouveau navire amiral en Méditerranée, mais Mac-

Mahon était si vieux — au moins cinquante ans ! — et il avait tant de galons qu'il n'osa rien lui dire du tout.

Jackie se contenta de demander sa mutation par la voie hiérarchique, mais des mois s'écoulèrent et rien ne se passait. Il écrivait fréquemment à Claudia et elle lui répondait, même si bientôt ses lettres se firent plus rares.

Puis un jour il tomba sur Mme MacMahon dans la rue. Elle se montra très aimable, elle lui demanda comment il allait et il lâcha toute l'histoire. Elle promit d'en parler à son mari. Trois mois s'écoulèrent et il se trouva soudain affecté sur l'*USS Newport News* ; il retraversa l'Atlantique pour un second service en Méditerranée. Cette fois, il commandait la vedette des officiers. Son histoire d'amour décousue avec Claudia reprit. Tout d'abord, ils retrouvèrent la même passion qu'auparavant. Puis elle parut s'atténuer. De son côté à elle, pas du sien. Elle ne voulait pas aller avec lui sur la plage la nuit.

— Pourquoi pas ?

— Nous allons trop vite, dit-elle. Tu en veux trop.

Elle avait un autre petit ami, semblait-il, lieutenant à bord d'un des croiseurs. Un camarade de bord lui signala les avoir vus ensemble dans la rue.

Lors de la dernière escale à Nice du navire amiral, elle n'était même pas là. Cette fois, tandis que la proue du croiseur fendait les lames de l'Atlantique, Jackie se contenta de fixer un regard maussade sur la côte qui s'éloignait. Plus de larmes. Son avenir était ailleurs, voilà tout.

Son engagement touchait à son terme et il ne le renouvela pas. Son expérience française avait aussi modifié ses sentiments envers la marine. Il se fit démobiliser et regagna la maison de ses grands-parents à Larchmont, mais ce fut à New York qu'il passa le plus clair de son temps. Il songeait à s'inscrire à l'université, même si, à vingt et un ans, il se sentait trop vieux pour ça. Il n'avait pas de travail, il était seul la plupart du temps et un ami lui conseilla de passer l'examen d'entrée dans la police : il pourrait prendre sa retraite à demi-solde au bout de vingt ans, et on le créditerait des quatre années qu'il avait passées dans la marine : encore seize ans et il toucherait une pension. Il n'avait rien de mieux à faire, aucune idée de ce qu'il voulait devenir, alors pourquoi pas ? D'ailleurs, la vie d'un flic se déroulait selon une discipline paramilitaire : pour un jeune homme qui s'était presque toute sa vie plié aux règlements d'une institution, ça promettait de ne pas être un trop grand changement.

En compagnie de milliers d'autres jeunes gens, pour la plupart blancs — il y avait tout de même quelques Noirs, des Hispaniques et une poignée de femmes —, il passa l'examen et obtint d'excellentes notes. La police de New York était à cette époque en période d'expansion : deux mois plus tard, il entrait à l'École de Police.

On l'affecta au 112e commissariat de Queens. A Forest Hills. De petits immeubles, des rues entières bordées de maisons pour une ou deux familles, avec de petites pelouses. Un secteur à faible taux de criminalité, mais avec une foule de ménagères qui s'ennuyaient et qui appelaient Police-Secours pour un oui ou un non. Pendant deux ans, il patrouilla dans ces rues, d'abord à pied puis dans une voiture radio. Il intervint dans des bagarres familiales, emmena à fond de train des cardiaques à l'hôpital et, une fois, mit au monde un bébé. C'était un quartier de cambriolages, d'agressions, avec quelques petits trafiquants de drogue. Guère de chances pour un flic de se distinguer.

Il fit la connaissance d'une femme qui travaillait à Wall Street et qui entreprit de faire son éducation intellectuelle, allant même jusqu'à l'inscrire un jour au collège de Queens pour le lui annoncer ensuite. Elle avait quelques années de plus que lui. Elle lui fit organiser ses cours en fonction de ses horaires de service. Il n'alla pas s'installer chez elle : elle semblait vouloir garder ses distances. Elle l'emmena une fois à Hawaii. Tout était payé d'avance, sinon elle réglait en douce. Il essaya bien d'apporter sa contribution, mais sans y parvenir. Il commençait à avoir l'impression de se faire entretenir. Les policiers étaient si mal payés, expliqua-t-elle. Au commissariat, il y avait une équipe de basket-ball et une de base-ball : il jouait dans les deux et, après les rencontres, il traînait dans les bars, éclusant des bières avec ses coéquipiers. Souvent, elle l'accusait de lui préférer ses copains de la police.

Leur histoire d'amour et sa carrière universitaire se terminèrent en même temps quand il fut pris dans une fusillade : elle changea sa vie à tous égards.

Un appel lui parvint par la radio juste avant huit heures du soir. La voix calme du Central :

— On signale un 10-30-3, vol à main armée en cours. Deux hommes. Dans un débit de boisson. (Le Central donna l'adresse.) Quelle voiture répond ? Terminé.

Quelle voiture ? Un appel comme ça, tous les véhicules du secteur allaient y répondre. Les voitures des commissariats voisins aussi. Il fallait arriver là-bas sans traîner pour avoir une chance d'être dans le coup.

L'agent Dilger et son équipier rentraient tout juste de déjeuner et c'était Jack qui se trouvait au volant, un gobelet de café à la main. Le café valsa par la fenêtre et, en un instant, Jack avait embrayé et franchi en trombe le carrefour. Il alluma la rampe clignotante, mais ne mit pas la sirène. Il ne voulait pas effrayer les criminels. Il tenait à les prendre en flagrant délit.

Il n'était plus qu'à trois blocs, plus qu'à deux, ils tournèrent le coin : deux voleurs sortaient en courant du magasin. Il freina à mort et jaillit de la voiture avant même qu'elle eût cessé de déraper.

Une grêle de balles l'accueillit.

Il s'accroupit derrière la roue avant, comme on le lui avait enseigné, et riposta. Trois de ses balles — comme l'autopsie le montra plus tard — pénétrèrent dans la tête et le torse du malfrat. La quatrième fracassa la vitrine du débit de boisson : elle s'effondra en mille morceaux, ce qui stupéfia Jack. Tout d'ailleurs, à propos de cette fusillade et de ses répercussions, le laissa pantois.

L'autre voleur jeta aussitôt son arme par terre en hurlant :

— Ne tirez pas, ne tirez pas !

Il faut bien comprendre que très très peu de policiers ont l'occasion au cours de leur carrière de faire usage de leur arme en service : même si les flics eux-mêmes ont l'air de considérer ces très rares fusillades comme une sorte de rite initiatique, un baptême du feu, ce n'était pas du tout l'attitude de la direction de la police. Bien au contraire. Les gens de couleur constituant maintenant cinquante et un pour cent de la population de la ville, les chefs grosses légumes de la police ne voulaient pas dans leurs rangs d'hommes qui, à tort ou à raison, auraient tendance à tirer sur les gens — surtout s'il s'agissait de Noirs. Un criminel blanc abattu posait bien peu de problèmes. S'il était noir, comme l'était celui-là, des manifestants descendaient aussi sec dans la rue — cela arrivait de plus en plus souvent. Ces manifestations avaient le chic pour dégénérer en émeutes : voitures en feu, émeutiers sur le carreau, policiers blessés ou tués.

Qu'une fusillade soit légalement justifiée n'était pas une preuve suffisante. La préfecture voulait qu'il ne plane aucun doute sur le policier qui y avait été impliqué. N'avait-il pas ouvert le feu dans un moment d'affolement ? Avait-il tout tenté avant de faire usage de son arme ? Si ce n'était pas le cas, alors le service avait intérêt à se débarrasser de lui sans traîner. La fusillade pouvait-elle être une affaire personnelle, un règlement de comptes ? C'était pareil. Peut-être était-il un raciste à la gâchette facile, un assassin avec un insigne... Même si l'on estimait, au bout du compte, que le policier était dans son droit, il restait quand même une tache dans son dossier. Un seul échange de coups de feu, c'était un de plus que la norme. Encore un, et des sonnettes d'alarme retentissaient aux quatre coins de l'étage de la direction.

A peine les officiers supérieurs étaient-ils arrivés sur les lieux que l'on confisqua le revolver de l'agent Dilger, sous le prétexte de le faire examiner par le service de balistique. On demanda à l'agent Dilger de se présenter le lendemain matin et tous les matins suivants au chef des opérations : les jours se succédaient, et il restait assis sur une chaise sans qu'on lui donne rien à faire — oh, un après-midi, on lui demanda quand même de mettre des papiers sous enveloppe.

La fusillade faisait l'objet de quatre enquêtes différentes : par les inspecteurs de la Brigade, par ceux de l'Inspection générale des services, par le chef des inspecteurs, et par d'autres encore travaillant pour le procureur du comté de Queens. Le quatrième jour, Jack fut traîné devant la Chambre des mises en accusation, où il déposa pendant deux heures : il savait pertinemment que les jurés pourraient fort bien, à la suite de sa déposition, choisir de l'accuser d'une forme ou d'une autre d'homicide. En entrant dans la salle d'audience, il n'était pas du tout certain que ça n'allait pas lui arriver. Au lieu de cela, quand il quitta le prétoire, plusieurs jurés se levèrent pour l'applaudir.

Cela tenait en partie au fait que le chef des inspecteurs avait alors établi un lien formel entre les deux criminels, l'un mort, l'autre incarcéré, et plus de vingt braquages commis depuis dix-huit mois, et qui avaient notamment causé la mort de deux commerçants. A lui tout seul, semblait-il, l'agent Dilger avait mis un terme à une vague de criminalité.

Le lendemain, Jack fut convoqué à la direction, où le préfet de police en personne le promut inspecteur et lui épingla sur la poitrine l'insigne doré, devant les caméras de la télévision. Le préfet était nouveau et il lui fallait asseoir le plus vite possible sa position aussi bien dans la municipalité que dans le service. Il avait besoin de toute la publicité possible, et il en avait besoin vite. C'était son adjoint aux relations publiques qui avait suggéré la cérémonie de promotion en disant : « Nous n'avons rien d'autre cette semaine, et ça vous vaudra une belle couverture dans les médias. »

Jack Dilger, maintenant inspecteur, avait appris de la

vie encore d'autres leçons importantes. Comme toutes les leçons, elles étaient à la fois d'ordre général et particulier, et leur portée n'apparaissait pas toujours au premier abord. Ainsi il n'y a chaque année que quelques policiers qui se trouvent pris dans un échange de coups de feu. Certains en sortent perdants. Et certains, qui croyaient en être sortis vainqueurs, se retrouvent au banc des accusés.

Mieux valait éviter les fusillades.

Autre chose : les gens vous font obtenir de l'avancement non pas pour que vous puissiez passer à la télévision mais pour qu'eux-mêmes y passent.

A tous égards, il avait eu beaucoup, beaucoup de chance.

On l'affecta à la brigade d'inspecteurs du commissariat du 19e district, dans le haut de l'East Side, ce qu'on appelait le District des Bas de Soie, sans doute le plus riche secteur de la ville. C'était un quartier à faible taux de criminalité, mais avec une particularité : la plupart des missions diplomatiques auprès des Nations unies s'y trouvaient, et ce que ces gens pouvaient mijoter — dans la plus complète illégalité, mais protégés par l'immunité diplomatique — dépassait sans doute ses facultés d'imagination. Il n'y pouvait absolument rien. Ou bien se trompait-il ? Sa première tâche fut de trouver des sources d'information : il se mit à arpenter les rues, entrant dans les bars et les magasins pour se présenter. Il déployait son grand sourire et tendait sa carte. « S'il arrive quelque chose, si vous voyez ou entendez quoi que ce soit, expliquait-il aux commerçants, appelez directement la salle de permanence et demandez-moi. Pas la peine de passer par Police-Secours. Si je ne suis pas là, laissez un message, je vous rappellerai. »

Cela l'amena à répondre à bien des appels inutiles. Mais à quelques-uns aussi qui en valaient la peine.

Il se mit à fréquenter les portiers, s'ils parlaient anglais, surtout ceux qui étaient en faction devant des immeubles abritant des missions diplomatiques. Il leur donnait un pourboire d'avance : cinq dollars de sa poche

— peut-être dix, si ça avait l'air prometteur — et il disait qu'il y en aurait d'autres. Car les portiers voyaient et entendaient des choses. Les gens avaient tendance à les traiter comme des domestiques de l'ancien temps : quand ils les croisaient en entrant et en sortant, ou qu'ils attendaient sous la marquise un taxi ou une voiture, les gens discutaient devant eux comme s'ils n'étaient pas là. « Appelez-moi directement », disait-il aux portiers.

Il essayait de se bâtir une carrière, mais ça n'allait pas vite.

La première fois que l'inspecteur Dilger avait vu Flora, ç'avait été à travers la vitrine de son magasin. Il avait vingt-quatre ans à l'époque : il était nouveau dans le secteur, il cherchait encore sa voie comme inspecteur. Il déambulait sur Madison Avenue. L'ayant remarquée, il entra et lui remit sa carte. Ce qu'il vit lui plut : la silhouette svelte, les cheveux blonds, les pommettes saillantes et les yeux bleus. Tout de suite, elle vit qu'elle l'intéressait et elle remonta sa garde. Il lui raconta aussitôt qu'il enquêtait sur un cambriolage plus loin dans l'avenue. Ça la calma. Avait-elle vu quoi que ce soit ? Quel genre de cambriolage, demanda-t-elle, qu'est-ce qu'il cherchait ? Un flic pouvait engager la conversation avec n'importe quelle femme. Voir comment elle réagissait. S'il s'y prenait bien, pas de risque de se faire éconduire. Chez Jack, c'était une crainte réelle. Sa dureté n'était que de façade. Peut-être s'était-il trop fait malmener quand il était enfant.

Il l'emmena dîner dans un restaurant fréquenté par des policiers : c'était une si jolie fille qu'il tenait à être vu avec elle. Des flics installés au bar rappliquèrent sans être invités. Ils traînaient autour de leur table en espérant que Jack allait leur proposer de s'asseoir. Mais il se débarrassa d'eux les uns après les autres. Il apprit que Flora était originaire de Kansas City, qu'elle avait un diplôme d'arts décoratifs et qu'elle était entrée comme apprentie chez un décorateur. Actuellement, elle était une sorte d'associée minoritaire dans une firme. Il ne savait pas très bien ce que cela voulait dire, mais il se dit qu'il le découvrirait par la suite. Elle habitait seule dans un studio, pas très loin.

Et, lui annonça-t-elle, elle était divorcée.

Cette déclaration le choqua. Cela lui donna de l'assurance aussi, car on disait que les femmes divorcées étaient faciles. Il s'imaginait qu'à minuit ils seraient ensemble au lit et que ce serait formidable : en la raccompagnant chez elle, il était plein d'espoir.

Mais elle lui fit un doux sourire et l'embrassa sur le pas de la porte en lui souhaitant bonne nuit.

Ça lui prit des semaines. Parfois elle prenait des initiatives, parfois elle le tenait à distance. Certains soirs, elle n'arrêtait pas de parler. D'autres fois, elle ne disait pas un mot. Elle l'invitait au restaurant. Elle lui faisait aussi faux bond au dernier moment. Elle l'appelait parfois au commissariat pour lui raconter une loufoquerie ou une autre. Elle était exaspérante. Elle était délicieuse.

Il finit par avoir accès au petit appartement qu'elle occupait. En y pénétrant, il ne remarqua aucune trace de désordre : pas de vaisselle sale dans la minuscule cuisine qu'on apercevait par la porte entrebâillée, pas de soutien-gorge pendu sur des dossiers de chaise, pas d'articles de toilette traînant sur le lavabo : cela le surprit, car elle lui semblait être une femme qui agissait sur des coups de tête et qui réfléchissait rarement. Bien qu'elle eût le même âge que lui, il y avait des fanions de collège et des affiches de voyage aux murs, et un gros ours en peluche posé sur une coiffeuse. Elle couchait sur un canapé transformable qu'ils déplièrent ensemble entre deux baisers. Chacun déshabilla l'autre à la lumière qui venait de la rue. Puis ils se retrouvèrent au lit. Il la découvrit sans inhibition, inventive, presque insatiable. Son visage devenait tout rouge, comme sa poitrine entre ses seins délicieux. Il se dit qu'elle était superbe.

Assis au bord du divan transformable, elle le regardait se rhabiller. Elle avait observé un long célibat jusqu'à ce soir avoua-t-elle. Pas une fois depuis son divorce.

— Pas une ? fit-il.
— Non.
— Comment ça se fait ?
— Eh bien...
Et des larmes lui vinrent aux yeux.
Il était si étonné qu'il demanda :
— Pourquoi moi ?
Elle ne lui répondit pas et, quand il lui reposa la question, un peu plus tard, elle se contenta de plaisanter. Elle avait été séduite par ses magnifiques pectoraux et ses grands yeux bruns.

Elle s'approcha de lui et resserra sa cravate : le code vestimentaire des inspecteurs exigeait veste et cravate. Elle avait cessé de pleurer. Elle portait alors un long T-shirt, et rien d'autre. Il sentit les doigts de Flora sur sa gorge. Elle n'avait manifestement pas l'intention de lui proposer de passer la nuit avec elle et il ne le lui demanda pas, même s'il en avait très envie. Il l'embrassa donc et partit. Dans la rue, il s'arrêta, aspira à pleins poumons, écoutant les rumeurs nocturnes de la ville, content de lui et content d'elle. Puis il prit le métro pour rentrer chez lui.

Il adorait l'exhiber. Il l'emmenait au commissariat. Les autres inspecteurs faisaient cercle autour d'eux et la dévisageaient. Elle s'asseyait sur un bureau, les jambes croisées. Les grossièretés avaient totalement cessé. Des détectives endurcis se bousculaient pour lui apporter un siège. C'était comique. Ils contemplaient ses élégantes toilettes et la façon dont elle les portait. Elle avait une façon de prendre un air distant, un air qu'elle ne gardait pas dans toutes les occasions — Jack le savait, à présent. Elle fixait leurs visages, se concentrait sur leurs propos jusqu'au moment où ils se taisaient, ne sachant plus ce qu'ils étaient en train de dire. Quand il reprenait son service, le lendemain, ils le mettaient en boîte et voulaient savoir ce qu'il avait jamais fait pour mériter une telle femme. C'était extrêmement flatteur.

Flora aimait tout autant exhiber Jack, du moins en avait-il l'impression. Elle l'emmenait dans le monde des décorateurs, le traînait à des soirées, à des vernissages. Il était son inspecteur attitré. Peut-être estimait-elle qu'elle amenait ainsi les gens — les hommes et les femmes qui pouvaient l'aider dans sa carrière — à la considérer sous un jour différent. Elle le présentait à des décorateurs qui le regardaient, puis se tournaient vers elle en hochant la tête d'un air approbateur. Nombre d'entre eux étaient homosexuels. Certains étaient même carrément efféminés. Elle restait là rayonnante, tenant Jack par la taille, avec presque l'air de dire : « Vous pouvez grincer des dents, tous autant que vous êtes, cet homme-là, c'est un vrai. » Et dès qu'il la ramenait chez elle et qu'ils avaient déplié le canapé-lit, elle se déchaînait, comme pour lui donner l'occasion de prouver sa virilité, ce qu'il n'était que trop content de faire.

Il trouvait vraiment merveilleux les moments qu'ils passaient au lit. « Elles sont toutes comme toi à Kansas City ? » lui demanda-t-il un jour, et elle éclata de rire. Dès qu'il la voyait, il avait envie d'elle. Elle n'avait qu'à le regarder d'une certaine façon. Il ne pouvait pas s'empêcher de la toucher : en public, on les voyait souvent s'effleurer l'un l'autre.

Parfois, il lui donnait un baiser et elle se jetait sur lui, lui disant qu'il était l'amant le plus formidable du monde, et, dans ces instants-là, il était sûr que c'était vrai.

D'autres soirs, elle faisait sa timide. Tout en lui souriant tendrement, elle laissait son doigt courir le long des boutons de sa chemise en secouant la tête. Elle riait de son air perplexe. « Si tu t'en sers trop souvent, ça va se casser », lui dit-elle un jour en riant, et elle l'entraîna jusqu'à la porte. Là, elle lui donna un baiser et referma le battant sur lui. Il se demanda si elle souhaitait qu'il la jette sur le plancher pour la violer. Était-ce de cela qu'elle avait envie ? Mais, s'il essayait et que ce n'était pas ce qu'elle voulait ? Il ne savait pas que faire et craignait de la perdre pour de bon. Ces soirs-là, il réprimait donc ce qu'il lui restait d'excitation et marchait lentement jusqu'à la station de métro pour rentrer chez lui.

Puis vint la fois où elle lui permit de rester toute la nuit. Quand il s'éveilla, au matin, il la découvrit nue dans sa minuscule cuisine en train de préparer du café. Elle était un peu pâlotte, épuisée, comme lui, par leurs étreintes répétées.

— C'est vrai que j'ai été le premier depuis ton divorce ? lui demanda-t-il.

— Mais oui.

— Mais, voyons, faire l'amour... tu as l'air d'aimer ça...

Elle était en train de verser du café dans la cafetière. Il vint se planter auprès d'elle, une main sur ses fesses nues. C'était un moment d'intimité, rien de sexy.

— Avec toi, oui.

Elle était son amie et il se trouvait qu'elle était toute nue. Elle posa la cafetière sur le réchaud.

— Alors, comment expliques-tu que...

Elle haussa les épaules et ses seins s'agitèrent.

— Sans doute que je n'avais plus envie d'hommes...

— A cause de ton divorce ?

— Pas de psychanalyse, je t'en prie.

— C'est juste que je veux tout savoir de toi.

— Le divorce a été déplaisant. Tous les divorces le sont. Il n'y a rien de plus à en dire. (Mais aussitôt elle adoucit sa rebuffade en levant vers lui un visage souriant.) Et tu peux ôter tes mains de là aussi...

— D'où ça ?

Une semaine plus tard, revenant sur le même sujet, il fit une nouvelle tentative.

— Quel âge avais-tu quand tu t'es mariée ?

— Dix-huit.

— C'est très jeune.

— Je suis bien d'accord.

Ils rentraient chez elle après être allés au cinéma : ils se tenaient la main comme des adolescents, marchant lentement comme pour prolonger autant que possible leur rendez-vous.

— Tu étais vierge ?

— Pratiquement.

Ils entrèrent dans son immeuble, passèrent devant le portier et s'engouffrèrent dans l'ascenseur.

— Combien de temps as-tu été mariée ?

— Quatre ans.

— Tant que ça ?

— Oui.

A minuit, Jack devait aller travailler : à cette époque, les inspecteurs étaient encore de service de nuit toutes les trois semaines.

— Quel âge avait ton mari ?

— Quand nous nous sommes mariés ? Trente-deux.

Ils sortirent de l'ascenseur et se dirigèrent vers son appartement.

— Qu'est-ce qu'il faisait ?

— Lui ? Il était avocat.

— Quel genre d'avocat ?

Cette partie de sa vie ne le regardait pas, dit-elle d'un ton ferme : elle n'allait pas en parler. Elle ne voulait même pas regarder dans sa direction et, quand il insista, ils eurent une scène, leur première.

Il essaya encore une fois de lui arracher des détails, sans plus de résultat, alors il laissa tomber.

Au commissariat, il résolut sa première grosse affaire. Un soir, quelqu'un tira des coups de feu du haut d'un toit sur les fenêtres éclairées du dernier étage de la Mission israélienne, tuant un employé et en blessant un autre. Tous les éléments d'un incident diplomatique. Tandis que le FBI se plongeait dans les dossiers des groupes extrémistes arabes, l'inspecteur Dilger fit la tournée de ses portiers, en suivant à peu près la ligne de tir. Si le tireur avait eu accès à un toit, il y avait en bas un portier qui lui avait ouvert, sans doute parce qu'il le connaissait, au moins de vue.

Un de ces portiers l'adressa à un autre, un peu plus loin, qui le renvoya à un troisième. Au bout d'une heure, il tenait le bon : celui-ci se souvenait du jeune homme au teint basané, récente recrue du personnel de l'immeuble, qui était arrivé plus tôt ce jour-là à son travail avec un long paquet. Jack se précipita dans la chambre meublée du tireur, mais le manqua. Il courut alors jusqu'à l'aéroport JFK où, deux heures plus tard, il l'arrêta au moment où il allait embarquer sur un vol à destination du Caire. Deux jours plus tard, il avait démonté tout le réseau.

Il dut pour cela poser un lapin à Flora. Il ne l'avait même pas appelée pour lui dire qu'il ne pouvait pas la voir. Il avait complètement oublié leur rendez-vous. Quand il finit par téléphoner pour s'excuser, elle refusa de lui parler. Il essaya de lui expliquer : elle raccrocha. Il se rendit à son magasin : il y avait des clients. Il rappela chaque jour, mais elle ne voulait toujours pas lui parler. Il finit par attendre l'heure où elle fermait le magasin. Il lui prit la main et se lança dans des explications sur toute l'affaire.

Au milieu des piétons, elle lui sauta au cou et l'embrassa. « Il y avait ta photo dans le journal aujourd'hui, lui dit-elle. J'étais si fière. Je l'ai montrée à tout le monde. Je suis heureuse pour toi. Qu'est-ce qu'on va faire pour fêter ça ? »

Au moment où il la rencontra, Jack louait un appartement dans le Queens. Il n'y avait pas d'ascenseur, des tas de pièces avec pas grand-chose dedans. Flora fit « Ugh ! » la première fois qu'il l'y emmena et n'y passa qu'une ou deux nuits. Elle ne voulait pas venir s'installer avec lui. Le studio qu'elle avait se trouvait sur la 79e Rue Est, dans un immeuble de luxe : c'était une adresse chic, même si l'endroit était minuscule. « Trop petit pour deux », dit-elle. Il ne tarda pas à lui être familier, mais ils continuèrent à vivre chacun de son côté.

Cet hiver-là, ils allèrent passer une semaine aux Caraïbes et Flora fit sur la plage la connaissance d'un nommé Paul quelque chose. De l'Iowa. Au début, la petite amie de Paul était avec lui, puis elle repartit. Flora ne flirtait pas à proprement parler avec Paul. Arborant un bikini qui ne cachait pas grand-chose, elle passa toute une matinée assise auprès de lui dans l'eau, les vagues leur recouvrant les cuisses. Jack faisait de la pêche sous-marine à quelque distance de là. Tout en faisant semblant de chercher de jolis poissons, il n'arrêtait pas de relever la tête pour les regarder tous les deux, apparemment plongés dans une passionnante conversation.

— Qu'est-ce qu'il a de si fascinant, ce type ? demanda-t-il quand ils eurent regagné leur chambre.

Elle ôta le soutien-gorge de son maillot.

— Viens, mon amour, répondit-elle.

Quand elle faisait l'amour, elle pouvait se montrer espiègle, elle pouvait être fiévreuse. Ce matin-là, elle était un peu des deux. Ensuite, ils allèrent déjeuner.

Le lendemain, ils prirent leur voiture de location pour se rendre jusqu'en un coin éloigné de l'île.

— Où va-t-on ? interrogea Jack.

— A un endroit dont Paul m'a parlé, répondit Flora qui conduisait.

Elle descendait un chemin de terre. Arrivée au bout, dans une clairière où se trouvait un certain nombre de voitures, elle se gara et ils descendirent. Comme elle le précédait sur un étroit sentier qui dévalait jusqu'à la mer, Jack entendit le bruit des vagues qui se brisaient.

Au bas du chemin, une petite plage en croissant et une douzaine de personnes, toutes complètement nues.

— Tiens, fit Jack. Tiens, tiens...

— Viens, dit Flora. Allons nous baigner.

D'un coup de pied elle ôta ses sandales. Elle portait une robe bain de soleil qu'elle fit passer par-dessus sa tête. Dessous, elle ne portait qu'une petite culotte. Elle s'en débarrassa aussitôt.

Jack, interloqué, fut un peu plus lent. Il inspectait les alentours. Il n'était jamais allé auparavant sur une plage de nudistes. Flora non plus, à sa connaissance. Il y avait des gens dans l'eau, des gens qui prenaient des bains de soleil, des gens qui se promenaient, tous nus comme des vers. Au large, on apercevait un récif, et la mer en se brisant dessus projetait des gerbes d'écume. Entre le récif et la plage, l'eau était calme et d'un bleu exceptionnellement transparent.

Il commençait à se déshabiller quand il entendit Flora annoncer :

— Tiens, voilà Paul. Je pensais bien qu'il pourrait être ici.

L'homme était allongé sur le ventre un peu plus loin, ses vêtements entassés auprès de sa tête, ses fesses blanches à l'air. Jack vit Flora s'éloigner dans sa direction et se planter au-dessus de lui.

Paul avait dû sentir son ombre. Roulant sur le dos, il la regarda.

Elle était là, jambes écartées. Il doit la regarder droit dans l'entrejambe, se dit Jack en les observant. D'ailleurs, elle le sait.

Paul se redressa, puis se leva. Ils restèrent à bavarder et à gesticuler avec animation en souriant, leurs torses nus à trente centimètres l'un de l'autre.

Un vent chaud soufflait de la mer.

Jack n'entendait pas ce qui se disait, mais il vit Paul se pencher pour prendre un flacon de ce qui devait être de l'huile solaire. Il semblait lui expliquer qu'elle ferait mieux d'en mettre, sinon elle allait attraper un coup de soleil et il lui tendit le flacon. Mais elle le refusa et là-dessus il se passa ce que Jack considéra comme une chose incroyable. Elle se tourna, offrant son dos à Paul. Il versa de l'huile au creux de sa main et entreprit de l'étaler sur elle. Il la frotta sur tout le dos jusqu'aux fesses.

Puis Flora se retourna pour lui faire face. Une fois de plus, il lui tendit le flacon et une fois de plus Flora le refusa. Jack la vit rire et dire quelque chose. Après un instant d'hésitation, Paul versa encore de l'huile au creux de sa paume puis, comme si c'était la chose la plus naturelle du monde, il se mit à lui masser le devant du corps. Il lui frictionna l'abdomen, le haut du torse et finalement les seins. Sa main les enduisit consciencieusement d'huile.

Qu'est-ce que je suis censé faire ? se dit Jack. Une scène ? Se dépouillant du reste de ses vêtements, il s'avança jusqu'à l'eau, fit quelques pas sur les hauts-fonds et plongea. Il nagea jusqu'au récif, aussi vigoureusement qu'il en était capable. Arrivé là, il se cramponna à un rocher et contempla le large. Il avait une terrible envie de se retourner pour regarder en arrière, mais il n'en fit rien. Au bout d'un moment, il replongea la tête dans l'eau et regagna la plage en nageant toujours aussi énergiquement.

Quand il sortit de l'eau, Flora était plantée là avec Paul, un mètre d'air entre eux, tous deux faisant comme s'ils étaient habillés. Exactement comme Jack, d'ailleurs.

— Je rentre à l'hôtel, lui annonça-t-il. Tu viens avec moi ou tu restes ?

— Jack...

— Comme tu voudras, dit-il.

Revenu auprès de leur tas de vêtements, il s'essuya rapidement avec leur serviette, la laissa retomber sur le sable, puis enfila son caleçon et son pantalon. Ses chaussures et sa chemise à la main, il remonta le sentier jusqu'à la voiture. Il était presque arrivé quand il s'aperçut que Flora trottinait derrière lui. Se retournant, il constata qu'elle avait remis sa robe bain de soleil. D'une main elle tenait la serviette, de l'autre ses sandales, sa petite culotte et son sac à main.

Elle le rejoignit au moment où il se glissait dans la voiture.

— Jack, fit-elle, qu'est-ce qu'il y a ?

Elle était un peu essoufflée.

— J'ai décidé que ça ne m'amusait pas de te voir exhiber ta chatte devant tout le monde.

— Je n'exhibais rien devant personne...

— Non, juste devant un type que tu ne connais même pas.

— Je montrerai ma chatte à qui je veux !...

— Parfait, mais laisse-moi en dehors de ça.

Ils roulèrent en silence jusqu'à l'hôtel. De chaque côté de la route, il y avait des buissons en fleurs et des broussailles. Par endroits, on apercevait la mer. Ils descendirent la colline jusqu'à leur hôtel. Jack gara la voiture, sortit et se dirigea à grands pas vers leur chambre, sans se soucier de savoir si elle le suivait ou non. Il venait d'introduire la clé dans la serrure quand il entendit Flora derrière lui.

— Je n'avais pas l'intention de te rendre jaloux, dit-elle en se blottissant contre lui.

— Je ne suis pas jaloux.

— C'est simplement...

Et elle essaya de lui expliquer. C'était la première fois, affirma-t-elle, qu'elle était nue sur une plage, et Paul ne représentait rien pour elle.

Jack ne lui avait jamais vu un air aussi contrit.

Paul repartait le lendemain pour l'Iowa, ils ne le reverraient jamais, déclara-t-elle. Alors l'idée lui était venue de voir comment il réagirait si elle le laissait la frictionner d'huile solaire.

Allait-il se couvrir de honte ?

— Et est-ce qu'il s'est... « couvert de honte », comme tu dis si bien ? demanda Jack.

Il était furieux, mais il ne pouvait réprimer sa curiosité.

— Plutôt, oui ! dit-elle en minaudant. Il m'a étalé de l'huile sur le côté gauche, il a commencé à me frictionner le côté droit, puis m'a tendu le flacon et s'est précipité jusqu'à l'eau pour plonger. A mourir de rire !

Elle s'esclaffa.

Jack ne rit pas. Il retira la clé de la serrure et ils entrèrent dans la chambre. Il referma la porte.

— Ne sois pas furieux contre moi. Il ne risquait pas d'arriver quoi que ce soit dans un lieu de ce genre, ajouta-t-elle.

Mais elle se rendait compte maintenant qu'elle n'aurait pas dû faire ça.

— La prochaine fois que tu as besoin qu'on te frictionne les nichons, adresse-toi à moi, lança Jack.

Il était encore énervé mais il s'était forcé à sourire. C'était ou bien sourire et dire quelque chose d'amusant ou bien prendre le prochain avion. Quel autre choix avait-il ?

— A partir de maintenant, je te demanderai d'abord, c'est promis.

Tous deux passèrent un coup de fil à New York et restèrent une semaine de plus. Ils firent l'amour tous les jours ou tous les soirs, tantôt une fois, tantôt plusieurs, y compris pendant qu'elle avait ses règles : c'était extrêmement excitant, mais très salissant, et le matin, avant l'arrivée de la femme de chambre, Flora passait vingt minutes à laver le sang sur la serviette qu'ils avaient étalée pour protéger le drap.

Jack avait été promu seconde classe après l'affaire de l'homme qui tirait sur les Israéliens et, l'année suivante, il passa première classe. Ce fut Jack qui arrêta le violeur en série à cause de qui les femmes de l'East Side avaient peur de sortir seules depuis six mois. L'épouse d'un diplomate birman fut assassinée dans une galerie d'art : il mena à bien cette affaire-là aussi. Il acquit une telle renommée dans le service qu'une succession de commandants de brigade se révélèrent incapables de le contrôler. Si, au cours d'une investigation, il tombait sur quelqu'un — un témoin, un conjoint, n'importe qui — qui ne lui semblait pas catholique, il fouillait ses antécédents et son compte en banque, ce que, bien entendu, il n'était pas censé faire. L'un d'eux se révéla être un escroc de haut vol recherché dans trois États. Il travaillait parfois avec un équipier, l'inspecteur O'Malley en général. Mais, le plus souvent, il opérait seul — en tout cas chaque fois que ce qu'il faisait était contraire au règlement ou illégal. Il s'efforçait de se concentrer uniquement sur des affaires présentant un côté prestigieux.

Un jour, un autre portier l'appela : le concierge de l'immeuble avait trouvé quelque chose de curieux dans la resserre du sous-sol. Il ne savait pas ce que c'était ni ce qu'il devait en faire. Dès l'instant où Jack vit la chose, il sut de quoi il s'agissait : quelqu'un avait posé une bretelle illégale sur le boîtier téléphonique. Quelqu'un d'autre avait refait un branchement et écoutait également. Il constata que les deux écoutes — le second fil passait à travers la cloison dans la resserre voisine —

n'allait pas bien loin. Il donna cent dollars au concierge, lui dit de ne pas s'inquiéter, qu'il allait s'occuper de ça, et se mit en planque. Le premier homme à venir dans le sous-sol, et qui prétendait être un locataire, était un agent du FBI. Le second, qui arriva une heure plus tard, déguisé en plombier (une tenue complète, avec le logo de sa maison sur sa poche de poitrine), se révéla travailler pour la CIA. La ligne placée sur écoutes était celle d'un attaché de la Mission russe qui avait une liaison extraconjugale. Le FBI espérait retourner l'attaché. La CIA n'y voyait aucun inconvénient, mais voulait savoir ce que le FBI savait qu'eux ne savaient pas. Dans ces derniers jours de la guerre froide, ce genre d'écoutes multiples posées par différentes agences sur la même ligne était monnaie courante. L'ennui, c'était qu'aucun des deux agents n'avait de mandat. Les deux écoutes étaient illégales.

Cela faisait une heure que Jack gardait l'homme du FBI attaché par une menotte à une canalisation. Maintenant, il les tenait tous les deux.

— Idiots, crétins ! tonna-t-il. Je devrais vous boucler, connards !

Il n'en fit rien. Il les obligea à débrancher leur matériel et les laissa repartir : il avait maintenant deux agences, du moins deux agents, qui lui étaient redevables. Il se fit par la suite la réputation d'être l'inspecteur qui avait les meilleurs contacts au FBI. Et, s'il avait besoin d'équipement illégal, d'un système d'écoute sophistiqué ou de ce genre de choses, le type de la CIA parvenait parfois à les lui prêter pour une brève période. Par exemple, il acquit la certitude qu'un Pakistanais jouissant de l'immunité diplomatique était impliqué dans un trafic de drogue. Les simples inspecteurs de commissariat n'étaient pas autorisés à intervenir dans les affaires de stupéfiants : Jack s'introduisit par l'escalier d'incendie dans l'appartement du suspect et y installa un des micros de la CIA. Il ne parvint jamais à procéder à des arrestations, mais sept diplomates pakistanais prirent brusquement l'avion pour rentrer chez eux, et on ne les revit jamais. Il passa alors le dossier à la DEA[1], qui n'en fit rien.

A cette époque, Jack et Flora vivaient plus ou moins ensemble. Parfois, le soir, ils regardaient la télévision, assis sur le canapé, en se tenant la main comme n'importe quel couple marié. Ils dînaient sur la petite table devant la fenêtre. Ils mangeaient en général une grillade ou du poisson, des pommes de terre nouvelles ou des frites, des légumes congelés. Même si son répertoire était limité, Flora aimait bien cuisiner pour Jack. Et Jack aimait bien, pour la première fois de sa vie, cette impression d'avoir un foyer, un endroit où rentrer le soir.

Flora continuait à faire des choses imprévisibles et parfois insensées. Elle acheta un jour pour l'appartement deux somptueuses lampes, dépensant ainsi jusqu'à leur dernier centime. Jack dut aller emprunter de l'argent à l'inspecteur O'Malley pour tenir jusqu'à la semaine suivante.

Une autre fois, elle leva les yeux du magazine qu'elle était en train de lire pour lancer :

— Jack, tu crois qu'Elvis Presley est vraiment mort ?

— Oui, Flora.

— Comment peux-tu en être sûr ?

— Parce que, quand quelqu'un est mort, ça se sait.

— A en croire cet article, un tas de gens ne sont pas d'accord avec toi...

En taxi, elle se blottissait parfois contre lui, et d'autres fois regardait fixement par la vitre en ignorant complètement sa présence. A deux reprises, elle décida qu'elle n'aimait pas le taxi dans lequel ils étaient : elle descendit sans crier gare au feu rouge suivant et arrêta celui qui était derrière eux, laissant Jack s'expliquer avec le chauffeur et régler la course.

Un jour, elle lui déclara :

— J'ai envie d'avoir un bébé.

---

1. Drug Enforcement Administration : Brigade des stupéfiants.

— Bien sûr, dit-il. (Il lui fit son grand sourire.) Je suis tout disposé à participer.

— Tu l'as déjà fait, lui dit-elle.

Il s'était imaginé que c'était un sujet dont ils discuteraient. Pour décider du moment, ou peut-être même pour choisir un prénom.

— J'ai arrêté de prendre la pilule : je suis enceinte.

Il fit « Oh ! », sans savoir vraiment ce qu'il voulait dire par là.

Elle expliqua qu'elle avait oublié ce mois-là de prendre la pilule dès le premier jour : elle avait donc décidé de ne plus en prendre et de voir ce qui se passerait.

— Mais qu'est-ce qui selon toi allait se passer ? fit Jack.

— Je crois que tu as raison.

Elle se mit à parler du futur bébé : ce serait une fille, et...

— Je pense que nous devrions nous marier, fit Jack en l'interrompant.

— Tu n'es pas obligé, dit Flora. Les mères célibataires, ça court les rues aujourd'hui et...

— Imagine que j'en aie envie ?

— Vraiment ? Je veux dire : tu en voudrais un ?

— Je pense aussi que nous devrions nous marier avant que ça se voie trop.

Le mariage eut lieu à la « petite chapelle au coin de la rue ». C'était l'idée de Flora, mais Jack était d'accord. Elle fit venir ses parents de Kansas City. Son père la conduisit à l'autel pour la seconde fois, et un certain nombre d'autres membres de sa famille et d'amis assistèrent à la cérémonie. Jack s'était cru obligé d'inviter ses grands-parents : il n'avait personne d'autre. A l'exception de l'inspecteur O'Malley, il choisit de ne convier aucun collègue. D'abord, ils ricaneraient peut-être devant le décor, et puis il ne voulait pas leur imposer la dépense que nécessitait un cadeau. La chapelle avait souvent été choisie par des vedettes de cinéma d'autrefois. On l'avait célébrée dans bien des chansons, même si elles étaient passablement démodées aujourd'hui. Se marier là, c'était sans doute l'idéal pour toute jeune fille du Middle West venue dans la grande ville, le comble du romantisme new-yorkais.

Pour Jack, c'était le comble du kitsch. Mais quand il en fit la remarque à Flora, en proposant un rapide mariage civil, elle refusa, disant qu'elle tenait absolument à se marier à l'église, que le mariage pour elle était sacré et que cette chapelle-là, précisément, serait parfaite pour ses parents et ses amis. Le premier mariage de Flora avait été célébré à Kansas City : il eut l'impression qu'elle voulait s'assurer que l'annonce de ses secondes noces parviendrait jusque là-bas. Une église connue faciliterait les choses. Peut-être voulait-elle aussi que la nouvelle parvînt aux oreilles de son premier mari. Jack ne savait toujours rien sur lui ni sur leur divorce.

La cérémonie eut donc lieu à la date fixée, suivie d'une réception, et Flora, dans sa longue robe blanche, joua les vierges toute la journée.

Leur lune de miel, ce fut trois jours dans une chambre d'hôtel au bord de l'océan, tout au bout de Long Island, à Montauk Point. Cette première nuit, couchée auprès de lui dans le noir, Flora lui dit : « Oh, Jack, j'adore être au lit avec toi. »

Mais le lendemain matin elle était malade et, ensuite, cela recommença chaque matin. Il s'éveillait pour entendre le bruit de ses nausées derrière la porte de la salle de bains.

Puis, alors qu'elle était enceinte de quatre mois, elle se mit à saigner. Jack n'était pas là. Il rentra après son service de nuit, à huit heures du matin, et la trouva par terre, le tapis inondé de sang. Il l'enveloppa dans une couverture et l'emmena en toute hâte à l'hôpital en taxi. Quand il arriva là-bas, elle n'avait plus de pouls et il crut qu'elle était morte. Il resta à son chevet toute la journée. Quand elle reprit connaissance, le soir tombait, et Jack était si soulagé que les larmes lui montèrent aux yeux.

— Tu as deux pintes de mon sang dans tes veines, lui dit-il. Maintenant, nous sommes vraiment mariés.

Elle resta une semaine à l'hôpital et, après cela, ne parla plus d'avoir un bébé. Son avidité sexuelle s'était émoussée, aussi.

Le père de Flora mourut subitement et ils prirent aussitôt l'avion pour Kansas City. Comme le défunt n'avait que cinquante-six ans, l'enterrement fut une bien triste cérémonie. Le lendemain, Flora voulut retourner au cimetière. Jack l'y emmena en taxi et resta planté auprès d'elle devant la tombe toute fraîche.

— Il était si bon avec moi, dit-elle.

Et elle éclata en sanglots.

Jack n'avait jamais pleuré son père. C'était à peine s'il l'avait connu.

— Surtout pendant le divorce... il a été si bon avec moi, si bon...

Jack, à six ans, était trop jeune pour savoir ce qu'était la mort ni que ses parents ne reviendraient pas.

— Hier, tu as rencontré mon ex-mari, dit Flora en sanglotant.

Il secoua la tête. Il avait rencontré tant de gens la veille.

— Le grand type maigre, en costume bleu à rayures.

Du bout du pied, elle projeta un peu de terre sur la tombe tandis que les larmes faisaient ruisseler son mascara.

Ce fut alors que l'histoire, ou du moins l'essentiel, finit par lui être révélé. Le mari de Flora, ce grand type mince et séduisant, avec un faible pour les costumes à rayures, s'était révélé être homosexuel, lui dit-elle. Elle ne l'avait pas su, ne l'avait jamais deviné. Leur lune de miel lui avait paru normale : à dix-huit ans, qu'est-ce qu'elle savait sur ce sujet ? Et les premiers mois de leur mariage lui avaient paru normaux, eux aussi. Peut-être était-il un peu moins ardent qu'elle ne s'y attendait. Ses attentions avaient régulièrement décliné. Elle avait d'abord cru que ce devait être de sa faute à elle — de qui d'autre ? Pour ranimer l'intérêt de son mari, elle avait essayé tout ce à quoi elle pouvait penser : des petits dîners soignés, des cadeaux surprises. Elle avait changé de coiffure, s'aspergeait de parfum, achetait des chemises de nuit de plus en plus sexy. Rien n'y faisait. En son for intérieur, elle était profondément désespérée. En apparence, leur mariage semblait une union parfaite. Elle y veillait, n'en soufflant mot à âme qui vive, ne recherchant l'aide de personne.

— Pendant quatre ans ? fit Jack en la serrant dans ses bras.

Elle pleurait plus fort, maintenant.

— Oui, quatre ans.

Elle avait perdu pratiquement tout amour-propre. Elle expliqua à Jack qu'elle avait rapporté à la maison une cassette porno. Elle se disait que ça exciterait peut-être son mari. Moitié riant, moitié pleurant, elle raconta comment celui-ci, dans son costume à rayures, avait suivi le film jusqu'au bout.

— Ça n'a pas marché non plus.

Jack la serra contre lui. Elle avait le visage ruisselant de larmes.

Elle avait fini par rassembler tout son courage, et par en parler à son père, qui, sans rien lui dire, avait engagé un détective privé.

Confronté avec le rapport du détective, le mari de Flora s'était effondré et s'était mis à pleurer, tout comme une femme. Il avait espéré qu'avec une fille jeune et belle comme elle, son « problème » allait disparaître, mais pas du tout. Ce qu'il avait fait était injuste envers elle, il la suppliait de lui pardonner.

Jack la serrait très fort tandis qu'elle sanglotait et sanglotait encore.

C'était son père qui avait assumé les frais du divorce, reprit-elle quand elle put de nouveau parler, et qui lui avait donné aussi la force de supporter tout ça. Ensuite, il lui avait remis de l'argent pour qu'elle aille s'installer à New York et tente un nouveau départ dans la vie, en promettant de l'aider aussi longtemps qu'elle en aurait besoin.

A New York, elle avait trouvé du travail. Ça ne rapportait pas beaucoup, mais avec l'argent que son père lui envoyait, elle pouvait vivre. Elle continuait pourtant à douter d'elle-même, elle avait tout simplement l'impression que personne ne la trouvait désirable.

— Et puis tu es venu, dit-elle. (Son mascara avait coulé sur son visage. Elle l'essuya avec son mouchoir.) Jamais tu ne m'as fait défaut, pas une fois, n'est-ce pas ?

— C'est si important ?

— Tu ne te doutes pas à quel point.

Il comprenait qu'après une pareille expérience, un flic aux airs de dur ait pu sembler l'idéal à Flora. Peut-être l'ardeur qu'il avait manifestée alors, et dont il témoignait encore, était-elle rare : qu'est-ce qu'il en savait ? Mais c'était agréable de se dire que grâce à lui elle pouvait à nouveau se sentir séduisante et convoitée par les hommes.

Ils restèrent une semaine à Kansas City afin de consoler la mère de Flora, puis reprirent l'avion pour New York et se remirent au travail. Le père de Flora lui avait ouvert un compte en banque à son nom. Dès qu'elle en eut la disposition, elle fit virer l'argent à New York et courut s'acheter une Porsche : même s'ils n'avaient pas vraiment l'usage d'une voiture, pas de revenus suffisants pour en payer l'entretien et surtout pas de garage pour abriter une machine aussi coûteuse. Lorsqu'on la vola dans la rue, quelques mois plus tard, Jack s'aperçut que Flora ne s'était jamais occupée de l'assurer.

Quand elle toucha le premier versement sur son héritage, elle quitta son travail en déclarant qu'elle comptait ouvrir une boutique de décoration avec deux femmes plus âgées. Elle n'avait rien mis de côté et le salaire qu'elle rapportait à la maison était important pour eux. En une semaine, elle avait trouvé un magasin vide sur Madison Avenue, signé un bail et engagé des entrepreneurs pour aménager les lieux comme elle l'entendait. Quand les travaux furent terminés et la boutique somptueusement meublée, il ne restait plus d'argent. Jack craignait le pire mais, à sa grande surprise, les affaires furent aussitôt florissantes.

Les deux femmes plus âgées étaient des lesbiennes, Jack le vit tout de suite. Elles ne l'aimaient pas et il ne les aimait pas non plus. Elles avaient le talent, Flora avait l'allure et la présence — sans parler du capital grâce auquel elles avaient démarré. Elle servait de façade aux deux autres, charmait les clients et faisait les ventes. La clientèle de la nouvelle entreprise se composait évidemment surtout de femmes. C'étaient elles qui décidaient de refaire la décoration, mais c'étaient leurs maris qui payaient. Flora était parfaite avec les maris.

Elle se mit à consacrer de plus en plus de temps à son travail et parfois elle n'était pas à la maison quand il rentrait.

C'est que l'inspecteur Dilger était occupé, lui aussi. Il travaillait à cette époque sur ce qu'on appela plus tard « l'affaire de la maquerelle de Park Avenue ». Un de ses portiers le mit au courant de ce qui se passait dans l'immeuble. Mais comment constituer un dossier ?

La poste, Jack le savait, apportait le courrier aux immeubles dans des sacs, à charge pour le portier de le distribuer aux locataires. Pour cinquante dollars, ce portier-là laissa Jack trier chaque jour le contenu des sacs postaux. L'entremetteuse, il s'en aperçut, recevait pas mal de lettres, et toutes les enveloppes n'étaient pas cachetées. De nombreux clients écrivaient pour organiser des « soirées », ou pour retenir telle fille à une date précise : ils signaient même de leur nom, ce qui, estimait Jack, faisait d'eux de parfaits crétins. La liste des clients de l'entremetteuse allait se révéler contenir les noms les plus juteux qu'on eût jamais vus apparaître dans une affaire de prostitution. Jack n'avait rien contre les mères maquerelles, les prostituées, ni contre les types qui voulaient se détendre un peu : là, les prix de cette femme étaient les plus élevés de la ville, et ses abrutis de clients méritaient bien ce qui leur arrivait. Il eut bientôt assez de renseignements pour obtenir une mise sur écoute légale de la dame en question. Des affaires précédentes lui avaient valu une certaine notoriété, dont il était ravi, mais avec ce dossier-là, il eut droit aux manchettes des journaux. Reconnais-le, se reprocha-t-il quand l'enquête fut bouclée et les arrestations effectuées, l'idée d'avoir mis dans la panade des célébrités ne te déplaît pas non plus.

Flora avait décidé qu'ils devaient acheter un appartement donnant sur le parc, un grand machin impressionnant. En combinant leurs deux salaires, ils pouvaient se permettre ce genre d'adresse, annonça-t-elle un matin au petit déjeuner. Elle voulait pouvoir recevoir des clients : elle voulait donner des cocktails et de petits dîners élégants.

Deux salaires. Ce commentaire l'agaça. Chaque fois qu'il s'agissait d'argent, elle avait pris l'habitude de le caresser dans le sens du poil mais, en fait, elle réussissait si bien avec son affaire qu'elle gagnait déjà trois fois son traitement d'inspecteur.

D'ailleurs, fit-elle observer, elle avait vendu leur appartement la veille.

— Tu as fait quoi ?

— Je l'ai vendu.

— Hier ?

— Je l'ai mis sur le marché la semaine dernière. Je suis désolée, je crois bien que j'ai oublié de t'en parler. J'ai eu une offre hier et je l'ai acceptée.

Après tout, c'était son appartement et elle pouvait le vendre puisque son père le lui avait acheté, mais il en fut si choqué qu'il bredouilla presque :

— Quand devons-nous quitter les lieux ?

— Dans quatre semaines.

— Pour aller où ?

— Nous trouverons bien quelque chose.

Jack alla donc au Service immobilier voir un employé qu'il connaissait, pour qu'il lui permette de consulter les listes des contribuables délinquants dont on allait bientôt vendre les appartements lors de la saisie de l'hypothèque. L'accès à ces listes était confidentiel mais, au cours de ses enquêtes, il avait souvent besoin des renseignements du Service immobilier : il avait déjà auparavant eu recours à cet employé et lui avait toujours donné de bons pourboires. Il recommença cette fois-ci et il repartit en sachant non seulement quels locaux allaient être prochainement disponibles, mais aussi quels en étaient les propriétaires et combien ils devaient à la municipalité.

La meilleure occasion était un appartement à un étage élevé donnant sur Central Park, mais il était situé sur le West Side : quand il en parla à Flora, elle fit remarquer que les gens riches et célèbres habitaient l'East Side. Le West Side n'était pas chic et elle ne voulait pas résider là-bas.

— Flora, nous n'avons pas beaucoup de temps.

Au fond, elle ne connaissait rien de New York, sauf ce qu'on lui en avait dit quand elle était arrivée. Il dut la persuader que, ces dernières années, le West Side était beaucoup plus coté, que bien des gens riches et célèbres étaient venus s'y installer, surtout dans les immeubles qui donnaient sur le parc. Elle n'était pas convaincue, mais quand elle le vit, l'appartement lui plut. Il entama donc les négociations avec le propriétaire, un type de Wall Street qui avait perdu sa situation et était inculpé pour un transfert d'actions frauduleux. S'appuyant sur les informations confidentielles qu'il possédait, Jack offrit au propriétaire assez pour payer ses impôts et ce qui restait de son hypothèque, en y ajoutant, pour l'appâter, un tout petit peu plus qu'il n'aurait tiré d'une vente forcée. L'homme, qui attendait de comparaître en justice, essaya de pousser Jack à augmenter son offre, mais celui-ci ne voulut rien savoir. Au bout du compte, l'autre céda. Que pouvait-il faire d'autre ? A ce prix-là, l'appartement était donné et Jack le savait, mais le propriétaire était un escroc et il n'avait aucune sympathie pour lui.

Néanmoins, l'homme affirma qu'il ne pouvait pas déménager tout de suite : cela coûta à Jack dix mille dollars de plus pour le décider à avancer la date de son départ.

Pour Jack et Flora, cela voulait dire vivre deux semaines à l'hôtel, avec leurs affaires quelque part en caisses dans un garde-meubles onéreux.

Flora décora le nouvel appartement, ils emménagèrent et elle commença à donner des soirées. Au bout d'un moment, Jack s'en lassa, comme des gens qu'elle invitait et qu'il trouvait trop riches, trop faussement élégants. Ils lui donnaient l'impression d'être un étranger dans son propre salon. On pouvait les ranger en deux catégories principales : les hommes d'affaires, coriaces et observateurs. Des canailles, pour la plupart. Les artistes, dont une bonne moitié semblait composée d'homosexuels. Il n'avait rien contre les gays s'ils se montraient raisonnablement admiratifs et lui fichaient la paix. Les deux groupes, conclut-il, n'avaient que mépris pour tout homme qui travaillait pour le salaire que touchait un inspecteur : le respect que certains d'entre eux lui témoignaient à contrecœur n'était peut-être que de la crainte — comme s'il pouvait décider de les interpeller sur-le-champ. Malgré lui, il en arrivait à se sentir gêné d'être là, au milieu d'eux. Était-ce leur faute ou bien la sienne, il n'en savait rien. Il n'aspirait à être comme aucun d'eux et il en avait assez d'essayer de les impressionner.

Flora tenait à ce qu'il assistât à ces réunions, et de préférence planté auprès d'elle. Elle avait beau ne s'intéresser qu'à elle, elle était possessive. De plus en plus souvent il essayait de ne pas être là ou de s'esquiver de bonne heure, mais elle ne l'entendait pas de cette oreille. En fait, elle le voulait auprès d'elle à tout moment, sauf quand elle travaillait. Elle devenait presque hystérique si elle ignorait où il était. Elle exigeait de savoir quand il serait de service, quand il serait à la maison. Plus elle devenait possessive, plus il consacrait de temps à ses enquêtes. Quand il avait fini son service, il restait parfois à traîner dans des bars avec d'autres policiers, plutôt que de rentrer directement chez lui.

Il avait sa part d'affaires courantes : cambriolages,

hold-up et *tutti quanti*. Mais il consacrait la plupart de son temps à des affaires qui promettaient de faire du bruit s'il parvenait à les résoudre. Cela faisait en moyenne une par an, mais il n'avait rien eu à se mettre sous la dent depuis quelque temps quand, grâce à Flora, l'affaire Bulfinch lui tomba plus ou moins toute cuite.

Un soir, au lit, elle lui dit en pouffant que Bulfinch était en cheville avec de gros trafiquants de drogue colombiens.

L'inspecteur Dilger fut soudain tout oreilles.

Il y avait eu une vente aux enchères chez Sotheby's, précisa Flora.

— Sotheby's ?

— La salle des ventes.

— Oh, oui.

Bulfinch avait enchéri pour deux impressionnistes qu'il avait fini par acheter pour des sommes colossales. Quand des journalistes lui avaient demandé pour le compte de qui il agissait, il avait murmuré « un collectionneur anonyme » et n'avait pas voulu en dire plus.

Flora s'était remise à rire, exactement comme avait dû le faire Bulfinch quand il s'était vanté auprès d'elle de ce coup-là.

— Tu sais pour qui étaient les tableaux ? fit-elle. Pour des trafiquants de drogue colombiens.

Ma foi, c'était une information intéressante, mais il n'y avait rien là dont l'inspecteur Dilger pût faire quelque chose. Il n'y avait eu aucune infraction à la loi, du moins pas encore.

Flora adorait les potins et elle adorait les rapporter.

A la table du petit déjeuner, quelques mois plus tard, elle fit part à Jack d'une autre conversation avec Bulfinch : « Mes clients là-bas en Colombie me harcèlent, lui avait-il dit. Je crois qu'ils en ont assez d'acheter des zoos et des équipes de football. Ils sont si riches ! Leur truc, maintenant, c'est l'art. Ils ne veulent plus qu'on les considère comme des tueurs ou des seigneurs de la drogue : ils veulent être connus comme collectionneurs.

Chacun s'efforce d'en mettre plein la vue aux autres avec sa collection... »

Sans doute avait-il ri lui-même de cette spirituelle remarque, et eu vers Flora ce petit geste de la main dont il semblait coutumier.

« J'ai un client, lui avait-il dit quelques jours plus tard, qui recherche des toiles de maître. Le malheur, c'est qu'il n'y en a pas. Je pense qu'il faut les voler. Vous ne sauriez pas où il y a des toiles de maître en cavale ? »

Cela aussi, Flora le raconta à Jack. Il était abasourdi et ne s'en cacha pas.

— Il plaisantait, dit Flora.

— J'en suis certain, renchérit Jack.

Il avait l'impression qu'entre acheter des œuvres d'art pour des grands pontes de la drogue et vendre des œuvres volées, il n'y avait qu'un pas.

Flora se mit à rire.

— Il m'a dit que s'il vendait des toiles à ces types-là, il n'y avait aucun risque qu'on puisse remonter jusqu'à lui. Ces gens-là ont leurs armées privées. Ils ne se montrent leurs tableaux qu'entre eux. Tu leur fais parvenir quelque chose, et c'est comme si ça disparaissait de la surface de la terre...

— Hé oui, fit l'inspecteur Dilger.

Ils étaient attablés devant leur tasse de café et leurs toasts, dans le coin petit déjeuner (de bonne taille) de leur vaste appartement. Flora portait une chemise de nuit qui n'était pas tout à fait transparente, mais ça importait peu. Jack savait bien ce qu'il y avait dessous, et il le regardait : l'épaisse chevelure blonde, les lèvres et les seins, ces mains sensibles dont il aimait tant la caresse sur son corps, la taille fine et les hanches incurvées qui disparaissaient sous la table. Il trouvait Flora somptueuse. A un moment, il sentit le désir le suffoquer et il oublia complètement Bulfinch.

Elle avait pas mal changé depuis qu'ils s'étaient rencontrés, et lui aussi sans doute. Maintenant, elle ne s'intéressait presque plus qu'à ses affaires. Il se sentait exclu. Elle semblait attachée à des valeurs que lui-même jugeait fausses. Des valeurs qui n'avaient pas plus de poids que la mousse en haut d'une chope de bière. Elle faisait comme si les modes et les lubies passagères constituaient la vérité, et, quand il ne les adoptait pas avec elle, cela l'agaçait. Elle semblait fascinée par la surface brillante des choses, sans chercher plus avant : il le lui dit un jour, ce qui eut pour effet de provoquer une nouvelle scène. Elle essayait de diriger une affaire, expliqua-t-elle : si elle avait l'air de refléter son environnement professionnel, elle n'y pouvait rien. Jack avait répliqué que c'était lui qui avait une juste vision de la vie. La réalité, c'étaient des cadavres sur le sol. Non seulement le crime et l'avilissement existaient, mais ils vous entouraient. Les gens se massacraient parfois. Le plus souvent, ils se contentaient d'avoir les mains dans les poches d'autrui.

Sa femme, estimait Jack, croyait à ce qu'elle imaginait. Lui croyait à ce qu'il voyait : des gens criblés de balles ou la gorge tranchée.

De plus en plus souvent, elle lui faisait remarquer qu'ils ne formaient pas un couple bien assorti. Il refusait d'en convenir. Il avait beau être assez sûr de lui pour être convaincu qu'elle ne parlait pas sérieusement, il finissait quand même par avoir un peu peur. Il ne voulait pas la perdre, même si, au fond, il regrettait de ne pouvoir retrouver la fille qu'il avait rencontrée et avec qui il avait vécu dans les premiers temps.

Elle se leva de table et, comme elle passait devant lui, elle se pencha et l'embrassa, lui offrant une vue plongeante sur le décolleté de sa chemise de nuit.

Il la retint par la main en disant :

— On a bien quelques minutes...

Elle minauda :

— Il faut que je me prépare pour aller travailler.

Il la suivit dans la chambre et, finalement, elle arriva ce matin-là plus tard à son travail qu'elle ne l'avait prévu.

De son côté, Jack alla au commissariat, prit son service et resta assis à son bureau à ruminer. Il se demandait si avoir un bébé ne leur ferait pas retrouver leur intimité d'antan. Ils en avaient discuté, mais Flora avait dit qu'elle avait trop peur : la dernière fois, elle avait failli y rester. Peut-être devraient-ils attendre l'année prochaine ou celle d'après.

Tout en réfléchissant, Jack tambourinait avec un stylo à bille sur le vieux bureau au plateau éraillé qu'on lui avait assigné. Qu'est-ce qui pourrait arranger les choses ? se demanda-t-il. Eh bien, ils pourraient faire un long voyage ensemble, trois semaines ou davantage. Aller en Europe, pourquoi pas ? Il pourrait lui faire visiter les ports qu'il avait connus quand il était dans la marine. Le seul problème serait de synchroniser leurs emplois du temps, mais c'était faisable. Il lui en parlerait dès ce soir.

Ayant pris cette décision, il concentra ses pensées sur Bulfinch. Que savait-il du personnage ?

Eh bien, le type portait des costumes de cuir, des chemises à manches amples et il avait des manières efféminées. Mais ce n'était pas là l'essentiel. Était-il capable de fourguer des toiles volées ? Voilà ce qui était important.

On volait tout le temps des tableaux, et il fallait bien quelqu'un pour les fourguer. Qui était mieux placé qu'un marchand de tableaux pour les glisser parmi des achats et des ventes légitimes sans éveiller de soupçons ? Bien emballé, un tableau volé était impossible à distinguer d'une œuvre achetée régulièrement, non ? Qui surveillait de près les marchands ? Qui savait ce qui se trouvait dans l'emballage ?

Le recel d'objets volés constituait bien sûr un crime. De même que leur revente. Bulfinch était-il un criminel dans l'âme ? Était-il capable de risquer la prison ?

Jack le savait, les gens avaient tendance à considérer les homosexuels comme des êtres foncièrement efféminés : aussi peu susceptibles de commettre des actes de violence, des crimes, que la plupart des femmes. Mais, d'après son expérience, il n'en était rien. Bien des homosexuels, s'ils avaient le dos au mur, pouvaient faire montre de courage. Ils avaient tendance à mépriser un monde qui les méprisait, tout comme ils dédaignaient nombre de ses lois et règlements. Presque toujours, dans l'Histoire, l'homosexualité avait été considérée comme un crime et, s'ils n'avaient que mépris pour cette loi qui condamnait leur comportement, comment s'attendre à les voir respecter toutes les autres ?

Certains homos aujourd'hui ne se cachaient plus, mais c'était récent, et il s'agissait surtout des jeunes. Les hommes plus âgés s'adonnaient en secret à leurs penchants depuis des années : une existence à tout le moins périlleuse. Ils avaient mis en péril leur situation. Ils avaient couru le risque d'être dévalisés, rossés, voire tués. Ils avaient risqué, sans même le savoir au début, d'attraper le sida. C'étaient des gens qui vivaient en marge. Un homme de l'âge de Bulfinch vivait en marge depuis pas mal de temps. Assurément, certains homosexuels en arrivaient à aimer le danger. Des tas d'hommes aimaient le danger et, après tout, les homosexuels étaient des hommes. Jack ne comprenait absolument pas l'homosexualité, mais il comprenait fort bien le besoin que pouvait éprouver un homme de vivre dangereusement — c'était un besoin qu'il avait en lui.

Alors, si Bulfinch avait effectivement décidé de dissimuler des tableaux volés puis de les revendre à de gros trafiquants de drogue colombiens, l'inspecteur Dilger n'en serait pas surpris. Loin de là.

Ce soir-là, après la fermeture de sa galerie, il le suivit jusqu'à son domicile et resta à attendre dans sa voiture, au cas où il redescendrait. Même chose le lendemain soir, et de nombreux autres soirs qui suivirent : Jack planquait dans son véhicule garé dans la rue, tous feux éteints. Si Bulfinch sortait, il le suivait là où il allait, parfois retrouver quelqu'un dans un restaurant, le plus souvent dans un des bars homo de Christopher Street, au Village. Là encore, Jack patientait dehors. Il était peu probable que le marchand de tableaux retrouvât des trafiquants de drogue colombiens dans un bar homo.

Même si c'était le cas, comme Jack et lui se connaissaient, entrer dans l'établissement après lui ne manquerait pas de faire échouer l'enquête, qui venait tout juste de commencer. Sans doute Jack risquerait-il de se faire peloter par des étrangers — des étrangers pour lui à plus d'un titre. Le reste du pays et peut-être le monde entier commençaient à accepter les homos et leur mode de vie : ce n'était pas le cas des policiers, et l'inspecteur Dilger était un policier.

Jack avait décidé de ne surveiller que le domicile de Bulfinch, pas sa galerie. Rester planqué devant la galerie toute la journée prendrait trop de temps. Il n'y avait pas d'endroit pour se garer et, tôt ou tard, le marchand le repérerait, ou bien Flora — son magasin était deux numéros plus bas. Et puis, se disait Jack, si Bulfinch était impliqué avec des voleurs d'objets d'art, il les recevrait chez lui et le soir. Chez lui, parce que les gens qui travaillaient dans sa galerie connaissaient les toiles et risqueraient de tomber sur un tableau volé caché là-bas. Et le soir, car c'est comme ça que fonctionne l'esprit criminel : les criminels se sentent toujours plus en sécurité la nuit. Il n'y a qu'à regarder les statistiques pour le savoir.

Il surveilla donc Bulfinch à partir de l'heure du dîner : il se familiarisa avec ses habitudes, apprit à reconnaître et commença à identifier les gens qu'il rencontrait. Jack faisait cela sans acharnement. Pas tous les soirs : seulement quand il était libre, et rarement pendant les week-ends. Bulfinch avait suffisamment de loisirs pour transporter des objets d'art volés, si c'était bien ce qu'il faisait. Mais, tôt ou tard, Jack s'attendait à tomber sur quelque chose. Il n'était pas particulièrement pressé. Certaines affaires mettent des années à aboutir.

Jack prit aussi contact avec les portiers de Bulfinch. Il y en avait quatre, qui se relayaient dans l'immeuble. Il se présenta, leur donna de l'argent et ne posa aucune question précise. Les bons policiers sont des hommes doués d'un certain nombre de qualités essentielles : instinct, obstination, courage — mais la principale, c'est la patience. Il fallait attendre. C'était comme la pêche à la ligne : on ne savait jamais quand ni même si le poisson allait mordre. On ne savait jamais s'il y avait même du poisson. On posait ses lignes et on attendait. Dans les premières semaines, Jack ne vit aucun tableau monter chez Bulfinch et, quand il finit par questionner précisément ses portiers — en prenant soin d'enfouir la question parmi un certain nombre d'autres tout à fait innocentes —, eux n'avaient rien vu non plus.

Bon, se dit Jack. Ça voulait dire que Bulfinch n'apportait jamais de toiles chez lui. Donc, tout ce qu'il se ferait livrer à domicile serait sans doute volé. Pour un policier, c'était sauter sur une conclusion un peu hâtive, mais Jack Dilger s'octroyait ce droit.

Pourquoi faisait-il ça ? Pourquoi se donner tant de mal ? Pourquoi y consacrer autant d'heures, et même, puisqu'il fallait sans cesser renouveler les pourboires aux portiers, pourquoi tant de dépenses ? Eh bien, s'il réussissait, ce serait encore une affaire sensationnelle, et cela faisait bien longtemps qu'il n'avait pas eu de gros coups à son actif. Il voyait déjà les manchettes des journaux : MADISON AVENUE ASSOCIÉE AU CARTEL DE MEDELLIN. Ça ferait un certain bruit. Pour lui, une nouvelle tournée de félicitations et de claques dans le dos, peut-être même une invitation à donner une conférence de presse à la Direction de la police ou à la mairie. En général, personne ne se souciait de toiles volées à de riches collectionneurs : c'étaient les assurances qui payaient, alors... Mais cette fois, c'était différent : ce dossier-là comportait ce que Hollywood appelait « des éléments intéressants ».

Et puis il sentait obstinément que l'affaire était là, à portée de la main. Il était convaincu depuis longtemps que Bulfinch était une canaille prête à sauter sur toute occasion illégale de gagner de l'argent. Peut-être était-ce dû à quelque chose que le marchand avait dit à Jack dans le passé, ou bien que Flora lui avait raconté, et qu'il n'avait même pas enregistré sur le moment. Dans la mesure où les receleurs payaient dix cents du dollar, peut-être moins, le bénéfice à tirer de la revente d'objets d'art volés était absolument énorme : le seul problème était de trouver un acheteur, mais Bulfinch en avait un, et sans doute plusieurs. Alors, si on était une authentique crapule, pourquoi pas ? Aux yeux de Jack, ce crime-là correspondait à la personnalité de Bulfinch et aussi à la situation.

Si on lui avait posé la question, il aurait répondu qu'il détestait les voleurs, qu'il gagnait sa vie en les mettant sous les verrous. Mais cette affaire-là, c'était plus que du vol. Elle différait des autres parce qu'elle touchait au monde de la richesse et des privilèges, dans lequel sa femme évoluait quotidiennement : ce monde en bordure duquel, sinistre comme une prison, se dressait le commissariat du 19e. C'était un monde où les flics comme lui n'étaient généralement pas admis. Épingler Bulfinch serait donc dans un certain sens une victoire personnelle : cela montrerait à Flora que, dans son petit cercle de gens si contents d'eux-mêmes, il y avait place pour des criminels. Au fond, Jack allait faire voler en éclats ce contentement de soi. Peut-être voulait-il seulement lui faire voir à quoi ressemblait la vie de son point de vue à lui, pour resserrer les liens de leur mariage. Peut-être ne se rendait-il même pas compte de ce qu'il éprouvait.

Un soir, enfin, il vit bel et bien livrer une toile — ou plusieurs ? — chez Bulfinch. Deux hommes garèrent un fourgon devant l'immeuble. Ils en retirèrent un gros paquet, qui avait l'air de peser lourd. Sans doute un tableau dans un cadre sculpté, et peut-être plus d'un.

Quand les hommes l'eurent transporté à l'intérieur, Jack arriva, la bouche en cœur, et engagea la conversation avec le portier.

— Tu n'as pas entendu parler de crimes récemment ? fit-il. C'est qui, ces types ?

Du menton, il désigna les livreurs.

— C'était pour M. Bulfinch, répondit le portier.

Jack surveilla l'immeuble jusqu'à minuit, puis il rentra chez lui. Les deux livreurs étaient ressortis au bout d'une vingtaine de minutes, mais Bulfinch ne se montra pas et il ne se passa rien d'autre.

Le lendemain matin, Jack rencontra son contact de la CIA et s'arrangea pour lui emprunter du matériel.

— Ce truc-là coûte une fortune, lui dit l'agent. Si tu le perds, tu le paies. Tu peux l'utiliser une semaine. Quand tu me le rendras, on sera quittes. (Jack acquiesça.) Et ne me rappelle pas.

— D'accord, fit Jack.

A dix-sept heures trente, Bulfinch ferma sa galerie comme d'habitude, et rentra chez lui. Quand il ressortit, rasé de frais et parfumé, Jack le laissa partir. Il attendit vingt minutes, au cas où le marchand, ayant oublié quelque chose, reviendrait. Puis il se rendit dans l'immeuble voisin, montra sa plaque au portier et gagna le toit par l'ascenseur.

Il resta planté là-haut, dans la nuit froide et sans étoiles. Il avait l'impression d'être entouré de falaises, dressées de tous côtés, d'une multitude de grottes, avec à l'intérieur des feux allumés qu'on voyait du dehors.

Jack sauta sur le toit voisin, celui de Bulfinch, et, par l'escalier d'incendie, descendit deux étages jusqu'à la fenêtre du bureau de son suspect. Il était allé assez souvent dans l'appartement. Il s'y repérait sans mal. A l'extérieur de la fenêtre, il fixa un émetteur de résonance de la taille d'une balle de golf. Théoriquement, les conversations qui auraient lieu dans la pièce feraient vibrer la vitre exactement comme le diaphragme d'un téléphone. La balle de golf capterait ces vibrations et les transmettrait au récepteur posé sur les genoux de Jack, dans sa voiture garée en bas de l'immeuble.

Soir après soir, Jack resta là à écouter, mais il y avait bien peu de conversations intéressantes. Pour autant que Jack pouvait en être certain, aucun contact ne fut pris avec un acheteur éventuel, même si c'était parfois difficile de savoir à qui Bulfinch parlait et ce qui se disait. De toute évidence, Jack se trouvait à la portée maximale de l'appareil.

Le tableau volé, si c'en était bien un, était toujours

là-haut. Jack ne l'avait pas vu sortir, aucun des portiers non plus ; il avait vérifié auprès d'eux.

Il fut obligé de rendre l'équipement de la CIA et, comme les portiers le connaissaient tous, il ne pouvait pas se glisser dans la cave pour poser une bretelle d'écoute sur la ligne téléphonique de Bulfinch. Cela l'étonnait de constater que le marchand était sorti presque chaque soir de la semaine et qu'il était rentré tard, laissant dans l'appartement — peut-être sous le lit — la marchandise volée. Peut-être cela prouvait-il qu'il ne s'attendait pas à ce que l'acheteur prenne contact avec lui sur son téléphone personnel.

Jack se rendait compte qu'il passait chaque jour plus de temps dans sa voiture qu'avec Flora. Il décida de déplacer un peu son attention sur la galerie. Elle était à quelques blocs plus loin, et il pouvait s'introduire dans le sous-sol, car là-bas on ne le connaissait pas. Il installerait ainsi un magnétophone à déclenchement vocal sur les lignes.

Il avait donc passé son uniforme de la Compagnie du Téléphone et son casque, et il s'était rendu là-bas, non pas une fois, mais tous les deux jours : cela ne l'avait pas avancé à grand-chose de rester assis dans sa voiture à écouter l'une après l'autre les conversations souvent ineptes du marchand de tableaux.

Il estimait avoir ici près de deux heures d'enregistrement : une face pleine certainement, et le plus clair de la seconde.

En déroulant la bande, l'inspecteur Dilger n'éprouvait que de l'ennui : il s'était résigné à l'idée d'abandonner complètement l'affaire. Il n'avait jamais réussi à trouver un moyen d'arriver à quelque chose, sauf avec un système d'écoute : d'abord la balle de golf, puis le branchement illégal. Faute d'avoir des éléments assez solides pour obtenir un mandat, il avait fait ce que faisaient souvent les inspecteurs, lui compris : il était quand même allé de l'avant. Il n'avait toujours pas de quoi obtenir un mandat — et pas question de continuer avec son écoute illégale : c'était tout bonnement trop dangereux. Alors, à moins qu'il n'y eût quelque chose sur cette cassette, l'affaire était close.

Et il semblait ne rien y avoir. La plupart des appels de Bulfinch étaient de brèves conversations avec des restaurateurs, des encadreurs. On changeait la date d'une vente aux enchères. Ou on expliquait que telle ou telle expédition arriverait à telle ou telle heure. Il y avait aussi un long dialogue entre Bulfinch et l'un de ses amants, qui se trouvait en voyage d'affaires au Japon. Jack avait rencontré l'homme. Il s'appelait Robert quelque chose. Il possédait un magasin d'antiquités. Un grand type décharné, avec de longues mains fines.

Jack fut révolté quand ils se mirent à échanger des propos sexuellement fort explicites. Puis :

« As-tu reçu le coup de fil ?

— Le coup de fil ? fit Bulfinch.

— Tu sais bien lequel.

— Non, pas encore. »

Ce pouvait être intéressant, mais comment s'en assurer ? Cela signifiait-il que l'amant était dans le coup et pouvait être considéré comme un complice ? Y avait-il même là une allusion à des tableaux volés ?

Tandis qu'il écoutait, la température se mit à baisser considérablement à l'intérieur de la voiture. Il devait de temps en temps remettre le moteur en marche pour faire fonctionner le chauffage. La pluie commença à ruisseler sur le pare-brise et Jack en suivit les traînées, mais peu à peu la vitre s'embua, jusqu'au moment où il ne vit plus la pluie, où il ne vit plus rien du tout.

Tout en écoutant, il avait l'esprit ailleurs. Le segment de bande qu'il attendait, qu'il espérait, mais sur lequel il ne comptait plus sérieusement, était près de la fin de la cassette. C'était peut-être ça : il ne pouvait pas en être certain. Soudain, un homme avec un accent hispanique fut en ligne.

Cela faisait alors une heure et quarante-cinq minutes que Jack se trouvait dans sa voiture glacée et sans air, mais aussitôt il se redressa sur son siège, comme si on l'avait giflé. Était-il donc si sûr, lorsqu'il entendrait la voix, qu'elle aurait un accent espagnol ?

« Vous avez ce que nous voulons ? dit l'homme à Bulfinch.

— Oui, le produit est arrivé il y a quelques jours. »

Au téléphone, les criminels, surtout ceux du type de Bulfinch, se croient toujours très malins quand ils utilisent un code ! Jack eut un ricanement qu'on aurait pu qualifier de sardonique. Le produit ? Un marchand de tableaux parlant de toiles comme d'un produit ? Il arrêta la cassette et marqua l'endroit sur la bande avec un crayon gras rouge. La plupart des langages codés qu'on trouvait sur les écoutes étaient tout à fait artisanaux. On s'apercevait tout de suite qu'il s'agissait de codes et, en général, leur signification était transparente, ce qui faisait la plupart du temps sursauter la personne qui surveillait l'écoute — et qui, sinon, serait restée à demi assoupie —, l'amenant à prêter une extrême attention à ce qui venait ensuite.

Jack remit l'appareil en marche.

« Nous serons là dans deux, trois jours, dit l'homme à l'accent espagnol.

— Nous ?

— Mon frère vient aussi.

— Votre frère, dit Bulfinch. Je vois... »

L'homme à l'accent espagnol eut un petit rire.

« Ne vous en faites pas.

— Bon, fit Bulfinch, d'un ton méfiant. Deux hommes au maximum. J'aurai quelqu'un avec moi aussi.

— Nous serons là avec l'argent.

— Le prix sera celui que je vous ai fixé, dit prudemment Bulfinch. Cet article est très rare. Il n'y en a que cinq entre les mains de particuliers...

— Ça ne vous ennuie pas si je vois d'abord avant de verser l'argent ?

— Vous connaissez l'adresse ?

— Vous me l'avez déjà donnée.

— Alors, voulez-vous mercredi, vers vingt et une heures ? »

La conversation se termina quelques minutes plus tard. L'inspecteur Dilger arrêta l'appareil et resta là, songeur. Aujourd'hui, on était lundi. Mercredi, Madison Avenue avait rendez-vous avec le Cartel de Medellin. Il disposait d'environ quarante-huit heures avant que la vente ait lieu et qu'on puisse arrêter tout le monde. S'il voulait que le dossier tienne devant un tribunal, les arrestations devaient se faire dans la légalité. Ce qui voulait dire qu'il lui fallait des mandats. Les mandats, ça allait être un sérieux problème.

Il passa quelques minutes assis derrière le pare-brise embué, à tambouriner des doigts sur le volant. Quarante-huit heures. Il avait l'impression que ce n'était pas assez.

Il ne pouvait absolument rien faire ce soir.

Il brancha le dégivreur pour désembuer la vitre et jeta un coup d'œil à sa montre. La soirée de Flora risquait de durer encore.

Il démarra et se rendit dans un bar qu'il savait fréquenté par des policiers.

Il s'ensuivit de nombreuses chopes de bière et bien des histoires échangées avec des collègues : il rit des leurs et eux rirent des siennes. Ils ne parlaient que de temps en temps d'affaires en cours, le ton devenant soudain plus grave. Il était en ce moment même sur un gros coup, leur raconta Dilger dont l'élocution était alors quelque peu pâteuse. Madison Avenue a rendez-vous avec le Cartel de Medellin. La question, dit-il, était de savoir s'il pourrait rassembler toutes les pièces. Dans cette affaire-là, il y en avait des tas. Il était sur le point de régler tout ça, mais il avait besoin de mandats qu'il n'était pas sûr de pouvoir se procurer. Les autres insistèrent pour avoir des détails, mais il se souvint à temps qu'il ne devait en donner aucun. Au lieu de cela, il changea de sujet et aussi de ton. Il leur parla de l'époque où il était en uniforme dans une voiture radio et où il avait trouvé ce type mort sur le trottoir avec un tournevis enfoncé dans la gorge. Il avait cru avoir affaire à un homicide, mais ce n'était qu'un arrêt cardiaque. Il paraît que le mourant se débattait sur le trottoir, alors quelqu'un avait dit : « On devrait lui fourrer quelque chose dans la bouche avant qu'il n'avale sa langue. » Et cette brave dame du voisinage se précipite et revient avec un tournevis : « C'est tout ce que j'ai pu trouver », explique-t-elle. « Il faudra que ça fasse l'affaire », dit l'autre type et, à eux deux, ils l'enfoncent dans la gorge du gars pour l'empêcher d'avaler sa langue : il n'y avait pas de risque car à ce moment-là il était déjà mort.

Jack souriait au milieu des rires, il savourait sa bière, il appréciait la compagnie de ces nouveaux amis flics. De temps en temps, il se rappelait aussi Bulfinch, attendant avec impatience le plaisir de le fourrer en taule, avec quelques caïds de la drogue, si possible.

Vers minuit, il revint à sa voiture. La pluie avait cessé et la nuit semblait plus froide que jamais. Il se rendit compte qu'il titubait : il s'installa au volant et rentra chez lui avec une extrême prudence. Il entra dans l'immeuble, passa devant le portier de nuit et monta jusqu'à son appartement. Il eut bien quelque mal à introduire sa clé dans la serrure, mais il n'oublia pas de refermer sans bruit la porte derrière lui et il resta debout dans le noir, vacillant un peu sur ses pieds. Toutes les lumières de l'appartement étaient éteintes et il avait besoin de s'orienter. La lampe de la chambre était éteinte aussi. Il parvint jusqu'au seuil et là il entendit le souffle de Flora. Ou bien elle dormait, ou alors, furieuse, elle faisait semblant. Il passa dans la salle de bains, pissa longuement et voluptueusement, puis se déshabilla et se brossa les dents. Comme il n'arrivait pas à trouver son pyjama, il se glissa tout nu sous les couvertures auprès de Flora. Il lui caressa un moment la hanche, mais elle ne réagit pas. Il aurait vraiment voulu s'excuser d'être parti au milieu de sa soirée. Il aurait voulu la convaincre qu'il était encore fou d'elle : il n'y avait pas de meilleur moyen pour y parvenir que le sexe. Il en était sûr, il n'y avait rien de mieux. Elle se rendrait compte à quel point il la désirait et ce serait la preuve de son amour. Elle était couchée sur le côté : il remonta la main jusqu'au sein, le seul disponible — elle était allongée sur l'autre —, et il continua à la caresser. Mais elle ne réagit pas non plus. La pointe ne se dressa même pas. Il se demandait ce qu'il allait faire ensuite quand il s'endormit.

3

A cette époque, Madeleine Leclerq et Jack Dilger ne se connaissaient pas, et ni l'un ni l'autre n'auraient pu imaginer qu'ils se rencontreraient jamais. Même s'ils étaient tous deux inspecteurs de police, ils n'avaient pas grand-chose en commun, car ils opéraient (en usant de langues différentes) à quelque sept mille kilomètres de distance, en appliquant des codes pénaux et des procédures qui n'étaient pas les mêmes, loin s'en faut. La vie d'un policier était d'un haut niveau de technicité. Ce que l'on considérait comme normal dans un pays était souvent incongru et parfois même totalement illégal dans un autre. Même les échelles de salaire étaient différentes. Madeleine travaillait à Nice, sur la Côte d'Azur. Une belle adresse : mais c'était dur pour elle de s'y débrouiller avec son traitement de policier. Dilger et elle avaient approximativement le même grade, mais lui gagnait trois fois plus.

Les unités auxquelles ils appartenaient étaient également très différentes. Elle était inspecteur de la police judiciaire. La police de New York et la PJ ne se ressemblaient pas du tout, surtout quand il s'agissait d'être exposé aux regards du public — et le jour viendrait où Dilger accuserait Madeleine de travailler pour la DST.

A Nice, la direction de la PJ est installée au 28, rue de Roquebillière, une adresse qui ne figure dans aucun annuaire ni aucun guide. Les numéros de téléphone de la PJ ne figurent nulle part non plus, et ses bureaux, qui font partie d'un ensemble partagé avec d'autres services, se dressent derrière un haut mur oppressant qui n'arbore aucun panneau, aucune plaque d'identification. C'est comme si la PJ n'existait pas, mais elle existe bel et bien.

Le mur est très ancien — tout comme les bâtiments de style caserne qu'il entoure — et, par endroits, son badigeon de stuc s'est écaillé. Il est trop haut pour qu'on l'escalade et son faîte est couronné çà et là de barbelés rouillés et de tessons de bouteilles. Une porte voûtée s'ouvre dans le mur, protégée par une barrière, et, plus loin, il y a une guérite. Sur la barrière, une pancarte annonce : POLICE, ENTRÉE INTERDITE. Chaque jour, une centaine d'inspecteurs de la PJ la franchissent. Passé la guérite de la sentinelle, ils garent leurs voitures banalisées, pour la plupart des Renault et des Peugeot. Les civils ne passent pas par là, à moins que ce ne soient des prisonniers ou, parfois, des avocats.

Non seulement on ne trouve nulle part de trace officielle de la PJ, mais les noms de ses inspecteurs n'apparaissent jamais dans la presse. Ces policiers n'ont pas le droit de parler aux journalistes. C'est la loi : on l'applique, on lui obéit. Si bien que la plupart des citoyens ne savent absolument pas qui sont ces inspecteurs, comment on les contrôle ni ce qu'ils font. Le rôle de la PJ dans la ville s'exerce loin des plages, des tables de roulette et des grands hôtels, loin aussi de l'éclat criard du passé de la Côte d'Azur. La PJ est installée aux portes de la cité, là où les montagnes commencent à s'élever sur trois côtés, dans un quartier de lotissements et de magasins aux devantures miteuses. Les bâtiments de la police se fondent exactement dans ce paysage : ils sont vieux, délabrés, en aussi mauvais état que tout ce qui les entoure. Quand on pénètre à la direction de la PJ, on constate au premier coup d'œil que ces pièces et ces bureaux ont toujours été utilisés presque exclusivement par des hommes. Tout est poussiéreux. On entend souvent des rires un peu rauques et le bruit de touches de machine à écrire qui se bloquent. Pour l'odeur, c'est le mélange classique : du désinfectant mêlé à des odeurs d'urine, de vomissure et de peur, tout cela dominé par des relents de tabac froid. Trop d'hommes, trop de cigarettes, et depuis trop longtemps. Les policiers ici et ailleurs sont persuadés que cette odeur n'a rien d'exceptionnel. Ils disent que c'est celle des commissariats, la même dans le monde entier. Pour eux, ce sont les relents du crime et de l'humiliation. Tout cela est bien normal.

Tel était le décor où se déroulait l'essentiel de la vie de Madeleine. Malgré l'envie qu'elle aurait eue de nettoyer l'endroit, elle aussi était bien obligée de le prendre comme il était. Si l'on veut être policier en France, surtout si l'on est une femme, il faut passer sur bien des choses.

Cet après-midi-là, elle était plantée devant le bureau d'un nommé Jacques Vossart, qui avait rang de commissaire principal. Vossart était le chef de la Brigade financière et le patron de Madeleine. A trente-quatre ans, elle était inspecteur de police depuis onze ans, et affectée ici depuis quelques semaines seulement. Elle avait travaillé dur, elle était enfin arrivée là où elle voulait être : mais ça ne se passait pas du tout comme elle l'avait espéré.

Debout devant le bureau de Vossart, tenant à deux mains un épais dossier, elle s'efforçait maintenant d'expliquer une affaire. Elle souhaitait la poursuivre mais, pour ce faire, elle avait besoin d'une autorisation, et il y avait des raisons de tous ordres pour que Vossart ne la lui accorde pas.

Madeleine portait un corsage blanc sous un tailleur noir de bonne qualité. Elle avait des idées très arrêtées sur ce qui était chic et sur ce qui ne l'était pas, et elle aimait à se présenter sous son meilleur jour. Elle était grande et mince, avec des rondeurs là où il fallait, mais elle trouvait sa silhouette rien moins que voluptueuse et elle avait horreur que des collègues la traitent comme une pin-up — ce qui était souvent le cas. Elle avait chez elle deux autres tailleurs, un bleu et un rose pâle : trois en tout. Ça ne faisait pas beaucoup pour assurer une rotation, mais avec un traitement d'inspecteur, c'était tout ce qu'elle pouvait se permettre. Elle s'en tirait, espérait-elle, en jouant sur les accessoires, et, chaque soir dans son appartement, elle repassait avec soin la toilette qu'elle venait d'ôter, puis l'accrochait tout aussi soigneusement sous une housse en plastique dans sa penderie.

Le corsage qu'elle portait ce jour-là avait un haut col bouffant montant jusqu'à ses cheveux, qui étaient sombres, presque aussi sombres que son tailleur. Elle avait les yeux d'un bleu foncé mais son teint, à cause de certaines remarques que Vossart venait de lui faire, était coloré, plus qu'elle ne l'aurait souhaité. Elle portait des chaussures noires avec des talons moyens et des collants rose chair, comme le prescrivait le règlement. Chaque fois qu'elle s'asseyait, elle gardait les jambes pudiquement croisées. Elle avait dans son sac à main un Manurhin 357 réglementaire, qui pour l'instant était resté sur son bureau. Elle ne l'avait jamais utilisé et comptait bien continuer dans cette voie.

A quarante-cinq ans, le commissaire Vossart était un grand gaillard à l'épaisse moustache noire. On disait de lui qu'il avait un flair des plus aiguisés : si une enquête rencontrait une résistance du monde politique, il le sentait aussitôt, en estimait la force et faisait presque toujours machine arrière. C'était un homme sur la discrétion duquel on pouvait compter : les politiciens en étaient persuadés. Son sourire révélait autant de dents qu'un cheval de course et la plupart des gens le trouvaient séduisant et désarmant. Il avait un grand charme apparent, du moins le croyait-il. Même si lui aussi avait un traitement de policier, il arborait des costumes extrêmement coûteux qui masquaient son léger embonpoint, et il évoluait depuis un certain nombre d'années, Madeleine le savait, dans les cercles les plus huppés de Nice. Ainsi, il était président des Amis de l'Opéra. Il conduisait une somptueuse voiture. Les policiers gradés, s'ils étaient disposés à accepter les cadeaux des citoyens qui les courtisaient, pouvaient en France fort bien vivre, et Madeleine le savait aussi.

Elle n'approuvait pas le style de Vossart, mais il ne la surprenait en rien.

— C'est l'affaire Tontine, reprit Madeleine. Naturellement, vous avez lu les procès-verbaux...

— Vous croyez ?

— J'ai déposé le dossier sur votre bureau hier soir. (Elle le brandit.) Celui-ci.

— Ah, oui.

Elle l'avait placé sous d'autres chemises dans l'espoir qu'il n'arriverait pas jusque-là et elle l'avait récupéré une heure plus tard quand il était sorti retrouver l'un de ses riches amis — ou faire Dieu sait quoi...

— Un bon dossier, fit-il.

Elle était convaincue qu'il n'avait pas lu une ligne.

— Alors, vous savez où cela semble nous mener ?

Directement à la société des frères Sestri, mais elle n'en dit rien.

— Évidemment, fit Vossart.

N'ayant pas regardé le dossier, que pouvait-il dire d'autre ?

En apparence, l'enquête Tontine était exactement le genre d'affaire qui plaisait à Vossart. De l'escroquerie à la petite semaine. Pas la moindre retombée politique. Toutefois, la présence des frères Sestri, à qui l'on aboutissait directement — ce que Vossart ne savait pas encore —, en faisait un dossier important. Cela pouvait représenter des problèmes pour Vossart — pour Madeleine aussi. Cette entreprise était l'une des plus grosses, en matière de travaux publics, du midi de la France. C'était elle qui avait bâti les viaducs et les tunnels quand on avait construit l'autoroute. Elle qui avait prolongé les pistes de l'aéroport en empiétant sur la mer, débitant à l'intérieur des terres des montagnes entières, transportant les rochers par camions et surélevant les fonds marins jusqu'au moment où l'on avait pu y poser des chaussées de béton. Sestri employait des milliers de gens. Depuis trente ans, chaque grand chantier, à Nice ou dans les environs, avait été confié à cet homme, ou à son concurrent le plus sérieux — certains disaient son complice —, Belfontaine. On en était arrivé à un tel point que, lorsqu'on mettait en adjudication des contrats de travaux publics, les autres entreprises ne se donnaient même plus la peine de faire une offre.

Madeleine n'avait pas l'intention de mentionner que son rapport concernait Sestri avant que Vossart aborde le sujet mais, parvenue à ce moment de l'entrevue, le courage lui manqua. Elle pourrait facilement le duper maintenant mais, quand il le découvrirait, il exploserait. Elle ajouta d'un ton hésitant :

— Le dossier Tontine nous a conduits, je pense qu'on pourrait le dire, jusqu'aux frères Sestri...

— Sestri ? dit Vossart d'un ton stupéfait.

— Eh bien...

— Asseyez-vous, voyons ça de plus près...

Madeleine s'assit.

— Vous savez, Sestri, c'est sans doute une fausse piste... (Les mots étaient sortis trop vite, et elle essaya de se forcer à ralentir son débit pour ajouter d'un ton aussi léger qu'elle en était capable :) Mais ce serait une négligence de notre part de ne pas vérifier, vous ne pensez pas ?

— Vous ne trouverez rien contre eux, déclara Vossart d'une voix ferme. Ce sont des gens bien.

— Je suis certaine que vous avez raison.

A vrai dire, elle était persuadée du contraire. Avec l'aval de la mairie, cela faisait des années que Sestri profitait des contribuables et, dès demain, si le commissaire Vossart la laissait aller de l'avant, elle découvrirait les documents qui le prouvaient. Quelles seraient ensuite les retombées, ce n'était pas son affaire.

— Nous devrions vraiment perquisitionner le plus tôt possible chez Sestri, reprit-elle.

— Pour cela, il vous faut une commission rogatoire.

— Oui, et j'en ai une.

Quand elle poussa le document vers lui, il le reposa sans le lire. Ils disaient tous la même chose et il en avait vu des milliers.

— Vous êtes fichtrement en avance sur moi, observa-t-il.

— C'est le juge d'instruction, lui dit Madeleine, qui me l'a signée, vous voyez.

— Quel juge ?

Le juge était une femme. Madeleine donna son nom, Mme Ardois. Elle vit Vossart froncer les sourcils. De plus en plus de magistrats étaient des femmes et, manifestement, Vossart n'approuvait aucune de ces nominations. Essentiellement, se dit Madeleine avec amertume, parce qu'on ne pouvait pas compter sur elles pour se conduire comme des hommes.

— Vous avez mijoté ça toutes les deux, reprit Vossart. Entre femmes.

— Le juge Ardois voulait le faire, dit Madeleine, sur la défensive. Je n'ai pas pu l'en empêcher.

Ce qui était faux. En apprenant que l'affaire menait jusqu'à Sestri, le juge avait à son tour fait machine arrière. « Une commission rogatoire ? avait-elle commencé par dire. Pas question ! » Madeleine avait dû discuter ferme.

Là-dessus, au lieu de répondre, Vossart se leva, fit le tour de son bureau et vint se planter devant le fauteuil de la jeune femme. Il empiétait sur son terrain, mais elle ne leva pas la tête. C'était un homme qui n'aimait pas les femmes, dans la vie professionnelle uniquement. Plus prosaïquement, il semblait se croire irrésistible auprès de toutes celles qui croisaient son chemin, elle comprise. Peut-être même elle surtout. Il avait une femme et des enfants. Elle le savait et il savait qu'elle savait. Mais, dès le premier jour, elle avait senti qu'elle l'intéressait sexuellement.

— Si j'effectue une perquisition et que je ne découvre rien contre les Sestri, fit-elle remarquer, ils seront lavés de tout soupçon. Et ce qui est plus important, nous aussi... (Elle sentit la main de Vossart effleurer le col de son corsage.) Personne ne pourra nous accuser de les favoriser... Ni d'avoir étouffé l'affaire, ajouta-t-elle nerveusement.

Quand elle leva la tête pour le regarder, la main de Vossart lui effleura la joue. Elle avait horreur de ça, mais c'était de sa faute à elle. Elle était d'accord pour aller jusque-là, lever un peu la tête afin d'obtenir ce qu'elle voulait, mais pas plus.

— Joli corsage, fit Vossart en le palpant. C'est de la soie ?

— Du nylon, je crois.

Il continua à le tâter.

— Pour procéder à une fouille raisonnable, reprit Madeleine, j'aurai besoin d'un minimum de six inspecteurs supplémentaires. C'est ce que je suis venue vous demander. De m'affecter ces hommes.

— J'ai l'impression que c'est de la soie.

— Sestri a cinq étages de bureaux. C'est grand. J'aurai besoin d'aide.

Elle voulait les six inspecteurs, elle voulait que Vossart la laisse tranquille : elle attendit.

Née à Nice, Madeleine Leclerq avait grandi dans un appartement de l'avenue Félix-Faure. Son père était courtier en yachts, sa mère greffière au tribunal de grande instance. Elle avait un frère, Alain, son aîné de onze ans, qui était officier dans l'armée.

Comme ses parents travaillaient tous les deux, à deux ans et demi, on la mit à la crèche. Le premier jour, lui raconta-t-on plus tard, elle se mit à hurler sitôt la porte refermée derrière sa mère, et elle continua sans interruption pendant quatre heures. Les religieuses durent téléphoner à sa mère de venir la chercher. Elle devint en grandissant une jeune femme assez entêtée — ce qui n'était pas toujours un trait de caractère agréable, et elle se demandait parfois si cela ne venait pas de cette expérience enfantine. Elle termina ses études secondaires à l'âge normal, passa son bac et son père l'envoya travailler comme jeune fille au pair en Angleterre. Il voulait qu'elle apprenne l'anglais car cela lui serait utile si elle reprenait un jour son affaire de courtage maritime.

En Angleterre, elle se retrouva livrée à elle-même, s'efforçant chaque jour de percer les mystères d'un pays étranger. Elle n'avait pas tout à fait dix-huit ans. Elle habitait une chambre de bonne au troisième étage d'une maison victorienne de Bexhill-on-Sea et s'occupait d'un garçon de quatre ans et d'une fillette de deux ans. Les parents la traitaient bien. Un soir, le père, un agent immobilier entre deux âges, la coinça dans le vestibule et tenta de lui caresser les seins et de l'embrasser. Elle le gifla et se déroba et, après cela, elle craignit de perdre sa place. Mais rien ne se passa. Il se comporta comme si de rien n'était et elle en fit autant. Elle perdit sa virginité dans les bras d'un garçon qui était serveur chez un glacier : il était gentil avec elle et l'emmenait marcher sur la digue les soirs où elle était de congé. Elle fut contente d'être devenue une femme. Maintenant, elle pouvait faire ce qu'elle voulait.

Son père mourut brusquement et elle rentra en France. Son frère quitta l'armée pour reprendre l'affaire de courtage maritime. Pour sa part, elle semblait chargée de s'occuper de sa mère. Au mois de septembre, elle s'inscrivit à l'université de Nice, mais en sortit deux ans plus tard sans diplôme. Elle ne voulait pas enseigner. Comme elle vivait toujours dans sa famille, elle songea à devenir fonctionnaire : c'était correctement payé, on avait de longues vacances, un emploi stable et une retraite précoce. Il se trouva qu'à cette époque on recrutait par concours des inspecteurs de police et que, tout d'un coup, on y acceptait des femmes. On avait changé le slogan de la police. Au lieu d'« un métier d'homme », c'était maintenant « un métier d'avenir ». Presque sur un coup de tête, elle décida de se présenter à l'examen, qu'elle réussit sans problème. Elle ne se rendait pas compte alors de quelle passion elle allait se prendre pour ce métier, pour cette vie, combien elle allait en aimer les perpétuelles surprises, les crises à surmonter, les confrontations quotidiennes avec ce qu'il y a de meilleur et de pire dans le comportement humain. Elle ne se rendait pas compte d'un tas de choses, dont l'une était que la police nationale ne s'intéressait guère aux femmes, dont le contingent était d'ailleurs limité par la loi : on autorisait un quota de dix pour cent. Pour répondre à la pression des féministes, ce chiffre allait peu à peu progresser dans les années suivantes, mais sans jamais dépasser les vingt pour cent.

Pendant neuf mois, Madeleine suivit les cours de l'École nationale de police, près de Lyon : ils lui parurent faciles, et les exercices sur le terrain guère plus durs, car c'était une fille forte, aussi grande que bien des hommes, et elle avait toujours été sportive. Elle sortit seconde de sa promotion. Il y avait cinq postes disponibles dans la police judiciaire. Ces affectations d'élite étant censées échoir aux cinq premiers, elle pensa naturellement en obtenir un.

Erreur. Les cinq furent attribués à des hommes et on la nomma à la Brigade des mineurs de Lille, une ville où elle n'avait jamais vécu et où elle ne connaissait personne. La Brigade des mineurs, songea-t-elle amèrement, voilà tout ce à quoi pouvait prétendre une femme inspecteur sortie seconde de sa promotion.

Dans son nouveau travail, elle avait essentiellement affaire à des enfants battus, brûlés ou sodomisés par leurs parents. Ou bien à des fugueurs ou des enfants prostitués. Mais les inspecteurs de la Brigade des mineurs, qui étaient surtout des femmes, se voyaient aussi empruntés par la sûreté urbaine ou par la police judiciaire chaque fois que survenaient des affaires importantes exigeant des effectifs supplémentaires. Cela l'amena ainsi à visiter tous les tristes recoins du comportement humain : combats au couteau, échanges de coups de feu, overdoses. Peu à peu, elle découvrit les « trucs » du métier, qui n'étaient pas les mêmes pour un homme ou une femme. Elle apprit à flatter ses collègues masculins pour se faire affecter à des affaires qui l'intéressaient. Sur les lieux du crime, où se trouvaient souvent présents des policiers de services rivaux, elle apprit aussi à flatter le substitut de façon à faire attribuer l'affaire au service avec lequel elle travaillait ce jour-là. Elle découvrit que certains policiers sont des hommes vénaux, et qu'il y a parfois de l'argent à gagner : mais ce n'était pas pour elle une tentation car, évidemment, personne ne proposait rien aux femmes. A l'époque de Noël, elle regardait ses collègues masculins rapporter chez eux des boîtes de foie gras, des caisses de champagne... Comme ses collègues féminines, elle n'avait pas à se demander s'il fallait ou non accepter les cadeaux : on ne leur en faisait pas.

Au bout de six mois, elle avait tout vu, du moins le pensait-elle, y compris le suicide d'un policier.

Plus tard, quand elle fit la connaissance de Jack Dilger, elle évoqua devant lui ce suicide et il parut surpris.

— Tu veux dire que les flics français aussi bouffent leur calibre ? dit-il.

— Il ne l'a pas bouffé à proprement parler, avait-elle répondu avec agacement.

A cette époque, elle le connaissait à peine et il l'irritait la plupart du temps. Selon lui, l'Amérique était un endroit à part, sans équivalent, et les Américains un peuple incomparable. Pour une Française, une telle idée était choquante et stupide. Elle se sentait tellement plus mûre et plus sage que lui et elle était si exaspérée qu'elle ne lui avait pas raconté la fin de l'histoire du suicide. Pourquoi décrire un épisode qui l'avait marquée à jamais à quelqu'un de trop obtus, de trop balourd pour comprendre ?

Le collègue qui s'était suicidé avait appuyé le canon de son arme contre son oreille : la balle lui avait traversé le crâne et était ressortie par l'autre oreille, en faisant jaillir un peu de cerveau, mais pas trop. Cela avait vraiment fait un minimum de gâchis, comparé à d'autres suicides qu'elle devait observer par la suite. Enfin, un minimum sur le plan physique. Sur le plan affectif, intellectuel, c'était une autre histoire, car ce jour-là, elle avait justement déjeuné avec cet inspecteur. En outre, l'enquête ne révéla aucun problème dans sa vie professionnelle ni dans sa vie personnelle. Au déjeuner, il n'avait même pas paru particulièrement déprimé. Il avait récemment échoué à l'examen de commissaire. Il avait eu une scène avec sa femme. Mais, au dessert, elle s'en souvenait, il lui avait raconté une histoire drôle. Après le dessert et l'histoire drôle, elle était repartie travailler tandis que lui avait pris une chambre dans un petit hôtel. Manifestement, il était resté assis là une heure. Puis il avait « bouffé son calibre », comme disait l'Américain.

Comment comprendre une chose pareille ? Comment se forcer à ne plus y penser ?

Cet incident lui avait permis de voir à quoi ressemble un cerveau humain quand il se répand sur le sol, mais absolument rien d'autre. Tout le reste était incompréhensible.

En se liant d'amitié avec un certain nombre de ses collègues féminines, elle apprit qu'elles étaient entrées dans la police pour différentes raisons. La police, c'est comme un gigantesque marché aux puces : chacun peut y trouver quelque chose. Une femme y voyait des possibilités de carrière : elle comptait passer tous les examens et obtenir une promotion après l'autre. Une autre voulait secourir les gens à problèmes. Elle aurait tout aussi bien pu devenir religieuse ou infirmière. Une troisième était divorcée et cherchait un nouveau père pour son enfant. Une autre encore, divorcée elle aussi, était entrée dans la police pour rencontrer des hommes, des wagons d'hommes. Pour toutes, ce travail avait semblé prometteur d'égalité avec l'autre sexe, une illusion qu'elles perdirent rapidement. « Nous serons toujours en marge ici », dit un jour une femme à Madeleine.

Pour Madeleine, le problème, c'étaient les hommes. La Brigade des mineurs partageait des locaux avec un certain nombre d'autres sections de la police, toutes sous la coupe des mâles. D'hommes pour qui les « femmes flics » étaient soit des traînées, soit des lesbiennes. C'était l'un ou l'autre. Sortir avec un collègue

— n'importe lequel — faisait manifestement de vous une traînée. Refuser toutes leurs propositions — c'était l'attitude que Madeleine avait choisie —, et le bruit se répandait partout que vous étiez lesbienne.

Mais qui d'autre que des policiers une jeune femme rencontrait-elle dans ce travail ? Des criminels, bien sûr. Des victimes angoissées. De temps en temps un magistrat, qui était toujours marié. Madeleine devint une affamée sexuelle. Quand elle rentrait de temps à temps à Nice pour voir sa famille, sa mère lui disait qu'elle s'était repliée sur elle-même, que son travail la durcissait.

Pour finir, presque par instinct de conservation, elle épousa un inspecteur de la Brigade antigang. Il était beau garçon, il parvenait souvent à la faire rire, et elle se persuada qu'elle était amoureuse de lui. Cette union allait mettre un terme aux rumeurs la concernant et, avec deux traitements, elle pourrait habiter un appartement plus agréable.

Un peu plus de deux ans passèrent, puis son mari fut nommé commissaire. La mutation impliquait un transfert à Strasbourg : un transfert pour lui, pas pour elle. Cela voulait dire des tas de longues randonnées solitaires d'un bout à l'autre de la France et même s'ils tinrent le coup quelque temps, ce fut bientôt la fin de leur union.

Elle travailla à la Brigade des mineurs de Lille pendant cinq ans. Elle pensait ne jamais en sortir mais un jour on l'appela dans un hôpital où un bébé gisait, ensanglanté et hurlant, le sexe coupé.

Elle se trouva confronté à un père menaçant qui serrait et desserrait les poings et à une mère désemparée qui soutenait qu'un rat s'était introduit chez eux, jusque dans le berceau où était couché le bébé. C'étaient des Algériens qui habitaient une cité délabrée bâtie dans une des pires banlieues de la ville. La plupart des habitants de l'immeuble étaient arabes.

Les policiers, Madeleine le savait, n'avaient que faire

des Arabes, qu'ils rendaient responsables pour l'essentiel de la criminalité de la ville, et même de la France.

De l'hôpital, Madeleine se rendit dans la cité. Elle franchit la porte de l'immeuble et les odeurs la frappèrent en plein visage, comme une agression physique. C'était à peine si elle pouvait respirer : ça sentait les corps pas lavés, l'urine, les excréments, les relents de cuisine. Tout cela grouillait de cafards et, c'était vrai, il y avait des rats. Elle en vit plusieurs dehors et un autre à l'intérieur. Ils étaient gros et manifestement effrontés.

Dans l'appartement, la mère lui montra un trou de rat dans la plinthe.

Madeleine ne croyait pas à cette histoire et elle ne pouvait pas laisser les choses courir. Elle parla au chirurgien qui avait recousu le bébé : de quel genre de blessure s'agissait-il, avait-elle pu être faite par un rat ? Elle aurait pu classer le dossier et ne plus y penser, mais elle n'y arrivait pas. Quand son supérieur l'affecta à d'autres affaires, elle continua à enquêter sur celle-ci pendant ses moments de loisirs. Elle lut tout ce qu'elle put trouver concernant les rats, consulta des savants qui travaillaient sur ces animaux, des spécialistes du comportement ratier, pourrait-on dire. Un rat pouvait-il castrer un bébé ? Eh bien, techniquement, oui. Avait-on jamais entendu parler d'un cas semblable auparavant ? Elle téléphona à tous les experts qu'elle put trouver, jusqu'à l'université de Californie. Elle interrogea des voisins, des collègues de travail, des douzaines de gens au total. Peu à peu, elle découvrit une querelle de famille qui couvait depuis longtemps entre le père et son beau-frère. Elle trouva des témoins qui pouvaient attester que celui-ci se trouvait dans les parages le soir de l'incident, et puis quelqu'un qui l'avait vu dans l'immeuble, au même étage. Elle en avait assez pour l'interpeller et fouiller sa chambre meublée. Dans un tiroir, près de la paillasse sur laquelle il dormait, elle découvrit une paire de ciseaux de chirurgien aux lames affûtées comme des rasoirs, dont il ne put expliquer la présence.

Elle fit placer le beau-frère en garde à vue. D'après la loi, on peut détenir des prisonniers quarante-huit heures sans chef d'accusation et sans qu'ils puissent faire appel à un avocat. On peut ainsi les interroger pendant des heures. Leur seul droit : faire venir un médecin.

Pendant ces quarante-huit heures, elle s'acharna sur le suspect, jusqu'au moment où il finit par passer aux aveux. Il détestait le père, déclara-t-il. Quelle meilleure façon de se venger de lui que de trancher le sexe de son fils au berceau ?

L'obstination de Madeleine, la rigueur et la clarté avec lesquelles elle avait conduit l'affaire lui valurent des félicitations officielles, puis un transfert à Paris, où on l'affecta à la Brigade criminelle, quai des Orfèvres. Elle travailla dur, s'efforçant de prouver sa valeur aux hommes, prenant soin de ne manifester aucune réaction devant des cadavres sanglants, étant la première parfois à ramasser la civière, et se chargeant sans se plaindre de tout le sale boulot que les autres ne demandaient qu'à éviter.

Ce fut à Paris qu'elle termina ses études, par un DES d'économie, car elle voulait être nommée à la Brigade financière. La Financière, c'était l'élite de l'élite, la plus belle affectation qu'elle pouvait imaginer. En outre, on acceptait plus facilement des inspectrices à la Financière que dans la plupart des autres brigades, et il n'y avait pas autant de harcèlement : c'était ce que d'autres femmes lui avaient dit. A la Financière, les policiers masculins vous trouvent utiles. Après tout, on disait que les femmes étaient bonnes en calcul, n'est-ce pas, et à la Financière, on essuyait rarement des coups de feu, ce qui voulait dire qu'un policier n'avait pas à s'inquiéter à l'idée d'être couvert par une femme. Et enfin, les femmes étaient utiles quand il s'agissait de discuter avec les magistrats et divers hommes de loi, qui étaient de plus en plus nombreux à être aussi des femmes...

La Financière donna à Madeleine l'impression de quelque chose de propre. Pendant des années, elle avait barboté dans les caniveaux de la vie. Elle en avait assez de tout ça. Elle voulait s'éloigner du sang et de la fange, des gens qui commettent des crimes par méchanceté, désespoir ou stupidité. Elle voulait s'attaquer à des hommes instruits qui agissent par cupidité. A ses yeux, les criminels en col blanc étaient les superstars du monde du crime. N'importe lequel d'entre eux était capable de voler plus en une semaine que dix braqueurs dans toute une vie : ce serait un vrai plaisir que de cravater des gens comme ça.

Avec son DES, elle avait maintenant les qualifications nécessaires pour ce poste. Elle avait déjà l'ancienneté requise, et, finalement, sa nomination arriva. Si seulement elle pouvait être affectée à Nice ! Parmi les préoccupations qui l'assaillaient à cette époque, il y avait le mal du pays, qui bourgeonnait lentement. Nice, c'était chez elle. Elle avait envie de rentrer chez elle.

Elle avait rencontré un jeune avocat et, au bout de quelque temps, ils se mirent en ménage. Il s'appelait Luc Queron et lui aussi était de là-bas. Ils vivaient ensemble depuis quelque trois mois quand Luc décida de quitter la firme qui l'employait, pour aller s'installer définitivement à Nice et s'y associer avec deux autres avocats.

Cela amena Madeleine à redoubler d'efforts pour parvenir à ses fins. Elle ne pouvait invoquer des raisons de convenance personnelle : Luc et elle n'étaient pas mariés et la police n'approuvait pas les unions irrégulières. Le règlement à cet égard était strict, on disait que ces unions jetaient le discrédit sur le service. Quelques mois s'écoulèrent, que Luc avait passés seul à Nice, et enfin sa mutation arriva. Deux jours plus tard, elle débarquait rue de Roquebillière et se présentait à son nouveau patron, le commissaire Vossart.

Il leva vers elle un regard étonné, ne s'attendant sans doute pas à voir une femme.

— Alors, qu'est-ce que je suis censé faire de vous ? fit-il au bout d'un moment, d'un ton qui oscillait entre l'exaspération et le ricanement.

Peut-être faisait-il simplement un numéro pour son

entourage car il y avait plusieurs hommes dans le bureau. Il la dévisagea un moment sans rien dire. Un très long moment, lui sembla-t-il. Puis il finit par décider apparemment que ce qu'il voyait lui plaisait. Son air exaspéré céda la place à un grand sourire, peut-être un peu paillard, genre : « Je sais ce que j'aimerais faire avec vous... »

Madeleine avait envie de dire : « Vous êtes le chef de la Brigade financière et je suis inspectrice. Je ne suis pas votre maîtresse ni votre putain. J'ai des années d'expérience dans la police et un DES d'économie. Je ne suis pas une gamine impressionnée par votre grade. Mon travail, c'est de boucler les criminels en col blanc, comme vous le faites. Ça ne m'oblige en rien à écouter vos plaisanteries d'adolescent. »

Le sourcil froncé, elle se contenta de fixer le plancher.

Là-dessus, Vossart reprit ses manières brusques et ordonna à l'un de ses hommes de lui trouver un bureau.

Elle resta assise à ce bureau deux semaines sans que personne s'approche d'elle. Puis Vossart arriva en poussant un chariot et se mit à décharger des dossiers devant elle. Il devait y en avoir une cinquantaine : ils avaient du mal à tenir sur la table. Ils glissaient sans arrêt à terre et elle plongeait pour les rattraper.

— Ça vient d'arriver du Parquet, expliqua Vossart. Voyez si quelque chose vous semble intéressant... (Comme il s'éloignait d'un pas nonchalant, elle l'entendit dire à quelqu'un en riant :) Ça va l'occuper une semaine ou deux...

Les dossiers concernaient des gens qu'on soupçonnait de manipulations boursières, de faillites discutables. Les plaignants étaient des investisseurs mécontents ou bien de vertueux employés qui avaient décidé de se faire connaître. Dans chaque cas, les magistrats s'étaient livrés à une enquête préliminaire et avaient jugé les accusations suffisamment crédibles pour les transmettre à la Brigade financière.

Madeleine rangea les dossiers en piles bien nettes et commença à les étudier. Le malheur, c'était que les plaignants attendaient en général un temps considérable avant de se manifester et qu'il s'écoulait d'ordinaire un délai supplémentaire avant que le Parquet se penche sur une affaire. Soit parce qu'il y avait trop de dossiers, soit parce qu'il y avait du personnel malade ou en vacances, ou encore parce que telle ou telle affaire semblait « sensible ». « Sensible » signifiait qu'un élu était impliqué, ou quelqu'un qui avait apporté une importante contribution financière au parti au pouvoir, ou encore une entreprise employant de nombreux ouvriers qui, dans le cas où les poursuites judiciaires aboutiraient, risquaient de se retrouver au chômage, ce qui ne manquerait pas de provoquer un malaise social. Le procureur travaillait directement sous les ordres du ministre de la Justice, lui-même désigné par le Premier ministre. Il devait obtenir la permission d'ouvrir un dossier et il faisait ensuite ce qu'on lui demandait, sinon on le lui retirait. De son point de vue, mieux valait donc enterrer certaines affaires. Les classer sans suite — risquant de provoquer des remous, on remettait simplement les investigations à plus tard. Le délai de prescription pour les crimes en col blanc n'était que de trois ans.

Certains des dossiers qui se retrouvaient sur son bureau, Madeleine le constata, dormaient quelque part dans un placard depuis des mois. Plusieurs allaient tomber sous le coup de la prescription avant qu'on ait pu procéder à une enquête sérieuse. Pour d'autres, c'était déjà fait.

Elle découvrit trois dossiers qui semblaient prometteurs et, à la fin de la journée, elle les remit à Vossart avec son rapport.

— Déjà terminé ? demanda-t-il d'un ton sceptique.

Cela l'obligea à s'expliquer, à se défendre, alors même qu'elle proposait de travailler elle-même sur une des trois affaires — celle qui lui semblait la plus prometteuse —, l'affaire Tontine. Elle subodorait déjà que les Sestri pourraient bien y être impliqués.

D'après la plainte transmise par le Parquet, des sommes d'argent substantielles, plus que cela ne semblait justifié, transitaient par la petite entreprise Tontine, qui avait ses bureaux rue Trachel, au fin fond de Nice. L'affaire avait retenu l'attention de Madeleine, car le nom de Tontine figurait dans deux des autres dossiers qu'elle avait examinés. Dans l'un, elle avait découvert une requête des services de la PJ de Marseille, remontant déjà à près de deux ans et demandant l'examen des activités de Tontine. Marseille enquêtait sur la faillite d'une entreprise cotée en Bourse : elle avait trouvé de grosses factures émises par Tontine pour des « études de faisabilité » et des « analyses de coûts ». Bien que la société fût en faillite, elles avaient été réglées. Mais la demande de Marseille avait été ou bien enterrée ou bien égarée. Et pour autant que Madeleine pût le déterminer, Nice n'avait procédé à aucune enquête sur Tontine.

— Alors, avait-elle demandé à Vossart, est-ce que je peux garder le dossier ?

Elle ne précisa pas ce qui l'avait excitée et attendit, impassible.

Après y avoir jeté un coup d'œil, Vossart fit la moue :

— Ça n'aboutira à rien.

— Quand même, pour moi, c'est un début.

— Je vais y réfléchir.

Deux semaines supplémentaires s'écoulèrent, au cours desquelles elle lui posa à plusieurs reprises la question. Pour finir, il sortit de son bureau et déposa le dossier devant elle en disant : « Bon. D'accord. Pourquoi pas ? » Peut-être pensait-il que ça la ferait sortir quelques jours, qu'il ne l'aurait plus sur le dos. C'était la réaction qu'elle avait espérée. Mais, comme il la regardait des pieds à la tête, s'attardant sur ses seins, elle comprit qu'elle s'était trompée. Il devait s'imaginer que maintenant elle lui devait quelque chose. Lui confier le dossier était une faveur qu'elle allait devoir payer. Comme pour confirmer cette crainte, il arbora son sourire chevalin et susurra :

— Il faut qu'on parle, vous et moi. Qu'est-ce que vous faites ce soir ?

— Je travaille là-dessus, dit-elle en s'efforçant de

paraître préoccupée par le dossier qu'elle avait entre les mains. Je tiens à bien faire mon boulot.

Au bout du compte, elle fut contrainte de lever les yeux. Il exhibait toujours sa dentition mais maintenant il hochait la tête.

— Alors, une autre fois.

Comme si, ayant fixé les règles de base, il pouvait maintenant attendre.

Ainsi débuta l'affaire qui semblait mener à la société des frères Sestri.

Vossart lui assigna un équipier, et pas un bon (du moins le pensait-il), afin, délibérément, de ne pas lui faciliter les choses. Il s'agissait de l'inspecteur Bosco, un petit homme chauve près de la retraite et qui, disait-on, se contentait de rester assis dans les bistrots à siroter du café ou du vin rouge pendant que les autres faisaient le travail. Mais Bosco était le seul inspecteur du service à s'être jusque-là montré aimable avec elle : il l'avait même invitée à dîner chez lui pour faire la connaissance de sa femme et, dès que l'enquête Tontine commença, elle s'aperçut qu'il était prêt à travailler aussi dur qu'elle.

Ils commencèrent à interroger des témoins éventuels : ils y passèrent une semaine, puis concentrèrent leur attention sur Tontine personnellement.

Ils découvrirent qu'il n'avait pas de personnel, à l'exception de sa femme, qui figurait sur les feuilles de salaire, et d'une poignée d'Algériens qu'il engageait parfois sur des chantiers de construction. En guise de bureaux, deux pièces au-dessus d'une boutique. Elle lui appartenait, elle lui avait toujours appartenu. Même s'il était censé rédiger des études de faisabilité et d'analyse de coûts pour des entreprises de construction, il n'avait pas le moindre diplôme. Pourtant, il avait adressé ces énormes factures qui totalisaient des millions de francs. Le couple avait deux voitures : l'épouse conduisait une Jaguar et le commerçant une Porsche.

Madeleine se rendit donc au bureau du procureur, où elle parla à un des substituts, un grand garçon dégingandé tout frais émoulu de l'École de magistrature. Sans consulter son supérieur, qui aurait sans doute vu où menait l'affaire et qui aurait probablement conseillé la prudence et délibérément ralenti l'enquête, le jeune substitut accepta d'ouvrir la classique « information contre X » et de confier le dossier à un juge, en l'occurrence Mme Ardois. En vingt-quatre heures, Madeleine avait sa commission rogatoire et personne ne savait encore où l'affaire allait les mener.

Dans tout dossier, la commission rogatoire est le document judiciaire central. Il donne carte blanche aux enquêteurs pour « ouvrir une enquête, interroger toute personne utile, procéder à toutes les fouilles, saisies, confrontations et réquisitions utiles à la manifestation de la vérité ». C'est un mandat extrêmement large, sans lequel un inspecteur ne peut pratiquement rien faire. Mais, armé de cela, il dispose de pouvoirs presque sans limites.

Le lendemain matin, Madeleine et Bosco attendaient en double file devant la boutique, dans une voiture banalisée. Des gens entraient et ressortaient. C'était un matin froid et sinistre. Elle voyait leur haleine quand ils réapparaissaient avec leurs emplettes.

Son enquête préliminaire avait révélé à Madeleine qu'on accédait aux bureaux de Tontine situés au premier étage, par une porte qui se trouvait au fond du magasin. Mais ni elle ni Bosco ne savaient à quoi l'homme ressemblait : ils surveillaient donc cette porte par la vitrine. Près de deux heures s'écoulèrent avant qu'un homme entre : sans rien acheter, il serra des mains à la ronde puis disparut par la porte du fond.

— C'est lui, murmura Madeleine.

En un instant, ils avaient jailli de la voiture, s'étaient engouffrés dans la boutique et se précipitaient dans l'escalier sur les talons de Tontine.

— Police ! lança Madeleine, en exhibant d'abord sa carte tricolore puis la commission rogatoire. Nous avons un mandat nous autorisant à perquisitionner vos bureaux.

Ils installèrent l'homme sur une chaise contre le mur et entreprirent de fouiller ses tiroirs et ses classeurs. Un moment, il essaya de bluffer. Il était un honnête homme d'affaires, il n'avait enfreint aucune loi, ils ne trouveraient rien qui puisse l'incriminer. Peu après, il se leva et annonça qu'ils pouvaient perquisitionner autant qu'ils voulaient, mais que lui s'en allait.

— Asseyez-vous, cria Bosco, ou je vous passe les menottes !

— La loi précise que vous devez assister à la perquisition, dit Madeleine.

A partir de cet instant, il eut l'air de plus en plus misérable. Madeleine était descendue au magasin et en était revenue avec un carton déjà à moitié plein de documents.

Au bout de deux heures, ils s'interrompirent pour déjeuner : tous trois s'assirent à une table de la terrasse vitrée de la brasserie du coin, les deux officiers de police commandant des omelettes et discutant en riant devant une bouteille de rosé, Tontine auprès d'eux ne disant rien et ne mangeant rien. Il déclara qu'il n'avait pas faim.

Quand ils regagnèrent les bureaux du premier étage, la perquisition reprit. Il était maintenant clair que l'argent de Tontine provenait d'un certain nombre de sources, dont la principale était les frères Sestri. Madeleine avait découvert des doubles de factures qu'il avait envoyées, toujours pour des « études de faisabilité » ou autres travaux nébuleux, mais rien pour les justifier : pas d'épures ni de plans, ni même de commandes de travaux, pas un seul double d'une feuille de paye. Ses relevés bancaires montraient qu'il déposait tous les chèques remis par les frères Sestri, ou par qui que ce soit d'autre, sur un compte au nom de sa femme à la Banque lyonnaise, rue de la Liberté et que, sitôt le chèque encaissé, il retirait l'argent en liquide. Ce qu'il avait pu faire de ces sommes restait mystérieux.

Vers quinze heures, on entendit un bruit de pas derrière la porte : c'était la femme de Tontine qui remontait de la boutique. Elle arriva vêtue d'un manteau de vison et parut surprise de ce qu'elle aperçut. Elle aussi, on la fit asseoir contre le mur, d'où son regard fébrile allait sans cesse de son mari à Madeleine.

Environ une heure plus tard, celle-ci leur annonça qu'ils étaient tous les deux en état d'arrestation. Bosco leur passa les menottes, on les ramena rue de Roquebillière et on les plaça en garde à vue.

Après avoir bouclé la femme dans une cellule, Madeleine s'attaqua au commerçant. Avec Bosco ils posèrent d'abord les classiques questions préliminaires — date et lieu de naissance, situation de famille, etc. — puis ils se relayèrent pour faire pression sur lui, des heures durant. A maintes reprises, ils le prirent en flagrant délit de mensonge, mais il n'avoua rien.

Sa femme, cependant, resta dans la cellule maculée de vomissures jusqu'à trois heures du matin et personne ne s'occupa d'elle. On lui avait retiré son manteau de vison. Elle ne portait qu'une mince robe de lainage : vers dix heures du soir, on avait éteint le chauffage dans l'immeuble et elle commençait à frissonner. Séparée de son mari, seule avec ses angoisses et la perspective d'une peine de prison, elle craqua très vite. Au bout de dix minutes, elle avait dit à Madeleine tout ce qu'elle savait. Chaque fois que les Tontine recevaient un chèque, expliqua-t-elle en sanglotant, ils gardaient une commission et renvoyaient le reste de l'argent en liquide d'où il venait.

Cela signifiait que les entreprises — principalement les frères Sestri — se trouvaient maintenant en possession de grosses sommes en liquide qui n'entraient pas dans leur comptabilité et sur lesquelles on n'avait pas payé d'impôts, de l'argent volé, en fait, à leurs actionnaires et également aux contribuables. Les cadres de l'entreprise pouvaient utiliser ces espèces pour s'attribuer des primes qui n'apparaissaient nulle part, ou pour acheter des fonctionnaires, de façon que les contrats de travaux publics continuent à leur échoir.

Qu'en faisaient-ils ? se demanda Madeleine. Des primes ou des pots-de-vin ? Sans doute les deux.

Elle était tombée sur un nid de gangsters en col blanc qui corrompaient des politiciens pour être à leur tour protégés par eux : si elle pouvait faire le ménage là-dedans, cela aurait pour résultat, entre autres effets secondaires, d'asseoir sa réputation ici et peut-être même dans tout le pays. Tôt le lendemain, elle emmena Tontine et son épouse au palais de justice, où le juge Ardois les inculpa et signa le mandat de dépôt.

Madeleine demanda alors une nouvelle commission rogatoire. Ce qu'il lui fallait maintenant, dit-elle, c'était procéder à une perquisition en règle des bureaux de Sestri.

Le juge Ardois fronça les sourcils. Il faudrait d'abord, expliqua-t-elle, que le procureur ouvre une nouvelle information et elle doutait qu'il le fasse — assurément pas, en tout cas, sans téléphoner au ministre de la Justice pour obtenir son autorisation. De toute évidence, c'était une affaire aux lourdes implications politiques. Le ministre ne voudrait pas prendre de risques. Sans doute ordonnerait-il au procureur d'accorder à l'affaire ce qu'on appelait en France un « enterrement de première classe ».

— Alors, dit Madeleine avec entêtement, ça dépend de vous.

— De moi ?

— Vous devez faire comprendre au procureur qu'il doit ouvrir une nouvelle information, qu'il n'a pas le choix.

— Et comment est-ce que je m'y prends ?

— Vous commencez par composer son numéro pour lui parler, insista Madeleine.

Mme Ardois éclata de rire.

Comme tous les magistrats, elle était nommée à vie et pouvait donc ne tenir aucun compte des souhaits de quiconque. Les juges n'ont pas d'ordre à recevoir du ministère de la Justice : ils peuvent tenir tête au président de la République lui-même. Mais ce n'est pas forcément bon pour leur carrière. Mme Ardois, qui n'avait aucune envie de se faire des ennemis puissants, déclara à Madeleine qu'on n'avait pas grand-chose sur la société des frères Sestri : rien que le témoignage d'une femme en larmes. Il s'agissait d'une entreprise riche et prospère. Elle employait plus de cinq mille personnes et bénéficiait d'importants appuis politiques. Et le plus dangereux encore, l'affaire pourrait aboutir tout droit à la mairie.

Madeleine continuait d'insister.

Mme Ardois finit quand même par appeler le bureau du procureur et, là, Madeleine eut un coup de chance — de chance ou de malchance, cela restait à voir — car il était absent. Il se trouvait à Paris pour des réunions et y resterait toute la semaine. Le substitut auquel Madeleine avait déjà eu affaire avait pris la communication. Quand Mme Ardois demanda l'ouverture d'une nouvelle information, le jeune homme réclama du temps pour y réfléchir.

— Il appelle son patron à Paris, dit le juge quand elle eut raccroché. Vous aurez votre réponse dans une heure et ce sera non.

Mais le substitut ne parvint pas à joindre son supérieur à Paris. Il était nouveau, sans expérience, originaire de Lyon et non de Nice. Ignorant de la richesse, de la puissance et des relations politiques des frères Sestri, il ne voyait aucune raison de ne pas ouvrir une nouvelle information.

— Le commissaire Vossart est plutôt en bons termes avec les autorités de cette ville, observa plus tard dans la journée Mme Ardois en remettant à Madeleine sa nouvelle commission rogatoire.

— Oui, fit Madeleine, je l'ai entendu dire aussi.

Légalement, Madeleine avait maintenant tout ce qu'il lui fallait pour aller de l'avant. Mais, pratiquement, elle avait encore besoin de l'autorisation de son patron, Vossart.

— Bonne chance avec lui, lui dit Mme Ardois en la raccompagnant jusqu'à la porte.

Et à présent Vossart était debout auprès du fauteuil de Madeleine, à tripoter le col de son corsage, en écoutant à peine ce qu'elle avait à lui dire.

— Il va me falloir six inspecteurs supplémentaires pour faire une perquisition complète des bureaux Sestri, répéta Madeleine.

A son avis, il lui en fallait dix, mais elle n'osait pas en demander tant.

Le commissaire Vossart renonça à tripoter le col de Madeleine et se retira derrière son bureau où il s'assit avec un sourire supérieur.

— Vous et moi, il va falloir qu'on prévoie une partie... dit-il, en exhibant de nouveau toutes ses dents.

— C'est grand, chez Sestri : cinq étages, vingt-trois bureaux. Même avec dix hommes...

— Une partie de jambes en l'air.

Cela lui fit baisser les yeux. Je ne vais pas me laisser intimider par cet homme, se dit-elle, et elle s'obligea à relever la tête.

— Est-ce que cela signifie que j'ai les hommes qu'il me faut ?

Il se mit à rire.

— Vous pouvez en avoir deux.

— Deux ?

— Avec vous et Bosco, ça fait quatre. Je suis à court d'effectif, cette semaine.

Essayait-il d'entraver le cours de l'enquête ?

— Quels deux ? lui demanda-t-elle.

— Prenez Mayotte et Cenis.

Toujours ce sourire supérieur.

— Très bien, fit-elle. Deux, alors.

Elle se rendait compte que la journée était bien avancée, ajouta-t-elle, mais elle voulait mettre immédiatement à profit la commission rogatoire, commencer tout de suite la perquisition. Ainsi les Sestri seraient pris au dépourvu, et...

— Demain, dit Vossart.

— Il faudrait travailler toute la nuit, c'est vrai, mais je crois que c'est la bonne solution...

— Demain, répéta Vossart.

Son sourire avait disparu : il avait maintenant un visage impassible. Elle reprit :

— Demain, ce sera peut-être trop tard.

— S'ils sont coupables, les documents compromettants seront là. Si ce n'est pas le cas, ils n'y seront pas. Pourquoi se dépêcher ?

— Mais... (Les gens peuvent toujours dissimuler leurs émotions, mais le masque est toujours mince, et la plupart du temps, transparent.) Puis-je vous demander pourquoi vous...

— Demain.

— Très bien, fit-elle en se dirigeant vers la porte.

— Tôt ou tard, on la fera, cette partie, lui lança-t-il tandis qu'elle s'éloignait. J'attends ça avec impatience.

Son rire parut s'épanouir, la suivre dans tout le couloir jusqu'à son bureau, ce qui était absurde bien sûr. Quand elle eut refermé sa porte, elle n'entendit plus rien du tout.

Elle s'assit, resta là, à contempler le mur. A chaque étape de sa carrière, elle avait rencontré une certaine dose de harcèlement sexuel, mais maintenant, ça aurait dû cesser. Vossart était la preuve vivante qu'il n'en était rien. Rien de ce qu'elle avait connu dans le passé ne lui semblait aussi menaçant que ce à quoi la soumettait aujourd'hui cet homme.

En rentrant, ce fut plus fort qu'elle : elle passa devant l'immeuble des frères Sestri. Les lumières brillaient encore aux étages supérieurs : elle s'interrogea à ce propos et, en fait, cela la tracassa. Peut-être, comme dans la plupart des grosses entreprises, les jeunes cadres restaient-ils tard rien que pour prouver leur ardeur au travail. Elle n'avait aucune raison de soupçonner quoi que ce soit d'autre, se dit-elle.

Elle conduisait sa petite Renault, dix ans d'âge et des milliers de kilomètres au compteur. Près de chez elle, elle trouva une place pour se garer. En revenant vers son immeuble, elle passa devant une boucherie encore ouverte, avec des poulets qui rôtissaient à la broche dans le four vitré, à l'intérieur. Après un instant d'hésitation, elle entra et en acheta un pour le dîner.

Une fois dans son appartement, elle accrocha son tailleur sous sa housse de plastique, passa des jeans et un chandail. Elle était devant l'évier en train de laver des légumes pour faire une salade quand Luc arriva. Elle songea à lui parler de Vossart, de ses attouchements importuns, de ses remarques lourdes de sous-entendus, de l'invitation à une partie de jambes en l'air qu'il lui avait lancée. Mais elle s'aperçut qu'elle ne pouvait parler de rien de tout ça. Luc était un homme de taille moyenne, mais à qui l'habitude de soulever des poids avait donné une musculature puissante. Pour un avocat, il lui avait toujours semblé quelque peu prompt à s'emporter. Elle le considérait comme son aîné à certains égards, et comme bien plus jeune sur d'autres plans. En fait, il avait deux ans de moins qu'elle. Si elle lui racontait comment le commissaire Vossart en usait avec elle, elle ne savait pas très bien comment il réagirait, et, s'il arrivait en tempêtant dans le bureau de Vossart, le commissaire nierait tout et, après cela, se débarrasserait tout simplement d'elle. Elle se retrouverait à la Brigade des mineurs, avec la plupart des autres femmes inspecteurs.

Elle laissa donc Luc lui poser un baiser sur l'oreille et traîner autour d'elle en ôtant sa cravate.

— Qu'est-ce qu'il y a pour dîner ? demanda-t-il.

Le poulet rôti était encore tout chaud dans son sac isolant. Avec des ciseaux de cuisine, elle le découpa en deux. Les pommes de terre qu'elle avait épluchées plus tôt étaient en train de rissoler doucement dans l'huile d'olive. Elle prépara une salade de mesclun et de betterave. Elle apporta le tout sur la table de leur salon-salle à manger et Luc suivit avec la corbeille à pain et le vin.

Pendant le dîner, elle lui raconta avec une certaine excitation qu'elle avait fini par mettre la main sur une grosse affaire, peut-être une affaire énorme. Demain, elle et trois autres inspecteurs allaient faire une descente chez des gens qui ne s'y attendaient pas. Elle pensait qu'ils allaient trouver toutes sortes de choses. Même les puissants en seraient ébranlés, annonça-t-elle, le gratin de la ville. Elle allait sans doute interroger des prisonniers pendant les quarante-huit heures à venir, alors il ne devrait pas s'attendre à la voir rentrer. Si elle le faisait, ce ne serait que pour prendre une douche, se changer et...

Mais Luc avait violemment reposé sa fourchette.

— Nous avons un dîner demain soir.

— Oh, fit-elle, s'en souvenant pour la première fois.

— Je compte sur toi pour y être.

Ils avaient été invités au restaurant par quelqu'un d'important dont Luc tentait d'obtenir la clientèle.

— J'ai oublié, fit Madeleine. Je suis absolument désolée...

— Alors, annule ta foutue perquisition.

— Je ne peux pas.

— C'est important, Maddie.

— Je suis vraiment navrée, mais je ne peux pas. Tu es avocat. Tu dois comprendre.

Ils discutèrent : lui avec agressivité, elle de plus en plus sur la défensive — jusqu'au moment où il finit par saisir son manteau et par sortir en trombe de l'appartement. Madeleine chipota quelques instants ce qu'elle avait dans son assiette, puis se leva et rapporta la vaisselle dans la cuisine. Elle posa une assiette à soupe retournée sur celle de Luc car il aurait peut-être faim quand il rentrerait. Quant à son dîner, auquel elle avait à peine touché, elle le jeta à la poubelle.

Après cela, elle se lava de nouveau le visage, se brossa les dents, passa une chemise de nuit et se mit au lit avec un livre. Il était tard, elle finit par éteindre : demain allait être une journée chargée. Luc n'était toujours pas rentré.

4

L'immeuble qui abritait les bureaux des frères Sestri avait jadis été un palace. Le hall, qui servait maintenant de réception, avait impressionné bien des clients du temps de la reine Victoria : il en impressionnait encore aujourd'hui, car il était aussi grand qu'un court de tennis, avec son plafond orné de lourdes moulures et ses murs recouverts de toiles qui dataient de deux siècles ou davantage. Derrière le vénérable bureau de la réception, qui n'aurait pas déparé au château de Versailles, de la moquette rayonnait vers ce qui avait jadis été des salles de bal.

La réceptionniste était une fille d'une vingtaine d'années, plutôt jolie. Elle portait une robe bleu marine qui lui allait fort bien et qui parut fort coûteuse à Madeleine. Celle-ci lui jeta un bref coup d'œil, assez perçant, cependant, pour remarquer que c'était aussi un uniforme : on pouvait lire au-dessus du sein gauche les mots FRÈRES SESTRI S.A.

Les inspecteurs, tous trimbalant un porte-documents, exhibèrent leur carte de police.

— Conduisez-nous aux bureaux de la direction, ordonna Madeleine.

— Puis-je savoir qui vous désirez voir ? demanda courtoisement la jeune fille.

Elle souriait encore, preuve qu'elle n'avait pas bien saisi la nature de leur visite.

— Vous ne m'avez pas comprise, dit Madeleine. Conduisez-nous tout de suite à la direction.

La fille les regarda les uns après les autres et se mit à bégayer :

— Mais... mais... vous ne pouvez pas... il faut que je vous annonce...

Elle tendait la main vers la console de son téléphone, mais Bosco l'arrêta dans son geste.

— Ce ne sera pas nécessaire, chérie.

L'idée était de surprendre les directeurs, peut-être de

découvrir sur leurs bureaux quelque chose qui n'aurait pas dû s'y trouver.

— Allons-y, fit Madeleine. C'est à quel étage ?

— Ils sont... ils sont au... quatrième, balbutia la réceptionniste.

— Détendez-vous, dit Madeleine, ça n'a rien à voir avec vous.

La minuscule cabine d'ascenseur n'accueillait que trois passagers. Madeleine et Bosco s'y entassèrent avec la jeune fille qui tremblait toujours, tandis que Mayotte et Cenis montaient quatre à quatre les escaliers.

Il s'avéra que la réceptionniste était pratiquement la seule personne dans l'immeuble à ne pas les attendre. Le cœur serré, Madeleine s'en aperçut presque tout de suite.

Sortis de l'ascenseur, ils furent rejoints par les deux autres inspecteurs, un peu essoufflés. Un homme déboucha du bureau d'angle en disant :

— Puis-je vous aider ?

Il y avait une secrétaire devant son bureau et d'autres installées ici ou là. L'homme était en manches de chemise. Il était petit, mince. Nœud de cravate impeccablement noué, cheveux coupés à la perfection. Il semblait extrêmement soigné et Madeleine, de là où elle se trouvait, crut sentir le parfum de son eau de toilette.

Il souriait.

Il y avait un monogramme BS sur la poche de sa chemise : Bruno Sestri, manifestement, et, compte tenu des circonstances, il n'aurait pas dû être en train de sourire.

Madeleine se présenta ainsi que ses trois compagnons.

— Oui, dit-il, j'ai entendu parler de vous.

Entendu parler d'elle ? Comment aurait-il pu ? Si c'était le cas, c'était parce que quelqu'un lui avait annoncé qu'elle venait.

Sestri serra la main des trois autres inspecteurs, puis les précéda dans son bureau, où Madeleine exhiba sa commission rogatoire.

Il prit le document.

— Asseyez-vous, faites comme chez vous, dit-il en se mettant à la lire.

Cette visite de quatre officiers de police ne semblait absolument pas l'émouvoir. Nous n'allons rien trouver du tout, se dit Madeleine. Ils ont probablement passé toute la nuit à détruire des papiers. Tout ce que nous aurions pu découvrir a disparu. Et quel effet cela va-t-il avoir sur ma carrière ?

Sestri lança le document sur le bureau.

— Pas de problème, déclara-t-il.

Quelqu'un avait vendu la mèche et Madeleine se demanda qui. Ç'aurait pu être à peu près n'importe qui : quelqu'un du bureau du procureur, du cabinet du juge Ardois, quelqu'un même de son propre service — le commissaire Vossart, par exemple.

Qu'est-ce que cela changeait ? Elle n'osait pas regarder dans la direction de Bosco et des deux autres inspecteurs.

— Par où voudriez-vous commencer ? demanda Sestri.

— Vous pouvez déjà convoquer vos directeurs et leur donner comme instructions de coopérer en tous points avec nous.

— Bien sûr, fit Sestri. Libre à vous de regarder partout où vous voulez. Nous n'avons rien à cacher.

Il fit venir les directeurs : six hommes en manches de chemise, qui entrèrent un par un pour former un demicercle devant son bureau.

— Coopération, leur dit Sestri, voilà le maître mot.

Pas de clin d'œil en parlant. Ce n'était pas nécessaire. Le ton de sa voix suffisait.

— Vous comprenez bien, s'empressa d'ajouter Madeleine, que dissimuler ou détruire la moindre pièce est un délit criminel.

Une brève intervention qui trahissait chez elle une certaine faiblesse. Elle la regretta aussitôt. Tous les directeurs hochèrent la tête. Tous avaient le visage impassible. Si sa visite inquiétait l'un d'eux, cela ne se voyait pas.

— Où pouvons-nous nous installer ? demanda l'inspecteur Bosco.

Sestri désigna une salle de réunion de l'autre côté du couloir.

— Très bien, fit Bosco. Qu'on nous apporte tous les documents financiers couvrant les trois dernières années.

— Trois ans, fit Sestri. Ça va prendre un moment.

— Avez-vous une machine à effilocher le papier ? lui demanda Madeleine.

— A vrai dire, oui.

— Montrez-la-moi, voulez-vous.

Il l'emmena au fond du couloir, jusqu'à la réserve de fournitures. La pièce habituelle : des cartons de papier à lettre sur des rayonnages, des piles de registres, une rangée de manuels techniques. Sur un comptoir, une machine à espresso et des tasses. Un fax. Bien entendu, une grosse photocopieuse. Et l'effilocheuse. La machine comportait une poubelle en plastique de la taille d'un baril de pétrole, presque pleine. Madeleine plongea la main dedans et agita les lambeaux de papier.

— Une affaire comme la nôtre produit une quantité énorme de paperasserie, observa Sestri.

Madeleine aurait juré qu'il esquissait un petit sourire.

— Vous seriez surprise de voir à quel point, reprit Sestri. Nous utilisons la machine presque chaque jour.

— Vous en seriez-vous servis hier soir, par hasard ?

— C'est bien possible.

Elle regagna la salle de réunion. Les inspecteurs étaient assis, des hommes apportaient des cartons, des tiroirs de classeurs, des dossiers en piles instables qu'ils déposaient sur la table. Bientôt, cela occupa toute la surface du plateau.

Aucun des hommes ne semblait le moins du monde nerveux. Ils se sont débarrassés hier soir de tout ce qui risquait de les compromettre, se dit Madeleine. Ils sont sûrs qu'il ne reste rien.

— Montrez-moi les autres bureaux, dit-elle à Sestri.

Ils suivirent le couloir. Le bureau jouxtant le sien,

expliqua Sestri, était celui du directeur général de la société. Puis venait celui du directeur financier. Le service de comptabilité était un peu plus loin. Son frère, Jean-Pierre, occupait l'autre bureau d'angle, mais il était désert. Il y avait deux pièces plus petites pour les deux épouses, qui étaient également des cadres de l'entreprise. Ceux-là aussi étaient vides.

— Où est votre frère ?

— Il fait du ski à Courchevel avec sa femme.

— Depuis quand sont-ils partis ?

— Justement, ils ont pris le dernier avion hier soir.

— Je vois, fit Madeleine.

Elle s'imaginait, ou croyait s'imaginer la scène. Alertés, ils avaient à la hâte détruit des documents. Ensuite, les deux frères avaient discuté de la situation, peut-être en présence de leurs épouses, peut-être pas.

— C'est vous le diplomate de la famille ? fit Madeleine.

— Diplomate ?

— Je le parierais.

— Je ne vous suis pas bien...

Ou bien il se considérait en effet comme le diplomate de la famille, ou bien c'était l'avis des autres. Peut-être les deux. Il avait dû leur promettre qu'il saurait se débrouiller avec les gens de la Brigade financière, et on l'avait laissé faire.

— Ce n'est pas vous le président-directeur général, n'est-ce pas ? Le P-DG, c'est votre frère Jean-Pierre. Alors vous, vous êtes quoi ?

— Je ne vous suis toujours pas.

— Diplomate, dit Madeleine. Voilà ce que vous êtes. Et votre épouse, où est-elle ?

— Elle n'est pas venue travailler aujourd'hui, répondit Sestri.

— Pourquoi donc ?

— Problèmes de femme. Vous devriez comprendre ça.

— Ah oui ?

— Puisque vous êtes une femme.

— Veuillez téléphoner à votre épouse pour lui dire de venir.

— Est-ce vraiment nécessaire ?

— Je pense que oui, dit Madeleine en le gratifiant d'un éblouissant sourire qui n'était guère de circonstance. Dans combien de temps peut-elle être ici ? (L'absence du frère et des deux femmes lui semblait pour l'instant le seul élément prometteur.) Appelez donc aussi votre frère. Je crois hélas qu'il va devoir rentrer immédiatement. Je le veux ici cet après-midi.

— Mais c'est impossible, il est sur les pentes en train de skier...

— Vous ne me comprenez pas. J'ai dit que je voulais le voir ici cet après-midi.

Elle revint dans la salle de réunion.

— Pourquoi ne pas vous asseoir là-bas ? fit-elle en désignant une chaise contre le mur. Vous pourrez peut-être nous aider à trouver ce que nous cherchons...

— Et qu'est-ce que c'est ?

Madeleine n'en savait rien.

— Vous pouvez utiliser ce téléphone là-bas pour appeler votre femme et votre frère.

— Étant donné votre manque de considération à mon égard et envers ma famille, répliqua Sestri, n'en attendez aucune de ma part. (Son amabilité première avait totalement disparu. D'un geste, il désigna la table surchargée de dossiers, les quatre inspecteurs qui l'observaient.) A vous de jouer. Allez-y.

— Donnez vos coups de fil, lui ordonna-t-elle.

Ils allaient passer des heures à s'acharner sur tous ces dossiers pour finalement, elle le craignait, ne rien trouver du tout, ou pas grand-chose. Mais elle était déterminée à aller jusqu'au bout, même si cela prenait longtemps, elle était décidée à boire le calice jusqu'à la lie.

Là-dessus, la secrétaire de Sestri passa la tête pour annoncer que le ministre était en ligne : il appelait de Paris.

— Le ministre ? s'étonna Sestri.

— Le ministre de l'Intérieur.

Madeleine fit la grimace. Tout comme Bosco, remarqua-t-elle. Le ministre de l'Intérieur était en fait son patron. Il est le chef de toutes les forces de police de France, à l'exception de la gendarmerie, qui est une branche de l'armée.

— Bonjour, monsieur le Ministre, dit Sestri dans le combiné.

Après quoi, il l'appela par son prénom et se mit même à le tutoyer, ce qui signifiait qu'ils étaient ou avaient été des intimes. Sans doute le ministre ne se doutait-il pas que Sestri Frères faisait l'objet d'une enquête : il ignorait certainement que des inspecteurs se trouvaient dans la pièce à écouter cette conversation. Une conversation mondaine, rien de plus. A n'en pas douter, Sestri l'avait arrangée d'avance, Madeleine le comprit fort bien, dans le but de l'intimider. Néanmoins, l'appel avait fait son effet. Si je ne trouve rien, aucune preuve de malversation, se dit-elle avec une certaine amertume, je suis dans le pétrin.

Au cours des heures qui suivirent, Sestri s'agita sur son siège, quand il ne marchait pas de long en large et qu'il ne fumait pas. Les trois inspecteurs fumaient eux aussi, et l'atmosphère dans la pièce finit par devenir si irrespirable qu'à plusieurs reprises Madeleine sortit dans le couloir, simplement pour aspirer quelques goulées d'air frais. Dans tout l'immeuble, des employés étaient plantés sur le pas de leur porte, discutant avec animation, se demandant ce qui se passait. Pendant ce temps, deux jeunes comptables ne cessaient d'apporter de nouveaux dossiers au fur et à mesure qu'on les leur réclamait, remettaient les précédents dans des cartons et les remportaient. Parfois, on posait à Sestri des questions sur certains documents, contrats, registres. Ou bien on convoquait des directeurs pour les interroger et leur demander de retrouver tel ou tel document.

Au milieu de la matinée, l'épouse de Sestri arriva : une petite femme en pantalon vert et blazer bleu marine. Elle était superbement coiffée. Sans doute, se dit Madeleine, sortait-elle de chez le coiffeur ; elle la fit asseoir sur une chaise à côté de son mari. Elle resta là, l'air désemparé, chassant de la main la fumée qui lui arrivait au visage.

A midi, les inspecteurs envoyèrent une des secrétaires chercher des sandwichs et de la bière. C'était une jeune femme pleine d'entrain, toujours prête à sourire. Il est vrai que ce n'était pas sur ses activités qu'on enquêtait. Pour elle, c'était presque un jour de congé. Même si elle n'avait pas la moindre idée de ce qui se passait, elle sentait que pour ce jour-là au moins il y avait de nouveaux patrons : Sestri avait été supplanté par quatre inspecteurs. C'était excitant, elle adorait cela.

Elle rapporta les sandwichs et les distribua : des baguettes fendues par le milieu, chaque moitié tartinée de beurre, avec, entre les deux, une mince tranche de jambon. Et de la bière alsacienne. Les inspecteurs mangèrent, burent. Ils fumèrent jusqu'à faire déborder les cendriers et ils continuèrent à se pencher sur les dossiers. Le visage de Mme Sestri exprimait l'ennui et le dégoût. Celui de son mari, l'ennui et la colère. Il ne cessait de lancer des remarques acides que les policiers faisaient semblant de ne pas entendre.

Bosco capta le regard de Madeleine et d'un geste désigna le couloir. De toute évidence, il avait trouvé quelque chose. Tous deux sortirent mais furent aussitôt rejoints par Sestri.

— Veuillez retourner dans la salle, lui dit Madeleine.

Il ne bougeait pas.

— Je vous en prie, insista-t-elle.

— Vous l'avez entendue, fit Bosco.

Quand Sestri fut reparti, Bosco montra ce qu'il avait dans les mains.

— C'est l'original de la dernière facture de Tontine, murmura-t-il. Notez bien la date. Voici l'écriture comptable qui montre le règlement de la facture. Notez la date.

— On dirait qu'ils ont réglé la facture avant de l'avoir reçue, observa Madeleine.

— Exact. Ils ont rédigé la fausse facture plus tard pour justifier le versement. Ça confirme le témoignage de Mme Tontine. Ils ont délibérément versé de l'argent pour un travail qui n'a jamais été fait. Rien qu'avec ça, on peut l'arrêter...

Madeleine haussa les épaules. C'était mieux que rien, mais pas grand-chose.

— Tant que nous ne découvrirons pas la preuve que cette somme est revenue en espèces, dit-elle, et tant que nous ne saurons pas où elle est passée après ça, nous n'aurons pas de dossier.

Elle fit sortir Sestri de la salle de réunion pour lui montrer la facture réglée et l'écriture comptable correspondante.

— Vous avez réglé une étude de faisabilité, lui dit-elle. Vous avez payé à Tontine une somme importante pour ça. Où est cette étude ?

Sestri eut un sourire assuré.

— Nous avons décidé de ne pas l'utiliser. Nous avons dû la détruire. Ça ne rime à rien de garder ce genre de document...

— Je vois. Au cours des trois dernières années, vous avez effectué sept règlements au total pour des études et des consultations. Nous ne trouvons aucun de ces rapports.

— Nous n'avons dû en utiliser aucun. Nous nous en sommes sans doute débarrassés.

Ils étaient tous les trois dans le couloir, Sestri avec un petit sourire, Bosco l'air sévère. Mais Madeleine avait remarqué quelque chose de plus à propos de la facture qu'elle tenait à la main.

— Elle a été tapée sur une machine à écrire, et non pas sur un ordinateur, annonça-t-elle à Bosco.

— J'ai remarqué une vieille machine à écrire dans la pièce des fournitures, fit-il.

— Moi aussi. Venez avec moi.

Elle l'entraîna au bout du couloir.

Après un moment d'hésitation, Sestri leur emboîta le pas. Elle introduisit une feuille de papier derrière le rouleau de la vieille machine puis jeta un coup d'œil à Sestri. Un pli lui barrait le front et, pour la première fois, il semblait soucieux.

Elle tapa les mêmes lignes que celles qui figuraient sur la facture.

Les caractères correspondaient. Il faudrait des agrandissements et un expert pour le prouver devant un tribunal, mais les deux inspecteurs étaient satisfaits.

Bosco sifflota.

— Vous avez versé l'argent à Tontine, déclara-t-il à Sestri, puis vous avez tapé la facture que Tontine aurait dû vous envoyer. Vous avez gardé l'original, et vous avez adressé le double à Tontine. C'est une manœuvre frauduleuse, vous ne trouvez pas ? (Il toisa Sestri de la tête aux pieds.) Vous avez des problèmes, mon vieux. De graves problèmes.

Mais Madeleine trouvait que ce n'était pas encore suffisant.

En fin d'après-midi, ils trouvèrent mieux. D'abord, des comptes suspects firent surface. Un dossier perdu parmi tant d'autres. Ce fut Madeleine qui y jeta un coup d'œil, ne s'attendant pas à y trouver quoi que ce soit d'intéressant. Quelques factures de trombones sans doute. Et voilà qu'elle découvrit que de temps en temps des sommes d'argent considérables entraient dans une petite caisse, après quoi figuraient des dépenses non moins considérables. Certes, il y avait des factures de trombones, mais on avait aussi utilisé ce compte pour acheter des bulldozers et payer des sous-traitants. Ces factures correspondaient-elles à la réalité ou étaient-elles fausses ? Étant donné les circonstances, il était bien possible que rien n'eût jamais existé, ni machines ni sous-traitants.

Mais le prouver, c'était une autre histoire.

Madeleine se tourna vers Sestri, toujours assis sur sa chaise contre le mur, lui tendit le dossier et lui demanda pourquoi la petite caisse réglait des factures aussi énormes.

— Comme si je faisais attention à la petite caisse ! ricana-t-il.

C'était lui qui dirigeait l'entreprise, déclara-t-il d'un ton gonflé d'importance, se frappant presque la poitrine. Il traitait des affaires portant sur des millions et des millions de francs : il ne s'intéressait pas à la petite caisse.

— Il ne s'agit pas de petites sommes, souligna Bosco.

Les quatre inspecteurs ne quittaient pas Sestri des yeux.

— Peut-être pas pour un policier, fit Sestri.

Dans sa bouche, le mot « policier » sonnait comme une insulte. Il lança le dossier sur la table.

Ce n'était pas la bonne réaction. Il n'y a pas de véritable équilibre dans les relations entre un policier et un homme ordinaire. Le policier est presque toujours en mesure de créer à l'homme ordinaire de gros problèmes. C'est donc une erreur, de mettre en colère un ou des policiers. Jamais cela n'avait été plus vrai que dans le cas présent, comme Sestri n'allait pas tarder à le découvrir.

La perquisition se poursuivait alors depuis plus de huit heures. La table était encore couverte de cartons de dossiers. Les inspecteurs étaient fatigués. Cela faisait longtemps que leur attention commençait à vaciller. Ils étaient presque prêts à renoncer, en tout cas pour la journée. Mais quand le dossier de la petite caisse vint atterrir sur la table, leurs visages s'assombrirent, ils commencèrent à marmonner et se replongèrent dans leur travail avec un regain de détermination. Quelques minutes plus tard, l'inspecteur Mayotte tomba sur un second livre de comptabilité intitulé DÉBOURS INTERNES EN LIQUIDE.

— « Débours internes en liquide », fit-il en éclatant de rire.

Le registre fit le tour de la table et chacun se prit à sourire : il révélait que de grosses sommes d'argent circulaient dans la maison et en sortaient sans explication.

On fit venir le chef comptable. Il avait l'air effrayé. Non, dit-il, il ne savait pas où était passé tout cet argent. Il ne savait pas non plus quelle en était la provenance. Il croyait que ces sommes venaient de Suisse, ou peut-être du Luxembourg. Il ne cessait de jeter des coups d'œil du côté de Sestri, qui le fixait d'un regard froid et dur.

Auprès de chaque retrait, il y avait des annotations. S'agissait-il d'un code ? lui demanda-t-on. Le comptable semblait de plus en plus affolé. Un code ? Absolument pas. Mais il avait oublié ce que pouvaient bien signifier ces annotations.

Une nouvelle conférence se tint à voix basse dans le couloir.

— Ce code est la clé de toute cette affaire, déclara Madeleine.

— Je donnerais ma chemise pour quelque chose à boire, geignit Bosco.

— On devrait s'arrêter pour la journée, fit Mayotte.

— Il faut déchiffrer le code, répondit Madeleine.

— Nous sommes épuisés, reprit Bosco. On devrait s'arrêter.

— Nous allons renvoyer les employés chez eux, décida Madeleine. Mais nous garderons les directeurs et le chef comptable.

Dehors, il faisait nuit. On entendait les rumeurs, les coups de klaxon des encombrements de la fin de journée.

— Nous allons perquisitionner les bureaux, dit Madeleine. Si nous trouvons le code, l'affaire est dans le sac, j'en suis certaine.

Madeleine l'annonça à Sestri et entreprit de fouiller son bureau. Nonchalamment adossé au mur, il la regarda lire son courrier personnel, inspecter ses carnets de téléphone, de rendez-vous. Il y avait des albums de photos où figuraient essentiellement sa femme et ses enfants. Sur les dernières pages de l'un d'eux, des photos au Polaroïd, manifestement prises il y a quelques années. Sa femme nue. Lui-même nu, en érection. Tous deux, nus encore et s'étreignant. Madeleine dévisagea Sestri jusqu'au moment où il rougit. Un moment non de complicité sexuelle, mais d'intimidation.

Dans la pièce, il y avait un coffre-fort. Elle le fit ouvrir, plongea la main à l'intérieur et découvrit d'autres photos. Encore des nus. Mais cette fois, pas de son épouse.

— Intéressant, observa Madeleine.

Mais pas trace de code.

Les inspecteurs avaient fouillé d'autres bureaux. Ils se retrouvèrent tous les quatre dans le couloir.

— Perquisitionner le bureau de la femme a été une perte de temps, dit Bosco. Elle est censée être chef du personnel mais, si vous voulez mon avis, c'est un poste bidon.

— Pour escroquer les actionnaires d'un salaire supplémentaire, observa Mayotte.

— Un gros salaire, murmura Bosco.

— Ces gens me dégoûtent, fit Mayotte.

Ils avaient la réaction normale de policiers devant des gens qui dépensaient plus pour s'acheter un costume qu'eux-mêmes ne gagnaient en un mois.

Tout était silencieux dans l'immeuble. On aurait pu le croire vide, mais il ne l'était pas. Les directeurs et le chef comptable étaient toujours là, chacun seul dans un bureau, à se demander ce qui allait se passer.

Soudain, Madeleine se mit en colère.

— On les arrête tous, décida-t-elle. On les amène rue de Roquebillière et on les boucle.

— Vous êtes sûre que c'est prudent ? s'inquiéta Bosco.

En tant qu'officier de police judiciaire, elle avait le pouvoir de le faire et peu lui importait maintenant de savoir si c'était prudent ou non.

— Pour voir si leur mémoire s'améliore, dit-elle. Pour voir combien d'entre eux pourront supporter jusqu'à quarante-huit heures d'interrogatoire.

— De combien de gens parlez-vous ? demanda Bosco.

Madeleine nomma quatre des directeurs qu'ils avaient questionnés jusque-là, puis ajouta :

— Et puis la femme et le chef comptable aussi.

Un interrogatoire de quarante-huit heures était une épreuve pour les deux parties.

— Nous ne sommes que quatre, fit doucement Bosco.

— Nous ne sommes que trois, dit Madeleine, qui se calmait rapidement. Il faut que quelqu'un attende le frère ici. (Maintenant qu'on l'avait contacté, le frère était censé rentrer à Nice.) On ne peut pas le laisser arriver ici en notre absence, et lui permettre de faire disparaître des dossiers...

— Trois inspecteurs pour interroger six prisonniers, murmura Bosco d'un ton sinistre.

Prise d'une soudaine intuition, Madeleine rectifia :

— Sept, me semble-t-il.

— Sept ?

Présente toute la journée, rôdant à la périphérie de la perquisition, il y avait eu cette femme, à peu près de l'âge de Sestri, sa secrétaire particulière. Tous les autres employés avaient quitté l'immeuble mais elle était toujours là, à s'affairer, tandis qu'on rassemblait les prisonniers et qu'on les amenait dans la salle de réunion.

A un moment, on l'avait présentée à Madeleine. Mademoiselle Machin, pas madame. Pas mariée, et on comprenait pourquoi : quand on avait distribué les visages, mademoiselle n'avait pas tiré le gros lot. Elle avait un gros nez allongé, des lèvres minces. Elle avait pourtant de beaux yeux et, même si elle avait passé la fleur de l'âge, une jolie silhouette. Toute la journée, elle s'était proposée pour aller chercher des choses pour Sestri, pour donner des coups de fil à sa place. Elle avait paru s'efforcer de lui apporter tout le réconfort possible. Et pourtant, il l'avait assez souvent rembarrée.

Madeleine en avait été vaguement consciente et, sans s'en rendre compte, elle avait senti autre chose aussi :

on aurait dit que cette femme était amoureuse de Sestri. Ne serait-elle pas plus qu'une secrétaire ?

Madeleine lui lança :

— Redites-moi votre nom, mademoiselle.

La femme eut l'air étonnée d'être ainsi remarquée.

— Georgette Sicart, madame.

— Malheureusement, il va falloir que vous veniez avec nous...

— Moi, madame l'inspecteur ?

— Je crains que vous ne deviez passer les prochaines quarante-huit heures en notre compagnie.

La femme pâlit.

— Attendez une minute, fit Sestri. Une minute.

Madeleine demanda qu'on lui envoie un fourgon. Quand il arriva, on fit monter à l'intérieur les prisonniers, cinq hommes d'affaires et deux femmes élégamment vêtues, puis on les fit asseoir sur des bancs. Les vitres étaient grillagées et on ferma les portières à clé derrière eux.

Le fourgon se rendit dans une partie de la ville qu'aucun des prisonniers ne fréquentait et où certains n'avaient même jamais mis les pieds. La rue de Roquebillière apparut. La vue du mur qui entourait les services de police leur causa un choc : on n'aurait pu imaginer symbole plus fort. La barrière se souleva et ils pénétrèrent dans un monde qui n'était plus le leur. Durant les quarante-huit heures à venir, ils n'auraient plus aucune influence ni pouvoir d'aucune sorte. De temps en temps, on leur apporterait à manger : seulement des sandwichs, malheureusement. Ils n'auraient pas le droit d'avoir de couverts, de crainte qu'ils ne se blessent ou qu'ils les utilisent comme armes. On leur retirerait leur ceinture, leur cravate et leurs lacets de chaussures. Ils dormiraient à même le sol, ou assis contre le mur.

On répartit les prisonniers dans des cellules séparées, d'où on les ferait sortir un par un pour répondre au questionnaire préliminaire : nom, date et lieu de naissance, puis noms, dates et lieux de naissance des parents, des épouses, des maris, des enfants, etc. C'était délibérément long et humiliant : lorsque c'est terminé, l'individu auquel on a posé ces questions et qui n'a cessé de réclamer des éclaircissements sur sa situation, se retrouve de nouveau enfermé, toujours sans réponse.

Une fois tous les questionnaires remplis, les inspecteurs allèrent dans un restaurant où, devant des apéritifs, ils discutèrent de la façon dont devaient être menés les interrogatoires. Par qui commencer, quelles questions poser, qui semblait le plus susceptible de craquer ? Le restaurant était confortable, la carte appétissante, et le patron faisait des prix aux policiers. Ils commandèrent, prirent leur temps, s'attardant sur le dessert, sur le café. Ils avaient littéralement la nuit devant eux.

C'était ce qu'on appelait laisser les prisonniers mariner dans leur jus. On commençait toujours comme ça.

Madeleine regagna son bureau et appela le commissaire Vossart chez lui pour le tenir au courant de l'état d'avancement de l'affaire. Elle aurait dû téléphoner bien avant, mais elle avait différé ce coup de fil.

— Vous avez fait quoi ? éructa Vossart. Vous avez fait quoi ?

Elle avait sept personnes en garde à vue, ajouta-t-elle et...

— Vous avez arrêté Bruno Sestri sans m'en informer d'abord ?

Madeleine sentit la sueur parler à son front. Oui. Elle avait également saisi et mis sous scellé un grand nombre de documents compromettants et...

— J'arrive.

— Vossart rapplique, annonça-t-elle à ses collègues après avoir raccroché. Amenez Sestri.

C'était selon elle le moins susceptible de passer aux aveux. Néanmoins, c'était le prisonnier qu'elle voulait être en train d'interroger quand Vossart arriverait.

Quelques minutes plus tard, le commissaire entra dans la pièce. En pantalon kaki et blouson de cuir, il avait un air sévère et ne la salua même pas. Il fit toutefois un bref petit signe de tête à Sestri, qui lui répondit de la même façon, avec un léger sourire. Ils se connaissent, observa Madeleine. Ce ne sont peut-être pas des intimes, mais ils évoluent dans les mêmes cercles.

Jusque-là, elle avait interrogé Sestri avec douceur et continua sur le même ton. Au bout d'une dizaine de minutes, Vossart fit signe à Madeleine de le suivre dans le couloir.

— Vous n'allez rien tirer de lui, déclara-t-il. Vous serez obligée de le laisser partir. Le juge ne va jamais l'inculper.

Madeleine comprit que Vossart était un homme bien trop prudent pour prendre à ce stade le risque d'entraver l'action de la justice.

— Sestri est coupable d'une grosse, très grosse escroquerie, dit-elle.

— Prouvez-le.

— Nous ne pouvons pas interroger efficacement ces gens. Nous sommes trop peu nombreux. Il nous faut de l'aide.

Vossart secoua la tête d'un air écœuré et, sans un mot de plus, quitta l'immeuble.

Madeleine revint dans le bureau et, devant Sestri souriant à demi, se remit au travail. Son ton cette fois était plus dur, ses questions accusatrices. Mais elle n'arriva nulle part. Il feignit l'ignorance, invoqua une comptabilité mal tenue mais n'avoua rien. Impossible, raconta-t-elle plus tard à Bosco, impossible de lui tirer les vers du nez.

L'un après l'autre, on fit venir les directeurs de la société. Parfois, deux ou trois interrogatoires se déroulaient dans des pièces différentes.

On avait éteint le chauffage deux heures plus tôt. Dans les salles d'interrogatoire, pour ne rien dire des cellules, il commençait à faire froid. A minuit, l'inspecteur Mayotte arriva avec Jean-Pierre Sestri et son épouse, qui avaient tenté de se glisser sans être vus dans leurs bureaux. Mayotte les attendait dans le noir.

— J'aurais voulu que vous voyiez leur tête, dit-il en riant. S'ils étaient simplement rentrés chez eux, ils auraient pu dormir dans un lit...

Au lieu de cela, ils allaient passer la nuit en cellule. Madeleine croisa leurs regards froids et maussades. Elle s'assit derrière sa machine à écrire et dit :

— Nom de famille, prénom, date et lieu de naissance...

Quand les questionnaires furent remplis, elle ordonna qu'on conduise les prévenus dans des cellules séparées.

Quatre heures du matin. Madeleine convoqua les policiers en tenue qui surveilleraient les prisonniers jusqu'au matin. Ils devraient les accompagner aux toilettes l'un après l'autre, puis les ramener à leur cellule. Des clés tourneraient dans des serrures. On les enfermerait pour la nuit. Voilà quelques heures, ils étaient des notables. Détendus. Libres. Maintenant, c'en était fini de tout cela. C'était impensable. Devant eux se dressait la menace d'une longue nuit. La menace de la prison.

Dehors, il faisait froid, il pleuvait. Madeleine et les trois inspecteurs s'abritèrent sous un auvent. La ville semblait déserte. La pluie redoubla.

Ils étaient affamés, déçus, épuisés.

Bosco passa son bras autour des épaules de Madeleine.

— Ne vous découragez pas, dit-il. C'est toujours comme ça, le premier soir. Demain, ça ira mieux.

— Voyons quel effet aura une nuit en cellule sur ces salopards gonflés de leur importance, marmonna Mayotte.

— Huit heures à l'Annexe, dit Madeleine.

« L'Annexe », c'était un bar, en réalité Le Figuier, à un pâté de maisons de la rue de Roquebillière. C'était là que les inspecteurs de la PJ se retrouvaient pour discuter des affaires en cours, des preuves, des pistes. Il tenait son nom de l'arbre qui poussait à trente centimètres de sa devanture. Mais les inspecteurs l'appelaient toujours l'Annexe.

Ils regagnèrent leurs voitures en courant.

Devant l'immeuble de Madeleine, pas un endroit où se garer. La rue était étroite. Sur un côté, les véhicules stationnaient, deux roues sur le trottoir. Elle tourna en quête d'une place, finit par en trouver une à deux blocs de là et rentra en courant sous la pluie, qui tombait dru maintenant.

Elle entra dans son appartement le plus silencieusement possible : elle se déchaussa dans le vestibule et avança sans allumer pour ne pas réveiller Luc. Elle s'aperçut qu'il n'était pas là. En tournant le commutateur, elle constata que non seulement leur lit était vide mais qu'il n'était pas défait.

Elle accrocha ses vêtements, se lava le visage, se brossa les dents.

Luc pouvait encore rentrer. Peut-être était-il resté tard avec des amis parce que, le lendemain étant un samedi, il pourrait faire la grasse matinée. Mais pour elle, bien sûr, pas question de ça. Elle ferait mieux de s'installer sur le divan en lui laissant le lit : comme ça, elle ne le réveillerait pas en se levant. Elle alla prendre une couverture dans la commode sous la fenêtre, mit son réveil, éteignit et s'allongea sur le canapé, enroulée dans la couverture.

5

La Brigade de répression du vol d'œuvres d'art se composait de deux inspecteurs installés dans un petit bureau de l'École de Police, juste à côté du labo de balistique. Les deux hommes étaient petits et minces, l'un chauve et l'autre avec une calvitie naissante : tous deux portaient cravate et gilet, leur veston sans doute pendu avec soin dans le placard derrière eux. Ils se montrèrent d'emblée hostiles à Jack Dilger.

— Vous avez quelque chose ? lança le premier inspecteur d'un ton méfiant. (Il s'appelait Creed.) Qu'est-ce que vous avez ?

— J'ai simplement demandé si vous pouviez me

fournir une liste des vols d'objets d'art récents, répondit Jack, des vols remontant à un an, peut-être deux.

— Vous êtes un inspecteur de quartier, dit son collègue, qui s'appelait Ahearn. Les vols d'objets d'art, c'est notre rayon.

— Avez-vous oui ou non une liste des vols récents ?

— Vous feriez mieux de nous mettre au courant, reprit Creed.

— C'est trop tôt, répliqua Jack. (Il portait une veste de sport et une cravate, respectant le code vestimentaire des inspecteurs, et il s'efforçait d'avoir l'air sérieux.) Je cherche à savoir si je suis vraiment sur quelque chose.

— Pourquoi êtes-vous venu ici ?

— Je suis tombé sur des renseignements concernant un type, fit Jack. Il n'y a peut-être rien de grave là-dedans. J'ai pensé que je devrais tâcher de me renseigner sur un ou deux trucs avant d'aller pisser dans sa bière.

— Quelqu'un vous a dit quelque chose, jeta Creed d'un ton froid. Qui ça ?

— Et quoi ? ajouta Ahearn.

— Un informateur m'a dit quelque chose, concéda gravement Jack.

Dans la police new-yorkaise, si on veut garder le secret sur un renseignement, on l'attribue à un indicateur. C'est comme le secret de la confession : une façon de dresser un mur que personne ne peut franchir.

— Comment s'appelle-t-il ?

— Vous savez bien que je ne peux pas vous le dire.

— Cet informateur, qu'est-ce qu'il vous a fourgué ? poursuivit Ahearn.

— Oh, bon sang, fit Jack, qui commençait à perdre son calme. Vous avez une liste ou pas ?

Il y eut un long silence pesant : les deux inspecteurs dévisagèrent Jack, qui les dévisagea à son tour.

Ahearn finit par répondre :

— Nous avons en effet une liste de ce genre. Nous pouvons vous en donner un exemplaire. A une condition.

— Bien sûr, minauda Jack, retrouvant son sourire aimable. Ce que vous voudrez.

— Si votre tuyau tient debout et que vous vouliez pousser les choses plus loin, vous revenez d'abord ici et on continue ensemble.

— Évidemment.

— Vous êtes d'accord ?

— Mais oui, certainement, répondit Jack, toujours souriant. Ça va de soi.

— Donne-lui la liste, dit Creed à Ahearn.

Ahearn la prit dans un tiroir, sortit pour aller la photocopier, puis revint et tendit un exemplaire à Jack.

Il y avait trois feuillets et Jack les parcourut. A côté de chaque toile volée étaient mentionnés le nom du peintre, la dimension, le propriétaire et la valeur estimée de l'objet.

— Ces sommes ne sont peut-être pas exactes, rétorqua Creed.

— Pour la plupart, elles représentent ce que les propriétaires essaient de tirer de leurs compagnies d'assurances, précisa Ahearn.

Jack reconnut le nom de certains artistes, Picasso, par exemple, mais la plupart lui étaient inconnus.

— Ce que vous avez là, ce ne sont que des toiles dérobées ici à New York, dit Ahearn.

— Si le vol a eu lieu ailleurs, le tableau ne sera pas sur cette liste, expliqua Creed.

— Les œuvres volées, c'est facile à transporter, reprit Ahearn. Ça voyage beaucoup. La marchandise énumérée là-dessus pourrait être maintenant n'importe où...

— Et des toiles dérobées ailleurs pourraient se balader à New York, renchérit Creed.

Jack leva le nez de la liste.

— Y a-t-il là-dedans des œuvres rares ? demanda-t-il.

— Toutes les toiles sont rares, déclara Ahearn d'un ton pompeux. Chacune est unique.

— Vous le sauriez si vous y connaissiez quelque chose en art, ajouta Creed.

Jack ne releva pas l'insulte.

— Je veux dire vraiment rares. Qu'il n'y ait que quelques toiles de cet artiste entre les mains de particuliers. Disons, cinq dans des collections privées...

Ahearn haussa les épaules.

Jack estima qu'il avait posé assez de questions révélatrices à ces deux connards. Il se leva.

— Je reprendrai contact avec vous, dit-il.

— N'y manquez pas, fit Creed.

La clochette au-dessus de la porte tinta quand il entra dans le magasin de Flora. Celle-ci était au téléphone et il y avait une femme assise près de son bureau. Ses deux associées n'étaient pas là. Jack arpenta la galerie, faisant semblant d'admirer quelques-unes des sculptures peintes que, Dieu sait pourquoi, les gens avaient l'air d'aimer acheter à Flora. Deux énormes dobermans en céramique, par exemple, disposés de part et d'autre d'une causeuse en fer forgé, sur des coussins de chintz.

Sa femme, toujours au téléphone, ne cessait de jeter des coups d'œil dans sa direction, comme si elle craignait de sa part un geste malvenu.

— Je suis à vous dans un instant, monsieur, lança-t-elle.

— J'ai tout mon temps, madame, fit ironiquement Jack, histoire de lui faire comprendre qu'il n'en était rien.

A l'exception de la liste qu'il avait avec lui, il n'avait pour l'instant pas avancé d'un pouce. Et comme il le savait depuis la nuit dernière, le temps jouait contre lui.

Flora finit par raccrocher. Mais la cliente assise devant son bureau voulait commander, semblait-il, d'abord des serviettes pour aller avec le papier de son adorable salle de bains, et Flora semblait totalement absorbée par ces inepties. Elle l'écouta sans cesser de sourire et d'acquiescer jusqu'au moment où Jack, dans le dos de la femme, se mit à lui faire signe d'accélérer le mouvement.

Il attendit avec une impatience croissante le moment où son épouse raccompagna enfin la cliente jusqu'à la porte. Celle-ci s'arrêtait sans cesse auprès d'un article ou d'un autre, Flora écoutant et souriant tout le temps, la femme répétant sans arrêt que c'était adorable et qu'elle avait envie d'acheter absolument tout le magasin.

La porte vitrée se referma derrière elle.

— Sais-tu qui c'était ? dit Flora.

— Non.

— Une des personnes qui paient le loyer de l'appartement où tu habites.

— Formidable !

— Je veux dire : tu as été très grossier.

— Grossier ? fit Jack. Elle ne savait même pas que j'étais là. Jette donc un coup d'œil là-dessus. (Il lui tendit la liste, qu'elle pencha de côté pour profiter du soleil qui filtrait par la porte.) Tu connais ces artistes ?

— Qu'est-ce que c'est, des œuvres d'art volées ?

— Tu connais les noms ?

— La plupart, dit Flora en revenant vers son bureau. (Elle posa la liste pour prendre une enveloppe qu'elle brandit devant lui.) Les billets d'avion nous attendent à l'agence.

Il la contempla d'un air absent, puis la mémoire lui revint. Le surlendemain, ils devaient partir en vacances ensemble. Première étape : Paris. Comment avait-il pu oublier ? La réponse était qu'ils avaient fait ce projet voilà des mois. Après cela, Flora avait si souvent changé les dates, en tenant compte de tel ou tel contrat de décoration, qu'il avait par moments cessé de croire à ce voyage. Il avait complètement oublié.

Maintenant, il avait d'autres plans. Dans deux jours, il ne serait pas à bord d'un avion avec elle mais devant un juge, avec deux patrons de la drogue de type hispanique et Bulfinch, l'ami de Flora. Peut-être aussi avec Robert, le petit ami.

— Je vais m'occuper de ça, dit-il en prenant l'enveloppe.

— Encore deux jours, soupira Flora. J'ai vraiment hâte de partir, pas toi ?

Au lieu de répondre, Jack lui posa un baiser léger sur les lèvres.

— Y a-t-il sur cette liste un artiste dont les œuvres soient si rares qu'il n'y aurait peut-être que cinq de ses toiles entre les mains de particuliers ?

Flora examina de nouveau les pages, les feuilletant attentivement.

— Je ne peux pas en être certaine, mais je ne pense pas.

— Bon, dit Jack. (Puis, au bout d'un moment :) Qui est-ce que tu connais, au Met ?

Au Metropolitan Museum of Art, on conduisit Jack dans une salle de réunion très dépouillée et on le planta là. Le temps passait, Jack commença à s'énerver.

La porte se rouvrit enfin pour livrer passage à un homme et à une femme. La femme avait une cinquantaine d'années, elle était petite et boulotte, portait un chignon. L'homme avait environ le même âge et l'air d'un banquier. En fait, il était chef de la sécurité du musée. Il s'appelait Baker : Jack savait qu'il avait été directeur adjoint de la police de New York. Ils ne s'étaient jamais rencontrés, mais Jack le connaissait de réputation : un fonctionnaire jugulaire-jugulaire, qui avait grimpé les échelons de la bureaucratie jusqu'à la direction de la police et qui était resté là.

— Est-ce que je pourrais voir votre plaque, je vous prie ? demanda Baker d'un ton froid.

— Bien sûr, chef.

Jack ouvrit l'étui où se trouvait son insigne et le lui montra.

— Vous voulez mes empreintes digitales, également ?

— D'ordinaire, répliqua Baker, j'ai affaire à l'inspecteur Creed.

— Cette fois, chef, je crois malheureusement que vous devrez avoir affaire à moi.

— Ou bien à l'inspecteur Ahearn. Je les appellerai plus tard, pour vérifier.

— Très bien, faites donc.

Baker reprit :

— Vos supérieurs savent-ils que vous êtes ici ?

Manifestement, il sentait que non.

Jack exhiba son large sourire.

— Pourquoi ne les appelez-vous pas ?

Baker le toisa d'un œil froid.

— J'ai entendu pas mal de choses sur vous...

— Vous voulez parler de mon dévouement et de mon acharnement à mettre les criminels derrière les barreaux, là où ils doivent être ?... (Baker ne sourit pas.) Vous avez le droit de garder le silence, continua Jack. Si vous n'avez pas les moyens de faire appel à un avocat...

La femme les regardait tour à tour, se demandant sans doute pourquoi ils devaient se disputer leur territoire ici, dans ce musée.

— En quoi pouvons-nous vous aider, inspecteur ? s'enquit-t-elle.

S'adressant directement à elle, Jack expliqua qu'il essayait d'identifier un tableau volé qui était sur le point d'être vendu. Les œuvres de l'artiste étaient si rares qu'il n'y avait que cinq ou six de ses toiles entre les mains de particuliers. Comme le vendeur s'occupait principalement de toiles de maîtres, sans doute l'artiste avait-il vécu et travaillé voilà deux cents ans ou davantage.

Jack n'avait pas mentionné le nom de Bulfinch.

— C'est tout ce que vous savez ? dit la femme.

— Oui.

— Ça n'est pas beaucoup.

— Je sais.

— Et de qui tenez-vous vos renseignements ? demanda Baker.

— D'un informateur, chef.

— Pouvez-vous être plus précis ?

— Non, chef, je ne peux pas, je suis désolé de vous le rappeler.

— Je vois.

— J'espère, dit Jack à la femme, que vous pourrez me dire quelles toiles ont été volées cette année, ou peut-être l'année précédente, qui pourraient correspondre à cette description...

Et il attendit.

Il y avait eu des vols, reconnut la femme. Au musée de Philadelphie, par exemple. Mais on n'avait volé que trois impressionnistes. Il y avait eu aussi un vol important au Getty, pendant que le musée était fermé pour travaux. La femme était capable de réciter de mémoire les œuvres dérobées. Pour la plupart, des toiles impressionnistes et post-impressionnistes. Rien qui ressemblât à ce que Jack recherchait.

— Et les vols dans des collections privées ?

Il y en avait eu un certain nombre, semblait-il.

— Un pétrolier de Houston a ainsi perdu un Georges de La Tour, déclara-t-elle. Cela pourrait correspondre à votre description.

— Qui est ce George Machin ?

— Il existe en fait deux de La Tour. Des Français. Celui auquel je pense est mort aux environs de 1650. Il n'existe, je crois, qu'une poignée de ses œuvres dans des collections privées.

— Et l'une d'elles a récemment été volée. Vous en avez une photo ?

Ils n'en avaient pas. Mais, plantant là le méfiant Baker, la femme fit monter Jack dans les galeries, où elle lui montra une œuvre de Georges de La Tour : une jeune fille, la main tendue devant une bougie dont la lueur faisait paraître ses doigts presque transparents.

— Cette toile s'appelle *La Leçon de nuit*, dit la femme. Et le tableau volé au Texas était similaire, il s'appelle *La Porteuse de chandelle*.

— Que vaudrait un tableau comme ça ?

— Beaucoup d'argent, répondit la femme. (Tout en étudiant la toile, elle ajouta, d'un ton songeur :) De La Tour, on le reconnaît facilement, vous ne trouvez pas ? Toujours la chandelle.

— Pour séduire un esprit criminel, plus la manière est reconnaissable, mieux c'est, je suppose.

— J'imagine, oui. Il a toujours été très populaire auprès du public... Mais je ne vois pas comment on pourrait vendre une toile comme celle-là. Elle est trop connue.

— Ça dépend qui est l'acheteur.

— Croyez-vous que le de La Tour volé au Texas est celui que vous recherchez ?

— Humm, fit Jack.

Là-dessus, il la remercia et sortit.

La porte d'acier blindée s'ouvrit et Jack pénétra dans la salle d'attente. Au bout de la pièce, une réceptionniste était assise derrière une épaisse vitre à l'épreuve des balles. Il s'approcha, donna son nom, montra son insigne et signa le registre. Après cela, il attendit patiemment un long moment, en feuilletant les mêmes magazines fatigués qu'on pouvait trouver dans la salle d'attente d'un médecin. Il était à un étage élevé de l'immeuble de la 57e Rue Ouest qui abritait les bureaux new-yorkais de la Drug Enforcement Administration.

Les inspecteurs du 19e district travaillaient maintenant neuf heures par jour, quatre jours de suite, suivis de deux jours de congé, et Jack devait prendre son service à quatre heures cet après-midi-là, jusqu'à une heure du matin. Malgré toutes les libertés qu'il s'accordait et que lui laissait le commandant de brigade, il était au moins censé pointer au moment où il arrivait et au moment où il partait. Pour l'instant, à quatre heures largement passées, il aurait dû être là-bas et non pas ici. Il avait le sentiment que la façon la plus rapide de perdre sa liberté d'action, c'était de ne pas respecter les rares contraintes que ses supérieurs essayaient encore de lui imposer. Le temps passait : il était toujours bloqué dans cette salle qui ressemblait à une chambre forte. Il marchait de long en large, les yeux fixés sur la seconde porte blindée qui lui donnerait accès aux bureaux de la DEA.

Il y eut une sorte de bourdonnement, suivi de lourds déclics dans la serrure : la porte à côté du guichet de la réceptionniste s'ouvrit enfin, livrant passage à un homme en manches de chemise dont Jack savait qu'il s'appelait Jeffers.

— Désolé de vous avoir fait attendre, dit Jeffers.

— Oui, j'en suis sûr.

— Nous avons eu une journée chargée.

— Il y a des jours comme ça.

— Une affaire dont je ne peux pas vous parler, désolé.

— Je comprends, fit Jack.

— Il s'agit de Chinois. De Hong-Kong. Nous venons de les arrêter.

— Vous feriez peut-être mieux de ne pas m'en dire davantage, coupa Jack.

Il le suivit dans un couloir où s'alignaient de petits réduits et arriva enfin dans une grande pièce, trouée d'une baie vitrée. Sur le mur, il y avait des plaques encadrées et des drapeaux derrière le bureau.

Jeffers, chef du bureau Colombie du département renseignements, s'assit, les pieds posés sur le plateau.

— Maintenant, fit-il, j'aimerais voir votre plaque et votre carte, si vous permettez.

Malgré sa surprise, Jack les lui montra.

Jeffers désigna son téléphone.

— J'ai eu votre supérieur en ligne il y a un moment, le lieutenant Connor. Il ne savait pas que vous étiez ici. Il n'avait même aucune idée de ce que vous venez chercher chez nous.

— C'est une affaire qui vient tout juste de commencer, dit Jack.

— S'il s'agit de drogue, c'est pour nous. Sauf pour ce qui concerne les troubles de l'ordre public, la police de New York ne s'occupe pas des affaires de stupéfiants. Ou bien est-ce que vous n'étiez pas au courant ?

— Si un inspecteur de quartier tombe sur quelque chose, il doit vérifier, vous ne pensez pas ?

— Certes, et tout ce qu'il trouve doit nous être aussitôt transmis. Nous avons un groupe d'action commun comprenant des gens de la police municipale, de la police de l'État et nos agents. Vous connaissez peut-être certains des types de New York qui en font partie. Il y a de bons inspecteurs parmi eux. Alors, qu'est-ce que nous avons ?

— Je ne suis pas sûr. Peut-être une piste...

— Allons, allons.

— J'essaie d'identifier deux frères, des trafiquants de drogue qui essaient peut-être d'acheter des œuvres d'art volées.

— Pour en faire quoi ?

— Pour les garder dans leur maison, je suppose. Ça n'est pas ce qu'ils font, là-bas ? Pour les montrer à leurs pairs. Pour faire de l'esbroufe devant eux.

— Ce sont des Colombiens ?

— Je crois.

— Ça se tient, dit Jeffers.

— Oui, dit Jack, ça se tient.

— Vous êtes sûr que ce sont des Colombiens ?

— Oui, évidemment, répondit Jack sans vergogne.

— De Medellin ? De Cali ? D'où ?

— Ça, malheureusement, je n'en sais rien.

— Simplement qu'ils sont frères et qu'ils sont prêts à acheter des œuvres d'art volées ?

— Exactement, fit Jack. Il ne doit pas y avoir tant de frères qui possèdent leur propre organisation ou les moyens d'acheter des toiles de plusieurs millions de dollars.

— Ah, vous croyez ça ? Là-bas, tous ces salauds sont parents : ils sont tous frères, cousins ou oncles les uns des autres.

— Alors, si vous me présentiez quelques-uns d'entre eux ?

Pendant plus d'une minute, Jeffers resta le regard fixé sur Jack, sans faire un geste ni dire un mot. Puis il finit par reposer les pieds sur le plancher.

— Allons jeter un œil aux archives.

Des cahiers à feuilles mobiles, des registres reliés : des pages et des pages de photos et de CV, représentant des années de travail effectué par Jeffers et ses subordonnés. Chaque trafiquant colombien que l'agence avait réussi à identifier figurait là, et les deux hommes se plongèrent dans cette documentation.

— Deux frères inconnus qui achètent des toiles volées, dit Jeffers. C'est une véritable énigme que vous me refilez là. Une véritable énigme !

Malgré lui, semblait-il, Jeffers s'intéressait à ce défi : tout en passant d'un registre à l'autre, il parcourait les notices biographiques, marmonnait parfois une remarque.

— Ils sont tous collectionneurs, déclara-t-il à un moment. Vous devriez plutôt vous demander ce qu'ils ne collectionnent pas. (Il tourna d'autres pages, égrenant sa litanie :) Des équipes de football, des animaux sauvages, des voitures, des antiquités, des chevaux, des vins, des armes, n'oubliez pas les armes : tout ce que vous pouvez imaginer, ils le collectionnent ! Des tableaux, bien sûr, pourquoi pas ? Ils sont si riches ! Mes indicateurs me disent qu'ils achètent une croûte après l'autre. Vous comprenez, ils ont du fric, mais pas de goût.

— Si mes informations sont exactes, la toile dont je vous parle serait digne d'un musée. Et ce sont les frères qui l'achètent eux-mêmes, sans passer par des agents.

— Voilà deux frères, dit Jeffers, connus pour être collectionneurs de tableaux : les frères Ortega. Non, ça ne va pas, ajouta-t-il aussitôt. Ils sont tous les deux en taule, là-bas, dans le cadre du programme d'amnistie.

Il apparut qu'il y avait moins de frères parmi les grands trafiquants que ne l'avait supposé Jeffers : une heure plus tard, il n'avait que deux noms à offrir.

— Les frères Quintana ou les frères Zaragon. Ils me paraissent les candidats les plus probables.

— Qui sont-ils ?

— Les Quintana sont d'anciens camionneurs...

Jack avait pris des notes. Il semblait peu vraisemblable que d'anciens camionneurs s'y connaissent suffisamment en art pour juger personnellement de ce qu'ils pourraient acheter.

Jeffers lisait les deux notices en les comparant.

— Et puis les Quintana sont plus âgés, ça fait plus longtemps qu'ils traînent dans le métier. Ils devraient déjà avoir tous les objets d'art qu'il leur faut.

— Et les Zaragon ?

— Les Zaragon viennent d'une famille un peu plus aisée. Je vois ici que leur père était éleveur de chevaux. Les chevaux de promenade colombiens : une race spéciale. Les fils livraient les chevaux aux clients de divers pays.

— Et, par la même occasion, ils ont monté un réseau de distribution de cocaïne ?...

— Apparemment, fit Jeffers. Les Zaragon émergent tout juste comme grands trafiquants. D'après cette fiche, c'est le frère aîné, Jorge Zaragon, qui est le cerveau de l'affaire. Il a dans les quarante-deux ans. Il possède une importante collection de toiles et d'objets d'art et, apparemment, il s'en occupe très sérieusement. Le frère cadet, Victoriano Zaragon, a vingt-cinq, vingt-six ans. C'est son demi-frère, en fait. Ils n'ont pas la même mère. A dix-huit ans, il a tué une fille et il est passé en justice, mais je vois dans son dossier qu'on a retrouvé le juge mort dans une ruelle. Là-dessus, le principal témoin a disparu. Depuis, il n'a jamais été inquiété. On dirait que les gens qui se heurtent à lui tombent comme des mouches. Lui, c'est le muscle de l'organisation. Si on a besoin de supprimer quelqu'un, c'est à lui qu'on s'adresse.

— Un dur...

— Il ne va jamais nulle part sans un ou plusieurs

gardes du corps. A côté de ça, il a une petite chaîne de bordels. On dit qu'il en est le meilleur client.

— Vous avez une photo de lui ?

Jeffers la lança à travers le bureau.

— Quelqu'un lui a tiré une balle dans la tête il y a quelques années, mais ça ne l'a pas tué. Ça lui a quand même laissé une belle cicatrice.

Jack examina la photo d'identité. La cicatrice partait du haut du front et s'enfonçait de côté dans le cuir chevelu.

— Est-ce que l'un d'eux est sous le coup d'une inculpation ici ?

— S'ils étaient à New York et qu'on leur mette le grappin dessus, je suis sûr que nous pourrions trouver quelque chose.

Jack se leva. Il lui fallait un nom pour continuer et maintenant il en avait un. Zaragon ferait l'affaire.

— Merci, dit-il à Jeffers. (Il lui serra la main en souriant.) Je suis en retard.

Comme il se dirigeait vers la porte, Jeffers lui lança :

— Si ça mène quelque part, je veux en être.

— Ce serait un joli coup, n'est-ce pas ? fit Jack par-dessus son épaule.

Il suivit le couloir, et la réceptionniste actionna la porte. Il traversa la chambre forte qui faisait office de salle d'attente, franchit la seconde porte blindée qui donnait accès à l'ascenseur. Il descendit jusqu'au rez-de-chaussée et traversa la ville pour rejoindre son commissariat.

Dans la police, si on peut faire autrement, on ne partage pas. L'agent Jeffers ne se faisait pas d'illusion là-dessus, et il ne s'attendait pas à avoir des nouvelles de Jack. Aussi, alors même que l'inspecteur traversait la réception, fit-il venir deux autres enquêteurs dans son bureau en leur donnant pour consigne d'installer une surveillance devant le commissariat du 19e et de filer Jack partout où il irait. Avec discrétion. Dans la police, être discret, ça veut généralement dire que la mission est illégale, contraire aux principes, ou bien les deux :

d'avance, le supérieur se lave les mains de toute implication dans l'affaire, et tout policier ou agent qui se fait prendre n'a qu'à se débrouiller tout seul.

Au moment où Jack pénétrait dans la salle de permanence pour y signer le registre, le lieutenant Connor sortit de son bureau en marmonnant :

— Vous êtes en retard.

— Désolé, lieutenant, je travaillais.

— En effet, dit Connor. J'ai reçu quelques coups de fil. Notamment de la Direction. On en a marre de vous, Dilger.

— Comment ça ?

— A compter d'aujourd'hui, fini de jouer les prime donne.

— J'étais à la DEA ! protesta Jack.

— Vous étiez à la DEA, vous étiez à la Brigade des objets d'art volés, vous étiez au Met. Vous croyez que je ne sais pas où vous étiez ?... (Jack ne dit rien.) A partir de maintenant, vous n'êtes plus qu'un inspecteur parmi les autres, fit Connor, l'air sévère. Vous ne démarrez pas une affaire, vous faites ce qu'on vous dit. Vous travaillez sur les missions que je vous confie et rien d'autre.

— Et ça commence quand ? demanda Jack.

— Tout de suite.

Comme Jack ne répondait pas, Connor reprit :

— J'ai reçu mes ordres, et maintenant vous avez les vôtres.

— Je crois que je pars en vacances après-demain.

— Et alors ?

— J'ai posé ma demande il y a longtemps. Je crois que mon dernier jour de boulot, c'est demain. Regardez dans le registre.

Connor revint dans la pièce et alla jusqu'à son bureau. Jack le suivit.

— La date a été approuvée avant votre arrivée ici, déclara Jack. (Connor referma le classeur.) Je veux terminer l'affaire sur laquelle je travaille avant de partir.

Connor leva les yeux.

— Quelle affaire ? Qu'est-ce que vous avez ?

Selon un de ses informateurs, répondit Jack d'un ton vague, une toile célèbre était sur le point d'être vendue à un trafiquant de drogue colombien.

— Quel trafiquant ?

Connor, estima Jack, n'avait pas besoin d'en savoir plus.

— Je ne peux pas encore le dire avec certitude.

— Qui est le vendeur ?

— Un de ces propriétaires de galerie sur Madison Avenue, répondit Jack.

— Ça n'a rien d'illégal d'expédier un tableau en Amérique du Sud, observa Connor.

— Je sais.

— A moins qu'il ne s'agisse d'une toile volée...

— Exact.

— Elle l'est ?

— Vous en savez autant que moi, fit Jack.

— Ou que les acheteurs soient recherchés et qu'ils viennent prendre livraison du tableau ici... (Jack resta silencieux.) Des gros trafiquants de drogue... dit Connor. Ils ne sont pas d'ici, n'est-ce pas ?

— Je n'en ai aucune idée.

— Qui sont-ils ?

— Je ne sais pas encore.

— Assez déconné, fit Connor. Nous sommes débordés, je suis à court d'effectifs et j'ai des dossiers à vous confier, à commencer par cette agression au débit de boisson de Lexington Avenue, au coin de la 84e Rue.

Le résultat fut que Jack passa le reste de son service à régler les affaires du quartier.

Les deux agents fédéraux, à bord de leur voiture officielle, s'étaient garés dans la rue, un peu plus bas que le commissariat. Ils restèrent là, sauf quand ils avaient à filer Jack ailleurs, et, le lendemain matin, ils firent un rapport oral à Jeffers. D'abord, dirent-ils, ils avaient suivi Dilger jusqu'à Lexington Avenue : là, en compagnie de son équipier, nom inconnu, il était entré dans un débit de boisson, et ils y étaient restés quelque temps.

Ils en étaient ressortis et s'étaient rendus dans quelques-uns des magasins voisins, où ils n'avaient fait que des séjours de plus en plus brefs. Les agents les avaient ensuite suivis jusqu'au commissariat. Ils s'étaient toutefois arrêtés en chemin : l'équipier s'était garé en double file devant une agence de voyages de la 86e Rue. L'inspecteur Dilger y était entré et en était presque aussitôt ressorti en brandissant ce qui ressemblait à des billets d'avion. En interrogeant l'employé par la suite, les agents purent déterminer que Dilger avait modifié les dates de ces billets. Dans quel but ? Ils l'ignoraient.

Les agents se remirent en faction devant le commissariat du 19e. De nombreux civils y entrèrent au cours des heures qui suivirent. Certains auraient pu être des inspecteurs, ou des policiers allant jusqu'à leur placard pour se mettre en tenue avant de prendre leur service, et d'autres auraient pu être des témoins, ou des plaignants ayant affaire à l'inspecteur Dilger ou à son équipier : les agents ne parvinrent pas à s'en assurer.

Peu après vingt-deux heures, l'inspecteur Dilger ressortit du commissariat, accompagné du même inspecteur que précédemment, et ils se rendirent dans la Troisième Avenue : là, les deux hommes descendirent de leur voiture officielle pour entrer dans un petit restaurant. Les agents fédéraux restèrent un moment à observer la devanture embuée de l'établissement. Ils commençaient à avoir faim, et puis ils s'ennuyaient : l'un d'eux entra donc dans le restaurant et commanda des sandwichs et du café à emporter. Du comptoir où il avait passé sa commande et de la caisse où il avait réglé, il put observer Dilger et son collègue en train de dîner dans une niche du fond. Dilger semblait parler avec animation. L'autre ne cessait de secouer la tête comme si ce qu'il entendait ne lui plaisait pas.

L'homme en question était l'équipier occasionnel de Jack, l'inspecteur O'Malley, mais, pour les deux agents fédéraux, la discrétion c'était la discrétion, et son nom leur demeura inconnu. L'objet de la conversation entre les deux inspecteurs demeura inconnu aussi.

En fait, Jack s'était efforcé de persuader O'Malley de l'accompagner faire une descente le lendemain soir à l'appartement de Bulfinch. O'Malley n'aimait pas du tout cette idée et il avait ses raisons.

A une heure du matin, l'inspecteur Dilger quitta définitivement le commissariat, et les agents fédéraux le filèrent jusqu'à son domicile. De la rue, ils ne pouvaient pas voir si des lumières brillaient dans son appartement, lequel, ils parvinrent à s'en assurer, était au seizième étage. Mais il était si tard qu'ils supposèrent que sa femme dormait depuis des heures et qu'il s'était couché sans la réveiller.

Jeffers eut droit à tous ces renseignements quand il arriva au travail, le lendemain matin. Les deux agents lui promirent de mettre tout ça dans le rapport écrit qu'ils prépareraient plus tard, mais Jeffers leur dit que ce n'était pas la peine.

— Pas de rapport ? demandèrent les agents en chœur.

— Vous venez d'en faire un, répondit Jeffers.

La veille, dans un accès d'agacement, il avait ordonné à deux agents fédéraux de la Brigade des stupéfiants de filer un inspecteur de police aux frais du contribuable : il ne tenait pas à voir traîner un document qui en attesterait.

Fallait-il poursuivre la surveillance aujourd'hui ? demandèrent les agents.

— Laissez tomber tout ça, trancha Jeffers.

A la même heure, Jack était assis dans le bureau d'un substitut du nom de Hobson. Il s'efforçait de persuader ce dernier, qu'il connaissait depuis quelques années, d'aller demander à un juge un mandat de perquisition et un mandat d'amener à l'encontre de Bulfinch. Hobson avait écouté toute la tirade de Jack sans bouger de son fauteuil et en gardant un air impassible.

— Ça vous ennuierait de me répéter tout ça ? fit-il.

Ce fut sa seule réaction.

La voix vibrant de toute l'assurance, de tout l'enthousiasme dont il était capable, Jack lui résuma de nouveau le dossier. On aurait dit un représentant essayant de boucler une vente, mais Hobson ne semblait pas d'humeur à acheter.

— Le tableau est de Georges de La Tour, précisa Jack. De La Tour était un...

— Je sais qui il était.

— La toile s'appelle *La Porteuse de chandelle*. J'ai parlé à son propriétaire, hier soir. Elle a été volée dans sa maison de Houston voilà deux mois et demi. J'ai la date. Il m'a donné la description du tableau. Même les dimensions. Il est assuré pour plus de cinq millions de dollars.

— Un chiffre sans aucun doute très exagéré, fit observer Hobson.

— Les acheteurs sont sans doute les frères Zaragon, Jorge et Victoriano. D'après la DEA, ils figurent en quatrième ou cinquième place pour le volume de cocaïne exporté vers les États-Unis.

— Ils sont recherchés aux États-Unis ? Y a-t-il un mandat fédéral lancé contre eux ? Y a-t-il eu une inculpation ?

— Pas encore d'inculpation, malheureusement. Mais si je les boucle, nous devrions pouvoir les retenir jusqu'au procès, et, d'ici là, la DEA promet de dénicher quelque chose.

L'inspecteur attendit une réaction du procureur : rien.

— Pour l'instant, reprit Jack, Bulfinch est en possession du tableau. Il est dans son appartement.

— Et vous tenez tout cela d'un informateur...

— L'essentiel. J'ai moi-même vu la toile arriver dans l'immeuble de Bulfinch. Le portier m'assure qu'elle est toujours là.

— La toile est arrivée déballée ?

— Eh bien...

— Si elle est arrivée déballée, dit sèchement le substitut, je suis étonné que vous n'ayez pas procédé sur-le-champ à l'arrestation... (Jack garda le silence.) Qui est l'informateur ?

— C'est un renseignement que je ne peux pas vous

donner... (Nouveau silence, Hobson, le visage fermé, Jack arborant un sourire faussement assuré.) Vous me connaissez, allons ! Nous avons déjà monté des dossiers ensemble. Vous pouvez croire ce que je vous dis. C'est une grosse affaire !

Derrière son bureau, Hobson restait silencieux.

— « Madison Avenue accueille le cartel de Medellin », reprit Jack au bout d'un moment. Vous ne croyez pas que ce gros titre ferait la une des journaux ?... (Hobson se mit à tapoter son genou avec un crayon.) La loi exige des faits précis et récents : je vous les ai donnés, non ?

— En même temps qu'un cours de droit sur le mandat de perquisition, fit remarquer Hobson.

Nouveau long silence. Et Hobson finit par dire :

— Je ne peux pas demander un mandat à un juge sur ces bases-là.

— Bien sûr que si, vous le pouvez !

Hobson secoua la tête.

— Pas avec ce que vous m'avez dit...

Jack feignit l'incrédulité :

— Pourquoi pas ?

— Parce que la perquisition ne se ferait pas au domicile d'un petit dealer de drogue, mais chez Bulfinch, qui est un citoyen respectable et un contribuable de poids...

— C'est un escroc, surtout !

— Peut-être bien, mais il n'a aucun antécédent judiciaire.

— Le tableau volé est chez lui.

— Et s'il n'y est pas ? S'il s'agit d'une autre toile que celle que vous mentionnez sur le mandat ? Dans ce cas, l'arrestation ne sera pas valable, et cet homme pourra réclamer des millions de dollars à la ville ! (Jack allait dire quelque chose, mais Hobson lui coupa la parole :) Vous n'avez aucune preuve solide à l'appui de ce que vous m'avez affirmé. Pas de photo, pas de témoignage de première main, pas d'enregistrement sur table d'écoute...

— Ma foi, c'est vrai qu'il n'y a pas d'enregistrement, affirma Jack sans sourciller.

— Je ne vois pas comment vous pouvez être aussi sûr de vous...

— Je le suis, c'est tout.

— La mise sur écoute, fit Hobson d'un ton rêveur, n'est pas aussi difficile à obtenir qu'un mandat de perquisition. Je pourrais peut-être vous avoir ça... (Une ordonnance de mise sur écoute exigeait deux déclarations sous serment d'une quarantaine de pages.) Je préfère ne pas penser au travail que ça demande, reprit Hobson, mais c'est une possibilité.

Une fois les déclarations prêtes, Hobson devrait trouver un juge ami et lui transmettre toute cette paperasserie. Le juge devrait la lire, du moins la parcourir : après quoi, il pourrait ou non apposer sa signature. S'il signait l'ordonnance, il faudrait alors installer la bretelle. Tout cela prendrait sans doute deux jours. Peut-être plus.

— Mais on n'a plus le temps de le mettre sur écoute ! fit Jack avec impatience. La vente a lieu ce soir ! (Hobson haussa les épaules.) Je vous en prie !

— Et puis, poursuivit Hobson, les demandes de mandat sont censées être signées par des gradés. Avec rang de capitaine au moins.

— Mon chef de brigade est lieutenant...

— Faites-la signer par le lieutenant, et on verra bien.

Jack doutait que Connor accepte.

— Il n'est pas de service aujourd'hui, dit-il.

C'était vrai et cela donnait à Jack une certaine liberté d'action pour la journée et la soirée, mais ça ne changeait rien à l'affaire.

— Passez chez lui. Mais, même s'il signe, je ne pense pas qu'on y arrive...

— On n'a pas le temps. La vente est pour ce soir !

Hobson haussa les épaules.

— Désolé...

Dans la chambre à coucher de Jack, il y avait deux

placards, l'un pour lui, l'autre pour Flora, et c'était dans celui-ci que se trouvait le coffre scellé dans le mur. Dans cet immeuble, chaque chambre de maître avait son coffre caché dans la penderie : la raison essentielle, disait Jack en plaisantant, c'était de donner au propriétaire de l'appartement l'impression d'être plus riche qu'il ne l'était en réalité. Il se fraya un chemin à travers les robes de sa femme pour y parvenir. Un minuscule projecteur éclairait le cadran.

Jack ouvrit la petite porte, inspecta les enveloppes contenant polices d'assurances, actes notariés et autres documents, ainsi que les écrins de cuir où étaient rangés les bijoux de Flora — aucun d'eux ne lui avait été donné par un homme ayant un traitement d'inspecteur. Il lui avait un jour offert une montre en or et, même si elle s'était extasiée dessus, il ne l'avait jamais vue la porter. Après cela, ses cadeaux s'étaient limités à des chandails, de la lingerie ou des choses pour la maison.

Le coffre était petit et profond. Faute de pouvoir distinguer ce qu'il cherchait, il plongea le bras à l'intérieur, jusqu'au moment où sa main rencontra trois des cinq pistolets qu'il possédait. Le quatrième était dans son armoire métallique au commissariat et le cinquième dans l'étui fixé à son ceinturon.

Il étala les armes sur un journal disposé sur la couverture de dentelle du grand lit et les examina un moment, comme un homme qui se demande quelle cravate il va mettre. Il y avait un Ruger Security Six, qui lui avait coûté plus de cinq cents dollars voilà quelques années. Il y avait aussi un 6.35 automatique, qu'il considérait comme une arme de femme : plus mince qu'un paquet de cigarettes, presque aussi léger, il se logeait tout entier dans la paume de sa grande main. Facile à dissimuler, donc. Il le soupesa affectueusement puis le reposa. Il y avait enfin un Glock 9 mm dont le chargeur contenait quinze balles.

Ce fut l'arme qu'il laissa sur le journal. Naviguant de nouveau parmi les robes de Flora, il rapporta les autres dans le coffre et en referma la porte. Mais, avant de faire tourner le cadran, il hésita. Il y avait là aussi des balles de différents calibres : comme il n'avait pas de chargeur de rechange pour le Glock, il envisagea de prendre une poignée de munitions. Mais des balles en vrac, ça fait un étrange renflement dans la poche, des bruits bizarres quand on traverse une pièce, et cela pèse plus que de la monnaie. Quinze balles devraient suffire pour Bulfinch et les deux Colombiens. S'il y avait une fusillade, ce dont il doutait, il n'aurait de toute façon jamais le temps de recharger.

Il fit demi-tour et se trouva nez à nez avec Flora. Elle avait un air furieux, le visage fermé.

Il crut deviner pourquoi et se sentit envahi de remords.

— Il faut que j'y aille, Bébé, dit-il. (Il prit le pistolet sur le lit et le fourra derrière sa ceinture, au creux de ses reins.) Il y a des gens qui m'attendent, ajouta-t-il comme elle restait silencieuse. (Il replia le journal.) Et aussi des gens qui ne savent pas qu'ils m'attendent...

Il portait un ample pantalon de velours, de grosses chaussures au cuir abîmé et un blouson de cuir. Il tira sur son blouson pour dissimuler tant bien que mal le Glock, s'attendant à entendre Flora lui demander des explications. Mais elle n'en fit rien, ce qui voulait dire qu'elle était vraiment en colère.

Au lieu de cela, elle le précéda dans le couloir. Elle ne marchait pas, elle avançait au pas de charge. Dans le salon, elle prit une enveloppe posée sur la cheminée.

— Qu'est-ce que c'est que ça ?

— Ce sont les billets d'avion de nos vacances.

Il les avait déposés là quelques minutes plus tôt.

— Tu as fait changer les dates...

— Il est arrivé quelque chose, mon chou. Une affaire qu'il faut que je boucle d'abord. Une très grosse affaire. Dont l'issue pourrait d'ailleurs bien te surprendre... (Elle avait le visage sombre. Très sombre, en fait.) Ce qu'il y a, s'empressa-t-il d'expliquer, c'est que je ne peux absolument pas partir demain. Demain, je serai au tribunal. J'en aurai pour une semaine, rien qu'avec la paperasserie. (Il avait un ton délibérément joyeux, pour dissiper la mauvaise humeur de Flora, certainement momentanée s'il réussissait à trouver les mots justes.) Nous allons simplement devoir reculer nos vacances d'environ deux semaines, même si ça me navre autant que toi...

— Ça te navre, fit-elle.

— Évidemment. Mais j'ai pu modifier les réservations, tu l'as vu... (Elle ne réagit pas.) Ça va être un voyage formidable. J'ai hâte d'y être.

Elle se mit à ranger quelques bibelots sur la tablette de la cheminée, sans le regarder. Bien qu'elle lui tournât le dos, il se lança dans une sorte de tirade vibrante de remords, en lui énumérant les grands moments de leur voyage à Paris : la tour Eiffel, le Louvre, les grands restaurants.

Elle se retourna brusquement.

— Ce n'est pas pour voir la tour Eiffel que nous faisons ce voyage...

— Oh, on peut se passer de la tour Eiffel, dit-il.

— Il s'agit d'essayer de remettre notre mariage sur pied, voilà tout.

C'était la première fois que l'un d'entre eux parlait de cela ouvertement.

— C'est un mariage formidable, protesta Jack. Je t'aime, tu m'aimes, qu'est-ce que tu veux de plus ?

Il entendait son souffle se faire un peu rauque : toujours mauvais signe.

— Et cesse de me parler avec cet accent stupide ! reprit-elle.

— Quel accent stupide ?

— Ce stupide accent des rues de New York.

— C'est de là que je viens, des rues de New York...

— Tu le prends quand ça t'arrange...

Il ne l'avait pas pris du tout. C'était venu parce que l'hostilité de Flora le rendait nerveux.

— C'est ma façon de parler, Bébé.

— Tu crois que ça te donne l'air d'un dur ?

— Il y avait une chanson autrefois. Sur les rues de

New York. C'était... (Il se mit à fredonner.) Quelque chose comme ça...

Flora, qui avait dû arriver directement de son magasin, portait une robe en satin plutôt moulante, de couleur vert foncé, qui attrapait bizarrement la lumière des lampes. Elle soulignait sa poitrine et donnait un reflet vert à ses yeux. D'un vert différent, de celui de la robe, mais dans le même ton.

— Tu aimes bien prendre l'accent de tous tes stupides amis.

Il se mit à rire, en se donnant du mal pour que ça ne sonne pas faux.

— Et cette tenue... ajouta-t-elle.

Jack s'inspecta.

— Je m'en vais arrêter quelqu'un.

Dans ce genre de situation, la plupart des inspecteurs ne se souciaient pas du code vestimentaire. Personne n'avait envie de gâcher un costume ni de payer des notes extravagantes de teinturier.

— Je t'achète de jolies choses et tu ne les portes jamais !...

— Si un bel homme comme moi les portait, fit Jack en riant, trop de gens le prendraient pour un mafioso ou un maquereau...

Même lui trouva que sa plaisanterie sonnait faux.

Flora poursuivit :

— Les gens regardent mon mari et s'imaginent...

Jack se remit à fredonner, cherchant avec agacement cet air à demi oublié.

— Je le tiens presque... Non, ce n'est pas tout à fait ça...

Sur ces entrefaites, on sonna à la porte de service : un bruit étouffé parce qu'il venait de la cuisine. Flora alla répondre et, dès qu'elle fut partie, Jack se retourna pour regarder par la grande baie vitrée qui donnait sur Central Park en se demandant quoi dire, quelle attitude prendre quand elle allait revenir.

Il avait neigé en début de soirée. A ses pieds, la grande pelouse du parc était lisse et blanche. Les allées aussi, mais les voitures avaient transformé les routes du parc en rubans de boue.

De là-haut, Central Park avait un aspect étrange, ainsi entouré d'immeubles éclairés, dont certains plus hauts que celui-ci.

Suivie d'un des hommes à tout faire de l'immeuble, Miguel ou un nom comme ça, Flora revenait dans le salon.

Bien que situé au seizième étage, l'appartement avait une cheminée et, en voyant s'approcher Miguel, Jack constata qu'il portait sur son épaule un chargement de bûches.

Jack se rappelait la première fois où il avait fait visiter cet appartement à Flora. « C'est quelque chose, hein ? lui avait-il dit. Tu ne trouves pas ? » Il l'avait regardée sourire : quand le propriétaire avait quitté la pièce, ils étaient tombés dans les bras l'un de l'autre.

Aujourd'hui, elle ne souriait pas.

Ayant trimbalé les bûches jusqu'à l'âtre, Miguel s'agenouilla pour préparer un feu en froissant des feuilles de journal et en posant du petit bois par-dessus. Cela faisait partie chaque soir du rituel hivernal ordonné par Flora. Le matin, Miguel venait ramasser les cendres, ou bien c'était un de ses collègues, Julio ou Diego.

— Nous pourrions descendre jusqu'à la Méditerranée... (Jack essayait de trouver quelque chose à dire pour apaiser sa femme, la mettre de meilleure humeur.) La Côte d'Azur. Je suis allé là-bas quand j'étais dans la marine, je suis sûr que ça te plaira.

S'adressant à l'homme à tout faire, Flora dit :

— Plus tard, Miguel.

Toujours agenouillé, Miguel lui lança un coup d'œil désemparé. Il n'avait pas compris, ou bien, comme tout le monde, il n'aimait pas voir bouleverser sa routine.

— *Mañana*, s'impatienta Flora. Allez.

Son sac était posé sur une commode auprès des statuettes de jade qu'elle avait achetées voilà plusieurs années. Elle s'en approcha et le prit.

— On descendra jusqu'à Villefranche, poursuivit

Jack. C'est le plus bel endroit de la Côte... (Flora tendait un pourboire à Miguel.) Les falaises, la mer... (Jack parlait à sa femme, tout en se souvenant du temps qu'il avait passé là-bas. Et aussi de Claudia.) C'est si beau. Tu seras surprise.

Ils entendirent Miguel sortir par la porte de service.

— Attends de voir ça, continuait Jack. Ça va être un voyage formidable...

— Il n'y aura pas de voyage.

— Bien sûr que si. Nous partons dans quinze jours, c'est promis...

— C'est à peine si je t'ai vu, ces deux dernières semaines. Ces deux dernières années, en fait. Qu'est-ce que tu me proposes ? Toujours la même chose : le voyage est annulé ! (L'agacement de sa femme avait cédé la place à la fureur.) Chaque fois que je prévois quelque chose, tu n'es pas là. J'en ai assez !

Elle se lança dans un discours. Un long discours, de plus en plus désagréable. Elle ne pouvait pas remettre ces vacances, expliqua-t-elle. Elle aussi travaillait. C'était elle qui faisait bouillir la marmite. Elle qui payait ce bel appartement et...

Là-dessus, elle s'arrêta d'elle-même avant de lancer quelque chose de plus désagréable encore.

Ses vacances à elle, conclut-elle, commençaient demain et non pas dans quinze jours. Là-dessus, elle se retourna vers les statuettes de jade.

Jack s'approcha d'elle par-derrière. Il posa les mains sur sa robe de satin, pétrissant ses épaulettes, s'efforçant de la convaincre.

— Tu n'as qu'à modifier un peu tes dates, lui dit-il à l'oreille d'un ton enjôleur.

Elle se dégagea d'un haussement d'épaule.

— Tu peux faire ce que tu veux, fit-il d'un ton conciliant. C'est à toi qu'appartient ce foutu magasin...

— Tu as une façon si charmante de présenter les choses. Le foutu magasin, comme tu dis, ne m'appartient pas : je ne suis qu'une foutue associée là-dedans...

— C'est la même chose.

— Tu n'as aucune idée du travail que j'ai dû accomplir pour me libérer durant ces trois semaines, de tous les changements que ça m'a obligée à faire...

Jack murmura, d'une voix câline :

— Bébé, bébé...

Sa femme se tourna vers lui, folle de rage.

— Si les vacances sont annulées, c'est pareil pour notre mariage ! D'ailleurs, si tu veux mon avis, c'était une erreur dès le départ ! Tu n'es jamais à la maison, tu ne tiens jamais tes engagements !

— Bébé, mon bébé...

Elle ne criait pas. Sa voix était sourde et glacée. Et l'ultimatum arriva : ou bien ils partaient le lendemain, comme prévu, ou bien c'en était fini de leur couple.

Jack posa les billets d'avion sur la tablette de la cheminée.

— Nous partirons en vacances dans deux semaines, promit-il. Nous décollerons pour le grand voyage : Paris, la tour Eiffel, la Côte d'Azur.

Il s'approcha d'elle. Leurs visages étaient à moins de trente centimètres l'un de l'autre, Flora le foudroyait du regard. Il essaya de l'embrasser, mais elle se dégagea.

— Tiens, reprit Jack, qu'est-ce que tu penses de ça ? Nous pourrions adopter un compromis. Tu pars et je te retrouve là-bas dans quelques jours... Rendez-vous au pied de la tour Eiffel, ajouta-t-il dans un sourire.

— Ce seraient des vacances passionnantes pour moi, répliqua Flora, d'être assise quelque part à t'attendre.

— Il ne s'agit que de quelques jours, protesta Jack.

— Non, là, tu te trompes : c'est demain ou rien.

Il la dévisagea.

— Je ne peux pas. Malgré toute l'envie que j'en ai. Que j'en ai vraiment.

— Je ne te menace pas. Je t'énonce simplement un fait : c'est demain ou jamais.

— Je dois faire ce travail-là ce soir, supplia Jack. (Une nouvelle fois, il espéra qu'elle lui demanderait en quoi cela consistait, mais elle ne lui posa pas la question.) Je n'ai pas le choix.

Elle secoua la tête :

— Tu ne comprends donc pas ?

— Il faut que j'y aille, répondit-il simplement.

Avant qu'elle ait pu détourner la tête, il se pencha rapidement, lui posa un baiser au coin des lèvres puis se dirigea vers la porte. Une serviette était posée sur la commode et un paquet appuyé contre le mur, juste à côté : il ramassa les deux en sortant.

Sur le palier, il appela l'ascenseur.

Elle referma la porte derrière lui. Sans la claquer. Elle le fit presque avec douceur et cela lui parut bon signe.

L'ascenseur arriva. Les parois de la cabine étaient lambrissées de noyer, comme une bibliothèque. Le liftier ce soir était Pierre, un mulâtre de la Martinique à la peau claire.

C'était un ascenseur automatique, mais Pierre pressait tout de même les boutons qui stoppaient la cabine à un étage ou à un autre. Il portait un uniforme bleu avec des épaulettes et des galons mais pas de casquette quand il était aux commandes. Après avoir salué Jack, il se mit à lui parler du temps avec son drôle d'accent. Il dit qu'il faisait froid mais clair, ou quelque chose comme ça. Ce n'était pas facile de le comprendre et Jack, qui pensait à sa femme, ne faisait guère attention.

Le hall d'entrée, éclairé par des appliques de cuivre, était lui aussi lambrissé du même noyer bien astiqué. Il y avait des fleurs coupées sur des consoles et, comme Jack se dirigeait vers la porte, ses grosses chaussures résonnèrent sur le sol de marbre. A cette heure-ci, il y avait deux portiers de service. Ils arboraient des uniformes analogues à celui de Pierre, mais avec des casquettes galonnées : eux aussi saluèrent Jack.

— Bonsoir, monsieur Dilger.

— Taxi, monsieur Dilger ?

Il fit non de la tête. L'un d'eux lui ouvrit la porte. Il sortit de l'élégant immeuble de sa femme, et peut-être de sa vie aussi, même s'il ne voulait pas encore le croire. Il arriverait bien à la faire changer d'avis, d'une façon ou d'une autre. Quand même, il était soucieux.

Après son départ, Flora s'était dirigée vers le téléphone et avait appelé son avocat, Gartner.

— Allô, avait-il fait en décrochant. (Un blanc.) Allô ? avait-il répété.

Elle répondit enfin :

— Je veux que vous déposiez une demande de divorce pour moi.

Ce fut au tour de l'avocat de rester coi. Puis :

— Vous aurez changé d'avis demain matin.

Elle avait les mains moites.

— C'est un homme impossible !...

— Quels motifs avez-vous ?

— Trouvez-en un, dit-elle avant de raccrocher.

La voiture était garée en double file, du côté du parc, l'inspecteur O'Malley au volant. C'était sa voiture personnelle, une Toyota rouge. Personne n'aurait voulu utiliser un véhicule de police pour un travail comme celui de ce soir. Jack ouvrit la portière arrière et monta.

— Allons-y, fit-il.

O'Malley remonta jusqu'à la 81e Rue, où il dut s'arrêter au feu. Les deux hommes étaient silencieux. Mais, comme il s'engageait dans la transversale pour couper à travers Central Park, O'Malley lança par-dessus son épaule :

— Ça sent mauvais, si tu veux mon avis. (Jack ne répondit pas.) Qu'est-ce qu'il y a, dans le paquet ?

— Quelque chose dont nous pourrions avoir besoin. Peut-être que oui, peut-être que non.

O'Malley avait quarante-quatre ans : pour un policier, c'est déjà un certain âge. Au fil des années, il avait travaillé sur quelques grosses affaires, dont le vol de bijoux au Drake Hotel et l'attentat à la bombe contre la Mission iranienne. C'était un homme aux gestes lents, au ventre quelque peu bedonnant. Sa paperasserie était toujours à jour. Il excellait à interroger les suspects et faisait un remarquable témoin devant un tribunal. Il supportait les planques avec patience. Il n'avait jamais utilisé son arme en service, et il n'avait pas l'intention de commencer ce soir. Il avait tendance à admirer et à suivre des inspecteurs plus dynamiques, parmi lesquels Jack Dilger. Dilger semblait posséder des instincts que lui-même ne pouvait que lui envier.

O'Malley était un suiveur, pas un meneur. Au bout d'un moment, sans se retourner, il marmonna :

— Je ne vois pas bien ce que nous pouvons faire sans mandat.

— Roule.

— Nous devrions vraiment avoir un mandat.

La voiture déboucha sur la Cinquième Avenue et O'Malley prit à droite.

— Comment est-ce que ta femme a réagi au changement de date de vos vacances ?

— Elle a menacé de divorcer.

O'Malley se retourna brusquement.

— Elle parlait sérieusement ?

— Non, fit Jack. Ne sois pas ridicule.

Cela faisait six ans que les deux hommes faisaient ainsi équipe ensemble, de temps à autre.

— Je ne lui en voudrais pas si elle demandait le divorce, dit O'Malley en riant.

— Elle s'en remettra, affirma Jack. (Il pensait tout haut.) Je lui revaudrai ça : je lui achèterai quelque chose, je l'emmènerai dîner au restaurant...

— C'est une chic fille. Je l'aime bien.

— Comment va Paula, au fait ?

Au lieu de répondre, O'Malley se contenta de grommeler. Cela faisait quelque temps que Paula le harcelait pour qu'il prenne sa retraite et trouve une meilleure situation. Il était inspecteur de première classe, ce qui voulait dire qu'il percevait un traitement de lieutenant. C'était là-dessus qu'on calculerait sa pension quand il se retirerait. Mais Paula et lui avaient deux fils au collège, ils croulaient sous les dettes et le monde extérieur l'affolait. Il ne savait pas ce qu'il allait y découvrir.

O'Malley estimait que cela paye toujours de ménager les épouses.

— Écoute, fit-il, peut-être que pour ce soir on devrait simplement laisser tomber. Et demain, tu l'emmènes en vacances comme prévu...

— Impossible, répondit Jack. Il faut que je boucle son copain. (Puis, comme s'il envisageait ce problème pour la première fois :) Je me demande comment elle va réagir quand je vais flanquer son copain en taule...

— Tu sais que quelquefois tu peux vraiment être exaspérant ! observa O'Malley.

Quelques minutes plus tard, ils passèrent devant la galerie de Bulfinch. O'Malley stoppa à l'arrêt de bus le plus proche et se gara. Un homme déboucha d'une porte cochère et vint s'installer à l'arrière, auprès de Jack. C'était Brock, un inspecteur récemment promu qu'on venait d'affecter au commissariat du 19e.

— Il est toujours là, signala Brock.

— Personne d'autre n'est entré ? demanda Jack.

— Depuis qu'il a fermé, à cinq heures et demie ? Non.

Tous les trois examinèrent la galerie. Des projecteurs éclairaient les tableaux derrière le grillage des deux vitrines. L'intérieur était plongé dans l'obscurité mais on voyait de la lumière au fond, là où se trouvait le bureau.

— Tu as le mandat de perquisition ? interrogea Brock.

— Non.

— Quoi ?

— Il n'a pas de mandat, précisa O'Malley.

— Alors, on ne peut pas entrer. On ne peut rien faire. (Ses deux aînés ne réagirent pas.) On ne peut pas, non ?

Brock avait vingt-cinq ans. Il était grand et maigre, avec un long nez et des cheveux blonds toujours décoiffés. Il n'avait pas assez d'assurance pour s'opposer à deux collègues plus âgés, et ce soir, malgré toutes ses protestations, il finirait par obéir aux ordres qu'ils lui donneraient.

— On pourrait les arrêter dans la rue, j'imagine, suggéra Brock.

— Tu veux dire, fit Jack, quand ils seront tous les trois plantés sur le trottoir à essayer de trouver un taxi, la toile posée entre eux deux ? Ça m'étonnerait que ça se passe comme ça, tu vois ?

Le silence régnait dans la voiture.

— Celui que je veux, reprit Jack, c'est Bulfinch. Si nous les arrêtons dans la rue, on pourra peut-être avoir les deux Colombiens, mais pas Bulfinch. Et sans doute pas le tableau non plus... (Jack réfléchissait dur.) Je ne les vois pas partir avec la toile, continuait Jack d'un ton songeur. Ils vont l'examiner, la payer et la laisser là. Quelqu'un la leur enverra.

— C'est très probable, admit O'Malley.

— S'ils n'ont pas le tableau, quel motif aura-t-on de les arrêter ? demanda Brock à Jack.

La galerie était derrière eux : ils la surveillaient dans les rétroviseurs.

— Bulfinch le leur expédiera plus tard, c'est sûr, dit Jack. Il a assez souvent envoyé de la camelote là-bas dans le passé.

— Alors, demanda Brock, perplexe, qu'est-ce qu'on fait ?

— Laisse-moi réfléchir. (Jack se carra contre la banquette arrière et rabattit son chapeau sur ses yeux.) Réveille-moi si tu vois quelque chose...

— Tu es d'un calme ! fit Brock.

Le second pistolet de Jack le gênait à la hanche : il le changea de position et se déplaça pour être plus à son aise.

Les trois hommes étaient assis dans la voiture, vingt mètres après la galerie de Bulfinch et sur le trottoir d'en face. Jack et Brock étaient à l'arrière, O'Malley devant, à la place du passager. Ils attendaient. De la rue, on ne voyait que O'Malley, et on pouvait facilement le prendre pour quelqu'un qui attendait que le conducteur de sa voiture revienne.

Enfin, Bulfinch sortit de la galerie. Ils le virent fermer

la porte à clé et remonter d'un pas vif Madison Avenue. Il passa devant leur voiture sans y prêter attention. Ils suivirent sa silhouette qui s'éloignait pour disparaître enfin parmi les autres piétons.

— Son appartement est par là, dit Jack. Il rentre chez lui. Suis-le.

O'Malley se glissa derrière le volant et embraya. Ils remontèrent l'avenue dans le couloir des bus, à petite allure, en restant à environ un demi-bloc derrière Bulfinch. En tournant le coin, ils le virent saluer de la tête le portier et entrer dans son immeuble. O'Malley s'arrêta un peu plus haut, devant une bouche d'incendie, se réinstalla à la place du passager et régla le rétroviseur. Il voyait maintenant l'entrée de l'immeuble.

Un homme et une femme descendirent d'un taxi, échangèrent quelques mots avec le portier et s'engouffrèrent dans le hall.

— Des locataires, dit O'Malley.

Un homme arriva à bicyclette, ôta des cartons de son panier et entra.

— Un Chinois qui livre.

— Ce que nous recherchons, expliqua Jack à Brock, ce sont deux types. Dont l'un porte une valise bourrée de billets. Préviens-moi quand tu les verras.

Et il se rencogna contre la banquette, faisant de nouveau semblant de sommeiller.

— Quand les deux gars arriveront, murmura-t-il au bout d'un moment, il faudra que le portier entre dans l'immeuble pour les annoncer. (Il calculait ce qu'il allait faire.) Si mon renseignement est exact, ça va prendre un moment. Vers vingt et une heures, à mon avis. Tu me réveilleras.

Durant l'heure suivante, un certain nombre de gens entrèrent dans l'immeuble et en sortirent. A leur comportement, O'Malley estima que c'étaient tous des locataires et, à chaque fois, il le dit tout haut.

Les trois inspecteurs attendaient un événement qu'ils savaient imminent : ils étaient sur les nerfs, même Jack, qui faisait toujours semblant de sommeiller.

Il était près de vingt et une heures quand Jack se redressa.

— Maintenant, c'est d'une minute à l'autre, annonça-t-il.

— On n'a pas de mandat, grommela Brock, nerveux. Il prit son pistolet et s'assura qu'il contenait bien un plein chargeur de cartouches.

— Je ne pense pas que tu aies besoin de ça, dit Jack.

— Ces trafiquants, ils ont la gâchette facile...

— Personne ne s'est jamais fait tirer dessus pour un tableau volé... Mais, si tu dois ouvrir le feu, au nom du ciel, ne tire pas sur le Georges de La Tour, ajouta-t-il dans un grand sourire.

— Je ne suis vraiment pas tranquille, fit O'Malley. Vraiment pas.

— Loge une balle dans le tableau, reprit Jack, et ce type du Texas se lancera dans un procès que tu n'imagines même pas. Tu seras sur la paille jusqu'à la fin de tes jours.

La plaisanterie ne fit rire personne. Au contraire, elle les rendit encore plus nerveux, si c'était possible.

— On va les cueillir dans la rue, grogna O'Malley. On n'a pas le choix.

— Non, fit Jack. Là-haut, dans l'appartement.

— Sans mandat, on ne peut pas entrer dans l'appartement !

— Fais-moi confiance, déclara Jack.

— On ne peut pas le faire légalement.

— Fais-moi confiance.

— Je n'entre pas sans mandat.

— C'est Bulfinch qui va t'inviter à rentrer, dit Jack. Tu n'auras pas besoin de mandat.

— Ça m'étonnerait, fit Brock.

— Tu vas faire foirer ce coup, annonça O'Malley, et nous mettre tous dans le pétrin par la même occasion...

— Tout sera légal, affirma Jack.

Il commençait à faire très chaud dans la voiture. Il entrouvrit la vitre de son côté.

— Il y aura plein de fric dans cette valise, reprit-il. Tâche de ne pas loger non plus de balles dans les billets.

On sentait la tension dans leurs voix, même dans celle de Jack, et elle ne faisait que croître.

— Légale ou pas, grommela Brock, si cette affaire est vraiment ce que tu dis, c'est un trop gros coup pour qu'on le réussisse tout seuls. Il nous faudrait un chef, ici...

Les deux autres restaient silencieux.

— Un capitaine, poursuivit Brock, un lieutenant. Au moins un sergent. Ce qu'il y a, c'est qu'on n'a pas ouvert le parapluie...

— On aura des médailles, dit Jack. Madison Avenue accueille le cartel de Medellin et la police de New York...

O'Malley avait encore plus d'appréhensions que Brock, mais il était ébranlé par l'assurance de Jack. De toute évidence, celui-ci savait quelque chose qu'O'Malley ignorait. Si Jack avait raison, s'ils réussissaient leur coup, on en parlerait pendant des années. C'était une affaire sur laquelle on pouvait organiser sa retraite.

O'Malley soupesait encore le pour et le contre quand une camionnette déboucha dans la rue et vint se garer en double file devant l'immeuble.

— C'est peut-être eux, lança O'Malley.

Deux hommes sortirent du véhicule. Ils semblaient avoir le bon âge, ils correspondaient au signalement annoncé et l'un d'eux portait une valise. Ils s'adressèrent au portier, qui les conduisit vers l'entrée de l'immeuble. Celui qui portait la valise avait l'air de peiner un peu : elle devait être lourde.

— C'est eux ! fit O'Malley.

— Il y a encore un type dans la camionnette, intervint Brock.

Les trois inspecteurs avaient pivoté sur leur siège et regardaient par la vitre.

O'Malley observa :

— La camionnette, ça doit vouloir dire qu'ils emportent le tableau avec eux. Parfait, maintenant on peut les cravater dans la rue.

— Là-haut, fit Jack.

— Dans la rue ! Je me contenterai des deux Colombiens.

— Je veux Bulfinch.

— Ça n'est pas légal, dit Brock.

Jack regarda sa montre.

— Cinq minutes pour les laisser monter là-haut. Ça doit aller, vous ne pensez pas ? Les cinq minutes sont passées.

Il tira de sa serviette un téléphone cellulaire et composa le numéro de Bulfinch. Quand le marchand fut en ligne, Jack se présenta.

— Oh, oui, dit Bulfinch.

— Herb, déclara Jack dans l'appareil, j'ai un service à vous demander...

— Je suis un peu occupé pour l'instant.

— Nous avons une toile ici. C'est censé être un Van Gogh. J'ai besoin d'un expert pour me dire si c'en est un ou pas.

— Demain...

— Il faut le faire tout de suite. Vous êtes mon seul espoir.

— J'ai des gens ici pour l'instant et...

— Ça ne prendra qu'une minute, répondit Jack. Le temps de dire oui ou non. J'arrive tout de suite.

Sans laisser au marchand le temps de répondre, il coupa la communication.

Ils avaient deux radios avec eux. L'une était posée sur la banquette avant, auprès de l'inspecteur O'Malley. L'autre disparut dans la poche du blouson de cuir de Jack.

— On va monter, dit Jack à ses deux équipiers. Vous deux, vous vous cachez dans la cage d'escalier. Vous avez une radio, j'ai l'autre. Je sonne à la porte. Le type ouvre parce qu'il me connaît. Je lui colle mon Van Gogh sous le nez. (Il désigna le paquet posé sur le plancher entre ses genoux.) J'entre...

— C'est vraiment un Van Gogh ? le coupa Brock.

— Il est emballé : on ne verra pas la différence.

— Qu'est-ce que c'est ?

— Une toile que ma femme avait au mur. Une fois à l'intérieur, je reconnais *La Porteuse de chandelle* de Georges de La Tour, dont je sais justement que c'est une toile volée. Qu'est-ce que vous dites de ça, comme fortes présomptions ? Je sors la radio, je vous appelle et on les boucle tous. Facile comme bonjour, et légal avec ça !

— Imagine, fit O'Malley d'un ton sceptique, que tu entres bien dans l'appartement et que le tableau ne soit pas sous ton nez. Il est peut-être dans la salle de bains ou sous le lit. Qu'est-ce qu'on fait alors ?

— Tu es quoi, avocat ?

— Autant pour tes fortes présomptions...

— Pourquoi est-ce que tu ne laisses pas les subtilités légales aux juristes ? répliqua Jack. Le temps que tu arrives là-haut, il sera sous ton nez.

Les autres s'étaient tus.

— Allons-y, reprit Jack.

Le plafonnier s'alluma tandis qu'il ouvrait la portière et descendait sur la chaussée. Il glissa la radio dans sa poche-revolver, tira son blouson par-dessus et attrapa le tableau de Flora dans son emballage.

Les deux autres le suivirent. En passant devant la camionnette garée en double file, Jack souffla à Brock :

— Relève le numéro au passage...

Le conducteur était un homme trapu d'une vingtaine d'années, avec des arcades sourcilières de boxeur. Il leur jeta un coup d'œil, puis détourna les yeux.

— S'il est toujours là quand nous redescendrons avec les autres, murmura Jack, on le coffrera aussi.

Comme ils entraient dans l'immeuble, Jack constata que le portier de service était un de ceux à qui il avait donné de l'argent.

— Ces messieurs sont avec moi, lui dit-il en les précédant à l'intérieur.

Le portier se précipita derrière eux :

— Je vais vous annoncer. Qui allez-vous voir ?

— On ne sera pas longs, répondit Jack.

Ses deux collègues et lui s'engouffrèrent dans l'ascenseur. Il pressa le bouton de l'étage de Bulfinch et la porte se referma sur eux.

Dans la rue, le conducteur était descendu de la camionnette. Planté sur la chaussée, il alluma une cigarette. Il resta là à réfléchir. Quand le portier réapparut, il s'approcha de lui.

— Qui étaient donc ces types qui viennent d'entrer ? demanda-t-il.

Ayant vu son autorité bafouée par Jack et par les deux autres, le portier était déjà quelque peu ébranlé. Il eut tout de suite peur de cet *hombre* à l'air peu commode qui hurlait en espagnol avec un accent qu'il n'arrivait pas très bien à situer.

Le portier dit qu'il ne connaissait pas deux des hommes mais que le troisième, celui qu'il avait déjà vu, faisait partie de la police.

A peine eut-il entendu le mot *policia* que le conducteur bouscula le portier pour se précipiter dans l'immeuble. Il courait vers l'ascenseur, suivi du portier qui hurlait :

— Attendez, attendez, il faut que je vous annonce !

Les trois inspecteurs avaient débouché sur le palier de l'étage où, sans aucune difficulté et sans échanger un mot, ils repérèrent la porte de la cage d'escalier. O'Malley et Brock s'y engouffrèrent et la porte se referma derrière eux.

Seul dans le couloir, Jack tâta ses deux armes et sa radio, prit une profonde inspiration et, tenant toujours le paquet enveloppé sous son bras, s'avança et pressa la sonnette de Bulfinch. Il entendit le judas s'entrouvrir : il fit un grand sourire dans cette direction pour tenter d'inspirer confiance à Bulfinch.

La porte s'entrebâilla, révélant une tranche du visage du marchand de tableaux. Un œil, un nez, une partie de la bouche et du menton.

— Je vous l'ai dit, siffla Bulfinch, je suis occupé, il y a des gens chez moi. (Une goutte de sueur perlait à la racine de ses cheveux. Jaillie comme par magie, elle commença à glisser lentement sur son front.) Je ne peux rien faire pour vous maintenant.

Jack sentit la peur du marchand et la comprit sans peine. Si l'homme derrière lui se rendait compte qu'il y avait un flic à la porte...

— Herb, Herb, supplia Jack, j'ai besoin que vous me rendiez ce service. Je vous demande dix secondes de votre temps.

Il poussa le battant, avec l'intention d'entrer de force, mais la chaîne de sécurité bloqua net son mouvement.

Là-dessus, Jack brandit son paquet.

— Est-ce que c'est ou non un Van Gogh ? C'est tout ce que j'ai besoin de savoir.

Il lisait sur le visage du marchand un mélange d'angoisse et d'indécision. Manifestement, l'autre avait envie d'en finir au plus vite.

— Ouvrez le paquet.

— Je ne peux pas vous le montrer comme ça, dit Jack. Ouvrez cette foutue porte, enfin !

Dans le vestibule, derrière Bulfinch, un homme apparut brièvement. Jack ne fit que l'apercevoir. Petit. La quarantaine. Un signalement qui correspondait à celui de l'aîné des frères Zaragon. Un costume de chez un bon couturier. Les gens ne ressemblent pas forcément à leur photo d'identité judiciaire, mais Jack vit une ressemblance. Ou crut en voir une.

Il entendit la voix de Zaragon (si c'était bien Zaragon...) :

— Un problème ?

Bulfinch jeta par-dessus son épaule un coup d'œil angoissé.

— Je m'en occupe, fit-il. (A Jack :) Vous ne pouvez pas entrer. Il y a des gens, ici...

— Alors sortez sur le palier.

Affolé, Bulfinch choisit d'accélérer le mouvement. Faisant coulisser la chaîne, il s'apprêta à sortir sur le palier.

Son paquet sous le bras, Jack le bouscula et entra dans le vestibule. Il vit Zaragon — si c'était Zaragon — s'esquiver dans le salon. Il le suivit, Bulfinch sur ses talons, qui gémissait :

— Je vous avais dit de ne pas entrer !...

L'autre frère Zaragon, le plus jeune, celui qui avait une cicatrice, était debout à la fenêtre et regardait dehors. Il se retourna brusquement quand Jack entra. Le Georges de La Tour, Jack le vit tout de suite, était là, dans son grand cadre, appuyé contre la fausse cheminée de Bulfinch. Si c'était le Georges de La Tour. La toile était tournée vers le mur. Autant pour la déclaration sous serment devant le tribunal affirmant que la marchandise volée était bien en vue à son arrivée.

Jack s'avança, empoigna le cadre et l'écarta du mur en le penchant pour voir ce que c'était.

Ce bref aperçu lui suffit. Il laissa tomber sur le canapé le paquet de Flora, brandit son Glock et annonça :

— Vous êtes tous en état d'arrestation.

Il les gratifia de son large sourire.

— Vous êtes accusés de recel de biens volés... (On aurait pu qualifier son sourire de salace, car il éprouvait une excitation presque sexuelle.) Plus tout ce que je pourrai trouver d'autre sur vous. Par exemple, personne n'a de faux passeport ?

Il ne put s'empêcher de rire.

Il était bien le seul.

— Avancez près de la fenêtre. Les mains au mur.

Il était seul contre trois et ne pouvait donc pas encore les fouiller. C'étaient ses équipiers qui auraient à le faire. De sa main libre, il tira sa radio de sa poche, la porta à ses lèvres et dit :

— Rappliquez, les gars.

Puis il attendit.

Un instant plus tard, on sonna.

Il ne croyait pas que Bulfinch pût être armé.

— Allez donc ouvrir la porte à mes amis.

Les deux autres inspecteurs entrèrent, poussant devant eux Bulfinch sous la menace de leurs armes.

— C'est ça, le tableau volé ? fit Brock.

Il s'approcha et l'examina.

Secouant la tête, O'Malley envoya à Jack un coup d'œil écœuré. Un coup d'œil qui voulait dire : comment vas-tu prétendre que ce truc était bien en vue ?

— Palpez-moi ces types, ordonna Jack à ses équipiers.

Après, tout alla très vite. Le conducteur de la camionnette, qui s'appelait Vargas, jaillit de l'ascenseur, déboula par la porte ouverte, pistolet au poing, vit les autres armes et se mit à tirer. C'était un ancien boxeur, jadis champion des poids moyens de Colombie. On découvrirait plus tard qu'il voyageait avec un passeport panaméen, faux évidemment. Il était depuis six ans le garde du corps du cadet des Zaragon. Zaragon le payait bien, s'assurant ainsi de sa loyauté, et n'allait nulle part sans lui. Il avait des réflexes rapides, évaluait vite la situation, et, pour lui, tuer des gens n'avait jamais été un problème.

Quand la fusillade éclata, les chances étaient égales, auraient pu penser les policiers, s'ils avaient eu le temps de penser. A condition de considérer Bulfinch comme neutre, c'était trois contre trois : aucun des deux camps n'avait l'avantage. Mais Vargas fit irruption dans la pièce avec une rapidité fulgurante. En un instant il était là, les flammes jaillissant comme des fleurs du canon de son pistolet. Ce fut assez inattendu et cela s'accompagna d'un bruit si assourdissant que ça fit aussitôt pencher la balance. Du mauvais côté.

Un instant plus tard, la situation s'était aggravée, et considérablement. Vargas était armé d'un Mac10, réglé pour le tir automatique. Dès l'instant où il pressait la détente, son pistolet crachait des volées de balles. Il aurait aussi bien pu avoir une mitrailleuse. Il fit d'abord feu sur Jack et le toucha, puis sur Brock, qui ne s'était pas encore tout à fait retourné après avoir examiné la toile de Georges de La Tour. La première ou la seconde balle toucha Brock à la hauteur de l'oreille droite et ressortit de l'autre côté de la tête. Ce projectile et les suivants, accompagnés des éclats d'os jaillis de son crâne, vinrent heurter le miroir au-dessus de la cheminée et le fracassèrent. Brock s'écroula si vite que les balles suivantes de Vargas le manquèrent mais vinrent percer la toile. En fait, elles y firent comme une succession de points de suture. Les balles firent sauter la chandelle, les yeux de la fille qui la tenait, puis vinrent fracasser la cheminée de marbre contre laquelle le tableau était en partie appuyé. Le marbre explosa en fragments qui s'en furent cribler en retour le tableau vieux de trois cent cinquante ans, le lacérant sans merci.

Une seconde ne s'était pas écoulée qu'un inspecteur était mort et la toile irrémédiablement saccagée. Et Vargas tirait toujours, ses balles visant l'inspecteur O'Malley, qui s'était plaqué au sol et commençait à riposter. Son arme était un Smith and Wesson Chief, un revolver de 9 mm à canon court, avec cinq balles : ce que les flics appellent une arme personnelle. Il vida le chargeur en direction de Vargas. Une balle perdue vint frapper Bulfinch au genou. Il s'écroula en hurlant. Sur les quatre autres, deux déchirèrent les vêtements de Vargas et deux le frappèrent en pleine poitrine. Il lâcha son arme, s'affaissa. Il était mort lorsqu'il toucha terre.

Cependant, les deux frères Zaragon s'étaient retournés, sortant à leur tour des armes. Il n'y avait qu'une cible en vue : l'inspecteur O'Malley, dont le chargeur était maintenant vide et inutile. Ils l'exécutèrent.

Après cela, les deux frères se mirent à courir frénétiquement en tous sens. Nul ne survit à une fusillade sans ressentir aussitôt une réaction émotionnelle forte. Momentanément du moins, ils ne savaient ni où aller ni que faire. Tant que cette panique durait, ils étaient extrêmement vulnérables. Ils avaient totalement oublié Jack et, quand ils le virent se redresser tant bien que mal sur un genou, ils ne réagirent pas assez vite. Jack était blême. Il avait deux balles dans l'abdomen. Son pantalon, trempé de sang, lui donnait l'impression de peser une tonne, et il était si faible que ce fut à peine s'il parvint à lever la main qui tenait le pistolet et à presser la détente. Il ne parvint à tirer qu'une seule balle. Elle frappa l'aîné des frères Zaragon en plein visage, faisant aussitôt jaillir un flot de sang. Le plus jeune, Victoriano, riposta. Une balle traversa le côlon de Jack, une autre lui brisa la hanche et une troisième lui arracha à demi une oreille — en fait, elle ne tenait plus que par un lambeau de chair.

Ce fut la fin de la fusillade. Elle avait duré près d'une minute. A en croire les statistiques de la police, c'est très long, pour un échange de coups de feu impliquant des policiers : la plupart ne durent pas dix secondes. Le nombre de projectiles tirés était aussi nettement plus élevé que ce que l'on considère comme la normale : plus de vingt cartouches. On aurait pu s'attendre autrefois à moins de la moitié. L'explication tenait à ce que les nouveaux pistolets automatiques sont de plus en plus répandus et les criminels de plus en plus nombreux à en posséder : et ils les règlent en tir automatique, si bien qu'ils ont pris l'habitude de cribler de balles leurs adversaires. Les autorités estiment que les normes statistiques d'antan sont aujourd'hui bien démodées et qu'il conviendrait de les reconsidérer rapidement.

La moquette était couverte de sang, tout comme les corps qui jonchaient le sol. Victoriano Zaragon, le seul homme encore debout, n'eut pas le loisir de s'en vanter, si tant est qu'il fût d'humeur à le faire : presque aussitôt, il entendit des sirènes dans la rue. Ce furent les sirènes qui le plongèrent dans un état de calme presque surnaturel.

Il s'assura que son frère était bien mort, puis s'avança et, du bout du pied, poussa le corps de Vargas. Celui-ci semblait mort également. Peu importait d'ailleurs à Zaragon. Vargas avait manqué à son devoir. Victoriano se pencha, récupéra les clés de la camionnette dans la poche du garde du corps. Puis il vérifia le pistolet qu'il avait à la main : il lui restait une balle. Parfait, se dit-il. Il se dirigea vers Bulfinch, qui continuait à se tordre et à gémir sur le sol, et il la lui tira dans la tête. Que ce fût délibérément ou par accident, le marchand de tableaux l'avait attiré dans une embuscade et ne méritait pas mieux.

Laissant tomber le pistolet vide sur la moquette, il sortit dans le vestibule, où il y avait un miroir au mur. Là, Victoriano Zaragon, vingt-cinq ans et toutes ses dents, s'examina attentivement. Pas de sang sur les mains, sur le visage ni sur son costume. Il était indemne. Aucune trace de blessure.

Il sortit donc de l'appartement, claquant la porte derrière lui. Sur le palier, il appela l'ascenseur et attendit. Calmement. Comme il avait laissé tous les pistolets derrière lui, il était désarmé, mais ce n'était pas des armes qui allaient l'aider, maintenant. Il avait abandonné aussi la valise pleine d'argent. L'argent ne lui servirait à rien non plus : il n'en manquait pas, et le poids de la valise ne ferait que le ralentir.

En attendant l'ascenseur, il remarqua que, sur le palier, certaines portes étaient entrouvertes. On le dévisageait. Il ignora ces regards.

L'ascenseur arriva enfin. Il entra dans la cabine et descendit jusqu'au rez-de-chaussée. Il traversait le hall — sans se presser, l'image même du parfait jeune cadre — quand deux flics le croisèrent en courant, suivis par le portier qui gesticulait comme un fou.

Zaragon sortit dans l'air froid de la nuit. Il entendait d'autres sirènes : cela voulait dire que des renforts de police n'allaient pas tarder à arriver. Il se glissa entre deux voitures en stationnement, monta dans la camionnette, se mit au volant et démarra.

6

Elle s'éveilla avec le jour, encore un peu groggy, après moins de trois heures de sommeil. Elle ne s'en habilla pas moins avec soin. Luc n'était pas rentré. En soutien-gorge, chemisette et chaussons, elle repassa le corsage qu'elle allait mettre ce jour-là et reprit les plis de sa jupe. Elle enfila ses vêtements, se coiffa. Puis un soupçon de maquillage, pas trop, et un peu de parfum sous les bras et entre les seins.

Lorsqu'elle retrouva ses collègues à l'Annexe, juste après huit heures, elle semblait habillée pour aller à un rendez-vous. Ils étaient tous les quatre assis autour d'une petite table, près du comptoir. Tout en discutant de ce que la journée allait peut-être apporter, elle but deux tasses de café au lait et dévora deux croissants encore chauds.

Les trois hommes s'étaient vêtus avec le même soin : costume sombre et cravate, chemise blanche impeccable. Elle remarqua avec satisfaction que chacun d'eux sentait la lotion après-rasage. Les prisonniers, eux, auraient dormi tout habillés dans leurs cellules : ceux du moins qui auraient pu fermer l'œil. Sales, dépeignés, les hommes pas rasés, ce serait entre les barreaux qu'ils auraient vu le jour se lever. Ils auraient dû attendre leur tour pour qu'on les conduise aux toilettes : certains d'entre eux auraient peut-être protesté auprès des gardiens qu'ils ne pouvaient pas patienter plus longtemps.

Maintenant, ils auraient le droit d'admirer les vêtements propres et bien repassés des inspecteurs, de humer leurs diverses eaux de toilette. Le contraste était conçu pour les rabaisser, les humilier, les démoraliser encore davantage.

Les quatre enquêteurs réglèrent leur addition puis traversèrent la rue pour gagner l'ancienne caserne qui était leur bureau. Là-haut, ils s'installèrent. Se préparèrent.

Un par un, on fit sortir les prisonniers de leur cellule. On demanda à chacun comment il ou elle avait passé la nuit. Le confort était-il suffisant ? N'avaient-ils pas eu froid ? Leur état exigeait-il des soins médicaux particuliers ? L'un d'eux voulait-il voir un médecin ? Ils avaient encore devant eux bien des heures de garde à vue, ne manqua-t-on pas de leur rappeler. Encore deux journées pleines à passer ici, et toute une nuit. Cette dernière nouvelle assenée avec une feinte compassion. « Oui, je sais, les nuits sont longues. N'y a-t-il rien que vous souhaiteriez nous dire ? Non ? Alors, retour à votre cellule, j'en ai peur. On vous en ressortira plus tard. »

Pendant la nuit, dans l'obscurité, ils auraient réfléchi à leur situation. A l'heure actuelle, même les frères Sestri devaient avoir peur. Ces gens ne se considéraient aucunement comme des criminels. Psychologiquement, ils n'étaient pas préparés à la façon dont on les traitait. Ils se trouvaient confrontés à la perspective d'un emprisonnement : ils étaient d'ailleurs déjà en prison. C'était incompréhensible. Sur le plan social, intellectuel, c'était inacceptable.

Bruno Sestri, quand on le convoqua, semblait chercher du regard le commissaire Vossart. Peut-être était-ce le cas pour un ou deux des autres aussi. Mais Vossart était absent.

Cependant, il n'avait pas envoyé de personnel supplémentaire pour aider ses subordonnés dans leurs interrogatoires. Dans le courant de la matinée, les quatre inspecteurs commençaient à grommeler à ce propos : il semblait évident que leurs patrons n'avaient aucune envie de voir toute la lumière faite sur cette affaire. Cela voulait dire qu'à moins d'y parvenir, et vite, les inspecteurs allaient avoir des problèmes. Aucun d'eux ne s'était encore trouvé soumis à ce genre de pression, mais cela avait pour effet de les obliger à poursuivre leur travail. Il n'y avait rien d'autre à faire, c'était trop tard pour faire machine arrière.

Madeleine et Bosco firent venir le chef comptable tandis que, dans un autre bureau, Mayotte et Cenis interrogeaient le directeur général.

De temps en temps, chaque couple d'inspecteurs

entendait des éclats de voix à travers la cloison. Le chef comptable n'était qu'un salarié de quarante-deux ans, pas un directeur. Il avait une femme, quatre enfants, et il occupait un petit appartement dans un immeuble modeste près du stade de football. Le costume sombre dans lequel il avait dormi était tout chiffonné. En outre, il était mal coupé, ce qui prouvait, si besoin était, que l'homme n'était pas bien payé.

Madeleine demanda si la société possédait un coffre.

Le comptable avala péniblement sa salive, dit oui et, quand elle lui posa la question, donna le nom de la banque.

Elle insista :

— Avez-vous accès à ce coffre ?

Il acquiesça sans entrain.

Madeleine se leva.

— Tiens, si nous allions voir ce qu'il y a dedans ?

— Nous ?

— Vous et moi, monsieur, vous et moi.

— C'est que je...

Le comptable commençait à transpirer.

— Debout.

Faute de ceinture, il devait agripper son pantalon pour l'empêcher de tomber.

— Le coffre, eh bien, il est, voyez-vous, il est vide.

— Vide ? fit Madeleine en se rasseyant. Racontez-moi ça.

Bruno Sestri, expliqua le comptable, lui avait suggéré de vider le coffre et d'en mettre le contenu en sûreté quelque part.

— Quand cela ?

La réponse fut : en fin d'après-midi, la veille de la perquisition.

— Je suis employé, expliqua le comptable. Je dois lui obéir.

— A votre avis, pourquoi vous a-t-il demandé de vider le coffre ?

— Je ne sais pas.

— Quelqu'un l'a prévenu que nous venions. C'est pour ça ?

— Je ne sais pas, répéta piteusement le comptable.

— Qu'y avait-il dans le coffre ?

— Des papiers et... et des espèces.

— Combien d'espèces ?

— Environ un million de francs.

Madeleine faillit émettre un sifflement, mais elle resta impassible.

— Un million de francs. Que vous avez rangé en lieu sûr. Où cela ?

— Dans... eh bien... dans le coffre de ma voiture.

— Ça me paraît en effet un endroit sûr, fit Madeleine d'un ton grave.

Elle se sentit soudain grisée. Elle allait après tout faire la lumière sur cette affaire. Elle en était certaine. Elle faillit éclater de rire.

La voiture du comptable était garée dans la cour de l'immeuble où habitait Sestri. Madeleine envoya l'inspecteur Mayotte la chercher. La jeune femme avait eu une idée. Un directeur qui s'est livré à des trafics malhonnêtes, même averti de l'imminence d'une perquisition, ne peut pas se permettre de détruire tous les documents compromettants. Les affaires nécessitent du papier. Les opérations malhonnêtes aussi. Une entreprise comme celle des Sestri ne peut pas continuer à exister sans archives. Faire tout disparaître, fausses factures, reçus bidons et registres de comptabilité truqués, aurait été une forme de suicide financier. Les Sestri avaient donc dû mettre à l'abri des tas et des tas de documents compromettants : selon toute vraisemblance, au moins une valise. Ils avaient dû donner l'ordre à quelqu'un de confiance de mettre la valise à l'abri, Madeleine en était convaincue. Mais qui ? Et où ?

Elle décida d'explorer la piste Sicart. Georgette Sicart était peut-être la maîtresse ou l'ancienne maîtresse de Bruno Sestri. Son rôle dans l'entreprise était peut-être plus important qu'il n'y paraissait.

Elle la fit conduire dans son bureau.

Georgette apparut encore plus insignifiante que la veille au soir. Elle était assurément plus dépenaillée.

Madeleine ne perdit pas de temps avec elle :

— Avant-hier soir, Bruno Sestri vous a demandé de mettre des documents en sûreté. Où sont-ils ?

C'était du bluff. Mais faire craquer le comptable lui avait donné de l'assurance et, à voir l'expression qui se peignait sur le visage de Georgette, elle comprit qu'elle avait deviné juste.

— Les documents, insista Madeleine avec impatience. Où les avez-vous mis ?

Lors de chacun de ses interrogatoires, jusqu'à maintenant, Georgette avait défendu la réputation d'honnête homme de son employeur. Son visage sans beauté s'était empourpré de fureur chaque fois que Madeleine se hasardait à suggérer le contraire.

Elle essaya bien, cette fois encore, de retrouver le même ton, mais le ressort était cassé.

— J'attends, dit Madeleine.

— Je ne sais pas de quoi vous voulez parler, répondit Georgette.

Madeleine saisit le manteau de la femme et le lui lança.

— Mettez ça.

— Où allons-nous ? fit-elle d'une toute petite voix.

— Perquisitionner à votre domicile, voilà où nous allons.

— De quel droit ? interrogea-t-elle d'une voix faible.

— Ma commission rogatoire m'autorise à perquisitionner en tous lieux utiles.

— Mais...

— Je pense que votre appartement va se révéler utile, pas vous ? dit Madeleine en la prenant sans douceur par le bras. Allons-y.

Georgette habitait un immeuble avec balcons à Cimiez, le plus beau quartier de Nice. Tout ce qu'elle gagnait devait passer en loyer, se dit Madeleine en entrant avec elle dans le hall imposant. C'était un plus bel immeuble que celui de Madeleine. Ici, sur la colline, même un petit studio devait coûter très cher. Sestri payait-il une partie ou la totalité du loyer ?

Quand Georgette ouvrit la porte, Madeleine constata que l'appartement était effectivement un studio. Une petite cuisine sur un côté et une seule grande pièce, avec un canapé transformable. Des couvertures traînaient sur le sol, il y avait des vêtements à nettoyer sur les chaises et sur l'unique table.

— Bon, fit Madeleine brutalement. Où est-ce ?

Elle vit les larmes monter aux yeux de Georgette. Un instant plus tard, la secrétaire sanglotait sans retenue.

— Dites la vérité, lui conseilla Madeleine. Ça vous fera du bien.

Les documents étaient dans le réfrigérateur : deux grosses enveloppes de papier kraft. Georgette les lui remit, puis se planta devant la fenêtre en regardant dehors, sanglotant bruyamment.

Madeleine ouvrit une des enveloppes et en feuilleta rapidement le contenu. Elle trouva une liste de pots-de-vin versés à des fonctionnaires. Des noms, des dates, des sommes. Avec même des commentaires griffonnés dans les marges : *Fiable* ou : *On ne peut pas lui faire confiance...* Et même une fois : *Gourmand.*

L'écriture, à n'en pas douter, se révélerait être celle de Bruno Sestri.

— Votre cher patron, dit Madeleine en levant les yeux, vous a rendue complice d'une entente délictueuse, mais il a négligé de vous en informer. Ça n'est pas gentil de sa part. (Puis, d'une voix plus dure :) C'est un voleur, et il a corrompu des fonctionnaires municipaux. Si j'étais vous, je reporterais mon dévouement sur quelqu'un d'autre. (Elle remit les papiers dans leur enveloppe.) Allons-y.

De retour rue de Roquebillière, Madeleine réunit ses collègues. Mayotte avait conduit la voiture du comptable jusqu'à l'hôtel de police et l'avait garée en bas. Il était arrivé dans le bureau, chargé d'un porte-documents bourré de billets et d'une enveloppe brune contenant des papiers. Il fallait compter l'argent et le mettre sous scellés : elle chargea Mayotte de cette tâche, cependant qu'avec les deux autres hommes elle épluchait les documents du comptable, puis ceux de Georgette. Riche moisson : ils révélaient non seulement des versements en liquide à des fonctionnaires municipaux mais précisaient même qui il fallait contacter pour s'assurer que l'argent allait bien au fonctionnaire idoine : c'était une sorte d'annuaire des collecteurs de fonds de la municipalité. Certains pots-de-vin, semblait-il, avaient été versés en échange d'informations confidentielles sur des appels d'offre concernant des projets de construction. Certains n'étaient même pas en espèces. Dans un cas, on avait construit une piscine auprès de la villa d'un conseiller municipal qui s'était apparemment affolé au beau milieu des transactions. Il avait bel et bien versé quelques milliers de francs à valoir sur son installation, puis avait exigé et obtenu une facture pour le paiement de la totalité.

Bosco éclata de rire quand il tomba sur ce document.

— A votre avis, combien coûte une piscine ? demanda-t-il aux autres.

— Pas moins de cent cinquante mille francs, dit Mayotte.

— Je peux t'en avoir une pour dix fois moins que ça, fit Bosco avec un petit rire.

Un des documents retrouvés dans la voiture du comptable donnait la clé du code des débours de la petite caisse des frères Sestri. Cette caisse noire, découvrit-on, avait financé une plantation d'avocats en Californie, via des comptes en banque uruguayens et une station de radio à Nice. Les inspecteurs se regardèrent dans un silence stupéfait : les fonds de la petite caisse semblaient mener tout droit au maire en personne. On le savait, il possédait des plantations d'avocats en Californie et passait beaucoup de temps en Uruguay aux frais de sa municipalité. Quant à la station, Radio Baie des Anges, qui était censée avoir été créée avec des fonds du parti politique auquel appartenait le maire, elle avait en fait été financée par de l'argent extorqué à des entreprises de construction travaillant pour la ville, l'une d'elles étant celle des frères Sestri. Radio Baie des Anges émettait de temps en temps de la musique. Elle se spécialisait surtout dans des bulletins d'information et des interviews favorables au maire et traînait dans la boue ses adversaires politiques : pendant les périodes électorales, elle servait presque exclusivement aux besoins de sa campagne.

Si Madeleine et son équipe prouvaient tout ce qu'ils venaient de découvrir, le maire, même si son nom ne figurait nulle part, se retrouverait en prison, comme la plupart de ses collaborateurs. Il était maire depuis plus de vingt-cinq ans, comme l'avait été avant lui son père, auquel il avait succédé. Ils avaient tous deux régné en maîtres sur Nice, le fils de façon encore plus autoritaire que son père. Aujourd'hui, âgé d'une soixantaine d'années, le maire ne passait plus guère de temps dans sa ville.

Les documents montraient clairement que toutes ces sommes venaient gonfler les devis des projets de construction : au final, c'étaient les contribuables qui réglaient la facture. Madeleine s'étonna que de tels documents n'aient pas été détruits. Mais les intéressés, comme c'est souvent le cas, s'étaient crus à l'abri des investigations. Intouchables. Même lorsque le sol avait commencé à s'ouvrir sous leurs pas, les frères Sestri n'y avaient pas cru. Madeleine avait vu cela se produire maintes et maintes fois.

Groupés autour de son bureau, les inspecteurs discutaient à voix basse des prochaines mesures à prendre. Les prisonniers étaient dans leurs cellules, aucun d'eux à portée d'oreille. Les policiers parlaient bas, impressionnés qu'ils étaient par l'abondance et le caractère explosif des documents qu'ils avaient découverts. Ils n'avaient plus maintenant qu'à les étayer par des preuves.

Ils allaient devoir cuisiner toute la nuit les prisonniers jusqu'au moment où l'un d'eux craquerait.

Mais ils avaient du mal à se concentrer sur ce qu'il

fallait faire car, peu à peu, l'allégresse les envahissait : il leur apparaissait de plus en plus nettement qu'ils étaient en mesure de faire tomber une administration totalement corrompue.

— Ça fait vingt-cinq ans que ce type est maire et pendant tout ce temps, il a pillé la ville !...

— Il ne risquait rien.

— Personne ne pouvait le toucher.

— Personne que nous.

— Une bande de simples inspecteurs.

— Qui y avait-il d'autre ?

— Personne.

— C'était nous ou personne.

Tout cela, ils le disaient d'un ton presque détaché. Tous s'efforçaient de réprimer la joie qu'ils ressentaient. Après tout, ils étaient des professionnels et le travail n'était pas encore terminé. Ils s'en allèrent déjeuner à l'Annexe, où ils partagèrent deux carafes de côtes-de-provence. Étant donné les circonstances, il n'en fallait pas plus pour leur faire tourner un peu la tête.

— Il va sentir que nous refermons le filet autour de lui.

— Sans doute.

— A ce moment-là, vous croyez qu'il pourrait avoir une réaction violente ?

— Quel genre de violence ?

— Eh bien, recourir à la force...

— Non, bien sûr que non, fit Madeleine.

— Il le pourrait bien, pourtant, coupa Bosco, le plus âgé et celui d'entre eux qui avait le plus d'expérience. Quand il va se rendre compte à quel point nous touchons au but... Lui ou l'un de ses subordonnés. S'il tombe, ils tombent tous. Et jamais encore personne ne l'a provoqué. Nous ne savons pas ce qu'il serait capable de faire. Lui ou d'autres...

— Cette femme, la propriétaire du casino, observa Mayotte, elle a disparu.

— Le Casino de la Méditerranée... fit Bosco. On ne l'a jamais revue.

— Oh, je ne pense pas que le maire ait quelque chose à voir avec ça, dit Madeleine.

— Peut-être pas, mais peut-être que si.

— A partir de maintenant, conseilla Bosco, vous feriez mieux de regarder où vous mettez les pieds.

Madeleine sentit un bref frisson la traverser.

— Vous exagérez, j'en suis sûre.

Comme ils regagnaient leurs bureaux, Bosco souffla à Madeleine :

— Vous allez appeler Vossart ?

Elle le regarda. Le maire ne lui faisait pas peur, ni ses hommes de main, du moins se le disait-elle. Le commissaire Vossart, c'était une autre histoire. Mais elle redressa la tête et répondit :

— Non, je ne pense pas. Que lui m'appelle.

Tous deux savaient que les commissaires s'attendent à être tenus au courant de tous les progrès de l'enquête, quel que soit le dossier. C'était sans doute particulièrement vrai de Vossart aujourd'hui.

Bosco reprit :

— Vous êtes sûre que c'est prudent ?

Madeleine haussa les épaules.

— C'est comme ça que j'ai l'intention de jouer le coup. Commençons par la secrétaire et le comptable. Ce sont les maillons les plus faibles et les plus compromis.

Ils ne mirent pas longtemps à faire craquer le comptable. On lui posa des questions sur sa femme, ses enfants, son avenir, puis on lui parla des documents. Pas un mot plus haut que l'autre, mais la menace était bien là. Quand on le confronta avec les documents, ses dénégations tombèrent à plat. A la fin, la sueur ruisselant sur son visage, il parlait sans arrêt, leur donnant des détails, des informations qu'ils ne connaissaient pas, qu'ils ne soupçonnaient même pas.

Il fallut trois heures à Bosco pour coucher tout cela dans un procès-verbal.

Le comptable, toutefois, était bien trop affolé pour impliquer nommément ses patrons.

— De quoi avez-vous peur ? demanda brutalement

Bosco. De perdre votre place ? C'est déjà fait. Toute la boîte est en train de s'écrouler.

Cela faisait longtemps que Bosco était dans la police. Il voyait la vie comme un policier. Pour lui, cinq mille personnes privées de travail, ça n'avait pas grande signification, sinon aucune.

— Vous avez peur physiquement ? Quelqu'un vous a menacé ?

Jusqu'au bout, le comptable refusa de nommer qui que ce soit.

Pendant ce temps, Madeleine interrogeait la secrétaire, qui se révéla beaucoup plus coriace. Les heures passées en cellule avaient donné le temps à Georgette d'inventer une histoire dont elle ne démordait pas. Elle ne savait pas ce qu'il y avait dans ces enveloppes : on lui avait souvent donné des documents à emporter chez elle pour les mettre en sûreté. Elle ne se rappelait même pas qui les lui avait remis cette fois ni à quel moment. Elle exigeait d'être relâchée sur-le-champ.

Madeleine dut la faire revenir sur les mêmes mensonges cinq fois, dix fois, vingt fois, en la faisant sans cesse trébucher, jusqu'au moment où la pauvre femme ne se rappela même plus ce qu'elle avait affirmé précédemment. Elle éclata de nouveau en sanglots et puis, enfin, se mit à dire tout ce qu'elle savait. Pas grand-chose, en fait. On lui montrait un document après l'autre, elle semblait parfois choquée. A d'autres moments, ses yeux s'emplissaient de larmes et elle secouait désespérément la tête.

Elle aussi signa le procès-verbal quand Madeleine l'eut dactylographié, elle aussi refusa d'accuser de malversation qui que ce soit dans l'entreprise, et surtout pas son patron. « Bruno Sestri est un honnête homme », ne cessait-elle de répéter. Ses larmes étaient réelles, comme l'avait été sa foi en Sestri.

Pendant tout ce temps, Madeleine s'attendait à chaque instant à recevoir un appel du commissaire Vossart, ou à le voir surgir brusquement. Il n'en fut rien.

Elle téléphona aussi au juge Ardois à son domicile :

— Madame, il faut que nous parlions.

Elle proposa de venir chez elle.

Mme Ardois refusa, déclarant qu'elle était avec ses enfants, qu'on était samedi après-midi et qu'elle ne travaillait pas le samedi. D'ailleurs, elle ne traitait jamais d'affaires chez elle.

— Mais dans deux heures il faudra que je fasse renouveler la garde à vue !...

Le délai de quarante-huit heures n'est pas automatique. Il faut le renouveler au bout de vingt-quatre heures : ce n'est d'ordinaire qu'une formalité.

Mme Ardois soupira.

— D'après la loi... reprit Madeleine.

Nouveau soupir de Mme Ardois, qui accepta de venir au palais de justice.

Elles se retrouvèrent à six heures du soir. Madeleine s'était esquivée de la rue de Roquebillière, où Bosco s'acharnait sans grand succès sur Bruno Sestri.

Dans son beau bureau au plafond à caissons, en pantalon de flanelle et chemise de laine, Mme Ardois reçut Madeleine de mauvaise grâce : à peine si elle se dérida en voyant la quantité de pièces à conviction que Madeleine et son équipe avaient déjà mises sous scellés.

— La secrétaire et le comptable, vous les tenez, dit Mme Ardois.

— Je le sais.

Madeleine s'était attendue à une autre réaction : un sourire au moins, peut-être une petite tape de félicitations sur l'épaule, d'une femme à une autre. Mme Ardois devait bien savoir d'après son expérience personnelle combien une femme dans cette profession peut se sentir seule et assiégée. Une femme inspecteur de police était-elle déjà venue à bout d'une société aussi importante et aussi corrompue que celle des frères Sestri ?

Mme Ardois semblait considérer l'affaire de son sexe uniquement sous son angle juridique :

— Vous ne tenez pas encore les Sestri, ni les autres directeurs...

— Donnez-moi encore vingt-quatre heures...

— Sans les aveux d'un des Sestri, vous n'avez pas grand-chose dans votre dossier.

— Ce sont tous des escrocs.

— Vous vous retrouveriez avec simplement le comptable et la secrétaire. Cela vous suffirait-il ?

— Non.

— Il vaudrait probablement mieux se contenter de ces deux-là. Si vous bouclez tous ces directeurs, la société va faire faillite.

— Tant mieux, dit Madeleine.

Elle aussi avait tendance à voir la vie comme un policier.

— Cela va mettre au chômage un tas d'innocents. Y avez-vous pensé ?

Mme Ardois finit par renouveler la garde à vue. Elle était manifestement nerveuse, mais elle signa l'ordonnance. Madeleine rentra précipitamment rue de Roquebillière, où Bosco l'accueillit dans le couloir au moment où elle ôtait son manteau. Il n'arrivait à rien avec Sestri, annonça-t-il.

— Mes rapports avec ce type se sont complètement détériorés. Essayez vous-même.

— Nous allons essayer ensemble.

A eux deux, ils n'obtinrent pas un meilleur résultat. Quand on lui mettait sous le nez des documents accusateurs, Sestri niait être au courant de la moindre malversation. Il avait toute la société à diriger, insistait-il, et il laissait les détails aux autres.

— Pourquoi ne cessez-vous pas de nous mentir ? dit Bosco. C'est votre frère qui dirigeait la société, pas vous. C'était lui, le P-DG, pas vous.

C'était le premier coup de chance de Bosco. Il avait enfin mis Sestri en colère :

— Mon frère est un trou du cul, répliqua-t-il.

— C'est de votre frère Jean-Pierre que vous parlez ?

— Parfaitement. Et si vous croyez qu'il pourrait diriger une entreprise, n'importe quelle entreprise, vous êtes un trou du cul aussi !

— Je ne comprends pas bien, fit Bosco, qui comprenait parfaitement.

C'était son frère qui détenait officiellement le poste, parce qu'il était l'aîné, mais il était là à titre purement décoratif, dit Bruno Sestri. Là-dessus, il retomba dans son silence.

Une heure encore passa, puis deux. Madeleine fit monter des sandwichs et de la bière, tout le monde mangea debout et l'interrogatoire se poursuivit. Minuit approchait. Les inspecteurs buvaient une tasse de café après l'autre. Pour finir, ils renvoyèrent Bruno Sestri dans sa cellule.

— Une nuit de plus au trou, ça va le radoucir, affirma Bosco. Demain, on va le faire craquer.

Madeleine n'y croyait plus. Elle était énervée par tout le café qu'elle avait bu et au bord de l'épuisement. Elle grogna :

— Essayons le frère.

On fit venir Jean-Pierre Sestri. Il avait cinq ans de plus que Bruno, il était plus grand, plus maigre, il avait le cheveu plus rare et il aurait vraiment eu besoin de se raser. Il portait toujours la tenue d'après-ski qu'il avait au moment de son arrestation et dans laquelle il avait dormi, mais il avait encore l'air présentable, beaucoup moins fripé que son cadet.

Il s'assit devant le bureau de Madeleine : derrière sa machine, elle lui parla aimablement quelque temps de ski et de ses enfants. Il avait perdu un fils l'année dernière dans un accident de voiture. Sa fille était mariée et il avait deux petits-enfants.

Puis elle lança :

— Votre frère prétend que c'est lui qui dirige la société, pas vous.

— Je sais que c'est ce qu'il croit.

— Il a dit que vous n'étiez là qu'à titre décoratif.

— Mon frère a dit ça ?

— Il a dit bien pire.

Jean-Pierre Sestri sourit.

— Quoi, par exemple ?

— Que vous étiez un trou du cul.

Elle l'observait attentivement.

Jean-Pierre Sestri fronça les sourcils.

— Sans doute parce que je lui ai conseillé de ne pas s'acoquiner avec ces politiciens. La quantité d'argent qu'ils arrivent à extorquer à des affaires comme la nôtre...

— Vous avez envie de m'en parler ?

— Vous marchez avec eux, sinon vous n'avez pas les contrats. Ils vous sucent le sang. Ça m'a répugné depuis le début.

— Mais pas votre frère ?

— Lui aussi. Mais il a réussi à s'y adapter mieux que moi.

— Vous voulez me dire comme il s'y est pris ?

— Non.

— Si vous le souhaitez, vous avez l'occasion de mettre un terme à tout ça.

Il eut un petit rire.

— Expliquez-moi ça.

Elle lui montra les documents saisis dans l'appartement de la secrétaire et la voiture du comptable.

Il les parcourut puis déclara :

— C'est le type qui a noté tout ça par écrit qui est un trou du cul, pas moi.

— Avez-vous déjà vu ces documents ?

— Non.

— Mais vous étiez au courant de tout cela.

Il haussa les épaules.

— C'est l'écriture de qui, de votre frère ?

Nouveau haussement d'épaule.

— Pour l'instant, toute l'affaire va retomber sur le dos du comptable et de la secrétaire.

— Ils vont aller en prison ?

— A moins que la personne responsable n'assume ses responsabilités... (Madeleine ne le quittait pas des yeux.) Jusqu'à maintenant, votre frère a nié être pour quoi que ce soit dans tout cela.

Il soupira.

Madeleine comprit tout d'un coup pourquoi Bruno Sestri était resté pour affronter la police : non pas parce qu'il était le frère diplomate, mais parce qu'il était le plus coriace : l'homme assis en face d'elle semblait lutter contre quelque chose. Sa conscience ?

— Vous pouvez laisser vos employés écoper à votre place...

— Ou c'est moi qui peux aller en taule...

— Vous vous y retrouverez probablement, de toute façon. D'après la loi française, le président-directeur général peut être tenu pour responsable dans des affaires de corruption de fonctionnaires...

Il eut de nouveau un petit rire.

— Mais mon frère prétend que c'est lui, le patron !

— Légalement, c'est vous, n'est-ce pas ?

Comme il ne répondait pas, elle reprit :

— L'administration de cette ville est totalement corrompue et il y a de nombreuses municipalités comme ça en France. L'occasion s'offre à vous de changer cela.

— Comment ?

— Vous dites ce que vous savez. Et si vous prenez parti, je vous soutiendrai jusqu'au bout. Je ferai de cette affaire un dossier que personne ne pourra enterrer. Jamais.

Ils discutèrent pendant les deux heures et quart suivantes. Madeleine parla conscience, responsabilité, honneur. A la longue, Sestri commença à réagir. La discussion, par moments, virait philosophique. Jamais Madeleine ne le menaça, jamais elle n'éleva la voix, jamais elle ne lui fit de fausses promesses. L'inspecteur Bosco, qui était présent, intervenait rarement. Trois heures du matin, c'est la meilleure heure pour obtenir des aveux. Tous les inspecteurs de la PJ savent ça. Une sorte d'heure magique. Mais cette fois, quand l'heure magique sonna, Jean-Pierre Sestri n'était pas tout à fait prêt. Madeleine lui rendit sa ceinture et ses lacets, Bosco lui prêta un rasoir et, lorsqu'il revint des toilettes, ils l'emmenèrent rue Félix-Faure, dans un restaurant ouvert toute la nuit où ils partagèrent un casse-croûte tardif et une bouteille de vin.

Quand ils revinrent rue de Roquebillière, il se mit à parler. Bosco, derrière sa machine à écrire, peinait à le suivre. Jean-Pierre confirma à peu près tout ce qui se trouvait dans les documents déjà saisis. Les enchères sous enveloppes scellées pour les contrats municipaux, expliqua-t-il, ça n'existait pas. On disait aux entrepreneurs quelle somme ils devaient proposer pour les travaux et jusqu'où il fallait baisser les prix pour l'emporter. On arrosait régulièrement certains conseillers municipaux et certains adjoints au maire : on leur payait ce qu'ils demandaient, sinon on n'avait pas le contrat. Parfois, ce qu'ils voulaient, ce n'était pas de l'argent, mais une piscine ou quelque chose de ce genre. Les frères Sestri ajoutaient régulièrement le montant des pots-de-vin au contrat définitif. C'étaient donc bien les contribuables qui payaient. On ajoutait aussi aux contrats de travaux publics les contributions aux fonds des campagnes électorales : cela signifiait que les contribuables, à leur corps défendant, soutenaient les candidats.

Non, il ne pouvait pas témoigner personnellement avoir vu verser de l'argent entre les mains du maire, mais des proches de la mairie venaient assez souvent le trouver, lui ou son frère, en disant : « Voilà ce que demande le maire. »

Il savait pertinemment que l'autre grand entrepreneur de travaux publics de Nice en faisait autant.

Il fallut deux heures pour rédiger le procès-verbal, qui couvrait quatorze pages. Jean-Pierre Sestri le signa et on le raccompagna dans sa cellule.

Dehors, sur le parking, Madeleine fit ses adieux à Bosco. Le soleil commençait à se lever. Bosco la serra dans ses bras, l'embrassa sur les deux joues et lui murmura à l'oreille :

— Félicitations. Vous avez fait un boulot superbe.

Elle le regarda s'éloigner, puis leva les yeux vers le bâtiment qu'elle venait de quitter : elle pensait aux gens de chez Sestri, là-haut, essayant de dormir sur les bancs de leurs cellules.

Il était six heures du matin, l'heure du laitier, et du policier. Elle était parfaitement heureuse, mais quand même un peu mal à l'aise. La profession la plus belle et la plus répugnante du monde ? La police.

Elle rentra chez elle pour y trouver Luc, couché et endormi. Ravie de le voir là, elle se débarrassa de ses vêtements, sauta sur lui et le réveilla. Il ne parut pas y voir d'inconvénient. Quand il en eut terminé avec elle, elle se sentit épuisée.

Elle passa une chemise de nuit, régla son réveil et vint se coucher auprès de lui.

— Tu viens d'épingler quelqu'un, n'est-ce pas ? fit Luc.

— Hmmm, dit-elle en sombrant aussitôt dans le sommeil.

Trois heures plus tard, le réveil la tira de sa torpeur ; Luc avait disparu. Pas de mot, rien. Elle fit sa toilette, s'habilla avec soin et reprit sa voiture pour retourner rue de Roquebillière. Bosco était déjà là. Assis à son bureau, il ne faisait rien : il se contentait de temps en temps de pianoter sur un dossier et, quand elle entra, il lui désigna du menton le bureau du commissaire. Madeleine comprit : cela voulait dire que Vossart était arrivé, qu'il examinait les pièces à conviction qu'ils avaient mises sous scellés et les procès-verbaux signés par les prisonniers. En tant que chef de la Brigade financière, c'était son droit. Ils ne pouvaient qu'attendre qu'il ait fini. S'il avait laissé sa porte ouverte, elle aurait pu entrer, lui indiquer les documents les plus intéressants et écouter ses commentaires. Mais la porte était close : elle accrocha donc son manteau, elle s'assit à sa table en face de Bosco, et ils se dévisagèrent sans rien dire.

Les deux autres inspecteurs arrivèrent à leur tour et, quand on leur eut montré la porte fermée, eux aussi s'installèrent en silence.

Comme on était dimanche, on n'avait pas fait le ménage dans la grande salle. Elle était jonchée de canettes vides, d'emballages de sandwichs, de gobelets de café sales, de cendriers qui débordaient. Cela empestait le tabac froid.

Au bout d'un moment, Madeleine se leva et commença à ranger. Elle vida le contenu des cendriers dans un sac en plastique dont elle noua les anses. Elle entassa dans une corbeille les bouteilles et les emballages. Elle ramassa les tasses et les soucoupes, et alla les rincer.

Quand elle revint, Vossart était planté sur le seuil de son bureau, des dossiers sous le bras. Il était en survêtement Ralph Lauren et en baskets. Il avait les cheveux plaqués, il était rasé de frais et sa moustache était soigneusement taillée. Sans un sourire, sans un salut pour personne, il s'approcha du bureau de Madeleine, posa les dossiers et dit :

— Un exercice bien inutile. Vous perdez votre temps. Le temps de tout le monde.

— Je vous demande pardon ? fit Madeleine.

La pile de dossiers qu'il venait de poser avait plusieurs centimètres d'épaisseur : une véritable tour de Pise en moins stable. Madeleine dut se précipiter pour l'empêcher de s'écrouler sur le plancher.

— Votre affaire ne tient pas debout.

— Il y a quelque chose qui nous a échappé ? demanda Madeleine.

— Cette histoire n'a pas encore les honneurs des journaux. Avec un peu de chance, ça en restera là.

Là-dessus, il sortit de la pièce à grands pas et ils l'entendirent quitter l'immeuble. Personne ne souffla mot. Madeleine se dirigea vers la fenêtre : elle le vit monter dans sa grosse Peugeot 605 et démarrer.

Elle revint vers le téléphone et appela le juge Ardois :

— Il faut qu'on parle.

— Écoutez, c'est dimanche.

— La garde à vue expire dans quelques heures. Je ne peux pas retenir ces gens indéfiniment...

Mme Ardois poussa un soupir.

— Je peux vous voir dans mon bureau dans une heure.

Madeleine partit avec ses dossiers pour le palais de justice. Mme Ardois était une petite femme qui ne mesurait même pas un mètre soixante. Ce dimanche après-midi-là, elle portait une robe de coton noire et des talons hauts. Ses lunettes demi-lune juchées au bout de son nez, elle commença à lire les documents que Madeleine avait déposés devant elle.

— Tiens, fit-elle au bout d'un moment. Tiens, tiens...

En voyant que Madeleine était toujours debout, elle lui désigna un fauteuil et dit d'un ton cordial :

— Asseyez-vous donc et mettez-vous à l'aise. Vous avez dû veiller toute la nuit...

Au bout de quelques minutes, elle releva la tête.

— Vous avez fait un travail formidable, s'exclama-t-elle. J'aurais dû vous dire ça hier. Vraiment. Un homme n'aurait pas fait mieux.

Le commentaire était un peu agaçant, même venant d'une autre femme. Mais Madeleine le prit pour ce qu'il valait et sourit.

Mme Ardois reposa les dossiers. Elle avait déjà reçu de nombreux coups de téléphone à propos de l'affaire, dit-elle, tous faisant pression sur elle pour qu'elle l'étouffe. Elle n'en avait rien fait et, maintenant qu'elle voyait les preuves s'accumuler, elle était dans un état de colère suffisant pour accuser les huit prisonniers d'abus de confiance, de malversation et de corruption de fonctionnaires. Elle les inculpa et, pour sept d'entre eux, signa une ordonnance de détention préventive en attendant le procès.

— Il faut laisser l'un d'eux dehors pour diriger l'entreprise, sinon elle va s'effondrer, expliqua-t-elle. Ça mettrait un tas de gens au chômage. La question est de savoir lequel.

Madeleine soutint que Jean-Pierre Sestri devrait rester libre en attendant l'ouverture du procès. C'était lui qui avait fait preuve de courage, c'était lui qui avait apporté le témoignage permettant d'étayer le dossier.

— Alors que Bruno Sestri continue, lui, à faire de l'obstruction...

Mme Ardois n'était pas de cet avis :

— La loi dit que le président-directeur général responsable, c'est Jean-Pierre Sestri.

— Mais c'est Bruno qui fait marcher la société !

— Techniquement, c'est Jean-Pierre. Il va donc falloir que ce soit lui qui aille en prison. Je vais malheureusement être obligée de laisser sa canaille de frère diriger l'entreprise.

— C'est vraiment dommage...

— C'est pire que ça : il faudra bien un an avant que s'ouvre le procès. Le brave frère ira en prison et le mauvais passera tout son temps à se répandre à travers la ville en mensonges sur vous et sur moi : vous pouvez y compter !...

Madeleine acquiesça.

La question suivante était : et maintenant, quelle direction prenait l'enquête ? Les deux femmes reconnurent que la piste menait non seulement à la mairie, mais également au cabinet du maire. D'après les preuves réunies jusque-là, l'homme qui se chargeait des tractations financières pour le compte du maire était selon toute probabilité un conseiller municipal du nom de Derobert. Ce devait donc être lui, insista Madeleine, leur prochaine cible. Le juge Ardois lui conseilla toutefois la prudence :

— Les conseillers municipaux sont des élus. Attaquez-vous à l'un d'eux, et tous ses amis politiques vont accourir à la rescousse... (Madeleine resta silencieuse.) Il y a des lois particulières qui protègent les fonctionnaires élus, expliqua Mme Ardois. Toutefois, les adjoints au maire sont nommés et vous en avez un — Grosjean, c'est bien son nom ? — qui m'a l'air de tremper là-dedans jusqu'au cou. Procédons par étapes. Demain matin, je vais demander au procureur un réquisitoire supplétif qui nous amènera jusqu'à Grosjean.

Peut-être les politiciens décideront-ils de le sacrifier. Essayons déjà de l'épingler. Après, nous verrons.

Mme Ardois raccompagna Madeleine jusqu'à la porte.

— Et encore toutes mes félicitations, dit-elle. Vous me rendez fière d'être une femme.

— Merci.

Madeleine rayonnait d'assurance et de plaisir.

— Nous sommes largement aussi fortes qu'eux.

— Plus, dit Madeleine.

Ce soir-là, en dînant avec Luc au restaurant, elle raconta ce qu'elle avait fait. Elle était fière qu'on la vît avec lui, et elle s'imaginait combien les autres femmes devaicnt l'envier. Il avait des cheveux noirs et bouclés, et des mains superbes. C'est vraiment un bel homme, se dit-elle tout en parlant.

Le restaurant s'appelait le Coco Beach. Situé juste à la sortie du port de Nice, il était bâti dans la falaise qui dominait la mer. Un fort vent soufflait dehors, et ils voyaient en bas les vagues se briser sur les rochers. Tout en attendant d'être servis, ils burent leur vin à petites gorgées, et elle lui raconta tout de l'affaire ; elle riait, elle était radieuse.

Elle s'attendait à de nouveaux éloges, mais rien du tout.

Luc, au contraire, paraissait soucieux.

— Tu as bien réfléchi à tout ça ? dit-il. Je crains des problèmes...

— Lesquels ?

— Tu t'attaques à des hommes puissants.

— Ce sont des canailles.

Luc fronça les sourcils.

— Si tu as de la vie une idée aussi simpliste...

— Toute cette administration est truffée de canailles.

— Tu n'iras pas très loin dans ta carrière, avec des raisonnements de ce genre...

— Mon métier, c'est de mettre les canailles en prison !

— Tu devrais vraiment essayer de mieux t'entendre avec les gens.

— Qu'est-ce que ça veut dire ?

— Avec des gens susceptibles de t'aider.

— Pas avec des crapules, quand même !...

— Les hommes à qui tu t'en prends vont voir combien tu es près de toucher au but : d'une façon ou d'une autre, ils vont intervenir pour t'empêcher d'aller plus loin.

— Es-tu en train de me dire, fit Madeleine d'un ton railleur, qu'ils vont chercher à me descendre ?

— Non, mais uniquement parce que ce n'est pas nécessaire. (Luc faisait tourner le pied de son verre entre ses doigts.) Les moyens légaux ne leur manquent pas.

— Par exemple ? interrogea-t-elle.

Assis en face d'elle, il n'était pas vêtu comme un avocat : ce soir, il portait une veste de sport en tweed et une chemise sans cravate, mais c'était avec un œil d'avocat qu'il la fixait.

— Je n'en sais rien en l'occurrence, mais des gens comme ça trouvent toujours quelque chose...

Et il entreprit de lui faire un cours sur les choses de la vie politique. Dans des élections nationales, le maire apporte le poids de sa cité. A l'Assemblée nationale, sur des questions importantes, il peut apporter sa propre voix, et un certain nombre d'autres. Paris ne laisserait pas l'enquête aller de l'avant.

— Comment peuvent-ils l'arrêter ?

— Il y a bien des moyens, crois-moi...

Il n'en fallait pas plus pour gâcher le dîner de Madeleine. Son enthousiasme dissipé, la fatigue eut tôt fait de l'envahir. Elle bâillait avant qu'on eût servi le plat de résistance et elle s'endormit dans la voiture qui la ramenait à la maison.

Le lendemain matin, à peine avait-elle regagné son bureau que le téléphone sonnait : c'était Mme Ardois. Elle venait, lui dit-elle, de parler au procureur, qui semblait d'accord pour un réquisitoire supplétif contre

Grosjean, l'adjoint au maire. Il avait promis de la rappeler dans l'heure.

— C'est une bonne nouvelle, répondit Madeleine, même si elle craignait que ce ne fût pas le cas.

Elles eurent beau bavarder gaiement pendant quelques instants avant de mettre un terme à leur conversation, elle sentit que Mme Ardois partageait ses appréhensions.

Car même un délai d'une heure, cela signifiait que d'autres allaient peser sur cette décision : le procureur lui-même, ou, pire encore, le ministre de la Justice, depuis Paris.

Cette première heure passa, puis une seconde. Mme Ardois ne rappela en fait qu'à trois heures de l'après-midi : Madeleine savait que ce ne serait pas pour lui annoncer de bonnes nouvelles.

Le procureur, lui déclara le juge, avait refusé un réquisitoire supplétif à ce stade, en invoquant une insuffisance de preuves.

— Les preuves sont accablantes ! s'offusqua Madeleine.

— Qu'est-ce que je peux dire ?

— Paris lui a ordonné d'étouffer l'affaire.

— Je ne sais pas.

Il y eut entre elles un long silence, tandis que Madeleine tentait d'avaler la pilule.

— C'est peut-être encore plus grave que ça... fit Mme Ardois. (Madeleine se prépara au pire. Essaya, en tout cas.) Il a informé la Cour de cassation qu'il aurait dû renvoyer immédiatement le dossier devant cette juridiction comme la loi lui en fait l'obligation, mais qu'il ne l'a pas fait... Quand une enquête révèle des preuves suffisantes pour inculper un fonctionnaire élu, le procureur doit transmettre aussitôt le dossier à la Cour de cassation. C'est dans le Code de procédure pénale... (Madeleine commençait à se sentir vraiment mal.) Articles 681 et 687. La Cour de cassation confie alors l'affaire à une autre juridiction. Loin des passions et des pressions locales, comme on dit...

— Alors, fit Madeleine d'une voix éteinte, ce n'est plus notre affaire...

— Le procureur a attiré l'attention de la Cour sur le fait qu'il ne l'avait pas informée immédiatement... (Le magistrat avait une si petite voix que c'était à peine si Madeleine pouvait l'entendre, à présent). La Cour se trouvera peut-être dans l'obligation de rejeter totalement le dossier...

La position officielle était la suivante : les élus mentionnés par Jean-Pierre Sestri n'avaient été accusés que par lui ; on n'avait rien vérifié ; aucune autre preuve n'était venue étayer les accusations lancées contre eux ; aucun fonctionnaire n'était encore inculpé ; il n'y avait pas assez de preuves pour cela, l'affaire n'en était pas encore à ce stade et...

— Je suis désolée, conclut Mme Ardois. Je vous tiendrai au courant.

Trois jours plus tard, la Cour ordonnait la remise en liberté des prisonniers et la restitution des objets leur appartenant : les documents et l'argent saisis et placés sous scellés. Quand Bruno Sestri se présenta ce même jour rue de Roquebillière, ce fut à Madeleine qu'incomba la tâche de les lui remettre. Il l'obligea à entasser toute cette masse de paperasserie dans une grande valise.

Bien sûr, il serait possible de reprendre toute l'affaire, à condition que le procureur accepte d'ouvrir une nouvelle information, ce qui était toutefois peu probable.

Mais cette valise, bourrée de documents compromettants, ne serait pas là, à traîner une nouvelle fois.

— Merci, dit Sestri à Madeleine en refermant la valise. C'est très aimable à vous.

Et il quitta l'immeuble, un petit sourire aux lèvres.

Madeleine semblait avoir perdu l'usage de la parole. Devant Sestri, c'est à peine si elle avait articulé un mot.

Le lendemain, le syndicat auquel appartenait la juge émit une protestation officielle, mais ce fut la seule, et pas un mot de l'affaire ne parvint jusqu'à la presse. Les anciens suspects, pour des raisons évidentes, ne jugèrent pas utile de la contacter. La police et le personnel judiciaire n'en avaient pas le droit : Mme Ardois était liée par le secret de l'instruction, Madeleine et son équipe étaient soumis à l'obligation de réserve qui s'impose à tous les policiers. Pour un membre de la police, se prononcer en public à propos d'une affaire est un motif de révocation et, dans certains cas, de poursuites judiciaires.

7

Deux jours plus tard, quand Madeleine rentra de déjeuner, Bosco leva le nez de ses dossiers, désigna le bureau du commissaire Vossart et marmonna :

— Il veut vous voir.

Elle sortit dans le couloir. La porte de Vossart était ouverte. Il avait devant lui une pile de classeurs, et il en tournait les pages avec tant d'attention qu'il ne la vit pas s'encadrer sur le seuil. Du moins fit-il semblant.

Au bout d'un moment, Madeleine frappa au chambranle.

— Vous vouliez me parler, monsieur ?

Dans la police, on appelle généralement ses supérieurs « patron » ou « chef », mais Madeleine considérait « monsieur » comme suffisant largement, en l'espèce.

— Ah oui... fit-il. Entrez donc, madame. Fermez la porte, je vous prie.

« Madame » ? Voilà qui l'inquiétait. Dans le passé, il l'avait toujours appelée Madeleine, quelquefois Maddie, et, même si ça l'avait agacée, cela lui manquait, maintenant.

Elle referma la porte. Il y avait un fauteuil vide

devant son bureau, mais il ne lui proposa pas de s'y installer.

— J'ai d'assez mauvaises nouvelles pour vous, madame...

Il s'était renversé sur son siège, les mains nouées derrière la nuque, et la toisa un moment. Puis :

— Je crois malheureusement que vous n'appartenez plus à la Brigade financière : vous êtes mutée.

— Je suis... fit Madeleine, avant de s'arrêter, incapable de continuer.

— La nouvelle vient de me parvenir.

Elle regarda le mur derrière le commissaire : une affiche de cinéma montrant un acteur braquant un pistolet, un drapeau en lambeaux récupéré dans quelque manifestation, à l'époque où il était jeune inspecteur, à Paris.

— Manifestement, la direction a l'impression que vos talents conviennent mieux à la Brigade des mineurs...

Madeleine ne répondant pas, il ajouta :

— Vous devriez très bien vous adapter : il y a des tas d'autres femmes inspecteurs là-dedans... (Il avait l'air d'attendre qu'elle dise quelque chose, mais elle en était incapable.) Il paraît que vous vous débrouillez très bien avec les enfants fugueurs. Ce genre de choses. Enfin, c'est ce qu'on m'a dit... (Il fallait lui rendre cette justice : il avait l'air gêné.) Ce n'est pas moi qui ai pris cette décision, poursuivit-il, Madeleine toujours silencieuse. Absolument pas. Je tiens à ce que vous le sachiez. Mais la direction... pour Dieu sait quelle raison, la direction estime...

La direction. Si ça ne vous plaît pas, adressez-vous à la direction. Adressez-vous aux autorités. Ces princes qui nous gouvernent.

Madeleine avait beaucoup de mal à s'empêcher de le supplier. Au bout du compte, elle parvint à articuler :

— Quand est-ce que cela prend effet ?

— Immédiatement, je pense. Mais si vous êtes partie cet après-midi, ce sera bien assez tôt.

Il fit le tour du bureau et se planta devant elle, la main tendue. Dans une sorte de brume, elle la serra. Puis, abasourdie, elle tourna les talons et sortit. Elle entendit Vossart refermer la porte derrière elle.

Dans la salle de permanence il y avait un certain nombre d'inspecteurs, les uns au téléphone, les autres examinant des dossiers. Hébétée, elle se dirigea vers son bureau.

Seul Bosco l'observait. Il demanda :

— Qu'est-ce qu'il voulait ?

Elle se contenta de secouer la tête. Bosco comprit qu'il s'était passé quelque chose. S'approchant d'elle il la prit par les épaules.

— Qu'est-ce qu'il y a ?

— J'ai été mutée.

— Oh, Maddie...

Il la prit dans ses bras et, un moment, elle enfouit son visage contre l'épaule de ce petit policier honnête et entre deux âges. Elle avait envie d'éclater en sanglots.

Mais pas ici. Pas devant des hommes. Elle repoussa Bosco, prit son sac et se dirigea à grands pas vers les toilettes. Là, elle passa cinq minutes à laver cette main qui avait serré celle de Vossart : elle avait l'impression que quelque chose y restait collé, qui ne voulait pas s'en aller. Elle finit par se regarder dans la glace, et alors les larmes lui montèrent aux yeux. Elle s'y abandonna quelques secondes, puis se lava et s'essuya le visage ; elle regagna son bureau, d'où elle téléphona au supérieur de Vossart, le commissaire divisionnaire Demalet, le grand chef de la PJ de Nice.

— C'est à quel sujet ? demanda la secrétaire qui lui répondit.

— Il est au courant, dit Madeleine d'un ton crispé.

Elle comptait demander un rendez-vous et une explication.

Le divisionnaire refusa de la voir, et même de la prendre au téléphone. Le lendemain, elle s'adressa à son syndicat, qui portait le titre ronflant de Syndicat national autonome des policiers en civil. L'organisation protesta énergiquement auprès de Demalet et de la direction de Paris, mais sans obtenir de réponse.

Le juge Ardois écrivit une lettre pour s'élever contre la mutation de fonctionnaires encore impliqués dans des dossiers importants et notamment contre la nouvelle affectation de quelqu'un d'aussi brillant que l'inspecteur de police judiciaire Madeleine Leclerq.

Sa lettre resta également sans réponse.

Au lieu de se présenter à la Brigade des mineurs, elle prit une semaine de congé : elle passa le plus clair de son temps seule, car, chaque fois qu'elle essayait de parler de ce qui lui était arrivé, elle sentait un torrent de larmes monter à ses yeux.

Ce fut pour cette raison qu'elle ne prévint pas tout de suite Luc. Avant de lui parler, elle voulait être certaine de pouvoir se maîtriser. Elle voulait lui annoncer cela d'un ton détaché, comme si c'était sans importance. Elle voulait sa compassion, certes. Elle voulait qu'il la prenne dans ses bras, qu'il la console en lui disant que tout allait bien, certainement, mais elle devinait qu'il trouverait ses larmes peu séduisantes, voire répugnantes.

Tôt ou tard, il faudrait le mettre au courant. Elle finit par s'y résoudre. Quatre jours s'étaient écoulés. Elle attendit la fin du dîner, après avoir débarrassé la table, lavé la vaisselle et mis les plats à sécher. Il était assis sur le canapé, en pyjama et robe de chambre, à lire des dossiers qu'il avait sortis de son porte-documents.

Elle vint s'asseoir auprès de lui et, comme il ne levait pas la tête, elle posa une main sur les papiers qu'il examinait. Elle souffla :

— Il faut que je te dise quelque chose...

Il la regarda d'un air interrogateur.

Elle prit une profonde inspiration.

— On m'a virée de la Brigade financière. (Il se rembrunit.) On m'a de nouveau mutée aux Mineurs.

En disant cela, elle sentit les larmes venir : elle fit un effort pour se maîtriser. Même si, de toute évidence, Luc se rendait compte du coup que c'était pour elle, il ne lui témoignait pas la commisération qu'elle avait espérée. Il ne la prit pas dans ses bras. Il se contenta de secouer la tête avec impatience, avec agacement, peut-être même avec répugnance.

— Tu ne pourras pas dire que je ne t'avais pas prévenue !... (Madeleine, qui luttait toujours pour retenir ses larmes, fixa du regard un coin de la pièce.) C'est exactement ce à quoi je m'attendais. Tu es inspecteur. Tu n'es même pas commissaire, mais il a fallu que tu t'attaques toute seule aux gros durs ! Brillante idée, en vérité !...

Madeleine contrôlait maintenant sa voix — ou à peu près :

— Je n'étais pas seule. Le procureur avait ouvert une information. On avait désigné un juge. Je ne prenais aucune décision sans le consulter.

— Deux femmes contre la hiérarchie du pouvoir ! Si ça n'était pas si navrant, j'en rirais...

— Les preuves étaient accablantes.

— Et où sont-elles maintenant ?

Madeleine ne dit rien.

— Bon sang, à quoi d'autre t'attendais-tu donc ? reprit-il.

— Je m'attendais à faire jeter ces gens en prison.

— Si c'est vraiment ce que tu croyais, tu n'es pas aussi intelligente que je le pensais...

La réaction de Luc avait rendu Madeleine maussade.

— A ton avis, qu'est-ce que je devrais faire maintenant ?

— Avaler la pilule sans rien dire : si tu veux vraiment réintégrer la Brigade financière, alors repars de zéro...

— Il m'a fallu onze ans pour y arriver, la première fois !

— Ah, il faut savoir ce que tu veux !

Luc se replongea dans ses dossiers.

Elle resta un moment auprès de lui à ruminer. Puis :

— Je crois que je vais rendre l'affaire publique...

Cette remarque attira l'attention de Luc.

— Comment ça ?

— Je suis certaine que je pourrais trouver un journaliste qui serait ravi qu'on le mette au courant du dossier et de ce que les politiciens en ont fait.

— Tu accuserais les frères Sestri ?

— Pas seulement eux.

— Qui d'autre ?

— Peut-être la municipalité.

— C'est contraire à la loi. Tu es un officier de police judiciaire. Tu es soumise à une obligation de réserve... (Madeleine haussa les épaules.) Si tu te mets à parler ouvertement de l'affaire, tu perdras certainement ton poste. Tu risques même d'aller en prison. Et si tu accuses la mairie de quelque chose, tu pourrais bien te retrouver dans le box des accusés. Ce ne sont pas des tendres, ces gens-là...

Madeleine se leva et passa dans l'autre pièce. Avec des gestes brusques, elle se prépara pour la nuit. Quand Luc arriva, la lumière était éteinte, elle était couchée dans une position fœtale, recroquevillée sur elle-même et lui tournant le dos.

Ils discutèrent au téléphone du lieu du rendez-vous. Madeleine ne voulait pas qu'on la vît entrer seule dans un hôtel. Cela pourrait faire mauvais effet. Elle ne se considérait pas comme prude, mais elle tenait à sa réputation. En fait, elle voulait éviter de rencontrer dans une chambre d'hôtel un homme qu'elle ne connaissait pas. Il pourrait estimer que cela lui donnait le droit d'essayer quelque chose, ce qui risquerait d'être gênant.

Pas question d'un café ni d'un bar. Elle ne pouvait pas se permettre d'être vue avec cet homme-là en public. Elle ne pouvait pas davantage l'inviter dans son appartement, où Luc risquait à tout moment de faire irruption. Un rendez-vous dans une autre ville ne valait pas mieux. Les inspecteurs des diverses brigades de la PJ de Nice travaillent dans toutes les agglomérations le long de la Côte. Ce sont des hommes curieux et observateurs qui, en outre, ont des informateurs partout.

En fin de compte, une chambre d'hôtel paraissant la seule possibilité, elle choisit le Negresco, le plus beau palace de Nice. Autant tirer de cette histoire une heure de luxe, se dit-elle. Et puis le Negresco était si cher qu'aucun policier ne risquait de se trouver là par hasard.

Le jour fixé, elle entra donc et traversa le hall grandiose et grouillant d'employés en jaquette et de chasseurs habillés comme des pachas. Tous ne demandaient qu'à l'aider, même si elle n'avait besoin d'aucune assistance. Sans s'occuper d'eux, sans regarder ni à droite ni à gauche, donnant à tous l'impression d'être une call-girl, ce qui était exactement à l'opposé de ce qu'elle souhaitait, elle arriva à l'ascenseur.

Elle s'arrêta au troisième étage. Ses talons claquaient sur le parquet. Elle trouva la porte, jeta un coup d'œil furtif d'un bout à l'autre du couloir, bienheureusement désert, et frappa. A peine l'homme lui avait-il ouvert qu'elle se précipitait à l'intérieur, manquant presque le renverser.

— Gérard Dumoulin, dit-il.

Un homme extrêmement gros lui tendait la main. Elle constata qu'elle était plus grande que lui.

— Madeleine Leclerq.

Il avait des doigts boudinés et une large paume.

La chambre était grande et claire, les portes-fenêtres donnant sur un grand balcon. Au-delà, c'était la mer. Elle passa devant le lit et inspecta les lieux. Elle était très nerveuse.

— Jolie chambre, fit-elle.

Elle se maudit aussitôt pour cette platitude.

— J'allais commander le déjeuner, déclara Dumoulin. Qu'est-ce que vous voulez prendre ?

Madeleine n'aurait jamais pu se permettre de déjeuner au Negresco, et elle avait espéré qu'il lui ferait cette proposition. Mais, maintenant qu'elle était là, elle n'avait plus faim du tout. Elle répondit :

— Un sandwich, peut-être.

— Que diriez-vous d'un filet de sole ? suggéra

Dumoulin. (Puis, sur un ton d'excuse :) Il faut que je surveille mon régime.

Dumoulin était reporter à *Paris-Match*. Le magazine, estima Madeleine, avait les moyens de lui offrir à déjeuner, qu'elle mangeât ou non ce qu'on lui servirait. Que Dumoulin mette ça sur sa note de frais.

— Un filet de sole, ce serait parfait, dit-elle.

— Peut-être quelques huîtres, pour commencer ? Il y a très peu de calories dans les huîtres.

— Parfait.

— Avec une bouteille de meursault ? J'aime bien un bon meursault, pas vous ?

Il essaie de me mettre à l'aise, se dit Madeleine. Ce qui, étant donné les circonstances, était impossible. Elle se leva pour passer sur le balcon. C'était une journée douce, mais pas encore printanière. Il y avait si peu de vent que la mer était lisse comme un lac. L'eau était presque partout très bleue, mais il avait plu violemment la veille et la nuit précédente : on voyait de grandes taches brunes là où les rivières se jetaient dans la mer.

Elle entendait Dumoulin commander le déjeuner. Quand il eut terminé, elle revint dans la chambre, ouvrit son porte-documents et lui tendit trois feuillets agrafés ensemble.

— Voici un bref résumé de l'affaire. Quand vous l'aurez lu, je peux vous montrer les documents qui prouvent mes dires.

Dumoulin les mit de côté.

— Nous allons déjeuner d'abord et travailler ensuite, déclara-t-il. Alors, parlez-moi un peu de vous. Quel âge avez-vous, êtes-vous mariée, avez-vous des enfants ?

Eh bien, dit-elle, elle avait trente-quatre ans, elle était divorcée, sans enfant. Elle aimerait en avoir un jour, confia-t-elle. Et il y avait pour l'instant quelqu'un dans sa vie, quelqu'un à qui elle tenait : alors peut-être auraient-ils des enfants. Dumoulin ne cherchait même pas à lui arracher ce genre de renseignement : elle était si nerveuse qu'elle racontait toutes sortes de choses sur elle sans même qu'on l'interroge. Ce n'était pas du tout l'impression qu'elle souhaitait donner.

— Et vous, monsieur ? s'obligea-t-elle à demander. Vous êtes marié ?

Il s'avéra que Dumoulin était non seulement marié, mais qu'il avait déjà engendré sept enfants. Comme elle était incapable d'imaginer une femme couchant avec un homme aussi gros, cette information la laissa sans voix.

L'observant d'un œil rusé, Dumoulin dit :

— Je comprends pourquoi vous souhaitez raconter votre histoire, mais qu'est-ce qui vous a poussée à me choisir moi pour le faire ?

Elle avait aperçu sa signature au bas d'un article dans le numéro de la semaine précédente : elle avait donc téléphoné, sans rien savoir de lui.

— Je vous connaissais de réputation, monsieur, affirma-t-elle.

Il hocha la tête, évidemment satisfait de sa réponse.

On frappa à la porte et un serveur arriva, poussant une table roulante qu'il disposa près de la fenêtre. Les soles attendaient sous leur cloche d'argent, et les huîtres étaient disposées sur leur plat au milieu d'un lit de glace. Le domestique ouvrit le meursault.

Les verres étaient hauts et fins. Dumoulin fit tournoyer la première gorgée, la huma, la but enfin. Il acquiesça de la tête et l'homme leur servit le vin.

Puis il se retira et ils commencèrent à manger.

— Alors, pourquoi êtes-vous entrée dans la police ? demanda Dumoulin sur un ton léger.

Elle essaya de lui raconter comment elle avait passé l'examen d'entrée presque sur un coup de tête, puis comment elle s'était passionnée pour son métier. Les surprises continuelles. Les crises à régler. Ce qu'il y avait de mieux et de pire dans le comportement humain. Voilà qu'elle se remettait à pérorer.

Elle s'obligea à se taire.

Dumoulin, d'ailleurs, ne semblait pas intéressé par ce genre de bavardage. Il lui demanda depuis combien de temps elle était inspecteur à la PJ. Il l'interrogea sur la proportion de femmes qu'il y avait dans le service et lui posa des questions sur le harcèlement sexuel dans le cadre de son travail.

Elle était là pour parler de l'affaire Sestri, pas de harcèlement sexuel. Et en fait, elle ferait mieux de ne rien lui raconter du tout. Les conséquences pour elle pourraient être incalculables.

— Vous avez épousé un policier ?

— Que pouvais-je faire d'autre ?

Pendant tout le déjeuner, il l'interrogea adroitement. Elle avait tort de parler d'elle. Elle avait peur de donner l'impression de n'être qu'une femme aigrie de plus. Pourtant, on aurait dit qu'elle n'arriverait pas à endiguer ce flot de confidences.

Elle n'avait pas faim. Elle goba quelques huîtres, grignota sa sole du bout des lèvres. Presque sans s'en rendre compte, elle but quand même sa part de vin. Cela l'étourdit quelque peu. Il y avait un Thermos en argent sur la table : à la fin du repas, Dumoulin versa du café bien noir dans les petites tasses et elle en but une gorgée avec reconnaissance.

Pour finir, le gros journaliste recouvrit les plats avec la nappe, repoussa la table de côté et, sans quitter son fauteuil, prit le résumé de trois pages posé sur le lit. Après l'avoir lu, il demanda à voir les documents. Madeleine alla prendre les dossiers dans sa serviette et les lui remit.

— Si je jetais un coup d'œil à tout ceci ? proposa-t-il. Ensuite, nous pourrons discuter.

Elle ressortit sur le balcon et examina la mer.

Quand elle revint, elle constata qu'il n'avait pas bougé de son siège, mais qu'il avait maintenant un magnétophone sur les genoux et qu'il poussait des boutons.

Elle s'approcha.

— Pas d'enregistrement, dit-elle.

— Nous avons affaire à des choses très délicates, rétorqua-t-il. J'ai besoin de prouver à mon rédacteur en chef non seulement que je vous ai parlé, mais que tout ce que je vais écrire est exact.

— Pas de magnétophone, insista Madeleine.

Ils discutèrent quelques minutes, mais elle savait déjà qu'elle allait céder. Trop tard, maintenant, pour essayer de me protéger, se dit-elle. Elle le regarda mettre l'appareil en marche.

Quand il se mit à tourner Dumoulin déclara :

— Vous m'avez dit au téléphone que vous aviez dû restituer tous les documents constituant des preuves. Ce que vous me montrez, ce sont donc des copies. C'est exact ?

— Évidemment.

— Qui a fait les copies ?

Madeleine ne répondit pas.

— C'est vous ?

Le regard fixé sur le magnétophone, Madeleine ne répondait toujours rien.

— On pourra sans doute vous poursuivre pour les avoir faites, observa Dumoulin.

— Dans votre article, reprit Madeleine, je vous serais reconnaissante d'écrire simplement qu'elles sont tombées entre vos mains.

— Pourquoi avez-vous fait des copies ?

— Je n'ai pas dit que j'en avais fait.

— Supposons, pour la clarté de la discussion, que ce soit le cas. Pourquoi avez-vous fait cela ?

— Je crois qu'on peut affirmer que la personne qui a fait ces copies craignait depuis le début ce qui s'est finalement produit...

— Et selon vous, dit sèchement Dumoulin, que s'est-il produit exactement ?

Pendant tout le déjeuner, il avait conservé des façons cordiales, mais cette chaleur avait soudain disparu, et Madeleine en fut surprise.

— Voilà une semaine, déclara-t-elle, on a rouvert l'affaire. Il y a eu une seconde perquisition chez les frères Sestri, sous la direction du commissaire Vossart en personne. Des documents ont été saisis et deux employés inculpés et placés en détention préventive.

— D'après ce que j'ai cru comprendre, une secrétaire et un comptable. Affaire classée.

— Affaire classée. Oui, vous avez malheureusement raison.

— Et vous estimez que d'autres personnes sont impliquées, et pas seulement ces deux subalternes ?

— Vous venez de voir les pièces à conviction, fit Madeleine avec impatience. Qu'en pensez-vous ?

— Pourquoi vous intéressez-vous à ce dossier ?

— Je m'y intéresse.

— La secrétaire et le comptable, ce sont des canailles, n'est-ce pas ?

— Oui, c'est vrai. Mais il y a plus coupable qu'eux. (Autant essayer d'expliquer quelque chose d'évident à un petit enfant.) Ils ne méritent pas d'être les seuls à écoper, alors que leurs patrons s'en tirent impunément...

— C'est le principe qui vous choque ? C'est bien ça ?

Madeleine haussa les épaules.

Sur les genoux du journaliste, le magnétophone continuait à tourner.

— Alors, vous me téléphonez. Vous voulez donner de la publicité à cette affaire. Pour vous, c'est un gros risque. Mais vous êtes prête à le prendre. Je ne comprends toujours pas pourquoi.

Madeleine ne répondit rien.

— Vous vous vengez de quelqu'un, reprit le journaliste, ou vous réglez vos comptes avec quelqu'un. Qui ça ?

La jeune femme parut ignorer la question. A travers les barreaux du balcon, elle apercevait les voiliers qui évoluaient dans la baie.

— Un des Sestri ? Le maire ? Un des hommes du maire ? Qui donc ?

Le cynisme de cet homme la mit en colère.

— C'est ridicule ! fit-elle avec feu. Je ne connaissais aucun des Sestri avant le jour où je les ai arrêtés, et je ne connais pas davantage le maire, ni aucun de ses collaborateurs. Je n'ai aucun compte à régler.

— Alors quel est votre mobile ? Pourquoi m'avez-vous contacté ? Si ce n'est pas le goût de la publicité ou un règlement de comptes, alors qu'est-ce que c'est ?

Madeleine ne répondit rien.

— Vous cherchez à vous faire un nom ? Vous voulez faire de la politique, c'est ça ? Vous essayez de vous servir de moi et de mon magazine. Nous vous rendons célèbre, vous êtes élue...

Madeleine se leva d'un bond, arracha les papiers de ses grosses mains et les fourra dans son porte-documents.

— L'interview est terminée, dit-elle. Désolée de vous avoir fait perdre votre temps. Désolée d'avoir perdu le mien par la même occasion...

Et elle se dirigea vers la porte.

Aussitôt il fut debout et lui barra le passage. Pour un homme de sa corpulence, il était très vif.

— Vous ne voulez tout de même pas me faire croire que vous risquez votre carrière — et pas mal d'autres choses aussi — pour une question de principe ?... (Madeleine était retombée dans son mutisme maussade.) Vous pourriez vous retrouver en prison.

— Je vous en prie, laissez-moi passer.

— Très bien. Nous allons partir sur cette base-là. Il fallait que j'essaie pour être certain. Je vous en prie, asseyez-vous.

Après cela, l'entretien se déroula plus facilement. Il reprit les documents page par page, posant des questions pertinentes auxquelles elle donnait des réponses qui l'étaient tout autant. Quand de temps en temps il lui demandait son opinion ou son interprétation, elle refusait. « Tenez-vous-en aux documents, disait-elle, laissez-moi en dehors de tout ça. »

Trois heures et trois cassettes plus tard, ils étaient arrivés à bout des pièces à conviction, et Madeleine se leva pour prendre congé.

— Maintenant, annonça-t-elle, je vais reprendre mes papiers...

Il était assis, les dossiers sur ses genoux : il ne fit pas un geste pour les lui rendre.

— Malheureusement, il va falloir que je les garde.

— Pas question.

— Si je ne peux pas les montrer à mon rédacteur en chef, répliqua Dumoulin sans se démonter, il refusera de publier l'article. Ce n'est pas ce que vous voulez, n'est-ce pas ?

Comme elle ne répondait pas, il ajouta :

— Ils sont en sûreté. Personne d'autre ne les verra. Personne ne saura jamais d'où ils proviennent.

— Comment donc !

— Vous pouvez me faire confiance. Nous savons protéger nos sources.

Ils discutèrent une nouvelle fois et, une nouvelle fois, elle savait qu'elle n'aurait pas le dessus.

En la raccompagnant jusqu'à la porte, Dumoulin la couvrit d'éloges et lui exprima toute sa gratitude.

Elle partit sans regarder derrière elle.

Sa journée n'était pas encore terminée. Elle prépara un dîner très simple : côtes d'agneau, riz, salade de betteraves. Elle était en train de servir quand Luc lui demanda nonchalamment — trop nonchalamment — ce qu'elle avait fait cet après-midi à l'hôtel Negresco.

Elle leva les yeux avec une sorte d'affolement coupable.

Luc manifestement vit d'abord la culpabilité, puis il attribua son air affolé au fait qu'il l'avait prise en flagrant délit.

— Un rendez-vous avec un amoureux dont je ne connais pas l'existence ? fit-il d'un ton toujours nonchalant.

Trop nonchalant.

— Qui m'a vue ?

— La question n'est pas là. La question est : avec qui avais-tu rendez-vous là-bas ?

— Qui m'a vue ?

— Un de mes amis. Qui allais-tu voir ?
— Un informateur.
— Comment s'appelle-t-il ?
— Ça ne te regarde pas.
— Étant donné les circonstances, je crois que si.
— Tu crois que j'avais rendez-vous avec un amant ?
— C'est bien possible.
— Je n'ai pas d'amant.

Luc parut se forcer à garder son calme. Quand il reprit la parole, ce fut du ton exagérément raisonnable d'un avocat :

— Tu ne penses pas que tu devrais répondre à ma question avant que cette histoire prenne des proportions insensées ?
— Non, absolument pas.

Il ne peut tout de même pas croire que j'ai un amant ! se dit-elle. Ils avaient peut-être eu des problèmes récemment, mais les choses entre eux n'allaient pas si mal que ça.

Toutefois, devant la brutalité de son interrogatoire, elle s'entêta. Qu'il croie donc ce qu'il voulait. Si elle lui disait la vérité, ils auraient une scène encore plus violente.

Le résultat, ce fut qu'ils terminèrent leur repas sans échanger un mot de plus. Ensuite Luc se leva et sortit. Quand il rentra, Madeleine était couchée et dormait.

Le lendemain matin, elle se leva pour aller travailler à la Brigade des mineurs comme n'importe quel autre jour. Elle attendait la parution de l'article dans *Paris-Match*. Et ses retombées.

8

La première fois que Jack Dilger ouvrit les yeux, sa femme était debout auprès du lit, l'air soucieux : il comprit alors qu'il n'était pas mort, comme il l'avait cru. Il était content de la voir, il lui pressa la main ou du moins tenta de le faire. Mais il était resté longtemps plongé dans un rêve tiède et indolore dont il n'avait pas envie d'émerger totalement : ses yeux se refermèrent.

Durant ce bref instant de conscience, il avait eu le temps de se rendre compte à quel point il se sentait mal. Il avait le nez et la gorge à vif et quelque chose l'obligeait à respirer plus vite qu'il n'en avait envie. Son pénis était irrité, et il avait l'impression d'avoir les bras attachés au lit. Le rêve lui semblait bien préférable : au bout d'un moment il y replongea, nageant des centaines de mètres sous l'eau, dans une mer baignée de soleil, sans nul besoin de respirer.

Quand il s'éveilla de nouveau, la chambre était pleine d'uniformes : des policiers qu'il n'avait jamais vus auparavant et qui ne paraissaient pas tant inquiets que de mauvaise humeur. Cela aussi, il le perçut vaguement. Beaucoup de galons : c'étaient donc des gradés. Mais il n'arrivait pas à comprendre pourquoi ils étaient là, ni ce que pouvait signifier leur présence. Il voulut demander ce qui s'était passé, mais avala la moitié des syllabes. On le comprit quand même, et un des hommes se mit à lui raconter ce qui était arrivé. C'était trop compliqué, et il ne tenait pas vraiment à le savoir : il décida donc de se rendormir, cherchant en vain à retrouver son vieux rêve. Il avait vaguement conscience du ronron de leurs voix. C'était cela qui empêchait le rêve de revenir. Ils avaient l'air de lui poser des questions. Mais il n'avait plus envie de parler, alors il ne dit rien, et, au bout d'un moment, les voix se turent.

Le lendemain, il s'éveilla à trois reprises pour de brèves périodes et, à chaque fois, il y avait un policier dans la chambre. Pas un patron, un simple flic, le même toute la journée.

— Où suis-je ? lui demanda-t-il à son troisième réveil.

— A Bellevue, lui répondit-on. En bas, ils sont en train d'affûter leurs bistouris pour vous...

En bas, c'était la principale morgue de la ville et, même dans son état, Jack comprit.

— Il va falloir qu'ils patientent, réussit-il à dire.

Ce qui n'était pas très fort, comme plaisanterie. Il se rendormit.

La fois suivante, il s'efforça d'obtenir davantage de réponses.

— Les policiers qui vous ont amené pensaient que vous alliez mourir, dit le flic au chevet de son lit. C'est sans doute pour ça qu'on vous a conduit ici. A cause de la morgue. Pour s'éviter un déplacement supplémentaire.

Jack essaya de digérer cette information, mais ça n'était pas facile. Les médecins avaient dû lui donner quelque chose, car il se sentait un peu ivre.

— Ils vous ont débarqué de leur voiture de patrouille pour vous allonger sur la table et vous êtes bel et bien mort, fit le flic.

— Mourir, fit Jack, essayant une autre lamentable plaisanterie, ça n'est rien du tout.

Le policier auprès du lit était là depuis des jours et, pendant tout ce temps, il n'avait pas adressé dix mots à quelqu'un qui parlait anglais. Les internes et les infirmières qui entraient dans la chambre étaient pour la plupart des immigrés. L'homme avait envie de parler.

— Les médecins vous ont ranimé, expliqua-t-il.

Mais Jack s'était rendormi.

Le matin suivant, il demanda quel jour on était et le flic le lui dit.

— Vous êtes resté un mois dans le coma.

Cette fois encore, l'inspecteur Dilger, qui n'avait pas envie d'en entendre davantage, était retombé dans le sommeil.

Chaque fois qu'il s'éveillait, ce flic ou un autre était là.

— Pourquoi êtes-vous ici ? parvint-il à demander. (Il craignait que l'homme eût reçu l'ordre de ne rien lui dire.) Est-ce que je suis en état d'arrestation ?

— Je suis censé empêcher la presse d'entrer. (Le flic

semblait se demander dans quelle mesure il devait parler.) Ça a été un vrai cirque, vous savez. L'enterrement des policiers tués. Les politiciens qui ont fait des discours. Le préfet a bien failli sauter. Vous avez eu de la chance d'être hors du coup.

Dans son esprit brumeux, Jack avait conscience des irrégularités qu'il avait commises : peut-être les avait-il rêvées, après tout.

— Qu'est-ce qu'ils disaient de moi ?

— Les chefs, répondit le flic d'un ton dégagé, ont passé des semaines à essayer d'expliquer ce que vous avez fait.

Jack fit un effort pour comprendre ce que ça pourrait bien signifier. Est-ce qu'on allait l'accuser ? Sinon l'État, alors le service ? Il n'avait pas exactement l'impression d'avoir agi en héros. Quel allait être son avenir ?

Mais tout ça, c'était trop pour lui. Il replongea dans le sommeil.

Le lendemain, il y avait un autre flic, qui s'exprimait de façon bien plus brutale.

— Ça ne s'est pas très bien passé pour vous, dit-il. Je crois qu'ils sont en train d'essayer de vous flanquer dehors.

Il fut interrompu par un médecin qui entra et retira les tubes du nez de Jack. Il avait la gorge en feu, mais il se délecta du goût de l'air qu'il aspirait et rejetait et, pour un moment, il oublia ses autres soucis. Cet air lui parut soudain frais, frais comme l'automne ou le printemps. Il avait ce goût qu'on lui trouve quand on a nagé et qu'on jaillit à la surface, hors d'haleine et la bouche pleine d'eau.

— Est-ce que ma femme est passée ? demanda-t-il au flic, une fois le médecin parti.

— Elle vient en général le soir.

Jack commençait une fois de plus à perdre conscience.

— Vous avez des types qui vous gardent vingt-quatre heures sur vingt-quatre, ajouta le flic. Ça n'est pas seulement les journalistes qui inquiètent les chefs. D'après ce que j'ai entendu, l'Inspection des services a recueilli certains renseignements... C'était important. (Jack essaya de s'accrocher.) Peut-être par une écoute téléphonique, qu'est-ce que j'en sais ? Ces trafiquants de drogue colombiens, ils ont mis un contrat sur vous. C'est bien normal. Vous leur avez coûté deux hommes et pas mal d'argent. Vous savez combien il y avait dans cette valise ?

— L'argent, fit Jack, s'essayant à une nouvelle pauvre plaisanterie, ça va, ça vient. Depuis que je suis dans le métier, je n'ai jamais pris un cent...

— Les chefs ne s'intéressent pas à vous personnellement, reprit le policier. Ils ne s'intéressent à aucun de nous. Ils ne veulent tout simplement pas voir quelqu'un franchir cette porte et vous faire sauter le caisson pendant que vous êtes encore sous leur responsabilité.

Jack n'avait plus envie de réfléchir à ça. Ce qu'il voulait, c'était se rendormir.

— Une fois qu'on vous aura viré, reprit l'homme, ils se fichent bien de ce qui peut vous arriver.

Il ne faisait qu'exprimer l'opinion cynique qu'avait le flic de la rue des huiles de la police. Une opinion que tous partageaient.

— Vous devriez demander conseil à quelqu'un, conclut le policier.

Mais à qui ? Jack était cloué à son lit, suffisamment conscient, pourtant pour se rendre compte de ce qui l'attendait.

Cette nuit-là, pour la première fois, il prit une nourriture solide. De la nourriture d'hôpital, mais qu'il trouva délicieuse. A cause des aiguilles de perfusion, ce fut le flic de garde — un nouveau, du nom de Jimmy — qui le fit manger. Cela l'agaça, tout comme le plâtre : il en était recouvert, des genoux jusqu'aux côtes. On devait diminuer les doses de calmant, car il souffrait de plus en plus. Et il avait dû perdre du poids, car il sentait ses os pointer contre le plâtre.

Flora arriva avec des fleurs. C'était la première fois

qu'elle venait pendant qu'il était conscient. C'était toujours Jimmy qui était de garde : elle lui lança un regard qu'il ne comprit pas tout de suite. Puis il finit par quitter la chambre en disant :

— Je vais faire un tour dans le couloir...

Quand le policier fut sorti, Flora drapa son manteau de vison sur l'autre siège et vint s'asseoir auprès du lit.

— Tu sais, fit-elle, tu as maintenant deux pintes de mon sang dans les veines, alors nous sommes quittes.

— Tiens-moi la main, dit-il.

Les doigts de Flora vinrent enlacer les siens sur le bord du lit.

— Tu nous as fait fichtrement peur, dit-elle.

Après ce qui parut à Jack un long moment, elle murmura :

— Il faut que je te dise une chose...

Un long silence, à nouveau qu'il se sentit obligé de rompre :

— Bon, quoi donc ?

— J'ai fait quelque chose...

— Qu'est-ce que tu as fait, Flora ?

— On m'a dit qu'il s'écoulerait peut-être six mois avant que tu ne sortes du coma. Quand ils t'ont déposé sur la table, tu étais mort : est-ce qu'on t'a raconté ça ?

— Alors, Flora, qu'est-ce que tu as fait ?

— J'ai vendu l'appartement, lâcha-t-elle après un moment d'hésitation.

Ça n'était pas si terrible. Il pouvait vivre sans l'appartement.

— J'ai fait ce que j'ai pensé devoir faire, expliqua-t-elle.

— Tu comptes repartir pour le Middle West, ou quoi ?

— Oh, non, bien sûr que non.

Elle portait un pantalon moulant et un corsage très ajusté. Il la trouvait très bien. Il la trouvait délicieuse.

— Je vais en acheter un autre, sur l'East Side. L'East Side, c'est mieux, tu ne trouves pas ? C'est plus... c'est plus moi.

Il comprit à son expression que d'autres surprises l'attendaient.

— Quoi d'autre ?

— Eh bien...

— J'ai l'impression que ça ne va pas être très agréable à entendre...

Elle le regarda. Ses lèvres remuèrent mais aucun son n'en sortit. Elle était exactement comme jadis, quand ils se faisaient une scène : une enfant gâtée du Middle West qui fait semblant d'être une femme d'affaires new-yorkaise sophistiquée.

— Je suis désolé pour ton ami Bulfinch, dit-il, comme elle restait silencieuse.

— Je crois qu'il était impliqué avec tous ces gens...

— En tout cas, ça n'est pas moi qui les ai fait entrer dans son salon.

— Tu sais, il n'était pas vraiment mon ami. (Elle haussa les épaules, comme pour se débarrasser de cette amitié d'antan.) C'est toi qui l'as tué ?

— Moi ? Non.

Quoi qu'elle puisse avoir d'autre à lui dire, c'était sérieux, décida-t-il.

— Tu dois bien reconnaître, commença-t-elle, que notre mariage n'a pas été une telle réussite...

— Il y a eu des moments où ça marchait bien.

— Mais pas récemment. Tu en conviendras. (Jack l'observait.) J'étais furieuse contre toi, ce soir-là. Comment voulais-tu que je sache qu'une heure plus tard tu allais te faire tirer dessus ?... (Elle hésita, comme si elle cherchait ses mots.) Cinq minutes après que tu as eu franchi la porte, j'ai appelé Gartner...

Jack reconnut le nom de son avocat. Il regarda leurs doigts entrelacés et sut ce qui allait venir. Il attendit.

— Je veux dire, nous avions déjà parlé divorce avant qu'il t'arrive cet accident, n'est-ce pas ? reprit-elle au bout d'un moment.

— Non, je ne pense pas.

— J'avais l'impression que c'était un divorce que tu voulais : en annulant les vacances et en me plaquant comme tu l'avais fait. J'ai tout naturellement supposé que tu ne voulais pas rester marié avec moi...

Jack ne dit rien.

— Et quand on m'a annoncé que tu pourrais vivre des années sans jamais sortir de ce coma, eh bien, j'ai...

Elle s'interrompit.

— Tu as fait quoi Flora ?

— J'ai laissé la paperasserie s'enclencher.

— La paperasserie ?

— Tu comprends, je ne t'abandonnais pas. C'est toi qui m'avais abandonnée. Avec cette histoire de coma. Enfin, qu'est-ce que j'étais censée faire d'autre ?

Une fois de plus, Jack dut se rendre à l'évidence : il ne connaissait rien aux femmes, et principalement à la sienne : la manière dont elle justifiait son comportement, aussi dément soit-il, le laissa pantois.

— Gartner avait déjà déposé la demande, dit Flora.

— La demande de divorce ?

— Oui, de divorce.

Ils se regardèrent. Finalement, ce fut Jack qui détourna la tête. Et, à sa grande honte, il sentit dans ses yeux des larmes qu'il était incapable d'essuyer parce que ses bras, dans lesquels s'enfonçaient des aiguilles, étaient attachés aux montants du lit. Alors, il ferma les paupières et resta comme ça.

— Je veux dire : si tu devais être dans le coma pendant des mois et des années, ça ne rimait à rien de rester mariée avec toi. Jack, tu m'écoutes ? (Il ouvrit les yeux et hocha la tête.) Tu ne te serais même pas rendu compte de la différence !...

Il fut soulagé de constater, quand il parla, que sa voix était normale.

— Le fait que je sorte du coma, ça a dû être un sale coup pour toi, j'imagine.

Aussitôt, elle fut sur ses gardes.

— Qu'est-ce que tu veux dire ?

— Eh bien, imagine que je conteste le divorce ? Un héros blessé, et tout le tremblement...

— Nous n'avons pas véritablement à divorcer. Nous pourrons discuter de tout ça quand tu iras mieux...

— Peut-être que je retomberai dans le coma.

Et il lui fit un grand sourire.

— Maintenant, je te retrouve. (Elle se pencha sur lui.) Qu'est-ce que je peux faire pour toi ? Tu veux que je tapote tes oreillers ? Aimerais-tu un gant de toilette bien froid sur ton front ? Tu veux que je te trouve quelque chose à manger ou à boire ?...

Quand elle fut partie, les larmes lui remontèrent aux yeux. Ce n'était pas parce qu'il s'apitoyait sur son sort, mais par frustration. Il était cloué à son lit comme sur une croix, et il allait l'être pendant des semaines. Combien, il ne le savait même pas. Il ne pouvait rien faire pour modifier ou contrôler quoi que ce soit dans sa vie. Il était à la merci de n'importe qui.

Quelques inspecteurs du commissariat vinrent lui rendre visite. Ils lui apportèrent une boîte de bonbons et parlèrent avec tristesse de leurs camarades morts. Même s'il se tenait pour responsable de la mort de O'Malley et de Brock, eux n'avaient pas l'air de cet avis. Il se sentait si coupable en les entendant décrire l'enterrement, l'enquête, qu'il fut content quand ils s'en allèrent.

Il commençait maintenant à sortir de son lit chaque jour : un infirmier et le flic qui était de service l'aidaient à se lever et à s'installer dans un fauteuil. C'était douloureux de s'asseoir. Chaque jour, il le supportait de plus en plus longtemps avant de demander qu'on l'aide à se recoucher.

Il mesurait ses progrès à sa souffrance. Il en arriva à pouvoir sautiller jusqu'à la salle de bains sur une jambe, mais pisser sur une jambe, s'était impossible, et il devait s'asseoir comme une femme.

Flora venait presque chaque jour à la même heure. Elle lui apportait des fruits frais, qu'il mangeait, et les derniers best-sellers, qu'il ne lisait pas. Elle s'asseyait et pérorait à propos de son nouvel appartement, de la façon dont elle comptait le meubler. Il finit par apprendre la date à laquelle elle signerait. Malheureusement, elle devrait supporter un moment le poids des deux loyers, le bail du premier venant à expiration beaucoup plus tard.

— C'est bien pour toi si nous divorçons, dit-elle à Jack. En sortant de l'hôpital, tu pourras y habiter jusqu'à l'expiration du bail, et d'ici là tu devrais être retombé sur tes pieds.

Elle s'habituait sans difficulté à l'idée de leur séparation. Pendant les semaines où il était dans le coma, elle avait eu le temps de s'y faire. Pas lui.

Il ne savait pas quelles étaient véritablement ses intentions, ce qu'elle pensait. Il n'osait pas lui poser la question car, du fond de son lit, il ne pouvait pas faire grand-chose pour l'influencer dans un sens ou dans l'autre.

— Je m'étais dit que je pourrais habiter dans le nouvel appartement avec toi jusqu'à ce que le divorce soit prononcé, fit-il un jour pour la taquiner.

— Je ne crois pas, fit-elle d'un ton hésitant, que ce serait bien légal, non ?

C'était trop facile de la mettre en boîte. Mais si elle comptait aller jusqu'au bout de la procédure de divorce, pourquoi continuait-elle à venir le voir ?

Il attendait ses visites. Cela lui faisait plaisir de la regarder dans ses robes moulantes. Il aimait son sourire, sa voix, le plaisir qu'elle prenait à colporter des potins. Il se rendit compte qu'elle aimait encore l'exciter — les robes moulantes, c'était pour ça — et que les sentiments qu'elle éprouvait pour lui devaient donc être aussi confus que ceux qu'il éprouvait pour elle.

Il avait l'impression que, s'il insistait pour avoir des réponses aux questions qui le tourmentaient, elle risquait de ne pas revenir.

Quand elle n'était pas là, il jouait au gin rummy avec le flic qui était de garde, souvent des heures d'affilée. Le flic s'asseyait face au lit. Il ôtait sa tunique, accrochait son arme de service au dossier du fauteuil et Jack se demandait : et si quelqu'un débouchait par cette porte en tirant ?

Si ça arrivait, tout serait fini en une seconde, et il le savait. Le flic n'aurait pas le temps de dégainer. Il n'aurait même pas le temps de faire un geste vers son étui.

Comme pour le prouver, un huissier surgit un jour sur le pas de la porte : ce fut à peine si le policier put se retourner.

— Vous êtes bien John F. Dilger ? cria l'huissier.

Sans attendre de réponse, il lança une enveloppe sur le lit et disparut tout aussi rapidement.

L'enveloppe contenait des documents légaux concernant la procédure de divorce. Ces papiers et la façon dont on les lui avait remis ébranlèrent certaines des illusions que Jack se faisait encore.

Premièrement : si les Colombiens avaient vraiment lancé un contrat sur lui, et s'ils choisissaient de le liquider dans sa chambre d'hôpital, ce n'était pas un unique flic de garde au pied de son lit qui allait le sauver.

Et deuxièmement : malgré son sourire enjôleur, ses robes moulantes et son gai babil, Flora avait bien l'intention de se séparer de lui.

Quand elle arriva, une heure plus tard, il lui lança l'enveloppe en disant :

— Qu'est-ce que c'est que ce truc ? Il y a une raison pour que tu n'aies pas pu me le donner toi-même ?

Aussitôt, elle se confondit en excuses. Elle ne savait absolument pas, affirma-t-elle, qu'on lui remettrait des documents par huissier : c'était la faute de son avocat.

— Maintenant, je sais pourquoi vous autres policiers vous avez tous horreur des avocats, ajouta-t-elle.

— Oui, fit Jack, le visage impassible.

— Oh, Jack, dit-elle.

Elle se pencha sur le lit et l'embrassa.

Le lendemain, il reçut la visite d'un substitut du procureur et de deux inspecteurs de la Criminelle. Ils l'interrogèrent sur la fusillade et il leur dit ce dont il se souvenait, après quoi ils lui montrèrent des photos. Il identifia Victoriano Zaragon comme étant l'homme qui avait tiré sur lui. Le substitut demanda :

— Vous en êtes sûr ?

— Quand quelqu'un vous tire dessus, fit observer Jack, on se rappelle généralement son visage...

— Bon, fit le substitut. Le portier a identifié la même photo : c'est donc bien lui.

Les deux inspecteurs gardèrent le silence. Jack ne les connaissait ni l'un ni l'autre.

— Il peut toutefois y avoir un problème juridique, reprit le substitut.

Il s'appellait McCauley, et il était très jeune. Il avait les cheveux gominés, il essayait de se laisser pousser la moustache et il portait un costume trois pièces.

— Un problème juridique ? fit Jack, jouant les idiots. Je ne comprends pas.

— Comment saviez-vous que la toile était là ? demanda l'un des inspecteurs.

Son collègue et lui avaient une quarantaine d'années. Ils n'étaient manifestement pas tombés de la dernière pluie : le genre de gars qui savaient quand on leur racontait des craques.

— Par un renseignement, dit Jack.

— Venant d'un informateur confidentiel ?

— Exact.

— Mais vous n'aviez pas de mandat de perquisition, objecta le jeune McCauley. Alors, comment êtes-vous entré ?

— Je connaissais Bulfinch personnellement, répondit Jack, et c'est lui qui m'a dit de monter.

— Avec une toile volée et deux trafiquants de drogue colombiens dans la pièce ? ricana le même inspecteur.

— Non, s'empressa de dire le jeune substitut. C'est possible. Je veux bien l'admettre.

— Un bon avocat de la défense réduira votre dossier en poussière, dit l'inspecteur à McCauley.

— Dans quel camp êtes-vous ? fit Jack.

— Bon, poursuivit McCauley. Il vous demande de monter. Vous voyez le tableau, vous tentez de procéder aux arrestations et la fusillade éclate...

— C'est exact, fit Jack.

— Mais tous les policiers que j'ai interrogés jusqu'à

maintenant ont déclaré que le tableau, enfin, ce qu'il en restait, était tourné face au mur. Alors, comment avez-vous pu savoir ce que c'était ?

— Il était tourné vers l'extérieur. C'est moi qui l'ai mis face au mur après l'avoir examiné, répliqua Jack.

— Avant ou après qu'on vous a tiré dessus ? ricana l'inspecteur.

— Ce devait être avant, dit Jack.

— Je le pense aussi, renchérit le policier.

— Qu'est-ce que je peux vous dire d'autre ?

Jack se mit à lisser le drap de son lit.

— Si jamais nous attrapons ce type, déclara McCauley, vous devrez témoigner sous serment devant le grand jury, et aussi plus tard, au procès.

— Pas de problème.

— Vous serez le principal témoin. Nous allons l'inculper de meurtre et de tentative de meurtre, mais pas publiquement. Zaragon lui-même ne sera même pas au courant. Il se promènera en pensant qu'il ne risque rien et nous le ferons cravater par la police de son pays. (Le jeune substitut rayonnait, avec l'air de penser que tout allait dorénavant baigner dans l'huile.) Ensuite, nous l'extraderons. Pour une affaire de drogue, la Colombie ne le lâcherait jamais. Mais pour un meurtre, si.

— Vous croyez ? fit Jack.

— Je le parierais.

— Si vous ne gardez pas l'inculpation dans vos tiroirs, reprit Jack, s'il y a la moindre fuite à ce propos, la vie du principal témoin ne vaudra pas tripette...

— Ne vous inquiétez pas, ça restera secret, assura McCauley.

— Avez-vous entendu parler d'un contrat sur moi ?

— Non, je n'ai rien entendu de pareil.

— Pourquoi est-ce qu'on me protège vingt-quatre heures sur vingt-quatre ?

— Ordre du procureur. C'est une formalité. Vous êtes notre seul témoin valable contre Zaragon.

— Et le portier ?

— Oh, ce type...

— Je croyais que lui aussi avait identifié Zaragon ?

— Bah, il ne sait pas vraiment ce qu'il a vu.

— Alors, le District Attorney a ordonné qu'on me protège vingt-quatre heures sur vingt-quatre à titre de simple formalité ?

— D'après ce que je sais, oui.

Ils partirent peu après et le flic de service ce jour-là, Jimmy, revint dans la chambre.

— Qu'est-ce qu'ils voulaient, ces types ? demanda-t-il.

Jack lui résuma l'essentiel de leur conversation.

— Alors, quand ils vous interrogeront sous serment, qu'est-ce que vous allez dire ?

— La vérité, bien sûr ! fit Jack avec un sourire satisfait. Je raconterai les choses exactement comme elles se sont passées.

Quelques instants plus tard, il prit un air plus grave :

— Avez-vous entendu parler d'un contrat sur moi ?

— Un collègue m'a dit qu'il y en avait un. Je ne sais pas ce qu'il y a de vrai là-dedans. Dans la police, vous savez, les types racontent n'importe quoi...

— Tâchez de vous renseigner.

— Bien sûr. Je vais demander autour de moi.

Le lendemain, deux autres inspecteurs se présentèrent. L'un travaillait pour le chef des inspecteurs, l'autre pour le chef de l'Inspection générale. Tous deux étaient sergents. Jack ne les connaissait pas. Ils prièrent le flic de faction, toujours Jimmy, d'attendre dans le couloir, ce qui mit immédiatement Jack sur ses gardes. Il était assis dans le fauteuil, près de la fenêtre. Les deux sergents se présentèrent sans lui tendre la main. L'un d'eux s'approcha et referma la porte.

Au début, ils se montrèrent pleins de sollicitude :

— Comment ça va, mon vieux ? fit l'un.

— On s'occupe bien de vous ici, j'espère ? demanda l'autre.

Jack se rappela le jour où Flora était venue lui annoncer qu'elle demandait le divorce. Il regardait les deux inspecteurs avec autant de méfiance qu'il avait observé sa femme, alors.

— Est-ce que tout est réglé pour votre déposition devant le grand jury ? demanda le premier.

— Le substitut a dit que tout était arrangé, enchaîna son collègue.

— Qu'est-ce que c'est que cette histoire ? fit Jack.

— Je vous envie : vous vous retirez avec trois quarts d'invalidité à vie.

— Vous savez quelle somme ça représente, mon vieux ?

— Et puis, la pension d'invalidité, ça n'est pas imposable...

— La plupart des collègues donneraient n'importe quoi pour être à votre place.

Ouvrant de grands yeux, Jack les regardait tour à tour.

— Qui a dit que je prenais ma retraite ?

— Je croyais que vous aviez décidé de la demander, répondit le premier inspecteur.

— Je pensais que c'était pratiquement réglé, renchérit le second.

— Je ne suis pas invalide, fit Jack. Ça va aller très bien.

— Vous avez été salement amoché.

— Ah oui ? Eh bien, je suis pratiquement prêt à sortir d'ici.

— J'aurais juré que c'était déjà décidé, que votre dossier était bouclé...

— Et si vous m'expliquiez pourquoi vous êtes venus ?

— Si je croyais que c'était déjà réglé, reprit le premier inspecteur, c'est à cause de ce que nos chefs racontent. Mon patron a dit à son patron qu'il n'avait jamais vu un merdier comme celui dans lequel vous avez flanqué le service...

— Oui, j'ai entendu cette conversation aussi, enchaîna le second inspecteur. On vous reprocherait la mort de deux policiers.

— Et on cite un tas d'irrégularités de procédure. Je ne me rappelle plus quoi : écoutes illégales, ou quelque chose comme ça. Violation de domicile avec effraction. Vous devez savoir ça mieux que moi...

Jack hocha la tête sans cesser de les observer avec soin. Peut-être un jeune substitut pouvait-il ne pas voir les irrégularités, ou n'en avait-il pas envie : mais n'importe quel flic les repérerait en une minute.

— Mon patron disait que, si on vous gardait, il y aurait un de ces jours une autre fusillade, et peut-être d'autres flics de tués.

— Naturellement, le préfet de police en parlait aussi.

Jack ne pouvait plus dire lequel des deux appartenait à l'Inspection générale et lequel travaillait pour le chef des inspecteurs. D'ailleurs, quelle importance ?

— Mon patron disait que le service ne peut pas se permettre d'autres fusillades...

Jack avait eu ses deux fusillades. C'était le quota. Dans son métier, deux coups comme ça et on vous vire.

— Le mien disait que la prochaine serait encore plus dure à expliquer.

— Vous devriez partir en tournée, avec votre numéro, grogna Jack. Vous êtes vraiment bons.

— Ce tableau qui a été bousillé... Le gars à qui il appartenait réclame cinq millions et des poussières à la ville. Les avocats disent que la municipalité devra payer.

— La famille du marchand de tableau décédé attaque la ville, elle aussi. Les familles des trafiquants de drogue abattus pas encore, enfin, pas pour l'instant...

— Avez-vous entendu parler, intervint Jack, d'un contrat sur moi ?

— Un contrat ? fit le premier des deux inspecteurs. Non.

— Et vous ? demanda Jack à l'autre.

— Personne ne m'a parlé d'un contrat.

Jack s'en rendait compte, c'était plus difficile de trouver quelqu'un prêt à accepter l'idée d'un contrat sur un policier que sur un simple citoyen. D'un autre côté,

Zaragon était déjà impliqué dans le meurtre de deux enquêteurs et dans une tentative d'homicide sur Jack.

— Alors, reprit Jack, quelle est l'alternative ? Une invalidité aux trois quarts. Ou bien quoi ?

Le premier inspecteur :

— Mon patron voulait vous faire inculper et virer de la police. Dans ce cas, vous n'auriez rien du tout.

Le second :

— Le mien était moins sévère. Il disait que vous aviez l'intention de demander votre mise à la retraite et qu'on devrait vous laisser faire. Pour épargner au service de nouveaux traumatismes.

— Mon patron se demandait si le préfet de police accepterait.

— Le mien disait que oui.

— Je vois, fit Jack. C'est le marché qu'on vous a envoyés me proposer ?

— Le marché ? Qui a parlé d'un marché ?

— Nos patrons nous ont envoyés à l'hôpital pour voir comment vous vous sentiez. Alors, qu'est-ce qu'il faut qu'on leur dise ?

L'infirmier entra dans la chambre avec un gobelet en plastique contenant des comprimés.

— C'est l'heure de vos médicaments, annonça-t-il avec entrain.

Il tendit le verre à Jack, en emplit un autre d'eau et le lui tendit aussi. Les deux inspecteurs regardaient la scène sans rien dire.

— Alors, fit le premier, je pense que vous allez signer votre demande de mise à la retraite, hein ?

L'infirmier était toujours dans la pièce — un grand Noir au sourire chaleureux.

— Je vais y réfléchir, dit Jack.

— A votre place, je ne réfléchirais pas trop longtemps.

Il attendit que les deux inspecteurs et l'infirmier aient tous quitté la chambre, puis il lança les comprimés contre le mur. Il but l'eau, écrasa les deux gobelets entre ses mains et s'assit, les mâchoires serrées, à regarder par la fenêtre.

Le médecin de la police et le flic de service entrèrent simultanément.

Il existe un certain nombre de praticiens qui ont une clientèle privée, mais qui acceptent de consacrer une partie de leur temps, pas très importante, au service de la police. En échange, ils ont un insigne et une carte de policier, ce qui les met théoriquement à l'abri des contraventions. Quand un agent est blessé, c'est un de ces praticiens qui est censé superviser sa convalescence, généralement de loin.

Jack avait déjà rencontré plusieurs fois ce médecin-là, qui s'appelait Aker. Il entra dans la chambre en fredonnant, comme il le faisait toujours. Il fit semblant d'examiner la feuille de température accrochée au pied du lit, comme il le faisait toujours. Puis il s'approcha du fauteuil et fit semblant de prendre le pouls de Jack — comme il le faisait toujours, également.

— Il paraît que vous allez demander votre mise à la retraite, déclara-t-il.

Il regardait sa montre tout en tenant le poignet de Jack.

— Qui est-ce qui vous a dit ça ?

— On me demande d'estimer la date à laquelle vous pourrez quitter l'hôpital.

— Je vois.

— Quand vous serez suffisamment rétabli, nous pourrons nous séparer de vous.

— Et, à votre avis, ce sera pour quand ?

Le médecin lâcha le poignet de Jack.

— Le pouls est bon. Je dirais : d'ici un mois, à peu près.

— Qu'est-ce que vous diriez de demain ?

— Je ne le recommanderais pas.

— Alors, fit Jack, c'est réglé. Demain.

— Mon vieux, vous ne pouvez même pas marcher !...

— J'aime bien les fauteuils roulants. Vous devriez essayer : c'est formidable.

— Il faudrait quelqu'un pour s'occuper de vous.

— Ma femme, lança Jack. Elle est infirmière diplômée.

— Ah ? Si elle accepte...

— Elle ne demande que ça.

— J'imagine que je pourrais prescrire quelques analgésiques...

— Très bien, faites donc ça.

— A ce stade, c'est à peu près tout ce qu'il vous faut.

— Autre chose. Voyez donc si vous pouvez me faire rendre mes armes.

— Inspecteur, ce n'est pas exactement mon domaine.

Ce sont sans doute les gens de la balistique qui les ont se dit Jack. Ils ont dû les ramasser sur le lieu du crime et procéder à des tirs d'essai pour faire la comparaison avec les autres balles qu'ils ont récupérées.

— Nous pourrions aussi envoyer un thérapeute vous voir tous les jours, suggéra le médecin de la police.

— Je vous en remercie.

— Alors, très bien, je vais m'arranger pour que vous sortiez demain.

Victoriano Zaragon était à Medellin, et il avait des problèmes.

Tous autant qu'ils étaient, les membres fondateurs du Cartel de Medellin avaient été tués par la police ou bien se trouvaient en prison. Cela avait laissé un vide, que Jorge Zaragon, un petit trafiquant à l'époque, s'était empressé de combler. Il avait fait main basse sur les réseaux existants, et pénétré deux qui se créaient, recrutant et étendant ses activités. Le marché, déjà énorme, se développait tous les jours, se plaisait-il à répéter. Il y avait des fortunes à gagner. Il avait organisé son affaire sur le modèle des grandes entreprises, créant des départements pour la fabrication, le marketing, la distribution, les finances et les problèmes juridiques. A la base de tout cela, les cultivateurs, les laborantins, les messagers. Au sommet, quelques-uns des plus brillants cerveaux de la Colombie : avocats, comptables, chimistes, banquiers, dont certains avaient travaillé pour ses prédécesseurs et étaient à cette époque déjà bien compromis. Aucun n'avait d'antécédent criminel. La plupart considéraient leur travail comme neutre sur le plan de l'éthique. Tous se tenaient soigneusement à l'écart des aspects violents de l'affaire.

Une fois qu'il eut tout organisé, Jorge Zaragon avait pris encore davantage de distance. Il était une sorte de président du conseil d'administration. C'était lui qui dirigeait la politique du groupe. A part ça, il recherchait des objets d'art pour sa collection.

Il y avait encore un autre département, celui-là composé d'hommes de main et de tueurs, directement sous les ordres de Victoriano, le frère cadet de Jorge. Être à la tête d'une grande affaire de narcotiques n'est pas une sinécure. Il faut imposer la discipline, aussi bien à l'intérieur qu'à l'extérieur. Qu'il s'agisse d'associés ou de trafiquants concurrents ne se conformant pas aux directives, Jorge ne rechignait jamais à infliger les sanctions nécessaires. Victoriano, qui exécutait ces ordres, parfois personnellement, suscita peu à peu la haine et la crainte, non seulement à Medellin, mais dans toute la Colombie. En partie parce que les bombes et les balles abattaient parfois des immeubles ou des passants innocents, et en partie parce qu'il avait l'air d'aimer vraiment son travail. On disait qu'un jour quelqu'un le tuerait. Mais il évoluait entouré de gardes du corps et opérait sous la protection de son frère : jusqu'à maintenant, il ne lui était rien arrivé.

Victoriano avait quitté l'école à seize ans. Adolescent, il aimait enfourcher sa motocyclette pour foncer à toute allure à travers les montagnes jusqu'à la capitale. Il était d'ordinaire accompagné par une jeune étoile montante de la boxe, un voyou des rues du nom de Vargas. Ce même Vargas devint par la suite le principal de ses gardes du corps, et il devait trouver la mort dans la fusillade de New York. Les deux jeunes gens prenaient parfois en stop des paysannes indiennes qu'ils violaient sous les arbres avant de reprendre leur course folle.

A Bogota, ils faisaient la tournée des bordels. Victoriano aimait bien ce genre d'établissement : quand il fut plus âgé et qu'il commença à travailler pour son frère, il en acheta quelques-uns à Medellin et aussi à Bogota. Il avait pour habitude d'essayer toutes les nouvelles filles. Il aimait aussi organiser des orgies. Il invitait une dizaine de copains de son âge, et quatre ou cinq putains. Il enregistrait les scores, et on applaudissait aux performances : qui faisait quoi à qui et combien de fois. L'idée était d'épuiser les prostituées, de leur faire demander grâce, de les obliger à marcher les jambes arquées pendant une semaine. Jorge, le frère aîné, n'approuvait pas tout cela : il considérait que c'était un gaspillage de temps et d'énergie, une faiblesse éventuelle que des rivaux pourraient découvrir et exploiter. Mais, faute de parvenir à dissuader le jeune homme, il finit par le laisser à ses habitudes.

Un soir, une des putains déclencha une bagarre. Elle insulta Victoriano, ou du moins celui-ci le crut-il, tant il était défoncé. Fou de rage, il se mit à la frapper. Méchamment. Cela se passait à la réception, sous l'œil des autres filles et des clients. L'un d'eux, un industriel du textile, dégaina un pistolet : dans la violente société colombienne, presque tous les hommes sont armés, même les hommes d'affaires respectables. Il y eut un échange de coups de feu au cours duquel personne ne fut blessé, sauf Victoriano. La balle le toucha à la tête, lui laissant cette cicatrice en haut du front qu'il avait encore. Quand la police arriva, il gisait sur le sol, saignant abondamment. Le lendemain, la fille était morte.

Il fut inculpé de meurtre. Mais le juge qui présidait le tribunal se fit tuer et son successeur rendit une ordonnance de non-lieu dans la foulée.

C'était Jorge qui l'avait tiré de là. Tout était donc

pour le mieux, à ceci près qu'à peine libéré, il dut écouter une furieuse harangue de son frère. Il devait renoncer au crack. Vendre immédiatement les bordels. Les motos aussi : impossible de le protéger quand il était sur une moto. S'il ne faisait pas cela, il pouvait aller se chercher du travail ailleurs. De toutes façons, Victoriano n'avait pas besoin de bordels pour trouver des femmes. Il était jeune, riche, bel homme. Les femmes le trouvaient dangereux, donc excitant. Qu'il achète une Ferrari pour les promener. Qu'il leur achète des bijoux : il en avait les moyens et elles adoraient ça aussi. Qu'il se souvienne des bonnes manières que sa mère lui avait enseignées. S'il faisait tout cela, il pourrait avoir toutes les femmes qu'il voudrait.

Accompagné de Vargas, Victoriano tendit une embuscade à l'industriel qui l'avait blessé d'une balle : quelques jours plus tard, on retrouva l'homme, les doigts broyés et son sexe dans la bouche. On n'arrêta jamais aucun suspect.

Victoriano s'acheta une Ferrari. Il se mit aussi à étudier les vieux films en noir et blanc qu'on donnait encore dans les salles de cinéma locales : la Colombie ne diffuse jamais de films récents. Il étudia les acteurs comme Ronald Colman et William Powell. Gregory Peck était plus à la page : il était aussi d'une grande urbanité.

En Colombie, les filles de bonne famille vivaient encore presque cloîtrées. Il ne manquait pas d'actrices, de mannequins, de girls de music-hall disponibles, et il constata bientôt que le baisemain et les bijoux faisaient leur effet. Il se plaisait à offrir des colliers dans de longs écrins de velours. Il aimait regarder les filles — la plupart d'entre elles étaient déjà des femmes — ouvrir de grands yeux. Il se montrait rarement brutal avec elles. C'était rarement nécessaire. Bien sûr, il continuait à fréquenter de temps en temps les bordels, soit parce qu'il n'avait pas de petite amie disponible, soit parce qu'un meurtre qu'il avait ordonné, ou auquel il avait participé, l'avait laissé dans un état d'excitation tel qu'il ne parviendrait pas à se soulager autrement.

Le soir de la fusillade à New York, il était trop tard pour que Victoriano puisse prendre un avion pour la Colombie. Le matin, il craignait de voir les aéroports surveillés : il avait donc pris la précaution d'aller jusqu'à Washington au volant de la camionnette. Le trajet lui prit cinq heures. De là, il espérait trouver un vol pour Miami, puis Bogota. Mais il n'aima pas non plus l'ambiance de l'aéroport de Washington. Il traînait là trop d'hommes qui pouvaient être des policiers. Il remonta dans la camionnette et poursuivit sa route. A Miami, il prit un avion pour Panama, et seulement de là pour Bogota, où il s'embarqua enfin à bord de la navette pour Medellin.

Il était arrivé chez lui, là où il estimait que personne ne pouvait le toucher, mais cela lui avait pris trois jours. Jorge était mort, et il se considérait comme l'héritier de l'organisation. Elle lui appartenait de droit. Sa tâche était de le faire savoir à tous, d'en prendre immédiatement les rênes.

Mais, au cours des trois derniers jours, quelqu'un avait pu essayer de le devancer. Peut-être des complots s'étaient-ils noués. Peut-être avait-on déjà projeté son assassinat.

Il entama une série de réunions. Il siégeait en haut de la grande table, et les comptables, les chimistes, les banquiers, les spécialistes du marketing, les experts en transport et en électronique et tous les autres vinrent lui faire leurs rapports. Tous étaient beaucoup plus âgés que lui et il avait du mal à comprendre ce qu'ils lui disaient. Au bout d'un moment, il renonça à écouter. Son frère employait des centaines de gens que Victoriano n'avait jamais rencontrés et il ne se doutait pas des subtilités du métier. Alors, il se donna des airs. Désormais, ce serait lui qui prendrait personnellement les décisions, déclara-t-il. Quand il donnait des ordres, ils devaient être exécutés sur-le-champ et sans discussion. Il lança aussi quelques menaces. Il ne tolérerait pas l'échec. Pas plus que la désobéissance. Ce fut tout juste — vraiment tout juste — s'il ne promit pas de faire supprimer quiconque s'opposerait à lui. Les hommes assis autour de la table de conférences reçurent le message cinq sur cinq.

Ces réunions avaient lieu au ranch de Jorge, à côté de Medellin. Victoriano donnait des ordres. Souvent contradictoires. Il jouait un rôle pour lequel il n'était pas fait. « Ne m'ennuyez pas avec des détails, disait-il aux hommes qui protestaient. Faites ce qu'on vous dit. » Les hommes arrivaient et repartaient. Victoriano se méfiait de tous. Il se sentait lui-même virtuellement prisonnier : il n'avait même pas envie d'aller en ville. A moins de s'entourer de nouveaux gardes du corps auxquels il pourrait faire confiance, il ne pouvait se rendre nulle part. Il passa plus d'une semaine sans toucher une femme. Il se considérait pourtant comme doté d'une sexualité exceptionnelle. Pour lui, une journée sans femme était une journée perdue. Pour finir, il s'en fit amener une.

Entre-temps, il avait reçu le premier d'un certain nombre de coups de téléphone de New York : ils provenaient de son avocat là-bas.

Ce dernier, un ancien substitut, était un des plus éminents avocats de la ville. La liste de ses clients était un véritable Bottin mondain de mafiosi, de trafiquants de drogue et de politiciens véreux. Utilisant des talents affûtés aux frais du contribuable, il faisait relâcher la plupart d'entre eux et empochait ses honoraires. Depuis plusieurs années, il acceptait des Zaragon un énorme versement annuel, en échange de quoi, et moyennant en plus ses honoraires habituels calculés à l'heure, il défendait ceux de leurs employés qui se faisaient arrêter. Il avait aussi l'habitude de transmettre à ses clients — sans supplément de prix — tous les renseignements qu'il glanait au palais de justice : projet de descentes dans les milieux de la drogue, nouvelles tactiques de la police, évolution des investigations.

Il raconta donc à Victoriano, à qui il avait affaire pour la première fois, qu'une grande enquête était en cours à New York. Il s'exprimait prudemment, ne voulait ni exciter ni vexer son nouvel employeur. Avec beaucoup de calme, il expliqua que, même si l'on massacrait régulièrement des officiers de police à Medellin, et d'ailleurs sur l'ensemble du territoire colombien, New York considérait le meurtre d'un seul policier comme le pire des crimes. Dans le cas présent, il ne s'agissait pas d'un seul policier, mais de deux. Il y en avait un troisième en réanimation, sans doute mourant, plus un marchand de tableaux défunt. L'enquête actuelle prenait donc des proportions gigantesques.

Il savait que Victoriano n'avait rien à voir avec cette affaire, dit-il d'un ton suave, mais, puisque Jorge était mort au cours de cette fusillade, il estimait de son devoir de tenir son frère au courant. La police disposait d'un signalement incomplet du tireur, et elle distribuait un peu partout un portrait-robot. Et puis, eh bien, ma foi, on avait même mentionné le nom de Victoriano.

— Venez donc ici, dit Zaragon au téléphone.

— Impossible, répondit l'avocat. J'ai trop à faire.

— J'ai dit : venez donc ici.

— Il vaut mieux que je reste à New York, pour surveiller ce que fait la police.

Furieux, Zaragon raccrocha.

Des témoins, lui signala un ou deux jours plus tard l'avocat, avaient décrit une camionnette stationnée dans la rue. On en avait retrouvé une en Floride qui lui ressemblait fortement. Il devait y avoir un millier d'inspecteurs travaillant sur l'affaire, ajouta-t-il. On avait aussi fait appel au FBI. A New York et ailleurs, on avait raflé et interrogé des dizaines de citoyens colombiens. La presse et la télé ne parlaient que de cela. Toute la police new-yorkaise semblait concentrer ses efforts sur cette unique affaire.

— Descendez ici, répéta Zaragon. Je veux vous parler.

L'avocat protesta à nouveau qu'il était trop pris, mais Zaragon l'interrompit :

— Vous avez une femme ? Vous avez des gosses que vous voulez voir grandir ?

A l'autre bout du fil, il y eut un silence horrifié. Quand l'avocat reprit la parole, sa voix n'était qu'un souffle :

— Je serai là dès que possible, promit-il.

Les hommes de Victoriano l'accueillirent à l'aéroport de Medellin et le conduisirent jusqu'au ranch isolé de Jorge. Un véritable château, constata-t-il. Avec des gardes partout.

Zaragon l'emmena se promener le long d'un pâturage où paissaient des chevaux. Les nuages étaient bas dans le ciel, l'herbe humide et très verte. Quand enfin ils furent hors de vue de la maison et de toute oreille indiscrète, Zaragon le bombarda de questions sur la procédure judiciaire et la législation américaines, et l'avocat comprit que l'homme qui marchait près de lui était le tireur que tous les policiers de New York recherchaient. Il s'en doutait d'ailleurs depuis un moment. Si je lui posais la question, il s'en vanterait sans doute, songea l'avocat. Mais mieux valait ne pas savoir. Il ne demanda donc rien.

Le policier mourant est le seul à craindre, expliqua l'avocat. S'il vivait, et était en mesure d'identifier le tireur — quel qu'il fût —, on pourrait bâtir un dossier.

Les deux hommes gardèrent un moment le silence. Si le flic mourant identifiait Zaragon, tout le poids du gouvernement des États-Unis allait s'abattre sur les politiciens de Bogota. L'avocat le savait, tout comme le jeune homme auprès de lui. En Colombie, on n'a pas à redouter de poursuites judiciaires. Les témoins se font régulièrement acheter ou tuer. De même pour les juges. Mais si le tireur était extradé en Amérique, les poursuites ne seraient plus une plaisanterie.

— Quels sont les risques ? interrogea Zaragon.

— Les Américains devront aller devant les tribunaux colombiens et expliquer toute leur affaire, en montrant de quelles preuves et de quels témoins ils disposent. Les juges colombiens devront être convaincus que le dossier est sans faille ou presque, sinon, ils refuseront l'extradition.

L'avocat comprit que Zaragon restait préoccupé. Certains membres fondateurs du Cartel de Medellin avaient été livrés à l'Amérique : ils se trouvaient maintenant en prison là-bas et ils n'en sortiraient jamais. Zaragon, pour sa part, ne risquait rien, pour les infractions concernant les narcotiques : il était protégé par les récentes modifications de la loi colombienne. Après bien des attentats à la bombe et bien des meurtres, ses prédécesseurs avaient réussi à « convaincre » leurs législateurs que la loi d'extradition existante, qui livrait les trafiquants de drogue à la justice américaine, allait à l'encontre de la souveraineté colombienne et devait donc être abrogée.

Le meurtre, toutefois, n'était pas encore un crime protégé. Surtout perpétré sur la personne d'un officier de police américain.

— D'après ce que je crois savoir, dit l'avocat, le dossier repose sur le témoignage du troisième flic, cet inspecteur Dilger. Sans lui, ils n'ont rien.

— La personne qu'on recherche pourrait envoyer des hommes à New York, déclara Zaragon.

L'Américain eut l'impression que c'était déjà chose faite, et l'idée le glaça. Il voulait seulement continuer à percevoir ses mensualités et ses honoraires et, à part ça, avoir la paix. Il n'avait aucune envie d'être complice d'un nouvel assassinat.

— Cela ne ferait qu'attirer l'attention sur cette personne, observa-t-il.

— Il suffirait d'envoyer des hommes dans cet hôpital, murmura Zaragon.

— Ça n'est pas une bonne idée. De toute façon, ce policier va mourir. C'est un miracle qu'il ait survécu aussi longtemps.

Et il lança à Zaragon un grand sourire un peu déplacé.

Le jeune homme le dévisagea jusqu'à ce que le sourire se fût effacé, puis il baissa les yeux.

— Je crois qu'ils le font protéger, dit l'avocat.

Zaragon tourna les talons et revint vers la maison. L'Américain dut hâter le pas pour le suivre.

— D'ailleurs, lança-t-il au dos de son interlocuteur, ils peuvent avoir d'autres témoins...

Zaragon s'arrêta et le regarda.

— Qui ça ?

— Eh bien, j'ai entendu dire qu'il y en aurait d'autres...

Il fixa le visage de Zaragon et ce qu'il vit ne lui plut pas.

— Oh, le portier, par exemple, marmonna-t-il.

En essayant de protéger un homme, il venait de signer l'arrêt de mort d'un autre. Il le constata avec horreur. Mais le mal était fait : il ne savait plus comment changer les choses.

Des hommes étaient sortis de la maison pour venir à leur rencontre.

— Raccompagnez-le à l'aéroport, ordonna Zaragon.

Il tourna les talons.

Moins d'une heure plus tard, sans qu'on lui eût seulement offert une tasse de café, l'avocat américain était à bord de la navette qui le ramenait à Bogota.

Environ trois semaines plus tard, regrettant d'avoir jamais accepté la moindre mensualité, il prit un rouleau de pièces de vingt-cinq cents, se rendit dans une cabine de téléphone publique et appela Medellin.

— J'ai peut-être fait une erreur, murmura-t-il quand il eut en ligne la voix qu'il attendait. Cet inspecteur est sorti du coma. On dit maintenant qu'il ne va peut-être pas mourir. En fait, il va peut-être se remettre.

Silence à l'autre bout du fil.

L'Américain eut un petit rire fragile.

— Hé oui, il va peut-être même témoigner devant le grand jury...

Après avoir raccroché, Zaragon se tourna vers les hommes qui se trouvaient dans la pièce avec lui et leur donna des ordres plus précis que ceux qu'il avait donnés auparavant.

9

Paris-Match paraît le jeudi. Avant d'aller travailler, Madeleine se gara en double file devant le kiosque à journaux au bord du jardin public pour en acheter un exemplaire. La couverture du magazine montrait le maire de Nice qui coupait un ruban pour inaugurer une école. Un gros titre annonçait : NICE LA CORROMPUE. Et en médaillon, une photo d'elle. Celle qui figurait sur sa carte de police. Ils avaient dû se la procurer par son syndicat. Sur le cliché, elle avait l'air d'une criminelle, ce que dans un sens elle était maintenant.

Plantée sur le trottoir, dans la lumière du petit matin, elle lut l'article : quand elle eut terminé, elle s'avança entre les pare-chocs des voitures en stationnement, se pencha en avant et vomit dans le caniveau.

Quand les nausées s'arrêtèrent, elle jeta autour d'elle un regard coupable mais, à cet endroit et à une heure aussi matinale, il n'y avait aucun passant et les voitures circulaient dans la rue sans lui accorder la moindre attention. Dans son sac à main, elle prit un mouchoir et s'essuya la bouche, puis les chaussures. Il y avait non loin de là une corbeille, dans laquelle elle jeta le mouchoir.

Après avoir enfermé le magazine dans le coffre de sa voiture, elle partit pour son bureau.

Elle était censée enquêter sur une affaire d'enfant victime de sévices. Il y avait des coups de téléphone à passer, des entretiens à organiser, des formulaires à remplir, mais elle était incapable de se concentrer sur rien de tout ça. Elle attendait sans cesse de voir un exemplaire du magazine faire son apparition au bureau. Au bout d'environ deux heures, ce fut ce qui arriva. Denise Potier, une inspectrice avec qui elle travaillait parfois, s'approcha de Madeleine avec des mouvements furtifs.

— Tu as vu ça ? chuchota-t-elle en entrouvrant son sac à main. (Dans ses profondeurs se trouvait le magazine, plié en deux.) Mais qu'est-ce qui t'a pris ?

Madeleine haussa les épaules, esquissa un sourire et fit semblant de se concentrer sur ses formulaires.

Un peu plus tard, cet exemplaire, ou d'autres, commença à circuler de main en main. On échangeait des propos à voix basse. Les réactions de ses collègues l'amusaient presque. Ou bien ils hésitaient à la regarder, ou bien ils étaient incapables de regarder ailleurs. A part Denise, personne ne l'approchait. On aurait dit qu'elle avait une maladie contagieuse.

Jamais de sa vie elle ne s'était sentie plus seule.

Après le déjeuner, le commissaire Lamartine, la femme pour laquelle elle travaillait, la convoqua : debout devant son bureau, Madeleine se sentait nerveuse comme une collégienne. Dans le passé, cette femme s'était montrée humaine avec elle, mais elle avait maintenant un visage fermé.

— Je ne veux pas savoir pourquoi vous avez fait ça. Je n'ai jamais travaillé à la Brigade financière. Je ne sais pas comment les choses se passent là-bas. Mais vous allez avoir de sérieux ennuis. Je ne sais pas ce que je suis censée faire. J'attends des instructions.

Souvent, après le travail, certaines des femmes du service se retrouvaient dans un café, à cinq ou six rues de là, dans un établissement agréable où elles sirotaient un apéritif en discutant de tout et de rien. Pour l'essentiel, on parlait boutique : victimes, suspects. Elles évoquaient aussi les hommes de leur vie : maris, petits amis, patrons. Ces réunions comptaient beaucoup pour elles. Mais ce soir-là, à la fermeture des bureaux, les autres femmes n'invitèrent pas Madeleine et elle n'osa pas les rejoindre. Quand elles furent parties de leur côté, elle descendit l'escalier, sortit dans la rue, monta dans sa voiture et rentra chez elle.

Luc l'attendait.

L'empoignant par le bras, il la jeta littéralement contre la cloison. Il tenait dans sa main le magazine roulé en cylindre qu'il lui enfonçait dans les côtes.

— Tu as perdu la tête ? (Elle avait espéré de la compassion, pas de violence.) Mais, bordel de merde, quelle mouche t'a piquée ?

— C'est le seul moyen que j'ai trouvé pour amener le système judiciaire à faire ce qu'il est censé faire.

— Et qui t'a confié cette mission ?

— J'ai prêté serment il y a onze ans et...

— Non, tu as voulu faire ton numéro.

— Pas du tout.

— Tu accuses les Sestri d'un tas de crimes. Sais-tu combien de sous-traitants dépendent d'eux ?

— Non.

— Une soixantaine. Sais-tu combien de gens emploient les Sestri ?

— Non ! cria-t-elle. Et d'ailleurs je m'en fiche...

— Tu accuses le maire et presque toute son administration de vendre des contrats, d'accepter des pots-de-vin...

— Je ne l'ai accusé de rien ! C'est M. Dumoulin qui a écrit l'article, pas moi.

— Mais on voit clairement où Dumoulin a obtenu ses informations, non ?

— Si c'est ce que tu veux lire dans l'article, vas-y, ne te gêne pas !

— C'est ce que tout le monde dira, ricana Luc. A défaut de penser à toi, tu aurais pu au moins penser à moi...

— Je ne vois pas en quoi cet article te concerne.

— Ça me concerne totalement.

— Ton nom n'est même pas cité.

— Tu as attaqué toute la bonne société de cette ville. Tu as provoqué tous ceux qui à Nice ont l'argent, le pouvoir, les gens mêmes que j'essaie de cultiver. C'est toute ma carrière que tu as compromise...

— Ce n'est pas ta carrière que j'ai compromise, c'est la mienne : et j'en ai parfaitement le droit.

— Et tu m'entraînes avec toi dans ta chute.

Quand il était dans une humeur pareille, elle avait l'impression d'être sa mère. Il méritait la fessée. Comme elle n'était pas assez grande ni assez forte pour le faire, elle ne pouvait que rester là à écouter ses invectives.

— Quand tu attaques la société niçoise, tu attaques mes clients, et mes clients éventuels ! Je cherche à démarrer un cabinet d'avocat. Et Dieu sait que j'ai du mal ! Qui va s'adresser à moi, maintenant ? Dis-le-moi. Qui donc ?

— Tu exagères...

— Tous les gens savent que nous vivons ensemble. (Il désigna le téléphone.) C'est à ce numéro que les gens t'appellent. Mon numéro.

— Qui m'a appelée ?

— Il y a bien dû y avoir cinq appels depuis que je suis rentré. Je leur ai dit qu'ils se trompaient.

— Tu n'as même pas pris leur nom ?

— Je me fiche pas mal de leur nom ! cria-t-il. Tu commets un acte complètement irresponsable, et c'est à moi qu'on le reproche. Parce que tu imagines qu'on ne me fait pas de reproches ?

Elle aurait aimé connaître les noms de ceux qui avaient téléphoné. Certains d'entre eux approuvaient sûrement ce qu'elle avait fait. Il pouvait y avoir parmi eux des hommes importants, peut-être prêts à la soutenir lorsque la hiérarchie policière lui tomberait dessus, comme cela ne manquerait pas d'arriver.

— S'il y a d'autres appels en mon absence, dit-elle froidement, je te serai reconnaissante de bien vouloir noter les noms.

— Je ne veux pas que les gens appellent ici et je ne veux pas prendre leurs noms.

— J'habite aussi ici.

— Je sais. Et crois bien que je le regrette !

— Magnifique, vraiment charmant.

— Pour ce qui est d'attirer de nouveaux clients, n'y pensons plus. Après cela, plus personne ne voudra m'approcher.

De toute évidence, il en était persuadé. C'était peut-être vrai. Un moment, elle le plaignit, mais il continuait à l'accabler de reproches et elle sentit sa compassion s'effacer.

— Tu as gâché ma carrière...

— Si j'en ai gâché une, c'est plutôt la mienne.

— Il va falloir que j'aille m'installer ailleurs, que je reparte de zéro.

Les injures commencèrent à pleuvoir. Il la traita d'arrogante ; elle lui rétorqua qu'il était autoritaire. Il la qualifia de garce égoïste.

— Parlons moins fort, dit-elle.

La discussion s'envenima. Des mots plus durs encore furent prononcés.

Si bien que Madeleine se fit un lit sur le divan, où elle passa la nuit sans trouver le sommeil. Allait-elle perdre son poste ? Elle ne pouvait de toute façon rien y faire, mais elle pouvait peut-être se raccommoder avec Luc. Elle espérait que ce serait possible. Peut-être y parviendrait-elle. A moins qu'ils ne se soient dit des choses vraiment irrattrapables. Mais ça n'était pas le cas, n'est-ce pas ?

Peut-être la rupture était-elle inévitable. Que ferait-elle alors ?

Le matin, elle prépara le café et s'assit devant sa tasse ; Luc but le sien debout, dans la salle de bains, tout en se rasant, puis il quitta la maison sans lui adresser la parole.

L'histoire apparemment avait eu les honneurs des journaux télévisés de la veille au soir. Elle n'en avait regardé aucun, mais, ce matin-là, son nom était à la une de *Nice Matin*, et des journaux nationaux également. Elle ne lut aucun des articles, mais les titres étaient si gros qu'elle ne pouvait pas les manquer.

Au bureau, son téléphone n'arrêtait pas de sonner. Des journalistes, pour la plupart. Elle refusa toutes les interviews. D'autres appels émanaient d'hommes politiques représentant des partis d'opposition qui, tout en la félicitant, ne cherchaient peut-être qu'à l'utiliser à leurs propres fins. Elle nota leurs noms. Elle était heureuse que l'affaire ait enfin attiré l'attention du public, leur dit-elle. Elle espérait maintenant que la justice suivrait son cours. Comme elle n'appartenait plus à la Brigade financière, ajouta-t-elle, c'était à d'autres d'entamer de nouvelles poursuites.

C'était une manière de dire aux politiciens qu'elle-même s'était retirée. A eux de jouer, maintenant.

Peut-être de cette façon, avait-elle décidé, parviendrait-elle à conserver son poste.

A l'heure du déjeuner, elle alla voir son frère Alain, qui dirigeait toujours son agence de courtage de bateaux sur le port de Beaulieu. Alain était beaucoup plus âgé qu'elle, mais elle se sentait néanmoins proche de lui. Et puis, il était tout ce qui lui restait de famille.

Mais Alain n'était pas à son bureau. Une employée lui dit qu'il était quelque part sur la marina.

Elle le trouva sur le pont arrière d'un yacht flottant entre deux autres, poupe tournée vers le quai.

— Ma sœur, la vedette ! lança-t-il en la voyant. (Il sauta à terre et la serra dans ses bras.) J'ai lu les articles sur toi. Je n'avais encore jamais connu de vedette. (Puis, au bout d'un moment :) Tu as des ennuis ?

Elle haussa les épaules.

— C'est encore trop tôt pour le dire.

— Tu n'as pas l'air ravie...

— En vérité, ce qui me préoccupe surtout, ce sont mes relations avec Luc.

— Ah, Luc, soupira son frère.

Madeleine savait qu'Alain n'avait jamais aimé Luc.

— Pour l'instant, les choses ne vont pas trop bien entre nous.

Son frère apparemment ne savait pas quoi dire, alors il désigna le yacht qu'il venait de quitter.

— Qu'est-ce que tu en penses ?

Elle ne s'intéressait pas le moins du monde aux bateaux.

— Il m'a l'air assez beau.

— Pour cinq millions, il est à toi.

— De francs ?

— De dollars. Il appartient à cet acteur qui joue des rôles de détective au cinéma. Un Anglais, je ne me rappelle plus son nom. Il veut que je le vende pour lui. Il ne parle pas un mot de français. Nous avons discuté par signes. (D'un grand geste, il balaya l'horizon.) Presque tous les bateaux de cette marina sont à vendre. Leurs riches propriétaires ne s'en servent jamais. Ils en ont assez de payer les frais d'entretien.

Madeleine cherchait du réconfort, pas une conférence sur les yachts. Son frère le comprit et la prit par les épaules.

— Allons, viens. Je t'invite à déjeuner.

Il l'accompagna le long du quai où se trouvaient les restaurants : il y en avait toute une rangée, avec des tables en terrasse devant les bateaux. Ils s'assirent et elle remit ses lunettes de soleil.

Ensuite, Alain la raccompagna jusqu'à sa voiture où il la serra une nouvelle fois dans ses bras. Ils n'avaient pas dit un mot de Luc.

— Si tu as besoin de moi, conclut-il, je suis là.

Ce jour-là et les suivants, il se passa des choses encourageantes. La presse et la télé croyaient à cette histoire : on était persuadé qu'il y avait énormément de corruption à Nice, que le maire était peut-être impliqué, que pour des raisons politiques Paris s'efforçait de le protéger. Les journalistes s'étaient mis en tête de vérifier les détails révélés par Madeleine. D'autres demandèrent des interviews aux principaux leaders politiques : la plupart refusèrent. Les ministres du gouvernement évitaient les caméras. Certains s'enfuyaient presque en courant.

Dès le second jour, le maire de Nice partit pour la Californie avec sa seconde femme, bien plus jeune que lui. Selon un communiqué publié par la mairie, il s'agissait de vacances prévues depuis des mois. En Californie, bien sûr, les reporters ne parvinrent pas à le trouver.

Le Premier ministre partit pour l'Afrique faire la tournée des anciennes colonies françaises. Son cabinet publia un communiqué pour expliquer que ce voyage était lui aussi prévu depuis un an.

A l'Assemblée nationale, les députés de l'opposition posèrent des questions embarrassantes et, comme le gouvernement refusait d'y répondre, ils exigèrent sa démission. Le gouvernement ne démissionna pas et les questions gênantes restèrent toute la semaine sans réponse. Au bout du compte, quelques ministres soigneusement choisis acceptèrent de participer à des émissions télévisées, où ils continuèrent à éluder les questions tout en traînant dans la boue une certaine jeune inspectrice de Nice qu'ils ne nommaient pas et qui, disaient-ils, avait été mutée pour incompétence, souffrait sans doute de problèmes d'ordre féminin et avait lancé des accusations dénuées de tout fondement.

Madeleine était horrifiée d'être dépeinte de cette façon.

Les ministres toutefois passaient le plus souvent à la télévision en même temps que des députés de l'opposition, qui démolissaient ce genre d'arguments, défendaient nommément Madeleine et exigeaient que la discussion se limite aux problèmes que celle-ci avait posés. La plupart des débats se bornaient à des échanges d'invectives et, au cours d'une émission, les téléspectateurs eurent droit à un spectacle inattendu : deux hommes grisonnants se levèrent et commencèrent à échanger des coups de poing. Opérateurs et électriciens durent se précipiter dans le champ pour les séparer.

Tout en continuant à ne faire aucune déclaration, à n'apparaître dans aucune émission, Madeleine commençait à être connue dans tout le pays. Elle espérait que, lorsqu'elle comparaîtrait devant le conseil de discipline — ce qui ne manquerait certainement pas de se produire bientôt —, cela l'aiderait.

A la maison, elle continuait à dormir sur le canapé.

Quand Luc était là, elle se montrait souriante et plutôt aimable, prête à tout moment à l'embrasser et à se réconcilier avec lui, disposée à accepter toute avance qu'il pourrait faire. Il ne prit aucune initiative.

Le jour arriva où elle fut officiellement mise à pied en attendant sa comparution devant le conseil de discipline : le commissaire Lamartine lui retira son arme et sa carte de police. Elle le fit avec beaucoup de gentillesse. Elle n'y était pour rien, affirma-t-elle, les ordres étaient venus de Paris. Le pistolet posé bien en évidence entre elles sur le bureau, les deux femmes bavardèrent même un moment.

Peu importait à Madeleine de ne plus avoir d'arme : elle était même plutôt contente d'en être débarrassée. Mais sa carte de police, c'était une autre affaire. Cela signifiait qu'elle n'appartenait plus à ce groupe qu'elle avait tant aimé. Elle quitta le bâtiment, bouleversée. Remettrait-elle jamais les pieds dans un hôtel de police ?

Elle se prépara à dîner. Elle n'avait personne à qui parler de ce qu'elle éprouvait et, couchée sur le canapé, elle n'arrivait pas à trouver le sommeil. Elle aurait eu besoin d'un peu d'affection. Quelques caresses l'auraient aidée, un mot tendre, le poids sur elle d'un corps aimé. Mais Luc n'était pas là.

Un peu de tendresse justement, c'était ce dont Luc avait eu besoin cette nuit-là aussi. Un gros client lui avait retiré ses affaires, et ses associés lui avaient laissé entendre que leur cabinet ne pouvait pas se permettre de fonctionner avec un avocat aussi controversé. Peut-être devrait-il songer à s'installer ailleurs ? Il rentra très tard à la maison, ivre ou faisant semblant de l'être, jeta sur le sol les couvertures qui enveloppaient Madeleine et, encore tout habillé lui-même, lui retroussa sa chemise de nuit jusqu'au cou. Tout le contraire de la tendresse. Tirée d'un sommeil profond, elle se cramponna à lui, en se disant dans son désarroi : bon, peut-être maintenant allons-nous de nouveau nous aimer.

Mais il ne dit pas un mot. Quand il eut fini, il se

releva, tout simplement, se rajusta, passa dans la chambre et ferma la porte derrière lui.

Le matin, quand il arriva dans le salon, il avait revêtu son costume trois pièces d'avocat et avait une petite valise à la main. Madeleine sentit son estomac se serrer. Assise derrière la table, en robe de chambre et en chaussons, elle buvait à petites gorgées son café au lait.

— Veux-tu une tasse de café ? proposa-t-elle.

— Non, merci. Pas le temps.

Elle plongea le nez dans sa tasse. Elle pensait qu'il allait peut-être faire allusion à ce qui s'était passé hier soir, mais il s'en garda bien :

— Tu ne vas pas travailler aujourd'hui ?

— Non. J'ai été mise à pied.

— Depuis quand ?

— Hier.

Il hocha la tête. Du moins ne lui dit-il pas que c'était tout ce qu'elle méritait.

— J'ai eu de mauvaises nouvelles hier aussi.

Comme il ne lui disait pas de quoi il s'agissait, elle sut que le pire allait venir. Elle attendit.

Quelques secondes s'écoulèrent. Puis il finit par se lancer :

— Ça ne marche pas, hein ?

Elle savait ce qu'il voulait dire, mais elle décida de l'obliger à prononcer les mots.

— Qu'est-ce qui ne marche pas ?

— Toi et moi.

— Écoute, pour l'instant, je suis mise à pied. Même si j'ai pu nuire à ta carrière, maintenant, c'est fini.

— Je n'en suis pas si sûr.

Elle attendit que le reste sorte, qu'il lui fasse part de sa décision, quelle qu'elle fût.

— Je crois, reprit-il, que ce serait mieux si nous arrêtions.

— Qu'est-ce que tu essaies de me dire, Luc ?

— J'ai une affaire à plaider à Aix. Je vais être retenu là-bas le restant de la semaine. Puisque tu ne travailles pas, tu pourrais peut-être en profiter pour te trouver un studio ?

Et voilà, se dit-elle. Toutes ces nuits à dormir dans le même lit, tous ces repas partagés, tout ce linge repassé, toute cette recherche de cadeaux d'anniversaire. Fini. Terminé.

— Tu veux que je m'en aille ?

Il était toujours planté là, sa ridicule petite valise à la main.

— Tu dois bien sentir comme moi que ça ne marche pas...

Au bout d'un moment elle répondit :

— Je n'ai jamais pensé que c'était définitif.

Elle ne voulait pas aller plus loin et elle guettait sa réaction. Elle n'allait pas le supplier.

Il secoua la tête.

— Ça ne marche pas. Tu le sais bien.

— Luc, tu as quelqu'un d'autre ?

— Bien sûr que non.

Elle ne savait pas si elle devait le croire ou non.

— Ça ne m'étonnerait pas, murmura-t-elle à mi-voix.

— Qu'est-ce que tu dis ?

— Si tu t'en allais et que je garde l'appartement ?

— C'est *mon* appartement, répliqua-t-il. C'était le mien avant que tu viennes t'y installer. Les meubles sont à moi. C'est à deux pas du palais de justice.

Tout cela était malheureusement vrai. Elle décida de ne pas le harceler davantage.

— Je vais essayer de trouver quelque chose.

— Oui, ce serait la meilleure solution.

— Je tâcherai d'être partie avant que tu reviennes.

— Il n'y a pas le feu, s'empressa-t-il de dire.

— Tu m'as demandé d'avoir quitté les lieux quand tu reviendrais d'Aix...

— Oh, si ça t'arrange...

— Ça m'arrange, affirma Madeleine.

Il s'approcha, se pencha et l'embrassa sur les deux joues : baiser d'adieu apparemment.

Elle ne le lui rendit pas.

— Allons, fit-il, à bientôt.

Là-dessus, il disparut.

Tout en buvant son café, Madeleine songeait : j'ai trente-quatre ans et je suis plus éloignée que jamais d'avoir un foyer, un mari que j'aime et des enfants. A un moment, elle avait pris la mauvaise route. Quand, comment ? Qu'était-elle censée faire maintenant ? En plus selon toute probabilité, sa carrière était fichue...

Elle s'habilla et alla voir son frère. Alain était propriétaire d'un petit appartement au-dessus d'un de ses entrepôts, sur le port. C'était minuscule. En été, il réussissait parfois à le louer. Peut-être la laisserait-il l'utiliser pour une brève période — juste le temps qu'elle remette de l'ordre dans sa vie. Son frère avait aussi une petite camionnette. Peut-être voudrait-il bien la lui prêter pour déménager les quelques meubles anciens qui avaient appartenu à leur mère. Elle n'allait pas les laisser à Luc. Ses meubles et ses vêtements, son séchoir à cheveux et son fer à repasser : voilà tout ce qu'elle allait pouvoir sauver de cette relation. Ce n'était pas grand-chose.

Elle était bien décidée à avoir quitté l'appartement de Luc lorsqu'il rentrerait d'Aix.

Deux semaines s'écoulèrent. Le maire de Nice revint de Californie et se débarrassa en plaisantant des quelques journalistes qui l'accueillirent à sa descente d'avion. Les accusations que cette inspectrice avait portées contre lui étaient absolument ridicules, déclara-t-il. Le retour d'âge, probablement.

Le Premier ministre rentra d'Afrique. Quand, à l'Assemblée nationale, on l'interrogea à propos de ces mêmes accusations, il répondit qu'il avait été longtemps parti et qu'il n'avait donc aucune information de première main sur cette affaire. Là-dessus, il se fit un devoir d'annoncer de nouvelles mesures économiques pour aider les anciennes colonies françaises. Comme c'était tout ce qu'on leur jetait en pâture, les journalistes présents s'en contentèrent, et cela fit les gros titres des journaux du lendemain. Pourquoi pas, d'ailleurs ? Les accusations lancées par Madeleine n'avaient jusqu'à maintenant mené nulle part : tout cela commençait à être de l'histoire ancienne.

Installée dans le petit appartement au-dessus de l'entrepôt, Madeleine s'était mise en quête d'un travail qu'elle ne trouvait pas. Ce qui l'intéressait maintenant, c'était de survivre, et non pas d'abattre tel ou tel politicien, et elle ne se rendait même pas compte que l'affaire était enterrée. Elle avait pensé que l'histoire se prolongerait toute seule. Ce n'était pas le cas. Aucun journaliste ne pouvait plus la trouver, désormais : elle n'avait pas de bureau, pas de téléphone à sa nouvelle adresse. En fait, personne ne savait où elle était. Sans s'en apercevoir, elle était devenue injoignable.

Peu importait. L'agitation s'était calmée. La presse s'intéressant à d'autres événements.

Là-dessus, le ministre de l'Intérieur commit l'erreur d'ordonner à la police judiciaire de réunir le conseil de discipline qui allait statuer sur le cas de l'inspecteur Madeleine Leclerq, accusée de manquement à l'obligation de réserve. Elle avait violé le secret de l'instruction. C'était une accusation d'une extrême gravité, et on fixa donc une date pour l'audience. Madeleine en fut informée, tout comme les médias.

Cela réveilla toute l'affaire. Les journalistes se souvinrent brusquement que les frères Sestri, le maire et presque toute l'administration municipale avaient été accusés de corruption et que l'on avait enterré le dossier.

L'audience devait se tenir dans une salle de conférence, au dernier étage de l'Hôtel de Police, avenue Foch. Le jour fixé, une cinquantaine de journalistes au moins et des équipes de télévision attendaient sur le trottoir devant l'immeuble.

Là-haut, les huit juges s'installèrent dans la salle. Quatre d'entre eux représentaient l'administration de

Paris : deux préfets, un sous-préfet et un commissaire divisionnaire. Les quatre autres étaient des inspecteurs désignés par les syndicats de police. Comme les syndicats avaient déjà proclamé leur appui officiel à l'inspecteur Madeleine Leclerq, dont ils condamnaient la mise à pied, elle pouvait, semblait-il, compter d'avance sur quatre voix parmi les huit votants. Elle n'était pas un policier corrompu. Tout au contraire. Elle était un policier honnête qui avait dénoncé la corruption officielle. Ses avocats et elle étaient donc extrêmement optimistes. Si les débats se concluaient avec quatre voix pour et quatre voix contre, elle échapperait sans doute à toute sanction : il semblait peu probable que le ministre de la Justice, qui trancherait en dernier ressort, choisisse de passer outre à la décision du conseil de discipline. Il pourrait ordonner un blâme, mais oserait-il prononcer l'ultime condamnation, la révocation ?

Cela semblait peu probable.

Ce fut dans cette ambiance que s'ouvrit l'audience. Un des préfets faisait office de président. On inscrivit comme pièce à conviction l'article de *Paris-Match*. Le commissaire Vossart fit une déposition sur les événements proprement dits et sur le caractère de l'accusée. Celle-ci, déclara-t-il, était quelqu'un d'énergique et d'honorable, mais trop émotive (comme le sont souvent, observa-t-il, les femmes qui font carrière comme inspecteurs). Elle avait tendance à compter plutôt sur son « intuition féminine » que sur les méthodes traditionnelles de la police.

Lors de son contre-interrogatoire, dirigé par l'un des deux avocats de Madeleine, Vossart resta évasif : on n'avait jusqu'à maintenant apporté devant aucun tribunal la moindre preuve de corruption, affirma-t-il.

Ce fut alors le tour des témoins de Madeleine. Les trois inspecteurs qui avaient travaillé avec elle confirmèrent la véracité de l'article de *Paris-Match*. Bosco déclara à cette occasion que ç'avait été un honneur pour lui de travailler aux côtés de l'inspecteur Madeleine Leclerq. Cette déclaration faillit faire verser à Madeleine des larmes d'orgueil et de gratitude, mais amena un regard désapprobateur sur le visage du président du conseil de discipline. Ce fut ensuite le tour de deux députés, l'un comme l'autre membres de l'opposition, qui prirent la défense de la jeune femme. Quelle ironie, déclarèrent-ils, de voir des représentants de l'administration corrompue siéger pour juger un officier de police honnête !

Puis Madeleine prit à son tour la parole. Elle ne nia pas être à la source de l'article de *Paris-Match*. Elle ne nia pas non plus avoir manqué au respect de l'obligation de réserve. Mais tout cela, dit-elle, lui paraissait hors de propos. En tant qu'officier de police judiciaire, elle avait prêté serment de rechercher la vérité dans toutes les enquêtes qu'on lui confiait. Dans le cours de celle-ci, elle avait mis au jour la corruption massive dont s'étaient rendus coupables des entreprises de construction et des proches de la mairie de Nice. La manifestation de la vérité l'emporte, affirma-t-elle, sur l'obligation de réserve. Dès l'instant où les politiciens avaient conspiré pour étouffer la vérité, elle n'avait eu d'autre choix que de la rendre publique. Son honneur d'officier de police judiciaire n'en exigeait pas moins. Tout comme son honneur de Française.

Elle avait été plus éloquente qu'elle ne s'en doutait et dans son camp on l'applaudit quand elle se rassit.

Les huit juges se retirèrent pour délibérer.

Moins d'une heure plus tard, ils firent connaître leur verdict.

Il existe en France une longue tradition dans certaines assemblées délibérantes : celle de la « voix prépondérante ». Dans le cas d'un vote où le même nombre de suffrages s'affrontent, la voix du président compte double. Le recours à la voix prépondérante est tombé en désuétude ces dernières années, et cela faisait longtemps qu'on ne l'avait pas employée dans une affaire disciplinaire de la police.

Les délibérations de ce conseil de discipline se terminèrent par un vote de quatre voix contre quatre : là-dessus, le président remit en vigueur le principe de la voix prépondérante, et Madeleine fut condamnée. La condamnation entraînait pour elle la perte de ses pouvoirs et privilèges d'officier de police judiciaire.

On leva la séance.

L'administration avait compté sans les protestations scandalisées que cette décision provoquerait dans la presse. Sans les protestations de Madeleine, aussi. N'ayant plus rien à perdre, libre de son temps, l'ex-inspectrice décida d'accorder des interviews.

A cette époque, les téléspectateurs français pouvaient recevoir une dizaine de chaînes, selon la région où ils se trouvaient. Madeleine fut invitée au moins une fois sur chacune d'elles, tantôt dans le cadre des journaux télévisés de midi ou du soir, tantôt à l'occasion de débats. Parfois elle se présentait seule, parfois en compagnie de députés de l'opposition, qui louaient son courage. Il lui arriva même de passer sur la même chaîne deux fois dans la journée : un des présentateurs la convia trois jours de suite, et elle accepta.

Elle intervint aussi sur la plupart des grandes stations de radio nationales et dans les principales émissions où les auditeurs peuvent poser des questions par téléphone. Elle accorda des interviews à tous les quotidiens nationaux, ainsi qu'évidemment à *Nice Matin* et à tous les journalistes de la presse hebdomadaire qui le lui demandaient.

Son visage et sa voix ne tardèrent pas à être connus dans tout le pays.

Dans toutes ses interviews, elle s'en tenait aux preuves qu'elle avait découvertes. Elle n'ajoutait rien, n'inventait rien. Elle refusait de tirer des conclusions ou de donner son avis. Elle n'en avait pas besoin : les gens des médias le faisaient pour elle. « Le gouvernement essaie de protéger une administration corrompue à Nice, disaient-ils par exemple. Pourquoi fait-il cela ? »

Elle se contentait d'un charmant sourire et ne répondait pas.

De toute évidence, on voulait l'entendre dénoncer ces

gens comme des voleurs et des escrocs. Quand elle s'y refusait, les journalistes s'en chargeaient : « Comment pouvez-vous ne pas dénoncer ces gens, à la lumière des preuves que vous avez recueillies ? — C'était mon travail de recueillir des preuves et de les présenter au juge d'instruction, répondait-elle. A partir de là, le dossier aurait dû être transmis au Parquet et ensuite faire l'objet d'un procès. Il y aurait eu un verdict. Mais on a court-circuité tout cela. De toute évidence, il n'y aura pas de procès. Je laisse donc à chacun de vous le soin de tirer ses propres conclusions, de rendre son verdict. Si les preuves rassemblées vous convainquent que les membres de la municipalité de Nice sont des escrocs... » Et là, sur un sourire, elle s'arrêtait.

On l'invita à participer à des réunions municipales, à prendre la parole devant des groupes d'étudiants, des associations du barreau, des congrès de policiers, de magistrats. Elle accepta la plupart de ces invitations, ne demandant en retour que le remboursement de son billet d'avion et de sa chambre d'hôtel pour la nuit.

L'intérêt que lui portaient les médias ne déclina donc pas.

Le maire de Nice ne s'en souciait pas. Du moins le prétendait-il. Il la considérait comme un canari qui lançait ses trilles inlassablement. L'image n'était pas neuve, mais elle lui plaisait. Ce fut ainsi qu'il la décrivit un jour à un nommé Delmas, un ami d'enfance et le plus fidèle de ses adjoints à la mairie. Il lui dit que s'il continuait à rire de ses propos, elle finirait par se lasser. Il était maire depuis si longtemps que son emprise sur Nice était solide. Ce n'était pas un inspecteur défroqué, une femme par-dessus le marché, qui risquait de lui nuire.

En fait, il savait qu'il risquait, à la longue, de perdre le soutien de Paris. Si cela arrivait, il se trouverait vraiment exposé. La police oserait peut-être s'en prendre à lui. On risquait d'ouvrir une enquête sérieuse.

La police allait très bientôt comprendre qu'elle avait les coudées franches et, si on en arrivait là, des équipes allaient s'abattre sur les domiciles et les bureaux de ses plus proches collaborateurs. On allait perquisitionner dans toute la ville.

Qu'en sortirait-il ?

Il y avait tant de choses à découvrir...

Le maire commençait à s'inquiéter. Lors d'une réunion avec ses principaux adjoints on l'entendit marmonner qu'il aimerait bien que quelqu'un le « débarrasse de cette femme ».

Delmas assistait à cette réunion : il avait été nommé adjoint au début du premier mandat du maire et avait depuis lors conservé ce poste. C'était son travail, estimait-il, de deviner ce que le maire souhaitait, et de le faire advenir.

Il y avait des moyens pour ça. Il suffisait de prendre contact avec un ou deux jeunes voyous disposés, moyennant finances, à se charger de sales boulots. Pour un homme occupant la situation de Delmas, cela ne posait pas le moindre problème.

Le parti du maire avait des clubs de réunion dans toute la ville. C'était là que se déversait l'argent qui finançait les campagnes électorales, et aussi le genre de dessous de table qu'on accusait les frères Sestri de payer. Des sommes en espèces, dont certaines étaient comptabilisées ailleurs, et d'autres pas. Des liasses de billets conservées dans des coffres, pour être utilisées quand le besoin s'en ferait sentir. Cet argent servait à faire fonctionner ces clubs, facilitait la vie des cadres du parti et, pendant les campagnes électorales, rémunérait les gens qui distribuaient les tracts, collaient les affiches et assuraient la claque aux réunions du maire : ceux-là mêmes qui parfois arrachaient les affiches des candidats de l'opposition ou bien déclenchaient des émeutes lors de leurs meetings.

Delmas se rendit dans un de ces clubs. Ayant trouvé l'homme qu'il cherchait, il lui dit :

— Le patron veut qu'on fasse taire cette femme.

— Qu'on la fasse taire ?

— Oui, et discrètement.

Cette amusante précision les fit rire tous les deux.

— Discrètement ? reprit l'homme.

— La presse ne doit rien en savoir.

— Ça va coûter de l'argent...

Delmas haussa les épaules.

— Le tarif habituel. A toi de décider.

— Moitié à la commande, moitié ensuite. Ça vous va ?

— Comme tu voudras.

L'homme était plus jeune que Delmas : dans les quarante-cinq ans. Il était bien entendu que ce ne serait pas lui qui se chargerait du travail, mais qu'il passerait le contrat à un autre. S'il voulait garder une commission, c'était son problème.

— Ça va demander un peu de temps pour organiser ça, déclara-t-il.

— Il faut faire vite, dit Delmas. Vite et discrètement.

— D'accord, fit l'autre. Considérez que c'est fait.

Ils échangèrent une poignée de main et Delmas repartit.

Madeleine s'était habituée à donner des autographes après ses apparitions en public, parfois de très nombreux autographes. Cela ne lui déplaisait pas mais, quand les gens commencèrent à la reconnaître dans les restaurants ou à venir lui parler, elle estima qu'elle était allée assez loin, trop loin peut-être, et elle stoppa tout. Elle se retira dans sa chambre au-dessus de l'entrepôt, et sa vie publique se termina là : du moins le croyait-elle.

A ce moment-là, c'était déjà trop tard.

10

Le plâtre qui enfermait le corps de Jack avait déjà été réduit à plusieurs reprises. Le lendemain matin, on le retailla encore, puis on installa Jack dans un fauteuil roulant qu'on poussa jusqu'à l'ascenseur. Au rez-de-chaussée, on le conduisit jusqu'à un fourgon de la police où on l'enfourna. Mais, au lieu de le ramener directement chez lui, on le déposa devant le palais de justice de Center Street et on le roula jusqu'à un autre ascenseur pour le mener dans la salle du tribunal où siégeait le grand jury.

Ce fut McCauley, le jeune substitut qu'il avait rencontré précédemment, qui lui fit prêter serment et lui demanda de décliner son nom, sa profession et son rang.

Était-il arrivé quelque chose d'inhabituel, le jour en question, lui demanda McCauley.

Jack, qui avait horreur de ces formules juridiques, répondit :

— Sur le moment, ça m'a certainement paru inhabituel...

Il leva les yeux vers vingt-trois jurés assis dans une sorte d'amphithéâtre.

— Et qu'était cet événement inhabituel ?

— On m'a tiré dessus.

— Vous a-t-on tiré dessus plus d'une fois ?

— Cinq fois, dit Jack. Bang, bang. Et puis bang, bang, bang.

— Exactement comme ça ?

— Exactement comme ça.

Il avait refusé de prendre les comprimés que lui avait prescrits le médecin de la police, et la douleur faisait perler à son front des gouttes de sueur.

— Et avez-vous pu reconnaître votre agresseur ?

— Je m'attendais à rencontrer un trafiquant de narcotiques du nom de Victoriano Zaragon. Je l'ai reconnu d'après les photos que j'avais étudiées avant le rendez-vous et j'ai vérifié son identité d'après d'autres clichés que j'ai examinés ensuite, pendant que j'étais à l'hôpital.

— Et cette nuit-là précisément, une fusillade a éclaté ?

— Oui.

— Certains de vos équipiers ont-ils été tués ?

— Oui, deux d'entre eux.

Le grand jury avait déjà entendu le témoignage du portier, des divers experts en médecine légale et de tous ceux que le jeune substitut avait jugé bon de faire citer. Il n'y a pas de contre-interrogatoire lors d'une audience devant un grand jury et la majorité simple suffit pour prononcer une inculpation.

Il y eut seulement quelques autres questions. Ensuite, McCauley poussa le fauteuil de Jack dans une antichambre. Là, Jack ferma les yeux et se concentra sur sa douleur. McCauley avait regagné la salle d'audience, où il allait passer en revue les preuves et demander au grand jury d'inculper Victoriano Zaragon.

Il ressortit bientôt.

— Ils sont en train de voter, déclara-t-il.

Presque aussitôt, la porte se rouvrit et le greffier apparut pour annoncer officiellement que le jury avait voté l'inculpation.

— Une bonne chose de faite, dit McCauley d'un ton satisfait.

Il était de nouveau imberbe : il avait dû renoncer à essayer de se faire pousser la moustache.

Il était assez jeune pour s'imaginer qu'une inculpation était un triomphe.

— Voyez si vous pouvez garder le secret sur cette décision jusqu'à ce qu'on ait attrapé ce type, glissa Jack de son fauteuil roulant. Je suis une cible trop facile dans ce machin-là...

Le fourgon de la police le ramena chez lui et Jimmy, le flic de service ce jour-là, le poussa jusqu'à la cage d'ascenseur. Les portiers trottaient le long du fauteuil roulant en demandant ce qu'ils pouvaient faire pour

Jack, mais celui-ci souffrait tellement qu'il avait du mal à leur accorder même un sourire.

Arrivé là-haut, il constata aussitôt qu'il ne restait pas beaucoup de meubles dans l'appartement. Les pièces sentaient le renfermé, elles avaient l'air inhabitées. Jack se propulsa d'une pièce à l'autre. Flora lui avait laissé un unique fauteuil, un téléviseur posé sur le sol, la table et les chaises de la petite cuisine et le grand lit dans la chambre à coucher. Il ouvrit les deux penderies et jeta un coup d'œil à l'intérieur. Celle de Flora était vide. Dans la sienne se trouvaient ses vêtements, tels qu'il les avait laissés.

— Où est votre femme ? s'enquit Jimmy derrière lui.

— Elle arrivera plus tard, fit Jack sans vergogne. Voudriez-vous me rendre un service ? Voudriez-vous aller m'acheter un certain nombre de choses ?

Il dressa une liste : pain, beurre, potages en boîte, viande hachée, et quelques autres articles. Son répertoire culinaire n'était pas très vaste.

— Prenez-moi aussi une bouteille de bourbon.

Une fois Jimmy parti, il fit rouler son fauteuil jusqu'à la fenêtre et contempla Central Park.

Il y avait une voiture en stationnement à l'arrêt d'autobus en bas, avec trois hommes à l'intérieur, tous de type hispanique. Jack n'arrivait pas à apercevoir leurs visages. De son fauteuil roulant, il ne pouvait pas voir juste en dessous de la fenêtre.

Il roula jusqu'à la penderie de Flora et ouvrit le coffre. Cette fois, pas de robes à écarter pour y avoir accès. La penderie était vide, tout comme le coffre. Ses deux autres pistolets avaient disparu. Déconcerté, il jeta un coup d'œil autour de lui et ce fut alors qu'il aperçut le papier sur la courtepointe. Il s'approcha et vit que c'étaient des reçus pour ses armes, signés par le greffier en chef de la police.

Cela voulait dire que pendant son séjour à l'hôpital, sans doute pendant qu'il était encore dans le coma, la police avait envoyé quelqu'un ici pour s'emparer des armes qui lui restaient. Il examina les reçus. Il y en avait un pour chaque arme : les deux du coffre, les deux qu'il avait sur lui ce soir-là, et même le revolver de service qui se trouvait dans son vestiaire au commissariat.

Il ne lui restait plus d'arme, et il n'aima pas ça.

On sonna à la porte et il partit dans cette direction.

— Jimmy ? lança-t-il.

— Oui, c'est moi.

Jimmy entra, portant les sacs de provisions. Il rangea leur contenu dans la cuisine. Quand il eut terminé, il rendit sa monnaie à Jack.

— Ça m'embête de vous laisser tout seul comme ça, dit-il.

— Ma femme va être là d'une minute à l'autre.

— Vous êtes sûr ?

— Absolument. (Jack se força à lui faire un grand sourire.) Rentrez chez vous. Merci pour tout.

Jack roula dans le vestibule derrière lui et, quand la porte se fut refermée, il poussa tous les verrous. Il se força alors à se lever. De nouveau, des gouttes de sueur perlèrent sur son front. L'envie de s'asseoir fut immédiate et presque insurmontable. Néanmoins, il repoussa le fauteuil roulant en arrière et, un pas après l'autre, revint jusqu'à la même fenêtre que tout à l'heure : il resta planté là, la mâchoire crispée, à contempler le parc. La nuit commençait à tomber. Il regarda les lumières s'allumer.

Quand il entendit des clés tourner dans la serrure de la porte d'entrée, il se figea sur place. Machinalement, il porta la main à sa hanche, là où aurait dû se trouver son pistolet. Non seulement il était désarmé, mais il ne pouvait même pas courir.

De hauts talons claquèrent sur le parquet du vestibule et il entendit la voix de Flora :

— Jack ? Tu es là, Jack ?

Elle déboucha dans le grand salon vide :

— Ah, te voilà ! Pourquoi ne m'as-tu pas dit que tu sortais aujourd'hui ? J'ai fait tout le trajet jusqu'à l'hôpital et tu n'étais même pas là...

Elle apportait des provisions qu'elle déposa dans la

cuisine, et elle se mit à préparer le repas. Comme il ne voulait pas qu'elle le voie assis dans un fauteuil roulant, il la suivit en claudiquant et resta planté près de la cuisinière aussi longtemps qu'il put le supporter : il regardait les mains de Flora découper des légumes en tranches, il écoutait sans en entendre un mot son caquetage. Elle finit par se tourner vers lui. Elle vit son visage et dit :

— Tu as mal...

— Ça n'est pas si terrible...

Il la laissa l'aider à s'asseoir à la petite table de la cuisine.

— Je prendrais bien un verre, constata-t-il, les lèvres crispées.

— Si tu prends des médicaments, tu ne devrais pas boire...

— Je ne prends rien du tout.

L'air préoccupé, elle lui prépara un bourbon avec des glaçons, qu'il dégusta avec gratitude. Il sentait l'odeur et le grésillement des steaks en train de cuire, et il lui en était reconnaissant aussi. Pendant des semaines il avait été alimenté sous perfusion et, après cela, il y avait eu d'autres longues semaines encore de nourriture d'hôpital.

Le steak, quand il finit par enfoncer son couteau dedans, était à la hauteur de ses espérances. Ils s'étaient assis l'un en face de l'autre à la table du petit déjeuner : Flora bavardait, Jack savourait ce premier bon repas et tentait de se concentrer dessus, mais la douleur l'en empêchait. Il ne laissa rien dans son assiette et la sauça même avec du pain, car il savait qu'il devait manger s'il voulait retrouver ses forces. Quand il eut terminé, il s'obligea à afficher un sourire qui ne dura pas :

— Et maintenant, si ça ne t'ennuie pas, j'aimerais m'allonger un moment...

— Bon, je vais te laisser.

— Je ne veux pas que tu t'en ailles.

Elle le suivit dans la chambre et l'aida à s'installer sur le lit où il s'étendit, épuisé de souffrance.

Flora s'était assise au bord du lit et lui tenait la main. Au bout d'un moment, il se sentit un peu mieux.

— Il y a une chose que tu as oublié de me dire, fit-il.

— Non, je t'ai tout dit.

— A propos de mes armes.

— Oh, ça, fit-elle d'un ton désinvolte. Ils savaient ce qu'ils cherchaient. Ils avaient les bons numéros de série et tout, parce que j'ai vérifié. Alors je les leur ai remises. Je t'ai laissé les reçus. Tu les as vus ?

— Tu aurais dû me le dire...

— Ça ne m'a pas paru important. D'ailleurs, tu n'auras plus besoin d'arme...

— Peut-être pas.

— Je t'ai laissé aussi les billets d'avion.

— Ce voyage à Paris que nous n'avons jamais fait...

— Ils sont dans la table de chevet.

Jack prit les billets dans le tiroir et les examina.

Avec le même air soucieux que tout à l'heure, Flora reprit :

— Je ne pense pas que tu te relèves ce soir, n'est-ce pas ?

— Je ne pense pas.

— Voudrais-tu que je te retire tes chaussures ?

— Oui, merci.

Elle les lui ôta et elles tombèrent avec un bruit sourd sur le sol.

— Ton pantalon aussi ?

— Bien sûr.

Il se déhancha légèrement et elle fit glisser son pantalon.

— Tiens, tiens, fit-elle. Qu'est-ce que je vois là ?

— Désolé, fit Jack.

Elle se mit à le caresser.

— Hmm, fit Jack.

Elle se leva. Elle arborait une tenue correspondant à ce qui, pour une fille du Middle West, est la quintessence du chic de Manhattan : escarpins à hauts talons, jean et chandail de cachemire rouge foncé. Il savait que c'était du cachemire parce qu'il venait de le tâter. Elle leva d'abord un talon, puis l'autre pour se débarrasser de ses chaussures. Le jean atterrit également sur la moquette et elle s'en dégagea.

— Si je te fais mal, tu n'as qu'à me le dire et je m'arrêterai.

Elle avait les genoux de part et d'autre de son plâtre et, tandis qu'elle s'affairait, il lui remonta son chandail par-dessus la tête puis dégrafa son soutien-gorge. Il sentit de nouveau la sueur sur son front, mais cette fois ce n'était pas la douleur et, malgré lui, il cria :

— Flora, je t'aime !

— Je t'aime aussi, dit-elle, d'un ton moins passionné.

Quand ils eurent terminé, il constata que les billets d'avion étaient auprès de lui sur le lit. Il les montra du doigt et murmura :

— Faisons ce voyage tous les deux.

Nue comme un ver, elle ramassa son soutien-gorge et se pencha en avant pour l'agrafer.

— Impossible, répondit-elle. (Il ne voyait pas son visage mais elle avait l'air de minauder comme si elle souriait d'une plaisanterie que lui ne comprenait pas.) Il faut que nous divorcions.

Il la regarda remettre sa petite culotte puis passer son jean.

— Comment te sens-tu ? demanda-t-elle.

— Content de savoir que ça fonctionne encore, dit-il.

— Je pensais bien, fit-elle en souriant, que ça te préoccupait. Est-ce que je t'ai un peu rassuré ?

— Flora...

— Je ne suis pas mal pour rassurer, tu ne trouves pas ?

Il lui prit la main.

— Il faut que j'y aille, dit-elle.

Ce fut comme si elle lui avait jeté de l'eau froide au visage. Il n'allait pas la supplier de rester.

— En sortant, recommanda-t-il, veille à bien fermer tous les verrous.

Il tendit l'oreille pour s'assurer qu'elle l'avait fait, puis ramassa les billets d'avion. Après les avoir inspectés un moment, il les laissa tomber dans le tiroir de la table de chevet.

Après cela, elle vint le voir régulièrement, lui préparant parfois un dîner qu'ils prenaient ensemble, mais ils ne retournèrent pas dans la chambre. Il ne le lui demanda pas — pourtant il en avait envie —, et elle ne lui proposa pas.

Le kinésithérapeute vint chaque matin pendant une semaine, jusqu'au jour où Jack le congédia en disant qu'il pourrait faire les exercices tout seul : il ne voulait pas que le kiné voie combien il souffrait. Jimmy, le flic, passait de temps en temps. L'aumônier de la police, Monsignore O'Hare, vint lui rendre visite une fois, et le médecin de la police deux fois. Jack prenait toujours grand soin de vérifier qui était à la porte avant d'ouvrir. Des inspecteurs de son ancien commissariat vinrent aussi : la première fois, pour lui rendre visite, la seconde fois pour lui annoncer que le portier de l'immeuble de Bulfinch avait été descendu.

— Une camionnette s'arrête devant, raconta l'un d'eux. Un type en descend avec une Uzi — on croit que c'était une Uzi — et vide le chargeur sur ce pauvre diable...

— Le seul autre témoin oculaire, murmura Jack.

— Oui, c'est ce qu'on s'est dit aussi.

— Pauvre type, fit Jack.

— Une dizaine de balles dans le ventre, et une dernière dans l'oreille...

— Pour plus de sûreté, dit Jack.

— On aurait dû protéger ce pauvre mec. Mais personne ne nous en a donné l'ordre.

Son collègue, qui n'avait pas encore prononcé un seul mot, ajouta :

— Quand tu sors, tâche de faire attention.

— Sûr, répondit Jack.

Le fourgon de la police le ramena à Bellevue, où on lui ôta le reste de son plâtre. De là, on le conduisit à la direction de la police, au 1, Police Plaza, d'abord au service des pensions au neuvième étage et puis, au bout du couloir, dans le bureau du greffier en chef. Partout, il signa des papiers, et le greffier lui demanda de remettre sa carte et son insigne de policier, ce qu'il fit.

Maintenant qu'il avait officiellement pris sa retraite de la police, il demanda un permis de port d'arme et la restitution de ses pistolets.

— Je ne les ai pas, dit le greffier, qui était un fonctionnaire civil et non pas un policier. Et on m'a ordonné de ne pas vous délivrer de permis de port d'arme.

— Quoi ? s'écria Jack. Quoi ?

Quand ils prennent leur retraite, presque tous les policiers se voient délivrer automatiquement un permis de port d'arme, et presque tous conservent leur pistolet. Circuler armé est devenu pour la plupart d'entre eux une nécessité affective. La plupart, en outre, rêvent d'intervenir en tant que civils dans un hold-up ou dans quelque autre agression, pour être une dernière fois un héros.

La municipalité à vrai dire aimait assez l'idée de tous ces pistolets supplémentaires en circulation : ça constituait une sorte de force de police auxiliaire non rémunérée.

— Si vous voulez un permis et vos armes, dit le chef greffier, vous feriez mieux d'aller voir le chef des inspecteurs. Son bureau est au treizième.

Furieux, Jack s'y rendit. La porte de la pièce où travaillait le chef était fermée et gardée par un capitaine et deux lieutenants, dont les bureaux étaient disposés juste devant. Quand Jack tenta de forcer le passage, ils se levèrent d'un bond et lui barrèrent le chemin.

— Une minute, mon vieux.

— Vous ne pouvez pas entrer, Dilger.

Jack, à cette époque, marchait avec une canne. Il se mit à vociférer et à faire de grands moulinets : ils s'éparpillèrent et lui se dirigea vers la porte du chef, qui s'ouvrit brusquement.

— Entrez donc, Dilger, dit courtoisement le patron. Qu'est-ce qui se passe ?

— Vous savez fichtrement bien ce qui se passe ! Je veux un permis de port d'arme et je veux récupérer mes pistolets !

— Eh bien, le maire préférerait que vous ne soyez pas armé...

— Le maire ?

— Quelqu'un de plus haut placé que moi, en tout cas.

— Il y a peut-être un contrat sur moi.

— Qui vous a raconté ça ?

— C'est un petit oiseau qui me l'a dit...

Le chef prit un air songeur.

— Rien que nous prenions au sérieux, en tout cas.

— Et si moi je prends ça au sérieux ?

— N'exagérons pas...

— Et le portier, alors ? Ils l'ont pas descendu, ce pauvre connard de portier ?

— Nous estimons que c'est sans rapport. Ce type faisait du trafic de drogue ou je ne sais quoi...

Jack avait la vue brouillée par des larmes de rage et d'exaspération.

— Ils lui ont logé quinze balles dans...

— Le service estime que, comme vous êtes estropié, vous n'avez pas besoin d'arme. Il y a toujours le risque que la douleur qui vous harcèle, vous déprime, ou Dieu sait quoi, et que vous vous blessiez. Ou que vous blessiez quelqu'un d'autre. Le service estime que vous ne devez pas avoir d'arme.

Le chef continua du même ton courtois et uni, mais Jack ne l'entendait pas. Il ne brandissait plus sa canne, il ne hurlait plus. Il avait le sentiment que la police l'avait condamné à mort et il en restait sans voix.

Le fourgon le ramena chez lui. Planté sur le trottoir, entre la voiture et l'entrée de son immeuble, il inspecta la rue. Il repéra aussitôt la voiture garée devant l'arrêt d'autobus, à un demi-bloc de là. Trois hommes étaient à l'intérieur. C'était trop loin pour qu'il puisse en être certain, mais ç'auraient bien pu être des gens de type hispanique.

Seigneur, se dit-il tandis que la sueur lui ruisselait dans le dos. Jamais auparavant l'envie de vivre n'avait couru en lui avec une telle intensité. Autrefois il aimait prendre des risques, mais les terribles souffrances qu'il avait endurées et maintenant les événements de la journée, tout cela lui avait brisé les nerfs.

Aussi longtemps que le fourgon restait là, il était en sûreté. Quand il s'en irait, ce serait fini. Les Colombiens pourraient s'attaquer à lui impunément. Ils opéreraient avec une certaine prudence, s'imaginant qu'il était toujours un flic, toujours armé. Cette ignorance de leur part était sa seule chance. Ça n'était pas grand-chose et ça ne durerait pas.

Il monta et téléphona au fidèle Jimmy, lui demandant de passer le plus tôt possible.

— Pour quoi faire ?

— J'ai besoin qu'on me conduise à l'aéroport.

— Où allez-vous ?

— Je ne sais pas encore.

Il le savait mais ne voulait mettre personne d'autre au courant, pas même Jimmy.

— Ça va me prendre un moment, de venir, avertit Jimmy.

— Reste en uniforme, dit Jack.

— Pourquoi ?

— Je t'en prie, fais ce que je te dis.

En attendant, il rassembla son passeport et ses cartes de crédit et fit sa valise. Les billets d'avion étaient toujours dans le tiroir auprès du lit : New York-Paris et retour. Il fourra les deux dans sa poche.

Sur le chemin de l'aéroport, pour être sûr qu'on ne les filait pas, il obligea Jimmy à faire deux fois le tour de pâtés de maisons différents. A l'aéroport, il changea sa destination de Paris pour Nice en payant un supplément. Il rendit le second billet puis s'assit parmi la foule des voyageurs, se sentant plus en sécurité que depuis des jours. Personne ne savait où il était.

Le vol décolla à l'heure.

Huit heures plus tard, il débarqua sous le brillant soleil méditerranéen. Il loua une voiture et longea le front de mer jusqu'à la ville, refaisant connaissance avec ces paysages qu'il n'avait pas revus depuis le temps où il était dans la marine.

Il avait l'intention de trouver une chambre, puis d'essayer de prendre contact avec les gens qu'il avait connus dans ce temps-là. Ça n'était pas terrible comme plan mais, pour le moment, c'était tout ce qu'il avait, tout ce qu'il lui fallait.

Ici, il n'y avait pas de contrat sur lui.

LIVRE DEUX

11

A une dizaine de kilomètres à l'est de Nice, à vingt kilomètres à l'ouest de la frontière italienne, Beaulieu-sur-Mer est l'une des plus petites villes de la Côte d'Azur et, d'après certains, la plus chic. La promenade au-dessus de la petite plage de sable s'étend sur deux niveaux — c'est presque un parc — et elle est à l'ombre de palmiers et de buissons de fleurs. A chaque extrémité se trouvent blottis des hôtels discrets et extrêmement chers. De l'autre côté de la rue, le casino, un petit bijou datant du siècle dernier. Tout à côté, entouré de haies, le tennis-club de Beaulieu, fier de ses huit courts en terre battue. La bourgade elle-même, coincée entre la mer et les montagnes, ne comprend que deux ou trois rues bordées de galeries d'art, de magasins d'antiquités et d'agences immobilières. Il y a aussi une élégante petite gare de chemin de fer, qui date elle aussi du siècle dernier : on imagine sans peine des attelages attendant les voyageurs qui descendaient ici. Derrière la ville, les Alpes maritimes dressent leurs contreforts abrupts. Elles laissent un peu de place à quelques belles villas : après cela, les parois se dressent presque à la verticale.

La route de la basse corniche serpente à travers l'agglomération, et quand elle en sort, à l'autre extrémité, il y a un port de plaisance en forme de U. Le long du port, des restaurants avec des tables en terrasse, ainsi que divers entrepôts et commerces qui assurent l'entretien des yachts. La rade elle-même est si encombrée que c'est à peine si on voit l'eau. Il y a un large quai central d'où partent des embranchements plus étroits, quatre dans chaque direction. Ils s'allongent comme des doigts. C'est là que les yachts sont amarrés côte à côte, poupe vers le quai : il y en deux ou trois cents, de toutes tailles. De la plage arrière, des passerelles donnent accès au quai, la plupart relevées comme de modernes ponts-levis.

L'eau, même aussi encombrée et protégée, bouge. Les yachts s'agitent aussi, se frottant sans cesse bord contre bord.

Leurs propriétaires sont tous des gens riches, certains sont célèbres aussi, et la plupart sont absents. Les plus gros bateaux sont occupés par des marins salariés, pour la plupart jeunes, blonds et bronzés. Leur travail consiste à tenir le yacht prêt à prendre la mer à tout moment, au cas où le propriétaire surviendrait et en manifesterait le désir. Sur les embarcations plus modestes, il n'y a généralement personne. La plupart, petites ou grandes, sont à vendre : être propriétaire d'un yacht n'est évidemment pas aussi drôle que ce que les gens imaginent parfois. Les affaires de courtage maritime, y compris celle qui appartenait depuis des générations à la famille de Madeleine, connaissent des hauts et des bas. Dans les bonnes périodes, les affaires sont bonnes. Quand c'est la crise, elles sont pratiquement inexistantes.

Ce matin-là, Madeleine descendit de sa chambre au-dessus de l'entrepôt et entra dans le bureau de son frère par le magasin : elle le trouva en train de discuter avec un grand homme maigre qui n'avait pas l'air bien en forme et qui s'appuyait sur une canne. Madeleine fut étonnée de voir en aussi piètre état un homme du même âge qu'elle et elle se demanda ce qu'il avait.

Elle s'attarda à écouter la conversation : elle se déroulait dans un mélange de l'exécrable anglais de son frère et du français, tout aussi exécrable, de l'autre homme, jusqu'au moment où son frère, exaspéré, se tourna vers elle.

— Ça t'ennuierait de nous donner un coup de main ?

Madeleine se mit à rire et s'avança.

— Je peux vous aider ? demanda-t-elle en anglais à l'homme, manifestement un Américain.

Il lui jeta un bref coup d'œil.

— Vous êtes anglaise ?

— Non. Je suis française.

— Votre accent est anglais.

Madeleine était ravie de pouvoir passer pour une Anglaise.

— J'ai vécu là-bas quelque temps, expliqua-t-elle. Je vous présente mon frère. Qu'est-ce que vous essayiez de lui dire ?

L'Américain, semblait-il, voulait louer un bateau. Non, répondit-il à la question de Madeleine, il n'avait pas encore de permis, mais il supposait qu'il pourrait s'en procurer un. En partie à son vocabulaire, en partie à ses manières, elle jugea qu'il n'avait pas beaucoup d'argent non plus. Il ne se montrait pas arrogant. Elle avait déjà servi d'interprète à des acheteurs de yachts et, quand les gens étaient riches, ça se voyait et s'entendait. Cet homme-là ne voulait pas un bateau extraordinaire. Il désirait simplement pouvoir dormir à bord et aller au moins jusqu'en Corse et peut-être même plus loin, évidemment sans trop s'éloigner des côtes. Il expliqua qu'il avait déjà cherché ce genre d'embarcation à Nice et à Villefranche. Nice s'était révélé être un port commercial, avec des cargos et des ferries. A Villefranche, il n'y avait rien qui lui convînt. Maintenant il était ici, descendant la côte en quête de ce qu'il cherchait.

Il songeait vaguement, dit-il, à louer ses services aux touristes pour des excursions d'une journée : pour pêcher, admirer le paysage, faire de la plongée. C'était un moyen de gagner un peu d'argent.

Madeleine était sceptique.

Il se tourna vers elle avec un large sourire.

— Vous n'approuvez pas ?

— Il n'y a plus grand-chose à pêcher dans cette partie de la Méditerranée, dit Madeleine.

— Des excursions, alors ?

— Vous seriez en concurrence avec de gros bateaux de Nice et des autres villes...

Le sourire de l'Américain commençait à paraître un peu forcé. Se tournant de nouveau vers Alain, il lança :

— Vous avez quelque chose à louer, ou non ?

— Dis-lui, fit Alain en plaisantant, qu'il y a trois choses qu'un Français ne prête jamais : sa femme, son bateau et son stylo.

— Dites-lui que j'ai dit louer et non pas emprunter, répondit sèchement l'Américain.

Alain lui montra trois bateaux. Un ancien chalutier, la coque rouillée, à moitié pourri, pas cher : l'Américain n'y jeta qu'un coup d'œil. Il y avait aussi un canot qu'on appelait une « cigarette » qui pouvait faire du cinquante nœuds à l'heure. Ce genre d'engin, fit observer l'Américain, ne sert qu'à attirer l'attention des filles et de la douane. S'il voulait se lancer dans la contrebande, il serait plus sage d'utiliser une embarcation un peu moins voyante.

De la contrebande ? Madeleine lui lança un regard acéré.

Le troisième bateau était un petit yacht de croisière de vingt-quatre pieds, construit en Norvège. Deux moteurs Volvo Penta 110. Il datait d'au moins dix ans mais, vu du quai, semblait en assez bon état. Il y avait deux couchettes dans la cabine et on pouvait aménager les banquettes à l'arrière pour en faire une troisième : on dormirait à la belle étoile sous un auvent. Il y avait aussi une petite cambuse, des toilettes chimiques, un chauffe-eau et, dans la cale, un énorme réservoir qui permettait de prendre des douches d'eau douce, même s'il fallait pour cela se mettre sur le pont et utiliser un tuyau.

Selon Alain, le bateau pouvait atteindre une vitesse d'environ quinze nœuds. On discutait maintenant le prix, avec Madeleine comme interprète. Cela faisait presque une heure qu'ils évoluaient d'un bout du quai à l'autre, en marchant lentement pour que l'Américain puisse suivre avec sa canne. Soudain, il s'assit sur une bitte d'amarrage.

— Je suis désolé, fit-il. J'ai besoin de me reposer un moment.

Bien que ce ne fût pas une chaude matinée, il transpirait et avait l'air plus hagard que jamais.

— Vous n'êtes pas bien, observa Madeleine.

— Ça ira mieux dans une minute.

Elle attendait qu'il s'explique, mais il n'en fit rien.

Alain, qui marchait à quelques pas devant eux, continua jusqu'à son bureau.

L'Américain regarda la rangée de restaurants, de l'autre côté du port. On avait du mal à les voir à travers tout cet enchevêtrement de mâts et de voilures. On distinguait surtout le haut des parasols dressés au-dessus des tables en terrasses.

— Vous n'êtes pas occupée ? demanda l'Américain. Est-ce que je pourrais vous emmener déjeuner ? (Madeleine ce jour-là ne se sentait pas d'humeur à supporter la compagnie d'un homme, pas plus celui-ci qu'un autre.) Et puis après le déjeuner, dit-il en se forçant à arborer le même large sourire qu'auparavant, nous pourrons voir si je loue oui ou non ce bateau...

Dans quelle mesure son frère avait-il vraiment besoin de cette commission ? Dans l'état où elle se trouvait, elle voyait tous les hommes comme des menaces. Était-ce son devoir envers Alain de se montrer aimable avec celui-ci ? Un homme aussi malade ne paraissait pas bien menaçant. Et puis cela faisait trop de repas qu'elle prenait seule, depuis quelque temps.

— Bien sûr, répondit-elle. Pourquoi pas ?

Ils firent en flânant le tour du port. Il avait du mal à la suivre.

— Vous souffrez, dit Madeleine.

— Ça va et ça vient, ce n'est pas si terrible.

— C'est votre hanche, n'est-ce pas ?

— Ça ira bien dans quelques jours.

Ils s'assirent. L'Américain commanda une bouteille de rosé de Provence et, quand on les eut servis, il leva son verre à la lumière de façon à pouvoir admirer la couleur du vin.

— Joli, dit-il en souriant.

L'espace d'un instant, elle vit quel air il devait avoir quand il était enfant.

— Vous êtes en vacances ? lui demanda-t-elle.

— Je ne sais pas. Je vais peut-être rester un moment. Peut-être pas.

— Quel genre de travail faites-vous ?

— J'étais... Je travaillais pour le gouvernement.

Elle le regarda. Comme il n'ajoutait rien, elle hasarda :

— Mais vous avez arrêté ?

— Je suis retraité.

— Vous êtes plutôt jeune pour être retraité.

— Humm, fit-il.

Elle le regarda examiner la couleur du vin.

Il ne parlait pas beaucoup car il s'inquiétait encore à l'idée qu'on retrouve sa trace, mais cela, elle l'ignorait. Il voulait que personne ne sache qui il était, y compris cette jeune femme.

Madeleine le trouvait simplement grossier. Du coup, elle s'obstina :

— Vous avez eu un accident ?

— Quelque chose comme ça.

— Un accident de travail ? fit-elle, en insistant.

Il éclata de rire.

— A vrai dire, oui. Si on commandait... (Il inspecta son menu.) Qu'est-ce que c'est ? demanda-t-il en désignant une ligne sur la carte.

— Des sardines grillées. On mange ça avec les doigts, comme des épis de maïs.

— Alors, c'est pour moi.

Et il sourit. Il avait vraiment un très joli sourire.

Ils étaient assis à une terrasse, sous les parasols, par un beau matin ensoleillé, et ils regardaient les yachts. Pas si mal, après tout.

— Et vous, dit-il, quel genre de travail faites-vous ?

— Pour l'instant, je suis entre deux emplois.

Elle pouvait se montrer tout aussi peu causante que lui.

— Mais vous travailliez ?

— Oh, oui.

— Quel genre de travail ?

— J'ai pas mal circulé : Lille, Paris, ici.

— Je vois...

Pendant le déjeuner, ils parlèrent langues, bateaux — des sujets impersonnels —, et la conversation devint plus facile. Elle lui dit qu'elle avait appris l'anglais comme jeune fille au pair en Angleterre ; il lui demanda quelles parties du pays elle avait visitées, et ce qu'elle avait le plus aimé de son séjour là-bas. Il semblait s'intéresser sincèrement à ses réponses et elle reprit confiance. Elle savait qu'aujourd'hui elle était jolie. Elle avait bien dormi, pour changer, et elle avait l'air en forme. Elle était bien coiffée et elle avait de plaisantes boucles d'oreilles qui dépassaient de sous ses cheveux.

Il espérait bien voir l'Angleterre un jour, dit-il. Pour l'instant, il ne connaissait que la Méditerranée. Il décrivit des choses qu'il avait vues en Grèce et en Turquie quand il était dans la marine.

Ils étaient maintenant comme des chanteurs qui travaillent sur l'introduction d'un duo d'amour. Mais ils étaient encore loin de la mélodie, et on pouvait douter qu'ils y parviennent jamais.

Il suivit son conseil pour déguster ses sardines grillées : il arracha la chair de l'arête avec ses dents. Tous deux buvaient leur rosé à petites gorgées, et il lui demanda si elle s'y connaissait en bateaux.

Son père, lui expliqua-t-elle, était à la tête de l'affaire de courtage maritime que dirigeait aujourd'hui son frère. Ils discutèrent de bateaux en général et de la navigation ici, le long de la côte. Elle lui raconta de vieilles histoires de contrebande survenues juste après la guerre, quand la France manquait de tout, quand on préférait les cigarettes américaines à toutes les autres, et que des hommes chargeaient des caisses de Chesterfield et Lucky Strike à bord de vedettes désaffectées à Tanger pour les transporter de l'autre côté de la Méditerranée et les décharger dans la nuit.

— Aujourd'hui, j'imagine, ce ne sont plus des cigarettes mais de la drogue, dit-il.

Un instant peut-être, ils furent sur le point de s'avouer l'un à l'autre qu'ils avaient été policiers. Cela aurait pu arriver s'ils avaient continué sur ce terrain.

Mais la conversation revint aux yachts. Elle lui parla de tempêtes et de bateaux de plusieurs millions de dollars venus se fracasser sur les rochers de la Côte d'Azur. Elle lui parla de gens qui avaient disparu au cours de croisières, et des folles réceptions qu'il y avait eu jadis à bord de somptueux bateaux. Parfois, elle le faisait rire. En tout cas, il n'avait plus cet air tendu.

— Vous connaissez les eaux, par ici ? demanda-t-il.

— Oui, bien sûr.

Depuis son enfance, elle avait passé son temps sur des bateaux de plaisance.

— Croyez-vous que votre frère nous laisserait vous et moi sortir ce yacht norvégien pour une promenade d'essai cet après-midi ?

Une heure plus tard, elle pilotait le bateau hors de la marina. Ils étaient debout derrière le pare-brise, le dos calé contre les fauteuils à haut dossier. Quand ils eurent franchi la jetée, elle mit les gaz, jusqu'au moment où elle put sentir le vent contre ses lunettes de soleil, dans ses cheveux. La mer était lisse et, au-dessus de leur tête, il y avait de petits nuages qui s'en allaient vers l'est, vers l'Italie.

Elle les emmena jusqu'au cap Ferrat. Là, elle ralentit et ils croisèrent lentement le long de la côte escarpée, admirant les magnifiques villas, les grandes propriétés. Il y avait d'autres bateaux à l'ancre près des falaises. Des gens nageaient ou prenaient des bains de soleil. Une vedette ayant à son bord deux gendarmes en uniforme et arborant le pavillon français passa, les gendarmes les examinant un moment.

Quand le patrouilleur eut disparu, l'Américain se pencha vers elle et lui cria à l'oreille :

— Cette côte est très surveillée ?

La question la prit de court. Elle avait savouré la liberté du large, du vent, le choc de la coque contre les vagues, et voilà que tout d'un coup elle pensait de nouveau comme un flic.

— Vous envisagez de faire de la contrebande ?

Ce fut à son tour à lui de prendre un air méfiant.

Mais, au bout d'un moment, son sourire réapparut et il répondit, plaisantant :

— Je ne sais pas. Il faut étudier tout ce qui se présente...

L'Américain ne prit jamais la barre, bien qu'elle le lui eût proposé, et ils finirent par rentrer à Beaulieu. Elle entra lentement, prudemment, dans le port, se glissant parmi tous les yachts au mouillage pour finir par regagner en marche arrière la place quittée une heure auparavant.

Dans le bureau d'Alain, l'Américain signa les papiers de location du bateau, et un chèque libellé en dollars. Madeleine, qui ne connaissait toujours pas son nom, se pencha sur son épaule pour le lire. Maintenant, elle n'était plus obligée de l'appeler dans sa tête « l'Américain » : elle pouvait lui dire « monsieur Dilger » si elle en avait envie.

— Je suis désolé que mon chèque soit en dollars, dit-il. Je n'ai pas encore eu le temps d'ouvrir un compte en banque ici.

Ils sortirent du bureau pour s'avancer sur le front de mer. Là, Alain lui serra la main et Madeleine en fit autant. Elle le regarda boitiller jusqu'à sa voiture de location : elle ne savait toujours rien de lui. Évidemment, il ne savait rien d'elle non plus.

Le lendemain, il déménagea ses affaires à bord du bateau : Madeleine le regarda faire depuis la porte du bureau d'Alain. Il habitait un petit hôtel à Nice, découvrit-elle par la suite, mais désormais, ce bateau de vingt-quatre pieds serait son domicile.

Elle-même prit l'avion pour Le Mans, tous frais payés, pour prendre la parole devant un congrès de juges. Une nouvelle fois, elle expliqua à son auditoire comment elle et ses anciens collègues avaient démontré que des fonctionnaires élus exigeaient des pots-de-vin contre l'octroi de contrats municipaux. Aussi longtemps que ces fonctionnaires de Nice, et d'autres dans d'autres villes, seraient protégés par le gouvernement à Paris, déclara-t-elle, la police ne pourrait rien faire. Son public de magistrats représentait l'échelon juste au-dessus des policiers dans la hiérarchie judiciaire, mais ils étaient des hommes de loi chargés d'un mandat et c'était à eux d'imposer les changements nécessaires. Elle les pressa d'essayer.

On l'applaudit à tout rompre et, pendant quelques instants grisants, elle parvint à se persuader qu'elle tenait une place importante dans la vie politique française. Ce moment passa vite. Elle n'avait toujours pas de situation, pas d'espoir d'en trouver une, pas de mari ni d'amant, et pas la moindre perspective de ce côté-là. Et nulle enquête n'avait été ouverte sur les affaires de corruption qu'elle avait découvertes à Nice.

Le lendemain matin, elle reprit le même vol pour rentrer.

Au moment où elle descendait de sa voiture devant l'entrepôt, elle aperçut Dilger qui sortait d'une petite épicerie. Il portait un sac à provisions et se dirigeait lentement vers son bateau. Même s'il boitait encore, ce matin-là il n'avait plus de canne.

Elle le salua en français :

— Bonjour, monsieur Dilger.

— Bonjour, Maddie, répondit-il.

Maddie ? Elle savait que les Américains ont tendance à appeler tous les gens par leurs prénoms, mais les Français sont plus formalistes. Maddie, je vous demande un peu. Pas même Madeleine. C'était une entorse au formalisme des Français, et elle en fut un peu choquée.

Elle lui dit qu'il avait meilleure mine ce matin, et le félicita d'avoir renoncé à sa canne.

Une fois de plus, il la gratifia de son grand sourire.

— Vous êtes sur votre trente et un, remarqua-t-il.

— J'avais une réunion.

Ils étaient plantés là, à se sourire. Elle était en tailleur noir et corsage rose, la tenue qu'elle portait pour s'adresser aux juges du Mans la veille au soir.

Ils se dirigeaient vers son bateau et elle proposa de lui porter son sac à provisions, mais il refusa.

Quand ils arrivèrent au bord du quai, il le lui confia enfin puis monta avec précaution sur le pont, en se servant de ses deux mains pour bien s'assurer contre le léger tangage.

— Demain, je vais au marché de Nice, lui lança-t-elle tandis qu'il tendait les mains pour prendre son sac. (Plus tard, elle ne comprit pas ce qui l'avait poussée à parler.) Vous êtes le bienvenu, si ça vous dit.

— Demain, c'est dimanche.

— Eh bien, dimanche, c'est le jour où je fais mon marché.

— Ça me plairait, vous savez. Quelle heure ?

Cette réaction l'étonna. Elle était tout aussi surprise de vouloir faire des choses pour lui qu'elle l'était de chercher à lui plaire.

— Au marché, précisa-t-elle stupidement, les produits coûtent moins cher et ils sont plus frais... (Elle aurait dû se contenter de lui dire à quelle heure la retrouver et s'en aller.) Et puis, conclut-elle, il y a plus de choix.

Durant le bref moment qu'ils avaient passé ensemble, elle avait continué de l'appeler « monsieur Dilger ». Et lui à l'appeler Maddie. A sa surprise, elle en était ravie.

Le marché du cours Salaya est long et étroit : des rangées d'éventaires sous des bâches, avec des cafés des deux côtés, les tables s'étalant en terrasse, laissant tout juste la place de passer. On entre sur le cours par les arcades qui donnent sur le front de mer ou par ces étroites venelles — on hésite même à les appeler des ruelles — qui débouchent de la vieille ville. Ou bien par l'Opéra, pour rencontrer d'abord des étals de fleuristes, le soleil passant entre les bâches pour ruisseler sur les fleurs fraîchement coupées, des œillets bien sûr, mais aussi des renoncules, des anémones, des roses de toutes formes et de toutes couleurs, des glaïeuls et des tulipes. Le soleil crée là d'innombrables nuances de rouge, d'orange et d'or, un éclairage lumineux, une sorte de halo qu'il fait bon traverser. Il provoque aussi une odeur entêtante, presque difficile à respirer.

Plus loin commencent les éventaires des maraîchers. Le parfum des fleurs cède la place à l'odeur plus terreuse des fruits et des légumes, et le bruit est bien plus fort. Les marchands vantent les qualités de leurs produits, les acheteurs veulent savoir d'où vient tel fruit et quand il a été cueilli, l'argent change de main. Chacun pense au déjeuner dominical. Tout le monde est de bonne humeur. On échange des plaisanteries. Les commerçants découpent melons ou poires, en offrant des tranches pour prouver qu'ils sont mûrs, qu'ils ont un goût délicieux.

On trouve à vendre presque tout ce qui se mange, et presque tout est frais. Poulets et canards vivants, et encore crottés de la boue de la basse-cour. Poissons fraîchement pêchés et tranchés en deux, pour bien montrer la couleur et la texture de la chair. Des champignons aussi : dans des caisses ou en pyramides de toutes sortes, de toutes formes, de toutes couleurs. Les fromages fabriqués à la ferme, faits avec du lait de vache ou de chèvre. Des olives : noires ou vertes ou de n'importe quelle nuance intermédiaire, marinant ou non dans la saumure. Du miel et des confitures maison. Les odeurs et les arômes, tout cela semble s'élever dans un nuage invisible qui reste prisonnier sous les bâches.

La faim vous gagne bientôt. Les acheteurs s'arrêtent

pour prendre un café ou un croissant à une terrasse. Des musiciens ambulants vont d'un établissement à l'autre et passent ensuite le chapeau — ce sont pour la plupart des guitaristes, même s'il y a çà et là un homme qui débite des chansons sur un vieil orgue de Barbarie. Des groupes de touristes circulent dans cette cohue, harangués par des guides qui s'adressent à eux dans leur langue. La vieille ville toute proche, si petite soit-elle, n'abrite pas moins de sept églises, dont certaines sont presque côte à côte. Le dimanche matin, le carillon de leurs cloches ne cesse pas.

Assise près de Jack à la terrasse d'un des cafés, Madeleine regardait par-dessus sa tasse, consciente que le marché est l'une des principales attractions touristiques de Nice. La vie n'est pas un documentaire de voyage, songea-t-elle, même si on en a parfois l'impression. Elle comprit pourquoi elle avait amené Jack Dilger ici ce matin : cela lui faisait plaisir, elle ne savait pas pourquoi, de montrer sa ville et ses attraits à cet étranger dont elle ne savait encore rien. Pourquoi était-elle si curieuse à son sujet ? Ça n'était pas tellement le mystère qui l'entourait. Au premier abord, chaque être humain constitue une énigme, mais, dans la plupart des cas, cela ne l'intéressait absolument pas d'essayer de la résoudre. La plupart des autres clients sirotaient leurs cafés, sans se soucier du spectacle, ou lisaient leur *Nice Matin*. Pas Jack, qui appréciait la scène en souriant.

— C'est vraiment bien, lui dit-il. Sans vous, je n'aurais jamais vu tout ça. Merci de m'avoir amené ici.

Ils avaient fini leurs courses. Leurs sacs de provisions étaient posés sur des chaises libres. Ils terminèrent leur café, Jack laissa de l'argent sur la table et ils repartirent, se frayant un chemin au milieu de la foule, des étals et des fleurs : Jack boitait encore, mais ne semblait plus souffrir. Ils retrouvèrent la voiture de Madeleine.

Elle était contente d'elle et de lui. Comme elle s'installait au volant, il osa :

— Est-ce que je pourrais vous demander un service ?

— Bien sûr.

Comme il semblait hésiter encore, elle insista :

— Quel service ?

Il y avait quelqu'un qu'il connaissait autrefois, raconta-t-il. Il s'était rendu à l'adresse de cette personne mais n'avait pas pu comprendre ce qu'on lui disait. Madeleine accepterait-elle de l'accompagner maintenant, pour lui servir d'interprète ? Peut-être, avec son aide, pourrait-il retrouver cette personne.

Sa demande semblait assez banale, et ils n'étaient pas loin de l'adresse indiquée. Ils descendirent des rues bordées de platanes dont les branches formaient une voûte au-dessus de leurs têtes. Le dimanche matin, peu de voitures circulent dans la ville.

Un appartement, avenue Victor-Hugo. L'ascenseur les conduisit au troisième étage, où Jack pressa la sonnette.

Une femme entrebâilla la porte, les regarda tour à tour d'un œil méfiant et fit un signe de tête à peine perceptible en direction de Jack. Madeleine expliqua ce qu'ils voulaient, puis se tourna vers Jack.

— Quel est le nom de la personne que vous cherchez ?

— C'est sa fille, dit Jack. Claudia. Je la connaissais autrefois.

— Oh, Seigneur, murmura Madeleine.

— Demandez-lui des nouvelles de sa fille.

Madeleine faillit refuser. Au bout du compte, en prodiguant des excuses à la femme qui se tenait sur le seuil, elle s'exécuta.

Les deux femmes s'exprimaient en français.

— Elle dit que sa fille est mariée, qu'elle a trois enfants et qu'elle habite Paris.

— Oui, c'est ce que j'ai cru comprendre, l'autre jour. Demandez-lui si elle vient jamais ici.

Madeleine secoua la tête d'un air incrédule et fit ce qu'il lui demandait.

— Elle dit que la dernière fois que sa fille est descendue à Nice, c'était pour l'enterrement de son grand-père.

— Demandez-lui si je peux avoir son numéro de téléphone.

— C'est ridicule, fit Madeleine.

— Demandez, je vous en prie.

Madeleine lui lança un bref coup d'œil, mais s'exécuta une fois de plus.

— Elle dit que sa fille n'a pas le téléphone.

— Pas le téléphone ? fit Jack.

— Ça veut dire qu'elle ne veut pas vous donner le numéro.

— Mais elle me connaît. Rappelez-lui qu'elle me connaît.

— Elle m'a déjà dit qu'elle se souvient de vous. Ça ne change rien. Écoutez, sa fille est mariée, et voilà. N'y pensez plus.

— Demandez-lui son adresse.

— Elle ne voudra pas vous la donner non plus.

— Demandez quand même.

Madeleine était de plus en plus mal à l'aise et de plus en plus agacée.

Durant la brève discussion qui s'ensuivit, Jack regarda tour à tour les deux femmes.

— Qu'est-ce qu'elle dit ?

— Que vous devriez écrire une lettre et l'envoyer ici. Elle la fera suivre.

— Vous croyez qu'elle le fera ?

— Vous êtes toujours aussi obtus ?

— Vous n'avez pas besoin de vous mettre en colère contre moi...

— C'est une petite bourgeoise française, sa fille est mariée, et elle ne fera probablement pas suivre une lettre susceptible de perturber son union. Est-ce assez clair pour vous ?

Durant le trajet de retour, Madeleine eut le sentiment que Jack s'était servi d'elle. Elle lui en voulait et refusait de lui parler. Elle ne voulait pas croire qu'il était aussi stupide : ou alors il était simplement — comme la plupart des hommes — sans égard et insensible. En tous les cas, il avait gâché une agréable matinée. Elle en avait assez de lui.

De temps en temps, tout en roulant, elle apercevait son visage. Il inspectait les rues comme le ferait un policier : il se mit à faire des commentaires sur les voitures garées en double file. Il y en a toujours, à Nice. A peine si elle les remarquait encore. Mais aujourd'hui, un dimanche, elles étaient arrêtées ainsi devant les boulangeries, les boucheries, les cafés. Où était la police ? voulut-il savoir. Comment tolérait-on une chose pareille ? Est-ce que les commerçants payaient les agents, ou quoi ?

Il faisait ces commentaires d'un ton brutal, agressif, si bien qu'une idée traversa l'esprit de Madeleine. Elle n'était toutefois pas d'humeur à l'exprimer. Elle n'était d'ailleurs pas d'humeur à lui parler du tout. Quand elle le déposa à Beaulieu, après avoir suivi le quai central où était amarré son bateau, il la remercia de cette charmante matinée. Elle se contenta de le saluer de la tête et démarra.

Elle tomba sur lui trois jours plus tard, sur l'escalier roulant des Galeries Lafayette. Il la prit par le bras et l'entraîna au rayon des articles pour homme : il devait acheter des chemises et des pantalons, et il avait besoin de son aide. Il était arrivé en France avec une garde-robe très restreinte, avoua-t-il.

La curiosité de Madeleine finit par l'emporter. Comme il palpait des vêtements, elle dit :

— La plupart des gens, quand ils partent en voyage, mettent dans une valise tout ce dont ils pourraient avoir besoin.

— La plupart des gens, reconnut-il.

— Mais pas vous.

Elle l'observait.

— J'ai dû partir précipitamment.

— Pourquoi donc ?

— J'avais des gens à mes trousses.

— Quels gens ? insista-t-elle.

De nouveau, son grand sourire.

— Je ne vous l'ai pas dit, mais voilà, je suis un gangster.

— Je vois.

— Imaginez un peu tous les gens que je pourrais avoir à mes trousses.

Les soupçons de Madeleine prirent corps. Non, se dit-elle, tu es un flic, ou un ex-flic. Tout chez lui dénotait le policier. Son comportement un peu agressif, sa façon d'inspecter les rues, les détails qu'il remarquait et qui auraient échappé à un civil ordinaire. Pour un autre policier, c'était clair. Elle choisit de ne rien dire.

Elle resta devant la cabine d'essayage et, chaque fois qu'il sortait en boitillant pour venir défiler devant elle, elle donna ou non son accord sur ce qu'il avait sur le dos. Ni son ancien mari ni Luc ne lui avaient jamais demandé son aide pour choisir des vêtements, et elle eut un moment l'impression d'être une épouse américaine.

Il l'emmena dans un endroit qu'il connaissait, apparemment depuis longtemps, le Scotch Tea House, avenue de Suède, un charmant petit établissement, tout à fait français malgré son nom et qui n'avait rien à voir avec l'Écosse ou les Écossais. Il avait dû le choisir voilà longtemps et aujourd'hui encore, en s'imaginant trouver là un endroit où des gens parleraient anglais.

Ils burent du thé en mâchonnant des pains au lait et en bavardant. Pas de révélations, ni d'un côté ni de l'autre, mais la rencontre inopinée dans un grand magasin s'était on ne sait comment transformée en une sorte de rendez-vous. Qu'ils en eussent conscience ou non, ils avaient fait un pas en avant. Ils commençaient à se bâtir un passé commun : le passé, c'est ce qui rend l'avenir — le leur ou celui de n'importe qui — possible.

Sur le trottoir, en sortant du salon de thé, Jack lui murmura :

— Il y a un type sur une moto... retournez-vous mais n'ayez pas l'air de le regarder. Vous le voyez ? Il est vêtu de cuir et il est appuyé sur son engin, contre le lampadaire...

Madeleine se tourna vers Jack.

— Et alors ?

— Vous ne le connaissez pas ?

— Non, pourquoi ?

— Ça n'est pas un ancien petit ami que vous avez repoussé ? fit Jack en plaisantant.

Madeleine semblait surprise.

— Non.

— L'autre jour, je l'ai vu traîner devant l'immeuble où vous habitez. Je crois bien que c'était lui.

L'homme portait un casque de motard : impossible de distinguer son visage.

— Je ne l'ai jamais vu, affirma Madeleine.

— Ce n'est pas quelqu'un à qui vous devez de l'argent ?

— Non.

Pour Madeleine, qui n'ignorait pas s'être fait des ennemis — pour le moins puissants —, il n'y avait pas là matière à plaisanter.

— Se pourrait-il qu'il vous suive ? demanda Jack. Y a-t-il une raison qui pousserait quelqu'un à vous suivre ?

Madeleine sentit un frisson courir le long de son dos.

— Non, répondit-elle sans vergogne.

— Alors, ça doit être mon imagination...

Elle examina Jack un moment : les soupçons qu'elle nourrissait à son égard se précisaient. Qui d'autre qu'un policier aurait remarqué l'homme à la moto ? Derrière elle, elle entendit le moteur démarrer. Elle se retourna : elle vit l'homme s'engager dans le flot de la circulation. Comme elle n'y pouvait rien, quel que fût cet individu, Madeleine essaya de chasser ce problème de son esprit. Elle était passée à la télévision : ce pouvait être un admirateur. Ou bien ses diverses apparitions n'étaient que des coïncidences.

Quelqu'un qu'on aurait engagé pour lui faire du mal ? C'était une possibilité, assurément. Mais plus elle y pensait, plus elle avait du mal à y croire. Elle s'était attaquée à des criminels en col blanc. Ces gens-là ne peuvent absolument pas constituer une menace physique. Ce sont des gens riches, et les riches ne sont ni violents ni susceptibles de violence, estimait-elle. La violence ne fait pas partie de leur culture.

Jack disait quelque chose. Elle ne l'avait même pas entendu et elle dut se forcer à écouter. Il l'invitait à une sortie sur son bateau. Ils pourraient emporter un pique-nique, disait-il, se baigner au large, faire une petite fête.

Elle hésita. L'heure qui venait de s'écouler lui avait plu mais leur rencontre avait été impromptue, accidentelle. Passer la journée sur son bateau, ça changeait les règles. Ce serait une sortie officielle, un vrai rendez-vous pour la première fois.

— J'ai regardé la carte, dit-il. Nous pourrions aller jusqu'aux îles de Lérins. Entre les deux îles, la mer devrait être calme : ce serait l'endroit idéal pour se baigner.

— En fait, c'est le cas.

Elle s'efforçait d'évaluer sa proposition, de décider si elle allait accepter ou non, et il lui fallait du temps.

— Quand ça ? demanda-t-elle.

— Aujourd'hui, demain, quand vous voulez.

Une réponse vague. Son côté vague, justement, la troublait. Elle devait non seulement dire oui ou non, mais également choisir le jour. Avait-elle vraiment envie d'avoir une aventure avec cet homme ? Quand elle était jeune fille, elle était sûre de sa séduction, de son pouvoir sur les garçons, puis sur les hommes. Son mari l'avait repoussée, puis Luc. Pour le moment, elle n'avait plus guère d'assurance.

Elle vit qu'il attendait sa réponse avec anxiété. L'incertitude où elle l'avait plongé lui plaisait.

— D'accord, fit-elle.

— Demain, s'il fait beau ?

Elle acquiesça.

Ils échangèrent une poignée de main, comme le font les Français pour mettre un terme à une conversation, et chacun s'éloigna vers sa voiture. Jack boitait chaque jour un peu moins, observa Madeleine.

Lorsqu'elle arriva près du bateau, Madeleine portait une jupe en jean et un corsage bleu assorti à la couleur de ses yeux. Aux pieds, des espadrilles. Ses cheveux brun foncé étaient ramenés en chignon sur sa nuque. Elle arborait un grand chapeau de toile blanche et des lunettes de soleil. Elle avait à la main un panier de pique-nique, ainsi qu'un grand sac contenant une serviette et tout ce dont elle pouvait avoir besoin.

Arrivant de la direction opposée, Jack portait un sac à provisions d'où dépassait une miche de pain. Dans le sac, des fromages, du vin rosé, des légumes crus. Ils se retrouvèrent devant le bateau et, quand elle sauta à bord, il tangua un peu. Elle tendit la main pour prendre le sac de Jack, puis sa main, tandis qu'il embarquait avec précaution.

Il mit le moteur en marche. Après avoir largué les amarres, elle sauta une nouvelle fois dans le cockpit et ils sortirent lentement de leur emplacement et s'engagèrent dans le port, passant au milieu des autres bateaux. Comme les moteurs tournaient à petite vitesse, il n'y avait pas beaucoup de bruit : on pouvait encore parler.

— Vous êtes un policier ? demanda Madeleine.

Il parut surpris.

— Un quoi ?

— Un policier.

Revenu de sa surprise, il dit :

— Pourquoi demandez-vous ça ?

— Vous en avez l'air.

— Comment savez-vous à quoi ressemble un policier ?

— J'en ai connu quelques-uns.

— Des Américains ?

— Non, mais je ne pense pas que la nationalité change grand-chose. Vous vous comportez comme un policier.

— Ah ? Et comment se comportent-ils ?

— Ils sont autoritaires, dit-elle. Si je devais résumer la chose en un mot.

— Autoritaires ?

— Il y a une certaine dureté dans le ton, une certaine agressivité dans les manières...

— Intéressant, fit Jack.

Il se dirigea vers l'ouverture dans la jetée. Il y avait d'autres embarcations non loin de là, et pas tellement de place. Il accéléra un peu.

Madeleine dut parler plus fort.

— Les policiers se reconnaissent tout de suite entre eux. Je crois que c'est la même chose pour les homosexuels.

— Les flics et les tapettes. C'est un rapprochement intéressant...

— Vous savez très bien ce que je veux dire. Quand on est dans la police, ça se voit.

Jack avait l'air songeur.

Elle criait presque, maintenant :

— Alors, c'est vrai ?

Il lui adressa un sourire malicieux.

— Je vous l'ai déjà dit, je suis un gangster.

Ils étaient seuls sur la mer, à présent : il poussa davantage les gaz et le bateau fit un bond en avant.

Elle était persuadée d'avoir vu juste.

Ils suivirent la côte jusqu'à la pointe, puis la doublèrent : ils avaient maintenant le soleil dans le dos et Jack mit cap à l'ouest. Ils étaient seuls entre la mer et le ciel, et elle se rendit compte qu'elle s'intéressait plus que jamais à cet homme. Le vent plaquait ses lunettes de soleil contre son visage. Elle enfonça son chapeau jusqu'aux oreilles. Elle savourait le vent, le soleil, la liberté de ce moment.

— On vous a tiré dessus ! cria Madeleine. (Là encore, elle parlait un peu au hasard.) Comment est-ce arrivé ?

Il lui raconta l'essentiel. Il lui dit tout cela par-dessus le grondement du moteur, tandis que le bateau fonçait au large, entre le cap Ferrat et le cap d'Antibes. Il parlait sans la regarder, passant rapidement sur le séjour à l'hôpital, les souffrances et les moments pénibles. Il fit de la fusillade un récit amusant.

— ... et au beau milieu de tout ça, ma femme décide de demander le divorce, conclut-il.

— Comment a-t-elle pu, à un moment pareil ?...

— Je crois que je n'étais pas un très bon mari...

Il ne mentionna pas le fait qu'on l'avait obligé à prendre sa retraite. Madeleine ne découvrit tout cela que bien plus tard. Il prétendit au contraire que c'était lui qui avait pris la décision de démissionner.

— Combien de blessures avez-vous reçues ?

— Je ne sais pas vraiment. Cinq, je crois.

— Enfin, fit-elle, vous avez survécu.

— Les médecins ont fait du bon travail. Vous voulez voir mes cicatrices ?

— Pas particulièrement, non.

Mais elle finit par les voir quand même. Il portait un polo jaune à col ouvert et un short de bain vert qu'il fit glisser jusqu'à la naissance de sa toison pubienne. Il ne restait que deux petites cicatrices, les autres ayant disparu dans les bourrelets violacés laissés par les points de suture.

Elle avait l'impression que ce n'était pas de la compassion qu'il recherchait : elle s'abstint donc d'en manifester.

— Joli, fit-elle.

Il remonta son short.

— Une des balles m'a touché à l'oreille, mais on m'a arrangé ça. Mon oreille est bien, n'est-ce pas ?

— Votre oreille est superbe.

— Vous n'avez pas l'air trop impressionnée.

— J'ai déjà vu des blessures par balle.

— Qu'est-ce que vous étiez, infirmière ?

Elle s'abstint de tout commentaire. Puis :

— En tout cas, vous n'êtes pas un gangster ! cria-t-elle.

— Non, mais je suis en cavale.

Il lui parla des menaces de mort, que la police prétendait sans gravité, même après qu'on eut supprimé le seul autre témoin, le portier.

— Croyez-moi, cria-t-il, je suis plus en sûreté ici. Quand ces Colombiens s'en prennent à vous, on n'a pas beaucoup de chances. Ils ont tout l'argent du monde, et ce sont des tueurs. Ils peuvent payer quelqu'un pour vous descendre ou s'en charger eux-mêmes, comme ils veulent.

— Oui, je sais. Nous en avons maintenant ici aussi.

Il se tourna vers elle.

— Vous avez l'air d'en savoir long, sur tout ça...

— Mon ex-mari était policier, expliqua Madeleine. (Puis elle ajouta plus bas — à peine si on l'entendait dans ce fracas :) J'étais dans la police, aussi.

Jack la dévisagea sans rien dire : bizarrement, sa réaction plut à Madeleine.

Pendant un moment, l'échange s'arrêta là. Ça n'avait été qu'une conversation, rien de plus, et, dès l'instant où Jack avait poussé à fond la manette des gaz, il avait fallu par instants crier pour se faire entendre. Il s'agissait néanmoins de révélations retenues assez longtemps chez l'un comme chez l'autre pour que leur brusque mise au jour crée une intimité qui s'apparentait un peu au fait d'ôter ses vêtements : rien de honteux, certainement, mais quelque chose de profondément personnel, et tous les deux s'en rendaient compte.

Un long moment s'écoula sans qu'aucun d'eux ne parle.

L'eau se précipitait de part et d'autre de l'étrave. Un vent brûlant soufflait quand ils traversèrent la baie devant Nice, nichée dans son amphithéâtre de collines. D'ici, la ville paraissait petite. De vertes collines s'élevaient tout autour d'elle. Elles étaient parsemées de villas et de nouveaux immeubles d'habitation, dont certains très grands, des rangées et des rangées de balcons qui s'alignaient sur la pente. Derrière les collines, se bousculant au fond aussi loin que pouvait porter le regard, une succession de montagnes, dont les plus hautes avaient leur sommet couvert de neige — comme du sucre glacé sur un gâteau.

— Vous aimez le pigeon aux lentilles ? cria Madeleine en français. Vous aimez ?

— Qu'est-ce que c'est ?

Il avait l'air surpris.

Elle en avait dans une cocotte, au fond de son panier de pique-nique, lui expliqua-t-elle. Elle le réchaufferait quand ils jetteraient l'ancre.

— Du pigeon ? fit-il.

La conversation avait repris, mais hésitante, neutre, difficile à entretenir : et pas seulement parce qu'ils devaient parler fort ou crier pour dominer le bruit. Quand elle était enfant et qu'on projetait un pique-nique, lui raconta Madeleine, sa mère préparait toujours des plats chauds. Ses parents dressaient une table sous un arbre et on servait du pigeon aux lentilles ou quelque chose d'analogue.

Il éclata de rire. Pour lui, dit-il, un pique-nique, c'était une paire de hot-dogs. Celui-ci promettait d'être une grande première.

La conversation retomba de nouveau.

Ils se rapprochèrent du cap d'Antibes, mais en restant à bonne distance de la côte. C'est le second des grands caps de la Côte d'Azur, un promontoire d'un kilomètre et demi qui s'avance dans la mer. Le terrain à cet endroit est extrêmement cher, expliqua Madeleine. Blottis parmi les palmiers et les pins parasols, on apercevait de somptueuses villas et des hôtels de luxe. Madeleine désigna les plus connus. Il hocha la tête et tous deux gardèrent le silence un long moment.

Malgré une certaine gêne, il y avait maintenant entre eux une intimité qui n'existait pas auparavant.

Après avoir doublé le cap, ils aperçurent Cannes dans le lointain, avec les deux îles au large, à demi dissimulées dans une brume de chaleur, et ils commencèrent à s'en approcher. Un chenal les séparait : Jack réduisit la vitesse pour s'y engager et Madeleine grimpa à l'avant. Sitôt les machines stoppées et le bateau arrêté, elle lança l'ancre aussi loin qu'elle le put. Elle tira sur le cordage jusqu'au moment où elle sentit le jas accrocher le rocher. Après quoi, elle le bloqua.

Debout à la proue, le bateau se balançant sous ses pieds, elle écoutait le silence.

Les deux îles étaient très boisées. Il n'y avait pas d'autre bateau dans le chenal et l'on n'apercevait aucune construction, à part les ruines des forts médiévaux.

L'île la plus proche offrait ses rives rocheuses et de petites plages, ici et là. Madeleine connaissait les deux îles depuis son enfance. C'étaient, expliqua-t-elle, des parcs nationaux. La plus grande, Sainte-Marguerite, celle auprès de laquelle ils avaient jeté l'ancre, était longue de trois kilomètres, pour une largeur d'environ mille mètres. De l'autre côté, celui qui faisait face à Cannes, il y avait un quai où accostaient les bateaux de promenade, et une rangée de restaurants. L'île qui se trouvait derrière eux, Saint-Honorat, n'était que moitié aussi grande. Du côté opposé se trouvait un monastère habité par des moines qui priaient beaucoup et qui fabriquaient une liqueur, la Lérina, qu'ils vendaient aux touristes.

— Quand mon navire a fait escale sur cette côte, déclara Jack, je ne suis jamais venu jusqu'à ces îles... (Et, comme dans la foulée, il lança :) Alors, dans quelle branche de la police étiez-vous ?

Elle se dit qu'il avait sans doute envie de lui poser cette question depuis une demi-heure ou davantage, et qu'il redoutait peut-être de s'entendre répondre qu'elle avait été dactylo ou quelque chose comme ça. Cela l'aurait diminuée à ses yeux.

Elle lui confia qu'elle avait été membre de la police judiciaire, et il y avait dans sa voix un orgueil considérable, même si elle dut alors lui expliquer en quoi consiste la PJ, avec ses cinq grandes brigades : la Criminelle, les Stupéfiants, l'Antigang, le Grand Banditisme et la Financière. Elle décrivit la Brigade financière, précisa comment elle fonctionnait, et quel était son travail.

— Vous n'appartenez plus à la police, maintenant ?
— Non, je l'ai quittée il y a un moment.
— Combien de temps y êtes-vous restée ?
— Onze ans.
— Et combien de temps à la Brigade financière ?
— Pas longtemps.
— Depuis quand êtes-vous partie ?
— Quelques semaines.
— Pourquoi avez-vous quitté la police ?

Elle haussa les épaules.

Il attendait une réponse mais aucune ne vint.

— J'ai l'impression que vous n'étiez pas vraiment dans la police, dit-il.

Elle se vexa aussitôt.

— Comment ça, pas vraiment dans la police ?
— Ça ressemblait plus au FBI...
— J'imagine que vous n'aimez pas beaucoup le FBI.
— Ce ne sont pas des policiers. Ce sont de jolis garçons qui ne se salissent pas les mains.
— Ma foi, c'est vrai que le FBI était notre homologue chaque fois qu'il y avait un Américain dans une affaire.
— En tout cas, vous n'étiez pas un policier de terrain...

De nouveau, elle se rebiffa :

— Je suis consciente que mes expériences dans la police n'arrivent pas à la cheville des vôtres !
— Vous étiez enquêtrice, dit-il. (Son regard se perdait sur la plus grande des deux îles, observa-t-elle : on avait l'impression qu'il se parlait à lui-même, qu'il n'avait même pas conscience de la façon dont elle réagissait.) Être sur le terrain, c'est autre chose...
— Autre chose ?

Cette fois non plus, il ne perçut pas le sarcasme.

— Eh bien, vous, par exemple, vous ne risquiez pas de vous faire tirer dessus.

Se rappelant l'homme à la moto, elle songea : il pourrait bien y avoir en ce moment même une balle qui m'est destinée.

— Vous n'aviez pas affaire à la pègre.

Elle pensa : le maire de Nice fait-il partie de la pègre ? Et Bruno Sestri ?

— Cette conversation est ridicule, déclara-t-elle. Je vais me baigner.

Elle se leva, se débarrassa de ses chaussures, ôta sa jupe et son corsage et resta debout un moment, pieds nus, en maillot deux pièces. Il n'y avait pas chez elle cette timidité habituelle qu'on peut éprouver à l'idée d'exhiber les défauts de son physique. Elle était si agacée contre lui que peu lui importait ce qu'il pensait de son corps, ou d'elle.

Sautant sur le plat-bord, elle plongea. L'eau lui parut tiède. Elle était si claire qu'on en voyait le fond, et Madeleine se mit à nager vers une toute petite plage entre deux gros rochers.

En approchant, elle constata que le fond était parsemé d'autres gros rochers : elle se mit debout et avança prudemment jusqu'à la grève. Elle se rendit compte alors que Jack sortait de l'eau derrière elle. Elle resta plantée là, à secouer l'eau de ses cheveux, de ses oreilles.

— Je suis désolé si je vous ai vexée, fit Jack.

Elle ne répondit pas.

— Je voulais simplement dire qu'il y a différentes sortes de policiers, que vous apparteniez à une sorte, moi à une autre... expliqua-t-il.

Madeleine essuyait l'eau qui lui couvrait les bras, le ventre.

— Quand j'étais petit garçon, reprit Jack, j'avais une grand-mère protestante. Je lui disais qu'elle n'était pas catholique. Elle était assurément chrétienne, affirmait-elle. Mais elle n'était pas catholique, répliquais-je. Elle était certainement chrétienne, insistait-elle. Je continuais à répéter qu'elle n'était pas catholique, jusqu'au moment où elle finissait par éclater en sanglots. (Madeleine sautillait sur un pied en essayant de se déboucher une oreille.) C'était un problème de sémantique. Je ne voulais pas l'offenser. Ni vous.

Il l'examinait, constata Madeleine. Il s'efforçait de

comprendre quelle réaction provoquait chez elle sa petite histoire.

Elle ne répondit pas, prenant soin de ne pas réagir du tout.

Elle préféra dire :

— Je m'en vais m'allonger au soleil un moment. Est-ce que ça vous gêne si j'enlève le haut ?

— Non, non, fit Jack. (Le ton un rien choqué, semblait-il.) Comme vous voudrez.

Ce fut donc ce qu'elle fit. Elle s'assit, dégrafa son soutien-gorge, le posa à côté d'elle et s'allongea. C'était, se dit-elle, une façon de manifester son agacement, ni plus, ni moins. Une façon de montrer à cet homme qu'il ne représentait rien pour elle.

Jack, observa-t-elle, ne savait pas où porter son regard. C'était presque drôle.

Elle sentit le soleil sur elle et ferma les yeux. Prendre le soleil les seins nus, pour un Français, ne veut rien dire de particulier : cela se pratique sur toutes les plages de ce pays. Mais pas en Amérique, et Jack Dilger n'avait pas vu cela souvent, peut-être même jamais, et Madeleine le savait. Oter son soutien-gorge devint donc un geste intime. Et elle avait beau se dire le contraire, elle le savait aussi.

— Vous n'allez plus parler ? dit-il.

Elle ouvrit un œil et le regarda.

— Vous êtes drôlement blanc, observa-t-elle. (Et décharné. Il avait dû perdre pas mal de poids.) Je suis sûre qu'un peu de soleil vous ferait du bien...

— Je n'ai jamais beaucoup aimé m'allonger sur une plage...

Les yeux fermés, elle l'écouta s'agiter dans l'eau puis, ne l'entendant plus, elle ouvrit les paupières et s'aperçut qu'il avait regagné le bateau à la nage. Un peu plus tard, il revint vers la plage : il nageait d'une main tout en tenant de l'autre un plateau au-dessus de l'eau. Sur le plateau, une bouteille de rosé, un seau de glace et deux verres sans pied qu'on utilisait à bord.

Il arriva sur le sable, portant le plateau au-dessus de sa tête, comme un garçon de café.

— Madame aimerait-elle un verre de vin ? fit-il.

Madeleine ne put s'empêcher de trouver ce geste charmant. Elle se rassit, remit son soutien-gorge et accepta le verre qu'il lui tendait. Ils trinquèrent et elle se prit à sourire.

— Santé, dit-elle.

Un peu plus tard, ils regagnèrent le bateau. Madeleine se sécha puis descendit passer les sous-vêtements secs qu'elle avait apportés dans son sac. Elle se rhabilla et passa dans ses cheveux un gros peigne. Après cela, devant le petit réchaud de la cambuse, elle réchauffa le pigeon aux lentilles, puis le servit. Ils déjeunèrent dans le cockpit, sur une table pliante. Ils terminèrent le rosé et attaquèrent une seconde bouteille que Jack sortit de son petit réfrigérateur.

Plus tard, il gonfla son canot de caoutchouc et ils gagnèrent la terre, pour se promener sous les arbres. Il y avait de nombreux sentiers qui se croisaient, des bancs çà et là, sur lesquels Jack se reposait de temps en temps. Ils parcoururent ainsi presque toute l'île, respirant l'odeur de la résine, puis ils trouvèrent un restaurant de l'autre côté. Ils s'installèrent et commandèrent du thé, qu'on leur servit avec un assortiment de pâtisseries. Jack ne cessait de la dévisager, ce qu'elle trouvait agréable. Elle savait qu'elle avait un air frais et sain.

L'après-midi tirait à sa fin. Ils regagnèrent l'autre côté de l'île, pagayèrent jusqu'au bateau et Jack ralluma les moteurs tandis que, debout à la proue, elle remontait l'ancre. Puis ils mirent le cap sur Beaulieu.

Il leur fallut près de deux heures pour rentrer. Ils attachèrent les amarres. Ils étaient tous les deux sur le quai quand Jack dit :

— Je ne vois pas le type à la motocyclette.

Madeleine l'avait cherché des yeux, elle aussi : elle était en quête de tout homme à l'air suspect dans les parages.

— Avez-vous récemment arrêté quelqu'un qui soit susceptible de vous en vouloir ? lui demanda Jack.

— Peut-être, dit-elle. Je n'en sais rien.

— En général, les criminels en col blanc ne sont pas violents.

— Non.

— Évidemment, ça dépend de qui il s'agit. Et du tort que vous lui avez fait. (Ou que je continue à lui faire, songea Madeleine.) Alors, à qui avez-vous fait des ennuis ?

— Ça pourrait être n'importe qui, répondit-elle.

L'envie la prit de parler à Jack de l'affaire Sestri, de ce qu'il en était advenu et de ce qui lui était arrivé à elle. Elle aurait voulu lui parler du maire de Nice, des discours et des interviews qu'elle continuait à prodiguer pour maintenir du mieux qu'elle pouvait la pression sur Bruno Sestri, sur le maire et sur ses hommes. Mais elle ne lui dit rien. Elle avait peur qu'il ne comprenne pas, qu'il n'attache que peu d'importance à l'affaire ou au rôle qu'elle y avait joué. Ou, pire encore, qu'il commence à s'inquiéter à son sujet. Elle ne voulait pas le voir se faire du souci pour elle, et en même temps, elle en avait envie. Elle ne savait pas bien ce qu'elle éprouvait. Elle était complètement perdue : alors, elle lui serra la main et s'éloigna le long du grand quai désert, portant son sac et son panier de pique-nique. Le panier était encore lourd. Il contenait la cocotte en fonte vide et aussi le maillot deux pièces trempé qui lui avait servi de vêtement.

— N'oubliez pas de fermer votre porte à clé ! lui cria Jack.

12

Le bureau de poste de Beaulieu est petit : un unique comptoir assez haut, avec le plus souvent seulement deux employés derrière. Comme les bureaux de poste sont aussi en France des caisses d'épargne, tout le comptoir est protégé par une vitre à l'épreuve des balles. Des guichets permettent le va-et-vient des billets, des timbres et des lettres, et il y a un tourniquet cylindrique pour les paquets.

Un jour, un homme se présenta au guichet de la poste restante et demanda le courrier de Jack. Quand l'employée lui demanda une pièce d'identité, l'homme expliqua avec un fort accent corse qu'il venait prendre le courrier d'un ami souffrant.

La femme refusa de le lui donner.

L'homme battit alors en retraite jusqu'à la gare de chemin de fer, de l'autre côté de la rue : là, il se posta sur le parking, adossé à la balustrade. Une photo en noir et blanc était fixée à l'intérieur du journal qu'il faisait semblant de lire, et il surveillait la porte du bureau de poste, en notant tous ceux qui entraient et sortaient. Il resta là trois jours pleins, sauf de midi à deux heures : le bureau de poste fermait pour le déjeuner.

Comme l'exige la loi à New York, de service ou pas, Jack Dilger avait pendant douze ans porté une arme. Quand il s'habillait le matin, il prenait sa montre et son pistolet. Il ne serait pas plus sorti sans le glisser dans son étui qu'il ne serait sorti sans se coiffer.

Mais maintenant qu'il roulait en direction du bureau de poste de Beaulieu, il n'était évidemment pas armé. Le poids de son pistolet lui manquait. Il ne le sentait pas sur sa hanche, ce qui lui donnait l'impression d'être un peu déséquilibré. Une douzaine de fois par jour, il se tapotait la ceinture, un instant surpris de n'y rien trouver. La plupart des policiers, quand ils prennent leur retraite, conservent leur pistolet avec eux : certains, toutefois, ne le font pas, sachant que pendant un an ils peuvent le récupérer simplement en en faisant la demande. Mais, une fois l'année écoulée, il y a des formalités à remplir et elles sont strictes. Même pour un ancien policier, obtenir un permis de port d'arme est long et difficile. Les règlements new-yorkais sur le contrôle des armes sont parmi les plus sévères du monde.

Jack avait connu des hommes qui prenaient leur retraite en disant qu'ils étaient bien contents de se débarrasser de leur arme mais ceux-là aussi ne tardaient pas à se retrouver en manque. L'année n'était pas écoulée qu'ils étaient de retour à la direction de la police, revenant sur ce qui était sans doute des promesses faites à leur épouse, réclamant qu'on leur rende leur arme et remplissant d'un air penaud tous les formulaires.

Bien sûr, Jack, pour sa part, n'avait pas eu le choix. Et de toute façon, ici, en France, il n'aurait pas pu légalement porter d'arme.

Cette impression d'inconfort n'avait rien à voir avec sa sécurité personnelle. A n'en pas douter, Victoriano Zaragon aimerait le faire descendre, mais il devait le retrouver d'abord et cela semblait à Jack assez improbable. Il ne pouvait rêver mieux pour sa sécurité : personne ne savait qu'il était ici, personne ne pourrait le découvrir, ici — et les chances qu'on le recherche dans cette région étaient infimes. A Beaulieu, à Nice ou dans n'importe quelle ville environnante, il était aussi proche de l'anonymat total qu'on pouvait l'être. De ce côté-ci de l'Atlantique, Madeleine et son frère étaient les seuls à connaître son nom.

Il se disait qu'il finirait bien par s'habituer à se promener désarmé.

Mais il n'était pas vrai que personne ne connaissait son nom ni ne savait où il se trouvait : bien que déterminé à ne pas révéler sa présence, Jack avait bien dû effectuer quelques démarches. Dès qu'il avait loué le bateau et qu'il avait installé ses affaires à bord, il s'était rendu au bureau de poste où se trouvaient les téléphones publics, et il avait appelé le service des pensions, au dixième étage de la direction de la police à New York. Il ne tiendrait pas longtemps ici sans ses chèques de retraite : il précisa donc où il voulait qu'on les lui fasse parvenir. Sa nouvelle adresse, dit-il à l'inspecteur qui lui répondit, était : Poste Restante, Beaulieu-sur-Mer, France. Il se fit épeler les mots.

C'est là une adresse assez vague, pensa Jack, et il pouvait compter sur la police pour ne pas la divulguer à n'importe qui. De toute façon, il n'avait pas le choix.

Toutefois, sur le plan pratique, c'était une adresse qu'à peu près n'importe quel policier pouvait se procurer. Il suffisait de se rendre au service des pensions, de prétendre être un ami désireux de contacter le retraité. Il y avait actuellement plus de trente mille personnes dans les effectifs de la police.

Ensuite, Jack avait téléphoné à Flora.

Peu à peu, il s'était fait à l'idée de divorcer. Elle ne voulait pas de lui, c'était comme ça. Ici, il ne pouvait rien y faire. Elle lui manquait toujours, mais il se dit qu'il avait commencé une vie nouvelle, qu'il avait rompu avec le passé.

Il lui téléphona donc parce que — une fois de plus — il n'avait pas le choix. Il fallait faire enlever de leur ancien appartement les quelques meubles qui lui appartenaient, régler les factures.

Il se rendit compte, en composant son numéro, qu'il avait envie de savoir comment elle allait. Mais il savait aussi que, s'il tenait à sa sécurité, il ne devait pas lui donner la moindre indication sur l'endroit où il se trouvait.

Quand il l'eut en ligne, il lui expliqua ce qu'il voulait d'elle : qu'elle mette ses affaires au garde-meubles et qu'elle règle ses factures. Quand il la rappellerait, ajouta-t-il, elle n'aurait qu'à lui dire ce qu'il lui devait et il lui enverrait son chèque. C'était là un grand service qu'il demandait, reconnut-il, dans l'espoir qu'elle allait répondre : « Pas du tout. » Mais il était en cavale et il se cachait.

— Tu te caches de moi ? avait-elle demandé.

— Non, bien sûr que non.

— Tu te caches de quelqu'un. Pourquoi ?

Parce qu'il craignait pour sa vie, répondit-il.

C'était la dernière chose à dire à cette femme-là, et il dut alors passer dix minutes à la calmer. Il ne risquait absolument rien là où il était, assura-t-il.

— Comment peux-tu en être sûr ? (Elle était presque en larmes.) Tu ne peux pas en être certain, n'est-ce pas ? Où es-tu ?

C'était gentil à elle de s'inquiéter pour lui : ça lui fit chaud au cœur. Il finit donc par se laisser tirer les vers du nez.

— Qu'est-ce que ça veut dire, « Poste restante » ?

Elle finit par sécher ses larmes et il put raccrocher. Ses chèques arrivaient à la poste de Beaulieu une fois par mois. Il devait ensuite les déposer dans une banque, et il fallait compter deux semaines pour les encaisser. Il dut ouvrir un compte et l'employé auquel il eut affaire lui fit montrer son passeport. La banque ne voulut pas non plus accepter la poste restante comme adresse. Jack fut obligé de donner le nom de son bateau et le numéro de son anneau. Troisième entorse à sa sécurité.

Il avait loué une petite voiture et, bien entendu, il avait dû montrer son permis de conduire, son passeport, et se servir de sa carte de crédit.

On peut toujours essayer d'évoluer sans laisser de trace : dans la vie moderne, c'est impossible. Jack avait agi avec un grand luxe de précautions. Néanmoins, il avait semé des indices partout. Un policier corrompu ou sans méfiance pouvait donner son adresse, soit pour de l'argent, soit pour rendre service. Ou bien Flora pouvait la laisser échapper dans le cours d'une conversation. Ou encore quelqu'un d'assez d'influent ou d'assez riche pouvait faire faire une recherche informatique auprès des sociétés de location de voitures de la Côte d'Azur ou des agences des cinq ou six plus grandes banques de la région.

Pour un homme déterminé, le retrouver n'aurait rien d'un exploit.

En roulant ce jour-là vers le bureau de poste, Jack se sentait bien. C'était le temps pour les blessures de cicatriser. Après ce qu'il avait subi, peu lui importait de vivre seul. Chaque jour, il souffrait un peu moins. Les cicatrices qui lui sillonnaient l'abdomen ne le tiraillaient plus comme avant. Sa hanche ne lui faisait plus mal, sauf par temps de pluie. Il ne boitait plus, sauf quand il était fatigué. Il reprenait les kilos qu'il avait perdus. Il était encore constipé, mais cela aussi semblait s'améliorer.

Côté négatif, il vivait dans un espace restreint qui ne cessait de bouger : il avait beau se répéter que ça ne le gênait pas, ce n'était pas vrai. Il avait à peine assez d'argent, il ne parlait pas la langue du pays et ne comprenait pas ce que les gens lui disaient. Toute rencontre avec qui que ce soit lui posait donc des problèmes.

Cela le tenterait-il de rester ici une fois Zaragon sous les verrous, une fois qu'il aurait retrouvé ses forces ? Il n'en savait rien. A vrai dire, il ne se projetait pas au-delà des quelques semaines à venir.

Il appréciait la compagnie de Madeleine, chaque fois qu'elle voulait bien la lui accorder. Ils avaient fait d'autres petites excursions, d'autres pique-niques, et elle avait cessé de prendre des bains de soleil les seins nus, si tant est que cela veuille dire quelque chose. Elle était toujours sur ses gardes. Il ne l'avait encore pas touchée, sauf pour lui serrer la main ou pour l'aider à monter dans le bateau. Jamais il n'avait rencontré quelqu'un d'aussi méfiant. Il craignait, s'il la touchait, de la faire fuir. Il se demandait quels sentiments elle lui portait. Il se demandait ce que lui-même éprouvait pour elle et ce qui allait se passer entre eux.

Il s'arrêta dans la cour de la gare, descendit de sa voiture avec des gestes raides et traversa la rue pour se rendre au bureau de poste. Il n'était absolument pas sur ses gardes. Il y avait un homme adossé à la balustrade qui lisait son journal mais, même si Jack passa à moins de trois mètres de lui, il ne remarqua pas sa présence. Il entra dans le bureau de poste, y resta une dizaine de minutes, car il y avait d'autres gens devant lui dans la file d'attente. Quand il ressortit, il décachetait l'enveloppe du service des pensions et en retirait son chèque.

A cet instant, l'homme au journal s'était déplacé : il était sur le même trottoir que Jack et faisait semblant de contempler une devanture. Les pensées de Jack, qui examinait son chèque, étaient à mille lieues de là et il ne le remarqua pas cette fois-ci non plus.

Du bureau de poste, Jack alla à pied jusqu'à la place de Gaulle. Des femmes avec des voitures d'enfant étaient assises sur des bancs sous les arbres. Il suivit le boulevard Marinoni jusqu'à sa banque, où il déposa son chèque. Il suivit alors la même rue jusqu'au magasin où il avait commandé un panneau. Il était prêt et Jack le paya. Sur près d'un mètre carré, on pouvait lire :

CROISIÈRES JACK
Excursions en mer
Visitez l'Italie, les îles
PROMENADES — PIQUE-NIQUES — PLONGÉES

Le peintre lui fit un paquet qu'il ferma avec du ruban adhésif et Jack l'emporta jusqu'à sa voiture. L'homme au journal l'avait suivi à bonne distance : comme Jack quittait la gare au volant de sa voiture, il se dirigea vers un scooter garé à proximité, actionna le démarreur et le prit en filature. Arrivé au port de plaisance, il gara son scooter et s'assit à une terrasse. Jack, qui en réalité était beaucoup plus sensible aux menaces qui visaient autrui — Madeleine, par exemple — que lui-même, ne l'avait toujours pas remarqué.

Comme il installait son panneau à l'arrière de sa voiture, il vit Madeleine arriver au volant de la sienne et se garer. Il resta là, le vent plaquant le panneau contre sa hanche et il la regarda approcher, une petite valise à la main.

Il était content de la voir et il pensa que cela devait se lire sur son visage : quand elle fut assez près, il prit le risque de lui poser les mains sur les épaules et de l'embrasser sur les deux joues, à la française. Il n'était pas très sûr de lui, mais il se dit : c'est juste un geste amical, elle ne peut pas s'en offusquer, après tout...

— Où étiez-vous passée ? lui demanda-t-il.

— J'étais à Lyon, pour une conférence.

— Sur quel sujet ?

— Oh, juste pour raconter de vieilles histoires de guerre...

A la terrasse du café, l'homme avait repris son journal. Il avait l'air de ne leur accorder aucune attention : ils ne firent donc pas attention à lui non plus.

— Qu'est-ce qu'il y a dans ce paquet ?

Il déchira le papier pour lui montrer.

— Ça va peut-être marcher, fit-elle.

— Mais vous n'en êtes pas convaincue ?

Elle se mit à rire.

— Oh, on verra bien.

Elle l'accompagna jusqu'à son bateau, devant lequel il disposa son panneau, après quoi il lui proposa un café ou un apéritif.

— Du thé, peut-être, répondit-elle.

Il lui prit sa valise des mains et ils allèrent s'asseoir à la même terrasse que l'homme au journal. Cette fois, Jack le remarqua bel et bien : à voix basse et en anglais, il attira l'attention de Madeleine.

— Vous le connaissez ?

— Non. Pourquoi ?

— Je l'ai déjà aperçu dans les parages... (Madeleine fixait sa tasse de thé sans rien dire.) Un peu trop souvent, même...

L'homme replia son journal, laissa de l'argent sur la table et quitta le café, dans la direction du bateau de Jack.

— Où l'avez-vous vu, exactement ?

— Je ne sais pas trop...

En fait, il l'avait remarqué devant le bureau de poste, mais il ne s'en rendait pas compte.

Jack avait une réaction physique, pas intellectuelle.

— Vous feriez mieux de me dire pourquoi vous n'êtes plus dans la police. Qu'est-ce que c'est que ces conférences que vous donnez ?

Personne, il en était convaincu, n'aurait pu le retrouver ici. La menace, si menace il y avait, devait donc viser Madeleine. Elle lui raconta tout. Il l'écouta en silence. Puis :

— Si le maire d'une ville comme celle-ci est un escroc, ceux qui l'entourent sont des hors-la-loi. Forcément. Pour rester au pouvoir, il est bien obligé de partager le gâteau. Il y a les gens qui versent les pots-de-vin, les hommes de paille, les intermédiaires...

Bien que manifestement secouée, Madeleine risqua une plaisanterie :

— On dit les flics américains cyniques, mais vous, vous avez le pompon !

— Toute l'administration doit être pourrie, continua Jack. Et vous êtes là, devant tout le monde, à prononcer des discours, à faire les manchettes des journaux, à essayer de démolir tout ça. Vous rendez-vous compte du nombre de vies et de moyens d'existence que vous avez compromis ? Du nombre de gens qui aimeraient vous faire taire ? Définitivement, peut-être.

— Je ne vois pas l'un de ces types appuyant sur une gâchette...

— Alors, ils engageront quelqu'un pour le faire à leur place.

— Le maire n'oserait pas s'y risquer.

— Ça n'a pas besoin d'être le maire. Ça pourrait être n'importe qui dans son entourage.

— Tuer un inspecteur de la police judiciaire ?

— Ce qualificatif ne s'applique plus à vous. (Madeleine resta silencieuse.) Vous n'êtes plus protégée, n'est-ce pas ?

Si j'étais à leur place, songea Jack, je la ferais disparaître. Un bon sac de ciment aux pieds, et le tout par-dessus bord. Il faudrait des semaines avant même qu'on ouvre une enquête.

— La mer est grande, dit-il à voix haute.

Madeleine eut un petit frisson et il vit qu'elle avait compris.

— Alors, fit-elle, selon vous, qu'est-ce que je dois faire ?

— Vous êtes armée ?

— On m'a repris mon arme de service.

— Pourriez-vous la récupérer ? (Elle secoua la tête.) Pourriez-vous vous en procurer une ?

— Non.

— Vous pourriez aller trouver votre ancien patron, et lui demander une protection...

— Allez supplier la police judiciaire ? Pas question !

Ils se dévisagèrent. Jack finit par régler l'addition et raccompagna la jeune femme jusqu'à sa chambre. Ils arrivèrent devant la porte, sur le côté de l'entrepôt, elle reprit sa valise puis leva le visage pour qu'il l'embrasse sur les deux joues.

Elle avait l'air si vulnérable qu'il aurait voulu l'empoigner et lui donner un vrai baiser, mais il n'en fit rien. Il se contenta de lui effleura à deux reprises le visage de ses lèvres, une fois sur chaque joue. On est au moins arrivé à ça aujourd'hui, se dit-il en riant intérieurement.

— Je vais attendre en bas de vous voir à la fenêtre, dit-il.

Elle hocha la tête et entra dans le bâtiment.

En repartant vers son bateau, il chercha des yeux l'homme au journal, mais ne le vit nulle part. Et s'il l'avait aperçu, qu'aurait-il fait ? A New York, sûr de sa force, de son autorité, il lui aurait demandé ses papiers, une explication. Peut-être l'aurait-il poussé contre le mur le plus proche pour le fouiller. Ou bien il l'aurait fait monter à l'arrière de la voiture, et l'aurait traîné jusqu'au commissariat pour l'interroger. Mais il n'était plus assez fort maintenant pour faire ça : il avait perdu quinze kilos et n'en avait récupéré pour l'instant que la moitié. Et puis, bien sûr, il n'avait aucune autorité ici.

Et pas d'arme non plus.

Il croyait savoir maintenant ce que ça faisait, d'être émasculé.

L'homme au journal monta dans le rapide pour Marseille et se fit conduire en taxi au Café de l'Amitié, rue de Récollettes. Il entra. Le propriétaire de l'établissement était assis à une table dans le fond, avec quelques autres consommateurs. L'homme s'adressa à lui en l'appelant « Patron » et fit son rapport, après quoi le propriétaire lui remit une enveloppe. Il aurait dû la fourrer dans sa poche, mais il ne put s'empêcher de soulever le rabat pour y jeter un coup d'œil. Elle était bourrée de billets de cent francs.

— Va au bar, dit le patron d'un ton sec.

L'homme alla jusqu'au comptoir et commanda un verre de vin rouge. Il aurait bien voulu compter l'argent mais, quand il vit que le propriétaire du café le surveillait, il n'osa pas. Il mit ostensiblement l'enveloppe dans la poche intérieure de son manteau, vida son verre et sortit.

Le patron fouilla alors dans ses poches pour trouver un numéro de téléphone griffonné sur un bout de papier, puis il le tendit à l'un de ses hommes. Comme il supposait que toutes ses lignes étaient sur écoute, le patron ne donnait jamais de coup de fil lui-même.

— Dis à celui qui répondra que le type en question a été repéré.

L'autre homme examinait le numéro.

— C'est à l'étranger, ça, patron...

— Dis donc, fit le propriétaire... T'es peut-être moins bête que t'en as l'air, finalement...

Le téléphone était fixé au mur derrière eux. L'homme composa le numéro.

— S'il veut qu'on fasse quelque chose, ajouta le patron, écris ce qu'il te dit.

C'était le début de la matinée : un temps ensoleillé, pas de vent. Il avait plu pendant la nuit et ça avait lavé l'atmosphère. Le soleil était encore bas à l'horizon. L'air sentait un peu la mer et plus encore le café. Jack était allongé à plat ventre à la proue de son bateau, la tête penchée par-dessus le rebord, à racler la coque aussi loin que son bras pouvait aller, quand un homme le héla du quai. Il désignait son panneau.

Jack descendit du bateau en s'essuyant les mains avec une serviette en papier.

L'homme parlait un anglais abominable. Jack crut comprendre qu'il voulait se rendre en Corse.

Jack était prêt à emmener des passagers le long de la côte dans une direction ou dans l'autre, ou jusqu'à l'une des îles voisines. Mais la Corse, c'était au large. On serait hors de vue de la terre pendant un long moment et, sur un bateau aussi petit, si le temps tournait mal, ce pourrait être dangereux.

— Prenez le ferry, lui conseilla Jack. Il y a plusieurs départs par jour.

La compagnie était en grève, expliqua l'homme, et il prit le *Nice Matin* qu'il avait sous son bras pour montrer l'article à Jack.

Jack, qui puisait toutes ses informations dans le *Herald Tribune*, n'ouvrait jamais le journal local. Pour lui, *Nice Matin*, c'était trop difficile. Mais le gros titre se traduisait facilement : LE SERVICE DES FERRIES EST INTERROMPU.

— Prenez l'avion, dit Jack. Vous y serez en moins d'une heure.

L'homme se lança dans un grand discours. Essentiellement en français, avec quelques mots d'anglais. Jack n'en retint presque rien. Il crut quand même comprendre que les avions étaient complets et que l'homme devait être en Corse ce soir même.

Jack lui prit le journal des mains et l'ouvrit à la page de la météo. Le bulletin était dans le coin en bas : non seulement il donnait tous les détails, mais il y avait en plus une carte de France en couleurs avec des petits soleils ou des nuages noirs sur les principales villes. Il y avait un soleil sur Nice et un autre sur la Corse. Le temps semblait donc au beau.

— Ça prendra six ou sept heures, avertit Jack.

L'homme dit qu'il le savait, mais qu'il fallait partir tout de suite.

— Ça va être cher, renchérit Jack. Je vais devoir rentrer à vide...

Et il indiqua ce qu'il considérait comme une somme exorbitante.

L'homme accepta sans broncher.

— La moitié maintenant, la moitié à l'arrivée, ajouta Jack.

En guise de réponse, l'homme tira une liasse de sa poche et se mit à compter des billets de cent francs.

Jack plia les billets. L'idée de voir la Corse l'amusait et il ne se posait aucune question sur cet homme et sur ses motivations. Jack était dans un pays qui n'était pas le sien, qu'il ne comprenait pas tout à fait et ici, il n'était pas policier. Et puis la Corse, ce n'était pas si loin. Il avait toujours eu l'intention de pousser jusque-là un jour. Pourquoi pas aujourd'hui, tous frais payés ? Peut-être Madeleine voudrait-elle bien l'accompagner. Ils pourraient en faire une sortie. Il n'avait pas d'instrument de navigation à bord : mais une île de cette taille-là ne devait pas être trop difficile à trouver.

Il dit à l'homme de revenir dans une heure, conduisit le bateau jusqu'à la pompe et fit le plein de carburant. Il emplit aussi le réservoir d'eau et acheta des cartes du nord de la Corse et de la rade de Bastia, puisque c'était là que le passager voulait débarquer.

Il trouva Madeleine dans le bureau de son frère. Elle était en jean et polo vert. Les cheveux tirés en queue de cheval. Elle semblait grande et mince : on lui aurait donné dix-huit ans. Les Français se serrent la main tous les jours : Jack savait cela maintenant, mais il avait encore du mal à l'accepter. C'était donc le premier geste qu'il avait à faire : leur serrer la main à tous les deux. Pas encore de baisers en public, apparemment. Ensuite seulement, il put l'inviter à l'accompagner en bateau jusqu'en Corse.

— En Corse ? fit Madeleine, hésitante. Quand ça ?

— Dans vingt minutes. J'ai un passager.

— Qui est-ce ? s'enquit Madeleine.

Peut-être Jack s'attendait-il à un sourire ravi. Pour l'instant, il n'avait vu qu'un froncement de sourcils.

— Un type...

Il expliqua la grève des ferries.

— Je ne sais pas, fit Madeleine.

— Nous pouvons faire la traversée aujourd'hui, passer la nuit là-bas et revenir demain...

Elle se tourna vers son frère, qui haussa les épaules.

— Et le temps ?

— La météo est bonne. (Si le temps se gâtait, ce serait une longue et pénible traversée. Peut-être pensait-elle seulement aux problèmes que le voyage risquait de poser.) Allez, prenez vos affaires.

Malgré lui, il éprouvait une certaine excitation. L'idée d'une journée avec elle, le voyage en lui-même, la somme d'argent qu'il avait déjà dans sa poche. Il avait envie qu'elle vienne avec lui.

— Il faut que j'aille acheter des provisions, reprit-il. Le bateau est à la pompe. Si vous voulez venir, apportez votre valise.

Et il s'en alla, sans lui laisser le temps de dire non.

Vingt minutes plus tard, il remontait le quai avec les provisions. Elle n'était pas près du bateau. Il se mordilla la lèvre.

Le passager, lui, était arrivé. Il marchait de long en large, avec impatience.

— Allez, dit-il en français, on part !

Il sauta à bord.

Ça, Jack le comprit. Ça voulait dire : on se taille. Allons-y. Quelque chose comme ça. Mais il prit son temps pour ranger les provisions. Il sortit de la cabine et tripota les manettes. Il ne cessait de lever les yeux vers le quai, dans l'espoir de voir apparaître Madeleine. Soudain, elle déboucha au coin du quai.

Le passager avait largué les amarres et le bateau s'éloignait doucement du quai. Lui aussi parut avoir remarqué Madeleine.

— *Allez, allez*, répétait-il.

— Il faut que j'attende mon amie, dit Jack, arborant maintenant un joyeux sourire.

L'homme se mit à maugréer. Jack comprit le sens de ce qu'il marmonnait : ce type ne voulait pas de Madeleine à bord.

— Dommage, mon vieux, mais elle vient, fit Jack.

Nouvelles remarques furibondes du passager. Tendant le bras, Jack prit la main de Madeleine et l'aida à sauter sur le bateau.

Elle avait un petit sac. Celui du passager était gros. Jack les rangea tous les deux en bas. L'homme avait aussi un porte-documents, mais il ne le lâcha pas.

Il marmonnait d'un air mécontent.

— Qu'est-ce qu'il dit ? demanda Jack.

— Il ne veut pas de moi à bord. Il dit qu'il a loué le bateau. C'est lui qui décide qui vient. Il veut qu'on lui rende son argent.

— Il bluffe, fit Jack.

— Écoutez, je ne suis pas obligée de venir...

— Dites-lui que vous êtes ma petite amie, suggéra Jack.

Cela fit sourire Madeleine.

— Je ne mens jamais, déclara-t-elle.

— Dites-lui que je ne vais nulle part sans ma petite amie.

Avec un demi-sourire, Madeleine lança quelques mots à l'homme.

— Malheureusement, il insiste, assura-t-elle à Jack.

— Dites-lui d'aller se faire voir, conclut Jack.

Il tourna la clé et les machines se mirent en marche.

— Il veut qu'on lui rende son argent.

Jack regarda l'homme un moment, tira de sa poche la liasse de billets et la lui tendit.

L'homme la contempla un instant, puis tourna les talons.

— C'est bien ce que je pensais, grogna Jack.

Il manœuvra pour se dégager de la rangée de bateaux amarrés et se dirigea vers la sortie du port.

Ils débouchèrent sur la vaste étendue de la mer, mais

ils n'en sentaient pas encore l'immensité. Ils apercevaient nettement derrière eux le continent européen, qui semblait plus vaste encore.

Jack était à la barre, la main sur les commandes, Madeleine auprès de lui. Malgré leurs lunettes de soleil, tous deux clignaient des yeux dans la lumière éblouissante. Assis sur la banquette à l'arrière, le passager, l'air furieux, tenait son porte-documents à deux mains.

— Qu'est-ce que vous pensez de lui ? demanda Jack dans le fracas du moteur.

— Il a un accent corse.

— C'est important ?

— En France, la plupart des gens qui font partie du milieu sont d'origine corse...

Jack la regarda.

— Quand on entend cet accent-là, on y pense, reprit Madeleine.

— Vous voulez dire que les policiers y pensent.

— Oui, les policiers.

— Pourquoi est-il si pressé de se rendre en Corse ?

— Il dit qu'il doit aller à un enterrement.

— De qui ?

Madeleine haussa les épaules.

On apercevait encore les villes de la côte et le bateau fonçait sans effort vers le large. A part une légère houle, la surface de l'eau était lisse comme du verre bleu foncé sur lequel l'étrave découpait un V blanc parfait. Pas de vent, pas d'embruns, le soleil brillait, même si son éclat avait quelque peu faibli. Les réservoirs étaient pleins, les deux moteurs tournaient comme des horloges. Que pouvait-il se passer ?

Jack était assez content pour se retourner vers le passager et lui lancer un sourire.

— Pourquoi pensez-vous qu'il ne voulait pas de vous à bord ? dit-il à Madeleine.

— Il voulait être seul avec vous... répondit celle-ci.

L'homme avait un comportement bizarre, sans plus.

Il n'était pour lui qu'un homme comme les autres, et était arrivé de manière impromptue. Sans doute était-il bien ce qu'il prétendait être : un homme d'affaires qui avait hâte de rentrer chez lui, en Corse. Un enterrement était une aussi bonne raison qu'une autre d'être pressé.

Jack avait étalé la carte devant lui. En maintenant un cap de 120°, ils devraient arriver sur le cap Corse, où se trouvaient quelques îlots rocheux mais aussi un phare. La traversée prendrait environ cinq heures, peut-être moins. De là, il pourrait suivre la côte est jusqu'à Bastia.

Quand il jeta un coup d'œil alentour, il constata que les villes derrière lui avaient déjà disparu, même la plus grande, qui était Nice, mais la masse rassurante des montagnes était toujours là. Elles disparaîtraient à leur tour. Alors la Corse commencerait à émerger à l'horizon : elle a ses montagnes, elle aussi, qui, sans être aussi hautes que les Alpes maritimes, ne sont pas négligeables. Sans doute la saison était-elle trop avancée pour qu'il y eût encore de la neige sur les sommets, mais c'était possible.

Le temps commença à se couvrir.

Madeleine descendit préparer le déjeuner : elle fendit en deux les longs pains et les tartina de moutarde avant d'étaler dessus des tranches de jambon de Parme. Quand elle remonta sur le pont, elle s'aperçut que le ciel était devenu gris. D'une main elle apportait les sandwichs et les verres sur un plateau, et de l'autre une bouteille de vin pas encore débouchée. Elle tendit la bouteille au passager, installa la table pliante devant la banquette et y déposa son plateau. Elle reprit la bouteille, la déboucha et servit le vin. Le passager se jeta aussitôt sur son sandwich tandis qu'elle apportait un verre à Jack, à l'avant.

On ne voyait plus du tout la côte et la mer commençait à moutonner.

— Qu'est-ce qui est arrivé à votre superbe bulletin météo ? fit Madeleine.

Jack but une gorgée de vin et inspecta le ciel.

— Ça ira, dit-il brièvement.

Le temps de terminer son sandwich, et une forte

houle passait sous la coque. Le bateau se mit à tanguer. On commençait à voir des crêtes blanches sur les vagues. Tenant la barre à deux mains, Jack avait quelque difficulté à garder le cap. Auprès de lui, Madeleine se cramponnait à la monture du pare-brise. Au-dessus d'eux, le ciel était très noir, mais il l'était encore plus dans la direction où ils allaient.

Ils se retrouvèrent bientôt dans une fine bruine. Le bateau s'était mis à rouler et à tanguer. Laissant Madeleine à la barre, Jack s'empressa d'aller fixer la tente et d'accrocher sur le côté les rideaux de plexiglas. La bruine eut tôt fait de se changer en pluie : d'abord un léger crachin, puis une averse plus drue.

Le passager était venu à l'avant pour se mettre à l'abri. Il était auprès de Jack, mais il n'avait pas l'air bien.

— Comment savez-vous où vous allez ? demanda-t-il en anglais.

Jack désigna la direction indiquée par le compas.

Cramponné à son porte-documents, l'homme était couleur de papier mâché. Il se retourna pour parler à Madeleine.

— Il veut savoir combien de temps ça va durer, traduisit-elle.

— Vous en savez autant que moi, mon vieux, lui dit Jack. (S'adressant à Madeleine, il ajouta :) Il ne va pas tarder à être malade. Mieux vaut lui montrer où sont les toilettes.

Madeleine conduisit le passager en bas. Elle resta absente un moment.

— Il est agenouillé là-dedans, en train de vomir ! cria-t-elle en revenant.

— Ce temps-là ne vaut rien pour garder la clientèle, dit Jack.

— J'ai essayé de l'aider, le pauvre. Il ne veut pas lâcher son porte-documents.

— A votre avis, qu'est-ce qu'il a dedans ?

Question de pure forme. Jack était trop occupé à tenir le cap pour attendre une réponse.

La pluie martelait la tente au-dessus de leurs têtes. La mer était couverte d'une écume blanche sur laquelle les gouttes crépitaient comme des balles. Le ciel était très bas, très noir.

— Ça va ? demanda Jack à Madeleine.

— Très bien.

Le vent arrivait par rafales de plus en plus violentes, qui claquaient contre la coque, contre les rideaux. La pluie passait par les interstices et ils furent bientôt tous les deux trempés. Le vent semblait surtout souffler de front, les poussant de côté ou en arrière. Il menaçait de déchirer les rideaux de plexiglas. Il les drossait presque certainement et, malgré les efforts de Jack pour compenser la dérive, il n'avait aucun moyen d'en mesurer la force. L'horizon avait complètement disparu. Ils naviguaient dans un vide grisâtre.

La mer était de plus en plus démontée. Les vagues étaient hautes de près de deux mètres. On avait l'impression qu'elles allaient fracasser le bateau. Jack dut réduire les gaz. Il s'efforçait d'aborder de front les plus grosses lames. Cela voulait dire changer fréquemment de cap, ce qu'il n'aimait pas, mais l'alternative, c'était ça ou embarquer trop d'eau. Debout près de lui, Madeleine se cramponnait. Il y avait un tel fracas qu'ils ne pouvaient pas parler. Il leur fallait garder leur énergie pour éviter d'être précipités par-dessus bord.

L'idée vint à Jack que, dans une tempête comme celle-ci, ils risquaient de manquer complètement la Corse. Et la prochaine terre, c'était l'Afrique. Il y avait une autre hypothèse, qu'il rumina un moment : la côte corse était presque partout rocheuse. Et si, au lieu d'éviter la Corse, ils l'abordaient de plein fouet ? Ils pourraient bien se fracasser sur des rochers avant même de les voir. Ou bien entrer en collision avec une autre embarcation.

Il n'y avait pas de radio-téléphone à bord, pas de radar. Jack n'avait jamais imaginé une situation dans laquelle il pourrait avoir besoin de l'un ou de l'autre, et, de toute façon, il n'avait pas les moyens d'en équiper son bateau. Il avait bien un radio-goniomètre qu'il avait acheté une semaine auparavant, mais il ne l'avait pas encore essayé. L'appareil était rangé sous une des couchettes, en bas. Jack ne savait même pas très bien comment il fonctionnait. Confiant la barre à Madeleine, il descendit les trois marches menant la cabine, pour aller le chercher.

Il trouva le passager agenouillé et secoué de nausées sur le plancher entre les couchettes. De toute évidence, il était à plusieurs reprises tombé dans ses vomissures. La porte des toilettes ne cessait de battre et il y avait du vomi sur le plancher aussi. Jack la ferma. D'une main, le passager tenait une flasque de cognac. C'était la sienne, car Jack n'en avait pas à bord : il avait dû la prendre dans le porte-documents posé sur la couchette derrière lui. Jack se dit qu'il devait essayer de s'enivrer, ce qui n'était pas le remède idéal contre le mal de mer.

— Ça ne marchera pas, mon vieux, marmonna Jack.

La cabine empestait. Jack était furieux mais, pour le moment, il ne pouvait rien faire : il lui fallait remonter rapidement à l'air libre avant d'être lui-même secoué de nausées. Plongeant une main sous la couchette, il saisit son goniomètre et fila.

L'appareil avait à sa base des ventouses en caoutchouc. Jack le fixa sur le tableau de bord et le régla sur la fréquence de Bastia indiquée sur la carte. Puis il manœuvra l'antenne jusqu'au moment où il capta le bip-bip qu'il cherchait. C'était à plusieurs degrés du cap qu'il s'était efforcé de maintenir.

Si le signal était exact et le compas bien réglé, ils étaient entraînés loin vers l'ouest. La possibilité de manquer complètement la Corse était devenue une réalité. Il barra du mieux qu'il put dans la direction du signal mais, pendant plusieurs minutes d'affilée, il ne le reçut même plus. Chaque fois qu'il le perdait, il se mettait à tripoter le cadran pour essayer de le retrouver. A chaque fois le bip-bip revenait, et Madeleine adressait à Jack un pâle sourire.

Les vagues déferlaient par-dessus les plats-bords. Par moments, ils avaient de l'eau jusqu'aux chevilles. A tout instant, l'eau de mer pouvait s'infiltrer et court-circuiter les moteurs. Si cela arrivait, les vagues les frapperaient par le travers et ils embarqueraient de l'eau. Madeleine, qui connaissait les bateaux, eut un petit rire qui sonnait faux. Elle avait peur, maintenant : il le voyait. Lui aussi avait peur. Elle devait être épuisée à force de s'être cramponnée, mais elle ne se plaignait pas et elle gardait ses craintes pour elle.

Le goniomètre s'était de nouveau tu. Cette fois, cela dura au moins dix minutes. Quand Jack finit par retrouver le signal, c'est à peine s'il put l'entendre dans le vacarme — et il n'était même pas sûr que ce soit le bon. Le tapotant dans le dos, Madeleine lui fit de nouveau un pâle sourire. Comme ils ne pouvaient converser qu'en hurlant, il lui serra le bras dans ce qu'il espérait être un geste rassurant. Sur ces entrefaites le bateau fit une embardée et ils se cramponnèrent l'un à l'autre pour ne pas perdre l'équilibre. Quand le bateau se redressa, leur étreinte se prolongea quelques instants, puis il la lâcha.

Ça faisait un moment qu'il y avait des éclairs, mais si lointains qu'on ne pouvait que vaguement les apercevoir. A présent, des décharges électriques déchiraient le ciel tout autour d'eux. Des étincelles dansaient et crépitaient dans les œillets des rideaux. Le tonnerre était si fort et si proche qu'il semblait venir de l'intérieur du bateau et ne cessait de gronder. Des éclairs jaillissaient de partout, illuminant la lame d'étrave, l'intérieur de la cabine — illuminant aussi le visage effrayé et ruisselant d'eau de Madeleine. Ses cheveux pendaient en mèches trempées et, quand elle essayait de sourire, c'était plutôt un rictus.

— Pas de quoi s'inquiéter ! cria Jack.

— Je ne m'inquiète pas ! répondit Madeleine sur le même ton.

Jack s'était déjà trouvé pris dans de grosses tempêtes : son navire était passé un jour à la lisière d'un ouragan. Ç'avait été une tempête de proportions monumentales. Même un croiseur roule et tangue, et ce jour-là seulement trois marins, dont Jack, s'étaient présentés au réfectoire. Mais cela n'avait aucun rapport avec ce qui se passait maintenant. L'autre fois, c'était quelqu'un d'autre qui était capitaine, pas lui. Aujourd'hui, il essayait de se cramponner à la barre tandis que la petite embarcation bondissait sur les vagues. Il essayait de garder l'équilibre, de maintenir un cap et en même temps d'aborder de front chacune des vagues monstrueuses qui s'abattaient sur eux. Et pendant tout ce temps, les éclairs menaçaient de les foudroyer. Est-ce qu'il avait peur ? Il savait que oui, mais il avait trop à faire pour se concentrer sur ses craintes et sur celles de Madeleine.

— Nous allons sortir de là dans une minute ! lui cria-t-il.

— Je sais !

— Cinq minutes, tout au plus !...

Elle acquiesça de la tête. Elle avait l'air trop affolée pour parler.

Il y eut un autre grondement de tonnerre. De nouveaux éclairs sillonnèrent le ciel. Le petit pavillon qui flottait à l'arrière fut frappé par la foudre et s'enflamma.

— Prenez la barre ! hurla Jack.

Il se précipita pour éteindre les flammes avec une serviette mouillée. Au même instant, le bateau plongea dans le creux d'une lame et il faillit passer par-dessus bord.

Il reprit la barre et ordonna à Madeleine de descendre et de passer un gilet de sauvetage. Elle en remonta un pour lui et il s'efforça de se glisser dedans sans pour autant lâcher le gouvernail.

Poussée par le vent, la pluie les cinglait comme des volées de clous. La mer était démontée : le bateau se trouvait un instant à la crête d'une vague, puis plongeait, ses hélices émettant un gémissement suraigu lorsqu'elles battaient l'air. Luttant toujours à la barre, Jack n'avait aucune idée de l'endroit où ils étaient et il commençait à s'inquiéter sérieusement à propos du carburant. Avec ce vent, ces vagues, ils en avaient consommé beaucoup plus qu'il ne l'avait prévu. Il y avait bien une réserve, mais il l'avait entamée et l'aiguille continuait à baisser.

Ils en étaient à leur neuvième heure d'une traversée qui devait en durer six, et la Corse n'était toujours pas en vue.

Rien d'ailleurs n'était en vue, surtout pas l'horizon. Avait-il complètement manqué une aussi grande île ? Même si elle était droit devant, il pourrait bien tomber en panne de carburant avant d'y arriver. Le temps allait-il se lever un peu ? Il le souhaitait de toutes ses forces. Allait-il bientôt apercevoir quelque chose ? Le bateau continuait à s'élever, à plonger, puis à s'élever de nouveau dans le hurlement des hélices. De temps en temps, Jack perdait tout contrôle, recevait les vagues par le travers, un déluge déferlait à bord tandis que le bateau était ballotté en tous sens. La pluie continuait à cingler la toile de la tente et à ruisseler à l'intérieur. Jack était trempé, ils l'étaient tous les deux. Il avait les bras et les jambes endoloris de fatigue, ses cicatrices à la hanche et à l'abdomen lui semblaient en feu.

— Je crois que ça se calme ! cria Jack.

Il avait dit cela surtout pour encourager Madeleine, mais il se rendit compte que c'était vrai. Les éclairs étaient toujours proches, toujours effrayants, mais il y avait maintenant des répits : l'orage se déchaînait par à-coups, puis il s'éloigna et finit par disparaître. Ils attendirent dans ce qui leur paraissait le silence, même si le fracas de la tempête était toujours très fort. Il n'y avait plus d'éclairs.

Pendant tout ce temps, le passager ne remonta jamais sur le pont. Madeleine, qui le surveillait, cria qu'il était allongé sur une des couchettes et qu'il dormait.

— Je crois plutôt qu'il est ivre mort ! hurla Jack.

Le soir venait. Ils auraient dû être à quai à Bastia à trois heures de l'après-midi.

Environ une heure plus tard, la pluie finit par s'apaiser. Le ciel s'éclaira quelque peu. Mais la mer restait grosse et, pour ménager ce qui restait de carburant, Jack continuait à naviguer à petite vitesse.

Une heure plus tard, il aperçut dans le lointain le faisceau pâle et intermittent d'un phare. Il se concentra quelques minutes sur ce point de l'horizon pour bien s'assurer que ce n'était pas un mirage.

— Eh bien, dit-il à Madeleine, c'est un soulagement !...

Il se rendit compte qu'elle aussi retenait son souffle.

— Oui, se contenta-t-elle de répondre.

Toute leur tension se dissipa. Ils se regardèrent et éclatèrent de rire. Pendant quelques minutes, ils furent secoués d'une hilarité enfantine.

Mais de quel phare s'agissait-il ? Un îlot au large de la côte ? Derrière, Jack ne distinguait les lumières d'aucune ville. Il chercha sur sa carte détrempée les indications de phares et finit par se persuader qu'il faisait route vers l'Ile-Rousse, qui était censée être protégée par des îlots de granit rouge. Il y avait bien des îlots, droit devant. Avec aussi peu de lumière et à cette distance, impossible d'en discerner la couleur. Le phare approchait : la vague lueur d'une ville apparut derrière. L'Ile-Rousse assurément. Ce n'était pas du tout là qu'il voulait aller. Ils avaient dû longer toute la côte ouest du cap Corse sans jamais la voir. Bastia était de l'autre côté, derrière les montagnes.

— Allez réveiller notre ami, conseilla Jack à Madeleine.

Sous le couvert des îlots, ils étaient parvenus dans une zone de calme relatif.

Elle revint quelques minutes plus tard en secouant la tête.

— C'est un vrai cauchemar, en bas.

Ils approchaient de l'entrée du port. Malgré le bateau qui tanguait toujours sur une mer bien plus forte que la normale, Madeleine descendit et commença à nettoyer. Jack l'aperçut, armée d'un rouleau de serviettes en papier, en train d'éponger le plancher des toilettes. Puis elle s'attaqua à la cabine.

Quand elle remonta sur le pont, elle avait mis les serviettes en papier souillées dans un seau en plastique. Le passager apparut derrière elle. Il s'essuyait le visage et les vêtements avec un chiffon mouillé, et il contemplait d'un œil noyé d'alcool les embarcations amarrées tout autour d'eux.

— Ça n'est pas Bastia, fit-il d'une voix pâteuse.

— Je vous ferai une réduction, concéda Jack. Donnez-moi la moitié de ce que vous me devez encore...

— C'est trop.

— La moitié, menaça Jack, ou je reprends la mer avec vous... (Il se mit à rire. La peur était passée et il était ivre de soulagement et d'épuisement.) Dites-lui ça, Maddie. Faites-lui peur.

Madeleine échangea quelques mots avec l'homme.

— Il dit qu'il va vous faire un chèque.

— Bon, fit Jack.

Il se fichait pas mal de l'argent, maintenant. Tout ce qu'il voulait vraiment, c'était se retrouver sur la terre ferme. C'était sans doute ce qu'ils voulaient tous.

Comme ils s'amarraient à un quai, un douanier surgit. Il se planta devant eux et demanda à voir leurs cartes d'identité. Jack, qui n'en avait pas, lui tendit son passeport, puis posa la valise du passager sur le quai. Le douanier examinait leurs papiers. Jack prit le sac de Madeleine, puis le seau contenant les serviettes sales.

Le douanier lui rendit les deux cartes d'identité et le passeport. Le passager remit un chèque à Jack. Son porte-documents dans une main, son sac de voyage dans l'autre, il remonta le quai d'un pas incertain et ils le regardèrent s'engouffrer dans un taxi. Jack inspecta le chèque, puis le plia dans son portefeuille humide qu'il remit dans son pantalon non moins trempé. Il se sentait les genoux flageolants. Sans doute Madeleine était-elle dans le même état.

— Eh bien, on s'en est tirés, dit-il en la serrant dans ses bras.

Il fut ravi de constater qu'elle éclatait de rire et l'étreignait à son tour.

— Mon capitaine, mon héros, fit-elle.

Il y avait non loin de là une poubelle. Elle alla y vider le contenu du seau. Puis, regagnant le bateau, elle lança le seau sur le pont.

— Ce que je veux, c'est dîner ! dit-elle à Jack. Dîner et puis dormir...

— Nous pourrions dormir sur le bateau, proposa Jack.

Elle secoua la tête.

— J'ai envie d'un bain et j'ai envie de dormir dans un vrai lit.

— Très bien, fit Jack. Allons nous trouver un hôtel.

13

Une fois dans le taxi, le passager, qui s'appelait Cesare Bussaglia, demanda au chauffeur de le conduire de l'autre côté des montagnes, jusqu'à Bastia. Il savait qu'il aurait dû téléphoner pour annoncer sa visite, mais à cette heure-ci le bureau de poste serait fermé et, s'il appelait d'un bar ou d'un hôtel, on risquait de surprendre sa conversation. En outre, il était ivre, ce qui risquait de se sentir dans sa voix. Il ne pouvait pas se permettre de téléphoner en état d'ivresse.

— Allons-y, allons-y, dit-il au chauffeur.

Mais celui-ci se contenta de pianoter des doigts sur le volant. Le manège se poursuivit quelques secondes. Il finit par mentionner un prix : cinq cents francs.

— Cinq cents ! hurla Bussaglia.

Le bateau avait accosté avec cinq heures de retard sur le mauvais côté de l'île. Ce n'était pas sa faute, mais les hommes pour lesquels il travaillait allaient être furieux. Les cinq cents francs de la course, il devrait les sortir de sa poche. Selon toute probabilité, on ne lui rembourserait pas non plus l'argent qu'il avait donné à Dilger, y compris le chèque qu'il venait de lui signer et sur lequel il ne pouvait pas se permettre de faire opposition, de crainte d'attirer l'attention de la police.

— Cinq cents, répéta le chauffeur, ou alors trouvez-vous un autre taxi.

Bussaglia n'en apercevait aucun autre.

Ils discutèrent, mais le chauffeur ne voulait rien entendre.

Bussaglia finit par accepter : il était maintenant horriblement pressé.

Le chauffeur tourna la clé de contact et enfin ils démarrèrent. Toutefois, ils n'avaient pas fait deux cents mètres que le conducteur s'arrêta pour faire le plein. Il entra ensuite pour payer et resta à bavarder avec le garagiste pendant encore cinq minutes.

Le taxi était vieux et pas en très bon état, mais ils s'engagèrent quand même dans les montagnes. Aucune lumière, à part le faisceau de leurs phares. Bussaglia entendait le moteur peiner et regardait par la vitre d'un air maussade. Le chauffeur essaya bien de lui parler, mais Bussaglia lui dit de la fermer.

Puis il ajouta :

— Vous ne pouvez pas aller plus vite ?

La route était étroite et sinueuse. Il faisait noir comme dans un four. Et voilà que les virages le rendaient de nouveau malade.

— Arrêtez la voiture, ordonna-t-il au chauffeur.

Il descendit et vomit sur la route. Il s'essuya la bouche, remonta dans la voiture et le taxi reprit son avance asthmatique.

Bussaglia était persuadé qu'il venait de vivre la pire journée de sa vie, mais, en pensant aux hommes qui l'attendaient là-bas, il se dit que ce qui en restait n'allait pas être plus agréable.

Le trajet leur prit plus de deux heures. Ils descendirent des montagnes sur Bastia et les lumières des rues désertes parurent aveuglantes à Bussaglia.

Le chauffeur le déposa devant le Bar des Chasseurs, rue des Zéphyrs, près du vieux port. Son gros sac dans une main, son porte-documents dans l'autre, Bussaglia entra. Des hommes qu'il ne connaissait pas étaient accoudés au bar, à boire du calvados ou du cognac. D'autres jouaient aux dominos à une table dans un coin. Il ne les connaissait pas non plus. Et puis il y avait Musso, installé à sa table habituelle. Musso était un colosse. La cinquantaine et plus de cent cinquante kilos, il quittait rarement sa table durant les heures de travail. Avec lui se trouvaient trois étrangers. Deux avaient l'air d'hommes d'affaires. Peut-être des avocats ? Des gardes du corps ? Bussaglia avait constaté que les gardes du corps se présentent sous les dehors les plus divers. Ils étaient assis un demi-pas en retrait. Ils devaient travailler pour le troisième homme, celui qui était à la table de Musso. Beaucoup plus jeune et vêtu d'un costume de soie qui avait dû coûter pas mal d'argent. Pour être habillé de cette façon, ce ne pouvait pas être un Corse. Sans doute même pas un Français. Un type à l'air dur, avec une cicatrice sur le visage.

Bussaglia se demanda qui il était pour être attablé comme ça avec le patron, un type deux fois plus jeune que lui mais qu'on traitait avec respect. Il ne comptait pas sur Musso pour faire les présentations.

Bussaglia s'approcha, Musso ne le quittant pas des yeux.

Il s'arrêta à deux pas de la table.

— Où sont tous les autres ? demanda-t-il avec un entrain feint.

— Tu es en retard, observa Musso.

— Hé oui, j'ai eu des problèmes...

— J'espère que ça te fait une bonne excuse, gronda Musso.

— Patron, dit Bussaglia, voici ce qui s'est passé...

Il s'arrêta et humecta soudain ses lèvres sèches.

— J'attends, siffla Musso.

Bussaglia se mit à lui raconter la tempête, les vagues hautes comme des maisons, comment il avait été malade dans les toilettes, sur le plancher.

— Alors, le bateau est à l'Ile-Rousse ? fit Musso, l'interrompant.

— A l'Ile-Rousse, patron, exactement.

— Le comité d'accueil était ici, lui.

— Pas moyen de faire autrement, patron, fit Bussaglia d'un ton nerveux.

— Il y avait des hommes ici, attendant pour faire le travail...

— La tempête...

— L'homme que tu étais censé amener ici se trouve à l'Ile-Rousse.

— Tout à fait, patron. Et puis il y a eu une autre complication. Une femme.

— Une femme ?

— Elle a embarqué à la dernière minute.

— Il ne devait y avoir personne à bord, sauf toi et lui.

— Je n'ai rien pu faire.

— Tu n'as rien pu faire ?

— Je ne savais pas ce que vous vouliez que je fasse.

— Et après ça, tu as eu le mal de mer ?

— Patron, j'étais malade comme un chien.

— Pauvre garçon, ricana Musso. Approche un peu.

Bussaglia fit deux pas en direction de la table.

L'énorme main de Musso se leva et le gifla à toute volée. Elle le frappa si fort qu'il faillit s'écrouler. Toute grasse qu'elle fût, la main s'était déplacée avec une telle rapidité que Bussaglia ne l'avait même pas vue venir. Musso l'accabla d'injures, le traita de connard, de merdeux. Tous les hommes adossés au comptoir s'étaient retournés pour observer la scène. Les autres, assis autour de la table de Musso — les deux avocats ou gardes du corps et le plus jeune en costume de soie —, semblaient moyennement intéressés.

Bussaglia n'eut pas de réaction. Il restait planté là sans rien faire, à encaisser les injures de Musso, le visage endolori, une joue plus rouge que l'autre.

Le gros homme finit par se calmer puis se tourna vers l'homme en costume de soie.

— Nous ferons le travail à l'Ile-Rousse, lui annonça-t-il.

— Comment allons-nous procéder, patron ? demanda Bussaglia.

Sans se soucier de lui, Musso poursuivit :

— Après une tempête pareille, ils n'iront nulle part

ce soir. Ou bien ils vont dormir à bord, ou bien dans un hôtel. Je vais immédiatement envoyer des hommes là-bas.

Musso s'était exprimé en italien. Pour Bussaglia, cela signifiait que le visiteur n'était pas français et, quand il murmura une phrase en réponse, Bussaglia constata qu'il n'était pas italien non plus. Qu'était-il donc ? Espagnol, peut-être ?

Musso l'appelait « Signor Zaragon ».

L'italien et l'espagnol se ressemblent, mais sans être identiques. Musso observait attentivement son interlocuteur, pour s'assurer que Zaragon le comprenait.

— C'est une petite ville, dit-il en italien. Il n'y a que trois ou quatre hôtels. Nous ferons le travail soit ce soir, soit demain matin. Ça dépend du temps que ça va nous prendre d'envoyer des hommes là-bas.

Zaragon hocha la tête. On ne consulta pas les deux autres, gardes du corps ou Dieu sait quoi, et ils ne s'en formalisèrent pas.

— Je tiens à y aller, patron, dit Bussaglia.

Musso le dévisagea jusqu'au moment où il détourna la tête.

Le colosse rédigea une liste de noms.

— Contacte ces hommes, ordonna-t-il à Bussaglia. Dis-leur de venir ici.

Bussaglia prit le bout de papier et se dirigea vers le comptoir où se trouvait le téléphone. Il était tard : ces hommes pouvaient être n'importe où. Et s'il n'arrivait pas à les trouver ? Étant donné les circonstances, il avait décidé que mieux valait ne pas demander à Musso de lui rembourser l'argent qu'il avait déboursé de sa poche.

Ayant vu depuis le quai l'enseigne HÔTEL, Jack et Madeleine avaient remonté la rue et étaient entrés. Le vestibule était exigu et pas particulièrement propre. Un garçon en tablier de grosse toile bleue était assis derrière le comptoir. La moquette était élimée. Le garçon leur proposa deux chambres, chacune avec une douche. Jack et Madeleine se regardèrent. Ils étaient gelés, épuisés, leurs cheveux et leurs vêtements étaient encore humides : ils n'étaient pas d'humeur à chercher plus loin et, quand le jeune homme leur tendit les fiches, ils les signèrent. L'hôtel n'a pas de restaurant, leur annonça-t-il. Laissant leurs bagages derrière le comptoir, ils sortirent et suivirent le trottoir sous les arbres jusqu'au moment où ils découvrirent un restaurant encore ouvert.

Quelques hommes étaient accoudés au comptoir. Deux ou trois couples étaient encore attablés, penchés sur de minuscules tasses de café ou bien sur des petits verres de ce qui était sans doute du marc corse. Des gens du pays, à en juger à leur mine. Les nappes étaient en papier. On avait débarrassé les tables inoccupées.

Le serveur arriva. Plus question de dîner à cette heure-là, leur déclara-t-il sèchement. Ils dirent qu'ils mangeraient n'importe quoi : il suggéra une soupe de poissons suivie d'une assiette de charcuteries : jambon, pâté et saucisson, fromage. A prendre ou à laisser. Avec du vin, bien sûr. Il apporta une corbeille de pain, qu'ils vidèrent aussitôt.

— Vous aviez peur ? demanda Madeleine tandis qu'ils attendaient.

— Bien sûr.

— Ça ne se voyait pas.

— Pourtant, je n'étais pas rassuré, croyez-moi.

— Moi non plus. En fait, j'étais terrifiée.

Elle eut un sourire un peu forcé.

Il lui prit la main, elle ne protesta pas.

La soupe de poisson arriva dans une soupière, fumante. Jack leur en servit une pleine louche. Elle était épaisse, avec de gros morceaux de poisson. Il ne cessa de remplir leurs assiettes qu'au moment où ils eurent vidé la soupière. La charcuterie ne fit pas long feu non plus. Le vin était un rouge corse plutôt râpeux. Il leur monta vite à la tête et bientôt la traversée qu'ils venaient de faire devint un épisode amusant. Ils parlaient en plaisantant du bulletin météo erroné, du passager qui vomissait dans la cabine. Malgré leur épuisement, ils se faisaient rire mutuellement.

Pendant le trajet de retour jusqu'à l'hôtel, Madeleine n'arrêta pas de bâiller.

— Vous êtes pressée de rentrer ? lui demanda Jack.

— Non.

Peut-être pourraient-ils passer un jour ou deux à croiser autour de la Corse, proposa-t-il. Inutile de rester à l'Ile-Rousse. Il n'y avait rien d'intéressant ici.

— Nous pouvons décider de ça demain matin, dit Madeleine.

Le garçon en tablier de grosse toile était au téléphone quand ils entrèrent dans l'hôtel.

— Quelqu'un vous a demandé, mais il a raccroché, dit-il à Jack.

Jack fut un peu surpris, mais cela ne dura pas. Ce devait être une erreur, décida-t-il. Pour l'instant, il pensait à Madeleine. Il prit les deux clés et leurs deux sacs, et gravit l'étroit escalier derrière elle. Tandis qu'ils montaient il observa ses hanches, son petit derrière rond.

Les deux chambres étaient côte à côte au même étage. Jack la fit cérémonieusement choisir celle qu'elle préférait. Elle ne jeta qu'un coup d'œil à la première puis elle lui prit des mains sa valise et la clé.

Ils étaient maintenant plantés là à se sourire, prêts à se dire bonne nuit. Ils avaient tous les deux les mains occupées. Ils ne disaient pas un mot et, peu à peu, leur sourire s'évanouit.

Une expression particulière se peignait sur le visage de Madeleine, mais il n'arrivait pas à la déchiffrer. C'était assurément un air grave. C'était pour elle aussi un moment important, comme le prouvaient les secondes qui s'écoulaient en silence. Voilà que, tout d'un coup, elle devait prendre une décision. C'était le moment, si elle le voulait vraiment. Elle n'avait qu'à formuler l'invitation. Oui ou non. Qu'avait-elle envie de faire ?

C'est toujours la femme qui décide, songea Jack, et

il attendit. Il savait qu'elle l'aimait bien. La question était de savoir jusqu'à quel point.

Jack pourrait-il l'obliger à se décider ? L'embrasser, voir ce qui allait se passer ? Cela risquait de tout gâcher, de transformer le sentiment confus qu'ils commençaient à éprouver l'un pour l'autre en une sorte de lutte dans la sueur, ou, pire encore, en rien du tout.

Elle y pense, se dit Jack. Dans une certaine mesure, c'est bon signe. Ça signifie qu'elle attache de l'importance à moi, à nous. Mais avant même qu'elle l'exprime, il savait ce qu'allait être sa décision.

— Mettons quelques jours pour rentrer, proposa-t-elle. Ce sera un moment agréable.

Il savait ce que cela voulait dire. Il parvint à sourire et répondit :

— D'accord.

— A demain matin.

De sa main qui tenait la clé, elle attira vers elle la tête de Jack et l'embrassa sur les lèvres.

Quelques instants plus tard, elle refermait sa porte.

Avant l'aube, les hommes de Musso, Bussaglia et deux autres, quittèrent Bastia à bord d'une Mercedes blanche. A ce moment-là, Jack Dilger dormait encore. Bussaglia avait été prévenu : cette fois-ci, pas de gaffe. La Mercedes était en bon état : les trois hommes franchirent sans mal les montagnes puis redescendirent l'autre versant. Ils étaient quand même partis plus tard que prévu et, en chemin, ils avaient été retardés par un troupeau de moutons qui traversait la route. Pendant qu'ils attendaient, le soleil émergea de la mer et vint frapper de plein fouet la face orientale de la montagne.

Ils finirent par passer. Même dans la descente, les pentes commençaient à être baignées de lumière.

La nuit précédente, Musso et Zaragon avaient passé beaucoup de temps à mettre au point ce qui devait se passer. Le scénario définitif était essentiellement l'œuvre de Musso, puisqu'il connaissait le terrain et pas

Zaragon. Il y avait en fait plusieurs scénarios. Il avait fallu modifier le premier, car Bussaglia n'avait pas réussi à trouver les hommes que Musso voulait précisément, et ensuite on l'avait de nouveau changé. D'après les dernières décisions, les hommes dans la Mercedes devaient atteindre l'Île-Rousse juste après les premières lueurs de l'aube : cela devait leur donner largement le temps d'attendre auprès du bateau l'arrivée de Jack. Après quoi, ils devaient « l'escorter » au large : là, on devrait l'attacher à quelque chose de lourd et le balancer par-dessus bord. Si la femme était avec lui, même traitement pour elle. Un rendez-vous était fixé avec une vedette rapide à la pointe la plus au nord du cap Corse. Les trois hommes embarqueraient à bord de ce canot et on enverrait le bateau de Jack en pleine mer avec les moteurs lancés à fond. Quelqu'un finirait par le retrouver, l'éperonner, ou bien il coulerait. Les gens adorent les mystères et celui-ci les hanterait pendant des années. Qu'avait-il bien pu arriver à Dilger ou à quiconque pilotait le bateau ? On continuerait longtemps à se poser la question, mais il n'y aurait pas de réponse.

Zaragon avait éclaté de rire. « Ça me plaît bien », avait-il affirmé. Son seul regret, ajouta-t-il, était de ne pas assister à la scène. Il insistait bien sûr pour avoir une preuve de la mort de Dilger.

« Emporte un Polaroïd, avait ordonné Musso à Bussaglia, et prends quelques photos de lui étendu sur le pont. »

Bussaglia comprenait l'importance de cet ordre et il acquiesça. Toutefois, à cette heure de la nuit, il lui fallut un certain temps pour trouver ce genre d'appareil.

Jack s'éveilla de bonne heure. Il prit son sac, descendit l'escalier et régla le prix des deux chambres. Le garçon en tablier bleu était toujours de service. Jack le chargea de dire à madame, quand elle descendrait, qu'il était au bateau.

Il descendit sans hâte la rue jusqu'au quai. Le soleil

était encore très bas, c'était à peine si la ville commençait à bouger. Il passa devant des cafés où les chaises étaient encore posées sur les tables, où les garçons épongeaient et balayaient. La ville semblait beaucoup plus pauvre que celles de la Côte d'Azur. Le port aussi : beaucoup de piliers pourris et de bateaux de pêche rouillés.

Il conduisit son bateau à la pompe à essence et s'amarra. Pendant qu'on faisait le plein, il alla jusqu'à une terrasse et commanda du café au lait et des croissants. On les lui apporta encore tout chauds dans un panier. Sur la table voisine, il y avait un journal abandonné : il tendit la main et essaya de déchiffrer les gros titres. Son café finit par arriver : il trempa dedans un des croissants et le mangea, puis vida sa tasse. Tournant les yeux vers la rue, il aperçut Madeleine qui se dirigeait vers lui, son sac à la main. Elle l'embrassa sur les deux joues puis s'installa sur l'autre chaise. Le serveur arriva et elle lui dit :

— Je prendrai la même chose.

— Et un autre café pour moi, enchaîna Jack.

Ils s'attardèrent autour de leur petit déjeuner en discutant de ce qu'ils allaient faire.

— Vous voulez un autre café ? finit par demander Jack.

— Non, répondit Madeleine.

Les tickets de la caisse enregistreuse pointaient sous le sucrier, là où le garçon les avait déposés. Jack calcula le montant, posa l'argent sur la table et ils s'éloignèrent vers le bateau. Jack fit marche arrière pour se dégager du ponton où se trouvaient les pompes, redressa la barre et ils sortirent du port à petite vitesse.

Ils n'étaient pas encore en pleine mer quand la Mercedes dévala la grand-rue pour déboucher sur le quai. Les hommes de Musso sautèrent à terre. Bussaglia les emmena sur le quai où le bateau de Jack était amarré la nuit précédente. Comme ils approchaient, ils ralentirent l'allure et arrivèrent prudemment sur le lieu d'amarrage, les mains sur les pistolets. Ils ne trouvèrent qu'un vide entre deux autres bateaux. Pris soudain d'un affolement sans limite, Bussaglia se mit à courir le long des différents quais, croyant qu'il s'était trompé ou bien qu'on avait déplacé le bateau. Quand quelqu'un pensa à jeter un coup d'œil vers la sortie du port, le bateau de Jack était loin en mer, dissimulé aux regards par la jetée. Les trois hommes ne savaient pas où il avait bien pu partir, ni quand : ils restèrent là, désemparés, se demandant ce qu'ils devaient faire.

La péninsule qu'on appelle le cap Corse a une douzaine de kilomètres de large sur une quarantaine de long. Elle comporte une arête montagneuse haute de douze cents mètres qui court sur toute sa longueur. Cette arête est à certains endroits à quelques kilomètres à l'intérieur des terres mais, à d'autres, elle sort de l'eau et sa base est baignée par les vagues. Jack et Madeleine, qui faisaient route au nord en suivant la côte, s'émerveillaient devant ces falaises abruptes. Le premier gros village qu'ils passèrent, Nonza, leur parut un site extraordinaire, bâti sur un éperon de roche noire qui jaillissait droit de la mer.

Après Nonza, plus de village pendant un long moment. Le cap Corse avait été jadis une région animée, mais ses habitants étaient tous partis. Aux flancs des montagnes s'alignaient des terrasses qu'on ne cultivait plus. Le maquis avait envahi les bâtiments des fermes en pierre, qui semblaient à demi écroulés.

Jack était à la barre, en short de bain vert. Madeleine avait passé un bikini. De couleur rouge, plus petit que certains que Jack avait vus portés par quelques femmes, plus pudique que d'autres. Plus tard, quand elle commença à se préoccuper du soleil impitoyable, elle enfila par-dessus un T-shirt, et cet élément du problème disparut.

On apercevait parfois une route en corniche, taillée très haut au flanc de la montagne. Elle semblait fragile et l'on n'y voyait que de temps en temps une voiture ou un camion. La côte était parsemée de tours de guet en pierre datant de l'époque où la Corse était possession génoise. Elles se dressaient au-dessus des broussailles comme des hauts-de-forme.

Le bateau avançait lentement, serrant la terre, mais bientôt le soleil devint si brûlant que Jack accélérait de temps en temps pour permettre au vent de les rafraîchir : parfois il les aspergeait d'embruns, ce qui faisait pousser de petits cris à Madeleine.

— Où voulez-vous qu'on s'arrête pour la nuit ?

— Quelles sont les possibilités ?

S'ils se dépêchaient, dit Jack, ils pourraient doubler la pointe de la péninsule qui marquait aussi l'extrémité de l'île, mettre cap au sud pour gagner Bastia et trouver un hôtel. Mais Madeleine répondit qu'ils n'étaient pas vraiment si pressés, n'est-ce pas ?

Ils regardèrent donc le paysage défiler ; des villages spectaculairement dressés sur des escarpements rocheux ou suspendus comme des nids d'oiseaux au-dessus de la mer. Des torrents qui dévalaient des montagnes pour aller se jeter dans une anse, dans une crique, parfois sur une plage. Çà et là, des hameaux dans les terres, dont certains semblaient abandonnés, blottis dans les replis des montagnes. Les terrasses délabrées qui les entouraient avaient jadis été couvertes d'oliveraies ou de vignobles. Des prairies abruptes, maintenant envahies de broussailles ou d'arbustes, avaient jadis servi de pâturages à des chèvres et à des moutons. C'était une terre qui, pour l'essentiel, était redevenue sauvage. Malgré toute sa beauté, le cap Corse était une ruine, encore vivante, mais tout juste.

La côte profondément découpée continuait de défiler. A l'heure du déjeuner, ils étaient à Centuri : cent soixante habitants, une jolie jetée sur laquelle donnent deux ou trois restaurants plongés dans la torpeur. Ils s'amarrèrent à quai. Madeleine passa une jupe par-dessus son bikini. Jack enfila un chandail qui arborait la mention NEW YORK GIANTS, et ils montèrent jusqu'au village pour s'asseoir à la terrasse d'un restaurant baptisé Le Vieux Moulin : ils commandèrent des moules marinières, de la salade, des fromages locaux, du rosé corse, qui leur fit une nouvelle fois tourner la tête. Ensuite, ils arpentèrent les deux ou trois rues plantées d'arbres. Ils firent des provisions pour le dîner et achetèrent un sac de charbon de bois, au cas où ils décideraient de faire la cuisine quelque part sur une plage, car ils en avaient remarqué beaucoup, presque toutes désertes.

Quand ils eurent rapporté leurs provisions à bord, Madeleine détacha les amarres et poussa le bateau loin du quai. Ils repartirent, longeant la côte sous le vent brûlant et parfois sous la fraîcheur des embruns. Ils avaient tout le temps du monde, s'imaginaient-ils. Chacun profitait aussi de la présence de l'autre, et cela les préoccupait. Sans qu'aucun des deux n'en dise rien, il y avait maintenant une certaine tension entre eux, qui ne cessait de croître. Jusque-là, les heures s'étaient écoulées sans le moindre geste d'intimité. En mer, il leur arrivait parfois de s'effleurer mais, à bord d'un bateau qui de temps en temps tanguait sur les vagues, on ne peut l'éviter, bien sûr, et ça n'a donc pas de signification. Cela n'en provoquait pas moins un certain nombre de coups d'œil furtifs et, quand l'autre ne regardait pas, d'une certaine intensité.

Dans l'après-midi, ils arrivèrent dans une autre crique rocheuse, celle-ci avec une plage minuscule. Il y avait plusieurs bateaux mouillés là, et des gens qui faisaient de la plongée parmi les rochers. Jack coupa les moteurs et Madeleine lança l'ancre par-dessus bord. Mais Jack vint à l'avant et se planta auprès d'elle pour examiner l'endroit où l'ancre avait atterri : il n'aimait pas l'aspect du fond. Il pouvait facilement imaginer le bateau partant à la dérive. Il décida en fin de compte de venir plus près du rivage : là, en plus de l'ancre, il nagea jusqu'au bord avec un cordage qu'il attacha à un arbre. Le bateau tanguait doucement, à demi à l'ombre de l'arbre. Jack déballa son matériel de pêche sous-marine : Madeleine et lui plongèrent et se mirent à nager en quête de poissons. Ce fut à ce moment que l'hélicoptère affrété par

Musso vint survoler les parages à leur recherche. Bussaglia était assis près du pilote tandis que Musso et Victoriano Zaragon regardaient par les hublots de côté. L'hélicoptère tourna quelques instants au-dessus de la crique, mais Bussaglia ne reconnut pas le bateau à demi dissimulé, et l'appareil reprit sa route.

— Ils doivent déjà être presque à Nice, suggéra Musso à Zaragon, dans un étrange mélange d'italien et de corse. Je vais poster des hommes là-bas pour les attendre quand ils accosteront.

Son compagnon hocha la tête d'un air froid.

— Faites donc ça, dit-il en espagnol.

L'hélicoptère avait déjà vainement patrouillé au large : il repartit vers Bastia.

En bas, quelques-uns des enfants s'étaient mis à courir d'un bout à l'autre de la plage en criant et en levant la main, mais Jack et Madeleine, le visage plongé dans l'eau, n'avaient absolument rien remarqué.

Quand ils en eurent assez de plonger, ils folâtrèrent dans les bas-fonds en s'éclaboussant comme des gosses.

Ensuite, ils bavardèrent avec quelques-uns des autres occupants de la plage, pour la plupart des étrangers : une famille suisse, une famille anglaise. Certaines des femmes prenaient le soleil les seins nus, mais Jack fut quelque peu déçu de constater que Madeleine gardait son soutien-gorge. Les Anglais leur offrirent du thé. Ils firent bouillir l'eau sur un réchaud à alcool installé sur le sable et les servirent dans de vraies tasses, avec des petits pains légèrement rassis. Ils repartirent. Le soleil était toujours brûlant, la mer calme.

— Nous n'arriverons jamais à Bastia avant la nuit, dit Jack au bout d'un moment. (Ils avaient passé plus de deux heures sur la plage et maintenant le soleil était bas sur l'horizon. Il se détourna de la barre.) Qu'est-ce que vous voulez faire ?

— Tôt ou tard, il faudra bien s'arrêter.

— Oui, mais où ?

— Nous trouverons bien un endroit.

— On peut dormir à bord ?

— Si vous voulez, répondit-elle en haussant les épaules.

— D'accord, fit Jack.

Il se mit à chercher une crique abritée. Il entra dans un certain nombre d'entre elles mais en ressortit aussitôt : l'une était gardée par des récifs qu'il n'avait pas envie de franchir. Une autre était trop grande, n'offrant aucune protection contre une éventuelle tempête : ni l'un ni l'autre n'avait envie de dormir sur un bateau qui danserait toute la nuit. Une troisième abritait déjà une embarcation qu'ils n'avaient tout d'abord pas vue. Jack jeta un coup d'œil à Madeleine et, sans qu'un mot fût échangé, il reprit sa route.

La côte à cet endroit était abrupte et rocheuse. Le choix ne manquait pas et ils finirent par trouver une anse qui les satisfit. Ils jetèrent l'ancre. Ils avaient toujours le canot pneumatique en remorque. Ils y descendirent et ramèrent jusqu'au rivage où, après avoir escaladé quelques gros rochers, ils pénétrèrent dans la forêt. Ils eurent beau parcourir une certaine distance, presque toujours en montant, ils ne trouvèrent ni route ni habitation. A cet endroit, la route de corniche est à plus d'un kilomètre à l'intérieur des terres : elle ne suit plus la côte mais coupe droit à travers la péninsule et, même en tendant l'oreille, ils n'entendaient aucun bruit de circulation. Il n'y avait que le pépiement des oiseaux et le bruissement de la brise dans le feuillage.

Il n'y avait pas non plus de plage, là où ils avaient accosté. Pas davantage de clairière pour faire la cuisine ou déployer leurs sacs de couchage : ils retournèrent donc à la rame au bateau. Le soleil se couchait. Ils s'assirent sur le pont, en sirotant leur apéritif, et le regardèrent s'enfoncer dans la mer et disparaître. Il y avait au-dessus de leurs têtes un réseau de nuages dont les filaments changeaient de couleur, passant très lentement du jaune au rouge, au mauve puis au violet.

Une fois le soleil couché, quand le ciel fut devenu d'un gris qui ne cessait de s'assombrir, Madeleine descendit dans la cambuse et alluma la lampe pour préparer le dîner. Elle fit griller les steaks qu'ils avaient achetés, prépara une vinaigrette pour la salade et trancha le pain. Jack apparut dans l'encadrement : il observait la façon dont elle remuait les mains, dont d'un geste brusque elle renvoyait en arrière une mèche qui lui tombait devant les yeux. Il éprouvait dans tout son corps une certaine chaleur.

La nuit tomba, sans un souffle d'air. Ils dînèrent à la lumière de l'éclairage intérieur. Quand ils eurent terminé, ils restèrent assis dans l'air tiède et doux, à boire ce qu'il leur restait de vin.

Jack finit par se lever pour aller prendre le matelas pneumatique et se mit à le gonfler.

— Qu'est-ce que c'est que ça ? demanda Madeleine.

— Mon lit. (Il l'étendit sur le pont arrière. Il avait appris depuis longtemps que les femmes n'aiment pas qu'on présume de leur bonne volonté.) Vous pouvez dormir dans la cabine.

Elle l'observa avec un petit sourire.

— Je vous remercie, fit-elle. Vous êtes un vrai gentleman.

Ils restèrent assis encore un moment sans rien dire.

— Il fait encore très chaud, murmura Madeleine.

— Oui, c'est vrai.

— Vous n'avez pas envie de prendre un dernier bain ?

— Si vous y allez.

— Y a-t-il assez d'eau pour prendre une douche ensuite et se rincer ?

— Bien sûr. Vous n'aurez qu'à vous mettre à l'avant et je vous aspergerai avec le tuyau.

— Très bien, alors.

Elle se leva, se dépouilla de son T-shirt et plongea par-dessus bord. Quand elle remonta à la surface, elle lança :

— Elle est chaude, c'est merveilleux ! Venez donc !

Accoudé au bastingage, il la regardait.

— C'est une vraie soupe là-dedans...

Il la vit tendre les mains derrière elle pour dégrafer

le haut de son maillot. Elle le roula en boule. Elle battit des jambes et le lança. Jack reçut le petit bout de tissu trempé qu'elle avait envoyé dans sa direction.

— Ce qui serait vraiment agréable, ce serait de se baigner sans maillot, dit-elle.

— Allez-y, je ne regarderai pas.

Il fit le geste de se cacher les yeux avec sa main.

Il faisait noir maintenant, mais la lumière de la cambuse éclairait un peu les alentours du bateau et la lune semblait se lever par-dessus la forêt où ils s'étaient promenés quelque temps auparavant.

— C'est sûr ? Je peux vous faire confiance ?

— Absolument.

— Bon.

Une autre boule de tissu mouillé faillit le frapper au visage. Il aperçut la blancheur de son corps tandis qu'elle s'éloignait en nageant dans l'obscurité.

S'étant débarrassé de son chandail, il enjamba le bastingage et plongea, nageant en direction du bruit qu'elle faisait en s'ébrouant. L'eau émettait une sorte de lueur phosphorescente qui baignait le visage de Madeleine comme un halo. Ses cheveux trempés étaient plaqués en arrière : il la trouva superbe. Elle avait un air virginal d'adolescente.

— Oh, qu'est-ce que c'est que ça ? fit-elle. (Elle avait posé ses deux mains sur les hanches de Jack, leurs pieds et leurs genoux se heurtant dans les mouvements qu'ils faisaient pour flotter, et elle tâtait le tissu.) C'est un short de bain ! J'appelle ça de la triche !

— Revenez jusqu'au bateau, dit-il d'une voix un peu rauque.

— C'est si agréable de se baigner, fit-elle. Pourquoi voulez-vous retourner là-bas ?

Elle le laissa la remorquer jusqu'à l'échelle. Il monta le premier, se retourna et l'attrapa au moment où elle descendait sur le pont : plus par accident qu'intentionnellement, il saisit un sein frais et glissant. L'autre, il le prit exprès.

Ce qui se passa alors était inévitable depuis le petit

déjeuner. Le visage de Madeleine avait un goût de sel, comme ses seins et ses cuisses. Sa chair était fraîche, mais elle eut tôt fait de se réchauffer.

Le matelas que Jack avait gonflé, ce lit qu'il s'était préparé en prétendant qu'il avait l'intention d'y dormir seul, servit en fait à un usage bien différent, qu'ils avaient attendu toute la journée. Le bateau se balançait doucement sous eux, comme s'il était vivant. Ils avaient pour seule couverture les étoiles, vers lesquelles ils tournaient tour à tour les yeux, mais sans les voir. Le visage et le corps de l'autre étaient beaucoup plus proches que n'importe quelle étoile, plus réel aussi.

Cela dura ainsi un long moment.

Plus tard, complètement nus, encore étourdis, ils transportèrent les deux matelas sur le pont : ils avaient l'intention de passer le reste de la nuit à la belle étoile. Ils étaient bien décidés maintenant à mettre un terme à toutes ces folies et à dormir. Madeleine apporta un drap de dessous sec, en déploya un second, qui serait disponible si une brise venait rafraîchir la nuit.

Jack s'éveilla. Madeleine était debout, entre le soleil et lui. Il cligna les yeux. Elle avait fait sa toilette, s'était coiffée et avait pudiquement passé un bikini. Il s'enroula dans le drap et tous deux échangèrent un sourire.

En fin d'après-midi, ils atteignirent Bastia, une ville basse avec des montagnes juste derrière. Une longue et haute jetée enserrait le nouveau port. En la longeant, ils aperçurent le haut des cheminées des navires au mouillage, ainsi que les ponts surélevés des ferries bloqués là par la grève. Plus loin, la jetée s'arrêtait, et une rangée d'immeubles faisait face à la mer, dominant un large boulevard. Il y avait de nombreux hôtels, et des cafés avec des tables en terrasse. Ils passèrent lentement devant tout cela jusqu'à l'entrée du vieux port, où ils s'engagèrent avec prudence. Le soleil commençait à descendre derrière la ville.

Après s'être amarrés, ils remontèrent la rue jusqu'à un des hôtels où ils décidèrent de passer la nuit. Jack prit une longue douche, Madeleine un bain plus long encore. Puis ils sortirent se promener dans les rues de la vieille ville. Les magasins d'alimentation étaient encore ouverts, des femmes faisaient leurs courses pour le dîner. D'autres boutiques étaient fermées ou en train de fermer. Ils dépassèrent de nombreuses églises, entrevirent d'admirables œuvres d'art à l'intérieur : mais elles aussi fermaient, et l'on rabattait les grosses portes extérieures. Cela faisait quelque temps que les lampadaires s'étaient allumés. Jack et Madeleine dînèrent dans un restaurant puis rentrèrent à l'hôtel se coucher.

Ils restèrent à Bastia le lendemain aussi, déambulant dans les rues étroites en se tenant la main. Sur le marché, ils firent la tournée des éventaires. Ils burent des apéritifs aux cafés des jardins publics, ils entrèrent dans les églises et les chapelles qu'ils n'avaient pu visiter la veille au soir. Bastia ressemble beaucoup à certaines des petites localités de la Côte d'Azur, mais sans en avoir l'élégance ni le chic : une très vieille ville, pauvre manifestement, et malgré tout séduisante. Dans l'après-midi, ils retournèrent au bateau pour y déposer leurs achats. Puis Jack se rendit à la pompe et fit le plein des réservoirs d'eau et de carburant.

Leur hôtel était à deux pâtés de maisons du bar de Musso. Dans le courant de la journée, ils étaient passés devant à deux reprises. Ils auraient fort bien pu entrer et s'asseoir pour prendre un verre. Jack n'avait jamais entendu parler de Musso. Madeleine, qui le connaissait de réputation, aurait reconnu son nom et peut-être l'homme lui-même : même si elle ne l'avait jamais vu, elle avait entendu parler aussi de sa forte corpulence.

Musso, naturellement, ne les avait jamais vus non plus : prendre un verre dans son bar n'aurait présenté aucun risque après une certaine heure car Bussaglia, le seul de ses employés à les connaître, était alors parti, tout comme Zaragon et ses hommes. En compagnie de deux autres tireurs du milieu, ils se trouvaient à bord d'un avion taxi qui leur faisait traverser la Méditerranée pour gagner ce que les Corses s'obstinent à appeler « le continent ». Les instructions des hommes de main étaient de planquer sur le port de Beaulieu jusqu'au retour de Jack Dilger. Dilger y était peut-être déjà. Sinon, c'était sans doute l'affaire d'un jour ou deux. Ils travaillaient au contrat. Ils pouvaient utiliser la méthode de leur choix, mais ils devaient faire vite.

Lorsqu'il avait donné ses ordres, Musso était assis à sa table habituelle, dans son établissement, avec Zaragon, seul cette fois, Bussaglia et les deux autres hommes de main. Le jeune trafiquant colombien était le seul à soutenir son regard, les autres préférant se perdre dans la contemplation du plateau de la table. Zaragon avait des yeux durs et froids, et le gros homme devinait à son attitude et à celle de ses propres hommes à quel point il avait perdu la face. En s'échappant, Dilger l'avait mortifié. Il ne devait pas y avoir de nouvelle gaffe, déclara-t-il à ses hommes. Au timbre sourd et menaçant de sa voix, on comprenait clairement qu'il était fou de rage.

Zaragon s'était levé en hochant la tête, puis avait annoncé qu'il allait prendre une chambre d'hôtel à Nice ou dans les environs, en attendant qu'on le contacte. Il avait d'autres affaires à régler, ajouta-t-il : une menace à peine voilée concernant Musso, et peut-être son état de santé dans un futur proche.

Toujours assis à sa table, celui-ci le regarda s'en aller.

Musso était le distributeur de Zaragon aussi bien pour l'Italie que pour la France : la Corse était l'emplacement idéal pour l'un comme pour l'autre. Il avait conclu son affaire avec feu Jorge Zaragon, non pas avec ce frère cadet un peu fou qui ne comprenait rien et qui proférait des menaces à tout bout de champ. Il y avait malheureusement d'autres clans, surtout en dehors de Marseille, avec lesquels Zaragon pourrait nouer des contacts s'il le décidait. C'était ce que craignait Musso : il avait fait de gros investissements en bateaux, canots, hommes, pots-de-vin, mais tout cela maintenant était en danger. Il fallait impérativement que ses hommes retrouvent Dilger et exécutent leur contrat.

Jack et Madeleine sortirent du port de Bastia avec l'intention de faire directement la traversée jusqu'à Beaulieu, où Bussaglia et ses collègues étaient maintenant installés : ils ne se doutaient absolument pas de ce qui les attendait. C'était encore une belle et chaude matinée : à peine avaient-ils quitté le port que Madeleine dit :

— Rien ne nous oblige vraiment à rentrer directement, n'est-ce pas ?

Jack, qui était à la barre, se retourna. La voir tout près de lui, vêtue de son bikini, le fit sourire de plaisir.

— Rien ne m'y oblige, et toi ?

— Non.

Ce n'était pas tout à fait vrai. En fait, elle avait prévu de voir son avocat le lendemain, car elle avait engagé une action judiciaire contre le gouvernement afin qu'on lui rende son statut d'officier de police judiciaire. Ils devaient discuter tactique. Mais elle pourrait joindre son avocat par téléphone ou par fax, dans la soirée, et demander qu'on remette à plus tard le rendez-vous.

Elle devait aussi prendre la parole devant un groupe de policiers à Brest, deux jours plus tard. Elle n'en avait plus envie non plus. Eh bien, elle pourrait leur téléphoner ou leur faxer, à eux aussi, en invoquant une excuse ou une autre. C'était sans doute une bonne idée de faire profil bas, du moins pour quelque temps, en attendant que le tumulte se calme. Elle ne pouvait pas être certaine qu'on lui voulait de mal. A vrai dire, elle en doutait. Mais si des hommes qu'elle ne connaissait pas la suivaient à la trace, c'était quand même troublant. Pour le moins.

Et surtout, elle ne voulait pas se séparer de Jack. Elle

était d'humeur à sillonner sans fin la Méditerranée avec cet homme.

— Flânons un peu deux ou trois jours, proposa-t-elle.

— Nous pourrions traverser jusqu'en Italie et remonter la côte, dit Jack. Ça nous éviterait d'avoir à franchir cent cinquante kilomètres de haute mer.

Madeleine sourit.

— N'importe quoi pour éviter ça.

Ils virèrent droit à l'est et mirent le cap sur l'île d'Elbe, à une trentaine de kilomètres de la côte italienne, cette même île où Napoléon avait jadis été retenu prisonnier et d'où il s'était échappé pour gagner la Côte d'Azur et faire route vers son destin, au nord, du côté de Waterloo. En route, ils parlèrent de l'Empereur. Ils repérèrent l'île bien avant de l'atteindre car son pic central culmine à plus de mille mètres d'altitude. En approchant, ils remarquèrent de nombreuses plages et criques, certaines bordées de magnifiques hôtels. Ils découvrirent une anse déserte : ils s'y engagèrent pour y jeter l'ancre, prirent un long bain, après quoi ils s'amarrèrent devant le plus somptueux des hôtels. Ils prirent une grande chambre confortable, avec un balcon qui donnait sur la mer et les rochers.

Ils restèrent deux jours à l'île d'Elbe, puis poursuivirent leur route jusqu'à la côte italienne. Là, ils entamèrent lentement leur remontée vers le nord, s'arrêtant pour dormir à Portofino et à Rapallo : chaque matin, ils s'enduisaient mutuellement d'huile solaire, et parfois de baumes adoucissants le soir. Ils mangeaient trop de pasta dans de charmants restaurants, buvaient un peu trop de vin, vivant presque exclusivement de soleil, de mer, et l'un de l'autre.

Huit jours après avoir quitté la Corse, bronzés, heureux et bien dans leur peau, ils entrèrent à la tombée de la nuit dans la rade de Beaulieu et s'amarrèrent. Jack raccompagna Madeleine à sa chambre au-dessus de l'entrepôt : là, il l'embrassa et tourna les talons. L'avenir, lui semblait-il, était là, entre eux, comme un de ces rideaux de perles du Midi à travers lesquels on peut regarder et que l'on peut franchir à tout moment. Madeleine et lui prendraient la direction qu'ils choisiraient, mais le moment de décider était proche. Il ne le redoutait pas, maintenant : après la merveilleuse semaine qu'ils venaient de passer, il l'attendait au contraire avec impatience.

Tout en marchant, il tentait d'ignorer certaines réalités. Elles pesaient pourtant comme un poids sur son dos : elles seraient là demain, la semaine prochaine, et pendant longtemps encore. Quel genre d'avenir, pour lui, s'il restait ici ? Trente ou quarante ans à errer sur les mers, comme un vagabond ? C'était cela qu'il voulait ? Il ressentait déjà la nostalgie de New York. Il avait New York dans la peau. Pour lui, c'était le centre du monde, son chez-lui. C'était peut-être aussi simple que cela : sa place était là-bas, pas ici. Et puis New York, c'était aussi Flora. D'une façon indéfinissable, elle lui manquait : à quel point, il ne pouvait pas le dire, car chaque fois que des images d'elle lui venaient à l'esprit, il se forçait à penser très vite à autre chose.

S'il restait ici, il serait toujours un étranger. On ne le laisserait pas travailler. Il ne parlait pas le français et il savait maintenant que l'apprendre serait une tâche extrêmement difficile, qui lui demanderait des années. Pour l'instant, il lui fallait faire un gros effort pour exprimer même les choses les plus élémentaires. Sitôt Zaragon derrière les barreaux, il pourrait rentrer. Dès l'instant où commencerait l'instruction, il devrait revenir, car son témoignage était capital. La véritable vie, pour lui, c'était New York, pas la marina de Beaulieu-sur-Mer. Madeleine accepterait-elle de se déraciner et de partir avec lui ? La vraie vie, pour elle, n'était-ce pas la France ?

Une nuit, dans le noir, ils avaient parlé de l'avenir, vaguement, et elle s'était blottie contre lui en disant : « Chut, vivons cela au jour le jour. »

Le soleil avait disparu derrière la jetée, l'air était calme. Les mâts restaient immobiles. Maintenant, il descendait le quai central, bordé de bateaux de chaque côté, sans rien savoir des tueurs qui peut-être l'attendaient. Le voyage tout juste terminé se perdait dans une brume romanesque et il se laissait emporter par sa rêverie, toutes ses pensées concentrées sur Madeleine.

Le capitaine du port s'avançait à sa rencontre.

— Bonsoir, lui dit-il.

Ils échangèrent une poignée de main. Deux hommes l'avaient demandé pendant la semaine, annonça le capitaine du port.

Ce fut ce que Jack comprit, mais guère plus. Il n'arrivait pas à imaginer qui pouvaient être ces hommes. Peut-être avait-il mal traduit les propos du capitaine ?

Le Français continuait. Jack l'entendit dire : « Ils attendent près de votre bateau », ou du moins le crut-il. Qu'est-ce que cela pouvait signifier ? Les quelques phrases suivantes, il ne les saisit pas du tout. Cela l'aurait gêné d'en convenir, alors il sourit et serra de nouveau la main du capitaine.

— Bonsoir, lui lança-t-il, bonne nuit.

Il continua son chemin.

Il était très heureux et, en approchant de l'anneau où le bateau était amarré, les problèmes qui le tarabustaient lui parurent mineurs. Il aimait vivre en France. Il aimait le soleil, la côte, la mer. Il aimait Madeleine, qui lui faisait oublier Flora. Il sentait ses forces revenir. Le soleil avait doré sa peau, et on ne lui voyait plus les côtes. Et puis personne ici ne cherchait à lui tirer dessus.

Il arriva à son bateau et sauta à bord.

Après être resté à l'affût près du bateau de Jack jour après jour, les hommes de main de Musso avaient commencé à se plaindre. Il y eut de nombreux coups de fil avec la Corse. Ils attiraient l'attention, déclarèrent-ils. Les gens les regardaient bizarrement. Les douaniers les dévisageaient. Ce mec pourrait bien ne jamais revenir. Douaniers et gendarmes rôdaient sans cesse sur le port. Combien de temps devraient-ils encore rester là ?

Victoriano Zaragon s'était plaint, également. Depuis

son hôtel, lui aussi avait téléphoné maintes fois à Musso en Corse. Sa voix se faisait de plus en plus stridente, on sentait sa rage prête à éclater. Il voulait voir Dilger « liquidé ». Où était-il ? Pourquoi le travail n'était-il pas fait ? Combien de temps cela allait-il prendre encore ?

Zaragon devenait frénétique. Il ne pouvait pas rentrer chez lui tant que Dilger était vivant, et il s'inquiétait de ce qui risquait de se passer là-bas en son absence. Un mandat d'arrêt international à son nom était arrivé à Medellin. Pendant quelque temps, il s'était caché dans un de ses laboratoires, au fond de la jungle. Il avait fini par quitter le pays par le Brésil : il ne redoutait pas tant la police que la possibilité qu'un de ses hommes le trahisse. Il ne se fiait à aucun de ses subordonnés. Que se passait-il en Colombie, maintenant ? Il craignait le pire. Son contrôle sur ses affaires devenait chaque jour plus fragile. Il devait à tout prix rentrer, reprendre ostensiblement les choses en main, mais il était coincé ici jusqu'à ce qu'on ait réglé le problème Dilger.

Le trafic des stupéfiants est des plus juteux : les accords passés entre Zaragon et Musso rapportaient des millions de francs, et les deux parties étaient aux anges. A écouter les menaces et les imprécations téléphoniques de Zaragon, on ne s'en serait guère douté.

Musso, qui ne quittait jamais son bar et rarement la Corse, prit l'avion pour Nice : il y eut une réunion tendue à l'arrière d'une voiture garée devant l'aéroport. Où était Dilger ? hurla le jeune trafiquant colombien. Pourquoi les hommes de Musso étaient-ils incapables de faire ce pour quoi on les payait ?

Le visage de Musso prit une coloration violacée : il était en proie à une rage meurtrière. Un homme d'une moindre trempe aurait pu étrangler ou abattre Zaragon sur-le-champ : mais le Corse craignait le pouvoir que représentait Zaragon, et il s'efforçait avant tout de sauvegarder leurs relations d'affaires. Zaragon parlait d'un ton de plus en plus aigu, il postillonnait dans l'atmosphère renfermée de la voiture et prodiguait menaces et malédictions.

Le Sud-Américain, comprit soudain Musso, était plus qu'excessif. Il n'avait absolument pas de manières, ce qui voulait dire que traiter avec lui serait toujours dangereux. Musso n'avait même plus envie de le tuer : il voulait ne plus rien avoir à faire avec lui.

— Vous voulez que cet homme soit éliminé ? siffla-t-il. Alors faites-le vous-même !

Il sortit de la voiture, regagna le terminal à pied, donna l'ordre à ses hommes de quitter le port de plaisance de Beaulieu et reprit l'avion pour la Corse.

Pour Jack Dilger, cela signifiait un répit de quelques jours, peut-être même davantage : le temps qu'il faudrait à Zaragon pour mettre un autre plan sur pied.

LIVRE TROIS

14

— Il pense que j'ai de très bonnes chances de retrouver mon poste, annonça Madeleine.

Quelques jours s'étaient écoulés. Elle revenait de chez son avocat.

Il était midi, le soleil était brûlant. Elle était arrivée à bord avec un énorme saladier en guise de cadeau. Enchanté, Jack l'avait remerciée d'un baiser.

Maintenant, debout dans la cambuse, elle préparait une salade niçoise. Adossé au chambranle, il la regardait éplucher les minuscules artichauts, découper en rondelles les tomates et les œufs durs, les mélanger avec des morceaux de thon et de petites olives noires, avant de verser la vinaigrette.

— Ne reste pas planté là, dit-elle. Fais quelque chose.

Jack dressa donc la table sous le vélum à l'arrière. Le soleil frappait sur la toile, Jack en sentait la chaleur.

Il déploya une nappe à carreaux rouges et blancs sur laquelle il posa une assiette d'épaisses tranches de jambon des Pyrénées et une autre de fromages : il avait fait des courses à l'épicerie du port. Il y avait une baguette de pain frais que Madeleine avait achetée en ville.

Elle arriva en portant le saladier, parlant toujours avec exubérance de son avocat.

— As-tu jamais pensé à aller à New York ? fit Jack, l'interrompant.

— Pour visiter ? Bien sûr.

Ils s'assirent. Jack avait mis du rosé à rafraîchir dans un seau à glace : il en versa dans les deux verres.

— Mon avocat dit que mon affaire pourrait se plaider en septembre.

— Je veux dire, habiter là-bas.

Elle le regarda en souriant.

— Qu'est-ce que c'est, une proposition ?

— Absolument pas, répondit Jack. (Il était un peu gêné, alors il rit à son tour.) Je te demandais ça par simple curiosité, tu n'es pas obligée de répondre...

Elle portait une robe bain de soleil. Elle avait les bras et les jambes nus, les pieds chaussés de sandales à lanières. Ses cheveux étaient retenus en queue de cheval et, chaque fois qu'elle tournait la tête, le soleil les illuminait.

— Non, je n'ai jamais songé à vivre à New York.

— Tu parles la langue, fit-il remarquer.

Cela fit soudain sortir le sujet du domaine du badinage. Se rendant compte qu'il ne s'agissait plus d'une plaisanterie, elle baissa les yeux.

— Ça pourrait te plaire, reprit-il.

Elle parut se concentrer sur le contenu de son verre comme si elle cherchait là une réponse.

— Je suis française, dit-elle finalement.

Il posa sa main par-dessus la sienne sur la nappe.

— Tu pourrais habiter là-bas si tu voulais...

— Tu n'as pas faim ? demanda Madeleine au bout d'un moment.

Retirant sa main, elle servit dans leurs deux assiettes ce qui restait de salade. Elle rompit le pain, un morceau pour lui, un pour elle.

— En fait, reprit-elle, mon avocat estime que j'ai trois chances : d'abord en première instance, et puis, si ça échoue, en appel...

Jack but une gorgée de vin.

— Et la troisième ?

— Attendre qu'il y ait un changement de gouvernement.

Jack avait du mal à imaginer un pays où le gouvernement se mêlait de ce qui était essentiellement un problème de police, local par-dessus le marché.

Quoi qu'il en soit, l'idée de s'installer à New York ne semblait pas la tenter. Du moins, pas encore. Laisse-lui le temps, songea-t-il.

— Tu tiens tant que ça à retourner à la PJ ? demanda-t-il.

— Je tiens à me disculper, et je tiens à retrouver une situation stable.

Au bout d'un moment, elle ajouta :

— Je veux faire de ma vie quelque chose d'important. (Elle parut un peu gênée de cette déclaration.) Ce que fait la police est important, tu ne trouves pas ? (Puis, piteusement :) Tu le penses, non ?

Jack restait silencieux.

— Tu estimes que ce que fait la police est important ? reprit-elle.

— Bien sûr.

— Alors, tu n'aimerais pas rentrer ?

Rentrer semblait impossible, mais le désir subsistait. Cela tourmentait Jack depuis des semaines : cela le prenait parfois, aux moments les plus inattendus, ou bien cela résonnait à ses oreilles comme un air qui ne voulait pas s'arrêter. Il ne cessait de réprimer cette envie. Dans la journée, ça n'était pas facile. La nuit, seul dans son lit, il ressentait souvent la douleur d'avoir perdu quelque chose, une douleur qu'il n'arrivait pas à refouler, bien plus aiguë qu'il ne l'aurait jamais imaginé. Ce n'était pas bon de ruminer tout ça, ne cessait-il de se répéter. Il ne pouvait absolument pas rentrer. Il était hors du coup et il devait se construire une vie différente.

— Ce que tu me demandes, dit-il, c'est où je préférerais être : là-bas ou ici ?

Rentrer était tout aussi impossible que vouloir retrouver l'innocence perdue. Chaque fois que ces pensées lui venaient à l'esprit, il était bien décidé à les refouler.

— Franchement, j'aimerais mieux être ici avec toi...

Il la regarda en souriant et, sur le moment du moins, il fut persuadé que ce qu'il venait de dire était vrai.

Elle eut les yeux qui se plissèrent de plaisir, un grand sourire découvrit ses dents et elle leva son verre dans le soleil pour en admirer la couleur.

— Il est beau, n'est-ce pas ?

La lumière dansait dans le rose pâle du verre, allumant des reflets sur les arêtes de son visage.

Il sentit monter en lui une émotion intense. L'amour ? Il n'en savait rien.

Elle lui sourit puis jeta un coup d'œil par-dessus l'épaule de Jack, et son sourire disparut.

— Ne regarde pas maintenant, mais il y a une femme là-bas...

— Une femme ? fit-il.

Il ne prit pas la peine de se retourner : Jack était un homme qui se concentrait sur une seule femme à la fois.

— Qui a l'air de s'intéresser à toi...

Dans cette marina encombrée, leur intimité avait été totale. Le bateau de Jack était coincé entre deux autres, mais tous les deux étaient inoccupés et entièrement bâchés. D'autres embarcations s'alignaient sur leur droite et sur leur gauche, leurs coques frottant sans cesse l'une contre l'autre, elles aussi vides.

— Elle est juste plantée là, fit Madeleine d'un air soucieux.

Jack remarqua sa grimace mais n'y attacha pas d'importance. Il aimait son visage, toujours extrêmement expressif. Un visage qui refusait de dissimuler ce qu'elle ressentait. On pouvait toujours y lire de quelle humeur elle était. Il éprouvait du plaisir rien qu'à la regarder.

— Maintenant, annonça Madeleine, elle fait les cent pas...

Il se pencha au-dessus de la table et lui resservit du vin.

Madeleine regarda une nouvelle fois par-dessus l'épaule de Jack.

— Jack, qui est cette femme ? On dirait qu'elle te connaît...

Jack se retourna. La femme le connaissait en effet, et lui la connaissait aussi : Flora.

En la voyant, il sursauta comme si une guêpe l'avait piqué. Puis il se précipita sur la passerelle, descendit du bateau et se planta devant elle sur le quai.

— Tiens, réussit-il à articuler. Tiens, tiens... (Puis, au bout d'un instant :) Quelle surprise !

C'était plus qu'une surprise. Il était si abasourdi qu'il se surprit à serrer la main de Flora.

— Tu n'as pas donné une adresse très précise, mon chéri. (C'était la main de sa femme qu'il était en train de broyer.) Tu comprends, ça fait une heure que je te cherche au milieu de tous ces bateaux...

— Quand es-tu arrivée ? (On aurait dit qu'il s'agissait d'une vague relation.) Tu as fait bon voyage ?

Elle dégagea sa main et s'approcha du bateau, à n'en pas douter pour mieux dévisager Madeleine, qui était toujours assise à la table.

— C'est ta garçonnière ? demanda-t-elle d'une voix assez forte pour se faire entendre de la jeune femme.

Elles se dévisagèrent.

— Ça n'est pas un peu petit, chéri ? reprit Flora. Je veux dire, même pour une personne... (Sans plus regarder Madeleine, elle tourna vers Jack un sourire rayonnant.) Est-ce que tu ne vas pas... (de toute évidence, elle cherchait une formule désinvolte)... me faire les honneurs de ton bord ?

Jack sauta dans le bateau et lui tendit la main.

— Voyons, chéri, présente-nous, reprit Flora.

— Mais oui, bien sûr. (Il commençait à se remettre.) Madeleine, voici Flora. Flora, voici Madeleine.

Le nom de Madeleine ne disait rien à l'épouse de Jack. En revanche, il n'y a pas des foules de Flora dans le monde. Madeleine savait pertinemment qui était la femme qui lui faisait face, et elle était aussi stupéfaite que Jack. Consternée, aussi. Son regard allait d'un visage à l'autre. Elle avait toujours son verre de vin à la main, même si elle n'avait pas l'air de s'en apercevoir.

— Nous étions juste en train de déjeuner, dit Jack.

— Oui, je vois.

Madeleine fixa le plancher du pont.

— Nous avions presque terminé, déclara-t-elle.

— Veux-tu quelque chose ? fit Jack.

— J'ai déjà mangé merci.

Madeleine se mit à ramasser les assiettes, où restait encore de la nourriture intacte, et les emporta dans la cambuse. En moins d'une minute, la table était débarrassée.

— A tout à l'heure, lança-t-elle à Jack.

Elle sauta sur le quai et s'en alla.

Il fit deux pas après elle, s'arrêta. Après l'avoir suivie des yeux, Jack revint à sa femme : elle s'était assise sur la banquette qui courait le long de la plage arrière.

— Où l'as-tu rencontrée ? interrogea Flora.

— Elle travaille pour l'agence qui m'a loué le bateau.

Cette réponse n'était pas tout à fait complète. Pas tout à fait fidèle, non plus.

— Jolie femme, observa Flora.

A travers la forêt des mâts et des roufs, il s'efforçait d'apercevoir Madeleine passant entre les proues des bateaux. Il ne savait pas quoi dire à Flora et se demandait ce que Madeleine pensait de tout ça.

— Où es-tu descendue ? demanda-t-il à sa femme.

— A la Voile d'Or.

Jack connaissait cet hôtel, qui donnait sur le petit port de Saint-Jean-Cap-Ferrat, à moins de cinq kilomètres de Beaulieu. L'un des plus beaux hôtels qui soient. Un des plus chers, aussi.

— Un endroit agréable, dit-il.

Manifestement, Flora avait dépensé de l'argent pour venir ici, et elle en dépensait encore plus pour y séjourner.

— C'est très chic, j'aime beaucoup.

Jack découvrit soudain qu'il était affamé. Il jeta un

coup d'œil à la table, cherchant les plats qui n'étaient plus là.

— Qu'est-ce qui t'amène ici, Flora ?

— Je voulais te voir.

Il rapporta de la cambuse l'assiette de jambon et la corbeille de pain qu'il posa devant eux. Il se confectionna rapidement un sandwich, en fourrant du jambon à l'intérieur d'un morceau de pain, et se mit à mastiquer énergiquement.

— Tu voulais me voir ? Pourquoi donc ?

— J'ai pensé que nous devrions discuter du divorce.

— Qu'est-ce qu'il y a à discuter ?

— Avant que ça aille plus loin.

— Avant que quoi aille plus loin ?

— Le divorce.

— Oh.

Un long silence.

— Tu as l'air bien mieux, constata Flora. Tu as repris pas mal de poids...

— Oui, je ne me sens pas mal...

Bon, elle t'a surpris, et alors ? Pose ce sandwich. Cette femme t'a toujours surpris, depuis le jour où tu l'as rencontrée. Décide quelle doit être ton attitude, et n'en démords pas. Depuis le premier jour, tu n'as jamais su ce qu'elle allait faire.

— L'air d'ici doit te convenir, dit Flora.

— Flora...

Il contempla le sandwich à demi mangé sur la table, puis son regard se perdit parmi la foule des bateaux, sans les voir : il essayait de trouver ce qu'il voulait dire.

— As-tu une voiture ? demanda-t-elle.

— De location, oui.

— Tu pourrais me reconduire à l'hôtel ? Je suis venue en taxi.

Elle était en robe et en talons hauts, ce qui n'était pas la tenue rêvée pour monter sur un bateau et en descendre : il lui donna la main pour l'aider à s'engager sur l'étroite passerelle et de là gagner le quai.

Une chose était sûre : on pouvait voir son bateau

depuis la chambre de Madeleine, au-dessus de l'entrepôt. Elle pouvait même, si elle le voulait, le suivre sur tout le trajet jusqu'à l'endroit où il avait garé sa voiture. Il lâcha donc la main de Flora et ils marchèrent côte à côte, Jack s'efforçant de maintenir entre eux une certaine distance. A plusieurs reprises, il jeta un coup d'œil vers les fenêtres de Madeleine, mais il ne la vit pas. A la réflexion, il ne s'attendait pas à la voir. Madeleine était une femme prévisible. Contrairement à Flora, on pouvait compter sur elle pour être la même chaque jour : c'était quelqu'un de droit, de direct, elle était responsable, franche, équilibrée, jamais capricieuse, et avait un solide sens de l'humour. Elle se blessait facilement, aussi. Mais son orgueil de Française lui donnait une certaine solidité. L'espionner de sa fenêtre, les espionner, ce n'était pas le genre d'indiscrétion qu'elle se permettrait.

Son attention revint à Flora. Maintenant qu'il était revenu de sa surprise, il était content de la revoir. Avec ses talons aiguilles, sa robe de soie verte qui la moulait et son sac à main assorti, elle représentait à ses yeux, beaucoup plus que Madeleine, l'image d'une suprême élégance. Elle l'avait toujours fortement attiré. Le côté imprévisible de son caractère était pour beaucoup dans sa séduction. Voilà maintenant qu'une fois de plus elle sautait dans sa vie à pieds joints, au moment où il commençait à se faire à l'idée qu'elle en était à jamais sortie.

De toute évidence, elle avait réfléchi à cette histoire de divorce. Peut-être s'était-elle aperçue qu'elle n'en avait pas envie : c'était à tout le moins flatteur, même si cela lui posait un certain nombre de problèmes qu'il ne tenait pas à affronter. Mais assurément, c'était flatteur. Eh bien, il allait écouter. Il se demandait toutefois si son apparition soudaine et inattendue ne lui avait pas déjà coûté Madeleine. Celle-ci avait mal pris la chose : il la connaissait assez pour en être sûr. Dans un jour, dans une semaine, Flora repartirait — et il n'aurait plus Madeleine non plus.

Flora monta dans sa voiture et ils sortirent du port pour prendre la route du cap Ferrat par Beaulieu. L'hôtel, il le savait, se trouvait à environ trois kilomètres sur la péninsule.

— Est-ce que je t'ai manqué ? dit Flora. Mais oui, n'est-ce pas ? J'ai senti que oui à la façon dont tu me regardais.

— Bien sûr que tu m'as manqué. (Et il ajouta, parce que c'était vrai :) Tu me manqueras sans doute toujours.

— Toujours ?

— Tu as représenté beaucoup de choses pour moi.

— Et toi une grande partie de la mienne.

— Où en est le divorce ?

— J'ai arrêté la procédure.

Quelques mois plus tôt, il aurait donné beaucoup pour entendre cela. Aujourd'hui, c'était différent.

— Tu l'as arrêtée ?

— J'ai mis les choses en stand-by. Ça ne me semblait pas bien de faire ça, alors que tu n'étais pas là.

— Pourquoi donc ?

Il avait du mal à comprendre ce qu'elle essayait de lui dire.

— Enfin, tu n'as même pas pris d'avocat...

— Je n'en avais pas besoin, non ? A moins de vouloir contester.

— Tu ne veux pas contester ?

Étant donné les circonstances, ça n'avait pas été une de ses options, effectivement.

— Si tu n'as pas d'avocat, le mien peut en profiter...

— Flora, je ne possède rien dont personne puisse profiter...

— Cette femme avec qui je viens de te voir, elle représente quelque chose pour toi ?

— Non.

Une réponse immédiate, dans l'espoir d'éviter des complications.

Il crut voir Flora esquisser un petit sourire, mais il n'en était pas certain.

Je ne devrais pas lui mentir, se dit-il. Mais c'était fait,

maintenant, et la vérité — pour autant qu'il la connaisse ! — nécessiterait bien trop d'explications.

Jack entra dans le village de Saint-Jean, descendit vers le port, puis remonta le promontoire qui l'abritait. Tout en haut se dressait l'hôtel de la Voile d'Or. Il s'engagea sur le petit parking et se gara là, entre une Ferrari et une Rolls.

— Tu as de belles fréquentations, murmura-t-il comme ils descendaient de voiture.

Un hôtel comme ça avait si peu de rapport avec la vie d'un flic new-yorkais que cela le fit presque rire. Qu'est-ce qu'il faisait dans un endroit pareil ?

Un voiturier accourut, lui prit ses clés, et ils suivirent l'allée devant les portes-fenêtres qui s'ouvraient sur les salons de l'hôtel. Il y avait une bande de gazon entre eux et la balustrade. En bas, un petit port, où s'entassaient des yachts. Devant, une terrasse avec des tables et des fauteuils en osier. Ils s'assirent, un serveur arriva et ils commandèrent du café. Jack restait silencieux, ne sachant pas trop ce qu'il éprouvait, encore moins ce qu'il avait envie de dire. Peut-être Flora avait-elle la même impression, il n'en savait rien, mais elle aussi se taisait.

D'où ils étaient, on voyait les hautes falaises de la Riviera, à l'est, en direction de l'Italie. Au pied des falaises, les petits villages blottis là, épinglés comme des papillons, avec cet immense mur au-dessus d'eux.

— Jolie vue, finit par lancer Flora.

— Oui.

La vue était mieux que jolie, mais cela lui parut stupide de le dire. D'ailleurs, il était si troublé qu'il n'osait même pas parler.

— Combien de temps penses-tu rester ici, Jack ?

Il la regarda.

— Jusqu'à ce qu'on arrête ce type.

— Imagine qu'on ne l'arrête pas ?

— Mais si.

— En habitant ce petit bateau ?

— Il est charmant, ce bateau...

— Il n'est même pas aussi grand qu'une caravane.
— Bah...
— As-tu assez d'argent ?
— J'ai ma pension.
— Ça n'est pas grand-chose.
D'un geste, il désigna l'hôtel derrière lui.
— Oh, je ne pourrais certainement pas me permettre de vivre dans un endroit comme ça... (Il sourit et ajouta en plaisantant :) Avec les prix qu'ils pratiquent ici, je ne sais même pas si je peux me permettre le café que nous sommes en train de boire...
— Je ferai mettre l'addition sur ma note, dit-elle sérieusement.
— Je plaisantais.
— Pardon, je n'avais pas compris.
Flora, se rappela-t-il, était une femme qui se laissait guider par ses caprices. Elle faisait rarement des plaisanteries et riait encore plus rarement de celles des autres. Même s'il lui arrivait par moments de rire de bon cœur, elle était d'humeur plutôt sérieuse. Comme bien d'autres choses chez elle, son sens de l'humour, il l'avait constaté, n'était pas prévisible.
— Parce que, si tu as besoin d'argent... reprit-elle.
— C'est très gentil de ta part.
— Je parle sérieusement.
— J'ai emmené des gens faire des excursions en mer, tu sais. Par exemple, il y a quelque temps, j'ai convoyé quelqu'un jusqu'en Corse. Ces petites croisières rapportent pas mal. (Il n'y en avait eu qu'une jusqu'à maintenant, et l'idylle avec Madeleine qui avait suivi lui avait fait croquer tous ses bénéfices.) Merci quand même de ta proposition.
Flora hocha la tête et, se mordillant la lèvre, resta silencieuse. Si elle avait quelque chose à lui dire, elle n'était pas encore prête à le faire. Puis :
— Alors, tu n'es pas trop seul ?
— Pas vraiment.
— Tu ne parles pas français...
— Non. Quelques mots, quand même.

Tout en remuant son café, il songea qu'il devrait lui parler de Madeleine et il se donna même l'ordre de le faire.

J'ai trouvé une autre femme, devrait-il dire.

C'est sérieux ? demanderait-elle.

Comment le saurais-je ? répondrait-il.

On peut dire que tu n'as pas perdu de temps, répliquerait-elle d'un ton vexé.

Il ne savait absolument pas quels étaient les sentiments de Flora à son égard, et c'était inutile de dire quoi que ce soit. Pourquoi risquer de lui faire de la peine ? se demanda-t-il.

Cela lui fit comprendre qu'il tenait encore à cette femme. Cette idée le surprit : ce fut presque un choc.

Des gens sortirent sur la terrasse, s'assirent à une table voisine et se mirent à parler anglais. Du coup, ils n'avaient plus la terrasse et la vue pour eux tout seuls. Désormais leur conversation, dans la mesure où ils en avaient une, allait être surveillée.

— Montons dans ma chambre, suggéra Flora. Nous pourrons nous asseoir sur le balcon et discuter.

Au bout du compte, ils discutèrent très peu. Ils arrivèrent dans sa chambre et il constata qu'elle était bien plus grande que son bateau, plus grande que deux bateaux comme le sien réunis. Le sol était dallé de marbre. Les portes-fenêtres s'ouvraient sur le balcon : la vue était la même que celle qu'on avait de la terrasse en bas sauf que, de là-haut, c'était encore mieux.

Ils restèrent debout sur le balcon, leurs mains étreignant le fer forgé de la balustrade.

— Ton idée de demander le divorce... dit Flora. Je pensais que tu avais peut-être changé d'avis...

— Mon idée ?

L'audace de cette femme lui arracha un petit rire.

— Je me disais que peut-être, poursuivit-elle, tu ne tenais plus tellement à divorcer... Que tu n'avais pas envie de continuer la procédure...

Jack l'écoutait, pris de vertige.

— La plupart de nos problèmes conjugaux, murmura

Flora, tenaient au fait que tu étais policier. C'était plus important pour toi d'être policier que d'être mon mari, n'est-ce pas ?...

Elle attendit une réponse.

C'était peut-être vrai.

— Je ne sais pas, finit-il par dire.

— Maintenant, tu n'es plus dans la police. Alors, ces problèmes-là ne se posent plus, n'est-ce pas ?...

Jack était incapable de répondre. Il regarda sa main qui caressait la balustrade du balcon.

— Depuis ton départ, on n'a pas arrêté de parler de toi dans les journaux, tu sais cela ? reprit Flora.

— Non, fit Jack, je ne savais pas. Qu'est-ce qu'on raconte ?

— On fait des tas d'hypothèses sur l'endroit où tu es. Mais je ne l'ai révélé à personne. Quand les journalistes m'interviewent, je leur dis que tu es en sécurité, et c'est tout.

Elle contemplait le port, au loin. Jack examinait son profil.

— Les gens n'arrêtent pas de me demander quel effet ça fait d'être mariée à un héros comme toi.

Cela amusa Jack.

— Qu'est-ce que tu leur réponds ?

— Je lève les yeux au ciel en soupirant : « Ah, si vous saviez ! »

Elle éclata de rire. Elle avait un rire cristallin, musical. Il avait toujours aimé l'entendre rire.

Il n'y avait pas de store pour protéger le balcon. Le soleil de midi leur tapait sur la tête.

— Ce qu'il fait chaud ! s'exclama Flora. Je vais ôter cette robe et passer quelque chose de plus frais, tu permets ?

Elle revint à l'intérieur.

— Il fait chaud ici aussi, entendit-il.

Au bout d'un moment, lui aussi rentra dans la chambre.

— Tu n'as qu'à mettre la climatisation...

— Tu sais bien que j'ai toujours eu horreur de ça.

Il la regarda ôter ses escarpins à talons aiguilles.

— Il y a des possibilités formidables pour toi, si tu rentres, dit-elle.

— Pour faire quoi ?

— Ça dépend de toi. Ce que je sais, c'est que tu es un héros et qu'un tas de gens aimeraient t'employer... (Elle tourna son dos vers lui.) Dégrafe-moi.

Les doigts de Jack s'affairèrent à déboutonner sa robe. Il commençait à faire étouffant dans cette chambre, trouvait-il, et pas seulement parce que c'était une journée chaude.

— Alors, si tu changeais d'avis en ce qui concerne le divorce, si tu voulais que notre mariage continue, ma foi, je crois que tu pourrais me décider à essayer.

Il avait beau savoir depuis quelques minutes où l'étrange logique de Flora les entraînait, il en resta quand même sans voix.

En culotte et en soutien-gorge, elle étala sur le lit une robe bain de soleil. Puis elle passa les mains derrière son dos et dégrafa son soutien-gorge.

— Il y en a un incorporé dans la robe, expliqua-t-elle sur le ton de la conversation. Je n'ai plus besoin de ça...

Il gardait les yeux baissés et se dirigea vers le balcon. Elle avait retiré son slip, aussi.

— Je suis si blanche, continua-t-elle d'un ton détaché. Il faut vraiment que je prenne un peu le soleil pendant que je suis ici, tu ne trouves pas ? (Elle pivota vers lui.) Regarde comme je suis blanche.

Il sortit sur le balcon où il fixa résolument le port, en s'efforçant de ne pas prêter attention à Flora. Il y avait des gens sur quelques ponts de yachts, d'autres sur la promenade. Flora sortit toute nue sur le balcon derrière lui. Il sentit ses bras l'entourer et elle vint se frotter contre lui, au nez et à la barbe de tout ce monde.

Connaissant Flora, il se doutait que ça allait arriver. Il n'en sursauta pas moins.

— On va te voir, dit-il.

Il se retourna si précipitamment qu'il la bouscula. Il dut l'empoigner pour l'empêcher de tomber. Mais elle continuait à reculer. Elle recula ainsi jusqu'au lit, en l'entraînant, en l'attirant sur elle. Il était tout habillé et elle pas, mais cette disparité ne dura pas longtemps.

Pour la première fois de sa vie, il se trouva séduit contre son gré — enfin plus ou moins contre son gré. Les portes-fenêtres étaient grandes ouvertes, le soleil entrait à flot, comme la chaleur. Il avait l'impression de faire l'amour en plein air. Cela dura plus d'une heure.

Ensuite, il prit une douche dans la salle de bains de Flora et pensa à Madeleine. Il se frictionna longuement, s'efforçant de faire disparaître de sa peau le parfum de Flora, au cas où Madeleine l'attendrait à bord du bateau, ou s'il la rencontrait sur le quai. Il avait l'impression d'être un mari infidèle s'apprêtant à rentrer chez lui, et il avait du mal à comprendre pourquoi. Cela ne faisait pas si longtemps qu'il connaissait Madeleine, et d'ailleurs il ne la connaissait pas si bien. Il n'y avait eu aucune promesse — en tout cas, pas encore formulée. C'était à Flora qu'il était marié, toujours marié, qu'il avait juré fidélité. Absurde, se dit-il. Ce qui venait de se passer entre eux leur était déjà arrivé des centaines de fois, et ça n'avait aucune importance. Mais il ne pensait pas que ce serait l'avis de Madeleine, si elle l'apprenait.

Après avoir quitté Flora, il prit la haute corniche et trouva un endroit d'où il pouvait contempler presque toute la côte : là, il continua à ruminer ses pensées. En bas, il y avait tous les petits ports et celui, plus grand, de Nice. Plus loin, le vaste aéroport dont les pistes vues d'aussi loin et d'aussi haut semblaient refléter le soleil comme des miroirs : un avion qui décollait ne paraissait pas plus gros qu'une mouche. Il le suivit du regard, songeant à Flora, à ce qu'elle lui proposait. Il refusait de s'avouer qu'ils venaient de passer ensemble un moment délicieux, un des plus agréables qu'ils aient jamais connus. Et s'il rentrait à New York avec elle ? Qu'est-ce qu'il faisait donc dans ce pays étranger ?

A sa gauche se dressait une péninsule rocheuse, et à sa droite deux autres, chacune longue de quelques kilomètres. Devant lui, dans toutes les directions, l'immensité de la mer. Assurément, l'endroit était magnifique. Mais cela ne suffirait pas à le retenir : c'était à New York qu'il se sentait vraiment chez lui. Victoriano Zaragon ne resterait pas en liberté bien longtemps. Jack avait New York dans le sang. La ville faisait partie de lui. Il n'était plus flic : et après ?

Il pensait aussi à Madeleine. Pourquoi se sentait-il maintenant infidèle, coupable ? Il n'était qu'un homme, et il s'était conduit comme un homme. Un désir impérieux s'était emparé de lui, plus fort que la volonté de n'importe quel homme. Ce qui s'était passé n'était vraiment pas sa faute. Celle de Flora, plutôt.

Quelle femme aimait-il ? Et à quel point ? Il lui semblait que c'était Madeleine qu'il avait trahie. C'était envers elle qu'il éprouvait des remords. Peut-être Madeleine était-elle celle qu'il aimait, car la culpabilité et l'amour, c'est pareil, n'est-ce pas ?

Allait-il devoir choisir entre une femme et l'autre ? L'amour est-il exclusif ? Ne pourrait-il pas aimer les deux ?

Deux femmes à la fois. Ça, c'est une authentique perversion.

Certains auraient pu dire que Jack était deux fois béni car il avait fait l'amour à deux femmes, l'une après l'autre. Mais ce n'était pas sous ce jour qu'il se voyait.

Il remonta dans sa voiture et passa de la haute à la moyenne corniche. La route ne cessait de descendre en lacets. Il rejoignit ensuite la basse corniche et il arriva au port de Beaulieu, où il gara sa voiture. Il eut beau regarder, il ne vit Madeleine nulle part. Il passa sous ses fenêtres sans lever les yeux : il savait qu'elle était peut-être aux aguets. Ce serait à lui de faire le premier pas. Et il le ferait, bien sûr, mais il avait besoin de quelques minutes supplémentaires de solitude, pour réfléchir.

Quand il arriva devant son bateau, il sauta sur le pont. Il avait la hanche assez solide maintenant pour ce genre d'exercice. Il passa dans la cambuse et se prépara une tasse de thé qu'il emporta sur la banquette de la plage arrière, où il s'assit pour la boire à petites gorgées. Madeleine passait souvent dans l'après-midi. Il préparait une théière pour eux deux et ils s'installaient pour la boire en bavardant et en regardant le soleil se coucher derrière le cap Ferrat. Il ne pensait pas qu'elle viendrait aujourd'hui.

Une dizaine de minutes plus tard, il eut bien une visite, mais qui ne concernait en rien sa vie sentimentale compliquée : le visiteur était un homme, pas une femme : dès l'instant où il se fut fait connaître, la vie de Jack — ou ce qui lui en restait — bascula.

L'homme portait une chemisette blanche. Un col ouvert — une chemise Lacoste, constaterait Jack par la suite, car il remarquerait le crocodile au-dessus de la poche —, un pantalon marron au pli impeccable et des mocassins. Il arborait un chapeau de tennis en toile et des lunettes de soleil dont les verres faisaient miroir. Il inspectait simplement les bateaux. Ça n'avait en soi rien de suspect. Dans les ports, les gens font ça tout le temps : un jour, il y avait eu ce couple danois que Jack avait invité à prendre un verre à bord.

D'un pas lent et délibéré, l'homme s'approchait de Jack. Il examinait chaque bateau comme s'il en cherchait un à acheter. Peut-être avait-il déjà repéré Jack. Peut-être était-ce pour cela qu'il avait l'air si peu pressé. On aurait dit quelqu'un qui a tout le temps du monde, mais quelque chose en lui avait arrêté le regard de Jack : sa façon de marcher, son port de tête ? Jack se dit : je connais ce type.

L'homme arriva au niveau de la passerelle, large d'une trentaine de centimètres sur moins de deux mètres de long, et ils se dévisagèrent un moment. Plus exactement, Jack contempla son propre reflet dans les verres de lunettes de l'inconnu.

Un peu plus d'un mètre d'eau les séparait. Debout sur le quai, l'homme était évidemment beaucoup plus grand. D'un geste lent, théâtral, exactement comme une strip-teaseuse enlevant à l'ultime instant son soutien-gorge, il ôta ses lunettes. Mais ça n'avait rien de sexy, ni de drôle non plus.

Jack se trouvait devant le sourire sardonique de Victoriano Zaragon.

Il s'ensuivit un moment de terreur instantanée, irréfléchie. Un sentiment purement viscéral, rien que Jack aurait pu maîtriser, et cela tenait autant à la surprise qu'à l'idée que cet homme venait pour le tuer. Il fixa Zaragon comme un soldat fixerait une grenade dégoupillée à ses pieds. Avait-il le temps de faire quelque chose ou bien était-ce déjà trop tard ?

— Pan, pan vous êtes mort, dit Zaragon, en braquant son index sur lui.

Même s'il avait eu le plus grand mal à ne pas se recroqueviller sur place, Jack se força, sitôt le premier moment de surprise passé, à continuer de siroter son thé, se concentrant sur le geste de porter la tasse à ses lèvres. Il n'était pas armé. Si Zaragon comptait le tuer maintenant, il ne pouvait absolument rien y faire.

— Pan, pan, répéta Zaragon, braquant toujours stupidement son doigt.

Et il eut un rire un peu niais.

Un siècle auparavant sembla-t-il à Jack, il avait eu des problèmes sentimentaux : il oscillait entre deux femmes, buvait tranquillement son thé, il se sentait détendu — il s'était même rarement senti aussi en forme, aussi bien physiquement que moralement.

Mais la terreur avait chassé tout cela.

— Vous me reconnaissez, je pense ? demanda Zaragon.

— Je vous reconnais. Qu'est-ce que vous voulez ?

Malgré tous ses efforts pour dissimuler sa première réaction, il avait dû avoir un tressaillement involontaire ou quelque autre signe que Zaragon avait perçu.

— Alors, vous savez pourquoi je suis ici.

Le jeune homme ne riait plus, son pâle sourire s'effaçait rapidement.

Jack jetait des coups d'œil furtifs autour de lui, cherchant du regard une arme. Il se rappela la gaffe attachée à l'avant. Pourrait-il s'en emparer ?

— Comment vous n'êtes pas mort ? Je vous ai manqué ? Vous si près ce soir-là. Aussi près que maintenant. (La gaffe était trop loin. Il n'y arriverait jamais.) Vous tuer mon frère.

Pas d'arme. Jack pouvait toujours lui lancer sa tasse à thé au visage. Il n'avait rien d'autre.

Zaragon leva les deux mains, paumes ouvertes, le geste universel de paix, même si ce n'était pas ce qu'il voulait dire en l'occurrence. Dans une main il tenait ses lunettes de soleil, dans l'autre son chapeau. Rien de menaçant.

— Détendez-vous, dit-il. Vous pas mort. Pas encore. Plus tard.

Il se remit à rire.

Des yeux, Jack inspecta la silhouette de Zaragon, sans distinguer de protubérance en forme de revolver. Le trafiquant n'était apparemment pas armé.

— Vous savez pourquoi je viens ici aujourd'hui ? reprit Zaragon. Pour que vous sachiez que je vous trouve. Vous croyez que je ne vous trouve pas ? Pas difficile. Mais je ne vous tue pas. Moi ? Non, non, pas moi. Je prends quelqu'un. (Comme la colère le gagnait, presque la rage, son anglais se détériorait à toute vitesse.) Cet homme vous emmener en Corse ? Lui devait le faire. La mer le rend malade...

En entendant cela, Jack fut incapable de dissimuler sa surprise.

— La prochaine fois, vous pas si chanceux, poursuivit Zaragon. Qui le fera ? demandez-vous. Ça pourra être n'importe qui. Peut-être de Nice. Un talent local. Bonne idée, non ? Vous ne savez pas qui, vous ne savez pas quand. Vous surveillez tout le monde. Vous ne pouvez pas surveiller tout le monde. Vous mourrez bien des fois avant de mourir. (Il se remit à rire.) C'est drôle, non ? (Il cessa de rire.) Finalement quelqu'un vient et vous tue.

Jack se leva et rapporta sa tasse dans la cambuse, là

où Zaragon devait penser que se trouvaient les armes. Il resta là quelques secondes, à essayer de reprendre ses esprits. Quand il remonta sur le pont, Zaragon était parti. Jack l'aperçut qui s'éloignait sur le quai d'un pas rapide. Un moment plus tard, il avait disparu derrière les autres bateaux.

Finis la stupeur et le désarroi. Jack quitta le bord et se précipita à sa poursuite : la réaction normale d'un policier. Passer aux choses pratiques. Définir le problème. Définir la menace. S'approcher autant que possible. Ne pas le lâcher. Trouver où il va, qui il voit. Recueillir des faits. Quand on a des faits, on dresse son plan.

Et puis Jack le savait ; près de Zaragon, la menace était moindre. L'endroit le plus sûr, c'était sur ses talons.

Du côté du port où se trouvaient les restaurants, il le vit monter dans une voiture de sport rouge, peut-être une Alfa Roméo, décapotée. Cela fit ricaner Jack. Une belle voiture flamboyante, facile à filer. C'était stupide pour un homme comme lui de conduire un véhicule pareil. Stupide de vouloir jouer au riche touriste sur la Côte d'Azur. Ça donnait à Jack quelque chose à quoi s'accrocher. Comment pourrait-il en tirer parti ?

Dès que Zaragon eut tourné le coin, Jack monta dans sa propre voiture mais, quand il déboucha sur la basse corniche, il dut faire un choix : vers l'est, en direction de Monte Carlo et de l'Italie, ou vers l'ouest, en direction de Nice ? Il choisit l'ouest, sortit de l'autre côté de Beaulieu et en fut bientôt récompensé. Par endroits, la route était une vraie corniche taillée au flanc de la falaise. A chaque indentation, elle décrivait une courbe. Et il y avait des endroits d'où il pouvait apercevoir, pardessus le vide, les véhicules qui se trouvaient près d'un kilomètre plus loin.

L'une d'elles était la voiture rouge.

La route devint plus étroite pour se faufiler à travers Villefranche. Quand il ressortit de la ville, il aperçut tout en bas la rade en forme de fer à cheval, avec de nombreux navires de plaisance non loin du rivage et, au milieu du port, deux navires de croisière à l'ancre, avec des canots collés à leurs flancs.

Devant, la route suivait de nouveau la corniche : il chercha du regard la voiture rouge, mais sans la voir. Il s'apprêtait à passer devant deux petits hôtels. Il estimait peu probable qu'un homme comme Zaragon daigne descendre là : il s'engouffra quand même dans le parking du premier, inspecta les lieux, puis essaya l'autre.

Pas de voiture rouge.

Il fit demi-tour et revint vers Villefranche pour descendre l'étroite ruelle qui mène à la vieille ville et au port. Il savait qu'il y avait là une rangée de restaurants alignés le long de la mer, ainsi qu'un hôtel. Cet établissement, le Welcome, bâti dans la première moitié du siècle dernier, était petit, élégant et connu. Le genre d'endroit que Zaragon pouvait avoir choisi.

Jack découvrit la voiture rouge garée sous les arbres de la place. Elle était presque devant la porte de l'hôtel, à un endroit où le stationnement était interdit, et Jack vit un portier en gilet rayé sortir pour se mettre au volant. Il fit une marche arrière et roula jusqu'au parking, à côté du bâtiment des douanes. Puis l'homme souleva la capote et entreprit de la remettre en place.

Jack vint garer sa voiture à côté, descendit et se pencha.

— Belle voiture, dit-il. A qui appartient-elle ?

Il parlait anglais, en espérant que le portier le comprenait.

La plupart des membres du personnel de ces hôtels parlent un peu d'anglais : l'homme ne faisait pas exception à la règle.

— C'est la voiture de M. Moro, répondit-il.

— Je croyais que c'était peut-être celle de M. Salazar. (Jack avait connu jadis un policier du nom de Salazar.) Un Sud-Américain.

Jack tendit au portier un billet de cinquante francs qui disparut instantanément.

— Non, M. Moro.

— Il est colombien, n'est-ce pas ?
— Non, américain. De Porto-Rico.
— Il est seul ?
— Oui, seul.
— J'étais persuadé que c'était la voiture de M. Salazar, dit Jack. Je me suis trompé. C'est idiot.

Il regagna Beaulieu. Il se gara sous les fenêtres de Madeleine, grimpa l'escalier et frappa à sa porte.

En lui ouvrant, elle eut soudain un air content, comme si elle s'imaginait qu'il lui était revenu définitivement.

Jack pour l'instant ne pensait pas à sa femme, pas plus d'ailleurs qu'à Madeleine. Il passa devant elle et entra dans la pièce. Ce n'était pas une visite romantique et, quand elle s'en rendit compte, son sourire disparut.

— Qu'est-ce qui se passe ?

Il lui expliqua qu'il avait de mauvaises nouvelles et qu'il avait besoin de son aide. Elle ne devait pas s'alarmer, mais, en fait, Victoriano Zaragon s'était pointé. Il était au Welcome Hotel à Villefranche et...

Elle l'interrompit :

— Comment le sais-tu ?
— Je l'ai filé jusque là-bas. Il s'est inscrit sous le nom de Moro. Il conduit une Alfa de location. J'ai noté le numéro...
— Il t'a vu ?
— Il sait que je suis ici.

Jack était bien décidé à ne pas dramatiser l'incident.

— Tu lui as parlé ?
— Oui. (Il s'était assis sur le lit de Madeleine.) Nous avons échangé quelques mots.

Elle marchait de long en large.

— Il t'a menacé ?
— Eh bien...
— Il a lancé un contrat sur toi ?

Jack se contenta de hausser les épaules.

— C'est sans importance.
— Sans importance ?

Jack essaya de la calmer. Ce qui comptait, lui expliqua-t-il, c'était qu'il savait où était descendu Zaragon et qu'il pouvait conduire la police là-bas. Maintenant, on pourrait l'arrêter.

— Sous quel chef d'accusation ?

— Il y a un mandat international lancé contre lui.

— Comment le sais-tu ?

— Il doit bien y en avoir un...

— Peut-être, fit Madeleine.

Il fallait, poursuivit Jack, aller trouver les policiers et les persuader de l'appréhender : c'était en cela qu'à son avis elle pouvait l'aider.

Il ne lui avait donné aucune explication à propos de Flora, ni sur ce qu'il avait fait tout l'après-midi, et c'était peut-être ce qu'elle attendait.

Il voulait qu'elle le conduise à la police. Calme en apparence, il était toujours assis sur le lit. Il s'efforçait de ne pas l'inquiéter. Son agitation, estimait-il, n'était pas perceptible. Madeleine, qui marchait de long en large, était manifestement plus soucieuse que lui. Il voulait qu'elle lui serve d'interprète, précisa-t-il. Il voulait que des équipes cernent aussitôt l'hôtel avant que Zaragon ait le temps de disparaître, avant, si possible, qu'il ait le temps de passer le moindre coup de fil. Mais c'était impossible : Jack le savait et il se tut bientôt. Les policiers n'agissent pas avec une telle rapidité, et un seul coup de fil de Zaragon à quelque tueur du milieu, l'un de ces « talents locaux » dont il avait parlé, suffirait à sceller l'arrêt de mort de Jack.

Madeleine le contemplait d'un air songeur.

— Tu veux, dit-elle, que la police arrête un étranger sur la foi d'un mandat qu'elle n'a jamais vu et qui peut-être n'existe pas...

— Il doit bien exister !

— Un étranger, poursuivit Madeleine, qui sera muni d'un passeport très probablement valide...

— Un faux passeport, plutôt...

— Peut-être. Ce ne sont pas les policiers qui l'arrêteront, en tout cas, qui seront capables de le dire...

Jack se tut.

— Ce ne sera probablement pas un faux, reprit Madeleine. Il sera sans doute au nom de quelqu'un de décédé, et parfaitement valable... (Elle réfléchissait tout haut.) Tu veux que je te donne la règle numéro un des policiers français ?

— La règle numéro un, fit Jack. Qu'est-ce que c'est ?

— Ne pas se mêler des querelles d'étrangers. (Madeleine empoigna son sac à main et se dirigea vers la porte.) Je ne fais, dit-elle, que te préparer à ce que tu vas entendre.

Et elle le précéda dans l'escalier pour rejoindre sa voiture.

15

Dans des villes comme Beaulieu, dont la population est inférieure à dix mille habitants, c'est la gendarmerie qui est responsable du maintien de l'ordre et non la police nationale. Le poste de gendarmerie était installé derrière le club de tennis, dans le grand bâtiment où étaient logés les gendarmes et leurs familles. Derrière le bureau, un garçon très jeune, à l'air solennel. Il paraissait dix-huit ans mais en avait certainement plus de vingt et un. Quand Madeleine demanda à voir un de ses supérieurs, il refusa catégoriquement. Mais finalement un autre gendarme, un sergent celui-là, sortit des bureaux. Il avait une quarantaine d'années, mâchonnait quelque chose et reboutonnait sa tunique en arrivant.

— Bonjour, dit-il poliment. Qu'est-ce que je peux faire pour vous ?

— Ce type n'a pas un rang assez élevé non plus, marmonna Jack en anglais.

Mais il semblait être pour l'instant responsable, et

Madeleine expliqua donc qui était Jack, qui était Zaragon et ce qu'il fallait faire.

Le gendarme l'interrompit.

— Je ne vous connais pas ?

— Non, je ne pense pas, dit Madeleine.

— Mais si, vous êtes l'inspectrice de la télévision ! Celle qui a fait un scandale. En ne respectant pas l'obligation de réserve.

Il prit soudain un air raide et désagréable, presque hostile, et l'expression de son visage changea.

— Qu'est-ce qui se passe ? fit Jack les regardant tour à tour.

— Nous avons un petit problème, reconnut Madeleine.

Ce sergent, estima-t-elle, était un de ceux qui durant toute sa carrière avait suivi le règlement, écrit et non écrit. Il ne supportait pas les fonctionnaires qui se considèrent comme au-dessus des règles : elle, par exemple. Elle avait redouté de tomber sur quelqu'un qui réagirait de cette façon. C'était pourquoi elle ne s'était pas directement adressée à la PJ de Nice.

L'attention du gendarme revint à Jack :

— Qui est ce mec ?

Madeleine reprit ses explications.

Le gendarme l'interrompit une nouvelle fois pour s'adresser directement à Jack.

— Vous êtes de la police ?

— Je l'étais.

— Il dit qu'il était policier, traduisit Madeleine. Il a pris sa retraite.

— Vos papiers, dit le gendarme à Jack.

Jack avait une carte qui l'identifiait comme un inspecteur de la police de New York en retraite : il la lui donna. Pour le gendarme, elle manquait de substance officielle. Ce qu'il cherchait, c'étaient des tampons, des photos, des cachets en relief. Pour lui, une petite carte comme ça n'avait aucun poids, ne prouvait rien.

Madeleine s'en rendit compte.

— Son passeport est sur son bateau, précisa-t-elle.

Dévisageant Jack avec méfiance, le gendarme jeta un coup d'œil à la carte, la tint un instant entre le pouce et l'index, puis, comme si elle était contaminée, la laissa tomber sur le comptoir. Il reprit :

— Vous affirmez qu'il y a un mandat d'arrêt ? Faites-moi voir ça.

— Nous ne l'avons pas, avoua Madeleine.

Jack récupéra sa carte.

— Revenez quand vous aurez le mandat, conseilla le gendarme.

— C'est bien là le problème, insista Madeleine. Nous n'avons pas le temps d'attendre qu'il arrive.

— Pas de mandat, fit le gendarme d'un ton méprisant. Qu'est-ce que vous attendez de moi ?

— Le dénommé Zaragon a menacé de tuer Jack Dilger. Vous pouvez l'appréhender pour ce motif et le retenir jusqu'à demain.

— Négatif, fit le gendarme.

— D'ici demain, nous devrions avoir le mandat.

— Ma petite dame, l'histoire que vous avez racontée à la télé m'a paru tirée par les cheveux. Cette histoire que vous me racontez maintenant me semble tout aussi incroyable.

— Il ne va pas nous aider, dit Madeleine à Jack.

— Essayez la police judiciaire de Nice, suggéra le gendarme à Jack.

— Qu'est-ce qu'il a dit ? demanda Jack.

— Vous feriez peut-être mieux d'y aller tout seul, reprit le gendarme en s'adressant à Jack. Parce que je doute qu'ils laissent cette dame franchir la porte.

— Qu'est-ce qu'il a dit ? répéta Jack.

— Si la PJ gobe votre histoire, parfait. Moi, j'ai du mal à y croire, et même si c'était le cas, je ne pourrais rien faire.

Le gendarme tourna les talons et sortit.

— Il ne veut pas nous aider, geignit Madeleine.

— Je l'avais compris. Qu'est-ce qu'il a dit d'autre ?

— D'essayer la PJ de Nice.

— Alors, déclara Jack, nous y allons.

Ils suivirent le trottoir jusqu'à la voiture de Jack.

— A Nice, fit remarquer Madeleine, ce sera la même histoire.

Jack lui ouvrit la portière.

— Monte.

— Je suis une paria, murmura Madeleine d'une petite voix.

Elle avait espéré que d'autres policiers approuveraient ce qu'elle avait fait. Mais elle voyait qu'il n'en était rien. Elle avait enfreint les règles auxquelles eux continuaient d'obéir. Cela la rendait ou bien meilleure qu'eux ou pire. La plupart d'entre eux, quand ils pensaient à elle, étaient pleins de mépris. Elle avait trahi leur code.

Elle était donc là, blottie dans le coin de la voiture, en se demandant avec inquiétude comment on allait l'accueillir rue de Roquebillière, et qui elle allait rencontrer là-bas. Si elle saluait ses anciens collègues, allaient-ils lui répondre ?

Sur la corniche, la circulation était très dense et plus dense encore dans Villefranche et à l'entrée de Nice. Quand ils arrivèrent rue de Roquebillière, il était tard. Madeleine dit à Jack de se garer dans la rue. Ils franchirent la barrière et s'avancèrent jusqu'au guichet, où elle se présenta au gardien. Évidemment, il la connaissait. Il leur fit signe de passer et elle précéda Jack dans l'escalier. A ce moment-là, elle éprouvait une telle appréhension qu'elle en tremblait presque. Les escaliers lui étaient familiers, tout comme les bureaux, quand elle ouvrit la porte pour y pénétrer.

Personne n'était là, sauf son ami l'inspecteur Bosco. Pour Madeleine, ce fut un grand soulagement. Bosco l'accueillit à bras ouverts et l'embrassa sur les deux joues. Comment allait-elle ? voulut-il savoir. Où en était son procès ? Ils échangèrent quelques mots en français tandis que Jack attendait.

Enfin, passant d'une langue à l'autre, elle fit les présentations entre les deux hommes, qui échangèrent une poignée de main.

— Où sont-ils tous ? demanda Jack avec impatience.

— Rentrés chez eux, répondit Madeleine. Il est très tard.

— C'est l'heure où les canailles commencent à sortir, dit Jack. Les magasins n'ont pas encore fermé, les bureaux de poste sont encore ouverts. Comment les inspecteurs ont-ils pu tous rentrer chez eux ?

Madeleine n'était pas mécontente que ce fût le cas. Trois inspecteurs, expliqua-t-elle à Jack, l'un appartenant à la Brigade financière, l'autre à celle des stupéfiants et le troisième à la Criminelle devaient être de service au commissariat central, avenue Foch. Ils s'occuperaient de tous les crimes qui pourraient survenir pendant la nuit.

Le visage de Jack exprimait la stupéfaction mais aussi une impatience croissante.

— Alors, qu'est-ce qu'on fait maintenant ? interrogea-t-il.

Si personne ne venait à son aide, il n'allait certainement pas rester assis là à attendre de se faire tuer...

— J'ai une idée, dit Bosco à Madeleine. Si ton ami est d'accord, explique-lui ceci...

Une heure plus tard, Jack était assis avec elle dans sa voiture, sous les arbres du parking de Villefranche, et ils surveillaient le Welcome Hotel. Il faisait sombre, à présent. Au loin, ils apercevaient une partie des lumières des restaurants alignés le long du front de mer. De temps en temps, d'autres voitures arrivaient dans le parking, se garaient, puis les passagers descendaient et se dirigeaient vers les restaurants.

L'inspecteur Bosco était déjà entré dans l'hôtel depuis un moment. Il avait déjà dû exhiber sa carte de police à un responsable et commencer à poser des questions, comme Jack le lui avait conseillé. Il devait faire semblant de s'intéresser à tous les étrangers inscrits à l'hôtel. Les inspecteurs de la Brigade financière n'ont aucune compétence dans ce domaine, mais l'homme qu'il interrogeait n'en savait rien et devait en ce moment même lui donner des réponses de plus en plus nerveuses. En Amérique, innocents ou pas, les gens sont toujours nerveux quand des policiers les interrogent : ce ne devait pas être différent ici.

Jack commençait à s'impatienter.

— Allons, allons, marmonnait-il.

Plus Bosco s'attardait, plus le risque augmentait de voir Zaragon, soit maintenant, soit plus tard, découvrir que la police était venue poser des questions. Jack avait donné pour consigne à Bosco de procéder à son interrogatoire dans un bureau fermé, et de ne pas insister particulièrement sur Zaragon/Moro. Mais à cette heure-ci, dans un hôtel aussi petit, peut-être n'y avait-il qu'un seul employé de service, qui s'était cru obligé de ne pas quitter la réception. Et si Zaragon passait et surprenait leur conversation ? Ou bien quelqu'un d'autre qui l'alerterait ?

— Dépêche-toi, bon sang, murmura Jack.

Ce fut alors que la voiture de sport rouge vint se garer dans le parking, à quatre places seulement de là. Jack vit Zaragon en descendre : il n'en aperçut pas davantage car il se jeta sur Madeleine et enfouit le visage contre son cou. Il l'avait fait avec une telle brusquerie qu'elle poussa un grognement et essaya de le repousser.

— C'est lui, siffla Jack dans ses cheveux.

Il la sentit se détendre. Elle se mit même à rire.

— J'ai cru un moment que c'était mon charme. Que sans rien faire, je pouvais te transformer en bête...

— Qu'est-ce qu'il fabrique ? demanda Jack, toujours contre son cou.

— Il y a une femme avec lui.

— Quel genre de femme ?

— Une prostituée, sans aucun doute.

— Qu'est-ce que tu connais aux prostituées ?

— Elle a des talons de vingt centimètres, une robe de deux tailles trop petite et il l'entraîne vers l'hôtel en la tenant par les fesses. Pour toi, ça ne ressemble pas à une prostituée ?

— Pardon, dit Jack, toujours dans la même position.

Au bout d'un moment, Madeleine reprit :

— Je crois que tu peux refaire surface pour respirer...

Jack se rassit et vit que Zaragon et la prostituée étaient déjà presque arrivés à l'hôtel.

— Il va tomber sur Bosco, fit-il.

— Ne t'inquiète pas pour Bosco.

— Si Zaragon s'aperçoit que c'est un flic...

— Je sais que ce n'est qu'un Français, fit Madeleine, mais c'est un inspecteur plein d'expérience.

Environ une minute plus tard, ils virent Bosco sortir et se diriger vers leur voiture. Il tenait dans une main des papiers roulés en cylindre et il se pencha à la portière.

— J'ai expliqué à l'employé que je cherchais des Arabes en situation irrégulière, dit-il, Madeleine traduisant. C'est toujours une bonne couverture. Personne n'aime les Arabes. (Il déroula les papiers et en exhiba un.) C'est lui ? demanda-t-il à Jack.

C'était une photocopie des deuxième et troisième pages d'un passeport américain. Sur l'une, la photo de Zaragon. Sur l'autre, le signalement d'un nommé Moro, avec date de naissance, sexe, numéro de passeport.

— C'est lui, confirma Jack. Est-ce qu'il vous a vu ?

— C'était lui, le type qui vient d'entrer dans l'hôtel ? demanda Bosco. Je m'en suis douté. J'avais fini, à ce moment-là. Je leur ai dit bonsoir, à lui et à la pute, et je suis sorti.

Ils se mirent d'accord sur un plan. Bosco allait retourner rue de Roquebillière. La Brigade financière entretenait des rapports réguliers avec le FBI, et Bosco connaissait le nom de leur principal contact à Washington. Il allait faxer les pages du passeport de Zaragon en demandant un contrôle immédiat de sa validité.

— Si on me répond qu'il n'est pas en règle, dit Bosco, nous arrêtons ce type pour usage de faux papiers. Nous devrions avoir une réponse d'ici demain. Mais il m'a paru authentique.

— S'il est authentique..., coupa Madeleine.

— Alors, qu'est-ce que ça nous donne ? fit Bosco. Moro n'est peut-être pas son vrai nom, mais il faudrait le prouver. (Il s'apprêtait à démarrer, mais il se retourna vers Jack.) Vous feriez mieux de vous renseigner à propos de ce mandat pour meurtre, si vous voulez être sûr qu'on peut le mettre à l'ombre.

— Je vais appeler New York, lui dit Jack.

Madeleine et lui rentrèrent à Beaulieu, s'introduisirent dans le bureau du frère de Madeleine et Jack appela McCauley, le district attorney adjoint. C'était le jeune homme qui l'avait interrogé devant le grand jury.

A New York, on était au début de l'après-midi. McCauley, lui dit-on, se trouvait au tribunal. Il devrait y avoir une suspension d'audience dans une heure. Si elle pouvait lui faire passer un message, dit la secrétaire, peut-être pourrait-il les rappeler à ce moment-là.

Jack raccrocha.

— Est-ce qu'on peut attendre ? demanda-t-il à Madeleine.

— Bien sûr.

— Ça pourrait durer une heure.

— On attendra.

— Ça pourrait être plus long. (Madeleine s'approcha, lui prit la tête et la pressa contre elle. Il n'y avait pas de rideaux ni de volets. Il suffirait d'une balle tirée à travers la vitre.) Éteins les lumières.

La pièce fut plongée dans l'obscurité. Jack était assis dans un fauteuil tournant derrière le bureau d'Alain, Madeleine dans un autre fauteuil, au fond de la pièce : ils attendirent. Jack finit par se lever pour installer son siège dans un coin plus sombre.

— Je ne tiens pas à trop leur faciliter les choses, murmura-t-il.

Ils restèrent là une heure, sans allumer, avant que le téléphone sonne. Jack se précipita.

— Comment ça va ? lança McCauley.

— Bien, fit Jack, et vous ? (Il se souvint des vains efforts du jeune homme pour se laisser pousser la moustache. Il se rappela aussi qu'il était sur le point de se marier.) Vous vous êtes marié à la date prévue ?

Étonnant, se dit-il. Il faisait la conversation. Même en période de crise, on respecte les civilités.

— Absolument, dit McCauley. Quel temps avez-vous là-bas ? Vous êtes en vacances, hein ?

Jack l'interrompit. Y avait-il ou non un mandat d'arrêt international contre Zaragon ?

— Je croyais qu'il y en avait un, répondit le jeune procureur, d'un ton surpris.

— Vous croyiez ?

— Ce n'est pas mon service.

— Seigneur, soupira Jack.

— Mon travail était d'obtenir l'inculpation et je l'ai eue. Le reste ne dépend pas de moi. (Jack resta silencieux.) Vous me semblez perturbé, ajouta McCauley. Qu'est-ce qui se passe ?

— Le type est ici, dit Jack.

— Qui est ici ?

— Zaragon.

— Vous plaisantez !...

— Je l'ai vu.

Ce fut au tour du jeune homme de rester silencieux.

— Et lui, est-ce qu'il vous a vu ? finit-il par demander.

— Oui.

— Ah, voilà un problème.

— En effet. C'est un problème. Et la police française ne peut pas agir sans mandat. Alors où est-il, ce mandat ?

— Je n'en sais rien. Je peux peut-être me renseigner...

— Renseignez-vous, fit Jack d'un ton insistant, et s'il n'est pas déjà parti, envoyez-le ici.

— Je suis au tribunal pour le restant de la journée. Je m'en occuperai dès demain matin.

— Aujourd'hui, coupa Jack. Aujourd'hui !

Il ne parvint pas à obtenir un engagement de McCauley, qui promit seulement de faire de son mieux et raccrocha.

Jack s'approcha de la fenêtre et inspecta les quais. Le mandat pourrait arriver rapidement, mais ce ne serait sans doute pas le cas. En attendant, comment allait-il se protéger ? Ce soir, par exemple ? Il ne pouvait pas passer la nuit dans ce bureau, ni même dans ce port, mais, pour s'en aller, il ne disposait que de deux moyens : sa voiture et son bateau. Quelqu'un pouvait l'attendre devant l'un et l'autre.

Ça ne me laisse pas beaucoup de choix, songea-t-il.

Il s'éloigna suffisamment de la fenêtre pour éviter la lumière du dehors. Des deux, il préférait son bateau. S'il parvenait à larguer les amarres et à sortir du port, personne sans doute ne le trouverait avant le matin. Il pourrait peut-être même dormir un peu.

De la fenêtre, il apercevait le quai principal, faiblement éclairé sur toute sa longueur et désert à cette heure-ci. Les quais annexes qui en partaient étaient tout aussi peu éclairés, mais il ne les voyait même pas à travers l'enchevêtrement des bateaux et des mâts. Et surtout, il ne pouvait pas distinguer son propre bateau, ni quiconque se cachant à bord ou dans les parages.

— Qu'est-ce que tu vas faire ? demanda Madeleine.

— Je ne vais certainement pas attendre ici que quelqu'un me descende, répondit Jack.

Il lui adressa un sourire destiné à la rassurer — à se rassurer lui-même aussi — mais il n'y parvint pas.

Madeleine vint le rejoindre derrière la fenêtre. Sur le quai qu'ils distinguaient à la pâle lumière des lampadaires, rien ne bougeait.

— Tu pourrais rester avec moi, dit-elle.

— Un peu dangereux pour toi, tu ne penses pas ?

Elle haussa les épaules.

Il lui expliqua qu'il avait l'intention de faire sortir le bateau du port et de l'ancrer quelque part. C'était à lui qu'il pensait en ce moment, pas à elle. Il tourna le bouton de la porte.

— Bonne nuit, fit-il.

Il sortit et se sentit baigné de l'air tiède de la nuit. C'était délicieux d'être vivant. Il n'avait aucune envie de ne plus l'être.

Sur sa droite, tout était sombre dans les entrepôts et les magasins. Sur sa gauche brillaient les lumières des restaurants. Des gens circulaient là-bas, peu nombreux. Il entendait des voix, des voitures qui démarraient. Cela lui donna un sentiment de sécurité qu'il savait pourtant injustifié. En descendant le quai pour regagner le bateau, il guettait les bruits insolites, il était à l'affût de mouvements inhabituels. Il se rendait compte qu'il n'y avait rien entre lui et des balles que sa chemise.

A sa surprise, Madeleine le rejoignit, lui prit la main et se mit à marcher auprès de lui.

— Tu as l'air d'un homme qui a besoin de compagnie, murmura-t-elle.

Il s'arrêta.

— Je ne veux pas avoir à m'inquiéter pour toi.

— Je peux me prendre en charge, je te remercie.

S'il devait y avoir des coups de feu, il ne voulait pas la voir prise dans la fusillade. D'un autre côté, il était touché qu'elle fût prête à partager les risques.

— Je vais aller chercher le bateau, dit-il. Attends ici.

Il partit seul. Il s'avança sur le quai transversal, le long duquel s'alignait de chaque côté l'arrière des bateaux. Personne n'habitait à bord de ceux qui se trouvaient amarrés. Il s'arrêta encore, scruta le quai devant lui et tendit l'oreille, mais il ne vit rien, n'entendit rien. Au-dessus de lui, la lune à demi pleine, et les myriades d'étoiles habituelles. Il prit une profonde inspiration et s'avança jusqu'à son embarcation. Puis il se pencha pour détacher les amarres. Quand ce fut fait, il sauta à bord. Personne pour l'instant ne lui avait tiré dessus.

Il prit Madeleine en chemin et ils sortirent du port, contournèrent la pointe et suivirent la côte. Quand ils furent à une certaine distance au large, ils passèrent devant la grande flaque de lumière qu'était Nice : pendant tout ce temps, Jack envisagea les différents choix qui s'offraient à lui. Il pouvait entrer dans une autre marina, mais il fallait s'inscrire. Ce serait comme descendre dans un hôtel. Le capitaine du port saurait qu'il était là et, en quelques coups de téléphone, les hommes de Zaragon pourraient le retrouver. Il ne pouvait pas non plus arrêter les moteurs et se laisser dériver. Il y avait trop de trafic dans ces eaux, on rencontrait de tout, depuis des petits bateaux de pêche jusqu'aux paquebots qui faisaient l'aller et retour avec la Corse : dans la nuit, un navire pourrait le heurter. Il fallait donc jeter l'ancre quelque part... mais où ? Il devrait choisir soigneusement son mouillage car l'eau était presque partout extrêmement profonde.

— Où allons-nous ? cria Madeleine.

Il poussait les moteurs presque à pleins gaz.

Il avait décidé de jeter l'ancre entre les deux îles au large de Cannes, lui dit-il, et elle acquiesça.

Il était satisfait d'avoir pris cette décision et, même s'ils étaient loin au large, il observait la côte, regardait les villes qui défilaient, identifiant dans sa tête chaque groupe de lumières. Pour la première fois depuis bien des heures, il se sentit en sécurité.

Ils finirent par arriver aux îles, et il s'engagea entre les deux. Madeleine, qui était passée à l'avant, lança l'ancre par-dessus bord et il coupa les moteurs. Un brusque silence tomba, et il apprécia cette paix soudaine. Cela lui semblait bien le dernier endroit où on irait le chercher et, mouillé ainsi, le bateau ne danserait guère pendant la nuit. Il n'avait aucune idée de ce que pourrait être la météo le lendemain mais, si le temps changeait, les îles offriraient une certaine protection. Selon toute probabilité, la mer resterait aussi calme qu'elle l'était pour l'instant.

— Et demain ? dit Madeleine qui était venue le rejoindre dans la cabine.

— Demain, je vais acheter une arme.

— Voilà qui est intéressant.

Elle fut aussitôt sur ses gardes et il le sentit.

— Comment est-ce que je peux m'en procurer une ?

— Tu ne peux pas.

— Allons donc !

— Les lois ici sont très strictes. Pratiquement personne ne peut avoir un permis de port d'arme.

— Je suis un ex-policier.

— Tu es un étranger.

— Alors, une arme non déclarée... (Madeleine ne dit rien.) Tu peux m'en trouver une ?

— Non.

Cela ressemblait à un non catégorique.

— A New York, les lois sont strictes aussi, avança prudemment Jack. Mais si quelqu'un voulait se procurer un pistolet discrètement, en tant que policier, je saurais où en trouver un... (Madeleine ne disait toujours rien.) N'importe quel flic saurait où en trouver un, insista Jack en l'observant.

— Tant mieux pour eux.

— Tu étais dans la police ou pas ? (Elle choisit de garder le silence.) Alors ?

— Si tu crois que je vais t'aider à enfreindre la loi, tu as perdu la tête.

Un lourd silence était tombé entre eux. Elle finit par lâcher :

— Écoute, j'ai de très bonnes chances d'être réintégrée. Si on découvre que je t'ai aidé à te procurer une arme, c'est fini.

— Comment remonterait-on jusqu'à toi ?

— Parce que personne ne te croirait capable d'en avoir trouvé une tout seul. (Il perçut dans sa voix un certain mépris : il n'aima pas ça.) Tu ne parles même pas le français. C'est moi qu'on accuserait, et on aurait raison.

— Alors, tu ne veux pas m'aider ?

— Non.

Il avait l'habitude d'avoir une arme, il en voulait une, il était persuadé qu'il en avait besoin, et, pour toutes ces raisons, il n'était pas disposé à s'en tenir là.

— Si je me fais tuer, quel effet cela te fera-t-il ?

Elle hésita et, quand elle répondit, ce fut sans le regarder :

— Je ne suis pas convaincue que la menace soit aussi réelle que tu le penses...

— La seule façon de le vérifier, c'est de laisser les choses suivre leur cours : ce que je n'ai pas l'intention de faire.

— Si quelqu'un te tue, ça déclenchera une affaire énorme. Ils doivent bien s'en rendre compte. On les prendrait. Peut-être même qu'on détruirait tout le réseau de trafic de cocaïne sur la Côte d'Azur.

— Mais je serais mort. J'ai déjà été mort une fois : ça ne m'a pas plu.

— Tu veux une tasse de thé ?

— Ne te dérange pas, je vais m'en faire.

Choisissant de ne pas réagir, Madeleine passa dans la cambuse pour préparer le thé. C'était sa façon de mettre un terme à la discussion. C'était peut-être aussi le moyen de s'éloigner de lui, pour autant que le permettait l'espace confiné du bateau.

Ils s'assirent pour boire leur thé dans la nuit embaumée, tandis que l'eau clapotait contre la coque. Mais c'en était fini de l'intimité qu'il y avait entre eux, du réconfort que la présence de chacun apportait à l'autre depuis la Corse. Peut-être tout cela n'avait-il jamais vraiment existé. En tout cas, il n'en était plus question, maintenant.

— Parle-moi de ta femme, dit Madeleine.

Elle remue les braises, songea-t-il, pour attiser une nouvelle dispute sur ce qui subsiste de la précédente. Peut-être la première n'avait-elle pas du tout tourné autour des armes. Peut-être était-ce de Flora qu'ils discutaient depuis le début.

— Qu'est-ce que tu veux savoir ? dit-il.

— Je croyais que vous étiez divorcés.

— Moi aussi.

— Alors pourquoi est-elle ici ?

— Je n'en sais rien, répliqua Jack même s'il croyait le savoir.

— Es-tu divorcé ou non ?

Par-dessus la masse de la plus grande des deux îles,

il apercevait la lueur que projetait Cannes vers le ciel. Elle flottait dans la nuit comme une fumée dorée. Il reprit :

— Elle a interrompu la procédure.

— Quel est ton sentiment là-dessus ?

— Je ne sais pas.

— Je vois.

— Non, tu ne vois pas.

— En tout cas, tu ne m'as pas menti. Je t'en suis reconnaissante. La plupart des hommes se contenteraient de mentir.

— Mais, Madeleine...

Elle emporta sa tasse de thé vide vers la cambuse, saisit au passage celle que Jack tenait encore à la main. Quand elle revint, il tendit les bras vers elle, mais elle l'évita et retourna s'asseoir sur la banquette arrière.

— Tu n'as pas envie de te baigner ? demanda Jack.

— Non, merci.

— Je crois que je vais le faire.

Elle ne répondit pas.

Il se leva, ôta ses vêtements, les plia soigneusement et hésita un moment.

— Sûre ?

Toujours pas de réponse.

Il plongea par-dessus bord et remonta à la surface en soufflant un jet d'embruns.

— Elle est bonne ! lui cria-t-il. Tu devrais venir !

Elle ne disait toujours rien. Il barbota un moment, puis remonta l'échelle. L'eau ruisselait de son corps sur le pont, et il se sécha.

— Elle était vraiment bonne, répéta-t-il.

— Va dormir un peu, répondit-elle. Je prendrai le quart quelques heures.

Il n'estimait pas cela nécessaire et il le lui dit. Les criminels sont des gens stupides, expliqua-t-il. Les tueurs tout particulièrement. Ils seraient incapables de le dénicher ici.

— Tu surestimes ces abrutis.

Elle en avait le sentiment aussi, mais le garda pour elle :

— Très bien, nous allons dormir tous les deux. Tu préfères la cabine ou la banquette ?

Il l'aurait voulue près de lui, il aurait voulu la sentir proche comme avant, mais il était trop orgueilleux pour le lui avouer :

— Tu peux prendre la cabine, répondit-il.

Il était agacé contre elle et contre lui-même. Déçu, aussi.

Le lendemain matin, il ramena le bateau à Beaulieu. Sa mauvaise humeur de la nuit dernière ne s'était pas calmée. Il était furieux : furieux contre Madeleine, contre lui-même et surtout contre Zaragon et ses hommes de main. N'arrivant pas à trouver le sommeil, il avait pris pendant la nuit un certain nombre de décisions, et la première était de ne pas se laisser intimider par Zaragon. Son entrée dans le port de plaisance fut donc aussi claironnante que possible : debout à la barre, il salua les propriétaires de bateaux partant pour la haute mer, fit de grands gestes au capitaine du port et aux hommes de la pompe à essence.

— Bonjour ! criait-il. Bonjour !

Mais à mesure qu'il s'enfonçait dans le port, il plissait les yeux et scrutait tous les quais devant lesquels ils passaient. Il y avait des gens qu'il ne connaissait pas sur certains bateaux, des touristes ou des acheteurs éventuels. A mesure qu'il pénétrait plus profondément dans la marina, il dut réduire encore sa vitesse : une cible vraiment facile.

Rien ne se passa.

Il y avait toutefois des précautions qu'il pouvait prendre. Au lieu de s'amarrer à l'anneau qui lui était assigné, il continua jusqu'à un autre, un peu plus loin, qu'il savait être inoccupé, puis il entra en marche arrière et s'amarra là. Quand ce fut fait, il prit un tournevis, se pencha par-dessus le plat-bord et ôta la plaque portant le nom du bateau.

Madeleine l'observait.

— Pas la peine de leur faciliter la tâche, dit Jack. S'ils veulent me trouver, qu'ils se donnent un peu de mal.

Comme ils remontaient le quai, il lui souffla :

— Ne marche pas à côté de moi. Passe derrière ou devant.

Elle eut un petit rire agacé, baissa la tête et suivit le quai pour entrer dans le bureau de son frère. Jack alors aperçut sa voiture. Personne dans les parages.

Il ouvrit la portière et il allait monter quand Madeleine sortit du bureau. Il y avait un message de l'inspecteur Bosco, lui annonça-t-elle. Le FBI avait vérifié le passeport qu'utilisait Zaragon. Il était bien au nom de Moro. Le numéro du passeport et la date de naissance étaient exacts. Le document était authentique.

Jack s'y attendait : ce fut néanmoins une déception.

Il monta dans sa voiture et mit la clé de contact, mais hésita avant de la tourner. Madeleine était à quelques pas. La méthode la plus facile pour le tuer, c'était de piéger sa voiture, et il le savait. Elle aussi apparemment, car elle lui fit un grand sourire et alla se tapir le long du mur en se bouchant les oreilles avec ses mains.

Jack devenait de plus en plus fataliste. Il tourna la clé. Il leur faudrait commencer par engager un spécialiste en explosifs et peut-être n'en avaient-ils pas encore trouvé. Le moteur se mit à tourner sans problème : il leva les yeux vers Madeleine, qui lui fit un petit geste de la main.

Il sortit de la marina. Son premier arrêt fut pour l'agence de location de Nice, où il rendit la voiture. Puis il alla à pied jusqu'à une seconde agence, pour en louer une autre.

Il repartit pour le cap Ferrat et l'hôtel de la Voile d'Or, où il trouva Flora en train de prendre un bain de soleil auprès de la piscine, dans un pudique costume de bain une pièce comme on devait encore, se dit-il, en porter à Kansas City. La plupart des autres femmes avaient les seins nus.

Il attendit au bar tandis qu'elle s'habillait, puis l'emmena sur la haute corniche, dans un restaurant qu'il connaissait. Sa théorie était que, tant qu'il bougeait, il ne risquait rien, pas plus que la personne qui l'accompagnait. Les tueurs de Zaragon ne pourraient le trouver que par accident et il n'avait aucun moyen de se protéger des accidents : alors, inutile d'y penser.

Ils s'installèrent dans un patio sous une tonnelle et commandèrent à déjeuner. La vue était différente de celle qu'on avait d'en bas. Le restaurant était situé sur l'autre flanc des montagnes, face au nord, devant les sommets des Alpes. Il y avait peu d'arbres à cette altitude, rien pour masquer la vue magnifique, et aucune autre construction dans les parages. Les contreforts montagneux se succédaient par vagues. Chacun s'élevait un peu plus haut que le précédent, et les sommets les plus lointains étaient couronnés de neige, même à cette époque de l'année.

Flora portait un corsage sans manches sur une jupe de toile. Même si le soleil filtrait sur leur table, il faisait bien dix degrés de moins ici qu'en bas, au bord de la mer : Jack retourna jusqu'à la voiture chercher un chandail qu'il lui drapa sur les épaules.

Ils partageaient le patio avec d'autres couples dont certains, observa Jack en plaisantant, semblaient pressés d'avoir terminé leur déjeuner.

— Ceux-là là-bas, par exemple, remarqua-t-il. Tu ne trouves pas qu'ils ont l'air speed ?

Flora les regarda, sans comprendre encore la plaisanterie.

— Ça se pourrait...

— Il y a des chambres au-dessus, tu sais.

— Ah, dit Flora. Bon.

— Quel âge donnerais-tu à l'homme ?

— Soixante, peut-être.

— Et à la femme ?

— Une vingtaine d'années.

— Il a un cabinet d'assurances, poursuivit Jack d'un ton catégorique. La femme est sa secrétaire. C'est un restaurant très fréquenté par les cadres. Et aussi par les secrétaires qui aiment faire un bon déjeuner... (Flora éclata de rire.) C'est un endroit où ne viennent pas les épouses. Près des villes de la côte, mais à l'écart. Et pas trop cher.

— Ça a tous les avantages, reconnut Flora.

— En France, précisa Jack, tous les bureaux ferment entre midi et deux heures.

— Je ne savais pas.

— A condition de manger vite, on a le temps.

Cela fit pouffer Flora.

Le couple terminait les desserts : l'homme jeta un coup d'œil à sa montre.

— Maintenant, ils vont aller prendre une chambre, annonça Jack.

Le couple entra dans l'auberge et n'en ressortit pas.

— Tu vois ?

Flora riait toujours.

— Comment as-tu deviné ?

— Je suis inspecteur !

Eux-mêmes avaient presque achevé leur déjeuner. Tout en versant le vin qui restait dans la bouteille, Jack dit d'un ton faussement détaché :

— Il y a quelque chose dont je ne t'ai pas encore parlé...

Flora, estimait-il, avait été ravie du déjeuner. Elle s'était montrée pleine d'entrain, elle avait ri souvent. Elle prenait de l'assurance. Mais maintenant, elle baissait les yeux vers la table.

— C'est cette femme avec qui je t'ai vu ? demanda-t-elle.

Il avait complètement oublié qu'elle pourrait se préoccuper de l'existence de Madeleine.

— Non, c'est autre chose... Quelqu'un est à mes trousses...

— Ici ?

— Ici.

Il lui parla de Zaragon, du manque d'intérêt de la police française, du mandat lancé par les Américains qui n'était toujours pas arrivé.

— Mon pauvre bébé, fit-elle.

Ce n'était pas exactement le genre de phrase à laquelle il aurait pu s'attendre. C'était une formule typique de Kansas City, estima-t-il. Ça devait convenir à presque toutes les situations. Il imaginait fort bien qu'on l'enseignait aux jeunes filles dans tous les pensionnats, là-bas.

— Alors, si je devais disparaître un jour ou deux, ajouta-t-il en exhibant son grand sourire, ou ne pas te téléphoner, en voilà la raison...

Elle fronça les sourcils et vint poser sa main sur la sienne.

Il se rendit compte qu'il avait essayé de gagner sa compassion : il ne savait pas très bien pourquoi. Mais c'était quand même une certaine satisfaction de constater qu'il semblait y être parvenu.

Elle se mit à jouer avec les doigts de son mari.

— Jack, mais qu'est-ce que tu vas faire ?

— A mon avis, dit-il, j'ai trois possibilités...

Par-dessus l'épaule de Flora, il apercevait les crêtes des montagnes, à cinquante ou peut-être quatre-vingts kilomètres, et d'autres contreforts qui se déroulaient encore plus loin, avec de plus hauts sommets d'un blanc doré qui étincelaient au soleil.

— Premièrement, je peux disparaître dans un autre pays. Deuxièmement, rester où je suis et attendre de me faire tuer. Troisièmement, me procurer une arme et le descendre avant qu'il ne le fasse.

— Choisis la première, fit Flora d'un ton pressant. Disparais. Planque-toi en Italie, en Amérique du Sud, ou bien... Qu'est-ce que tu dirais de New York ?

— Non. Si ce type a pu me trouver ici, il pourra me retrouver n'importe où. Je ne ferais que reculer pour mieux sauter. (Après une pause, il reprit, d'un ton résolu :) Je vis ici. Du diable si je vais laisser une merde comme ça me chasser de chez moi.

— Tu n'es pas chez toi ici, Jack. Tu n'as qu'un bateau.

— Je m'y sens chez moi, insista-t-il.

Il se rendit compte que c'était vrai. Chez soi, c'est là où on essaye de se faire ou de se refaire une vie. On ne peut avoir qu'un chez-soi à la fois, quelquefois pas du tout, mais si on en a un, c'est aussi important que la vie même. Tout votre équilibre psychologique en dépend. Depuis le commencement des temps, les hommes n'ont cessé de défendre leur chez-soi jusqu'à la mort.

— Tu ne peux absolument pas rester ici, répliqua Flora.

— Alors, dit Jack avec un demi-sourire, reste la troisième solution. Se procurer une arme et le liquider. C'est le conseil que tu me donnes ?

— Non, absolument pas. Jack, tu n'es pas un tueur.

Eh bien, justement si. Il avait abattu un homme au cours d'un hold-up, et aussi le frère de Zaragon. Il avait l'impression qu'il pourrait descendre Zaragon sans le moindre scrupule.

Mais avec quoi ? La prochaine étape était de se procurer un pistolet et il ne savait pas très bien comment s'y prendre. Apparemment, ce ne serait pas facile. Mais, à moins d'être armé, il ne pouvait rien faire.

— Quand rentres-tu aux États-Unis ? demanda-t-il à Flora.

— Je resterai ici aussi longtemps que tu auras besoin de moi... (Il ne dit mot.) J'ai si peur pour toi !

Elle frissonna.

Ils remontèrent dans la voiture, tournèrent le dos aux sommets dans le lointain, repassèrent la crête qu'ils avaient franchie en venant et descendirent la route en lacets pour gagner la moyenne puis la basse corniche. Ils aperçurent successivement les falaises, les caps et les villes côtières, certains disparaissant pour réapparaître une seconde, voire une troisième fois. Et toujours la mer, tout en bas.

Il finit par arriver au cap Ferrat et se gara à côté de l'hôtel de Flora.

— Tu veux venir ? proposa-t-elle.

Il était préoccupé, il refusa.

— Reste avec moi, Jack, insista-t-elle.

— J'ai quelque chose à faire.

— Ça attendra.

— Je suis sensible à ton invitation mais, non, merci.

— Ici, tu serais en sûreté...

— Je vais me protéger, ne t'inquiète pas.

Quand elle se pencha sur le volant pour l'embrasser, Flora avait les larmes aux yeux.

— Je ne rentre pas à New York, annonça-t-elle. Je reste jusqu'à ce que ce soit fini.

— Je te remercie.

— Je t'attendrai, promit-elle. Si tu as besoin de moi, si tu as besoin de quoi que ce soit...

Elle descendit de voiture et entra dans l'hôtel.

Il la regarda s'en aller mais ne redémarra pas tout de suite. Il resta assis, à pianoter des doigts sur le volant. A New York, il savait où tout se trouvait, légal ou non. A New York, s'il avait eu besoin d'une arme, il serait allé trouver des voyous qu'il avait arrêtés jadis ou des informateurs à qui il avait donné de l'argent. Le commerce des armes est une activité comme une autre et rien n'est inaccessible. Si les gens auxquels il s'était adressé n'avaient pas eu ce qu'il lui fallait, ils l'auraient aiguillé sur quelqu'un d'autre. Il y a des millions d'armes non déclarées en Amérique, et des milliers rien qu'à New York. Ça ne lui aurait pas pris longtemps pour s'en procurer une.

Mais la France n'était pas l'Amérique. Où chercher ? Qui contacter ? Les criminels français ont des armes, tout comme les Américains. Où se les procurent-ils ? Il devait bien y avoir un commerce d'armes illégal ici. Il suffisait de le trouver. Mais comment ?

Il regagna Nice, où il patrouilla dans divers quartiers. A New York, il serait allé tout droit dans un des ghettos, et il en cherchait ici l'équivalent. C'était là qu'on trouve des armes, de la drogue, des marchandises volées et les hommes qui en font le trafic. Un policier connaît les bas-fonds de sa ville mieux qu'il n'en connaît les lumières. Dans sa propre ville, un flic, n'importe quel flic, est toujours dans le coup, et le pigeon, c'est le touriste, n'importe quel touriste. Jack Dilger ne parlait pas la langue du pays. Il ne savait pas comment obtenir ce dont il avait besoin. Lui, l'ancien flic, était devenu un pigeon.

Il patrouilla en tous sens, en quête d'un quartier qui ait le même aspect, les mêmes bruits, les mêmes odeurs qu'un des ghettos de New York. Quand il l'aurait trouvé, il entrerait dans un bar et s'adresserait à des gens, de préférence des Arabes. Il savait qu'ici la pègre était arabe, pas noire. C'étaient donc les Arabes qui étaient branchés sur les crimes de voie publique, et dans cette criminalité-là, on a besoin d'armes.

Il était peu probable qu'un Arabe puisse être un policier opérant dans la clandestinité. Il n'avait aucune intention de se retrouver dans une prison française pour trafic d'armes.

Mais il avait beau tourner en rond, il n'arrivait pas à trouver le genre de quartier qu'il cherchait. Il repéra bien deux Nord-Africains qui traînaient devant la gare. Il commençait à faire sombre, ce qui était au moins le bon moment de la journée pour faire ce genre de course. Il se gara non loin de là, descendit de voiture et resta à côté à observer les deux hommes.

Une heure s'écoula, puis deux. C'était à peine s'il avait conscience du passage du temps. D'autres hommes vinrent les aborder, pas beaucoup : trois en deux heures. Un des Arabes, toujours le même, discutait avec eux, disparaissait un moment, puis revenait.

Jack était convaincu qu'ils faisaient du trafic de drogue. Traversant la rue, il s'approcha d'eux, s'essuya le nez un certain nombre de fois et, en mauvais français, leur demanda ce qu'ils vendaient. Il ne connaissait pas les termes d'argot pour désigner les drogues ici. Il utilisa donc des mots américains. Il exhiba quelques dollars.

Les deux hommes s'éloignèrent pour discuter entre

eux, puis revinrent. D'un signe de tête, l'un fit comprendre à Jack qu'il devait le suivre.

On lui fit traverser la rue, s'engager dans une ruelle et franchir une petite porte. A l'intérieur, un escalier éclairé seulement par une faible ampoule au premier palier. Jack fut aussitôt tendu. Les policiers de New York qui opèrent dans la clandestinité se rendent tous les jours dans des endroits pareils, mais jamais sans renfort disponible, jamais sans un émetteur collé sur le sternum, jamais sans de petits pistolets, des 6.35, cachés dans leurs chaussettes. Mais il leur arrive quand même souvent de se faire piéger. Ils se font tabasser, tuer parfois.

Ce coup-là ne lui plaisait donc pas du tout. L'Arabe s'était retourné et exhibait sa marchandise : un certain nombre d'enveloppes transparentes. Il récitait des prix aussi : tant pour un sachet, tant pour un achat en gros. Tout en scrutant l'escalier, Jack était à l'affût d'autres bruits, des mouvements d'un complice. Il s'attendait à ce qu'on lui saute dessus.

L'Arabe attendait aussi, la paume toujours tendue. Quand sa main libre plongea dans sa poche, Jack l'empoigna. L'Arabe poussa un cri perçant. Les deux hommes avaient à peu près la même taille, le Nord-Africain était plus jeune et n'avait sans doute pas été récemment hospitalisé. Il n'y eut pourtant aucune discussion : Jack lui avait passé un bras autour du cou et de l'autre main étreignait celle que l'Arabe avait dans sa poche.

Il n'avait pas d'arme : Jack put le constater en le palpant rapidement. Il le lâcha et commença à s'excuser en français et en anglais.

A genoux, l'Arabe ramassa les enveloppes qu'il avait fait tomber : l'essentiel d'abord. Il finit par les retrouver toutes. Après avoir soigneusement inspecté autour de lui pour voir s'il n'en avait pas oublié, il les proposa de nouveau à Jack tout en se frictionnant le cou.

Jack secoua la tête. Il n'en voulait pas.

Lentement, prudemment, sans geste brusque, l'Arabe

replongea une main dans son autre poche. Il ne cessait de dévisager Jack d'un air interrogateur.

Quand la main ressortit, elle offrait un autre choix de marchandises. Des cailloux de crack, constata Jack. Sans doute en France grâce aux bons offices de Victoriano Zaragon, même s'il était peu probable que l'Arabe eût jamais traité avec lui personnellement, ni même entendu son nom.

Jack refusa cela aussi. Il avait besoin d'une arme, dit-il. L'Arabe pouvait-il lui trouver un pistolet ? Il énonça clairement sa demande, ayant auparavant appris les mots par cœur. Pour bien insister, il exhiba de nouveau ses billets.

L'Arabe secoua la tête.

La moitié de l'argent tout de suite, précisa Jack, la moitié quand l'homme reviendrait avec ce qu'il lui demandait.

L'Arabe avait le crack dans une main, l'héroïne dans l'autre.

— Tu veux ? dit-il en anglais.

— Un pistolet, répéta Jack en anglais. Peux-tu me trouver un pistolet ?

L'Arabe remit la drogue dans sa poche, ouvrit la porte et sortit dans la ruelle. Jack le suivit quelques instants plus tard. L'autre ne se retourna pas : au bout d'un moment, il disparut à un coin de rue.

De méchante humeur, Jack revint à sa voiture. Il se remit à patrouiller les rues, cherchant cette fois des prostituées. Une ville comme Nice devait en regorger. L'ennui, c'était qu'il ne savait absolument pas comment elles travaillaient ni où les trouver. Quand il était venu ici comme matelot, il y en avait toujours beaucoup qui traînaient partout où les canots abordaient. Mais la marine ne faisait pas escale en ce moment. Il se souvint qu'en ce temps-là il y avait des filles rue Masséna et aussi rue d'Angleterre : il alla vérifier. Rien. Les temps doivent être durs dans la prostitution, se dit-il. La révolution sexuelle ne cesse de s'étendre. Les gens trouvent tout le sexe qu'il leur faut et ne se cachent même pas.

En même temps, à cause du sida, ils redoutent tout commerce avec les prostituées.

Il finit toutefois par repérer une femme plantée seule sur un trottoir. Elle portait une jupe si serrée qu'elle lui moulait les fesses. Une vingtaine d'années. Plutôt jolie. Un corsage ajusté sur le buste. De très hauts talons. Ça devait en être une. Il fit le tour du pâté de maisons, et revint la regarder pour être bien sûr. Cette fois, comme il passait, elle introduisait une pièce dans la fente des toilettes publiques. La porte coulissa et elle entra.

Jack se gara, revint précipitamment jusqu'aux toilettes et attendit dehors. Les prostituées ont fréquemment des liens avec le crime organisé, ce qui en France signifie le milieu corse. Des hommes qui ont accès à des armes. Les prostituées de New York ont souvent des accointances avec la police aussi, des inspecteurs qui les utilisent comme informatrices. C'était sans doute la même chose ici et cela pourrait poser un problème. Et si elle allait le dénoncer et lui ramener un policier en guise de vendeur ? Tu ne peux pas te permettre de t'inquiéter de ça, se dit-il.

Il attendit un long moment. Qu'est-ce qu'elle fait là-dedans ? se demanda-t-il avec impatience. La porte finit par se rouvrir, elle sortit en trébuchant : il constata qu'elle n'était pas aussi jeune qu'il l'avait cru et qu'elle portait une perruque. Et puis elle avait le visage livide et le regard vide de tous les camés : il comprit ce qui lui avait pris si longtemps dans les toilettes. S'il lui faisait ouvrir son sac à main, il trouverait tout son matériel.

Surprise de le voir planté si près de la porte, elle se mit aussitôt à déverser un torrent de paroles. Il n'en comprit pas grand-chose, mais assez pour en conclure qu'elle le prenait pour un flic qui allait peut-être la boucler. Sans même qu'on lui demande rien, voilà qu'elle lui donnait des informations à la pelle. Un simple échange : des renseignements contre la liberté. Comme il n'avait pas l'air de réagir, elle tira de l'argent de son sac. Si les informations ne suffisaient pas, alors, elle paierait.

Écœuré, Jack tourna les talons, regagna sa voiture et se remit à circuler. Il remonta une rue, en descendit une autre, cherchant toujours. Il fit par revenir du côté de la gare, où il y avait de nombreux petits hôtels. Enfin sa patience fut récompensée : il repéra une fille qui sortait de l'un d'eux, vêtue de l'habituelle jupe moulante. Celle-ci portait en outre un chapeau avec une voilette. Plus personne ne porte de chapeau ni de voilette. Personne n'en met plus, se dit Jack, depuis les jeunes filles d'autrefois qui sortaient du couvent. Pour porter aujourd'hui chapeau et voilette, il faut être une putain.

A cette heure de la nuit, il y avait des places de stationnement libres devant la gare. Il ferma la voiture à clé, traversa la rue et aborda la fille plantée maintenant au coin d'une rue comme si elle attendait quelqu'un.

— Bonsoir, dit-il. (Puis :) Combien ?

Après l'avoir toisé de la tête aux pieds, elle mentionna un chiffre. D'avance, précisa-t-elle.

Il acquiesça.

— Où ça ?

Du menton, elle désigna l'hôtel d'où il l'avait vue sortir et elle partit de ce côté en le laissant la suivre. Jolies chevilles. Jolies jambes. Joli cul, bien sûr. Jolie poitrine, si elle était vraie. Pourquoi donc une fille ayant tout cela se prostituait-elle ?

Il la suivit dans l'hôtel et grimpa à sa suite un étroit escalier. La réception était sur le premier palier. Une femme entre deux âges était assise derrière le comptoir.

— Il faut la payer pour la chambre, déclara la fille.

La femme lui tendit une clé, puis une serviette propre qu'elle prit dans la pile derrière elle.

— Deux cents francs, dit-elle à Jack.

Il lui donna l'argent, monta encore un étage derrière la fille et s'engagea à sa suite dans un couloir, puis entra dans une chambre. A peine avait-elle refermé la porte et poussé le verrou que la fille se tourna vers lui.

— L'argent, dit-elle.

Il ressortit son portefeuille puis inspecta la pièce : un

grand lit avec des montants en cuivre, deux chaises, un lavabo et un bidet derrière une alcôve.

La fille fourra les billets de Jack dans son sac, et le posa sur une des chaises. Elle ôta ses chaussures à hauts talons. Elle se débarrassa de sa jupe, la plia et la posa par-dessus son sac, puis elle retira sa culotte et la posa pliée par-dessus la jupe. Il remarqua qu'elle avait une toison pubienne blonde et peu fournie. Elle ne retira ni son corsage ni son soutien-gorge, rembourré ou pas.

La serviette sur l'épaule, elle se dirigea vers le bidet et s'accroupit : elle prit grand soin, tout en se lavant, de ne pas mouiller les pans de son corsage.

Elle se releva et, voyant qu'il ne s'était pas déshabillé elle dit :

— Monsieur, s'il vous plaît...

— J'ai besoin d'un pistolet, lança Jack. (C'est vrai qu'elle avait de très jolies jambes. Tout en lui brandissant sous le nez un billet de cinq cents francs, il se demanda si, sous son corsage, la poitrine était aussi belle qu'elle en avait l'air.) Peux-tu m'en trouver un ?

C'était le même mot en français mais on prononçait différemment. Jack se demanda s'il l'avait bien prononcé.

— Un revolver ?

— Un revolver, répéta Jack. (Et il braqua son index sur elle comme si c'était une arme.) Bang, bang.

Un Français aurait dit : « Pan, pan ! » mais il ne le savait pas.

— Pas ça ? s'étonna la fille en faisant un cercle avec son pouce et son index et en enfonçant son autre index dans l'intervalle à plusieurs reprises.

Jack n'eut aucun mal à comprendre ce geste universel.

— Non, un revolver !

Avec des gestes vifs, la fille enfila de nouveau sa culotte, dissimulant la toison pubienne clairsemée, le petit derrière bien rond. Elle boutonna sa jupe et les longues jambes soyeuses disparurent. Elle remit une chaussure après l'autre, exécutant le pas de danse quotidien de la gent féminine. Elle ramassa prestement son sac et prit les cinq cents francs qu'il lui tendait. Puis elle se dirigea d'un pas vif vers la porte.

— Toi attendre, dit-elle en anglais. (Elle n'avait pas proposé de lui rendre l'argent qu'il lui avait déjà versé pour un acte qui n'avait pas été consommé.) Je reviens, annonça-t-elle.

La porte se referma derrière elle.

Plein d'espoir, Jack s'assit sur le lit. Au bout de quelques minutes il s'allongea, la tête sur le traversin, les chevilles croisées, les chaussures sur le dessus-de-lit. Ce qu'il ne voulait à aucun prix, c'était s'endormir.

16

Il revint brutalement à lui, sans savoir combien de temps il avait dormi : un bruit soudain l'avait réveillé. Le claquement d'une portière de voiture, se dit-il, et il se précipita vers la fenêtre. Les volets étaient fermés mais, par les interstices, il pouvait apercevoir le trottoir et une partie de la rue.

Les lumières étaient encore allumées dans la chambre. Il jeta un coup d'œil autour de lui, puis il se remit à observer entre les lamelles : une voiture était garée en double file juste en dessous. La putain s'était glissée entre les pare-chocs pour venir à sa rencontre et elle était penchée par la vitre, du côté du passager.

Une seconde voiture était également garée en double file un peu plus haut dans la rue : le conducteur était descendu et s'approchait. Était-ce ce claquement de portière qui l'avait tiré de son sommeil ? La fille parlait et les hommes levaient les yeux vers les fenêtres de l'hôtel. Ils avaient à peu près son âge et étaient vêtus avec une certaine désinvolture, pantalon sombre pour l'un, kaki pour l'autre. Tous deux avaient une chemise au col déboutonné.

Des trafiquants d'armes, des flics ? se demanda Jack.

Des flics, il en était persuadé. A ses yeux, ils avaient l'air de flics : quelque chose d'arrogant, d'agressif dans la façon de se tenir, de bouger. S'il s'agissait bien de policiers, alors c'était une grave erreur que d'avoir claqué cette portière. Un inspecteur à New York n'aurait jamais fait ça.

Jack avait tellement besoin d'une arme qu'il attendit encore un peu, pour être certain. Peut-être trop longtemps. Des trafiquants ou des flics ?

Un des hommes plongea la main dans la voiture, en retira un micro au bout d'un cordon extensible et le porta à ses lèvres.

Voilà qui réglait le problème : des flics. La fille l'avait vendu. Il n'en était pas vraiment surpris. Elle avait déjà empoché son argent : maintenant, elle allait se gagner aussi les bonnes grâces de la police.

Jack courut jusqu'à la porte, l'ouvrit sur le couloir et constata qu'il n'avait que deux solutions : monter ou descendre. Descendre, c'était tomber sur les deux inspecteurs : il les entendait déjà car ils étaient entrés dans l'immeuble. Il ôta rapidement ses mocassins et, les tenant à la main, courut en chaussettes jusqu'à l'escalier et grimpa deux autres étages. Il espérait déboucher sur le toit, sauter sur celui du bâtiment voisin, et faire ainsi deux ou trois immeubles à la suite. Il sortirait d'un immeuble un peu plus loin dans la rue, innocent comme l'agneau qui vient de naître. Quand il était jeune inspecteur, il avait plusieurs fois poursuivi des cambrioleurs sur les toits de Harlem. Les toits dont il avait l'habitude étaient toujours plats. Il y avait une dernière volée de marches y donnant accès, et puis une porte qu'on n'avait plus qu'à pousser.

Pas ici — l'escalier n'allait pas plus loin. Il était dans une sorte de grenier et, de chaque côté, le toit descendait en pente sur des avancées. Même au milieu, il ne pouvait pas se tenir debout. Au-dessus de sa tête il y avait des lattes et, par-dessus, des tuiles. Une faible lumière filtrait du couloir de l'étage en dessous et baignait l'endroit où il se trouvait. Le reste du grenier était dans l'obscurité.

Qui avait jamais entendu parler de toits de tuiles dans une ville ? Il s'était dit cela la première fois qu'il avait regardé Nice d'en haut. Des tuiles d'un rouge orangé. Qui avait jamais entendu parler d'une ville orangée ? Il entendait des voix en bas. Les inspecteurs avaient dû entrer dans la chambre qu'il venait de quitter. La trouvant vide, ils discutaient de ce qu'il fallait faire ensuite.

Qu'allaient-ils décider ? Qu'aurait-il fait à leur place ?

Ils se diraient peut-être que la fille racontait n'importe quoi et s'en iraient.

Peu probable, estima-t-il.

Ils avaient sans nul doute projeté de lui vendre un revolver et puis de l'arrêter ensuite. Allaient-ils renoncer à cette idée ? Oui, certainement. Tout aussi certainement, il en était persuadé, ils allaient décider de fouiller tout l'hôtel. Ils voudraient découvrir qui il était et pourquoi il voulait une arme. Ils l'arrêteraient pour un motif ou pour un autre : en le soupçonnant d'on ne sait quel crime non résolu dont ils avaient le dossier sur les bras. Ils l'emmèneraient au commissariat et le cuisineraient, peut-être même le tabasseraient-ils si ses réponses ne leur plaisaient pas.

A son avis, ils allaient se mettre à ouvrir les portes de toutes les autres chambres, étage par étage. S'ils dérangeaient quelqu'un, tant pis. Il y avait environ quatre chambres par étage. A New York, même dans un hôtel aussi miteux que celui-ci, il leur aurait fallu un mandat de perquisition, mais il doutait qu'ici on se montre aussi pointilleux.

S'il ne parvenait pas à sortir de ce grenier pour gagner le toit que sa tête touchait, ils allaient le trouver et de nouveaux ennuis allaient lui pleuvoir dessus.

Sa main caressa le dessous des tuiles. Une toiture, il faut l'entretenir. Les tuiles ont tendance à se fêler, à casser. Ou bien elles se détachent quand il y a un orage et glissent dans la gouttière jusque dans la rue. Il devait bien y avoir un moyen pour les couvreurs d'accéder à ce toit : une trappe.

Il se mit à la chercher à tâtons. En dessous, des portes s'ouvraient et se fermaient, on entendait des voix, pour la plupart indignées. Des bruits de pas montant un étage plus haut. Encore un, et ils allaient le trouver. Il passait d'une latte à l'autre, glissant la main le long du bois du haut en bas, puis s'accroupissant et continuant plus loin. Il était absolument furieux contre lui-même. Il ne comprenait rien à ce pays, notamment à la façon dont ces gens entretiennent leurs toits. Il cherchait une brèche. Il devait bien y avoir une trappe quelque part. A plusieurs reprises, il se piqua avec des éclisses de bois. Il avait commencé près de la cheminée d'un côté du grenier. Il finit par découvrir la trappe à l'autre bout. Au même instant, il entendit ce qui paraissait être la dernière porte claquer à l'étage juste au-dessous, et une voix qui disait en français :

— Il est là-haut. Il doit être là.

Ces mots-là ne nécessitaient pas d'explication et pour une fois il les comprenait clairement.

La trappe était une sorte de plaque vitrifiée, très lourde. Il donna une poussée et elle céda. Il la souleva avec précaution et aperçut le ciel, les étoiles. La lune était hors de son champ de vision, mais il savait qu'elle était là quelque part car, après l'obscurité du grenier, le ciel semblait éclairé.

Il se hissa sur le toit et, aussi silencieusement que possible, remit la lucarne en place.

Il était assis là, juste au faîte du toit, cinq étages au-dessus de la rue. Les tuiles étaient en pente et lui paraissaient glissantes. Il se sentit descendre vers les gouttières : après, c'était le vide. Mais non, se dit-il, il ne glissait pas. C'était une sensation erronée, se répéta-t-il. Il souffrait simplement de vertige, il s'affolait, ce qui était bien normal étant donné les circonstances. Il se força à respirer plus lentement et à ralentir les battements de son cœur, il obligea son postérieur à rester là où il était.

Les inspecteurs français étaient maintenant dans le grenier. Il entendait le brouhaha de leur conversation et il apercevait la lueur de leurs torches électriques filtrant par la vitre de la lucarne qui, il l'avait constaté, était recouverte d'une épaisse couche de crasse.

Au bout d'un moment, il les entendit s'en aller, mais il ne bougea pas. Combien de temps devrait-il encore rester sur le toit, il n'en savait rien. A leur place, il s'installerait dans sa voiture et surveillerait l'immeuble un moment. C'était certainement ce qu'ils allaient faire aussi. Bien sûr, il pouvait toujours descendre et tenter de passer devant eux. Il n'avait commis aucun crime. Personne n'avait essayé de lui vendre une arme. Il n'avait pas acheté de revolver. Ils n'avaient aucun motif valable pour l'arrêter. A New York, aucun policier n'oserait le faire. Mais on était dans un pays différent. Ici, ils pourraient le garder deux jours sans chef d'accusation, il en était convaincu, et, dans ces circonstances, ils le feraient probablement.

Deux jours en prison.

Il avait, comme tout un chacun, horreur d'être enfermé — peu importait combien d'hommes il avait lui-même mis sous les verrous — et il se demanda pourquoi il s'était laissé aller à s'endormir dans la chambre de la putain. Pour l'instant, il était extrêmement excité, d'une façon presque agréable. S'était-il délibérément mis dans cette situation ? Était-il prêt à en venir à de telles extrémités rien que pour se sentir, comme c'était le cas en ce moment, si extraordinairement vivant ?

C'étaient là des questions qu'il ne se posait pas en temps normal, et il les chassa sans leur avoir trouvé de réponse. La vie ne supporte pas d'être examinée de trop près. Il faut laisser les choses arriver. Les régler ensuite.

Mais il se sentait presque ivre, ivre de plaisir. Les inspecteurs n'allaient pas le trouver. Une fois de plus, il avait affronté un grand danger et s'en était sorti, et tous ses sens fonctionnaient avec une extraordinaire acuité. Il sentait les tuiles s'enfoncer dans ses fesses, il entendait tous les bruits de la ville, et le ciel étincelait d'étoiles.

Bien entendu, il n'était absolument pas en sécurité. Les tuiles continuaient à crisser chaque fois qu'il se déplaçait, elles semblaient bouger chaque fois qu'il respirait. Le bord du toit — le vide — semblait l'attirer. Les tuiles lui paraissaient extrêmement instables, comme si à tout instant elles risquaient de toutes se détacher et de se mettre à glisser, avec lui au cœur de l'avalanche. Voilà, décida-t-il, qui était ou bien affolant ou bien très drôle, selon le point de vue. Comment diable est-ce que j'ai pu me retrouver sur un toit à Nice au beau milieu de la nuit ? se demanda-t-il. Il se mit à rire. Cela commença comme un discret gloussement et cela se termina avec les larmes qui ruisselaient sur son visage. Il les essuya, se leva, remonta jusqu'au faîte et se dressa là, comme un homme au sommet de l'Everest, en s'émerveillant de sa prouesse. Il avait l'impression d'être un alpiniste en train d'observer le monde à ses pieds. Hé, regardez-moi ! Allons. Regardez où je suis arrivé !

Désireux de voir si les voitures des inspecteurs étaient toujours là, il redescendit vers la gouttière. Les tuiles crissaient sous ses chaussures, la pente était plus raide qu'il n'avait cru. Arrivé au bord, il se pencha pour regarder.

Il constata qu'une des voitures semblait être repartie, mais l'autre était toujours là. Il l'observa un moment. L'inspecteur était debout à côté de son véhicule. Si l'homme levait les yeux, il verrait Jack, là, juste au bord. Si les tuiles cédaient, c'était sur lui qu'il atterrirait.

Jack se retourna avec précaution et remonta jusqu'au faîte. Il décida qu'il allait tout bonnement s'asseoir et attendre que l'inspecteur s'en aille. Il passerait le temps en examinant les étoiles. Dans la marine, par les nuits claires et chaudes, il s'allongeait parfois sur le pont, à les compter : il en fit autant maintenant, mais ce n'était pas pareil. Au centre d'une ville, les étoiles sont moins nombreuses et moins lumineuses qu'en mer, mais il entreprit quand même de les compter, pendant une heure, peut-être moins, tandis que l'impatience et l'ennui le gagnaient.

Il finit par soulever la lucarne, se coula dans le grenier et descendit les étages.

La femme de la réception fut surprise de le voir.

— Monsieur ? appela-t-elle.

Il l'ignora et continua jusqu'au niveau de la rue : il croisa au passage la fille qui entrait dans l'immeuble, un nouveau client derrière elle. Elle avait toujours la même tenue : talons aiguilles, jupe ultra serrée, corsage crème moulant sa poitrine plantureuse. Elle parut stupéfaite de voir Jack et d'ailleurs lui-même sursauta. Pour éviter de la bousculer, il dut mettre les deux mains en avant et, par hasard, elles se posèrent sur ses seins agressifs. Était-ce vraiment par hasard ? Elle lui devait bien ça. Ils lui parurent vrais et il se dit qu'il n'était pas mécontent d'avoir éclairci ce point. Il constata aussi que ses mains ne se trouvaient pas mal là où elles étaient et qu'il n'était pas pressé de les retirer, mais il dut quand même s'y résoudre.

— Excusez-moi, mademoiselle, fit-il en lâchant prise.

La fille avait reculé d'un pas, peut-être de frayeur. Elle avait dû marcher sur les pieds de son client car il poussa un petit cri. Elle leva aussi les mains pour se protéger le visage, même si Jack n'avait jamais eu l'intention de la frapper.

— Je t'ai cherché, dit-elle. Où étais-tu passé ?

Le client était un homme entre deux âges, vêtu d'un costume de bonne qualité mais un peu usé. Sans doute, pensa Jack, un représentant en parfum ou en lingerie féminine : un pauvre type sur la route pendant des semaines.

— Bonne chance, là-haut, lui lança Jack.

En riant, il s'enfonça dans la nuit. Il traversa la ville sombre et déserte. Même en tenant compte des six heures de décalage horaire, il était trop tard maintenant pour téléphoner à New York à propos du mandat. Il était trop tard aussi pour retourner jusqu'à son bateau. Tu as peur ou quoi ? se demanda-t-il. Bah, ça ne rimait à rien de rentrer à Beaulieu pour garer sa voiture à un endroit où quelqu'un le guettait peut-être dans l'ombre. Ça ne rimait à rien de sauter dans l'obscurité à bord d'un bateau peut-être piégé.

Il alla jusqu'à une autre marina, celle de Saint-Laurent-du-Var, et se gara sur l'une des places aménagées sous les pins parasols, le long de la première rangée de yachts. Là, il abaissa le dossier de son siège aussi bas que possible et s'allongea sur l'appui-tête. Ce n'était évidemment pas un confort de première classe, mais cela ferait l'affaire pour ce qu'il lui restait de nuit. Il ne tarda pas à s'endormir.

La lumière du soleil l'aveugla et le réveilla en même temps. Il se redressa et regarda trois ou quatre cents yachts, pour la plupart à vendre, comme à Beaulieu. Derrière lui, une rangée de cafés dont l'un ouvrait déjà : un serveur mettait en place les tables et les fauteuils en plastique sur la terrasse.

Il se leva, un peu engourdi, s'étira et puis alla s'asseoir.

— Est-ce que le café est prêt ? demanda-t-il au serveur, très fier de pouvoir maintenant prononcer des phrases aussi simples et de se faire comprendre.

— Dans cinq ou dix minutes, dit le serveur.

— Je vais attendre. Vous avez *Nice Matin* ?

Le garçon lui apporta le journal et il le parcourut, déchiffrant quelques-uns des gros titres tandis qu'autour de lui l'homme continuait à installer les tables. La seule information qui intéressait Jack ne se trouvait naturellement pas dans le journal : quand et comment Zaragon comptait-il le descendre ? Et son corollaire : que pouvait-il y faire ?

Ces questions l'incitaient à la réflexion plutôt qu'à la lecture. Quand il regarda par-dessus son journal, il aperçut un spectacle qui l'étonna. Il se leva pour mieux voir. S'approchant de la côte, mais encore loin au large, il y avait une bonne douzaine de navires de guerre : quand il les compta, il arriva au chiffre de quatorze. Il reconnut parmi eux un porte-avions, deux croiseurs et un certain nombre de destroyers et de navires de soutien. Ils devaient être américains, car aucun autre pays n'avait autant de gros navires en Méditerranée.

Le garçon arriva avec son café au lait et les croissants chauds dans une corbeille.

— La flotte américaine ? demanda Jack en désignant l'horizon.

— Oui, monsieur. Pour quelques jours. (Le garçon feuilleta le journal de Jack jusqu'à la page du milieu et lui montra l'article.) Ils vont être au mouillage tout le long de la côte.

— Pour le 14 juillet ? fit Jack.

Le serveur acquiesça.

Jack s'était trouvé ici deux fois pour le jour du 14 juillet, la première fois affecté toute la nuit à la patrouille à terre. L'année suivante, il était avec Claudia, allongé sur la plage de Nice, à regarder les feux d'artifice et à lui faire des choses sous la couverture malgré les gens tout autour d'eux. Après cela, ils étaient allés danser dans les jardins publics, le plus souvent au son de l'accordéon.

Ensuite, se rappelait-il, ils étaient revenus sur la plage avec leur couverture.

Ce souvenir lui amena un sourire aux lèvres. Leur histoire d'amour ne s'était pas bien terminée, mais il s'en était remis et, ce dont il se souvenait surtout maintenant, c'était quelle impression ça faisait d'être sur la côte cette année-là, d'être si jeune, si innocent et si amoureux.

Alors qu'aujourd'hui il était une proie que quelqu'un traquait — et c'était à cela qu'il devait penser. Oublie les feux d'artifice, se dit-il. Oublie la musique de l'accordéon et les mains tièdes sous la couverture et efforce-toi de rester en vie.

Il régla son petit déjeuner et repartit vers Beaulieu, se frayant un chemin dans le flot de la circulation matinale qui encombrait les rues de Nice pour déboucher finalement de l'autre côté de la ville. A Beaulieu, il pénétra dans le port de plaisance, ralentit, examina soigneusement les lieux et continua à rouler à petite allure. Il ne savait pas trop ce qu'il cherchait : quelqu'un dont l'attitude lui paraîtrait bizarre, ou qui n'était pas habillé comme l'exigeaient les circonstances, ou bien dont le regard se déplaçait trop souvent en essayant de surveiller trop de côtés à la fois. Un bon policier devrait pouvoir repérer un homme comme ça, estimait-il. Il ne remarqua personne. Il vit toutefois Madeleine, qui prenait son petit déjeuner à un des cafés. Il se gara et vint la rejoindre. Arborant un demi-sourire, elle le regarda arriver.

— Bonjour, madame, dit-il. Comment allez-vous ?

— Ton accent s'améliore, apprécia-t-elle.

Elle portait un corsage jaune, une jupe bleu marine, ni bas ni socquettes, mais des espadrilles. Il la trouva très mignonne. Il se pencha pour l'embrasser, elle lui tendit la joue : il y posa donc un baiser avant de s'asseoir à sa table.

— Tu es bien matinal, souligna-t-elle.

— Toi aussi, fit-il. (Les banalités s'arrêtèrent là.) Écoute...

Il voulait, lui dit-il, qu'elle téléphone à l'inspecteur Bosco, qu'elle lui demande de se renseigner pour savoir si le mandat venant d'Amérique était arrivé.

Elle régla donc son petit déjeuner et ils se dirigèrent vers le bureau de son frère.

— Tu as l'air fatigué, observa Madeleine. Tu n'as pas bien dormi ?

— J'ai dormi dans la voiture.

— La voiture ?

Il éprouva une soudaine rancœur. Il n'avait toujours pas d'arme et, en partie au moins, c'était sa faute à elle. Elle lui avait imposé l'expérience de la nuit précédente, qui, dans la froide lumière du matin, lui semblait déjà bien moins délicieuse.

L'espace d'un instant, son attention fut attirée par un homme qui se trouvait sur leur chemin. Il tenait à la main un journal roulé. Rien d'important.

Son esprit, à nouveau, se tourna vers Madeleine, vers cette femme qui avait été comme lui dans la police, qui faisait partie de son univers et qui exerçait sur lui une si forte attraction sexuelle — intellectuelle aussi —, cette femme avec laquelle il se sentait parfois si bien qu'il envisageait de refaire sa vie avec elle.

Il sentit soudain la chair de poule lui picoter les bras. Tout d'abord, il ne comprit pas pourquoi. Là-dessus, son regard revint à l'homme au journal roulé. C'était peut-être à cause de ça. Jack l'avait repéré depuis le café : un individu en chemise blanche, planté sur la route à quelque distance de là, en train de lire un journal — il ne l'avait pas encore roulé à ce moment-là —, comme si un article avait attiré son attention et qu'il ne pouvait différer plus longtemps sa lecture.

Un homme en train de lire un journal sur la route, pourquoi pas ? Cela n'avait rien d'extraordinaire. Mais maintenant il l'attendait sur le trottoir, trois restaurants plus loin, et ils s'approchaient de lui rapidement. La cinquantaine, gros et chauve. Même si on trouve des assassins de toutes les couleurs, de toutes les croyances et dans toutes les tenues, ce gars-là n'avait pourtant pas l'air d'un tueur. En fait, il ne lisait pas son journal : il le tenait. Il regardait par-dessus. Et, de temps en temps, jetant un coup d'œil à la ronde, il tournait les yeux dans leur direction.

Il existe à cet endroit une rangée de six ou sept cafés ou restaurants dont la plupart portent des noms nautiques. C'était une chaude matinée ensoleillée et les tables et les chaises des terrasses s'étalaient presque jusqu'au bord du trottoir, ne laissant que le minimum de passage aux piétons.

Comme il s'approchait de lui, l'inconnu agita à plusieurs reprises le journal roulé en cylindre ; on aurait dit un homme d'affaires hélant un taxi dans une rue de New York. Mais on n'était pas à New York, il n'y avait pas de taxi : il s'agissait donc d'une sorte de signal. Mais quel signal ? Et s'adressant à qui ?

Comme Jack et Madeleine arrivaient à sa hauteur, l'homme fourra le journal sous son bras, et continua sa route dans la direction opposée. Il ne les salua pas en passant, il ne les regarda même pas alors que, dans les marinas, les gens se disent en général bonjour et se montrent aimables.

Jack s'en étonnait quand il entendit le scooter. Il jeta un coup d'œil par-dessus son épaule et le vit arriver. Poussés à fond, ces engins peuvent dépasser les soixante kilomètres à l'heure. Jack eut l'impression qu'il arrivait à cette vitesse-là, passant devant un restaurant après l'autre, essayant de rattraper quelque chose ou quelqu'un, sans doute lui. Il y avait deux hommes dessus, le conducteur et un passager. Ils portaient des casques dont la visière était abaissée, et des blousons de cuir. En France, le port du casque est obligatoire, mais pas celui des visières : personne n'en met sur un scooter. Les visières de ces hommes-là étaient teintées, si bien qu'elles leur masquaient le visage.

Jack s'attendait à cela, mais pas aujourd'hui, pas si rapidement. On ne voyait encore aucune arme, mais dans sa tête il les imaginait déjà. Il se représentait ce que ce serait d'être abattu à bout portant — après quoi le scooter se contenterait de poursuivre sa route.

L'engin avait encore une trentaine de mètres à parcourir. On ne voyait toujours pas d'arme : aucune raison de les exhiber avant la dernière seconde. Le conducteur et son passager en avaient encore largement le temps. Et Jack allait faire l'expérience de la méthode favorite d'exécution en France, la fusillade à moto.

D'un second coup d'œil, il avait inspecté les alentours. Dans quelle direction s'enfuir, où sauter, plonger, se cacher ? Les réponses lui venaient en désordre et se résumaient à ceci : nulle part. Les deux hommes sur le scooter étaient sans doute armés tous les deux, et lui pas. Où qu'il aille, le scooter le poursuivrait. La machine allait plus vite que lui, et les balles encore davantage. Et Madeleine ? Elle allait être prise dans la fusillade. Si elle s'en tirait, elle deviendrait de fait un « témoin oculaire ». Et c'était un rôle qu'il ne conseillait à personne.

Madeleine et lui se trouvaient devant le dernier restaurant de la rangée. Il y avait une grande tente sur le devant, à travers laquelle le soleil éclairait les tables et les chaises. Aucun client assis en terrasse car, à cette heure de la matinée, on ne servait presque plus de petits déjeuners. Juste un garçon planté sur le seuil, son plateau pendant le long de sa jambe. Il avait le regard vide : il ne se doutait absolument pas qu'un événement violent allait se produire. Personne d'ailleurs ne s'en doutait sur toute la marina, à l'exception des deux hommes sur le scooter et de Jack.

Madeleine disait quelque chose, des propos anodins qu'il n'enregistra pas, qu'il n'essaya même pas de comprendre. Et puis, sur ces entrefaites, elle choisit de lui prendre la main, mais il la secoua aussitôt, la repoussant et il hurla :

— Couche-toi !

Il vit la stupéfaction se peindre sur son visage juste avant de se retourner pour s'occuper du scooter. Il était beaucoup plus près maintenant, à moins de dix mètres, et il avait un peu ralenti, mais pas beaucoup. Le passager avait sorti une arme, une sorte de pistolet mitrailleur, un Uzi, un Mac10 ou quelque chose comme ça, qu'est-ce que ça changeait ? Dans quelques instants, il allait l'utiliser. Jack empoigna la chaise de café la plus proche et la lança sur la trajectoire du scooter. Une fraction de seconde plus tard, il envoya la table valser dans la même direction.

Le passager avait les deux mains sur son arme, la position de combat qu'on avait enseignée à Jack à l'école de police : le fusil mitrailleur aurait en effet du recul quand l'homme ouvrirait le feu. Si le tireur n'utilisait pas ses deux mains, il ferait des trous dans le ciel et dans le blouson de cuir de son conducteur. L'arme était donc aussi stable qu'elle pouvait l'être étant donné les circonstances, mais le passager, qui ne se cramponnait plus au scooter ni au conducteur, l'était beaucoup moins. Il essayait de serrer les flancs de la machine avec ses genoux comme on le ferait avec un cheval et, normalement, s'ils avaient roulé tout droit, c'eût été suffisant. Mais quand la chaise dégringola devant le scooter, le pilote donna un grand coup de frein et fit une embardée pour l'éviter. Là-dessus, il heurta la table de plein fouet.

En tombant, le scooter précipita le passager de côté contre le rebord du trottoir, et seul le casque qu'il portait lui évita une fracture du crâne. En heurtant la picrre, le casque provoqua une sorte d'explosion étouffée, comme un coup de grosse caisse. Le fusil mitrailleur avait rebondi sur la chaussée pour s'arrêter un peu plus loin. L'homme, pour sa part, gisait au milieu de la rue, assommé.

Le pilote avait été plus agile. Sa machine s'était dérobée sous lui et il avait glissé jusqu'à Jack. Il s'était relevé dans l'instant, cherchant son pistolet, et était parvenu à le sortir à moitié de sa poche avant que Jack l'assomme avec une seconde chaise. Jack continua à frapper. Le casque de l'homme s'envola au bout d'un moment. Le pied de chaise lui labourait le visage et le sang coulait. Le combat était en réalité terminé, mais Jack n'en avait cure.

— Jack, arrête ! cria Madeleine. Jack, tu vas le tuer !

Et alors ? Jack ne s'arrêta que lorsque son arme improvisée se fut brisée définitivement dans sa main. Alors, il se précipita, arracha le pistolet qui dépassait de la poche de l'homme puis courut jusqu'au fusil mitrailleur et, d'un coup de pied, l'expédia hors de portée.

Jack avait le souffle si court qu'il avait l'impression que sa poitrine allait éclater. Il était planté là, braquant le revolver d'abord sur un homme, puis sur l'autre, mais aucun d'eux ne faisait mine de se relever. Quand Madeleine, qui tenait maintenant le fusil mitrailleur, entra dans son champ de vision, il ne sut pas tout d'abord qui elle était.

Une voiture démarra de l'autre côté du terre-plein planté d'arbres et de broussailles. Ils l'entendirent tous les deux. Ils se regardèrent, puis Madeleine fonça à travers les buissons et disparut. Elle revint quelques instants plus tard, poussant devant elle le gros homme en lui appuyant le fusil mitrailleur contre le dos. Elle le fit asseoir sur la chaussée, les mains sur la tête, et, dans une certaine mesure, ce fut elle qui prit la situation en main.

Le garçon de café s'était avancé presque jusqu'au rebord du trottoir et il restait là, pétrifié, bouche bée. Le patron sortit à son tour de son établissement. Lui aussi était bouche bée.

— Police, lui dit Madeleine.

Jack songea : comme ça doit être bon pour elle de dire ça. Ça lui faisait du bien à lui aussi de sentir le pistolet dans sa main. Il commençait à se calmer. L'arme, constata-t-il, était un Colt 9 mm à canon court. Il avait eu le même à New York.

— Appelez le 17, ordonna Madeleine au patron du café. Dites-leur que nous avons trois prisonniers. (S'adressant à Jack, elle ajouta :) Fouille-les.

Sortant des restaurants voisins, d'autres gens approchaient, mais, de sa main qui tenait l'arme, elle les éloigna. Jack ne se contenta pas de palper rapidement les trois hommes. Il les fouilla aussi brutalement qu'il le pouvait. Il arracha des cris aux deux hommes de main, fit grimacer de douleur le gros inconnu et récupéra une arme supplémentaire.

— Ils n'ont plus rien, dit-il. (Il montra à Madeleine le second pistolet.) C'est le gros qui l'avait.

— Qu'est-ce que j'ai fait ? demanda celui-ci. Dites-moi ce que j'ai fait...

— Il faut que je passe un coup de fil, déclara Madeleine. Beaulieu dépend de la gendarmerie. Je ne veux pas que ces ploucs s'occupent de cette affaire. Je veux que ce soit nous.

— Nous ?

— La PJ. (Ils échangèrent un sourire et, un instant, il y eut entre eux une chaleur, une complicité si intense qu'ils en restèrent éblouis. Ils étaient redevenus des flics. Tous les deux. Et ils travaillaient ensemble.) Tu sais ce que je veux dire, fit Madeleine.

— Oui, je sais.

Ils se mirent à pouffer, mais s'arrêtèrent bientôt. Leur seul souci, maintenant que le feu de l'action était passé : garder l'affaire sous contrôle.

Tenant le fusil mitrailleur le long de sa jupe, Madeleine entra dans le café, le patron s'affairant devant elle, ne demandant qu'à rendre service. Jack la regarda s'éloigner, puis une fois de plus son instinct de conservation prit le dessus : il fourra le Colt 9 mm dans la ceinture de son pantalon et le dissimula sous un pan de sa chemise. Il avait trouvé l'arme dont il avait besoin et personne n'allait la lui reprendre. La tentative de meurtre perpétrée aujourd'hui avait échoué, mais si Zaragon restait dans la nature, il y en aurait une autre, même si cela prenait du temps pour l'organiser. Armé, il aurait une chance de se défendre.

Quand Madeleine sortit du café, une petite camionnette venait de s'arrêter et un certain nombre de gendarmes en uniforme en descendaient. On passa les menottes aux prisonniers, on les poussa dans la fourgonnette et les portes se refermèrent sur eux. Pendant ce temps, Madeleine expliquait à un sergent, celui à qui ils avaient parlé précédemment, ce qui s'était passé.

Songeant à l'ampleur de l'affaire qui venait de lui échoir, le sergent se frottait pratiquement les mains de plaisir. C'était un « coup » qui allait attirer sur lui l'attention de ses supérieurs. Le point de départ de sa carrière. Il se mit à marcher en tous sens d'un air important en lançant des ordres. Il chargea un gendarme de prendre les premières dépositions de Madeleine et de Jack, un autre celles du patron du café, du serveur et des divers autres témoins qui s'étaient avancés. D'autres gendarmes, à genoux, s'affairaient avec des mètres et de la craie. Un autre encore dressait un inventaire sur un bloc : une table de café et deux fauteuils en miettes, que le gouvernement devrait remplacer. Le scooter accidenté. Plus deux armes, un Mac10 et un Magnum Manurhin 357.

— C'est tout ce que vous avez récupéré ? demanda le gendarme. Deux armes ?

— C'est tout, s'empressa de répondre Jack.

Madeleine lui jeta un coup d'œil. Elle leva les yeux vers le ciel, puis son regard vint inspecter les bateaux. Il lui sembla qu'elle ouvrait même la bouche pour parler mais, finalement, ses yeux revinrent se fixer sur ceux de Jack ; on aurait dit qu'elle le regardait jusqu'au fond de l'âme.

Trente minutes s'étaient écoulées, peut-être un peu plus. La fourgonnette attendait toujours, avec son chargement de prisonniers, quand on entendit soudain des sirènes : deux voitures bourrées d'inspecteurs de la PJ débouchèrent au coin du port en faisant crisser leurs pneus.

Assis auprès du chauffeur dans la voiture de tête, le commissaire divisionnaire Demalet en personne, le chef de la PJ de Nice. Il s'approcha du sergent de gendarmerie et lui donna une grande claque dans le dos.

— Beau travail, sergent, dit-il. Nous allons maintenant prendre l'affaire en main.

Il se détourna pour donner quelques ordres à ses hommes puis s'adressa de nouveau au sergent dépité :

— Donnez-nous les dépositions que vous avez recueillies. Et aussi les armes que vos hommes ont récupérées.

17

Une heure plus tard, rue de Roquebillière, Jack eut droit à son heure de gloire : on l'invita dans le bureau de Demalet, on lui offrit un fauteuil et même un cigare.

— Alors, fit le divisionnaire, vous êtes un policier new-yorkais.

C'était un homme solidement bâti. Ils rayonnaient tous les deux.

— Retraité, précisa Jack.

Pour l'instant, ça allait en ce qui concernait le français.

— Ces gens essayaient de vous tuer, semble-t-il.

— Oui, et j'ai à ce propos un service à vous demander.

Jack commença à lui parler du mandat international qui devait arriver d'Amérique, mais Demalet l'interrompit.

— Ne vous inquiétez pas, dit-il, nous avons maintenant l'affaire bien en main.

Jack allait demander qu'on arrête Zaragon et qu'on le garde en détention jusqu'à l'arrivée du mandat, mais il fallait du temps pour rassembler les mots nécessaires et les arranger dans sa tête. Avant d'avoir pu y parvenir, il entendit Demalet lui demander :

— Quel était votre grade ?

— Inspecteur.

— Oui, mais quel grade ?

— Simplement... inspecteur.

Demalet plissa les yeux. Il s'était assis avec un homme qu'il avait cru être d'un rang équivalent au sien ou à peu près et qui venait d'effectuer un travail de policier extrêmement physique et dangereux. Trois assassins présumés, tous apparemment liés au milieu marseillais, étaient sous les verrous. Ce n'étaient pas de hauts fonctionnaires de la police qui procédaient à des arrestations de ce genre, sauf dans leurs rêves : Demalet avait été extrêmement impressionné. Les hauts fonctionnaires de police, Demalet inclus, se plaisaient à s'imaginer prenant au collet des criminels sous la menace d'un pistolet pour être ensuite fêtés et félicités comme des héros. Dans la vie réelle, ils restaient assis derrière des bureaux et ça n'arrivait jamais.

Seulement, il avait commis une erreur. Jack n'était absolument pas un policier de haut rang. Dans un commissariat de New York, un inspecteur est l'équivalent d'un simple soldat dans l'armée, absolument pas un officier comme lui. En outre, cet Américain ne parlait même pas français. L'intérêt que lui portait Demalet mourut là, tout comme l'entrevue.

Jack avait perçu la réaction de snobisme, mais il n'en tint aucun compte. Dans la police new-yorkaise, il avait bien des fois fait la même expérience : pourquoi en aurait-il été autrement ici ? Ce qui comptait pour Jack, c'était qu'il avait fini par trouver les mots pour parler de Zaragon et du mandat international. Mais Demalet n'écoutait plus. Il tripotait des papiers. Jack se dirigea vers la porte et appela Madeleine pour qu'elle lui serve d'interprète. Elle entra avec méfiance, se planta devant le bureau du divisionnaire, les mains croisées devant sa jupe comme une collégienne, et attendit qu'il lui adresse la parole.

Rien ne se passa. Demalet lui jeta un coup d'œil puis se replongea dans ses papiers. Son attitude montrait qu'il ne voulait rien avoir à faire avec elle, qu'il regrettait même qu'on ait été obligé de l'autoriser à pénétrer dans le bâtiment — comme s'il craignait qu'elle ne risque de contaminer sa carrière.

Il se leva, pour finir, et fit le tour de son bureau. Arborant un sourire faussement ravi, ignorant Madeleine, il raccompagna Jack jusqu'à la porte, Madeleine les suivant.

— Vous dites que le mandat est en route, déclara-t-il. Bon. Dès qu'il sera ici, nous arrêterons le type. Ne vous inquiétez de rien. Maintenant, si vous voulez bien signer le procès-verbal que mes hommes sont en train de préparer...

Demalet referma sa porte derrière eux.

Jack vit à quel point cette façon d'agir avait bouleversé Madeleine.

— Ne te laisse pas énerver par ce connard, dit-il, en la prenant par les épaules.

— Il me donne l'impression d'avoir une maladie contagieuse.

— Il est grossier et stupide. (Elle paraissait complètement découragée.) Tu es dix fois meilleur flic que lui.

Il eut droit à un demi-sourire pâlot.

— Tu crois ?

— Je le sais, affirma Jack, en lui serrant le bras.

Elle lui caressa la joue.

— Tu n'en sais rien du tout.

Relégués dans l'antichambre, ils furent interrogés par des inspecteurs de la PJ, Jack à un bureau, Madeleine à un autre. De temps en temps, il l'appelait pour qu'elle fasse office d'interprète. Les dépositions prirent du temps. A midi, elles furent interrompues pour un déjeuner sur le pouce : une pizza et de la bière achetées au coin de la rue. Les inspecteurs, installés autour d'une table, mâchonnaient en bavardant. Ils parlaient surtout boutique. Cette affaire-ci, cette affaire-là... Que pouvait-on attendre d'autre ? Jack, qui ne comprenait pas grand-chose à la conversation, en conclut que les policiers français ne sont pas différents des Américains. Ils ne se nourrissent même pas mieux.

On reprit l'interrogatoire. Un peu plus tard, on dactylographia le procès-verbal de la déposition de Jack. Madeleine le contrôla et il signa. Elle signa sa déposition à peu près en même temps. Maintenant, ils étaient libres de s'en aller.

Pour les empêcher de communiquer entre eux, on avait mis les prisonniers dans des cellules séparées. Jack alla leur jeter un coup d'œil. Un médecin était venu les examiner, lui dit-on. Il avait constaté que le gros homme était indemne. Dans les deux autres cellules, il avait fait quelques pansements, quelques points de suture, après quoi il avait déclaré les trois suspects en bonne santé et aptes à être placés en garde à vue. Jack savait ce que cela signifiait et il eut un rire sardonique. En Amérique, expliqua-t-il à Madeleine, les blessés exigeraient d'être hospitalisés, ils traîneraient une semaine, peut-être davantage, et, après cela, ne s'exprimeraient que par la voix de leurs avocats. Entre-temps, ils auraient également porté plainte contre la municipalité, accusant la police de brutalité. Alors qu'ici, ils n'avaient pour toute perspective que deux jours et deux nuits d'interrogatoires poussés.

Il avait envie de regagner son bateau.

Madeleine voulait rester.

Un certain nombre d'inspecteurs s'étaient arrêtés au passage pour lui parler, avait remarqué Jack. Elle semblait un peu soulagée de se voir acceptée au moins par quelques-uns de ses anciens collègues. Maintenant qu'on l'avait de nouveau laissée entrer dans le bâtiment, elle semblait répugner à en partir. Peut-être n'était-elle pas autant une paria qu'elle l'avait craint.

On était maintenant à la fin de l'après-midi. On chargea un inspecteur de raccompagner Jack à Beaulieu. Là, il alla au bureau du frère de Madeleine et lui demanda l'autorisation d'appeler le procureur adjoint McCauley à New York. On la lui accorda et il composa le numéro.

— Qu'est-ce que vous avez trouvé à propos de ce mandat ? demanda-t-il quand il eut McCauley en ligne.

— Il existe, répondit le jeune homme, vous n'avez pas à vous inquiéter.

— Alors, où est-il ? Pourquoi n'est-il pas arrivé ?

— C'est un mandat sous scellés, dit le jeune homme. Ils ne veulent pas que la chose s'ébruite : on l'a donc envoyé seulement en Colombie, où le sujet est censé être. Mais il n'a pas encore été arrêté là-bas. A vrai dire, la police colombienne a un certain mal à le retrouver...

— Parce qu'il est ici, ricana Jack. C'est pour ça qu'ils ne le trouvent pas.

— Ce doit être ça...

— Bon sang, je vous l'ai déjà dit !

— C'est vrai, vous me l'avez dit.

— Quelqu'un vient d'essayer de me tuer.

— Allons, vous dramatisez.

— Voulez-vous faire parvenir ce mandat ici, je vous prie ? Voulez-vous le faire envoyer ici immédiatement ? Rappelez-moi pour me préciser quand il arrivera.

— Je ferai de mon mieux, assura McCauley. Maintenant, il faut que je retourne au tribunal. Soyez prudent.

Jack se rendit à l'épicerie sur le port pour faire quelques provisions : pain, café, lait, œufs, fromage, jambon, des pommes de terre qu'il pourrait cuire au four à micro-ondes s'il décidait de prendre un repas à bord, quelques salades vertes. Il plaisanta avec l'épicier et avec le marchand de journaux quand il s'arrêta au magasin d'à côté pour acheter le *Herald Tribune*. Ce n'était pas encore l'heure du dîner, mais quelques-uns des garçons étaient plantés devant certains des restaurants, des hommes qu'il connaissait de vue et qu'il salua gaiement. Il était d'humeur extrêmement joyeuse.

Chargé de ses provisions, il suivit le quai jusqu'à son bateau et, là, se souvint qu'il devait quand même être prudent et rester à l'affût du moindre signe montrant qu'on aurait dérangé ou déplacé quelque chose, à l'affût d'engins piégés. Mais il n'y avait rien. Il monta à bord avec précaution en s'efforçant de ne pas faire trop bouger le bateau. Là, il commença à se détendre.

Il amena le bateau jusqu'à la pompe à essence pour refaire le plein.

— Belle journée, n'est-ce pas ? dit-il au pompiste.

Une fois les réservoirs remplis, il regagna son anneau, attacha les amarres, rebrancha tous les câbles et se pencha même par-dessus bord pour remettre en place la plaque du bateau.

Après cela, il s'en alla avec des vêtements propres jusqu'aux bains publics, au bout du port. Il se rasa puis se prélassa longuement sous une douche bien chaude. Il s'habilla, se recoiffa et regagna son bateau où, après s'être versé un whisky bien tassé, il s'assit pour le boire à l'arrière en regardant le soleil se coucher. Il était persuadé que Zaragon renouvellerait sa tentative, et aussi que cela prendrait quelque temps. Ce soir et demain il ne risquait rien. Ensuite, le mandat serait probablement arrivé. Après les événements de la journée, on pouvait quand même compter sur la police française pour agir plus rapidement quand ils l'auraient : sans doute n'avait-il même pas besoin de garder cette arme à la ceinture. Mais c'était quand même de bon d'être de nouveau armé.

Il prit le revolver et l'examina. Chaque jour de sa vie pendant douze ans, il en avait porté un semblable. Il sortit le chargeur et compta les balles : cinq, comme d'habitude. Ce n'était pas beaucoup. Il n'en avait pas d'autres, mais il n'aurait à tirer sur personne. Une fois Zaragon sous les verrous, il jetterait le pistolet à la mer, et ça ne lui manquerait pas. Il en aurait fini à jamais avec le monde des gendarmes et des voleurs, il n'en aurait plus besoin et il attendait ce jour-là avec impatience.

L'attendait-il vraiment ?

Il se souvint de l'excitation qu'il avait connue ce matin, un peu comme un homme se rappelle une merveilleuse expérience sexuelle. Le pouls s'accélérant, la sueur perlant à son front, la chair de poule lui hérissant les bras. La pure sensualité de tout cela. On ne se sent jamais plus viril qu'après de tels moments.

Et maintenant, sur son bateau, en buvant son whisky à petites gorgées à la lueur du couchant, il se complaisait dans le reflet de cette image idéalisée de lui-même. Les derniers rayons du soleil se reflétaient sur l'eau : il leva son verre à la lumière et se rendit compte que cela faisait longtemps, bien longtemps, qu'il ne s'était pas senti aussi heureux et plein de vie. Il avait failli être tué. Il s'en était tiré sans l'aide de personne. C'était une sensation délicieuse. La plus délicieuse, peut-être, qu'on puisse jamais connaître. Une sensation qui vous tient peut-être aussi fort que l'héroïne. Qui vous laisse une sorte d'irritation... comme un manque. Il lui fallait déjà une autre dose. Il commençait à se sentir nerveux, mal à l'aise. Les applaudissements qu'il s'accordait ne lui suffisaient plus. Il se sentait envahi par le désir déraisonnable et dangereux d'éprouver cela de nouveau. Et vite. Connaître une nouvelle fois la même ivresse.

Tout en se laissant aller à ces rêveries, il se mit à élaborer un plan destiné à se débarrasser une fois pour toutes de Zaragon. Quand on veut que quelque chose soit bien fait, on s'en occupe soi-même, pas vrai ? Attendre que la justice s'en charge ? Il allait régler ça lui-même.

Les détails, peu à peu, se mettaient en place dans sa tête et il sentit une fois de plus son excitation monter. Il avait sans cesse reculé le moment de dîner, en attendant Madeleine, mais les heures passaient et elle ne revenait toujours pas. Il finit par traverser le quai jusqu'à un café, le Clipper. Il s'assit à la terrasse et commanda un sandwich et une bière. Le ciel s'assombrissait. Il contemplait les yachts sous le faible éclairage des quais en pensant à Zaragon qui aujourd'hui même avait payé des hommes pour tenter de le tuer : peu à peu, outre ce besoin qu'il avait de retrouver une nouvelle excitation, la colère le gagnait.

Laissant de l'argent sur la table, il se leva, prit sa voiture et partit pour Villefranche. Comme il descendait les lacets abrupts de la colline, il s'aperçut que toute la rade était illuminée. Les restaurants de la place du village semblaient pleins, tout comme ceux du front de mer, qu'il apercevait autour du port. Au bord de la place, le Welcome Hotel resplendissait de lumières et, dans la rade, six navires de guerre américains étaient ancrés, dont un porte-avions, et tous les six avaient des guirlandes lumineuses qui couraient de la proue à la poupe en passant par les superstructures, les pavillons américains qu'ils arboraient se déployant sous le feu des projecteurs. A terre, on voyait partout des matelots en uniforme blanc.

Il roula lentement au milieu de toute cette cohue pour gagner le parking public, plein à craquer. Il parcourut une allée après l'autre jusqu'au moment où il découvrit la voiture de sport rouge. Elle était garée n'importe comment, son pare-chocs avant touchant un arbre, l'arrière dépassant et bloquant presque le passage.

C'était un grand parking avec des rangées d'arbres délimitant les allées. D'un côté se dressait la vaste masse médiévale de la Citadelle. En face, le bâtiment des douanes. Le troisième côté, c'était l'entrée, et le quatrième donnait sur la mer. En tournant en quête d'une place libre, il pouvait voir les navires de guerre illuminés. Les canots ne cessaient de faire la navette pour amener à terre de nouveaux groupes de permissionnaires.

Pas une place, nulle part. Il se gara donc en double file au fond de la même allée que la voiture rouge.

Jack coupa le contact, sortit le chargeur de son arme et recompta les balles.

Il attendit une heure, puis Zaragon entra dans le parking, se dirigeant vers sa voiture. Il était accompagné d'une femme. Les habituels talons aiguilles et la classique jupe moulant les fesses. Sans doute une des prostituées locales. C'était la seconde fille avec laquelle Jack le voyait. Il se remémora le dossier de Zaragon à la DEA. Cet homme avait tué une fille de dix-huit ans et possédait à Medellin et à Bogota des bordels dont on disait qu'il était le meilleur client.

Jack tourna la clé de contact et mit le moteur en marche.

Il les suivit jusqu'à la basse corniche, puis jusqu'à la moyenne. De là, on apercevait en bas toutes les lumières de la côte. Les navires américains ancrés dans la rade avaient l'air de jouets. Il les suivit jusqu'à Monte Carlo. Le casino était aussi brillamment illuminé que les bateaux de guerre. Zaragon entra dans le parking souterrain, sous les jardins du casino. Jack trouva une place dans une rue voisine. Quand Zaragon et la putain remontèrent, il était sur les marches de l'hôtel de Paris, juste en face, et il les regarda approcher du casino.

Le jeune trafiquant était-il joueur ? Au fond, tous les criminels sont des joueurs. Ils jouent des années de prison contre un profit immédiat. Avec une option : être abattus par des policiers ou des rivaux.

Mais, estimait Jack, jouer au casino, ça n'était pas le genre de cet homme ni d'aucun de ses complices colombiens. Ils possédaient déjà trop d'argent. Le moindre d'entre eux avait des dizaines de millions de dollars répartis dans différents pays et dans plusieurs banques. Ils étaient les plus riches criminels que le monde eût jamais connus. Pour de tels hommes, gagner une pile de jetons à une table de roulette ne peut rien avoir de bien excitant.

Selon toute probabilité, Zaragon allait donner de l'argent à la fille et regarder son excitation monter, peut-être même passer une main sous sa jupe tandis qu'elle déplacerait les plaques. Il y a quelque chose de très sexy dans le jeu. Il voulait l'exciter. Après cela, retour à l'hôtel pour la suite.

Dans chaque surveillance, un policier doit juger jusqu'à quel point il peut s'approcher sans se faire repérer : il doit venir assez près, mais pas trop.

Zaragon et la femme entrèrent dans le casino. Après un instant d'hésitation, Jack les suivit.

Il se retrouva dans un hall immense, très haut de plafond et surchargé : sols dallés de marbre, colonnes grecques, statues sur des piédestaux. Aux murs, courant d'une extrémité à l'autre, d'énormes fresques du XIXe siècle où des femmes de rêve vêtues de nuisettes transparentes s'ébattaient dans un décor pastoral.

Jack chercha soigneusement Zaragon, mais ne le trouva pas et en conclut qu'il avait dû entrer dans les salons privés. Ils devaient être relativement vides, estima-t-il. Réservés aux joueurs sérieux. Droit d'entrée : 50 francs. La plupart des touristes ne sont pas disposés à payer cela. Zaragon le repérerait tout de suite. Entrer lui-même, c'était prendre un risque inutile.

Il était minuit passé quand Jack reprit en filature la voiture de sport rouge, qui regagnait le Welcome Hotel. Zaragon entraîna la putain dans l'hôtel. Plus d'une heure s'écoula avant que la femme redescende, seule. En s'éloignant dans la nuit, elle comptait des billets.

Jack rentra à Beaulieu, se gara et suivit le quai jusqu'à son bateau. Là, il se mit en pyjama, glissa le pistolet sous son oreiller et s'endormit.

Le lendemain matin, Madeleine n'était toujours pas rentrée, ou alors elle était sortie de bonne heure. Sans doute ne lâchait-elle pas les prisonniers en garde à vue. A l'heure du déjeuner, il décida de retourner à Villefranche pour reprendre la surveillance de Zaragon.

La voiture rouge était au parking, en bas de la place sous les arbres : Zaragon devait donc se trouver à l'hôtel.

On pouvait s'asseoir à l'intérieur d'un des cafés de la place tout en ayant une bonne vue sur le Welcome. Jack déjeuna là d'un sandwich au pâté et d'une bière et, dans le courant de l'après-midi, il but plusieurs cafés. Il lut le *Herald Tribune*, inspecta toutes les tables de la terrasse, fit le guet, attendit. Vers trois heures de l'après-midi, il vit deux hommes sortir et se poster de part et d'autre de l'entrée de l'hôtel. Ils étaient plantés là, les bras croisés : des gardes du corps.

Au cours de l'heure suivante, d'autres hommes se présentèrent à l'entrée, échangèrent quelques mots avec les gardes du corps et purent pénétrer à l'intérieur. Ils restèrent un moment, puis ressortirent. Jack se dit que Zaragon tenait des réunions. Des réunions à propos de quoi ? Ça ne prendrait pas tant de temps pour mettre un contrat sur la tête de Jack Dilger et tant d'hommes n'étaient pas nécessaires. Il devait s'agir de drogue. Ou bien Zaragon était en train de monter un nouveau réseau ou bien il reprenait le contrôle d'un de ceux que son frère avait mis sur pied avant lui. Jack, qui ne savait rien de Musso ni du besoin de le remplacer, était plus près de la vérité qu'il ne s'en doutait.

Les policiers français auraient dû surveillcr ce type, estima Jack. Ils auraient pu l'arrêter pour trafic de drogue, et le garder en détention jusqu'à l'arrivée du mandat international. Pourquoi ne faisaient-ils pas leur métier ?

Pendant tout ce temps, les gardes du corps restaient en faction à la porte, les bras croisés, l'air maussade. Où étaient-ils donc quand Zaragon est venu me voir sur mon bateau ? se demanda Jack. Où sont-ils quand il va dans un casino ou dans un autre le soir avec des femmes ? Et qui fournit les femmes ?

En fin d'après-midi, les hommes étaient tous repartis. Les gorilles aussi. Il veut les avoir sous la main quand il traite des affaires, se dit Jack. Ils ont tendance à effrayer les gens, ce qui est une bonne chose : cela peut l'avantager dans une négociation. Mais, en dehors des affaires, il ne veut pas les avoir sur le dos. Il n'estime pas avoir besoin d'eux. Il se sent aussi en sécurité ici que Jack lui-même voilà quelques jours encore. Les gardes du corps n'avaient pas l'air d'être descendus au Welcome. Sans doute les avait-il installés dans un hôtel plus modeste du voisinage. C'était peut-être une façon aussi de les maintenir à leur place.

Un peu plus tard, Zaragon et deux autres hommes quittèrent Villefranche à bord de deux voitures, et Jack les fila jusqu'à Nice, où ils s'engouffrèrent dans un parking souterrain. Ils en ressortirent pour regagner le cours Salaya par les ruelles de la vieille ville. Ils s'assirent à la terrasse d'un café mais, quand Zaragon poussa de l'argent à travers la table, l'un d'eux s'en alla.

Jack se demandait qui étaient les deux hommes.

Au bout d'environ une demi-heure, celui qui était parti revint. Il avait une femme avec lui. Zaragon se leva de sa table comme un gentleman : la femme et lui échangèrent une poignée de main. Elle n'avait pas l'air d'une prostituée. Elle s'assit et, quand le garçon arriva, elle commanda un thé. Jack, assis à un café de l'autre côté de la place, n'entendit pas la commande mais, quand le serveur revint, il y avait sur son plateau une théière et des tasses.

Une trentaine de minutes s'écoulèrent, peut-être plus.

Enfin, après un échange de poignées de main, les deux hommes s'en allèrent. Zaragon et la femme restèrent un peu plus longtemps. Elle paraissait d'une dizaine d'années plus âgée que lui. Il lui tendit une boîte oblongue. On aurait dit une boîte à bijoux. Elle l'ouvrit et en tira un collier. Elle arborait un grand sourire. Se tournant sur son fauteuil, elle laissa Zaragon le lui accrocher au cou.

Un collier ? Qu'est-ce que tout ça veut dire ? se demanda Jack.

Plus tard, il les fila jusqu'à un restaurant situé dans les collines derrière Nice. Avec le soir, le vent avait fraîchi : ils dînèrent donc à l'intérieur. Jack rapprocha sa voiture et les regarda à travers la vitre. Ils ne burent que du champagne.

Du restaurant, ils se rendirent à Cannes, où il y avait un autre casino. Sur la Côte, il y des casinos partout. Jack leur laissa le temps de s'installer, puis entra à son tour. Ils étaient assis à une table de roulette et Zaragon ne cessait de passer des jetons à la femme. Il n'avait d'yeux que pour elle.

Quand ils finirent par s'en aller, Jack les suivit jusqu'au Welcome. Cette fois, il n'attendit pas que la femme redescende : il rentra chez lui à Beaulieu.

En se garant, il vit qu'il n'y avait toujours pas de lumière dans la chambre de Madeleine au-dessus de l'entrepôt.

Il s'avança sur le quai en direction de son bateau. La nuit était sombre, sans lune ni étoiles. Le vent soufflait toujours et les bateaux amarrés dansaient sur la houle. Les lampadaires largement espacés le long des quais projetaient de petites flaques de lumière qui n'éclairaient pas beaucoup. Jack était trop épuisé pour être sur ses gardes. Il ne risquait rien ce soir, estimait-il. Son bateau lui apparut soudain.

Jack lui trouva quelque chose de bizarre. En approchant, il s'en rendit vaguement compte. La silhouette n'allait pas. Il y avait une grosseur là où il n'aurait pas dû y en avoir. Mais il était si épuisé qu'il ne réagit pas tout de suite : c'était à peine s'il s'en souciait et il continua d'avancer. Il s'aperçut soudain que la masse en question était une personne. Il y avait quelqu'un à bord. Qui l'attendait. Assis sur une chaise dans la cabine.

Cette découverte lui fit une peur terrible. Il dégaina aussitôt son arme et fit un bond en arrière. Sa torpeur s'était complètement dissipée. S'il y avait un assassin aux aguets, il y en avait sans doute un second pas loin. Mais où ? Il avait beau regarder autour de lui, il ne voyait personne. Accroupi, tapi dans l'ombre, il avança encore un peu.

Il finit par être assez près pour identifier la silhouette installée dans le cockpit. Il remit son pistolet dans sa ceinture. Il n'y avait pas d'assassin : c'était Madeleine, et elle s'était endormie.

Il dut la secouer pour la réveiller.

— Qu'est-ce que tu fais ici ?

— Je t'attends, répondit-elle d'un ton irrité.

Il eut un grand sourire.

— Tiens, fit-il, tiens... (Il retrouva aussitôt sa bonne humeur.) Tu n'as pas pu te passer de moi, hein ?

— Où étais-tu ?

— Tu veux aller te coucher ?

— Non, je n'ai pas envie de me coucher. J'ai attendu des heures. Où étais-tu ?

Il la prit dans ses bras mais elle ne réagit pas à son baiser.

— Quelle heure est-il ? fit-elle, agacée. Il y a quelque chose qu'il faut que tu saches.

— Quoi donc ?

— Je ne suis pas venue ici pour m'endormir. Je suis venue pour te prévenir.

C'était elle maintenant qui jetait des coups d'œil à la ronde, en s'efforçant de scruter l'obscurité.

— Me prévenir, de quoi ?

— Il s'agit de ces hommes que nous avons arrêtés, déclara-t-elle avec impatience.

— Ils ont commencé à passer des aveux ? lança Jack. Très bien. Ça facilite les choses.

— Oui, ils passent des aveux, mais non, ça n'est pas si bien. Pas pour toi, en tout cas.

— Qu'est-ce que tu cherches à me dire ?

— Que ce n'était pas toi qu'ils visaient.

— Pas moi ? Bien sûr que si !

— Ils n'ont jamais entendu parler de toi. Leur cible, c'était quelqu'un d'autre...

Jack avait du mal à la suivre.

— Qui ça ?

— Moi, semble-t-il.

— Seigneur ! s'écria Jack en la lâchant. (Comme elle n'ajoutait rien, il demanda :) Comment peux-tu en être sûre ?

— Ces gars-là n'ont pas dormi depuis près de quarante heures. C'est assez dur d'inventer des mensonges quand on est aussi épuisé. Il s'avère que c'était moi qu'ils avaient l'ordre de descendre... (Jack restait sans voix.) C'est un coup terrible pour ton orgueil, je sais.

— Enfin, je veux dire... qui les a engagés ?

— C'est un contrat du milieu. On leur a simplement dit de le faire. Sans leur préciser qui donnait l'ordre.

— Mais... mais...

Si c'était vrai, alors les hommes de Zaragon étaient toujours dans les parages, et l'ex-inspecteur Jack Dilger pouvait continuer à se faire du mouron.

— Il fallait que je te prévienne, reprit Madeleine.

Jack se souvint de sa visite à l'épicerie, à la pompe à essence, de son dîner au restaurant, des heures passées sur son bateau. Il n'avait pris aucune précaution et voilà maintenant qu'il s'attendait presque à lever les yeux et à voir les assassins venus pour lui — des assassins qui auraient pu le descendre à tout moment, depuis un jour et demi.

— Tu n'es pas en sécurité ici, déclara Madeleine.

Jack fut soudain furieux : d'abord à cause de la situation dans laquelle il se trouvait, mais aussi contre elle, qui venait lui annoncer de si mauvaises nouvelles.

— Je pensais bien que tu mc croirais pas. « Tu ne risquais rien », disais-tu. N'est-ce pas ?

— Mais oui. Je suis désolé.

— Quand ils s'en prennent à toi, alors tu changes d'avis. Oh, c'est charmant. Vraiment charmant.

Tout en la tenant dans ses bras, il ne cessait d'inspecter les quais et les bateaux par-dessus son épaule, essayant de scruter le moindre recoin où un tireur pourrait se cacher.

Cela faisait deux jours qu'il vivait dans un état de semi-euphorie. Ce n'était pas la faute de Madeleine si cette euphorie avait soudain disparu.

— Et toi ? (Brusquement, il s'était calmé.) Tu n'es pas en sûreté non plus.

— Nous pensons que si.

Il la prit par les épaules.

— Il faut que tu sois protégée, vingt-quatre heures sur vingt-quatre. Qu'est-ce que tu fais ici, au beau milieu de la nuit ? Qu'est-ce qui se passe avec tes amis de la police ?

— L'impression générale, c'est qu'on ne s'en prendra plus à moi, maintenant. La ou les personnes qui se trouvent derrière cette tentative pour me tuer vont rentrer dans leur trou. Ils sont bien obligés. Ils n'ont pas le choix.

— Et quelqu'un t'a garanti cela ?

— Non, mais je n'ai aucune raison de m'inquiéter. C'est sous-entendu.

Jack avait envie de hurler, de la secouer.

— Une grande enquête est en train, continua-t-elle. Le maire, son parti, les Sestri... Personne n'osera rien tenter à présent...

— Qui t'a raconté ça ? Demalet ? Un des connards qui l'entourent ?

— Je suis de leur avis, dit-elle avec obstination.

— Toi aussi, tu crois aux contes de fées ?

— Aux contes de fées ?

— C'est une théorie insensée, absolument insensée !

De nouveau, il jetait des coups d'œil nerveux alentour.

— En tout cas, c'est ce que nous pensons.

— Quelqu'un a lancé un contrat sur toi. Ce contrat est simplement devenu plus urgent encore. Il va y avoir des types dans le prochain train en provenance de Marseille...

— Ce n'est pas notre avis.

— C'est la théorie la plus folle que j'aie jamais entendue !...

— Écoute, fit Madeleine d'un ton calme, l'agression contre moi était politique. Les hommes qui veulent ma mort sont des politiciens, pas des criminels.

— Pas des criminels, ricana Jack. C'est ça !

— Tu sais ce que je veux dire. Tout ce que les politiciens doivent faire maintenant, c'est adopter un profil bas. Ils ne doivent pas attirer davantage l'attention de la police... (Jack secouait la tête.) Nous avons eu des conférences tout l'après-midi, reprit Madeleine. Le procureur général était là, et le juge d'instruction chargé du dossier. Demalet était là, et même Vossart. Ils ont consulté Paris, le ministre de la Justice, le ministre de l'Intérieur : cinq ou six conversations. Paris a décidé qu'il fallait annoncer la nouvelle à la presse. Ce qui prouve que Paris est derrière nous. Au début de la soirée, on parlait de l'histoire dans tous les journaux télévisés. Demain, ce sera dans tous les quotidiens...

— Tu as besoin de gardes pour te protéger, insista Jack. Moi aussi, mais au moins j'ai ça.

Il brandit son arme.

— On m'a proposé de poster un policier armé devant ma porte. J'ai refusé. Et je regrette que tu aies cette arme.

— Tu as refusé ?

— Je n'ai pas besoin d'un baby-sitter.

— Mais enfin, Madeleine...

— L'inspecteur Bosco m'a raccompagnée. Je m'en vais dormir sur le canapé chez mon frère en attendant que cette histoire se tasse : en tout cas, pour les deux prochaines nuits. Si je veux des gens pour me protéger, on me les donnera, mais personne ne pense que ce sera nécessaire.

— Et qui va te protéger maintenant, avant que tu sois chez ton frère ?

Elle le regarda en souriant.

— Toi, j'imagine.

Jack avait chassé toute idée de faire l'amour. Où allait-il dormir lui-même ? De toute évidence, pas ici. Épuisé, furieux, exaspéré, il se tut et, dans sa tête, il repassa tout le plan qu'il avait mis au point aujourd'hui.

— A quoi penses-tu ? demanda Madeleine.

— Le mandat n'arrivera peut-être jamais, grommela-t-il. Ou bien trop tard. Je n'ai pas l'intention d'attendre. Je vais m'occuper de Zaragon moi-même.

— Ça ne me dit rien qui vaille.

— Je m'en moque.

La brusquerie de cette rebuffade lui coupa le souffle. Au bout d'un moment, elle reprit, d'un ton glacé :

— Qu'est-ce que tu comptes faire exactement ? L'abattre ?

— Seulement si c'est nécessaire.

— Je vois.

— Je m'en vais le faire prisonnier.

— Et qu'est-ce que tu feras de lui ?

— Je le garderai jusqu'à l'arrivée du mandat.

— Pour moi, ça ressemble fort à un enlèvement. Comment et où comptes-tu le garder ?

Il avait quelques idées, mais il ne souhaitait pas lui en parler.

— Tu m'aideras ?

Elle le regarda.

— Tu es sérieux, n'est-ce pas ?

— Très. Tu m'aideras ?

— A enlever ce type ? Non, sûrement pas.

Pour Jack, elle était presque une épouse et les épouses sont là pour vous aider.

— Pourquoi pas ?

— Parce que c'est illégal.

— Tu n'es plus dans la police.

— Non, mais c'est quand même illégal. (L'expression de Jack se durcit.) Laisse la justice s'en charger.

— La justice ne fait rien. Je risque fort de me faire descendre avant même qu'elle s'intéresse à cette affaire.

Un service de police ne dispose que d'effectifs limités et celui-ci venait de se lancer dans une enquête sur la tentative de meurtre contre Madeleine. En raison de ses connotations politiques, ce serait une enquête très soignée, très prudente. Il n'y aurait probablement personne pour s'occuper d'un mandat envoyé d'Amérique et concernant deux étrangers, à savoir Jack et Zaragon.

— Ce type traite ici des affaires de drogue, fit Jack. Il compte empoisonner ton pays. Si mon cas ne t'intéresse pas, fais-le pour ton pays.

— Il s'agit d'un enlèvement. Tu as l'intention d'enfreindre la loi.

Jack haussa les épaules.

— Je ne peux pas t'aider à faire ça, conclut Madeleine.

Il sentit son visage se durcir. C'était pour lui qu'il s'inquiétait. Pas pour elle. Il en avait assez de ses scrupules.

— On peut me réintégrer, fit Madeleine. Le climat vient de changer. Il y a maintenant de bonnes chances, vraiment, pour qu'on me réintègre. Mieux que bonnes. Je ne peux pas prendre le risque...

— Tu te préoccupes plus de ça que de moi.

— Ça n'est pas juste de dire ça.

— Mais si, c'est juste. Bon Dieu, si !

Ils se dévisagèrent. Ils étaient maintenant furieux tous les deux.

— Alors, fais-en à ta tête, mais laisse-moi en dehors de ça. Et tâche de ne pas te faire tuer.

— C'est ça qui t'inquiète ?

— Je veux retrouver mon poste, et je ne m'en vais pas le risquer pour je ne sais quel projet insensé que tu as concocté !

— Très bien, fit Jack d'un ton froid. Alors, il n'y a plus rien à dire, n'est-ce pas ?

La cabine du bateau était si petite qu'ils étaient tout près l'un de l'autre.

— Où vas-tu dormir cette nuit ? demanda Madeleine d'un ton plus doux.

— Ici.

— Tu ne peux pas. C'est trop dangereux.

— Je n'ai pas peur de ces fils de pute. Ce ne sont pas eux qui vont me chasser de mon bateau.

Madeleine secoua la tête.

— C'est stupide.

Jack ne dit rien. Ils se dévisagèrent.

— Comme tu voudras, fit Madeleine. Moi, je vais dormir.

Jack ne réagit pas à cette déclaration non plus : elle hésita, comme pour lui donner le temps de renouveler son offre de la raccompagner chez elle, d'avoir encore des mots ou des gestes conciliants. Quelque chose...

Comme rien ne se passait, elle s'avança sur la passerelle.

— A demain, dit-elle. Ou à Dieu sait quand...

Il la regarda s'éloigner sur le quai à la lueur du lampadaire, il regarda son petit derrière remuer sous sa jupe. Elle ne se retourna pas. Quand elle se fut engagée sur le quai principal, il sauta à terre et se précipita derrière elle. Quand il l'aperçut de nouveau, il ralentit, la suivant à vingt mètres, s'assurant que personne ne lui avait tendu d'embuscade, que rien ne la menaçait. Il la vit entrer dans l'immeuble où se trouvait l'appartement de son frère. Tout était sombre. Ce fut seulement lorsqu'il vit une lumière s'allumer là-haut au dernier étage qu'il tourna les talons et qu'il gagna le dernier café ouvert sur le port : là, il demanda s'il pouvait téléphoner.

Il était alors près de deux heures du matin : ça n'était pas une heure pour appeler un homme qui dort dans son lit à huit cents kilomètres de là et pour lui raconter une histoire qui lui paraîtrait peut-être insensée : un homme qu'il ne connaissait même pas. Mais quand Jack voulait quelque chose, il le voulait tout de suite et, si son envie était assez forte, peu lui importait de déranger les autres. En outre, d'un point de vue purement pratique, un appel à cette heure-là et venant d'aussi loin n'était pas une si mauvaise idée. Cela lui donnait un poids et une urgence qu'il n'aurait pas eus à une heure de bureau normale. D'ailleurs, s'il avait l'intention d'aller de l'avant, il ne pouvait pas attendre. Il fallait s'y mettre tout de suite, voilà tout.

Dans le café, le patron dut montrer à Jack comment trouver le numéro qu'il cherchait à Paris et, ensuite, comment le composer sur l'appareil. Il fit tout cela de mauvaise grâce, puis resta à pianoter sur le bar tout en attendant la fin de la conversation.

Étant donné l'heure, il fallut un certain temps à Jack pour avoir son interlocuteur au bout du fil. L'homme s'appelait Foster. Le malheureux semblait abruti de sommeil.

Jack décida de le déstabiliser encore un peu plus :

— Comment ça va ? dit-il. Quel temps fait-il là-haut ?

— Qui est à l'appareil ? Qu'est-ce que vous voulez ?

— Est-ce que le nom de Victoriano Zaragon vous dit quelque chose ?

Foster soudain parut beaucoup plus éveillé.

— Le nom magique, souffla-t-il. (Il restait quand même sur ses gardes.) Comment connaissez-vous ce nom, si je puis me permettre ? Qui êtes-vous ?

— Vous allez peut-être reconnaître mon nom aussi.

Jack se nomma.

— Deux noms magiques, dit Foster, parfaitement réveillé maintenant. Quel rapport ?

— Je peux vous livrer Zaragon.

Foster était le correspondant pour la France de la Drug Enforcement Agency. Le coup de fil de Jack avait dû transiter par l'ambassade américaine pour aller jusqu'à l'appartement où il dormait, près de sa femme. Foster exerçait une activité clandestine et des appels d'informateurs arrivaient souvent sous le couvert de l'obscurité. Les standardistes de l'ambassade avaient pour consigne de les acheminer jusqu'à son domicile.

Ce n'était pas le premier appel de ce genre qu'il recevait au beau milieu de la nuit.

— Où êtes-vous ? demanda-t-il avec prudence, et où est-il ?

Jack répondit aux deux questions. Puis :

— Vous le voulez, oui ou non ?

— Je n'ai aucun pouvoir de police en France, avança prudemment l'agent de la lutte antidrogue. Vous non plus, d'ailleurs.

— Ça n'a pas d'importance. Je peux quand même vous le livrer.

Le propriétaire du café était planté là, pianotant toujours sur le comptoir. Jack lui demanda d'un regard implorant encore un instant de patience.

— Vous n'avez qu'à descendre ici, dit-il à Foster, et je vous indiquerai un moyen.

A l'autre bout du fil, ce fut le silence. Foster réfléchissait sans doute. Son travail consistait à assurer la liaison entre la DEA et la Brigade des stupéfiants et à transmettre des renseignements, non à procéder à des arrestations : Jack le savait.

— Il y a des avions toutes les heures à partir de six heures du matin, insista Jack. Une heure vingt de vol. Vous prenez une chambre au Méridien. Je vous retrouverai à onze heures.

— Je ne peux pas demain, rétorqua Foster.

Jack comprit la manœuvre. L'autre ne viendrait pas avant de s'être assuré de la situation actuelle de Jack, ainsi que de celle de Zaragon. D'ailleurs, un bon agent est celui qui contrôle ses informateurs, vérifie tous les détails d'une affaire avant de prendre la moindre décision, et cela veut en général dire faire attendre les gens. C'est la règle numéro un.

Jack l'avait apprise aussi. Il n'avait pas l'intention de se laisser manipuler.

— Je vous attends, dit-il.

Il raccrocha. Un moment, il contempla l'appareil. Il était convaincu que Foster viendrait. L'enjeu — et Foster n'en connaissait même pas toute l'ampleur —, l'enjeu était trop important. Il ne pouvait pas se permettre de ne pas venir.

Jack se retourna.

— Je vous remercie vraiment beaucoup, dit-il au patron. Est-ce que je peux vous offrir un verre avant que vous fermiez ?

— Laissez-moi simplement aller me coucher, répondit l'homme.

Le lendemain matin à onze heures, Jack frappait à la porte de la chambre de Foster à l'hôtel.

Foster se révéla être un grand gaillard, plus grand que Jack, et il devait peser près de cent kilos. Il avait de grosses joues, des cheveux gris, et on lui donnait une cinquantaine d'années. Il fit entrer Jack, mais sans sourire et sans lui tendre la main.

— Faites-moi un peu voir vos papiers, marmonna-t-il.

Jack lui tendit son passeport et Foster l'inclina vers la lumière qui entrait à flot par la porte-fenêtre. Il l'examina soigneusement, feuilletant toutes les pages.

— Vous m'avez tiré d'un profond sommeil la nuit dernière. Ce matin, vous m'avez fait venir de loin. Alors, j'espère que ça en vaut la peine.

Il lui rendit son passeport.

Jack passa devant lui pour s'approcher de la fenêtre et sortit sur le balcon. En bas, la Promenade des Anglais, puis la mer.

— Joli, lança-t-il en revenant dans la chambre.

— Alors, dit Foster avec impatience, qu'est-ce que vous avez ?

— Ce que je vous ai dit au téléphone. Zaragon est ici et je peux vous le livrer. Ensuite, vous pourrez le ramener en Amérique et le traduire devant un tribunal.

— Tout simplement ?

— Tout simplement.

— Qui va l'arrêter ? Vous ? (Jack haussa les épaules.)

Aux dernières nouvelles, les touristes n'avaient pas le pouvoir d'arrêter qui que ce soit.

— Qu'est-ce que ça peut vous faire, la façon dont ça se passe, dès l'instant que vous le tenez ?

— Bon, vous me le remettez. Il pousse les hauts cris. Il est détenu illégalement sur le territoire français par un organisme dépendant d'une police étrangère. Qu'est-ce que les Français vont dire de tout ça ? S'ils l'apprennent, ils nous flanquent tous les deux en prison et ils remettent Zaragon en liberté.

— Très bien, opposez-moi toutes les objections, ricana Jack, qu'on puisse s'en débarrasser.

— Vous ne vous êtes jamais trouvé dans une prison française ? railla Foster. Il paraît qu'elles ne sont pas très agréables...

— Les Français ne sauront rien avant que Zaragon ait quitté le pays.

Foster s'était mis à marcher de long en large, si bien que Jack s'adressait à son dos. Mais il se retourna soudain.

— Ce que vous me proposez, si je comprends bien, c'est un enlèvement ?...

Jack haussa de nouveau les épaules.

— Laissez tomber les subtilités juridiques.

— Vous l'enlevez, et moi je l'embarque tout bonnement dans un avion ?

— Ça ne devrait pas être trop difficile, avec les ressources dont vous disposez à la DEA...

— Négatif, dit Foster. Un enlèvement, c'est un crime. La DEA ne peut pas en être complice, et je ne le veux pas non plus.

— La DEA a enlevé pas mal de gens, et vous le savez !

— Même si nous le ramenions aux États-Unis, ce serait une arrestation illégale. Le juge refuserait le dossier. Nous serions obligés de le relâcher.

— Foutaises, grogna Jack. Ce type du Cartel de Medellin, Lehder, la DEA l'a fait sortir de Colombie par avion, quelques heures après l'avoir capturé. Il a été jugé en Floride et aujourd'hui il est en taule. Un des types impliqués dans le meurtre de l'agent de la DEA au Mexique a été poussé par un trou de la clôture à la frontière, juste à l'endroit où des agents de la DEA l'attendaient par hasard, et aujourd'hui, il est en prison, lui aussi.

Mais Foster se dirigeait vers la porte et l'ouvrait toute grande.

— Cette conversation est terminée.

— Asseyez-vous, ordonna Jack. Laissez passer une occasion comme ça, et c'est votre carrière qui sera terminée...

Ils se regardaient d'un air mauvais, mais Foster referma la porte. Il passait en revue dans sa tête toutes les étapes possibles de l'opération, Jack s'en rendait compte.

— L'enlèvement, c'est mon travail. Vous n'avez rien à en savoir.

— Supposons que vous l'enleviez, dit Foster. Comment je lui fais quitter le pays ? En prenant deux billets sur Air France ?

Jack ressortit sur le balcon.

— Venez un peu ici, lança-t-il par-dessus son épaule. Regardez un moment la vue.

— Oh, bon sang ! s'énerva Foster.

Il le suivit quand même.

— Qu'est-ce que vous voyez ? fit Jack quand Foster l'eut rejoint.

— Je vois cette putain de mer, qu'est-ce que vous croyez que je vois ?

— Observez ce promontoire là-bas à l'ouest. Ça s'appelle le cap d'Antibes. Il y a des navires gris ancrés devant la côte. Vous les voyez ?

— Oui.

— Ils appartiennent à la Sixième Flotte américaine. (Foster resta silencieux.) Vous montez à bord d'un de ces bateaux et vous n'êtes plus en France. Juridiquement, vous êtes aux États-Unis... (Foster ne disait toujours rien.) Il y en a d'autres en rade de Villefranche, mouillés à environ un demi-mille de l'hôtel de Zaragon.

L'un d'eux est un porte-avions. Supposez que Zaragon arrive sur le pont du porte-avions. Vous pourriez l'arrêter, n'est-ce pas ?

Foster — ou sa statue — ne réagit pas.

— Imaginez la scène, reprit Jack. Au cœur de la nuit. Un petit bateau cogne le flanc du navire. Quelqu'un le transporte par l'échelle de coupée et le dépose à vos pieds. Vous l'emmenez par avion à New York et vous l'inculpez.

Un moment de silence intense. Puis :

— Je doute fort qu'il y ait à bord de ce porte-avions un appareil capable de rallier New York sans escale, rétorqua Foster d'un ton songeur.

— Alors vous l'emmenez sur une base aérienne : Francfort, Madrid. Vous choisissez. Là, vous l'embarquez sur un plus gros appareil. Prochain arrêt, le tribunal de Foley Square.

— Quand la France apprendra ça, on vous arrêtera.

— Avec quelles preuves ? La France n'en saura rien avant qu'il trouve à New York un avocat qui se mette à pousser les hauts cris. Ça prendra des jours, peut-être davantage.

— En tout cas, ils vous expulseront.

— Je veux bien courir le risque.

— Combien de temps la flotte reste-t-elle en rade ? Combien de temps avons-nous ?

— Elle appareille demain soir.

— C'est un délai suffisant ?

— Si ça ne l'est pas, vous vous arrangerez pour qu'un des navires reste.

— Ça, objecta Foster, ce sera plus dur.

— Mais pas impossible.

— Victoriano Zaragon, murmura Foster. Son frère est mort, Escobar est mort, Rodriquez-Gacha est mort. Lehder est en taule, les Ochoas aussi. Le nom magique maintenant, c'est Zaragon... Attention, s'empressa-t-il d'ajouter, je n'ai pas dit que j'allais le faire !

— Vous le ferez.

— Je ne peux rien vous promettre avant d'avoir l'accord de Washington.

— Vous avez le téléphone ici. Appelez-les.

— Vous êtes dingue ? Il est six heures du matin à Washington ! (D'un ton conciliant :) Il va falloir attendre quelques heures.

Foster décrocha quand même l'appareil posé entre les deux lits jumeaux.

— Faisons-nous monter un petit déjeuner, dit-il. Revoyons tout ça, assurons-nous que tout se tient. Qu'est-ce que vous voulez manger ?

Jack lui prit le combiné des mains et le raccrocha.

— Il y a deux autres conditions... (Après un silence :) Des petits détails.

— Petits mais capitaux ? grogna Foster.

— Oui, capitaux. Les clauses de rupture, pourrait-on dire.

— Vous voulez de l'argent... Combien ? grogna Foster.

Il attendit. A Paris, il disposait d'une caisse noire, qui lui servait à acheter des renseignements.

— Je veux une conférence de presse dès l'instant où vous l'amenez à Francfort ou Dieu sait où. Je veux que le gouvernement américain déclare qu'il est sous les verrous. Il a engagé des tueurs pour me descendre, je tiens à ce qu'on sache très vite qu'il est coffré.

Foster parut amusé.

— Personne ne va exécuter un contrat pour lequel il risquerait de ne pas être payé. Pas bête. Quelle est la seconde condition ?

— Cette affaire réglée — il est jugé, condamné et en prison —, je veux être engagé par la DEA.

Foster eut un gros rire.

— Vous, un agent fédéral ?

Pour Jack, les membres de la DEA appartenaient à une catégorie moins reluisante que celle des inspecteurs de police new-yorkais, mais la police de New York ne voulait plus de lui et, en tant qu'agent fédéral, du moins se retrouverait-il dans les forces de l'ordre. C'était mieux que rien, lui semblait-il.

— Je croyais que dans la police new-yorkaise vous nous considériez tous comme de la crotte...

Jack eut une petite inclinaison de la tête.

— Néanmoins, dit-il, c'est une des conditions.

Les deux hommes se dévisagèrent.

— Très bien, j'en parlerai à Washington. (Foster tendit de nouveau la main vers le téléphone.) Qu'est-ce que vous voulez pour votre petit déjeuner ?

— Il y a un hic, dit Foster quand ils se retrouvèrent, un peu plus tard dans la journée. Ils veulent bien retenir la flotte jusqu'à demain, une heure du matin. Après, ils n'attendront plus. La flotte lève l'ancre.

— Je l'aurai, assura Jack.

— Alors, tout est paré.

— J'ai posé certaines conditions, rappela Jack.

— Des conditions ?

— La conférence de presse, mon recrutement par la DEA.

— Je leur en ai fait part.

— Et ?

— Ils n'y voient aucun problème, répondit Foster.

— Je vais être engagé par la DEA ?

— Je ne vois rien qui s'y oppose.

— Alors tout est OK ?

— Parfaitement, dit Foster en évitant son regard. L'amiral a reçu ses instructions de Washington. Il attendra à bord du porte-avions. Notre hélicoptère est déjà parti de Francfort pour venir ici. Pour l'avion New York - Francfort, tout est arrangé.

Jack ne demanda pas plus.

— Très bien, je vous livrerai Zaragon sur le porte-avions comme promis.

— Vous n'avez pas beaucoup de temps. Pouvez-vous régler ça aussi vite de votre côté ?

— Oui. Je vais probablement le cravater ce soir.

— Vous en êtes sûr ?

— Si ce n'est pas ce soir, alors ce sera demain soir.

Il y eut une pause durant laquelle, en songeant aux détails de son plan, Jack vit bien que tout pouvait mal tourner.

— Quand le porte-avions appareillera, reprit-il, votre trafiquant de drogue sera à bord.

Rien ne pouvait mal tourner, il aurait parié sa vie là-dessus.

De fait, c'était exactement ce qu'il venait de faire.

18

De l'hôtel de Foster, il appela le frère de Madeleine, qui promit de transmettre son message : elle devait le retrouver au tennis club de Beaulieu, et c'était urgent.

Il attendit sur la terrasse. Le club de tennis lui paraissait un endroit sûr, un endroit où personne ne penserait à les chercher. Quand la serveuse arriva, il commanda une bière. Il s'assit sous un parasol et la but à petites gorgées en écoutant le claquement sec des balles de tennis.

Il attendit encore. Le jour déclinait. Il lui restait peu de temps.

Il avait besoin de Madeleine. Il y avait d'autres façons de mener à bien son plan, mais la meilleure, celle qui présentait le moins de risques, nécessitait son aide. Une fois déjà, elle lui avait opposé un refus, mais il disposait maintenant d'éléments substantiels. Extrêmement substantiels. Quand elle verrait le soutien qu'il avait rassemblé, la grosse artillerie qu'il avait mobilisée, elle changerait d'avis. Elle voudrait participer à l'opération.

Plus d'une heure encore s'écoula avant qu'il la voie franchir l'entrée. Il se leva et l'embrassa sur les deux joues, comme une vieille connaissance. Elle ne lui rendit pas ses baisers.

Tous deux s'assirent. Elle portait une robe blanche sans manches et avait un air maussade.

— Qu'est-ce qu'il y a de si urgent ? s'enquit-elle.

S'il avait eu le choix, il aurait préféré lui expliquer cela lentement, soigneusement. Mais il n'avait plus le temps.

— Je vais te demander de faire quelque chose. Tu peux refuser si tu veux. (Le début était maladroit. Il était plus mal à l'aise qu'il l'aurait cru.) Si tu dis non, il faut me promettre de ne pas me griller... (Elle haussa les épaules.) Est-ce que c'est censé vouloir dire que tu promets ?

— Je n'ai pas l'habitude, marmonna-t-elle d'un ton renfrogné, de griller mes amis.

Évitant son regard, il baissa les yeux sur ses jambes, sur ses chevilles.

— J'ai un plan que tu n'approuveras probablement pas...

— Si c'est ce à quoi je pense, nous en avons déjà discuté. Tu sais que je ne suis pas d'accord.

— Il y a eu certains changements. Avec ton aide, ça marchera. Sans cela...

Elle avait de nouveau le visage fermé.

— Ce que tu vas me proposer est contraire à la loi ?

— Tu n'as pas encore tout entendu... (Elle le regarda.) La Drug Enforcement Agency est complètement dans le coup. La marine des États-Unis aussi.

Elle garda un air impassible.

Il poursuivit, comme s'il ajoutait des poids sur le plateau d'une balance :

— Le porte-avions *John F. Kennedy* est en état d'alerte. Un certain nombre d'appareils sont en état d'alerte. Une fois à bord du porte-avions, Zaragon sera légalement arrêté...

Il se mit à lui expliquer le principe d'exterritorialité. Le transfert rapide par avion jusqu'à New York était déjà organisé, dit-il, la comparution devant un tribunal américain était prévue et...

— C'est un enlèvement, objecta-t-elle en l'interrompant. Et c'est contraire à la loi.

— Tu as été dans la police. Ça ne t'est jamais arrivé auparavant d'enfreindre la loi ?

— Non, jamais.

— Alors, tu n'étais pas un vrai policier...

Jack se tut. Je ne suis pas ici pour me disputer avec elle, se dit-il.

— Tout ce que j'ai à faire, c'est de déposer Zaragon sur le pont et l'affaire est réglée, reprit-il.

— Ça ne marchera pas.

— Pourquoi ?

— D'abord, c'est trop compliqué.

— Je peux m'arranger pour que ça marche.

— D'après mon expérience, souligna Madeleine, les suspects coopèrent rarement à leur arrestation. Et les arrestations ne se passent pas toujours suivant les plans prévus...

Une balle de tennis passa par-dessus le grillage et vint rouler jusqu'aux pieds de Jack. Il la ramassa et la renvoya.

— Quand tu le cravateras, dit froidement Madeleine, fais attention à ne pas blesser quelqu'un avec ton arme.

— Je n'ai pas l'intention de le cravater quand il y aura des gens.

Lorsqu'elle reprit la parole, c'était d'un ton presque suppliant :

— Je t'en prie, réfléchis bien avant de faire quelque chose de stupide. Imagine qu'il résiste. Imagine qu'il dégaine un revolver. Imagine qu'il ait des gardes du corps. Imagine que des gens te voient et s'en mêlent. Il peut se passer tant de choses imprévues.

— C'est justement là où tu interviens. Je veux que tu l'attires quelque part où il ne peut pas y avoir d'imprévu.

Cette déclaration la laissa momentanément sans voix.

— Je veux, continua-t-il, que tu prennes une chambre

au Welcome. Je veux que tu traînes dans le hall jusqu'à ce qu'il te remarque : ensuite, je veux que tu l'attires dans la chambre, où j'attendrai. Nous le garderons là jusqu'à minuit environ. Sitôt que tout le monde dormira, nous le ferons descendre discrètement et quitter l'hôtel. Il n'y aura personne dans les parages. Nous le transporterons jusqu'à mon bateau. J'irai jusqu'au porte-avions, et ce sera terminé.

Elle secouait la tête, comme si elle n'arrivait pas à trouver ses mots.

— Le seul problème, fit Jack, c'est le temps. Nous n'avons que ce soir et, si ça ne marche pas, demain soir. Évidemment, ce serait mieux ce soir. Il faut s'y mettre tout de suite.

— Tu veux que je l'attire... et comment comptes-tu que j'y arrive ?

— Tu lui fais de l'œil un certain nombre de fois. Comment est-ce que les femmes s'y prennent en général ?

— A vrai dire, je n'ai jamais été très bonne pour faire de l'œil aux hommes...

La serveuse approchait.

— Tu veux quelque chose ? proposa Jack à Madeleine. Café, thé, bière ?

— Non, rien. Je ne pense pas rester ici beaucoup plus longtemps...

— L'addition, je vous prie, dit Jack.

Elle était sur la soucoupe et la serveuse la lui tendit. Jack régla.

— Ton plan, objecta Madeleine quand la serveuse fut repartie, comporte des risques que tu n'as même pas envisagés. Des risques pour toi. Des risques pour moi. Qui sont totalement inacceptables.

Elle marqua une pause. Il lui sembla que de nouveau elle avait le souffle un peu rauque.

— Je pense que je pourrais me servir de Flora, dit-il, comme s'il réfléchissait tout haut.

— C'est une menace ?

— Non, bien sûr que non.

— Je crois que si.

Ils se dévisagèrent.

— Supposons que tu réexpédies Zaragon en Amérique, déclara Madeleine. Son avocat demande à la PJ d'enquêter sur l'enlèvement de son client dans une certaine chambre du Welcome Hotel. Il donne le numéro de la chambre. La police découvre que c'est moi qui l'ai louée, n'est-ce pas ?

— Tu exagères, non ?

— Pour louer une chambre d'hôtel en France, il faut montrer une carte d'identité ou un passeport : je n'ai malheureusement pas de faux papiers dans mon sac cette semaine... (Jack resta silencieux.) On m'accusera de complicité d'enlèvement. Je suis une citoyenne française, sans aucune excuse valable aux yeux du tribunal : j'irai en prison.

Le soleil était très bas. Les joueurs de tennis projetaient sur les courts des ombres allongées.

— Je veux retrouver mon poste et j'ai de bonnes chances d'être réintégrée, à condition de ne pas être en prison à ce moment-là. Je trouve que ton plan est dingue et je voudrais que tu y renonces, que tu attendes l'arrivée du mandat et que tu laisses la police se charger de tout cela... (Jack regardait ses mains.) Tu n'entends même pas ce que je dis, n'est-ce pas ? Très bien.

Elle se leva d'un bond mais, à deux pas de la table, elle se retourna.

— Tu as raison, c'est à ta femme qu'il faut demander ça !

Cela faisait presque trois jours qu'elle attendait que Jack lui explique la présence de Flora sur la Côte, qu'il la rassure en lui disant que le divorce suivait son cours et que rien n'avait changé dans leurs rapports.

Mais elle n'avait rien entendu de tel. Ses dispositions entre-temps avaient changé. Elle avait connu la peur, la déprime, le chagrin, et maintenant une âpre colère.

— Dis donc à ta femme de lui faire de l'œil et de l'attirer dans sa chambre ! Elle m'a l'air plutôt douée pour ce genre de chose. Ce ne serait sans doute pas la première fois. Et puis je te conseille de retourner auprès d'elle, de rentrer en Amérique et de sortir de ma vie !

Là-dessus, elle disparut.

Cette tirade, son brusque départ laissèrent Jack à moitié abasourdi. Qu'est-ce qui lui avait pris ? se demanda-t-il. Bien sûr, elle pouvait être jalouse de Flora, mais cette possibilité lui semblait si illogique qu'il l'écarta.

Ça l'agaçait de devoir admettre qu'il ne comprenait pas mieux aujourd'hui les femmes et ce qui les motivait que lorsqu'il avait quinze ans.

Flora semblait perplexe.

— Pourquoi ne pas simplement lui enfoncer ton revolver dans le dos et le faire marcher jusqu'à ton bateau ?

— Et où est-ce que je ferais ça ? rétorqua Jack. Devant un des restaurants ? Dans le parking ? (Il répondait aux questions que lui-même se posait : des gens pourraient intervenir, ou des gardes du corps. S'il y avait des coups de feu, un passant risquait d'être blessé.) Un policier ne procède jamais à une arrestation dans la rue s'il peut l'éviter. (Il secoua la tête d'un air catégorique.) On fait en sorte d'éloigner le suspect de la rue, on l'entraîne dans une ruelle. C'est une des premières choses qu'on t'enseigne à l'École de Police.

Ils étaient assis sur la terrasse de la Voile d'Or, au cap Ferrat. Le temps pressait.

— C'est pourquoi j'ai besoin de toi, reprit Jack. Pour l'éloigner de la rue à ma place, en quelque sorte.

Le plan de Jack avait déjà connu bien des accrocs. Il était maintenant très tard. Le clair de lune éclairait l'eau. Des chapelets de lumières marquaient le tracé des routes au flanc des montagnes. Et il ne s'était toujours rien passé.

Cet après-midi-là, il s'était précipité à l'hôtel de Flora pour découvrir qu'elle n'était pas là. Selon le concierge, elle était allée à Monte Carlo avec d'autres clients.

Sur la terrasse, Jack avait commandé un café et s'était

assis pour attendre. Il avait inlassablement tourné sa cuillère dans sa tasse. A ses pieds, le petit port de plaisance. D'où il était, on voyait la côte, et les montagnes derrière. Vers l'est, dans la brume de fin d'après-midi, c'était l'Italie.

Il avait attendu, attendu, mais elle ne rentrait toujours pas. Les éclairages commençaient à s'allumer devant l'hôtel : des projecteurs cachés illuminaient les massifs et les plantations et, plus haut, les oliviers sur la pelouse. Des lumières commençaient à briller le long des routes de la corniche. On apercevait, de l'autre côté de l'eau, les lueurs de Beaulieu.

Il sentait l'accablement le gagner. Deux chances de mettre la main sur Zaragon, ça n'était déjà pas beaucoup mais, à mesure que le temps passait, il les voyait réduites à une seule. Il était trop tard pour rien faire ce soir. Ce serait demain soir ou jamais.

Flora n'était rentrée qu'après vingt-deux heures. Quand il avait commencé à lui parler, elle l'avait interrompu en disant qu'elle avait absolument besoin de prendre un bain avant de rien discuter d'important. Elle l'avait invité à monter dans sa chambre : ils pourraient bavarder pendant qu'elle était dans son bain. Sachant où cela les mènerait et le retard supplémentaire que cela occasionnerait, il avait décliné son offre. Il l'attendrait en bas, avait-il dit.

Elle l'avait regardé avec un petit sourire.

— Ce que tu peux être méfiant...

Elle était redescendue, vêtue d'une robe noire, chaussée d'escarpins à talons hauts. Ils se firent servir un souper sur la terrasse et, entre les interventions du maître d'hôtel, du sommelier et des nombreux serveurs en smoking, il lui expliqua ce qu'il attendait d'elle.

Flora avait l'air perplexe.

— Tu pourrais tout simplement frapper à sa porte à l'hôtel, suggéra-t-elle. Non ?

— Il pourrait ne pas m'ouvrir. S'il le faisait, il y aurait probablement lutte. Je ne peux pas me permettre ça.

Flora hocha la tête mais garda un air soucieux.

— Ma méthode est la plus simple et la plus sûre, reprit Jack, mais je ne peux pas l'utiliser sans ton aide. Tu comprends ça, n'est-ce pas ? (Il la regarda d'un air grave.) Alors, tu veux bien m'aider ?

Il regarda le panorama de la côte baignée dans la nuit en attendant sa réponse. Il trouvait stupéfiant qu'ici toutes conversations, y compris, celles qui touchaient à des questions de vie ou de mort, se déroulent dans un décor aussi fabuleux.

— Tu es sûr qu'il n'y a pas de danger ?

Juridiquement, il en était persuadé, il n'y en avait aucun. Elle n'était pas française, et elle aurait quitté le pays avant même qu'arrivent à la PJ des questions concernant la chambre d'hôtel.

Pour ce qui était des risques physiques, il veillerait à ce qu'il ne lui arrive rien.

— Je ne vois pas en quoi ça pourrait être dangereux, de toute façon.

— Tu sais, je ne veux pas que tu sois de nouveau blessé...

Cette réponse lui fit honte. Elle ne pensait pas au danger qu'elle-même courait. Était-il bien sûr qu'il n'y en avait aucun ?

Si tout se passe conformément au plan, se répéta-t-il avec obstination, il n'y a qu'un danger minime, pour ne pas dire nul.

— Comment est-ce que je le reconnaîtrai ? demanda Flora.

Jack avait une photo de Zaragon. Foster en avait demandé une à Washington et la lui avait transmise par fax. Jack la posa sur la nappe.

— Un visage bien reconnaissable, tu ne trouves pas ?

— Il est très bel homme, n'est-ce pas ? fit-elle. Cette cicatrice lui donne un air canaille...

— Tu ne devrais avoir aucun mal à le repérer.

Elle resta longtemps silencieuse, trop longtemps : Jack commença à s'imaginer qu'elle allait dire non.

Mais finalement un large sourire s'épanouit sur son visage.

— D'accord, pourquoi pas ? (La photo avait donné à tout cela de la réalité.) Allons-y.

Elle garda sa chambre à la Voile d'Or mais prépara un petit sac de voyage et, le lendemain matin, Jack la conduisit à Villefranche, jusqu'au port, et l'emmena dans le parking sous les arbres. La voiture de sport rouge était là : Zaragon se trouvait donc dans l'hôtel. Jack se glissa à une place, une dizaine de voitures plus loin. Flora s'apprêtait à descendre, mais il posa la main sur son genou pour l'en empêcher.

Elle lui jeta un coup d'œil et ils restèrent là à attendre. Au bout d'un moment elle s'éclaircit la voix et murmura :

— Qu'est-ce qu'on attend ?

Un instant, Jack regretta l'absence de Madeleine. Si elle avait accepté de l'aider, elle aurait tout compris sans qu'il eût rien à lui dire. Et surtout, elle aurait été prête à se protéger si besoin était. Elle aurait agi en collègue, en équipière, en fait. Alors que Flora ne se doutait absolument pas de ce dans quoi elle se lançait : elle était incapable de se protéger, et rien ne justifiait ce qu'il lui demandait de faire. Flora n'était pas une policière ni une ex-policière, seulement une décoratrice d'intérieur de Kansas City. Sans s'en rendre compte, elle s'était embarquée dans une aventure qui la dépassait.

Jack répondit :

— Nous attendons qu'il vienne prendre sa voiture. (La voiture rouge étant au parking, il avait modifié son plan.) Il ne devrait pas tarder.

Il ne savait absolument pas combien de temps ça allait prendre. Les policiers ont l'habitude d'attendre. Ils restent assis, en planque, sans bouger, des heures d'affilée, soutenus par l'excitation intérieure qu'éprouvent tous les chasseurs, qu'il s'agisse de chasse au gibier ou de chasse à l'homme : d'un instant à l'autre, la proie peut surgir dans le viseur.

Madeleine aurait su, senti cela. Flora n'avait aucune

expérience et ce n'était pas quelque chose qu'on pouvait lui expliquer. Elle regardait ses ongles. Elle s'ennuyait. Quelle dose d'ennui voudrait-elle bien supporter ? Combien de temps serait-elle prête à attendre dans une voiture garée sur un parking ? Il faisait chaud. Son ennui n'allait faire que croître, tout comme la chaleur : s'il la gardait là trop longtemps, elle pourrait renoncer, tout simplement.

Pour entretenir son intérêt, il se mit à lui donner des instructions détaillées :

— Quand on le verra se diriger vers sa voiture, tu descends. Tu laisses ta valise ici. En passant devant lui, tu lui fais un sourire. Tu lui dis bonjour, comme si vous étiez tous les deux au même hôtel, comme si c'était quelqu'un que tu avais déjà rencontré dans le hall. Bats un peu des paupières, si tu veux.

— Quand il s'agit de séduire un homme, minauda Flora, je ne crois pas avoir besoin de tes conseils.

— Je te demande pardon.

— J'y suis parvenue avec un certain succès, merci, depuis l'âge de seize ans.

— Avec un peu de chance, il rentrera à l'hôtel avec toi et engagera la conversation.

— Comment le sais-tu ?

— Il aime les femmes, dit carrément Jack.

— Je ne suis peut-être pas son type.

— Toutes les femmes sont son type.

Ils restèrent assis encore une demi-heure.

— Si tu peux prendre rendez-vous avec lui, il faut que ce soit pour ce soir, mais pas trop tôt, dit Jack tout à coup. Nous ne pouvons pas le faire sortir de l'hôtel avant que la foule se soit dissipée : vers minuit ou quelque chose comme ça.

Je devrais lui expliquer combien ça pourrait devenir dangereux, se dit-il. La laisser prendre elle-même sa décision.

Là-dessus, Zaragon apparut.

— Le voilà ! siffla Jack.

Le trafiquant de drogue était seul, ses clés à la main, se dirigeant vers sa voiture.

Flora ouvrit sa portière.

— Accroche-le, dit Jack en lui pressant le genou.

Il la poussa presque dehors. En même temps, il se blottissait au fond de son siège.

Petit à petit, il se souleva suffisamment pour regarder ce qui se passait.

Il vit Flora s'avancer jusqu'à Zaragon, puis le croiser. Elle parut lui faire un sourire et un petit signe de tête. Jack ne parvint pas à entendre s'ils s'adressaient la parole. Il vit Zaragon se retourner pour la suivre des yeux : il remarqua que Flora semblait tortiller de la croupe plus que d'habitude.

Zaragon la suivit des yeux jusqu'au moment où elle entra dans l'hôtel : il semblait hésiter. Puis il remit ses clés dans sa poche, traversa la rue et lui emboîta le pas.

Bon, songea Jack. Ça ne commence pas si mal.

Zaragon ressortit quelques minutes plus tard, s'installa au volant de la voiture rouge et démarra.

Jack attendit qu'il eut disparu derrière les lacets de la colline, puis il porta à l'hôtel la petite valise de Flora. Il trouva celle-ci en train de remplir sa fiche et l'employé de la réception demanda s'ils étaient ensemble. Jack répondit que non, qu'il portait simplement le bagage de la dame. L'employé acquiesça et tous les trois s'entassèrent dans le petit ascenseur.

L'employé ouvrit la porte et les volets, remit sa clé à Flora, empocha son pourboire et partit.

— Alors ? fit Jack.

— Alors quoi ? minauda Flora, apparemment très contente d'elle.

— Tu lui as parlé ?

— Il est tout à fait charmant, ton trafiquant de drogue. Ils sont tous aussi charmants que ça ?

— Allons, allons, s'impatienta Jack.

— Il m'a demandé combien de temps je restais.

— Et ensuite ?

— Je lui ai demandé combien de temps lui restait. Il

semble que nous soyons tous les deux là jusqu'à la fin de la semaine.

— Formidable, dit Jack.

— Qu'est-ce que tu veux savoir d'autre ?

— Flora, ce que tu peux être casse-pieds par moments !

Elle se mit à rire.

— Oh, j'allais oublier. Il m'a demandé si je serais là ce soir.

— Et ?

— Je lui ai demandé quels étaient ses projets.

— Et ?

— Il m'a proposé de dîner avec lui. Je lui ai expliqué que mon mari m'avait ordonné de refuser toute invitation à dîner.

— Non !

Elle lui fit un grand sourire.

— Mais j'ai ajouté que je pourrais le retrouver pour prendre un verre dans la soirée. Nous avons donc rendez-vous. Vers dix heures, dix heures et demie au bar.

Jack s'avança et lui plaqua un baiser sonore sur les lèvres. Il était certain maintenant que son plan allait marcher.

— Tu es une femme formidable, dit-il.

— Et qui n'est pas appréciée à sa juste valeur, répondit Flora.

Jack sortit sur le balcon. La chambre était au quatrième étage : de là, il pouvait observer le parking et aussi la rade. On apercevait distinctement les navires de guerre, tout comme les canots de permissionnaires qui faisaient la navette. Ses yeux suivirent l'un d'eux jusqu'à la jetée : il regarda les matelots débarquer en masse et se diriger vers les bars où les attendaient les prostituées.

Revenant dans la chambre, il remarqua qu'il n'y avait pas de placard, rien qu'une assez grande armoire. Bah, l'armoire ferait l'affaire. Sur le sol, un tapis d'une taille suffisante : il n'aurait pas besoin d'en apporter un. Il avait déjà remarqué dans le couloir une porte donnant sur l'escalier d'incendie : comme c'était l'arrière du bâtiment, cela menait donc à une sortie derrière l'hôtel. Très bien.

Son plan commençait à s'organiser. Il ne pensait même plus au danger que cela représentait pour Flora, et encore moins à celui qu'il courrait lui-même.

Il avait encore beaucoup à faire. Il donna un rapide baiser à sa femme, puis sortit dans le couloir et alla prendre l'ascenseur.

Une fois dans la rue, il inspecta l'arrière de l'hôtel jusqu'au moment où il découvrit ce qui devait être la sortie de secours. On devait, semblait-il, passer par la cuisine : cela voulait dire qu'on ne pouvait pas l'utiliser avant la fermeture du restaurant et le départ des cuisiniers et des plongeurs. A quelle heure cela les mènerait-il ?

En face de l'hôtel, le bâtiment des douanes, où il ne semblait pour l'instant y avoir que deux douaniers de service. Ils surveillaient le va-et-vient des canots de permissionnaires. Leur présence n'était qu'une formalité, mais ils étaient là et, pour Jack, cela pourrait poser un problème. A quelle heure cessait le trafic des canots ? A quelle heure les douaniers cessaient-ils leur service ? La réponse probable aux deux questions, estima Jack, se rappelant son passage dans la marine, était minuit au plus tard.

Il s'avança sur la jetée et laissa les souvenirs lui revenir en mémoire. Il savait exactement comment faire accoster un canot à cet endroit. Voilà longtemps, il l'avait fait des dizaines de fois. En ce temps-là, comme aujourd'hui, les vedettes s'amarraient dans une sorte de recoin aménagé dans la digue. Ce jour-là, un certain nombre de bateaux de pêche étaient amarrés là aussi, les avirons posés à côté des moteurs et les filets roulés en tas dans le fond. Villefranche avait été jadis un gros village de pêcheurs. Il ne restait plus maintenant que ces quelques embarcations : quand il ferait nuit, les pêcheurs quitteraient le port et, loin au large, jetteraient leurs filets. Allaient-ils poser un problème ? A quelle heure sortaient-ils ?

C'était le mouillage le plus proche du Welcome, mais on pouvait le voir des balcons de l'hôtel, des terrasses de certains des restaurants, et l'endroit était entièrement exposé aux regards des gens qui passaient là pour aller au parking. Les lumières du Welcome et des restaurants se refléteraient sur l'eau : même à minuit, ce serait très éclairé ici. Bien sûr, à minuit, la plupart des restaurants auraient fermé.

A quel autre endroit pourrait-il amarrer son bateau ? Il revint jusqu'à sa voiture, alla jusqu'au bout du parking qui donnait sur la mer. Il y avait là un muret. En dessous, de gros rochers descendaient vers l'eau : à n'en pas douter, on avait construit le parking sur un remblai. En prenant des précautions, il pouvait laisser son bateau dériver parallèlement aux rochers et l'attacher là. Il perdrait peut-être un peu de peinture. Mais il pourrait amarrer le bateau très serré, puis débarquer et enjamber le muret.

Il inspecta tous les navires de guerre. Les coques grises, massives et anguleuses. Pas une ligne plaisante à l'œil nulle part. Le plus gros était le porte-avions, amarré à des bouées fixes à environ un mille de la côte. Certaines des unités plus petites étaient tout près.

Il retourna à Beaulieu. Là, il s'arrêta dans une quincaillerie de la ville pour acheter deux rouleaux de ruban adhésif de déménageur.

De là, il descendit au port, se gara aussi près qu'il le put de son bateau et s'en approcha prudemment, l'examinant avec grand soin avant de décider qu'il pouvait sans risque monter à bord. La première étape, c'était de le déplacer. Après avoir mis le moteur en marche, il sauta sur le quai pour débrancher toutes les canalisations puis avança jusqu'à deux quais plus loin, s'amarra à un anneau libre, se pencha par-dessus le plat-bord et, une nouvelle fois, en ôta la plaque. Si quelqu'un le cherchait avant la tombée de la nuit, il devrait se donner du mal pour le trouver.

Après cela, il se prépara un sandwich au jambon, et ouvrit une bouteille de bière. Comme on était en juillet, l'obscurité venait lentement, trop lentement à son gré, et l'attente le rendait extrêmement nerveux. Il repassa fébrilement dans sa tête tous les éléments de son plan. Il lui semblait toujours tenir debout, à condition que Flora joue son rôle.

L'obscurité mettait une éternité à s'installer.

Cesse de t'inquiéter, se dit-il.

La nuit lui parut enfin assez noire. Il n'était pas encore neuf heures, ce n'était pas l'obscurité totale, mais il mit ses moteurs en marche et se faufila entre les rangées de bateaux puis, au-delà de la digue, vers le large. Il avait beaucoup de temps et pas loin à aller : il réduisit donc les gaz. Il lui fallut plus de vingt minutes rien que pour doubler le cap Ferrat. Arrivé de l'autre côté de la pointe, il s'approcha du porte-avions, de nouveau illuminé de la proue à la poupe. Il en fit deux fois le tour, en étudiant les contours et l'emplacement des échelles de coupée, puis il poursuivit sa route jusqu'à Villefranche.

La nuit était maintenant très sombre : il n'y avait pas de lune et presque pas d'étoiles. En approchant des rochers, au bord du parking, il resta un moment un peu au large pour estimer comment approcher sans fracasser sa coque. Il lui fallut plusieurs tentatives avant de parvenir à disposer le bateau de façon à ce qu'il dérive comme il le souhaitait, son flanc flottant doucement en direction des rochers. Quand il fut assez près, il sauta sur le plus gros et le plus plat d'entre eux : il y parvint sans se casser une jambe ni se fouler une cheville, et il hala avec précaution le bateau jusqu'au bord, tirant d'abord sur une amarre, puis sur l'autre. Il n'y a pas de marée en Méditerranée, et il n'y avait pas de vent. Le bateau resterait là, invisible, sans qu'on se soucie de sa présence, et immobile, le temps qu'il lui faudrait pour revenir avec Zaragon.

Il se dirigea vers les voitures garées sous les arbres, parcourant les allées en quête de la voiture de sport rouge, mais elle n'était pas là. Où se trouvait donc Zaragon ? Se rappellerait-il son rendez-vous avec Flora ?

Jack sortit précipitamment du parking et marcha jusqu'au Welcome. Un autre employé était de service à la réception. Jack le salua de la tête et s'engouffra dans l'ascenseur.

Au quatrième étage, il frappa doucement à la porte et Flora vint lui ouvrir.

Elle portait une jupe moulante qu'il ne lui avait pas encore vue et un corsage plus moulant encore. Elle avait les seins hauts, pointés vers l'avant.

Elle se tourna vers lui.

— Comment me trouves-tu ?

— Appétissante, dit-il.

— Est-ce que je vais faire l'affaire ? fit-elle sur le ton de la conversation.

— Certainement... (Lui-même se sentait de plus en plus tendu, alors qu'elle semblait parfaitement à l'aise.) Oh oui, tu feras l'affaire.

Elle avait une épaisse couche de fond de teint, beaucoup de rimmel, et elle n'avait pas lésiné sur le rouge à lèvres. Son maquillage était aussi vulgaire que la jupe étroite et le corsage trop ajusté.

— J'ai tenu à bien jouer mon rôle, dit-elle. Parce que, au fond, ce type est un trafiquant de drogue, non ?

— Tu as du rembourrage ou quoi ?

Elle se mit à rire.

— Tu ne savais pas que j'avais de si gros nichons, hein ? (Il posa les mains dessus.) J'ai resserré les bretelles de mon soutien-gorge : ça les soulève fichtrement haut.

Il la plaqua contre lui et elle le regarda en souriant.

— Ne touche pas, fit-elle. Tu vas étaler mon maquillage.

Jack éprouvait soudain un déferlement d'affection pour elle. L'assurance aussi qu'il pouvait compter sur elle et que son plan fonctionnerait exactement comme il l'avait promis à Foster.

A supposer que Zaragon arrive à l'heure à son rendez-vous.

— Je ferais une belle putain, si je puis me permettre.

Jack avait envie de l'attirer à lui et de l'embrasser. Il avait envie de bien plus que ça.

— Après cela, dit-il, on va...

Il s'arrêta. Elle lui tira la langue.

— On va faire quoi ?

— J'irai chercher la voiture et je te ramènerai à ton hôtel.

Ils éclatèrent de rire tous les deux.

Mais il fallait revenir aux choses sérieuses. Jack ouvrit les portes pour s'introduire dans l'armoire, s'assit au fond, sous les cintres vides, puis il referma les battants.

Flora les rouvrit.

— Tu as l'air ridicule, là-dedans...

Il sortit et examina le meuble.

— Elle est belle, n'est-ce pas ? fit Flora en s'approchant de lui. C'est du Louis XIII.

— Qu'est-ce que ça veut dire ?

— Elle date des environs de 1620, sous le règne de Louis XIII. A New York, elle irait chercher dans les quinze à vingt mille dollars.

1620, c'était vieux. Jack trouva que l'armoire avait l'air extrêmement fragile.

— Il y en a une du même genre dans le couloir, dit Flora. Tu n'as pas remarqué ?

— Non.

— Cet hôtel est plein de beaux meubles anciens.

Il l'entraîna sur le balcon en disant :

— D'ici, nous pouvons guetter Zaragon. Dès que nous verrons la voiture rouge arriver, tu descends et tu joues des nichons.

Leurs coudes se touchant, ils s'accoudèrent dans la tiédeur de la nuit. En bas, les gens étaient assis aux terrasses des restaurants, d'autres déambulaient sur le front de mer. Il y avait de nombreux matelots en uniforme blanc. Jack et Flora entendaient les accents des guitares qui faisaient la sérénade aux dîneurs.

Il y eut soudain une violente détonation, et une explosion de couleurs se déploya au-dessus de la rade. Le fracas fit sursauter Jack, mais pas Flora.

— Un feu d'artifice, dit-elle.

— J'avais oublié. On est le 14 juillet.

— C'est l'endroit idéal pour le regarder.

Il y avait beaucoup de monde à tous les autres balcons. A chaque fusée, on entendait des « oh » et des « ah » venus des étages voisins et d'en bas. Les musiciens s'étaient arrêtés de jouer, les clients de dîner. Les serveurs restaient bouche bée au milieu des tables.

La voiture rouge s'arrêta dans le parking. Ce fut pour Jack un immense soulagement. Puis Zaragon apparut sur la place, où il resta à regarder le feu d'artifice.

Cela dura une demi-heure pour se terminer par le « bouquet » : le ciel tout entier parut s'embraser. L'hôtel semblait trembler dans ce vacarme.

Les couleurs se répandirent dans le ciel et retombèrent. C'était fini. Quand Jack regarda la place, Zaragon avait disparu : il avait dû entrer dans l'hôtel.

— Flora, dit Jack, il est temps d'aller au boulot...

Il se mit à lui donner ses dernières instructions.

Flora l'interrompit :

— Ce que tu peux être assommant quand tu cherches à m'expliquer comment faire une chose pour laquelle je me débrouille tellement mieux que toi !...

Elle lui donnait l'impression d'une comédienne impatiente à l'idée d'entrer en scène.

— Fais bien attention à ne pas lui dire que tu sais qui il est. Tu ne te doutes absolument pas que c'est un trafiquant de drogue. Quoi qu'il te raconte, tu le crois.

— Oui, mon chéri.

— Arrange-toi pour que le verre dure un moment.

— Café, cognac, le grand jeu...

— Je ne veux pas que ça se passe trop tôt. Vers onze heures, tu lui proposes de lui montrer la vue qu'on a de ton balcon...

Si elle parvenait à le faire monter là-haut rapidement, ça donnerait à Jack presque deux heures pour le capturer et l'emmener jusqu'au porte-avions.

Elle regarda son mari en battant des paupières.

— Imagine que la vue de mon balcon ne l'intéresse pas.

— Fais-le monter ici comme tu pourras. Je serai là.

Il désigna l'armoire.

Et alors, qu'est-ce qui va se passer ? se demanda-t-il. Aussitôt, il s'inquiéta de ce qui pourrait arriver à Flora. Il ne voulait pas la voir prise dans une fusillade. Il ne pensait pas qu'on en arriverait là, mais on ne pouvait jamais être sûr. Il ne voulait à aucun prix qu'elle soit blessée.

— Une fois que tu l'as amené ici, tu ne risques plus rien, affirma-t-il, car je serai là pour te protéger.

C'était idiot : ce n'était pas du tout ce qu'il voulait dire.

— Je ne crois pas qu'il soit armé, mais c'est quand même possible : alors, dès que tu l'as fait entrer dans la chambre, essaye de le déshabiller. Une fois que ses vêtements seront en tas par terre, il n'aura plus le cœur à se battre, crois-moi.

— Comment est-ce que je suis censée lui ôter ses vêtements ? s'enquit Flora.

Cette fois, elle avait l'air un peu agacée.

— Tu le déshabilles. Comment est-ce que les femmes s'y prennent en général ?

— Pendant que je le déshabille, qu'est-ce qu'il fait ? Il me déshabille, voilà.

— Ne t'inquiète pas, je ne le laisserai pas aller trop loin.

— Il va me dénuder, m'embrasser, me tripoter. Et je suis censée me laisser faire...

— Considère-toi comme une actrice dans un film. Tu fais semblant. Les actrices font ça tout le temps.

— Avec des acteurs. Ce type est un trafiquant de drogue.

— Il est plus bel homme que beaucoup de ces comédiens.

— Eh bien, soupira Flora, j'irai jusqu'au bout. Reste dans ton armoire jusqu'à ce que j'aie fini, il sera épuisé : ce sera plus facile pour toi de l'arrêter...

Ils se regardèrent en souriant.

— Toi, reprit Flora, tu es dans l'armoire. Moi, je m'occupe de lui : comment sauras-tu que je l'ai dévêtu ?

— Tu diras : « Oh là là, qu'elle est grosse ! » Ou quelque chose comme ça.

— Imagine qu'elle ne soit pas si grosse que ça ?

— Ça ne t'est jamais arrivé de mentir à un homme ?

Flora prit sa voix la plus lourde de sensualité :

— Oh, qu'elle est... grosse !

Elle s'attarda sur le mot « grosse ».

Bon, se dit Jack. Elle s'imagine encore que c'est une farce, et ce n'est sûrement pas le cas. Sur le pas de la porte, il l'embrassa, lui donna une petite tape sur les fesses et la poussa dehors.

— Et sitôt que ce sera fini, lança-t-elle du couloir, on rentre en Amérique, d'accord ?

— Oui, répondit-il, sachant que c'était ce qu'elle voulait entendre. On rentre en Amérique.

Il croyait ne dire ça que pour lui faire plaisir puis il se demanda, non sans surprise, si ce n'était pas ce dont il avait envie aussi.

— Vas-y ! lança-t-il en refermant la porte derrière elle.

A travers la cloison de la chambre, il entendit l'ascenseur descendre. Il alla alors ouvrir les portes de l'armoire. Ça allait être bien inconfortable, là-dedans, il allait être à l'étroit. Sur l'étagère du haut, il y avait deux oreillers : il les prit, en disposa un sur le plancher, l'autre contre une paroi. Ça rendrait sa longue veille dans l'obscurité un peu plus confortable, mais pas beaucoup.

Au fond, il n'avait pas encore besoin de grimper là-dedans et de tirer les portes. Il démonta son arme et en compta encore une fois les balles. Toujours cinq. Il se rendit sur le balcon pour regarder l'éclairage des restaurants, les badauds qui se promenaient sur le front de mer et puis, au loin, les navires de guerre ancrés dans la rade. Foster l'attendait aux alentours de minuit. Ils s'étaient parlé ce matin. La flotte commencerait à appareiller vers vingt-trois heures. Le porte-avions serait le dernier à prendre la mer. Il l'attendrait jusqu'à une heure du matin, mais pas plus tard, selon Foster.

Les fédéraux avaient maintenant beaucoup investi dans cette affaire. Jack était persuadé que, si besoin en était, ils l'attendraient toute la nuit.

Un détail le préoccupait pourtant. Les hélices de la flotte gagnant le large allaient envoyer des vagues en direction du rivage. Celles-ci risquaient de soulever son bateau et de le faire retomber contre les rochers, sans doute à plusieurs reprises, éraflant la coque, peut-être même y ouvrant une voie d'eau. Ce serait bien de descendre de bonne heure avec Zaragon, avant que les vagues commencent à déferler, de se débarrasser de lui rapidement. Ça voulait dire traverser le parking avec lui à un moment où il y aurait beaucoup d'allées et venues de gens et de voitures. Non, mieux valait attendre que la plupart des restaurants soient vides, la plupart des voitures reparties. Le petit créneau horaire dont il disposait était bien assez grand.

Jack rentra et prépara tout le reste : les deux rouleaux de ruban adhésif, les ciseaux. Il disposa tout cela sur la coiffeuse. Il inspecta le tapis jeté sur la moquette, le souleva pour en sentir le poids, le mesura du regard pour être sûr de ses dimensions. Il en conclut une fois de plus qu'il ferait l'affaire.

Qu'y avait-il encore à faire avant d'être fin prêt ? A quoi n'avait-il pas pensé ?

Il examina l'armoire. Elle était énorme, massive, et elle avait près de quatre siècles, s'il fallait en croire Flora. L'extérieur en était encaustiqué avec soin, mais elle n'était pas aussi solide qu'il l'avait cru au premier regard. Elle était mangée aux vers par endroits, et il semblait que les quatre pieds ne soient pas tous de la même longueur. Il l'avait sentie instable quand il était à l'intérieur : maintenant, il parvenait à la faire chanceler rien qu'en la poussant avec sa main.

L'intérieur n'avait jamais été conçu pour supporter le poids d'un homme. Et si, au moment où il s'apprêterait à sauter dehors, le fond s'affaissait et qu'il se retrouve au-dessous du niveau des portes ? Il pourrait encore sortir, mais cela le retarderait. Que se passerait-il alors ? Zaragon saisirait-il son arme s'il en avait une, tout en empoignant Flora par le cou pour s'en faire un bouclier ?

Et si le meuble s'effondrait pendant qu'il était encore à l'intérieur ? Il ne pourrait plus en sortir, Zaragon ferait ce qu'il voudrait de Flora, après quoi peut-être l'étranglerait-il. Les policiers français trouveraient un cadavre de femme sur le lit et un homme à l'intérieur d'une armoire écroulée. Flora serait morte et les flics français, si Jack connaissait bien les policiers, lui colleraient le crime sur le dos.

Il décida qu'il ferait mieux de s'exercer à sortir de l'armoire. Rapidement, mais sans brusquerie.

Grimpant avec précaution à l'intérieur, il s'assit sur le fond vieux de quatre cents ans, le dos appuyé contre la paroi de côté datant de quatre cents ans, elle aussi.

Assis sur un des oreillers, l'autre servant de coussin à ses vertèbres, il referma les portes, tira son pistolet de sa ceinture et, quelques instants plus tard, ouvrit en grand en brandissant son arme.

La première fois, l'armoire faillit s'effondrer sur lui.

La deuxième fois, les choses se passèrent mieux, et la troisième mieux encore.

Là-dessus, entendant du bruit dans le couloir, il replongea dans l'armoire et referma les battants derrière lui, juste à temps. La porte de la chambre s'ouvrit et quelqu'un entra. Il entendit des bruits de pas.

Flora ? Flora et Zaragon ? Quelqu'un d'autre ? Qui ? Et pourquoi ? Dans le noir, on n'a que des questions, bien plus qu'on ne le voudrait.

Au bout d'un moment, il se rendit compte qu'il

s'agissait d'une femme car il l'entendait fredonner. La femme de chambre, estima-t-il. Venue poser un chocolat sur l'oreiller.

Si elle décidait aussi de sortir les oreillers supplémentaires, ceux sur lesquels il était installé ? Pour le moment, elle restait à côté du lit. Ne bouge pas de là, se dit-il. Puis il l'entendit approcher et se mit à réfléchir à ce qu'il ferait si les portes s'ouvraient. La femme en aurait une crise cardiaque, ou presque, et il lui adresserait un sourire penaud. Et si elle poussait un hurlement ? Que ferait-il alors ? Elle irait certainement signaler sa présence.

Les pas avaient presque atteint l'armoire quand ils s'éloignèrent. Jack entendit la femme se diriger vers la porte-fenêtre, l'ouvrir et sortir sur le balcon. Il ne savait absolument pas si elle était jeune ou vieille, blanche ou noire. En France, d'après ce qu'on lui avait dit, la plupart des domestiques dans les hôtels sont des immigrants en provenance d'Algérie, de Turquie, d'Europe centrale. Celle-ci resta un moment sur le balcon, savourant probablement un des rares avantages de son métier : elle pouvait pendant quelques minutes profiter de la vue réservée à une femme riche, respirer le même air qu'une grande bourgeoise.

La fenêtre se referma enfin, et la femme de chambre revint dans la pièce. Elle risquait encore de venir prendre les oreillers. Mais non, il l'entendit se diriger vers la porte et sortir.

Il décida de rester dans l'armoire plutôt que de se soumettre à la tension d'entrées et de sorties répétées.

Il était convaincu maintenant que Flora et Zaragon avaient pris contact, sinon elle serait remontée lui dire que le plan avait échoué. Il s'amusa à les imaginer ensemble.

Lui-même avait assez souvent rencontré des femmes dans les bars. Il connaissait les premières répliques, hésitantes, pour la plupart, totalement dépourvues d'imagination. Par exemple : « Vous venez d'où ? » On poursuit avec quelque chose d'aussi brillant, dans le genre : « Qu'est-ce qui vous amène dans cette partie du monde ? »

Ce serait intéressant d'entendre la réponse de Zaragon à cette question-là.

Ensuite, on se glisse sur un tabouret plus près et, si cette manœuvre ne rencontre pas de résistance, on approche davantage encore.

Pour une femme, la technique est légèrement différente. Elle doit être plus subtile. Les femmes opèrent davantage avec les yeux. Elles peuvent montrer un peu de jambe. Flora serait-elle assez subtile ?

L'ennui, c'est qu'elle n'était pas femme à lever des hommes dans des bars : à sa connaissance, elle ne l'avait jamais fait. Flora ne fréquentait pas les bars. Malgré l'assurance qu'elle affichait ce soir, il n'était pas sûr qu'elle saurait comment aborder Zaragon. Si elle la jouait trop réservée, elle ne parviendrait peut-être pas à éveiller son intérêt. Si elle en faisait trop, il pourrait devenir méfiant et s'en aller. Après tout, c'était un homme qui voyageait avec un faux passeport. Un trafiquant de drogue. Un meurtrier. Un criminel recherché. C'était un homme qui avait toutes les raisons d'être prudent.

Mais les hommes sont rarement prudents quand il s'agit de femmes. Presque jamais, d'après l'expérience qu'avait Jack, en tant qu'homme aussi bien que policier. Dès l'instant où ils flairent une proie peut-être disponible, c'est l'instinct qui prend le dessus. Toute prudence disparaît. L'homme ne songe plus à son propre intérêt ni aux risques encourus : il ne les voit même pas.

Flora devait maintenant se pencher vers le type. Allait-il la faire boire ? Elle n'aimait pas ça. Il suffisait de presque rien pour l'enivrer. Quand elle était éméchée, cela lui déliait la langue et elle débitait tout ce qui lui passait par la tête. Si Zaragon n'arrêtait pas de lui servir du vin, elle pourrait bien dévoiler tout le plan.

Enfermé dans le noir, dans cet espace confiné, depuis ce qui lui semblait des heures, Jack se déconcentrait et il était en proie à la claustrophobie. Les parois se resserraient sur lui. L'armoire, qui lui avait pourtant paru monumentale, devenait soudain bien trop petite. Il avait de moins en moins de place. Il avait du mal à trouver son souffle. La claustrophobie, il le savait, est une illusion, un produit des sombres recoins de l'âme. Il s'efforçait de lutter mais, même s'il y parvenait en partie, il avait quand même du mal à respirer.

Le problème de respiration n'était d'ailleurs pas du tout une illusion : l'armoire ancienne avait été aspergée de produits chimiques pour tuer les vers, et cela faisait des décennies, sans doute des siècles, qu'on l'encaustiquait avec des cires entêtantes. Pour un homme enfermé à l'intérieur, les odeurs qui en résultaient n'avaient rien d'agréable : elles se mêlaient, et Jack commençait à avoir la tête qui tournait. Comme les choses ne s'arrangeaient pas, il entrebâilla une des portes, passa même la tête à l'extérieur et resta ainsi jusqu'au moment où les battements de son cœur se furent calmés.

Un peu plus tard, persuadé que la claustrophobie n'allait pas le tuer, qu'il pouvait respirer normalement s'il essayait, qu'il devait à tout prix garder la porte de l'armoire fermée, il commença enfin à se sentir à l'aise, même extrêmement à l'aise encore qu'un peu somnolent. La claustrophobie ne tarda pas à se dissiper : il ne remarquait plus les odeurs et en fait, jamais de sa vie il ne s'était senti plus détendu, plus à l'aise. Aucune raison, se dit-il, de ne pas faire un petit somme. Il avait oublié Flora qui, dans quelques minutes, allait entrer dans cette chambre avec un trafiquant de drogue bien décidé à la déshabiller. Il savait seulement à quel point il était fatigué, à quel point il avait envie de dormir. Sa dernière pensée cohérente fut pour la qualité de l'air. Peut-être ces relents chimiques s'étaient-ils combinés pour constituer une sorte de gaz toxique. Peut-être était-ce le manque d'air à l'intérieur de l'armoire qui lui donnait une telle envie de dormir. Il n'y pensa que vaguement. Peut-être allait-il sombrer, dans cette brume chimique.

Il dut se secouer pour rester éveillé. Il entrouvrit la

porte suffisamment pour pointer son nez dehors et resta dans le noir, à trembler.

Là-dessus, il entendit des bruits dans le couloir et il referma le battant. Une fois de plus, juste à temps.

Ils étaient dans la chambre. En fait, à quelques pas seulement de lui. Flora avait un ton aigu, comme cela lui arrivait souvent quand elle était excitée. L'homme avait une voix basse, qui se voulait séductrice. Il entendit des mouvements — des chaussures qui se déplaçaient, puis la voix de Flora s'étouffa soudain, ce qui pour Jack signifiait un baiser. Il les imagina tous les deux enlacés, la langue du trafiquant de drogue plongeant dans la gorge de sa femme. C'était comme ça que ces choses-là commençaient, et il n'avait plus du tout sommeil. Ce qu'il éprouvait, c'était un étrange picotement dans le bas-ventre, qui lui parut être à moitié une réaction sexuelle à ce qu'il imaginait être en train de se passer, et à moitié de la jalousie, comme s'il espionnait une épouse bien-aimée sur le point de le trahir avec un autre homme.

Le baiser avait dû se terminer, car il entendit Flora pouffer. Son rire fut brutalement interrompu : peut-être par un nouveau baiser. Puis la voix de sa femme retentit, claire et un peu fausse :

— Je croyais que nous allions simplement regarder la vue de mon balcon.

Elle avait lancé cela d'une voix de couventine.

Zaragon marmonna quelque chose, Jack n'aurait pas pu dire quoi. Il s'ensuivit un autre long silence, celui-ci ponctué de temps en temps par des halètements.

— Vous avez du poil sur la poitrine ? demanda Flora du même ton suraigu. Je veux voir. Laissez-moi voir.

Bon, elle doit s'occuper de ses boutons de chemise. Mais, pendant ce temps-là, qu'est-ce qu'il faisait lui ?

Pour décider du meilleur moment où jaillir de l'armoire, Jack devait pouvoir surveiller ce qui se passait. Mais il ne pouvait qu'écouter les sons, imaginer en se fondant sur ce qu'il parvenait à entendre, et tenter de déterminer à quel stade était parvenue la scène de séduction. Il ne se concentrait, se dit-il, que sur le moment opportun pour intervenir. Ce n'était pas entièrement vrai, car son esprit s'était empli d'images — des images cochonnes, comme aurait dit le petit garçon de sa jeunesse. C'était comme s'il était assis dans l'obscurité d'un cinéma à regarder ces images défiler sur l'écran. Il voyait sa femme dans les bras du trafiquant. Des images beaucoup trop précises. Zaragon maintenant avait la bouche enfouie dans le cou de Flora, il lui caressait les seins, il la caressait ailleurs aussi, sans aucun doute. Jack se représentait tous les détails.

De nouveau la voix de Flora, toujours haut perchée, criant presque :

— Hé oui, vous en avez, vous en avez ! (Et puis, avec un accent beaucoup plus rauque :) J'adore les hommes qui ont du poil sur la poitrine !

Sa voix était plus confuse, comme si elle avait la tête enfoncée dans ses boucles. Comme si elle les mordait. Comme si elle avait des poils entre les dents. Elle avait la voix qu'elle prenait toujours quand elle était excitée sexuellement. Elle ne jouait pas la comédie, décida-t-il. Elle était résolument excitée. Pas nécessairement par Zaragon, mais à l'idée de son mari, caché dans l'armoire, à l'écouter faire l'amour à un autre homme. L'épouse infidèle qui n'a pas à s'inquiéter d'être surprise... Il y avait un côté dangereux dans cette scène à laquelle ils participaient tous les trois — Zaragon, après tout, était un tueur — mais, si Flora était insensible au danger — et elle semblait l'être —, c'était exactement ce qu'elle penserait, ce qu'elle éprouverait. Elle savourait la situation, il en était convaincu.

— Qu'est-ce que vous avez d'autre à me montrer ? fit-elle d'une voix de gorge. Vous n'avez rien d'autre à me montrer ? Qu'est-ce que c'est que ce gros renflement ici ?

Jack reconnaissait certaines de ces répliques. Elle les lui avait dites un jour, dans un autre pays, et dans ce qui lui paraissait maintenant une autre vic.

— Non, fit-elle. Moi d'abord. Les dames d'abord.

Jack crut entendre sa femme s'affairer sur la fermeture à glissière de l'homme, il crut l'entendre la faire coulisser. Ah, elle suivait ses instructions à la lettre, n'est-ce pas ?

— Là ! fit-elle d'une voix étranglée.

Si Zaragon agitait sa chose dans l'air, qu'est-ce qui, en bonne logique, allait se passer ensuite ? Qu'est-ce que ferait n'importe quel homme ? La forcer à baisser la tête de ce côté-là, voilà ! Est-ce qu'elle résistait ? Jack en avait l'expérience, les femmes aiment bien sucer, et voilà que la chance s'offrait à Flora, sans aucun risque pour elle, car ce qui était en train de se passer n'était qu'une scène d'une pièce écrite par son mari. On ne pouvait pas le lui reprocher, ce n'était pas pour de vrai. Ou bien alors, c'était au mari qu'il fallait faire des reproches.

— Je veux te voir, dit Flora d'un ton rauque. (Et puis, comme si elle suppliait :) Tout entier...

Il y eut un bruit de vêtements froissés, de nouveaux halètements, peut-être un peu de lutte.

— Non, dit Flora d'un ton catégorique, toi d'abord.

Il y avait eu là un changement de ton, mais Jack ne le remarqua pas. Elle aime trop ça, pensa-t-il. Il la sentait d'humeur à aller jusqu'au bout et, à son grand étonnement, la fureur le prit : pourtant, si on lui avait posé la question, il ne l'aurait jamais avoué. Il n'était pas jaloux, pas scandalisé, pas bouleversé du tout. Absolument pas. Qu'elle fasse ce qu'elle avait envie de faire. Il n'allait pas se précipiter dans la chambre, pas déjà, et peut-être pas avant que ce soit fini. Laissons les choses aller plus loin qu'elle n'en a envie, se dit-il. Fais-lui payer d'avoir goûté jusque-là les attentions de Zaragon. Fais-lui payer d'éveiller chez son mari ces émotions trop vives. Rien de tout cela, il ne le voyait clairement. Pour une part, il n'en avait même pas conscience. Qu'elle commence à s'inquiéter, se dit-il. Qu'est-ce qu'elle en sait ? Je ne suis peut-être pas dans cette armoire, après tout ! Qu'elle en bave. Son sauveur est allé déjeuner. Il n'est pas là. Voyons un peu à quel point elle se trouve sexy.

— Oh, elle est belle, dit Flora de la même voix rauque. Et elle est si grosse !...

Jack ne bougea pas.

Laisse la scène se dérouler jusqu'au moment où Zaragon est installé entre ses jambes et qu'il y soit à fond. Pourquoi pas ? De cette façon, quand Jack sortirait de son armoire et lui appuierait son arme contre les reins, le trafiquant serait dans une position encore plus difficile, qui le condamnerait à encore plus de docilité. Flora serait peut-être furieuse contre lui, mais aucune femme n'est jamais morte d'avoir eu des rapports sexuels. Tu veux savoir quelle est la façon la moins risquée de procéder à une arrestation de ce genre ? se dit-il. Tu vas le savoir !

— Elle est si grooosse !

Jack ne bougeait toujours pas.

Ce qui était en train de se passer n'était pas une situation classique de ménage à trois, mais on n'en était pas loin. Sans s'en rendre compte, mari et femme avaient accepté de s'adonner à une perversion sexuelle et on ne pouvait pas dire d'avance jusqu'où leurs émotions les emporteraient, comment tout cela allait tourner. La seule différence entre cette scène et d'autres formes d'échangisme, c'était cet élément supplémentaire : une des parties ne savait pas qu'elle y participait et, pardessus le marché, c'était un dangereux criminel.

— Jack ? cria Flora. Jack !

Jack jaillit de l'armoire, Zaragon se retourna d'un bond. Il n'aurait pas eu l'air plus surpris si le ciel lui était tombé sur la tête. Il était planté auprès du lit, portant une vigoureuse érection et rien d'autre. Auprès de lui, se tenait la femme de Jack dans une petite culotte blanche transparente. Son soutien-gorge était par terre. Il voyait ses seins s'agiter au rythme de sa respiration. Comme Zaragon, elle était pieds nus.

L'éclairagc était bien suffisant. Une seule des lampes

de chevet était allumée. Par la porte-fenêtre ouverte arrivaient des reflets de la lumière extérieure.

Zaragon semblait figé dans le temps, dans l'espace. Il restait bouche bée. Quelques secondes seulement s'étaient écoulées : son érection n'avait pas encore eu le temps de disparaître.

— Qu'est-ce que tu attendais ? interrogea Flora.

— A vrai dire, je crois que je suis arrivé trop tôt. Regarde ce que tu as manqué. (Jack le montra de son pistolet.) Bel engin, dit-il à sa femme, tu ne trouves pas ?

— Tu es répugnant ! cracha Flora.

— Ça aurait pu être amusant pour toi, ricana Jack.

Il s'avança et frappa Zaragon d'un coup de crosse sur la tempe. Il n'avait pas prévu de faire cela. Zaragon poussa un gémissement et s'effondra.

Flora, furieuse, se tourna vers son mari.

— On peut dire que ça t'a pris du temps !...

Zaragon gisait sur le sol, saignant et gémissant.

Jack saisit un des rouleaux de ruban adhésif et sauta sur lui, les genoux contre les reins, dans une sorte de génuflexion profane. Il lui tira les mains derrière le dos et se mit à l'attacher, enroulant le ruban adhésif autour des poignets du trafiquant, et les bras l'un contre l'autre jusqu'au coude.

Tout en s'affairant, Jack dit à Flora, sur le ton de la conversation :

— On devrait distribuer ça aux flics. C'est mieux que des menottes. (Il était plus calme, maintenant.) Tu vois les ciseaux là-bas ? Coupe le ruban, ici. Bon.

Il colla ensuite ensemble l'une contre l'autre les jambes poilues de Zaragon, des chevilles aux genoux. Elle-même toujours à demi nue, Flora l'observait, fascinée.

— Va me chercher un gant de toilette dans la salle de bains, veux-tu ?

Il fit rouler Zaragon. Il était toujours bouche bée. Les yeux noirs avaient toujours un regard vague, clignant lentement en direction du plafond. Jack remarqua que l'homme n'avait plus son érection.

Flora lui tendit le gant de toilette, et Jack le fourra jusqu'à la moitié dans la gorge du trafiquant.

— Tu n'as pas les fosses nasales bouchées ? demanda-t-il d'un ton détaché. J'espère que non, parce que, dans les deux heures qui viennent, il va falloir que tu respires par le nez...

Il enroula longuement le ruban adhésif autour de la bouche et du cou de Zaragon, puis autour de sa tête. Il procédait sans douceur. A l'exception des yeux et du nez, le visage de Zaragon ressemblait à celui d'une momie.

Quand il eut terminé, Jack resta un moment agenouillé. Il était incapable de bouger. Il avait le souffle court. Le danger était passé. Son plan jusqu'à maintenant se déroulait sans incident mais, quand il se releva, il fut surpris de constater qu'il tremblait.

Il se tourna vers sa femme. Il n'était plus en colère contre elle. Même si elle était encore à demi nue, il ne lui en voulait plus de ce qui s'était passé — de ce qui s'était presque passé. Au contraire, pour la première fois de sa vie, il la considérait comme une partenaire. Il éprouva un brusque déferlement d'affection pour elle, pour leur complicité, pour le danger qu'ils venaient de partager, pour ce qu'ils avaient accompli ensemble. Il n'avait jamais fait équipe avec une femme, encore moins avec une femme qui se trouvait plantée auprès de lui, les seins à l'air : il la serra dans ses bras en murmurant :

— Tu as fait un boulot formidable, merci.

Et il l'embrassa.

Mais elle interrompit le baiser et désigna Zaragon sur le sol en susurrant :

— Tu sais, Jack, nous ne sommes pas vraiment tout seuls...

— Oh, lui, fit Jack. Il ne va pas nous déranger. Plus jamais.

Zaragon n'avait plus le regard vitreux : il les considérait avec une haine totale.

Jack jeta un coup d'œil à sa montre et fut horrifié de voir combien il était tard : une heure moins vingt. Dans vingt minutes, le porte-avions allait lever l'ancre et sortir de la rade. Jack risquait fort de ne pas pouvoir amener Zaragon là-bas dans un délai aussi court.

Il prit néanmoins le temps d'embrasser Flora encore une fois. Puis il lui tapota les fesses en disant :

— Rhabille-toi, nous avons encore du travail.

Elle se baissa pour ramasser son soutien-gorge, puis se pencha pour l'agrafer. Jack passa sur le balcon. Il n'y avait presque plus de navires de guerre dans la rade. Seuls le porte-avions et un autre bateau plus petit, un destroyer semblait-il, étaient encore là. On avait rangé les lampions, les drapeaux géants. A ses pieds, presque tous les restaurants avaient éteint leurs lumières. Le parking, du moins ce qu'il pouvait en distinguer à travers les arbres, était désert.

Quand il revint dans la chambre, Flora s'était rhabillée. Elle était dans la salle de bains : elle s'était démaquillée et se peignait les cheveux.

— Viens me donner un coup de main, dit-il.

A eux deux, ils roulèrent le tapis autour de Zaragon puis le mirent debout et l'attachèrent dedans avec du ruban adhésif.

— Tu peux rester ici et te coucher, proposa Jack à sa femme. Ou bien tu peux venir avec moi.

— Je suis venue avec toi jusqu'ici. Je te suis jusqu'au bout.

Ils échangèrent un sourire complice, comme ils n'en avaient pas eu depuis longtemps.

Jack se dirigea vers la porte, l'ouvrit et tendit l'oreille. Il n'entendit rien : tout l'hôtel semblait endormi.

— Appelle l'ascenseur, dit-il à Flora.

Puis il revint sur ses pas et prit le tapis roulé sur ses épaules.

Ils entrèrent dans l'ascenseur, le tapis debout dans le

coin. Ils descendirent au premier étage, utilisant l'escalier d'incendie pour le reste du trajet, et, après avoir traversé les cuisines désertes, débouchèrent dans la ruelle qui longeait l'hôtel. On apercevait devant quelques passants.

Jack envoya sa femme en éclaireur pour lui dire quand la voie serait libre.

— Ça va ! cria-t-elle au bout de quelques secondes.

Ils traversèrent la rue et entrèrent dans le parking, Jack portant le tapis sur son épaule. Les phares d'une des voitures encore stationnées là s'allumèrent : quelques instants plus tard, elle avança doucement et passa sans s'arrêter à leur hauteur. Il y avait à l'intérieur un homme et une femme en train de parler ; la femme leur jeta juste un coup d'œil et l'homme ne les regarda même pas.

Quand ils arrivèrent au bout du parking, Jack s'aperçut que les vagues soulevées par les navires de guerre appareillant avaient laissé l'eau agitée. Son bateau tanguait, éraflant sans cesse sa coque contre les rochers.

Malgré le fardeau qu'il portait sur l'épaule, il parvint à grimper sur le muret puis à passer sur la corniche de l'autre côté, et, de là, il descendit la pente abrupte. La tapis était lourd et Jack devait prendre grand soin de ne pas perdre l'équilibre. Il arriva enfin au bateau, enjamba le plat-bord et laissa tomber sa charge sur le pont. Puis il tendit la main pour aider Flora à embarquer.

— J'espère qu'il ne suffoque pas, là-dedans, dit Flora d'un ton soucieux.

— Moi aussi, souffla Jack, mais je ne peux pas m'en préoccuper maintenant.

Il fit démarrer le moteur. Il attendit, en jetant par-dessus son épaule des regards impatients, mais Flora avait du mal à détacher les amarres : il dut aller le faire à sa place. Tandis que le bateau heurtait encore les rochers, Jack repartit en courant et mit le cap vers le large. Dès qu'il fut à quelque distance, il mit les gaz et ils foncèrent en direction du porte-avions. Jack consulta sa montre. Une heure moins cinq. Ils avaient environ un mille à parcourir : en mer, c'est une distance considérable.

Derrière lui, la ville était encore brillamment illuminée. Devant, il distinguait la masse du porte-avions : le navire semblait avoir viré de bord et ne lui montrait plus que ses feux arrière. Peut-être était-il déjà en route. Près du rivage, il y avait de petites embarcations ancrées ici et là et il devait se faufiler entre elles, slalomant, projetant une énorme lame d'étrave. C'était dangereux de foncer aussi vite par une nuit si noire. Sur les bateaux, il n'y a pas de frein. Il pouvait éperonner une embarcation qu'il n'aurait pas vue à temps. Pire encore, il pouvait aller se fracasser sur une des bouées permanentes. Ce sont d'énormes objets, très lourds, traînant sur l'eau, assez solides pour que s'y amarrent des croiseurs ou des porte-avions. La rade en était parsemée. Là, sur l'eau, il n'y avait aucune lumière. La mer était noire et les bouées seraient invisibles jusqu'à la collision.

Toutes ces possibilités lui traversaient la tête mais, refusant d'en tenir compte, il fonçait pleins gaz vers le porte-avions.

19

On avait rentré l'échelle de coupée et l'amiral, debout auprès de l'agent Foster sur le pont d'envol, venait d'envoyer à la passerelle l'ordre d'appareiller. Le porte-avions sortait de la rade et, dans quelques instants, il prendrait de la vitesse.

Même si Foster n'avait jamais vraiment cru à la capture de Victoriano Zaragon il avait néanmoins espéré, en raison de ce que cela représenterait pour sa carrière, que ça marcherait. Apparemment, ce n'avait pas été le cas, mais l'enjeu pour lui était si gros qu'il s'efforçait de convaincre l'amiral de retarder son ordre. Il suppliait qu'on lui accorde un délai supplémentaire, trente minutes, quinze : un délai, quel qu'il soit.

Foster se trouvait dans une situation délicate. Il avait consulté Washington et, même s'il n'avait rien fait de plus que d'exposer la proposition de Jack, on lui avait donné le feu vert. A l'heure actuelle, les départements du Trésor, de la Justice, de la Marine, la Maison-Blanche — peut-être le Président lui-même — étaient impliqués : si l'on n'amenait pas maintenant Zaragon à bord, si au bout de tout cela il n'y avait pas de Zaragon jugé à New York, alors aucune de toutes ces personnes, à Washington, n'endosserait la responsabilité de quoi que ce soit. Ils allaient tout lui mettre sur le dos. Ils allaient se liguer pour le crucifier. On l'accuserait d'avoir été incapable d'accomplir sa mission. Sa carrière serait brisée.

L'amiral s'était éloigné de Foster. L'agent des stupéfiants dut le poursuivre à travers le pont. Mais l'amiral, qui s'inquiétait de sa propre carrière, se contenta de secouer la tête avec impatience. On lui avait donné l'ordre d'attendre jusqu'à une heure du matin, déclara-t-il : il était maintenant une heure passée. Il avait cinq mille hommes à son bord, et la responsabilité du reste de la Sixième Flotte. Il ne pouvait en conscience désorganiser toutes ses forces pour un trafiquant de drogue.

L'amiral était censé ne rien savoir à propos d'un trafiquant kidnappé. Les ordres qu'il avait reçus avaient été tout à la fois précis et vagues. Un hélicoptère de la DEA se poserait à bord. L'agent Foster débarquerait. L'amiral devait retenir le porte-avions à son mouillage jusqu'à une heure du matin pour permettre à l'agent Foster de prendre livraison d'un colis. Si l'agent Foster avait besoin d'aide pour charger ce colis à bord de l'hélicoptère de la DEA, il fallait la lui fournir.

A part cela, on n'avait rien dit à l'amiral.

Dès qu'on l'eut avisé que l'hélicoptère de la DEA s'était posé, l'amiral avait convoqué Foster. Qu'est-ce que c'était que toute cette histoire ? avait-il demandé. Personne, hélas, n'avait donné l'ordre à Foster de se taire : il avait donc répondu aux questions de l'amiral. Même si cela ne se voyait pas, celui-ci s'était trouvé aussitôt comme en état de choc.

Maintenant, dans la nuit, il ne voulait plus que ce qu'il avait toujours souhaité depuis sa première rencontre avec Foster : lever l'ancre avant l'arrivée de ce « colis ». Il ne voulait surtout pas se mêler de cette affaire pour le moins irrégulière. Il prévoyait que Zaragon — ou pour être plus exact, les avocats de Zaragon — allait faire un raffut épouvantable au tribunal, il n'y avait aucun doute là-dessus. Ils parleraient d'arrestation illégale et tout le tremblement. Ils déclareraient que l'arrestation en soi était un crime. Il se voyait déjà témoignant devant le tribunal. Il serait obligé de faire une déposition qui coulerait tout à la fois le dossier du gouvernement et le témoin, c'est-à-dire lui-même.

Comme c'était un risque qu'il n'avait aucune envie de prendre, il quittait maintenant la rade aussi vite que possible. L'heure limite était dépassée. On ne pouvait rien lui reprocher. S'il se trouvait au large avant que se présente une petite embarcation, il était sauvé.

Quant à Foster, se dit l'amiral, il avait un hélicoptère de la DEA sur le pont d'envol. Il pouvait s'en aller quand il le voulait, pour la destination qu'il souhaitait. L'amiral s'en foutait éperdument.

Les deux manettes poussées à fond, Jack approchait rapidement du porte-avions. Il cherchait du regard les échelles de coupée — les escaliers de quatre ou cinq étages qui toute la semaine étaient restés accrochés au flanc du navire —, mais il ne les voyait pas : on les avait rentrées. Il se rendit compte alors que le porte-avions se déplaçait et il se mit à jurer. Il distinguait l'amorce d'un sillage phosphorescent et il sentait en outre dans l'eau le vrombissement des machines, ou du moins il croyait le sentir. Les vibrations du grand navire ébranlaient la coque de son bateau et se transmettaient jusqu'à ses mains crispées sur la barre. Une fois sorti de la rade, le porte-avions allait prendre de la vitesse et le laisser derrière : un pareil navire pouvait filer plus de trente nœuds. Lui ne dépasserait pas les quinze, au maximum. D'un moment à l'autre, le porte-avions allait tout simplement lui échapper. Il se dit que, si besoin en était, il le poursuivrait à travers toute la Méditerranée, mais cette idée était si déraisonnable qu'il n'y trouva aucun réconfort.

Il se rapprochait toujours, mais de moins en moins : en fait, pratiquement pas. Il était de plus en plus près de la sortie de la rade, et l'horizon s'élargissait si bien qu'on y voyait mieux. Pouvait-il espérer que quelqu'un allait remarquer sa présence ? Mais, comparé au porte-avions, il était comme une puce sur l'eau. Parviendrait-il à s'approcher suffisamment pour héler le navire ? Mais qui l'entendrait ? Le pont, du moins ce qu'il en apercevait, semblait désert et, de toute façon, sa voix ne parviendrait jamais à se faire entendre avec le bruit des moteurs et des machines du navire. Puis il vit que jamais il ne pourrait s'approcher suffisamment pour qu'on le repère ou pour qu'il lance des appels car le porte-avions avait pris de la vitesse. Son sillage s'élargissait. Il s'éloignait sans cesse davantage.

Que faire maintenant ? Jusqu'où devrait-il le poursuivre ? A quelle distance au large le navire allait-il virer de bord, soit pour lancer des avions, soit pour commencer les manœuvres de la flotte ? Quelle réserve de carburant avait-il lui-même ? Pourrait-il continuer la poursuite aussi loin ?

Sur le point de regagner ses quartiers, l'amiral s'arrêta en attendant Foster le rappeler avec insistance :

— Amiral, amiral, voilà le bateau !

Soudain Jack sentit que les machines du porte-avions s'étaient arrêtées, ou presque. Il le sentit avant de le voir. Le navire de guerre perdit rapidement son avance et, comme Jack s'approchait, le faisceau d'un projecteur se pointa sur lui et il se trouva baigné d'une lumière aveuglante.

Il était ballotté au pied de l'immense falaise grise. Un visage se pencha là-haut au-dessus du précipice — il n'arrivait pas à le distinguer nettement — et une voix lança jusqu'à lui :

— Avez-vous un colis pour moi ?

— C'est vous, Foster ?

— Tenez bon, nous allons fixer un treuil !

Jack glissa le long du navire et trouva un taquet auquel il fixa une amarre. Il n'était pas sous le surplomb du pont d'envol, car il apercevait le ciel au-dessus. Son bateau était à deux ou trois mètres du flanc du porte-avions, toujours ballotté par la houle, mais de moins en moins à mesure que la mer se calmait.

Ils étaient maintenant bien au large. Le porte-avions, il le sentait, avançait encore, l'entraînant de plus en plus vers la haute mer. Il fallait s'y attendre. Avec une côte rocheuse derrière soi, on ne peut tout simplement pas laisser dériver un navire de ce tonnage.

— Fichtre, dit Flora, qui se tenait près de lui, que c'est haut ! Je ne me doutais pas que ce machin-là était si énorme.

Elle était encore extrêmement excitée et, un instant, il envisagea l'affaire de son point de vue à elle. A eux deux, ils avaient arrêté un important trafiquant de drogue. A eux deux, ils avaient fait stopper en pleine mer un porte-avions. Elle devait avoir l'impression d'être assez loin de son magasin de décoration. On ne voyait plus trace de son vernis de sophistication new-yorkaise : elle était énervée comme une collégienne.

Il lui adressa un sourire attendri et ils attendirent.

Un bras finit par pivoter et un câble se mit à descendre. Une civière en treillage métallique y était attachée, du genre de celle qu'on utilise en temps de guerre pour hisser les blessés à bord ou les débarquer. Quand elle arriva à sa portée, Jack la tira vers l'intérieur du bateau. Elle reposait maintenant sur le pont de la cabine et le câble, qui avait du mou, s'appuyait en partie sur le plat-bord.

— Il faut que je vous parle d'abord ! cria Jack à Foster.

— Négatif, répondit celui-ci.

— Il y a des choses dont il faut qu'on discute !

— Nous avons tout vu. Vous n'avez qu'à m'envoyer le colis.

Jack avait déjà connu bien des émotions ce soir-là. Toutes, comme le sang qui reste à fleur de peau après une gifle, étaient encore extrêmement proches. C'était la colère maintenant qui revenait. Elle s'adressait non seulement à Foster, qui n'avait pas fait attendre le porte-avions et qui essayait maintenant de l'éconduire, mais aussi à Washington, à la police de New York, à toutes les administrations qui se servent des hommes et puis les laissent tomber.

Dans le passé, Jack avait bien des fois risqué sa vie, et il l'avait encore fait ce soir. Seul et sans aide, sauf celle de sa femme, voilà qu'il ramenait l'un des deux ou trois criminels les plus recherchés au monde. Il avait maintenant des questions auxquelles il voulait des réponses, des promesses qu'il voulait voir tenues. Il méritait le respect et non pas qu'on l'envoie promener. Il n'allait pas se laisser jeter par Foster, ni par personne d'autre.

Il était furieux, il aurait voulu injurier Foster, mais ç'aurait été perdre son temps. L'agent de la DEA était trop loin et, avec le faisceau du projecteur braqué sur lui, Jack ne pouvait même pas le voir.

La solution était de rouler sur la civière Zaragon toujours enveloppé dans son tapis. Il le fit sans douceur — si dans l'opération il blessait Zaragon, tant pis. Puis, comme la civière commençait à s'élever, il monta dessus, les pieds sur les rebords, les mains cramponnées au câble, si bien qu'on le hissa en même temps que Zaragon sur le pont d'envol.

Le treuil pivota vers l'intérieur. On abaissa la civière et Jack en descendit.

Le porte-avions n'avait rien de nouveau pour Jack, il connaissait les ponts d'envol mais celui-ci lui parut bizarre : il comprit alors qu'il n'en avait jamais vu un aussi désert. Sauf pendant les tempêtes, les ponts d'envol sont des endroits pleins d'animation. Devant lui, maintenant, il n'y avait qu'un unique hélicoptère encore arrimé et seulement quatre hommes. Personne d'autre en vue. Le pont était une vaste plaine désolée. Même le responsable du treuil n'était pas là : il avait apparemment opéré d'un pont inférieur. Seigneur, songea Jack, on peut dire qu'ils opèrent dans le plus grand secret.

Il n'avait d'yeux que pour un des quatre hommes, Foster, qui portait une sorte de survêtement avec les lettres DEA sur la poitrine. Il y avait deux autres hommes dans la même tenue qui, il le comprendrait plus tard, étaient les pilotes de l'hélicoptère. Le quatrième personnage, à en juger par ses insignes, était l'amiral. Jack ne le reconnut pas. Sans doute le commandant de la Sixième Flotte. Qui pouvait-il être d'autre ?

Bien qu'il n'en voulût à aucun de ces hommes à l'exception de Foster, Jack ne serra la main de personne.

— Bonjour, Foster, comment ça va ? dit-il d'un ton glacé.

Pour le moment, il parvenait à maîtriser sa colère. Puis il ajouta :

— Vous prenez toujours livraison sans vérifier la marchandise ?

— Vous n'êtes pas censé être à bord, Dilger.

— Qu'est-ce que vous allez faire, m'arrêter ?

Il fit rouler Zaragon hors de la civière, tira un canif de sa poche et, s'agenouillant, trancha le ruban adhésif : le tapis commença à se dérouler tout seul. Jack se leva alors et, empoignant une extrémité, il découvrit peu à peu Zaragon. Lorsque la tête apparut, il se pencha de nouveau et trancha assez de ruban adhésif pour que le visage fût reconnaissable. Zaragon restait bâillonné et il avait le regard flamboyant.

— Je veux vous entendre dire devant tous ces

témoins que cet homme est Victoriano Zaragon et qu'il est vivant.

— Vous voulez peut-être un reçu aussi ?

— Dites-le.

— Ça a l'air d'être lui, reconnut Foster.

Jack tira la photo de sa poche, la déplia et la brandit sous le nez de Foster.

— C'est lui ou pas ?

— Je crois, dit Foster.

— Et il est vivant et en bonne santé ?

— Il est vivant.

— Et en bonne santé.

— Il en a l'air, finit par concéder Foster.

— S'il est mort quand vous atterrirez à Francfort, c'est vous qui l'aurez tué, pas moi.

Les pilotes de la DEA se regardaient, mais l'amiral, observa Jack, s'était éloigné de quelques pas et levait les yeux vers les superstructures du navire. Le salaud ne veut rien savoir de ce qui se passe, estima Jack. Comme les grosses légumes, partout. Qu'un petit inspecteur de police s'en charge : si quelqu'un doit avoir des pépins, que ce soit un inspecteur. Partout où il s'était trouvé dans ce genre de missions, celui qui était sur la corde raide, c'était toujours un petit inspecteur. Le plus souvent lui-même.

— Vous m'avez fait des promesses, rappela Jack.

— Je n'ai fait aucune promesse, répliqua Foster. Je vous ai dit que Washington pourrait peut-être accéder à vos demandes. (Il se tourna vers les deux pilotes.) Chargez le colis dans l'hélicoptère.

— Primo, reprit Jack, vous avez promis de tenir une conférence de presse dès l'instant où vous vous poserez à Francfort.

Il avait d'autres points à discuter, mais celui-ci était le plus urgent. Dès que la nouvelle de l'arrestation de Zaragon se répandrait, le contrat sur la tête de Jack deviendrait caduc, du moins en France. Plus tard, il pourrait y avoir d'autres contrats, mais celui-ci serait nul et non avenu.

L'horaire de l'éventuelle conférence de presse était donc capital.

— Je veux vous entendre dire que la conférence de presse sera tenue aujourd'hui, répéta Jack.

— Négatif, répondit Foster. Washington a changé d'avis. Je n'y suis pour rien. Washington a décidé qu'il n'y aurait pas de conférence de presse avant que nous ne l'ayons amené à New York.

— D'ici là, je serai peut-être mort !

— Je n'ai rien pu faire.

La rage de Jack se lisait sur son visage, dans ses poings serrés, dans son regard.

— A quelle heure l'avion quitte-t-il Francfort ?

— Dès que nous serons arrivés là-bas. Les moteurs sont sans doute déjà en train de chauffer. Comptez huit heures de vol jusqu'à New York...

Déçu, impuissant, Jack ne cessait d'ouvrir et de fermer ses poings.

— Détendez-vous, dit Foster. Vous êtes resté vivant jusqu'ici. Si vous pouvez tenir encore vingt-quatre heures, vous êtes tiré d'affaire.

L'amiral, accoudé au bastingage, regardait la mer. Il dit à Jack :

— Qui est-ce, dans le bateau ?

— Ma femme, répondit Jack.

— Vous ne feriez pas mieux de la rejoindre ?

— Et l'autre chose ? demanda Jack à Foster.

— Quelle autre chose ?

— Pour l'avenir, bon sang. Pour mon recrutement par la DEA.

— Si vous passez la visite médicale, ils envisageront votre candidature.

— Ils envisageront ma candidature ?

— C'est tout ce que j'ai pu obtenir. Vous déposez au procès, et, une fois le verdict rendu, ils étudieront votre demande.

— C'est tout ce que vous avez pu obtenir ?

— On dirait que votre femme commence à s'énerver, intervint l'amiral, toujours appuyé au bastingage.

— Je me suis vraiment donné du mal pour vous, affirma Foster.

— Vous n'avez qu'à leur dire que s'ils veulent un témoin coopératif, ils feraient mieux...

— Il faut que je fasse appareiller ce navire, lança l'amiral.

Jack avait passé l'âge de se laisser intimider par des amiraux : il l'ignora.

— Vous n'avez qu'à leur dire ça, Foster. Dites-leur juste ça.

— Je vous serais donc reconnaissant, enchaîna l'amiral, si vous vouliez bien tous les deux abréger cette conférence...

Le grutier, un grand matelot en salopette et calot blancs, venait d'arriver sur le pont d'envol. Il se tenait à proximité, attendant les ordres.

— Ramenez cet homme à son bord, lui ordonna l'amiral.

Les poings crispés, Jack regarda Foster d'un air mauvais.

— Maintenant, si vous voulez bien avancer par là, poursuivit l'amiral, le matelot va vous descendre à votre bord et...

Jack ravala sa colère, son orgueil. Il avait déjà oublié la jubilation qu'il avait éprouvée en capturant Zaragon. On l'avait trahi. Il pouvait accepter le fait qu'on remette de quelques heures la conférence de presse : il n'aurait qu'à être prudent un peu plus longtemps. Ce qu'il ne pouvait pas admettre, c'était que la DEA, après un exploit de cette qualité et la promesse faite par Foster, l'éconduise quand même. Il était accablé par l'intensité de ses regrets. Il avait envie du poste qu'il avait demandé à Foster de lui obtenir, il avait envie d'entrer dans la DEA. Il avait envie de se retrouver du côté des forces de l'ordre.

— Vous avez promis de m'aider, Foster. Il faut que vous le fassiez...

— Combien va-t-il vous falloir de temps pour faire décoller cet engin ? demanda l'amiral à Foster.

— Le temps d'envoyer un message à Washington et de recevoir une réponse.

— Alors, dit l'amiral, allez-y.

Avec un petit salut de la tête en direction de Jack, Foster traversa à grands pas le pont d'envol, en direction des superstructures.

L'amiral broya la main de Jack.

— Enchanté d'avoir fait votre connaissance, dit-il.

Même les amiraux font parfois semblant d'avoir des manières. Puis, à son tour, il s'éloigna vers les superstructures.

— Par ici, monsieur ! cria l'homme qui manœuvrait le treuil.

Jack se retrouva donc dans la nuit, debout au bord de la corbeille métallique qu'on fit passer par-dessus bord. L'ascenseur improvisé se mit à descendre. L'immense flanc gris défila devant ses yeux, comme un mur sans fenêtre.

Puis il se retrouva sur son bateau, s'éloignant du porte-avions. Mais il resta à environ cinq cents mètres, les moteurs tournant au ralenti, à le regarder, debout à la barre, tandis qu'à ses côtés Flora lui frictionnait les épaules.

— Qu'est-ce qu'on attend ?

Il voulait voir l'hélicoptère décoller, expliqua-t-il. Le pont d'envol cachait l'appareil, mais il pouvait distinguer une de ses pales encore immobiles se détachant sur le ciel, du moins en avait-il l'impression.

— On peut dire que tu as les épaules raides, souffla Flora. C'est fini, tu as gagné. Détends-toi. Ta dernière et plus belle affaire.

— Je me détendrai quand je verrai cet hélicoptère décoller.

— Je comprends maintenant pourquoi tu adorais être un flic, pendant toutes ces années. Ça donne vraiment du jus, n'est-ce pas ? (Il hocha la tête.) C'était excitant, ce qu'on vient de faire. C'était même amusant, ma foi. Vraiment amusant...

Il était content de sa réaction. Serait-ce possible de

fonder le reste de leur vie sur ce qu'ils avaient jusqu'à maintenant partagé au cours de leur mariage, surtout ce qu'ils avaient partagé ce soir ?

— Veux-tu que je fasse du café ? proposa Flora.

Elle descendit, pendant qu'il continuait à suivre du regard le porte-avions. Le navire prenait le large maintenant et Jack poussa les manettes en avant pour ne pas se laisser trop distancer. La mer était toujours calme et, pendant un moment, il évita sans peine les remous que le navire de guerre commençait à laisser dans son sillage.

Flora revint avec le café. Les tasses fumaient à la lumière de l'habitacle.

— Alors, dit-elle, qu'est-ce que tu vas faire quand tu seras rentré en Amérique ? Travailler dans une agence de sécurité, comme tous les autres anciens policiers ? Ou bien chercher quelque chose de mieux et de plus important ?

— Je ne sais pas trop.

Devrait-il lui parler de ses conversations avec Foster ? Peut-être ne l'avait-on pas éconduit. Peut-être, après tout, allait-on lui proposer de devenir agent fédéral. De se retrouver une fois de plus dans la police, dans une sorte de police. Il s'apprêtait à lui en parler, mais il n'y parvint pas.

— Tu pourrais être tout ce que tu as envie d'être, dit sa femme. Si tu voulais reprendre tes études, je pourrais nous faire vivre pendant ce temps-là.

— C'est très gentil de ta part.

— Ce n'est pas pour toi que je le ferais. Je le ferais pour nous.

— J'aurais ma pension, dit Jack.

Il ne pouvait pas supporter l'idée de reprendre des études. Être assis dans des salles de cours avec des gosses ? Impossible. Mais Flora était excitée par cette perspective et par d'autres qu'elle formulait concernant l'avenir, et il ne voulait pas lui assener ce coup-là maintenant, alors il ne dit rien.

— Tu pourrais même faire ton droit, si tu en as envie, reprit Flora. Ou de la politique.

— La politique, fit-il. Tiens, voilà une idée.

Rejoindre les canailles. Voler de l'argent sur une grande échelle.

Mais il garda sa réaction pour lui : il lui fit son grand sourire et l'envoya dans la cabine chercher un chandail car, à dix nœuds, le vent de la nuit soufflait sur ses bras nus et il commençait à avoir froid.

Le porte-avions faisait route vers le sud-ouest en maintenant un cap d'environ deux cent dix degrés. L'hélicoptère n'avait toujours pas décollé. Peu à peu, le navire prit de la vitesse. Jack était bien décidé à l'accompagner aussi longtemps qu'il le pourrait. Au début, il voyait encore les lumières des villes derrière lui, mais elles ne furent bientôt plus que de vagues lueurs. Finalement, il ne distingua plus rien de la côte et, en voyant le porte-avions s'éloigner de plus en plus vers le large, il commença à s'inquiéter en songeant au rayon d'action de l'hélicoptère, même s'il avait des réservoirs supplémentaires. Francfort était à mille kilomètres environ de la côte. Jusqu'où allaient-ils aller avant que l'appareil décolle ? Pourquoi attendre si longtemps ? Qu'est-ce qui n'allait pas ?

Quand l'hélicoptère finit par décoller, Jack ne vit même pas la manœuvre. Tout ce qu'il aperçut, avec le porte-avions maintenant loin devant, ce furent les lumières clignotantes qui s'élevaient droit dans la nuit comme une chandelle romaine : seulement, cette fois, cela ne se termina pas en gerbe d'étincelles. Les feux se stabilisèrent, planèrent un moment puis se rapprochèrent de Jack.

Il vit l'appareil passer presque au-dessus de sa tête, il l'entendit aussi et, malgré lui, il se mit à siffloter dans la brise et à sourire. Flora le prit dans ses bras en murmurant :

— Voilà un très vilain monsieur qui s'en va en prison pour la vie. (Elle l'embrassa.) Félicitations. Tu es vraiment un grand inspecteur. Et je suis rudement contente pour toi que ta dernière affaire ait été la plus réussie. Il n'y a pas beaucoup d'inspecteurs à qui ça arrive... Merci de m'avoir fait partager ça avec toi.

Elle l'embrassa de nouveau et, tandis qu'il lâchait la barre, elle se mit à danser avec lui sur le pont. Il ne l'avait jamais connue aussi heureuse. Comme elle tourbillonnait, l'éclairage de l'habitacle se reflétait différemment sur les méplats de son visage, sur les larmes de joie qui ruisselaient de ses yeux : elle était superbe, il en avait l'estomac serré et il se retrouva aussi éperdument amoureux d'elle que lorsqu'il l'avait rencontrée.

— Tu n'as pas de champagne, à bord de ce rafiot ?

— Malheureusement non.

Il n'arrivait pas à détacher d'elle son regard, ni à cesser de sourire.

— C'est ce qu'il nous faut, du champagne. (Elle brandit une coupe imaginaire.) A la santé de l'ex-inspecteur John F. Dilger, le meilleur policier du monde, et mon mari. A la santé de mon mari, aujourd'hui grand avocat. Non, ça ne va pas. Aujourd'hui, membre du Congrès. A la santé de mon mari, l'ancien policier devenu — pourquoi pas ? — président des États-Unis...

Elle le faisait rire et sa façon de le faire tournoyer lui donnait le vertige. S'apercevant que personne ne tenait la barre, il tendit la main pour pousser les manettes au point mort : la brusque décélération les précipita l'un contre l'autre et ils faillirent tomber. Ils se retrouvèrent enlacés dans un baiser passionné.

— Qu'est-ce que je sens qui s'enfonce dans mon ventre ?... dit Flora en retirant le revolver de la ceinture de Jack. Oh, c'est ça ! fit-elle en riant. J'ai cru un moment que c'était moi qui t'avais excité à ce point-là...

Il la laissa l'examiner un moment. Elle n'avait jamais aimé toucher une arme. Elle n'avait jamais aimé l'idée qu'il circulait en ville armé, et elle le lui avait parfois dit. C'était la première fois qu'elle manifestait le moindre intérêt pour ses instruments de travail et il tendit la main pour reprendre le revolver.

Mais il ne fut pas assez rapide.

— On n'a plus besoin de ça, n'est-ce pas ? dit Flora. L'affaire est close. L'inspecteur Dilger est en permission.

D'un grand geste désinvolte, elle jeta le revolver à la mer.

Jack ne s'y attendait pas. Il n'aurait pas été plus surpris si elle lui avait tiré dessus. Il se précipita pour le rattraper, dans un élan si frénétique, si vain, qu'il faillit passer par-dessus bord. Il se détendit pour le rattraper comme s'il avait des bras de cinq mètres de long et qu'il pouvait le saisir au vol. Illusion.

Toujours dans la petite zone éclairée qui entourait le bateau, l'arme tomba, émit un tout petit plouf ! et disparut dans des dizaines de mètres d'eau.

Flora vit l'air consterné de Jack et n'eut plus du tout envie de rire.

— Tu n'en as plus besoin... N'est-ce pas ?

Il lui assura que non, même s'il pensait que ce pourrait quand même être le cas. Il n'était pas homme à faire une scène à propos de quelque chose à quoi on ne peut rien changer. Et, en cet instant, il était si amoureux d'elle qu'il lui aurait passé à peu près n'importe quoi.

— Non, bien sûr que non. (Il parvint même à arborer un semblant de sourire.) Comme tu dis, l'affaire est close.

Mais c'en était fini de la danse, des joyeux toasts. L'ambiance était brisée. Il contourna Flora pour empoigner la barre et remettre sur son cap le bateau sans pilote.

Impossible de récupérer le revolver. Trop tard pour protester.

Il lui manquait, pourtant. Il lui manquait terriblement, comme s'il avait perdu quelque chose de précieux.

Précieux pourquoi ? se demanda-t-il en naviguant au compas le long d'une côte qu'il ne distinguait pas. L'arme était-elle précieuse sur le plan psychologique ou sur le plan de la sécurité ? Ou bien les deux ? On considère souvent l'arme à feu comme un symbole phallique : un second pénis. Le fait de le porter le plus souvent si près des organes masculins vient parfois renforcer cette idée.

Si, en ce moment, il éprouvait le sentiment d'une grande perte — presque du chagrin —, c'était parce qu'il ne se considérait pas encore en sécurité. Il ne le serait que lorsque Foster aurait donné sa conférence de presse — à New York — et que la nouvelle aurait été reprise par les journaux français : disons d'ici deux jours. Jusque-là, ç'aurait été bien d'avoir une arme. Le troisième jour, il l'aurait lui-même jetée. Avec délectation. Un geste de bravade, oui. La preuve, surtout, que sa virilité ne dépendait en rien du fait de se promener armé dans un monde où les autres ne le sont pas. Une façon de dire : avant, j'avais peur aujourd'hui je suis fort. Il aurait enfin remporté la victoire sur Zaragon et sa bande. Une victoire sur lui-même, avant tout.

Flora venait de faire disparaître le revolver : elle avait fait le travail pour lui. C'était moins satisfaisant de cette façon, mais pas moins définitif. Il fut surpris de constater qu'il ne lui en voulait même pas. Ce soir, elle avait tous les droits.

Il commençait même à songer sérieusement à l'idée qu'elle avait évoquée : se trouver une activité. Si la DEA ne le recrutait pas, il y serait bien obligé. Il s'était remis de sa première colère contre Foster. Celui-ci n'était qu'un flic, il faisait ce qu'on lui disait. La DEA, c'était le dernier recours de Jack. Si la réponse était négative, alors sa carrière dans les forces de l'ordre se terminait bel et bien ce soir. Allons, il pourrait le supporter. Au moins, comme disait Flora, pour un dernier coup, il avait fait fort...

Jack maintenait le cap sur la côte, tout en se demandant où il était. Il savait que le porte-avions l'avait dérouté vers l'ouest, mais il ne pouvait qu'estimer jusqu'où. Peu importait. Il ne pouvait pas manquer la terre, et il reconnaîtrait la ville qu'il apercevrait en premier. Après cela, il retrouverait facilement Beaulicu. Il s'était fixé un cap de dix degrés et, pour économiser le carburant, il avait réduit les gaz. De toute façon, il ne voulait pas approcher du rivage dans l'obscurité. Flora s'était endormie sur la banquette arrière, le laissant seul avec ses pensées.

En fait, il aperçut la terre à l'ouest de Cannes : il reconnut les deux petites îles, avec les lumières de la ville derrière, et se souvint de son premier voyage là-bas avec Madeleine. Comme il virait vers l'est, le ciel commença à s'éclaircir. Les sommets des Alpes maritimes accrochaient les rayons d'un soleil qu'on n'apercevait pas encore derrière l'horizon ; pendant quelques instants, il admira l'étincelante succession de pics qui flottaient dans le ciel, sans rien apparemment pour les soutenir. Bientôt, il parvint à repérer les faîtes des hautes collines derrière les villes et, après cela, les lumières qui signalaient çà et là les villas.

Flora vint le rejoindre en se frottant les yeux.

— Je n'avais pas l'intention de m'endormir, s'excusa-t-elle. Je t'ai abandonné. Je te demande pardon. (Elle le regarda en souriant.) Ça n'arrivera plus, je te le promets.

Leurs regards se croisèrent. Puis leurs sourires disparurent brusquement, car ils comprenaient tous les deux qu'il y avait plus, beaucoup plus, derrière cette promesse.

Jack, un peu perdu devant des émotions si fortes, n'osait même pas essayer de parler.

Le soleil choisit ce moment pour apparaître : un brusque éclat, une lumière totale allumant des reflets sur l'eau alentour.

— Whoouu, fit Flora, regarde-moi ça !

— Tu n'as jamais vu de lever de soleil ?

— Comme celui-ci, non.

Jack, qui avait cent fois vu le soleil se lever en mer, lui serra le bras et l'envoya en bas préparer un peu plus de café. Elle revint quelques minutes plus tard et se planta auprès de lui. Ils burent à petites gorgées en regardant la mer autour d'eux changer de couleur à mesure que le soleil montait dans le ciel.

Environ une heure plus tard, Jack entra lentement et prudemment dans le port de plaisance de Beaulieu. Il s'amarra. Ils descendirent sur le quai. Jack jetait des coups d'œil çà et là, mais surtout par habitude. Cela lui semblait beaucoup trop tôt pour que quiconque lui ait tendu une embuscade.

Un des bistros du port était en train d'ouvrir : ils s'installèrent donc et commandèrent du café au lait et des croissants. On les servit et, quand ils se retrouvèrent seuls, Flora lui prit la main en murmurant :

— Alors, quand est-ce qu'on rentre ?

— Il me faut un jour ou deux, dit Jack. Il faut que je rende le bateau et la voiture. (Puis il ajouta, pensant à Madeleine :) Et j'ai une ou deux autres choses à régler...

Ça n'allait pas être facile d'affronter Madeleine, mais il voyait sa vie plus clairement maintenant, du moins il se l'imaginait. Il était un Américain, un New-Yorkais : sa place, c'était à New York. Pas ici : jamais il ne serait à l'aise ici, il serait toujours un peu en porte à faux, toujours un étranger. Sa femme, c'était Flora : c'était Flora qui était restée auprès de lui, qui l'avait aidé à capturer Zaragon. Désormais, son mariage allait être différent. Flora allait être différente. Lui aussi allait changer. Il allait rentrer avec elle et, même s'il ne parvenait pas à réintégrer la police, sa place était là-bas. S'il devait commencer une vie nouvelle, c'était là qu'il la trouverait.

Il n'avait pas vraiment besoin de parler à Madeleine de ses sentiments pour Flora. Il se contenterait de lui raconter pour Zaragon : il était fier de ce qu'il avait fait et il pensait qu'elle le serait aussi. En tout cas, il tenait à la mettre au courant. Il espérait qu'elle et ses amis de la police judiciaire parviendraient à réunir leurs dossiers contre le maire et à le faire tomber. Il le lui dirait, et il lui dirait aussi qu'il espérait bien qu'elle allait retrouver son poste. Ensuite, il lui annoncerait simplement qu'il rentrait chez lui. Il la remercierait de tous les instants qu'ils avaient passés ensemble. Il tenait à elle et il ne l'oublierait jamais, mais il devait rentrer. Si jamais il revenait, il viendrait sûrement la voir, expliquerait-il et, si elle passait à New York, qu'elle ne manque pas d'appeler, surtout.

En compagnie de sa femme, Jack s'approchait lentement de sa voiture. Les doigts enlacés, séparés par un bon mètre : ils avaient toujours marché ainsi quand ils se tenaient la main, pour bien montrer peut-être que, même s'ils étaient ensemble, chacun d'eux était libre et que c'était par choix qu'ils étaient réunis.

Ça allait être une autre journée magnifique. Le port commençait à s'agiter, on entendait çà et là une voiture sur la route. Entre les bateaux et les restaurants, il y avait une rangée d'arbres, avec de la place pour garer des véhicules. C'était là que se trouvait la voiture de location de Jack, celle qu'il avait échangée récemment contre l'ancienne. Il estimait qu'il l'avait depuis trop peu de temps pour qu'on puisse la reconnaître. Il arriva auprès d'elle, introduisit la clé dans la portière côté passager : il l'ouvrit pour Flora puis fit le tour et ouvrit l'autre portière, car il avait l'intention de la raccompagner jusqu'à son hôtel et peut-être de se cacher là avec elle pour le restant de la journée, peut-être même jusqu'à ce que la conférence de presse ait eu lieu à New York.

Sous ces arbres, il y avait de la place pour une douzaine d'autres voitures mais, à part celle de Jack, il n'y en avait que deux : l'une, tout au bout de la rangée, et l'autre, une Jaguar, à côté de la sienne. Elle n'avait aucune raison d'être si près. Dans cette Jaguar, une voiture de nanti, était assis un homme qui avait en effet l'air de l'être. Les quatres vitres étaient ouvertes. L'homme semblait sommeiller.

Jack avait baissé sa garde. Il ne jeta qu'un bref coup d'œil de ce côté, suffisant pour en conclure que l'autre n'avait pas le profil d'un homme de main. Entre deux âges, il portait une chemise blanche avec un col boutonné et une cravate rouge. Il avait l'air de quelqu'un qui travaille pour IBM ou pour le FBI. Sa veste était posée sur le dossier du siège du passager. Quand il descendit de voiture, il avait un porte-documents à la main et Jack ressentit le premier petit frisson d'inquiétude.

— Vous êtes bien M. Jack Dilger ? fit l'homme.

Il avait un accent aussi américain que celui de Jack.

Son inquiétude se précisa : comment ce type connaît-il mon nom ? Cet accent parfait était alarmant aussi. Mon Dieu, se dit-il, ils ont fait venir un Américain pour faire ça. Il était trop tard pour s'affoler. Trop tard pour tout, en fait.

— Qui êtes-vous ? demanda Jack.

Il se dégagea d'entre les deux voitures, prenant au moins l'air agressif, la seule défense qu'il eût à sa disposition.

— Oui ou non ?

S'il devait aller en enfer, songea Jack, ce serait sous son propre nom.

— Oui, répondit-il, ses yeux fixés maintenant sur le porte-documents.

Il savait maintenant ce qù'il allait voir et comment tout cela allait finir.

Il ne fut pas déçu. La fermeture à glissière de la serviette était à demi ouverte. L'homme plongea la main à l'intérieur, la ressortit avec un Mac 10. Jack le reconnut évidemment tout de suite. Une arme dont la seule utilité est de tuer des gens. Il eut même une pensée qui bien des fois déjà lui avait traversé l'esprit : comment ces engins prolifèrent-ils ainsi, qui permet cela ?

L'espace d'un instant, il crut qu'il pourrait encore sauver sa peau. Ici, sur la Côte d'Azur, lui-même n'avait eu une arme que pendant trois jours, mais avant cela, à New York, pendant douze ans. Il était habitué à avoir une arme à la ceinture, il en sentait encore le poids là où elle était censée être. Mais, quand il voulut la prendre, ses doigts ne touchèrent rien, ne rencontrèrent rien, et sa main remonta vide : il la brandit devant lui, paume ouverte comme pour tenter d'arrêter au mieux une balle, en aucun cas cette rafale de projectiles qui arrivaient avant même d'être partis, et que seul un blindage aurait pu stopper.

L'un d'eux, d'ailleurs, lui traversa la main. Il le vit

ressortir et n'en crut pas ses yeux. Il y en eut beaucoup d'autres, qui tous firent mouche. Certains comme des coups, d'autres comme des piqûres d'abeille. Mais, d'une façon ou d'une autre, il les sentit tous : on meurt rarement sur le coup quand on vous tire dessus. Il entendit Flora hurler et il aurait voulu lui dire de s'enfuir, car il ne voulait pas qu'elle se fasse tuer, elle aussi, mais, quand il essaya de parler, aucun son ne vint. Puis il se rendit compte qu'il s'effondrait.

Il heurta le sol avec violence, mais sans s'en apercevoir. Il sut qu'il ne pourrait pas se relever. Il essaya, mais ses muscles n'étaient plus reliés à sa tête, il n'arrivait pas à les faire fonctionner. Il leva les yeux, fixant droit le soleil, et il cligna un certain nombre de fois les paupières. Quand il regarda de nouveau, le soleil avait disparu, l'homme à la cravate rouge lui bouchait la vue : en fait, il était penché sur lui. Il vit le canon de l'arme approcher. Il semblait n'être qu'à quelques centimètres de son visage et, même si cela ne fit aucun bruit, il le vit flamboyer une fois, et ce fut la dernière chose qu'il vît jamais.

Flora hurlait toujours. Elle était plantée au-dessus de Jack, les mains à la bouche. L'homme à la cravate rouge lui jeta un coup d'œil, puis releva son pistolet-mitrailleur, le braqua sur elle et fit feu. La balle passa entre le bras de Flora et son sein gauche, lui laissant une brûlure sur la peau.

Après cela, le chargeur fut vide. L'homme à la cravate rouge en avait bien un de rechange, mais il était dans la voiture. Ce qu'il n'avait pas, c'était du temps. Il devrait retourner à la voiture, recharger puis liquider le témoin. Mais les gens arrivaient déjà, forcément : il avait tiré entre dix et quatorze coups. Il ne savait pas combien exactement. Des hommes, des serveurs, Dieu sait qui encore, sortaient en courant des restaurants. Une femme en peignoir avait surgi d'un des immeubles voisins : elle aussi se précipitait vers lui.

L'homme lança son arme dans la Jaguar, sauta au volant et démarra.

La femme en peignoir, c'était Madeleine. Elle aperçut

la Jaguar et, tout en courant, elle essaya de mémoriser son numéro d'immatriculation. Puis elle vit l'homme qui gisait sur le pavé et elle oublia ce qu'elle était en train de faire. Elle s'agenouilla auprès de lui, lui toucha l'épaule et éclata en sanglots.

Flora avait cessé de crier. Des larmes ruisselaient aussi sur son visage. Deux femmes qui ne se connaissaient pas, qui s'étaient entr'aperçues une seule fois, pleuraient l'homme qui avait été Jack Dilger.

20

Il y a en France assez peu d'agressions à l'arme à feu, finalement, et encore moins souvent mort d'homme. Dans la plupart des cas, il s'agit de contrats exécutés sur ordre de la pègre. C'était dans cette catégorie que tombait l'assassinat de Jack Dilger. La police française aurait aimé résoudre l'affaire, mais les règlements de comptes par contrat présentent la particularité d'être quasiment impossibles à élucider.

Un étranger avait été tué, apparemment par un autre étranger et apparemment à la demande d'un troisième. L'enquête avait pu établir cela, mais pas plus. On interrogea Flora pendant presque trois jours. Au début, elle était pratiquement en état de choc et, même plus tard, elle ne put donner qu'une vague description de ce qui s'était passé. On finit par l'autoriser à rentrer à New York, avec le corps de Jack dans la soute de l'avion.

Madeleine, de son côté, put décrire la Jaguar — elle avait été volée la nuit précédente et on la retrouva par la suite, abandonnée —, mais c'était tout ce qu'elle avait vu personnellement.

Ayant établi qui était Jack et sur les ordres de qui il avait sans doute été exécuté, les inspecteurs de la PJ envoyèrent en Amérique des demandes de renseignements. Ils s'attendaient à subir la pression du FBI, de la DEA, et peut-être même du Département d'État. Ils n'eurent ni l'un ni l'autre. Ce n'était pas l'affaire du FBI et, à Washington, après de nombreuses conférences à très haut niveau, la DEA choisit de ne pas s'en mêler. Intervenir, estima-t-on, aurait attiré l'attention sur les « irrégularités » commises lors de l'arrestation de Victoriano Zaragon. L'ambassade de France avait déjà émis la classique protestation officielle — à propos d'un enlèvement sur le territoire français — mais, pour l'instant, elle n'insistait pas. Mieux valait laisser toute l'affaire s'éteindre d'elle-même.

Assez peu de gens assistèrent à l'enterrement de Jack : Flora, qui ne cessa de sangloter, quelques-uns de ses amis, des policiers et des inspecteurs du 19e district et une ou deux autres personnes. La Direction de la police envoya un détachement et, à la fin de la cérémonie, on replia le drapeau posé sur le cercueil et on le remit à Flora, qui enfouit son visage dans ses plis. Il n'y avait aucun représentant officiel du service. L'agent Foster, qui avait escorté Zaragon pendant tout le trajet jusqu'à New York, avait demandé la permission d'assister à l'enterrement, mais la DEA la lui avait refusée. Il n'était donc pas là. Quelques journalistes à l'église, qui accompagnèrent même le corbillard jusqu'au cimetière de Westchester, où Jack fut inhumé auprès de ses parents. Ils repartirent en secouant la tête. L'enterrement de l'ex-inspecteur Dilger, ça ne faisait pas la matière d'un article, déclarèrent-ils.

A quelque six mille kilomètres de là, une affaire d'une tout autre importance attirait l'attention du public.

La plupart des maires de France, celui de Nice compris, sont en même temps députés à l'Assemblée nationale. A ce titre, ils jouissent d'une assez large immunité parlementaire qui les met à l'abri des poursuites. Cela pose tant de problèmes juridiques que toute tentative pour les inculper et les condamner risque fort de ne pas aboutir. La plupart des inspecteurs et surtout des commissaires, pour ne pas parler des procureurs, sont en général peu disposés à tenter l'expérience. Affronter un homme politique important fait courir de grands risques à une carrière.

Mais, pour la PJ de Nice, la tentative d'assassinat contre un des leurs, à savoir Madeleine, était une affaire personnelle : peu importait les difficultés ou les menaces. Si des politiciens peuvent faire assassiner des policiers — ou ex-policiers — en toute impunité, alors c'est la démocratie elle-même qui est menacée, sans parler de la sécurité personnelle de tout un chacun.

L'enquête qui suivit fut menée par des hommes qui travaillèrent essentiellement pendant leurs heures de loisirs et, tout d'abord, dans le plus grand secret. Ils s'y lancèrent corps et âme.

Ils poussèrent les choses si loin que cela prit plusieurs mois, mais les preuves rassemblées étaient convaincantes et leurs investigations les menèrent simultanément jusqu'aux frères Sestri et jusqu'à plusieurs amis du maire qui, une fois pris, se mirent à parler.

Les frères Sestri déposèrent leur bilan. Le maire s'enfuit en Uruguay, un des pays où il semblait avoir mis de l'argent en lieu sûr, et qui était censé ne pas avoir de convention d'extradition avec la France. Là-bas, il réclama l'asile politique mais finit quand même par être arrêté, emprisonné, et finalement extradé. De retour en France, il fut jugé, reconnu coupable et condamné à une longue peine de prison, tout comme de nombreux membres de la municipalité.

Au printemps, il y eut des élections, un nouveau gouvernement à Paris. Peu après, l'ex-inspectrice Madeleine Leclerq fut disculpée de toutes les accusations portées contre elle. On lui rendit son arme et sa carte de police, et on la fit même bénéficier d'un rappel de traitement. Toutefois, ce ne fut pas à Nice qu'on l'affecta. Le commissaire Vossart faisait alors l'objet d'une enquête disciplinaire. Peut-être cela joua-t-il. Quoi qu'il en soit, elle fut nommée à la brigade financière de Lyon et s'en alla de bon gré : la Côte d'Azur était devenue pour elle un endroit chargé de si pesants souvenirs qu'elle était heureuse de laisser tout cela derrière elle.

A New York, il y eut bien des retards, les avocats de Victoriano Zaragon contestant à grands cris la légalité de son arrestation. Il avait été enlevé dans un pays étranger, déclarèrent-ils. Ils exigèrent de connaître l'identité de la femme qui avait attiré leur client dans une chambre d'hôtel de Villefranche, car elle pouvait constituer un témoin pour la défense.

Celle-ci, répliqua le procureur, ne jouait dans l'affaire qu'un rôle accessoire, et il insista pour que son nom reste confidentiel. Le juge accepta et décida qu'on n'avait pas à le révéler.

Toutefois, au cours de l'instruction, un document sur lequel figurait ce nom fut par inadvertance transmis aux avocats de la défense, qui s'empressèrent de le communiquer à leur client.

Victoriano Zaragon entra dans une rage folle.

Flora n'en fut jamais informée. On ne lui accorda pas la moindre protection, et elle ne prit pas plus de précautions qu'une femme de son âge et de sa situation circulant dans les rues de New York.

Les avocats de Zaragon conseillèrent à leur client de se concentrer sur le dossier réuni contre lui : il s'occuperait de Flora plus tard.

Il comparut donc devant la cour d'assises de l'État de New York pour les meurtres du marchand de tableaux Bulfinch et des deux équipiers de Jack Dilger, ainsi que pour la tentative de meurtre sur Dilger lui-même : mais il ne restait aucun témoin survivant et, après deux mois de dépositions et cinq jours de délibérations, le jury l'acquitta.

Un grand sourire s'épanouit sur son visage poupin.

Il n'y resta pas longtemps. Les nombreux retards de procédure avaient donné à la DEA tout le temps de préparer contre lui un dossier fédéral pour trafic de drogue et il fut arrêté avant d'avoir pu quitter la salle d'audience. Il changea de prison, passant de la garde des autorités de l'État à celle des autorités fédérales.

En attendant son second procès, Zaragon n'avait toujours été reconnu coupable de rien. Il avait donc droit à de nombreuses visites et ce fut par l'intermédiaire d'un de ses visiteurs, supposa-t-on plus tard, qu'il lança alors le contrat sur Flora.

Le procès pour trafic de drogue finit par avoir lieu. Il dura encore deux mois, mais cette fois Zaragon fut reconnu coupable. Le juge le condamna à une peine de quatre-vingt-dix-neuf ans, sans possibilité de libération sur parole, à purger dans la prison fédérale de Marion, Illinois, le plus dur de tous les établissements pénitentiaires.

A Marion, on l'enferma dans une étroite cellule sans fenêtre, au sous-sol. La pièce contenait un lit, des toilettes, un lavabo : comme d'habitude. Il était isolé de tous les autres prisonniers. En guise d'exercice, il avait droit à une heure de promenade tous les deux jours, seul dans une petite cour déserte. Une douche par semaine. Même aux repas, on ne le laissait pas se mêler aux autres : on lui apportait un plateau dans sa cellule.

Il ne reverrait plus le soleil, ni la lune, ni un arbre, ni une femme.

Mais le contrat sur Flora était déjà lancé. Il avait son existence propre, il suivrait son cours.

Elle avait alors presque surmonté sa peine. Elle ne pleurait plus à tout bout de champ sans raison. Durant des mois, elle n'était jamais arrivée à dormir une nuit entière, mais maintenant elle avait retrouvé le sommeil.

Elle avait pris l'habitude de se rendre tous les dimanches sur la tombe de Jack, mais cela faisait quelques semaines qu'elle n'y était pas allée.

Elle avait même commencé à voir un inspecteur qu'elle avait rencontré à l'enterrement de Jack. Il était plus petit, plus frêle que Jack, mais il le lui rappelait à bien des égards. Le policier avait l'habitude de passer rendre visite à Flora dans la journée, s'il se trouvait dans le quartier.

Il ne savait pas plus qu'elle que sa vie était en danger.

Elle fermait à clé la porte de son magasin pendant les heures d'ouverture. Les clients sonnaient pour entrer. Elle les voyait à travers la vitre et, s'ils lui paraissaient bien, elle leur ouvrait. Ce système est habituel sur Madison Avenue. Un grand nombre de magasins et presque toutes les galeries l'utilisent.

C'est ainsi qu'un homme sonna au magasin de Flora.

On était de nouveau en juillet. Une de ses associées était en vacances et l'autre en rendez-vous à l'extérieur. A la réception se trouvait une étudiante de dix-huit ans, qui faisait un remplacement pour l'été. Elle ouvrit. Flora en aurait sans doute fait autant, car l'homme était élégamment mis, porte-documents à la main et portait cravate autour du cou.

Ayant entendu la sonnette, Flora sortit de la réserve. Elle lissait les plis de sa robe, arborant déjà son sourire professionnel.

— Monsieur, dit-elle, est-ce que je peux vous aider ?

Mais il ne s'agissait pas d'un client ordinaire :

— C'est vous, Flora Dilger ?

La plupart de ses clients continuaient à l'appeler Flora Simpson mais, depuis la mort de Jack, elle s'était mise à utiliser son nom de femme mariée : elle acquiesça de la tête.

Les doigts de l'homme se déplacèrent, le porte-documents s'ouvrit et, de l'autre main, il en tira un pistolet-mitrailleur. Flora avait déjà assisté exactement à la même scène : elle sut immédiatement ce qui allait se passer.

La jeune étudiante eut une réaction très différente et pratiquement instantanée : elle se mit à hurler. L'inspecteur sortit en courant de la réserve. Il n'était pas là en planque. Il s'était seulement arrêté pour passer dix minutes avec Flora. Il n'avait même pas dégainé son arme.

Le « client » sembla estimer que cela changeait les termes du contrat, car il tourna les talons et se précipita vers la porte. Mais il avait au préalable remis son pistolet-mitrailleur dans son porte-documents, ce qui lui fit perdre un temps précieux : il était encore à un pas du seuil quand l'inspecteur le plaqua au sol. Quand il tomba, deux choses se produisirent simultanément : le pistolet-mitrailleur s'en alla valser sur le sol tandis que l'homme se cognait la tête contre le montant de la porte et s'endormait pour le compte. Ce fut une des arrestations les plus faciles que le policier ait jamais effectuées.

Cette histoire eut les honneurs des journaux télévisés de la soirée et la une des journaux du lendemain. LA VENGEANCE DU PATRON DE LA DROGUE DÉJOUÉE fut l'un des titres les plus discrets. Flora, qui pouvait à peine parler quand la police l'interrogea et qui refusa d'accorder une seule interview, commença à faire figure d'héroïne nationale. Son histoire fit pendant des jours les délices des médias. L'inculpation de l'homme qui avait tenté de la tuer et l'instruction de son procès firent de nouveau les gros titres. On ressassa inlassablement l'épisode de la fusillade dans l'appartement de Bulfinch, le meurtre de Jack Dilger et les deux procès de Zaragon. L'histoire de Flora était une véritable manne. Comme elle continuait à refuser de recevoir les journalistes, on la photographiait derrière la devanture de son magasin ou quand elle montait dans un taxi. Tout ce qu'elle faisait ou ne faisait pas était bonus pour les reporters.

La police new-yorkaise posta un agent en uniforme devant sa porte durant les heures d'ouverture. Une voiture de police surveillait son immeuble vingt-quatre heures sur vingt-quatre. Totalement traumatisée, l'héroïne elle-même n'allait nulle part seule : elle sursautait chaque fois qu'une porte claquait. Même si l'homme de main défaillant était en prison, elle était terrorisée. Malgré cela, elle s'obligea à se rendre au tribunal à chacune des nombreuses étapes de la procédure. Chaque fois, bien qu'incapable de soutenir son regard, elle gagnait la barre des témoins et déposait comme on le lui demandait. Malgré tout ce que cela lui coûtait personnellement, elle était décidée à voir l'affaire aller jusqu'à son terme, et elle y veilla.

La tentative d'assassinat dont elle avait été l'objet avait ramené en première ligne tous les aspects du trafic de la drogue. On prononça au Congrès des harangues enflammées. On annonça des auditions de témoins. La Colombie subissait une pression diplomatique accrue. Les rivaux de Zaragon étaient furieux contre lui et inquiets pour eux-mêmes. C'étaient des hommes d'affaires, ils n'avaient pas besoin de toute cette publicité. Sans doute le trafiquant enseveli dans son sépulcre souterrain n'avait-il pas suffisamment accès au monde extérieur pour lancer un autre contrat. Peut-être même n'en avait-il plus les moyens car ses rivaux avaient démantelé son organisation, chacun s'accaparant autant de parts qu'il pouvait en avaler. Mais c'étaient des hommes qui ne prenaient pas de risques. La nouvelle se répandit bientôt qu'il ne fallait plus obéir aux ordres de Zaragon, qu'on s'occuperait de quiconque toucherait à Flora Simpson Dilger.

La nouvelle fut transmise par des informateurs de la police de New York puis, par son inspecteur, à Flora. Au bout d'un certain nombre de semaines, elle commença à y croire et retrouva quelque entrain.

Le flic qui veillait à sa porte était toujours là : il resterait près d'un an. Elle avait craint que sa présence ne fasse baisser les affaires, mais c'était le contraire qui s'était produit. Elle était devenue pour ainsi dire une célébrité. Les gens se pressaient toute la journée dans le magasin, certains juste pour regarder, mais beaucoup pour acheter. Jamais les affaires n'avaient été aussi bonnes.

L'inspecteur était toujours là, lui aussi. Il passait la voir dès qu'il le pouvait, il l'emmenait dîner et l'accompagnait à des vernissages et à des premières. Flora l'avait remercié de la meilleure façon qu'elle connaissait. Et elle continuait à lui manifester sa gratitude. Il lui avait sauvé la vie. Jack lui-même n'aurait pas fait mieux.

Robert Daley dans Le Livre de Poche

L'Homme au revolver n° 7580

Nouveau venu dans la police new-yorkaise, Philip Keefe, un ancien journaliste, ne se faisait guère d'illusions : il savait qu'il entrait dans un monde où la lutte pour le pouvoir ne recule devant rien, cynisme, corruption, intrigue... Mais le jour où il tue un Noir au cours d'une prise d'otages, le piège se referme sur lui. La télévision était là. La presse parle de crime raciste. Et ce n'est nullement un hasard si l'intervention policière s'est dramatiquement terminée. Ancien commissaire délégué de New York, spécialisé dans la lutte contre la corruption, l'auteur du best-seller *L'Année du dragon* (porté à l'écran par Michael Cimino) nous donne ici un témoignage coup de poing sur les mœurs judiciaires et politiques américaines. Et un thriller implacable, dans la meilleure tradition du genre.

Le Prince de New York n° 7600

Dotés de pouvoirs exceptionnels dans la lutte antidrogue, ils en usaient sans hésiter, non sans arrogance. Et puis on comprit qu'ils en abusaient, et le gouvernement américain ouvrit une enquête sur la corruption dans leurs rangs. Bob Leuci était l'un de ces « princes de New York ». Aussi pourri que ses collègues. Il décida cependant d'organiser la purge et de donner le coup de pied dans la fourmilière. Il allait déranger beaucoup de monde, révéler trafics, compromissions et abus de pouvoir. Une « trahison » qu'on ne lui pardonnerait pas... Tout cela se passait au début des années 70. L'auteur de *L'Année du dragon* était alors commissaire de la ville de New York. Tout ce qu'il relate est vrai de bout en bout.

Le Piège de Bogota n° 7610

L'auteur de *L'Année du dragon* et du *Prince de New York*, grands succès en librairie comme au cinéma, nous entraîne en Colombie sur les traces du cartel de Medellin. Ray Douglas, qui lutte contre la drogue dans l'enfer new-yorkais, n'a rien d'un flic orthodoxe : veuf, solitaire, résolu, ses méthodes jugées « dérangeantes » en haut lieu lui valent d'être expédié en Colombie pour aider l'antenne locale de la « Drug Enforcement Agency ». Dans Bogota étouffante, populeuse et violente, il rencontre Jane Fox, journaliste intrépide qui a préféré à un mari et à une vie paisible la chasse aux reportages choc. Entre ces deux déracinés va naître une passion renforcée par un combat commun. Jusqu'à ce que se referme sur eux le piège de Bogota...

Trafic d'influence n° 7670

Cinq policiers abattus par un dealer, traqué dans un immeuble de Harlem... Même à New York où le crime fait partie du décor, l'affaire soulève des vagues dans le microcosme médiatico-politico-judiciaire. Pourquoi en ce cas confier l'affaire à une toute jeune juriste, certes talentueuse et pugnace, mais à l'évidence inexpérimentée ? Karen Henning relève cependant le défi. Un défi qui va la conduire à affronter non seulement le réseau mafieux de Manhattan, mais aussi la machine policière et juridique dont elle est un des rouages...

En plein cœur n° 7697

On ne dérange pas pour n'importe quel meurtre, dans une ville où il y en a tant, le commissaire Farber, chef de la police de New York... Mais cette fois, l'identité de la victime le justifie : rien de moins qu'Harry Chapman, le préfet de police. Farber a bien connu Chapman. Ils ont jadis patrouillé ensemble dans la nuit de Manhattan. Ils ont aimé la même femme. Plus ambitieux, Chapman a gravi les échelons, et c'est probablement un futur sénateur ou même gouverneur que l'on a voulu abattre... Tandis que le monde policier et politique de New York entre en ébullition, Farber se lance dans l'enquête. Et l'auteur de *L'Année du dragon*, lui-même ancien policier à New York, nous fait découvrir les coulisses d'un monde où les rivalités et les ambitions sont d'une férocité sans limite...

Composition réalisée par NORD COMPO

IMPRIMÉ EN FRANCE PAR BRODARD ET TAUPIN
Usine de La Flèche (Sarthe).
LIBRAIRIE GÉNÉRALE FRANÇAISE - 43, quai de Grenelle - 75015 Paris
ISBN : 2 - 253 - 17051 - 8

31/7051/1